Ein G. Voigt - Roman

Berlin Inferno II

Germania-Tor der Gegenzeit

Deutsche SF & Fantasy

Inhaltsverzeichnis:

Um einem Volk den Weg in die Zukunft zu nehmen,

zerstöre seine Wurzeln in der Vergangenheit…

Impressum:

Bibliographische Information der Deutschen Nationalbibliothek:

Die Deutsche Nationalbibliothek verzeichnet diese Publikation in der Deutschen

Nationalbibliographie, detaillierte bibliographische Daten sind im Internet über

http://dnb.dnb.de abrufbar.

Herstellung & Verlag

BoD Books on Demond Norderstedt

Cover - Gestaltung: graphical elements partly by freepik

© 2019 by Anja & Jana Voigt

ISBN: 9783749435029

Der Fluch der Drachenknechte...

Als die Quellen der spirituellen Mächte versiegten und nur noch Einöde und kahle Flächen übrigblieben, entschloss sich Ur – der Vater aller Drachen – seinen Heimatplaneten zu verlassen, um eine neue Bleibe zu suchen. Er schwang seine mächtigen Flügel und durchstreifte das Universum. Doch wohin er auch seine Blicke wendete – überall hatten seine Nachkommen bereits ihr tödliches Werk vollbracht. Die einst blühenden Landschaften auf den Himmelskörpern starben mit ihren Bewohnern, wenn sie der Geist der Feuerdrachen lenkte. So gelangte er nach langer Zeit in jenen Teil der Sternenwelt, in dem sich eine kleine blaue Kugel erhob. Er entschloss sich, dort eine Rast einzulegen. Kaum angekommen, erblickte er jungfräuliche Gebiete, in denen sich gerade das Leben zu entwickeln begann. „Hier bleibe ich und warte ab, bis die Kraft der Denkenden stark genug ist, um mir dienen zu können. Ich benötige nur Geduld und etwas Zeit!" Er suchte sich eine Höhle, die groß genug war, seinen Körper aufzunehmen und wie einen Mantel zu bedecken. Während er schlief, träumte er bereits von jenen Wesen, die einmal die Erde beherrschen und mit ihrer Energie all das vollenden würden, wofür er einst erschaffen wurde: Die Welten des gesamten Universums mit dem Geist des Krieges zu überziehen!

So geschah, was einmal kommen musste. Er erwachte in einer Epoche, in denen die Menschheit ihre erste große Blüte erlebte. Städte, so gewaltig und prächtig, waren entstanden, in denen die Menschen glücklich und zufrieden lebten. Sie hatten fruchtbare Ebenen besiedelt und Täler urbar gemacht. Er spürte sofort, dass ihre Schöpfungskraft die Energie hatte, die ihn für lange Zeit am Leben erhalten würde. „So lasset die Spiele beginnen! Jetzt werden sie mir als meine Knechte dienen und alles tun, um mir zu gefallen!"

Er brach auf, um die Mächtigen der Länder zu umgarnen. Die Oberhäupter - ob Könige, Patriarchen oder Priester – sie alle wurden ihm hörig und dachten nur noch daran, ihre Macht und ihren Reichtum zu vermehren. Zufrieden hauste er in seiner Höhle und ließ sich von der Energie berieseln, die von nun an für Elend, Vernichtung und Tod sorgte. Ein kluger

Stammeshäuptling jedoch machte ihm einen Strich durch die Rechnung. Der Anführer eines kleinen Volkes am alten Fluss Jordan versammelte die Väter und Söhne um sich, um ihn aufzuspüren und töten zu lassen. Doch kein weltliches Heer konnte ihn wirklich vernichten. Also entschlossen sich die Menschen, ihn mit einer List für alle Zeiten in der Höhle zu verbannen. Ein geheimes Siegel wurde auf Geheiß eines Magiers angefertigt, welches den Zugang für die Ewigkeit verschließen sollte. Drei mutige Männer machten sich daran, den Auftrag zu erfüllen. Sie nahmen Abschied von ihren Familien, denn sie wussten, dass sie nie wieder zurück kehren würden. Niemand weiß, wie sie es schafften, das heilige Siegel anzubringen, um den Eingang für immer zu verriegeln. Sie selber konnten nicht mehr darüber berichten – aber ihre Namen wurden von einer Generation zur nächsten voller Stolz und Achtung weiter gegeben – als die Drachenbändiger, die das Volk erretteten. Das geschah vor über 15 000 Jahren in der Region der Erde, die später als das Land Jordanien bekannt wurde. Die Mythen und Sagen lebten weiter, doch der Ort, wo die Höhle lag, geriet über die Jahrtausende allmählich in Vergessenheit.

Bis zu jenem verhängnisvollem Tag im Jahre 743, in denen der Befehl erteilt wurde, das Siegel zu brechen, um die Steine der Drachenhöhle für den Bau einer Fassade des neuen Palastes zu gewinnen. Damit begann erneut eine Epoche des Drachen auf Erden und der Siegeszug seiner Drachenknechte, die bis in die ferne Zukunft anhielt...

Buch 1: Berlin Inferno - Fluch der Drachenknechte

Das Berlin der Zukunft wurde zu einem Ort der Verdammnis.

Das Volk der Deutschen kämpfte um seine Existenz gegen eine Obrigkeit, die keine Skrupel hatte, nur die eigenen Taschen zu füllen, denen das Schicksal ihrer Untertanen gleichgültig war. Es war ein leichtes Spiel für die Knechte des Drachens, die Obrigkeit für ihre Zwecke zu manipulieren – das große Wandeln der Streitkräfte als Heer der Zombies begann! Die letzte, entscheidende Schlacht in den Ruinen von Berlin Marzahn endete beinahe in einem Fiasko. In letzter Sekunde gelang es den Kämpfern der Black Hunter und ihren Verbündeten, den

Siegeszug der Zombie – Einheiten des Heerführers Achmat zu vereiteln. Tyrannis Lehrmeier, der Kopf und Anführer der Drachenknechte, flüchtete mit seinen Anhängern in die Vergangenheit, in das Reich der Römer, um dort ihr Werk der Zerstörung fortzusetzen. Die Varus – Schlacht im Jahre 9 n. Chr. sollte erneut geschlagen werden, doch diesmal mit einem anderen Ausgang, um die Geschichte der Germanen neu zu schreiben...

Seherin Veleda

Der Tag kündigte sich mit sengender Hitze an, die den Schweiß in sämtliche Poren trieb. Überall auf dem Gelände des Camps war es laut, in mehreren Gruppen gingen die Aufräumarbeiten zügig voran. Judit wirbelte in der neuen Küche umher, um rechtzeitig die Vorbereitungen abzuschließen. Nebenan, im Computerraum, ertönte ein leiser Gong. Sie unterbrach ihre Tätigkeiten und sah nach, welche Meldung angekommen war. „Post von Sabine – schau an. Das muss ich gleich unseren Leuten verkünden." Sie kopierte sich den Text und lief hinüber zum Trupp, in dem ihre Schwestern arbeiteten. „He Mädels, guckt mal, wir haben eine Einladung erhalten – zum diesjährigen Empfang und der Feierstunde im Reichstag. Habt ihr Lust?" Judit ließ die Mail in der Runde kreisen. Aber niemand schien Notiz davon zu nehmen oder Interesse daran zu haben. Seit dem frühen Morgen waren wieder alle auf den Beinen, um das letzte Haus zu enttrümmern. Nach der totalen Vernichtung des Camps durch die Djinn des Drachen vor fünf Jahren beschlossen die Geschwister damals, ihre Heimstätte wiederaufzubauen. Inzwischen war fast alles wieder so wie früher. Bis auf das letzte Objekt, in dem einst die Gästezimmer und Krankenstation untergebracht waren. „Können wir nicht später darüber reden? Jetzt haben wir Knast und ohnehin kein Ohr für solchen Firlefanz. Und die verehrte Regentin wird schon nicht gleich sauer werden, wenn sie erst später eine Antwort erhält, stimmt doch?" murrte Anka und wischte sich den Schweiß von der Stirn. Babsi und Ina, die Zwillinge, schleppten keuchend den verkohlten Überrest eines Balkens ins Freie und wuchteten ihn auf den Haufen, der stetig in die Höhe wuchs. „Du wolltest doch das Frühstück zubereiten. Wir sind hungrig wie die Wölfe. Wenn es nicht gleich was zu Futtern gibt, beiße ich!" Ina kam mit drohender Geste auf

Judit zugestampft und fletschte die Zähne. Lachend hob sie beide Arme in die Luft. „Ist doch bereits fertig, ihr könnt kommen!" Wie auf Kommando ließ die Schar der Helfer alles fallen, was sie gerade in den Händen hielten und strömten lärmend und schwatzend zu den Waschschüsseln, die neben dem Eingang zur Baracke Eins aufgereiht standen. Sie war bereits vor zwei Jahren fertig geworden, das Inventar darin bunt zusammengewürfelt und hatte nichts mehr mit dem einstigen Glanz gemein. Aber der Traditionssaal und die Küche waren wieder voll funktionsfähig. Einige griffen sich den Schlauch, der auf dem Rasen lag und wuschen sich damit. Im kleinen Saal wurden sie von der Küchenfee Judit empfangen. Inzwischen war die Anzahl der ständigen Bewohner der versteckten Siedlung mitten im Wald auf mehr als Fünfzig angewachsen. Mehrere junge Familien und Mitstreiter, die durch die Erdbeben ihre Bleibe verloren, schlossen sich den Geschwistern an und bezogen nach und nach die eiligst errichteten Bungalows, die im Laufe der Jahre zu einer richtigen Niederlassung anwuchsen. „Hier steht das Geschirr, Besteck und Gläser findet ihr auf dem Tisch nebenan. Haut rein und lass es euch schmecken!" schmetterte Judit ihnen fröhlich zu und überwachte die Ausgabe. Jeder holte sich einen Teller mit den Speisen nebst Getränk aus der Küche ab und suchte sich draußen auf einer der Bänke vor dem Haus einen Platz. Die vier Kids, die mit ihren Eltern hier einzogen, drängelten sich zwischen den Erwachsenen durch. Judit bemerkte die Händchen vor sich, die wild ins Leere griffen, die Richtung änderten und sich flink auf den Berg Kuchen in der Mitte des Tisches zu bewegten, um ein Stück zu ergattern. „Na warte!" grinste sie und hielt sie fest. „Wen habe ich denn hier erwischt?" Das Kichern und erschrockene Kreischen der Fünfjährigen rang ihr ein Lachen ab. „Das kann doch nur die Jessie sein – komm zeig dich!" Ihre Vermutung bestätigte sich, das mit Asche und Ruß verschmierte Gesicht des Mädchens kam unterm Tisch hervor. „Erst Waschen, dann kannst du noch einmal herkommen und dir ein Stück Kuchen holen!" befahl Judit streng. Da half auch kein Schmollen oder Flunsch von Jessie, wohl oder übel zog sie davon. Schon wenige Minuten später kam sie mit sauberen Händen und strahlendem Gesicht zurück. „Geht doch mit dir! Und weil du so fleißig warst, habe ich noch eine Kleinigkeit für dich!" lobte Judit und packte ihr zusätzlich ein hart gekochtes Ei auf den Tellerrand. Jessie

schnalzte aufgeregt vor sich hin. „Danke Tante Judit. Das ist aber schön!"
Tänzelnd und summend hüpfte sie hinaus. Da niemand mehr reinkam, entschloss
sich Judit, ebenfalls ins Freie zu gehen. Ihr Blick verweilte kurz bei der
Gedenkecke, in der einige Erinnerungsstücke ihres Vaters ausgestellt waren. Da
seine Fotos durch das Feuer vernichtet wurden, hatte Ina in liebevoller Kleinarbeit
ein Porträt von ihm gemalt, welches sehr gut gelungen war. „Hallo Paps, du
würdest staunen, wie es wieder aufwärts geht. Wir haben es fast geschafft, in
wenigen Wochen erstrahlt das Camp in alter Pracht", murmelte sie vor sich hin
und winkte ihm zu. Sie schnappte sich einen Teller und steuerte damit auf den
Tisch ihrer Schwestern zu. „Da ist ja unsere holde Küchenfee. Hast du super
hinbekommen – alle Achtung!" lobte Anka mit vollem Mund und machte
bereitwillig Platz. Judit lächelte stolz und drängte sich zwischen sie und Babsi.
„Ihr habt ja auch einiges geschafft. Wenn die ganze Fläche beräumt ist und die
Fundamente halbwegs okay sind, können die Männer in den nächsten Tagen mit
der Montage der Seitenwände beginnen. Ist dann zwar nicht so schön wie früher,
aber das Haus steht wenigstens und kann genutzt werden." Von hier aus hatte
sie einen freien Blick auf die Baustelle. Der Stapel Baumstämme, aus denen die
Wände gezimmert werden sollten, lag schon bereit. Es war ein Tipp von Peter,
diese Bauweise anzuwenden. Er und seine Jana waren die Ersten, die sich nach
dem Ende der Kämpfe in Marzahn entschlossen, dauerhaft im Camp zu leben.
„Überall auf der Welt werden Häuser aus Holz errichtet. Und davon gibt es hier
mehr als genug. Wir müssen es nur heranschleppen!" Damit überzeugte er alle,
zumal Vater Reimann mit seiner Sammelleidenschaft die technischen
Voraussetzungen geschaffen hatte. In den unterirdischen Hangars, die vom
Feuer nicht berührt wurden, fanden sie alles, was für den Neuaufbau gebraucht
wurde. Auch Alberts alter Unimog, der Spezial-LKW aus vergangenen Zeiten, war
ihnen eine große Hilfe. „Viele Hände, schnelles Ende!" mümmelte Anka und
schlang den letzten Bissen runter. „So und nun erzähle noch mal, was das für
eine Einladung sein soll? Wir sollen nach Berlin kommen?" fragte Anka nach.
Judit nickte stumm und schob ihr den Auszug zu. Ihre Schwester studierte mit
zusammen gekniffenen Augen den Text. „In zwei Wochen finden die
Feierlichkeiten zum fünfjährigen Jubiläum der Niederschlagung von Tyrannis

Lehrmeier und dem Heer der Zombies statt. Und wir sind Ehrengäste des Rates der Senatoren – na so ein Ding aber auch!" schniefte sie und reichte die Meldung an Ina weiter. Sie wischte sich die Finger sauber und begann, zu lesen. „Guck an, sie wollen sogar ein Denkmal für die gefallenen Brüder des Kampfes enthüllen. Und Vaters Namen wird dort mit veröffentlicht. Ich weiß nicht, ob das wirklich in seinem Sinne ist? Sie hätten uns vorher fragen sollen, oder was denkt ihr?" murrte sie und ließ achtlos das Blatt fallen. Peter, der an der Stirnseite saß, beugte sich zu ihr hin und angelte nach der Nachricht. „Der Vorschlag mit dem Namen eures Vaters kommt von Mandy. Ich glaube nicht, dass sie euch damit ärgern will – eher im Gegenteil. Sie war ja dabei, als diese Horde der Sicherheittruppe Albert wie ein Stück Vieh abtransportierten, ohne Rücksicht auf Verluste. Ich denke, sie will damit etwas gut machen. Seit ihr Schatz Jochen bei dieser Aktion im Museum verschwunden ist, kümmert sie sich um solche Fragen und koordiniert die Vorbereitungen zum Festakt", erklärte er. Peter war im Laufe der letzten Jahre zum Rückrat und guten Seele der Gemeinschaft des Camps geworden. Wo Hilfe oder ein Ratschlag nötig waren, er wusste stets einen Ausweg. „Jana und ich würden gern am Festakt teilnehmen – stimmt doch Hasi?" Er stupste Jana am Ellenbogen an. Anka griente ihm offen ins Gesicht. „Musst also erst Mami fragen, ob du hingehen darfst?" spottete sie friedlich und fing sich damit einen Seitenhieb von Ina ein. „Lass gefälligst Peter in Ruhe und kümmere dich lieber um deinen Scheiß!" Babsi ließ sich vom Disput der Geschwister nicht weiter aus der Ruhe bringen, genussvoll schob sie sich den letzten Happen in den Mund und stellte den Teller geräuschvoll aufs Tablett. „Peter, ich komme ebenfalls mit und fliege euch nach Berlin. Meine Drohne ist wieder flott und startklar. Außerdem möchte ich gern einige Gesichter wiedersehen, die ich schon sehr vermisse. War nicht die Rede davon, dass Sabine und Juppi einen Sohn bekamen? Der müsste bereits laufen können – stimmt doch?" Sie wandte sich Jana zu, die durch ihren engen Kontakt und Freundschaft zu Mandy stets aktuell informiert war. „Stimmt schon, Felix, so heißt der kleine Dickkopf, kann schon laufen und erkundet inzwischen auf eigenen Beinen seine Umwelt. Sieht original wie der Vater aus – rote Haare wie ein Feuermelder!" bestätigte sie lächelnd. Ohne dass es so geplant war, schwappten einige Erinnerungen aus der alten Zeit hoch. „Wie es wohl der kleinen Diya ergangen ist? Ob sie noch lebt und an uns denkt?" Judit räumte das Geschirr zusammen, dabei fiel ihr Blick auf den Steinkreis im hinteren Bereich des Geländes, unter dem sich Hangar IV befand. Er hatte sich kein Stück verändert, außer dass an einigen Stellen etwas Moos zu sprießen begann. „Wir sollten bei Gelegenheit mal wieder nachsehen, ob da unten noch alles im grünen Bereich ist", nuschelte sie. Diesen Augenblick, als das Kind aus ihren Händen rutschte und von den Blitzen der Steine getroffen wurde, hatte sie nie richtig verwinden können. „Manchmal träume ich davon, dass die Kleine wieder auftaucht und bei uns bleibt", flüsterte sie tonlos, eine Träne rollte über ihre Wangen. Anka sprang von ihrem Sitz und umarmte sie innigst. Was sich beide zuflüsterten, konnte niemand verstehen, aber Judit beruhigte sich wieder und entschwand mit dem Tablett im Haus. „Das hat sich wie ein verhextes Trauma bei ihr festgesetzt. Immer, wenn sie den verdammten Steinkreis sieht, kommt ihr das große Kotzen hoch. Wenn wir einmal in Berlin sind, sollten wir einen dieser Psycho-Ärzte aufsuchen und sie durchchecken lassen. Mandy oder sogar Sabine werden uns dabei sicher behilflich sein. Also meine Lieben – damit dürfte ja klar sein – wir fliegen gemeinsam!" verkündete sie mit einem Leuchten in den Augen. Peter wunderte sich nicht weiter über den heftigen Stimmungswechsel bei ihr. „Wusste ich doch, dass ihr mir zustimmt. Dann sollten wir in die Hände spucken und bis dahin die Wände fertig haben…" Er konnte nicht zu Ende sprechen, ein dumpfes Grummeln erhob sich, der Boden unter ihren Füßen begann zu vibrieren. Automatisch ließen sich sämtliche Anwesende auf den Rasen gleiten, ihre besorgten Blicke beobachteten das Umfeld. Judit kam aus dem Haus gestürmt und rollte sich neben Babsi hin. Die vier Kinder eilten herbei und suchten Schutz bei ihren Eltern, die sie unter die Arme nahmen. „Das ist kein Beben! Ihr könnt euch erheben." Peter stand zaghaft auf, jeder Zeit bereit, sich wieder in die Bauchlage zu bringen, musterte er das Hauptgebäude neben sich. „Kein Beben – alles schon vorüber!" bestätigte er erleichtert. Ein fernes Grollen wie bei einem Gewitter war zu vernehmen, eine dunkle Wand baute sich auf und verfinsterte für einige Minuten den Himmel. Dann brach die Sonne durch und schien, als wäre nichts geschehen. „Was für ein Spuk war das eben? Ich tippe, das kam direkt aus der Metropole!" war sich Peter sicher und guckte zu den beiden Gestalten, die von ihrem Kontrollgang entlang des Zaunes eintrudelten. „Die haben es heil überstanden", schniefte er lautlos und gab den Männern per Handzeichen zu verstehen, dass sie sich beeilen sollten. Adam, der Ältere von beiden, winkte ab, gemächlich trabten sie heran. „Wozu die Eile, Peter? Es kann uns da draußen genau so gut erwischen, wie hier", brummelte er und setzte sich auf eine Bank. „Ihr habt schon gegessen – ohne uns?" Diese Frage interessiert ihn offensichtlich mehr als das Ereignis der letzten Minuten. „Habe ich dir nicht gesagt – die Letzten beißen die Hunde. Hoffentlich haben sie wenigstens etwas zum Kauen für uns aufgehoben?" murrte er weiter und zog sich die Schuhe aus, um die Füße durchzulüften. Judit erhob sich und klopfte den Sand von den Sachen. „Tja Jungs, ich habe leider eine schlechte Nachricht – euch habe ich tatsächlich völlig vergessen!" verkündete sie mit einem schelmischen Grinsen. Adam stockte, ungläubig schaute er sie an. „Nee, nicht dein Ernst. Es müssen doch wenigstens irgendwelche Reste übrig geblieben sein?" jammerte er los. Sein Freund und Begleiter Joel bemerkte sehr wohl, dass Judit bluffte. Er hielt sich feixend zurück, heimlich verzog er sich und schaute in der Küche nach. Da standen natürlich die beiden gefüllten Teller für sie. „Der blöde Hund lernt das nie. Die Kleine verkohlt ihn nach Strich und Faden – sie scheint ihn doch irgendwie zu mögen!" resümierte er schmunzelnd und trug das Geschirr hinaus. Während sich Adam noch immer darüber erregte, dass es nichts zu Fressen gab, begann er, in aller Ruhe zu speisen. „Was soll das Geschrei? Komm gefälligst her – dein Essen steht doch hier!" unterbrach er ihn, als sich Adam mit knallrotem Gesicht immer weiter hoch steigerte. Das Gelächter an den Tischen war wie eine kalte Dusche für ihn. „Du bist und bleibst ein verdammtes Biest!" keifte er Judit an, die sich den Bauch hielt und laut los prustete. „Danke für das Kompliment und guten Hunger. Glaubst du wirklich, dass ich euch beide vergessen würde?" fügte sie schließlich versöhnlich hinzu. Adam drohte ihr mit dem Finger, er sammelte seine Schuhe ein und machte sich hungrig über das Frühstück her. „Die Umzäunung ist okay, wir sind die gesamte Front abgelaufen. Da ist nicht das kleinste Loch zu finden. Das Ausfalltor müsste allerdings mal wieder geölt werden. Das erledigen wir morgen!" informierte Joel die Mannschaft. Peter war mit den Gedanken ganz woanders. „Wenn das kein Beben war – womit haben wir es dann zu tun? Vielleicht hat Judit Recht und wir sollten wieder einen Blick in Hangar IV werfen?" Er musterte den Himmel und hob schnüffelnd die Nase in den Wind. „Diesen Geruch kenne ich doch?" Während sich die Truppe bereit machte und aufbrach, um die Arbeit fortzusetzen, drehte er sich in alle Richtungen. „Babsi, deine Schwestern sollen sofort zu mir kommen. Ich habe so ein komisches Gefühl", bat er sie und marschierte zum Steinkreis. Kaum dort angekommen, bemerkte er ein wichtiges Detail. „Sie laden sich auf!" Winzige, kaum sichtbare Funken sprühten über die Oberfläche der Felsen hinweg. „Das ist bestimmt ein böses Omen?" Er hütete sich, dem Kreis zu Nahe zu treten. „Was hast du denn schon wieder? Was soll sein...?" maunzte Anka ihn an, die mit Babsi und Ina herbei geschlendert kam. „Wir haben wohl genügend Arbeit an der Backe. Und keine Zeit für irgendwelche Spielereien", vernahm er noch, als die drei Frauen verdutzt stehen blieben. „Das da meine ich. Ich habe mich nicht getäuscht!" Peter wies auf den größten Brocken in der Mitte, der allmählich seine Farbe änderte. Judit kam im Laufschritt angerannt. „Die verdammte Verbindung ist unterbrochen. Wir haben keinen Kontakt mehr nach Berlin!" teilte sie ihnen hektisch mit, ihre Mimik verfinsterte sich, als sie erkannte, was gerade geschah. „Wie damals. Fehlt nur noch, dass die Blitze bei uns einschlagen!" Sie drehte sich abrupt um und hastete einige Schritte rückwärts. „Wollt ihr wohl gefälligst aus der Schusslinie kommen!" schnauzte sie. Peter musste von den Geschwistern fast gewaltsam mitgeschleppt werden. „Vielleicht kommen der Kalif Omar und seine Krieger zurück? Das wäre doch ein Ding", seufzte er, als wirklich etwas geschah. Ein feiner Funkenregen breitete sich innerhalb des Kreises aus und hüllte die Steine wie eine überdimensionale Käseglocke ein. Die Hitze wurde unerträglich, so dass sich die Gruppe weiter zurück zog. Inzwischen hatten die Siedler mitbekommen, dass etwas Außergewöhnliches im Gange war und unterbrachen ihre Tätigkeiten. „Veranstaltet ihr gerade ein Feuerwerk?" meldete sich Adam laut zu Wort und schob fassungslos den Teller von sich. Joel, der ihm noch Gesellschaft leistete und mit dem Rücken zum Kreis saß, drehte sich um. „Teufel noch mal – was geht denn hier ab? Das ist mit Sicherheit kein Feuerwerk. So etwas habe ich als Kind schon einmal gesehen. Allerdings in einem Film. Da kamen irgendwelche Monster zum Vorschein..." unkte er. Adam zeigte ihm einen

Vogel. „Du und deine bescheuerten Monster. Wir sind hier nicht im Kino..."
brauste er auf, kam aber nicht weiter. Eine lichte Gestalt löste sich aus dem
Feuerball, der in sich zusammensackte und verlosch. Die drei Schwestern und
Peter starrten das Wesen an, welches sich vor ihren verblüfften Augen zu einer
festen Kontur fügte und mit leichtem Schritt auf sie zuschwebte. „Donnerwetter –
das hätte ich jetzt nicht erwartet? Das ist eine Frau!" stieß Peter hervor. Judit
schüttelte misstrauisch den Kopf. „Maria war damals auch nur eine Frau und
wurde zu einem bösartigen Geist, der uns viel Schaden zufügte – schon
vergessen?" erinnerte sie. Die Frau war hochgewachsen und schlank, wallendes
langes Haar bewegte sich wie ein Schleier bei jedem Schritt. Sie trug einen
Umhang, in der Hand hielt sie einen langen Stab, wie ihn einst die alten Druiden
gebrauchten. Sie sah sich mit verwunderten Blicken um, als sie die vier
Menschen wahr nahm, lief sie direkt auf sie zu. Während diese noch immer wie
erstarrte Säulen da standen, wurden sie von der Fremden angesprochen. Es war
Jana, die sich zu ihnen gesellte und Peter in die Realität zurück brachte. „Hast du
ein Wort von dem verstanden, was sie vor sich hinplappert?" Ihre Berührung holte
ihren Schatz aus einer Trance. Peter schüttelte sich und sah sie konstatiert an.
„Das ist die berühmte Veleda – die Seherin der alten Germanen!" erklärte er
lakonisch, so als wäre es die natürlichste Sache der Welt. „Du spinnst doch!"
Jana wollte schon richtig vom Leder ziehen, aber Anka stoppte sie. „Er hat Recht
– das ist Veleda – ich konnte es auch sehen!" bestätigte sie und rieb sich verdutzt
die Augen. „Du scheinst zu vergessen, dass wir schon einmal einen
Ausnahmezustand erlebten. Ist zwar einige Jahre her, aber an den Folgen haben
wir heute noch zu knabbern. Da muss etwas passiert sein, wenn der Steinkreis
plötzlich wieder aktiv wird. Vielleicht ist sie die Antwort auf diese Frage?" belehrte
Anka die Freundin. Die Frau lächelte sie anmutig an, so als verstände sie jedes
Wort. „Ich habe mir immer gewünscht, einen Blick in die Zukunft werfen zu
können. Jetzt scheint es sich erfüllt zu haben – wo bin ich?" Sie deutete auf die
Häuser und die silbern glänzenden Fluggeräte, die auf der Rollbahn geparkt
standen. „Das sind keine Streitwagen unserer Feinde. Erwartet ihr hier die
Legionen der Römer?" Peter schien sich regelrecht in die Frau vernarrt zu haben,
er konnte seinen Blick nicht von ihr abwenden. Da half auch kein derber Griff von

Jana, die ihn mitziehen wollte. „Wie ich erkennen kann, behandelt ihr eure Sklaven anständig. Sie sehen gesund und kräftig aus und tragen keine Ketten. Das ist gut so!" gurrte die Fremde, als sie der Männer und Frauen ansichtig wurde, die sie erstaunt betrachteten. „Es sind keine Sklaven, Veleda. Es sind freie Menschen wie du und ich!" erklärte Peter ohne Umschweife und erntete dafür ein freundliches Lächeln. „Wir sollten ihr Speisen und Getränke anbieten!" schlug er schließlich vor und nahm Jana in den Arm. Klein Jessie riss sich von der Hand ihrer Mutter los, kam neugierig auf sie zugeprescht und zuppelte an ihrem Ärmel. „Tante – du siehst aber komisch aus!" sprach das Kind ohne Scheu. Veleda beugte sich zu ihr nieder und strich übers Haar. „Du wirst einmal eine große Kriegerin werden und deinem Volk einen lang ersehnten Sieg bringen", flüsterte sie und fixierte die Kleine nickend. Ihre Mama hastete nach vorn und zog Jessie von ihr fort. „Wer ist das – eine Hexe aus dem Mittelalter?" fauchte sie beim Vorbeigehen den Schwestern zu. Trotz der heftigen Proteste ihrer Tochter zerrte sie das Kind in die Menge. „Wage es nicht, von meiner Seite zu weichen!" drohte sie aufgebracht. Jessie zuckte arglos mit den Achseln. „Sie ist doch keine böse Frau, Mama. Warum schimpfst du mit mir?" Sie konnte die Aufregung der Erwachsenen nicht verstehen. Veleda stützte sich mit beiden Händen auf ihren Stab und betrachtete geistesabwesend ihr Umfeld. „Ich spüre eine Aura der Mächtigen auf diesem Gelände. Hier muss vor einiger Zeit etwas Schlimmes geschehen sein – es gab Tote und ein großes Feuer!" Sie rümpfte die Nase. Als sie den Steinkreis in Augenschein nahm, zogen sich tiefe Furchen auf der Stirn entlang. „Sie werden versuchen, durch ihn hierher zu gelangen. Das muss ich verhindern…" brummelte sie. „Die Alte hat wohl vergessen, ihre Pillen zu schlucken!" röhrte Adam dazwischen, bevor er überhaupt mitbekam, was geschah, eilte die Seherin auf ihn zu und stieß ihm derb die Stockspitze in die Brust. Er fiel um wie ein Stein und röchelte vor Schmerzen. „So ein ungehobelter Flegel – du hattest keine besonders gute Kinderstube!" Veleda bedachte ihn mit einem mitleidigen Blick, dann wandte sie sich ab und schritt auf die Siedler zu. Seine Gefährten wirkten verunsichert, sie wussten nicht, ob sie lachen oder mit ihm jammern sollten. Judit stieg die Zornesröte ins Antlitz. „Wir kannst du dich erdreisten, so mit ihm umzuspringen!" keifte sie los, nur Peters sofortige

Intervention hielt sie davon ab, selber handgreiflich zu werden. „Mädel, du weißt nicht, mit wem du dich anlegst! Lass es dabei bewenden – und Adam – du solltest in Zukunft mit deinen schnoddrigen Äußerungen vorsichtiger umgehen. Vielleicht wäre es ratsam, euch eine Geschichtsstunde über die Frau zu geben, damit ihr überhaupt einen blassen Schimmer habt, wer sie ist?" grollte er und half Adam auf die Beine. Der funkelte die Seherin wütend an. „Sie kann froh sein, dass sie eine Frau ist. Ich vergreife mich an kein Weib!" fluchte er und rieb sich verstohlen die Stelle, die inzwischen blutunterlaufen aufleuchtete. Veleda beachtete ihn und sein Geschrei nicht weiter, in Begleitung der Schwestern ging sie hinüber zur Baracke Eins, wo noch immer die Tischen und Bänke standen. „Wir haben gerade gefrühstückt. Hast du Hunger?" erkundigte sich Anka und huschte in die Küche, um eine Kleinigkeit Essen zu holen. Mit einem vollen Teller Brotscheiben und etwas Fleisch stolzierte sie heran und deckte einen Tisch ein. „Ich bin gekommen, um mit eurem Stammesfürsten zu reden. Ich vermute, das bist du?" Veleda wandte sich Peter zu, der nicht von ihrer Seite wich. „Essen ist fertig!" meldete Anka mit lauter Stimme. „Sorry, aber nicht ich bin der Anführer dieser Siedlung, sondern sie!" Peter wies auf die vier Schwestern, die argwöhnisch das Geschehen beobachteten. Die Seherin war sichtlich überrascht. „Es ist kein Mann, der diesen Stamm führt? Ich ahnte es zwar, aber ich dachte, das wäre ein Irrtum. Nun, dann muss ich mit euch verhandeln. Es geschieht etwas Eigenartiges in unseren Stammesgebieten. Fremde Krieger sind erschienen, die von einer starken, bösartigen Macht geleitet werden. Die große Schlacht im Wald, die unsere Völker einst einte und dem Eindringling aus Rom einige Legionen kostete, verschwindet allmählich im Nichts. Es ist so, als hätte sie niemals statt gefunden und unser geachteter Anführer Arminius niemals existiert. Immer mehr Fürsten vergessen, dass ihre direkten Vorfahren an diesem wichtigen Ereignis teilnahmen. Dass viele ihrer Krieger ihr Leben dafür gaben, dieser Schlange den Kopf abzutrennen und aus dem Land zu jagen. Unser letztes Thing war der Anlass für mich, diesen ungewöhnlichen Weg einzuschlagen und zu euch zu kommen!" berichtete Veleda, während sie ein Stück Brot kostete. „Das schmeckt fast so gut wie am Hofe des Kaisers", stellte sie anerkennend fest und ließ es sich munden. Die Frauen tuschelten miteinander. Anka setzte sich an den Tisch und forderte Veleda mit einer Geste auf, es ihr gleich zu tun. „Stärkt euch nach der langen Reise. Doch sagt uns, welche eigenartige Ereignisse meint ihr? Wir kennen die Geschichte der alten Germanen sehr gut. Unser Vater hat sich ein Leben lang mit dem Werden und Wachsen des deutschen Volkes beschäftigt. Die Schlacht im Teutoburger Wald war ein historisches Ereignis, welches als Meilenstein in die Analen der Geschichte einging, weil damals die Weichen für die Entstehung unserer Heimat gestellt wurden." Die Seherin hörte ihr mit geneigtem Kopf zu, während sie nach der nächsten Brotscheibe langte und genussvoll abbiss. „Mir erscheint es fast, als würde jemand oder etwas unsere Anführer mit einem Bann des Vergessens belegen. Die alten Legenden und Geschichten um Arminius und seinen stolzen Kriegern, die unsere Sänger an den Feuern zum Besten geben, verblassen. Und das kann ich nicht zulassen. Immer öfter vernehmen wir von Fremden, das eine unbekannte Streitmacht den Römern zur Hilfe eilte und in letzter Minute den Sieg unserer Truppen in eine katastrophale Niederlage verwandelte. Man erzählt sich, dass dieses Heer aus dem Nichts erschien und unseren Männern in den Rücken fiel. Man sagt auch, dass es furchtbare Kreaturen waren, die nur der Höllenfürst persönlich anführen kann!" Sie seufzte und hörte auf zu kauen. Peter stutzte und setzte sich zu ihr. „Sind Namen von diesen Fremden bekannt?" erkundigte er sich mit einer dunklen Vorahnung. Veleda nickte. „Am Hofe des Kaisers Vespasian tauchte vor nicht allzu langer Zeit ein Fremder auf, der sich Tyrannis Lehrmeier nennt. Welcher Titel das sein soll, hat sich mir bislang noch nicht erschlossen. Er buhlt um die Gunst und Freundschaft der Mächtigen am Hofe. Ihm zur Seite steht ein Riese, der auf den Namen Achmat hört. Eine wahrlich grausige Gestalt, der man lieber nicht begegnen möchte", berichtete sie weiter. Damit bestätigte sich sein Verdacht. „Da habt ihr ihre Spuren. Dieser verdammte Lehrmeier und sein Handlanger Achmat haben sich in die Vergangenheit verpisst. Das wird wohl dieser Drachen so eingefädelt haben, eine andere Erklärung gibt es nicht für mich. Aber was wollen sie dort? Habt ihr eine Idee?" fragte er die Frauen, die regungslos zuhörten. Ina meldete sich zu Wort. „Es ist nur ein vager Gedanke. Aber vielleicht liege ich gar nicht so falsch damit. Was ist, wenn sie den Verlauf der Geschichte manipulieren wollen, um das Entstehen des deutschen Volkes an der Wurzel zu verhindern?" Peter stützte seinen Kopf in die Hände, während er angestrengt nachdachte. „Sie hat Recht – der Fluch des Drachen hat sich niemals erfüllt und ging immer wieder in die Hose", brummelte er. Veleda sah ihn skeptisch an. „Von welchem Fluch wird hier dauernd gesprochen? Und die Saga des Drachens, der von Siegfried getötet wurde, kennt jedes Kind bei uns!" Peter war baff. „Und ich dachte immer, das war nur so eine Geschichte, ein Märchen der Alten, die mal aufs Papier gebracht wurde. Jetzt erscheint es ja fast so, als würde sie einen wahren Hintergrund haben?" brubbelte er. „Und ob! Hast du diese Kreaturen des Drachen vergessen, die uns ins Unglück stürzten und das Land in den Ruin trieben? Diese verfluchten Zombies oder Drachenknechte. Hoffentlich hat es Omar wirklich geschafft, die Höhle des Drachens für immer zu versiegeln. Ansonsten sehe ich schwarz für uns." Kalif Omar, der mit seiner Schar Drachenjäger vor fünf Jahren über den Steinkreis ins Camp kam, war ihnen noch in guter Erinnerung. „Zumindest gab es in den letzten Jahren keine Vorfälle. Vor allem keine Beben mehr, so dass überall wieder mit dem Aufbau des Landes begonnen wurde." Veleda wandte sich der Sprecherin Ina zu. „Wenn die Gerüchte stimmen, breiten sich im alten Land Kreaturen aus, die unsere Völker in Angst und Schrecken versetzen. Noch ist nicht klar, ob das eine Prüfung der Götter ist?" Judit, die die ganze Zeit über unruhig vor sich hin zappelte, schlich sich wortlos fort und kam nach einigen Minuten entnervt zurück. „Macht was ihr wollt – ich traue dem Frieden nicht. Es laufen keine Sender mehr, weder Radio noch TV. Die Funkverbindungen und Internet, alles futsch!" verkündete sie aufgeregt. „Was denn, noch immer ein Funkloch? Ich dachte, das gibt sich irgendwann wieder. Wir sollten einen Erkundungsflug vorbereiten und eine Drohe losschicken", schlug Anka vor, „ich bin mit der Wartung fertig, also können wir beruhigt mit meiner Maschine fliegen." Babsi stimmte ihr zu. „Ich denke, das ist eine gute Idee. Wir machen allerdings vorher einen kurzen Abstecher über Fürstenwalde. Ich habe im Buschfunk läuten gehört, dass sich dort wieder einige Familien ansiedeln wollten. Vielleicht können wir sie überzeugen, dass sie hierher ziehen. Was sagt ihr dazu?" Damit waren alle einverstanden. „Peter - du, Joel und Adam werden mich begleiten. Und natürlich Veleda. Damit sie sich selber überzeugen kann, wo sie sich gerade befindet. In zwanzig Minuten starten wir!", entschied Anka und eilte in ihr Zimmer, um einige Kleinigkeiten in ihren Rucksack zu packen. Die Minuten verstrichen schneller als gedacht, ihre Passagiere warteten bereits ungeduldig neben der Drohne, als sie endlich auf der Bildfläche erschien. „Pünktlichkeit ist eine Zier!" rezitierte Peter verkniffen ein altes Sprichwort und warf sein Handgepäck ins Cockpit. „Habt ihr eure Waffen dabei?" wollte die Pilotin wissen. „Wozu Waffen – wollen wir jagen?" entgegnete Adam erstaunt. Anka checkte die Systeme und ließ die Turbine starten. „Was ist, wenn wir notlanden müssen? Schon mal daran gedacht?" Die Männer sahen sich irritiert an. „Ich dachte, du bist die weltbeste Mechanikerin? Du wirst doch wohl deine Maschine im Griff haben?" Peter half Veleda beim Einsteigen und legte ihr den Sicherheitsgurt um. „Das ist kein Hexenbesen und absolut sicher!" witzelte Adam, der sich nach hinten verzog. Veleda bedachte ihn mit einem flüchtigen Lächeln. „Du wirst der Erste sein, der nach seiner Mama schreit, wenn es ernst wird!" war ihr Kommentar zu seinem Spruch. „Klappe halten und rein mit euch!" wies Anka die beiden Männer an, die noch unschlüssig draußen herum trampelten. „Ach ja – Peter, mein Gepäck. Pass auf, der Säbel steckt da drin. Also lieber Finger weg!" warnte sie ihn und ließ den Sack an Adam weiter reichen. Der betrachtete misstrauisch die Klinge, die obenauf festgebunden war. „Aha, wir fliegen zu Ritterspielen nach Berlin. Tolle Sache. Hast du überhaupt eine Ahnung, wie gefährlich das Ding ist? Ist ja eine echte Klinge und kein Spielzeug!" murrte er und legte die Sachen vorsichtig in den Gepäckraum. Peter holte bereits Luft, um ihm die passende Antwort zu geben, aber Anka winkte lässig ab. „Das wird er früher oder später schon verstehen", vertröstete sie ihn zuversichtlich. Endlich waren die Luken verschlossen, es konnte losgehen. Veleda saß ruhig und entspannt auf ihrem Sitz, ohne mit den Wimpern zu zucken ließ sie den allerersten Start ihres Lebens über sich ergehen…

„Hallo Schatz, ich sitze mit Felix bereits im Flieger. Du siehst erschöpft und müde aus." Juppi nahm den Kleinen auf den Schoß und ließ ihn seiner Mama zuwinken. Sabine lachte glücklich und schickte ihrem Spatz ein Handküsschen zu. „Okay, dann weiß ich bescheid. Ich bin auf dem Weg zur Ratssitzung mit

Taboris Truppe in Marzahn. Mal sehen, wie lange es heute dauern wird? Hoffentlich findest du Norman? Der hat sich ja so gut versteckt mit seiner Einsiedlerei, dass er praktisch unsichtbar ist. Bestelle ihm liebe Grüße von mir – und er soll unbedingt zum großen Fest kommen. Die Empfänge kann er sich gerne schenken, aber die Party haben wir extra für die Black Hunter organisiert. Die meisten deiner ehemaligen Kämpfer haben bereits zugesagt. Auch Rike und ihre Tochter Miriam werden kommen. Sie ist ein hübsches Mädchen geworden. Sag ihm das…" Die Bildübertragung wurde abrupt unterbrochen. Sie steuerten direkt in eine Gewitterfont hinein, die sich binnen weniger Minuten gebildet hatte. „So ein verdammter Dreck – entweder stört das Wetter oder das Funkgerät ist kaputt?" fauchte der Mann am Steuer und klopfte mehrmals hart mit der flachen Hand auf den Monitor. So sehr sich der Pilot auch bemühte, es kam kein neuer Kontakt zustande. „Wer weiß, was da schon wieder los ist? Die Maschine war erst vorige Woche zur Wartung. Tut mir sehr leid, aber ich kann im Moment nichts machen – es sei, wir kehren um?" Doch der ehemalige Chef der Black Hunter lehnte ab. „Nix da, wegen solcher Kleinigkeiten lasse ich mir die Tour nicht versauen. Das kann heute Abend repariert werden, wenn wir wieder auf dem Flughafen landen!" entschied er resolut und ließ es dabei bewenden. Er betrachtete die Route auf dem Monitor der Drohne, die langsam über die geschlossene Waldfläche hinweg glitt. Er zeigte mit dem Finger auf einen Abschnitt. „Da ungefähr liegt Klein-Köris. Nach dem Beben war ein Teil der Ortschaft restlos zerstört. Mein alter Kampfgefährte Norman hat sich irgendwo in der Nähe im Wald eine Bleibe errichtet. Mein Kurier hat mir die taktischen Daten seines Standortes mitgegeben. Er guckt ab und wann bei ihm vorbei. Damit ich beruhigt schlafen kann", erläuterte Juppi und tippte die Koordinaten ein. „Dorthin wollen wir!" Der Pilot checkte den Scanner und das Navi. „Kein Problem, wir werden ihn schon auftreiben!" beruhigte er den Gefährten der Regierungschefin und konzentrierte sich auf den Flug. Felix interessierte sich mehr für die bunten Knöpfe und Schalter, die überall an den Armaturen blinkten und flackerten. Er tatschte freudig immer wieder auf einen roten Punkt, der in gleichmäßigen Intervallen aufflammte. „Du wirst bestimmt einmal ein großer Flieger!" Der Pilot grinste vergnügt. Die knappen sechzig Kilometer Luftlinie bis zum Ziel waren in wenigen Minuten absolviert. Als sie ankamen, klarte der Himmel bereits wieder auf, die Sonne schickte wie eh und je ihre warmen Strahlen. „Festhalten, ich suche jetzt eine Lichtung, wo wir runter können!" warnte er vor. Er kreiste eine Runde über einer freien Fläche. „Da haben wir genügend Platz!" Er manövrierte geschickt zwischen einigen Baumwipfel hindurch. Schließlich setzte das Fahrwerk der Maschine sanft auf dem Boden auf. „Geschafft, nun müssen wir nur noch diese Hütte finden!" Juppi klappte die Seitentür auf und kletterte vorsichtig mit Felix im Arm hinab. „Bis später. Das wird nicht lange dauern!" verabschiedete er sich und folgte einer nieder getretenen Spur. Er musste nicht lange suchen. „Norman, bis du zu Hause?" Juppi klopfte heftig an der Tür der Holzhütte. „Das muss er doch hören, verdammt noch mal!" fluchte er und trat mit dem Fuß gegen die Pforte, dass es schepperte. Auch diesmal gab es keine Reaktion. „Tja, mein Spatz, da haben wir wohl Pech und mein alter Kamerad treibt sich irgendwo im Wald herum. Dann fliegen wir wieder nach Haus. Mama wird bestimmt schon warten", raunte er seinem Sohn zu, der schläfrig in seinem Arm saß und vom Trubel nichts mitbekam. Der Pilot seiner Drohne hockte auf der schmalen Treppe der Maschine und schmauchte genüsslich eine Pfeife. „Ich gucke mich noch ein wenig um. Vielleicht finde ich ihn an der Grabstätte seiner Freundin!" informierte er den Mann und stampfte einen Trampelpfad entlang, der in das Dickicht führte, direkt zum Grab, in der Norman damals ein Glas Asche von Jenny versenkte. Dieser Ort war auch der Grund, weshalb er sich entschloss, dem Leben in Berlin zu entsagen. Obwohl er die besten Chancen in Aussicht hatte, nach den langjährigen Entbehrungen und Härten des Kampfes gegen den Imperator Klausus und später dessen Nachfolger Tyrannis Lehrmeier, ein ruhiges und beschauliches Leben führen zu können. „Ich habe keine Lust, ein Sesselfurzer zu werden. Dafür habe ich nicht meine Kraft und mein Blut geopfert. Ich suche mir ein stilles Plätzchen und baue mir eine Hütte – das werde ich tun!" Damit war er nicht der Einzige der Freischärler, die plötzlich in Ermangelung eines realen Feindes im Land keine Sinn mehr im Kampf sahen und sich in aller Winde verstreuten. Die einstige Kampfeinheit, die sich nach dem Vorbild der Schwarzen Jäger im Freiheitskrieg gegen die Truppen von Napoleon nach ihrem Einmarsch in Deutschland formierte, hörte offiziell auf, zu existieren. Einige Freunde und

Begleiter blieben in Berlin und scharten sich weiter um Juppi und seiner Frau, der Regentin Sabine, die zum Oberhaupt des Rates der Senatoren gewählt wurde. Der Titel Regentin war ihre Wahl, sie wollte weder mit dem Imperator noch mit Tyrannis in Verbindung gebracht werden. Er hatte sich nicht geirrt, in einer kleinen Schneise, auf der ein Haufen Felssteine zu einer Pyramide aufgestapelt waren, entdeckte er Norman. Er kauerte daneben und war tief in Gedanken versunken. „He alter Kumpel, willst du nicht deinen besten Freund begrüßen! Die Waldluft scheint dir gut zu bekommen – siehst ja richtig erholt und wohlgenährt aus. Ich habe dir eine Überraschung mitgebracht!" polterte er vor Glücksgefühl. Als Norman seinen Kopf hob, entdeckte er die feuchten Spuren auf den Wangen. „Mensch mein Alter. Ich wollte schon wieder abhauen. Aber da fiel mir ein, dass du vielleicht hier sein könntest. Wie geht es dir?" Juppi umarmte den Recken, der sich freute und verstohlen die Tränen wegwischte. „Siehst doch, es hat sich nichts geändert. Ab und wann schwatze ich mit Jenny und hole mir meine Schimpfe ab. Wenn ich Glück habe, erlege ich ein Stück Wild und lebe davon. Ich weiß, dein Kurier taucht öfters mal hier auf und packt mir einige Konserven und Lebensmittel auf die Terrasse. Ich verhungere schon nicht – der Wald ernährt mich!" strahlte Norman ihn an. Behutsam übernahm er den Knirps in die Hände und hielt ihn hoch. „Das ist unser Sohn Felix. Viele Grüße von Sabine. Du sollst unbedingt zur Gedenkfeier nach Berlin kommen", sprudelte es aus Juppi heraus. „Ist schon wieder ein Jahr um? Hier bekomme ich nicht mit, wie die Zeit vergeht", brummte Norman und betrachtete lächelnd das Bündel Mensch. „Schon wieder ein Jahr vergangen?" Behutsam reichte er den Knaben an seinen Vater. „Die Haare hat er auf jeden Fall von dir! Den Charakter hoffentlich von der Mama?" witzelte er und bat Juppi, ihm zu folgen. „Ich zeige dir meinen Lieblingsplatz. Denke, der hätte Jenny zugesagt und gefallen", erklärte er und steuerte zielstrebig zu einem kleinen See nicht weit entfernt. „Das ist nicht der Müggelsee, aber für mich reicht es. Es gibt Fische und sauberes Wasser. Im Sommer kann ich baden…" Er bekam einen verklärten Ausdruck in den Augen, die Sonne, die sich auf der Wasseroberfläche brach, spiegelte sich darin wider. „Es ist so friedlich und schön hier. Nur schade, dass Jenny das nicht erleben kann", seufzte er und setzte sich ins Gras. Felix, der inzwischen munter wurde, begann laut zu brabbeln. „Er kann schon laufen. Pass auf, wie super das funktioniert!" Juppi stellte den Bub auf die Beine und ließ los. „Nun lauf schon zu Onkel Norman!" Laute Rufe in der Nähe ließen die Männer erschrocken auffahren. Felix plumpste mit dem Po auf den Boden und verzog kläglich sein Gesicht. „Nicht weinen, mein Kleiner. Das ist nur der Schreck!" tröstete der besorgte Vater seinen Sprössling und nahm ihn schützend in den Arm. „Sind vielleicht Jäger, die auf Beute aus sind?" vermutete Norman. Obgleich sich das Leben für die meisten Menschen im Reich wieder normalisierte und es Fortschritte bei der Versorgung der Bevölkerung gab, misstrauten viele trotzdem der neuen Regierung. Und zogen ein freies, unabhängiges Leben in der Abgeschiedenheit vor. In der Nähe knackte es verdächtigt im Unterholz. Norman zückte sein Gewehr und legte sich auf die Lauer. Juppi verzog sich mit Felix hinter einen Baum. „Und jetzt schön leise sein – hörst du", flüsterte er ihm ins Ohr. Der Kleine patschte mit seinen Händchen in Vaters Gesicht herum, doch diesmal machte dieser keinen Spaß daraus sondern schüttelte mit ernster Miene den Kopf. Ihre Geduld wurde bald belohnt. Ein großes, dunkelfarbiges Tier mit Zottelfell schob sich durch das Gebüsch und trat auf die freie Fläche. Schnaubend schaute es sich um. „Wow, das ist keine normale Kuh!" hörte Juppi seinen Freund ausrufen. So sehr er auch in seinem Gehirnkasten kramte, ein derartiges Geschöpf hatte er noch nie zu Gesicht bekommen. „Sieht beinahe wie ein ausgewachsener Stier aus. Während meines Studiums als Magister habe ich mal Bilder gesehen von einer Art, die lange ausgestorben ist. Ein Auerochse – aber woher sollte so ein Vieh ausgerechnet hierher kommen?" Er zweifelte selber an seinen Verstand. Das Vieh scharrte mit den Vorderfüßen und hob witternd die Nase in die Luft. „So weit ich mich entsinne, stand damals in der Beschreibung, dass diese Biester alles angegriffen haben, was ihnen in die Quere kam. Wir sollten uns lieber aus dem Staub machen", raunte er Norman zu, der voller Anspannung jede Regung des Monsters beobachtete. Offensichtlich hatte das Tier etwas wahrgenommen oder gerochen, auf jeden Fall setzte sich der Koloss schwerfällig in Bewegung – und kam zielstrebig in ihre Richtung. „Scheiße – wir müssen verduften, bevor das Biest uns niedermacht!" stöhnte Juppi und suchte nach einem Ausweg. Felix schien das neue Spiel zu gefallen, kreischend krakelte er laut herum und verriet damit endgültig ihr Versteck. „Oh Gott – Norman. Tue doch irgendwas! Wenn er nicht stoppt, schieß ihn übern Haufen!" befahl er wie in früheren Zeiten mit fester Stimme. Norman legte an und…

„Tötet ihn nicht! Er ist handzahm und gehorcht aufs Wort!" Eine jugendliche Gestalt pirschte sich heran und hob beide Hände über den Kopf. „Ich bin unbewaffnet – meine Waffen liegen vorn am Pfad." Der junge Mann stellte sich aufrecht vor Juppi hin. „Allerdings – wenn mir etwas zustößt, weiß ich nicht, was er anstellt, um mich zu beschützen?" stellte er klar und lächelte sie zuversichtlich an. „Aber wie ich das sehe, wird mir nichts geschehen – stimmt doch!" Er schnalzte mit der Zunge und stieß einen grellen Pfiff aus. Das Tier wandte sich ihm zu und galoppierte im scharfen Schritt direkt auf ihn los. „Es ist wirklich ein Auerochse. Ihr habt euch also nicht geirrt, mein Freund!" bestätigte er beiläufig Juppis Vermutung. „Darf ich vorstellen: das ist mein vierbeiniger Freund und Wegbegleiter Ursus." Norman bekam fast eine Schnappatmung, als der Riese direkt vor ihm zum Stehen kam und seinen heißen Dunst in sein Antlitz blies. „Sieh an, er mag dich!" stellte der Fremde zufrieden fest und kraulte die mächtige Stirn des Ochsen. „Schönen Dank auch – darauf kann ich gerne verzichten!" knurrte Norman, langsam tastete er sich rückwärts aus der Gefahrenzone. Ursus blieb hartnäckig, er neigte das Haupt, so dass seine langen, spitz zulaufenden Hörner wie Speerspitzen auf ihn wiesen. „Ursus, es reicht! Such dir was zu Fressen!" befahl sein Herrchen streng. Norman atmete erleichtert auf, als das Ungetüm sich von ihm abwandte und im Buschwerk eindrang. Das Brechen der Äste und Stampfen seiner Hufe war noch eine Weile zu hören. Lautes Plantschen folgte. „Er wird sich erfrischen und ein Bad nehmen. Das macht er zu gern", verriet ihnen der Fremde mit einem Augenzwinkern und schaute sich suchend um. „Hast du auch einen Namen?" Juppi trat mit Felix auf ihn zu und reichte ihm die Hand. „Ich bin Juppi, das ist mein Sohn Felix. Wir sind nur zufällig hier zu Besuch bei unserem Freund Norman", erklärte er und betrachtete ihn neugierig. Der Mann war von durchschnittlicher Größe, sein Körperbau kräftig. Er trug einen Lendenschurz aus Fell und einen Umhang, der von einer glänzenden Nadel gehalten wurde. „Du stammst nicht aus dieser Gegend. Zumindest nach deinem Outfit zu urteilen. Bist du einer von diesen Naturburschen, die dem Leben in der

Stadt entsagen und lieber im Freien hausen?" Er bemerkte den Dolch, der unterm Umhang zum Vorschein kam. Der Fremde schaute ihn verwundert an. „Ich lebe seit vielen Jahren hier – nur Leute wie euch habe ich noch nie gesehen!" entgegnete er. Er winkte ihnen zu, mit forschen Schritten eilte er auf die Lichtung, wo seine Waffen lagen. Ein Schild nebst Kurzschwert standen an einem Baum gelehnt, daneben ein Köcher mit Pfeilen und ein Bogen. Juppi erstarrte. „Wo ist die verdammte Drohne geblieben? Wieso ist der Pilot ohne meine Anweisung einfach abgeflogen? Das wird ein Nachspiel haben, mein Freundchen!" knurrte er sichtlich wütend. Norman kratzte sich nachdenklich am Kinn. „Juppi, hier läuft irgendwas schief, das kann ich spüren. Los, zu meiner Hütte!" Der Fremde klaubte seine Sachen auf, hing sich Bogen, Köcher und Schwert um und stellte den Schild vor sich auf. „Man nennt mich Hermann. Wie mein großer Vorfahre Arminius, der gegen die römischen Legionen kämpfte und sie damals besiegte. Mein Volk ist der Stamm der Cherusker", stellte er sich vor und verneigte sich andächtig. Juppi überlief es eiskalt. Er zweifelte nicht einen einzigen Moment am Wahrheitsgehalt seiner Worte. „Ich bin auf der Suche nach der allmächtigen Seherin Veleda. Wir haben Kunde erhalten, dass sie sich in dieser Gegend aufhalten soll, um das Kastell Berlina aufzusuchen. Aber leider habe ich bisher keine Spur von ihr finden können." Norman und Juppi sahen sich konstatiert an. „Kastell Berlina also – wo soll denn dieses Nest liegen?" brummte Norman missbilligend. Der Fremde wies in Richtung Osten. „Einen halben Tagesmarsch entfernt – dort befindet die Befestigung der verfluchten Bastarde", verkündete Hermann mit finsterem Blick. Felix begann zu greinen. „Der Kleine hat bestimmt Hunger. Also laufen wir erst mal zur Hütte. Wir können dort beratschlagen, was wir machen", legte Juppi fest und folgte seinem Freund, der ohne Widerspruch den bekannten Weg einschlug. An der Stelle, wo die Drohne gelandet war, suchte Juppi alles ab. „Nichts zu sehen. Als wäre sie niemals hier gewesen", zischelte er wütend vor sich hin. Der Fremde schaute verwundert zu. „Hast du vielleicht einen großen Kasten hier stehen sehen? So ein Ding, was du nicht kennst?" fragte Juppi ihn schließlich. Hermann schüttelte grinsend den Kopf. „Ein Ding, was ich nicht kenne, hat hier nie gestanden. Weder hier noch anderswo!" Indessen erreichten sie die Stelle, an der Norman sein Haus erwartete.

„Verfluchte Scheiße – was geht jetzt hier ab? Die Hütte ist auch verschwunden!" fluchte er und drehte sich im Kreis. Er rannte zwischen den Büschen umher, scheltend kam er zurück. „Da laust mich doch der Affe. Das Haus ist fort!" Nun war guter Rat teuer. In Juppis Schädel purzelte alles durcheinander. „Als wir mit der Drohne abflogen, kam diese Gewitterwolke, die das gesamte Gebiet einhüllte. Es gab aber keinen Regen, nur Donnergrollen und ein paar Blitze", erinnerte er sich. „Stimmt, das war vor etwa zwei Stunden! Ich war am See zum Fischen", bestätigte Norman. Hermann suchte indessen nach auffälligen Spuren im Umkreis. „Wenn hier eine Hütte gestanden hätte, wäre sie uns nicht entgangen. Also ehrlich, woher kommt ihr? Aus dem Kastell etwa?" Sein Ton wurde durchdringend, er behielt diesmal einen Abstand zu ihnen. „Na klar komme ich aus Berlin. Aber das ist kein kleines Kastell sondern eine riesige Stadt!" brauste Juppi auf. Hermann stieß einen grellen Pfiff aus. „Ihr seid meine Gefangenen. Ich bringe euch ins Dorf!" Ursus preschte durch das Gebüsch und stellte sich schnaufend neben ihn auf. Hinter einem Strauch holte er ein Gestell hervor und schnürte es dem Tier auf den Rücken. „Bin gespannt, was meine Leute sagen? Auf geht es!"

„Können wir eine Pause machen? Der Kleine braucht dringend was zu Trinken", bat Juppi, nachdem das Geschrei von Felix nicht mehr zu stoppen war. Hermann musterte das Kind und willigte schließlich ein. „Wartet, gebt ihm das hier!" Er nestelte am Tragegestell des Ochsen herum und brachte aus einer Tasche einen Fellbeutel zum Vorschein. „Das ist Wasser. Gebt ihm davon was", erklärte er und zog einen Holzstöpsel heraus. Juppi kostete davon. Es schmeckte brackig und abgestanden. Aber in Anbetracht der Situation war es besser als nichts. Vorsichtig hielt er die Öffnung an Felix's Mund. Der Junge wehrte sich erst und schlug um sich, aber dann hatte er verstanden und trank gierig einige Schlucke. „So ist es gut, mein Bub. Wie lange müssen wir noch bis zum Dorf laufen?" erkundigte sich Juppi und reichte den Wasserschlauch an Norman weiter. Der verzog angewidert sein Gesicht, nahm aber trotzdem einen langen Zug. „Schmeckt wie Hundepisse!" grummelte er und gab den Schlauch an Hermann zurück. „Bei Sonnenuntergang sind wir da!" lautete die Antwort ihres Wächters.

Zu Juppis Überraschung machte er ihm ein lukratives Angebot. „Du solltest dich mit dem Kind auf ihn setzen. Das ist leichter und geht schneller!" Ursus drehte seinen wuchtigen Schädel zu ihm, gerade so als wollte er ihn einladen, den Worten seines Gebieters zu folgen. Zu seinem Erstaunen kletterte Hermann flink wie ein Wiesel auf den Auerochsen. „Gib mir den Knaben. Und dann rauf mit euch beiden!" befahl er. Als Norman hinter Juppi seinen Platz einnahm, schien es, als würde der Gigant ein wenig in die Knie gehen. „Keine Sorgen, der schleppt sonst ganz andere Lasten weg!" beruhigte Hermann sie, dann ging es los. Die Männer hatten alle Hände voll zu tun, die Äste und Sträucher von sich fern zu halten, die unbarmherzig auf sie einpeitschten. Am Ende lagen sie fast flach wie eine Flunder auf dem Rücken des Tieres…

Pünktlich bei Sonnenuntergang erreichten sie ein langgezogenes Tal, der Geruch von Rauch schwebte in der Luft. Hammerschläge und Hundegebell waren zu hören. „Da unten liegt mein Dorf. Ihr könnt absteigen. Ursus wird gleich zur Herde wollen, da ist er nicht zu bändigen." Hermann sprang leichtfüßig herunter, schnallte die Taschen ab und löste das Gestell. Juppi stöhnte auf, als er den Boden erreichte. „Oh Gott, mein Rücken. Das war wie eine Folterbank!" krächzte er und streckte sich. Norman erschrak, als der Ochse mit den Hinterläufen ausschlug und machte, dass er aus deren Reichweite kam. Sein Herr und Meister gab dem Tier einen derben Klatscher aufs Hinterteil. „Danke dir mein Freund für deine Dienste. Nun troll dich!" Flugs machte sich Ursus aus dem Staube und trabte in Richtung einer großen Rasenfläche davon, wo einige Umrisse von Pferden und Ochsen erkennbar waren. „Ein Tritt von ihm tötet einen Mann!" bemerkte Hermann und hielt Norman die Taschen entgegen. „Hier, bis da unten müssen wir noch einige Schritte zu Fuß gehen. Ihr lauft vor mir!" Murrend übernahm Norman die Last und legte sie über seine Schultern. Juppi marschierte mit dem schlafenden Felix voraus, gefolgt von seinem Freund. Mit gezücktem Schwert schlenderte Hermann hinter ihnen her. Es vergingen einige Minuten, als drei Männer vor ihnen aus dem Nichts erschienen und sie anhielten. „Das sind unsere Wachposten. Die Zeiten sind unsicher und manchmal verirren sich auch Soldaten des Feindes hier her", ließ Hermann vernehmen und befahl, dass sie warten sollten. Nach einem kurzen Disput ging es in Begleitung eines Kriegers weiter. Als die Sonne zwischen einigen Wolken versank, betraten sie das eingezäunte Gelände des Dorfes. Mit der Dunkelheit kam die Nachtkühle. Juppi fröstelte, voller Sorge presste er Felix an sich. „Verdammter Mist, ich habe nicht an die Jacken gedacht. Die liegen im Flieger…!" schimpfte er auf sich selbst. Einige Fackeln flammten auf und beleuchteten kärglich einen festgestampften Weg, der sich quer durch den winzigen Ort zog. Juppi spürte körperlich, wie der Kleine zu zittern begann. „Hoffentlich kommen wir bald ins Warme", betete er heimlich, als Hermann sie zu einem lang gestreckten Objekt dirigierte. Eine flache Pforte wurde geöffnet, ein junges Mädchen hielt ihnen die Tür auf. Der Gestank, der ihnen entgegen strömte, nahm ihm fast den Atem. „Boh, haben die hier einen offenen Donnerbalken in Betrieb? Das stinkt nach Scheiße. Ist ja nicht auszuhalten…!" Er hielt die Luft an, versuchte flach zu atmen. „Armer Felix. Das kann ich dir leider nicht ersparen." Sein Sohn drehte unruhig den Kopf hin und her, auch er spürte den unangenehmen Mief. Sie wurden durch einen schmalen Flur in die nächste Tür geleitet und erreichten einen abgeschiedenen Raum, der von einem lodernden Feuer beleuchtet wurde. Es wurde richtig angenehm warm, der Geruch änderte sich nur wenig und stach weiter in der Nase. Das schien die Bewohner, die hier lebten, wenig zu kümmern. „Guten Abend wünsche ich!" sprach Juppi laut, Norman nickte nur auf Verdacht in alle Richtungen. Ihr Begleiter war plötzlich verschwunden. „Hermann – wo steckst du? Kannst uns doch nicht einfach so stehen lassen!" Juppi wurde fahrig und schaute sich um, ohne wirklich jemand klar erkennen zu können. Er nahm einige Bewegungen im diffusen Hintergrund wahr. „So redet doch mit uns!" Aus der Mitte des Raumes, der offensichtlich größer war, als Juppi im ersten Moment erfasste, bewegte sich ein alter Mann zum Feuer hin. Die Last der Jahre hatte ihn gebeugt, er tastete sich mit einem Stock hinkend zu einer Bank, die im Schein der Flammen zu sehen war. „Mein Sohn, komm zu mir!" Seine Stimme klang brüchig, dennoch strahlte er eine Energie aus, die Juppi sofort erkennen ließ, dass er es mit einem Anführer zu tun hatte. Er holte Luft und setzte zum Sprechen an, doch eine gebieterische Geste des Alten ließ ihn innehalten. „Mein Sohn wird reden – nicht du!" wies er ihn zurecht. Hermann kniete vor seinem Vater nieder. Leises Raunen erfüllte das Zimmer, als er berichtete, dass einer der Männer zugab, aus Berlina zu stammen. „Er kommt also aus dem Kastell? Wer von beiden ist es?" Juppi wartete nicht, bis er aufgerufen wurde, sondern machte einen Schritt auf das Feuer zu. „Ich bin es, der in Berlin lebt. Allerdings ist das kein Kastell, sondern eine Stadt – eine sehr große Stadt!" beteuerte er mit Nachdruck. Seine leise Hoffnung, dass alles nur ein großer Irrtum sei und sich letztendlich als ein initiiertes Theaterstück mit historischem Hintergrund offenbaren würde, zerplatzte immer mehr. „Wo sind wir bloß hingeraten?" Er sah sich nach Norman um, der unruhig mit den Füßen scharte. Jetzt erst fiel ihm auf, dass er heimliche Zeichen gab und was mitteilen wollte. „Er trägt sein Gewehr auf dem Rücken – das hat der Bursche übersehen", schoss es ihm durch den Kopf. Damit wurde ihm bewusst, dass Hermann keine Ahnung haben konnte, was für eine gefährliche Waffe er bei sich führte. „Früher oder später werden wir schon heraus finden, welches Spiel mit uns getrieben wird", dachte er noch, als der Alte ihn mit dem Stock antippte. „Bist du Römer oder aus welchem Provinz des Imperiums stammst du?" Es war eine Eingebung, wie aus der Pistole geschossen kam ein Satz: „Ich bin Deutscher – bin ein Germane wie ihr!" Im Hintergrund wurden mehrere Stimmen laut. „Er lügt. Wir sollten ihn den Göttern opfern und damit sein Schandmaul stopfen. Was ist ein Deutscher...?" Juppi spürte, dass diese Drohung nicht als Scherz gemeint war. „Das entscheiden nicht wir allein, was geschieht, sondern das Thing. Bis dahin werden die Götter warten!" Der Alte hob die knorrige Faust. „Und Hermann hat hier das letzte Wort – es ist immerhin sein Gefangener – so will es das Gesetz!" Die Männer verstummten. Juppi versuchte zu erspähen, wie viele Personen sich noch im Raum aufhielten, aber das war unmöglich. Felix fing laut zu weinen an. Ihm wurde das Schauspiel unheimlich, die Schatten an den Wänden, die mit dem Feuer um die Wette tanzten, erschreckten das Kind. Außerdem hatte er Hunger. Er zutschte laut an seinen Fingern. „Kann ich etwas Essen für ihn haben?" fragte Juppi ungeachtet der bedrohlichen Lage. Das junge Mädchen von der Tür kam nach vorn, reichte ihm einen Holzteller und einen grob geschnitzten Löffel. „Das ist Hirsebrei. Gib es dem Jungen!" forderte Hermann ihn auf und drängte Vater und Sohn auf eine benachbarte Bank. „Danke, vielen Dank!" Juppi atmete erleichtert auf, nahm Felix auf den Schoß und fütterte ihn. Norman tastete sich heran und setzte sich daneben. „Ganz stubenrein ist der Schlingel aber auch nicht. Der kleine Scheißer muffelt mächtig, hat wohl in die Hose gemacht?" stellte er ironisch fest und schüttelte den Kopf. „Bei dem ganzen Stress kein Wunder. Die Windeln für ihn liegen auch im Flieger. Nun haben wir echt ein Problem. Hoffentlich kennen die so was?" Juppis Zweifel waren wohl begründet. Hermann hatte offensichtlich Verständnis für seine Situation. „Meine Schwester wird ihn sauber machen. Das ist Frauensache..." Zum dritten Mal tauchte das schüchterne Mädchen auf und trug Felix nach draußen. Der ließ es ohne Murren und Geschrei geschehen. Juppi war nicht wohl dabei. „Kann man ihnen vertrauen?" Norman zuckte mit den Achseln. „Sie werden sich doch nicht an kleine Kinder vergreifen. Kann ich mir jedenfalls nicht vorstellen", zischte er zurück. Nach einer Weile tauchte sein Sohn wohlbehalten wieder auf – sein Unterleib fasste sich kalt und nass an. „Sie hat ihn im Bach gewaschen. Decke ihn zu, damit er nicht friert!" riet ihm Hermann lächelnd. Er bemerkte wohl das fassungslose Gesicht des Vaters. „Das machen wir hier so – und er hat Glück, jetzt ist nicht Winter." Juppi hatte es tatsächlich die Sprache verschlagen. Hermanns Schwester brachte etwas Heu und ein Stück weiches Fell, wie selbstverständlich nahm sie Juppi das Kind ab. Sie legte das Fell auf die Erde, breitete das Heu darauf aus und wickelte den Knaben wie eine Puppe darin ein. „So bleibt er warm und kann schlafen." Felix hielt die Augen geschlossen und schniefte friedlich vor sich hin. „Er hat von mir noch etwas warme Milch bekommen", verriet sie Juppi leise und schielte dabei heimlich zu den Männern. Diese waren beschäftigt und berieten lautstark, wie es weiter gehen sollte. „Du hast ein gutes Herz, mögen die Götter es dir niemals vergessen!" Juppi streichelte ihr dankbar über die Hand. Inzwischen versammelte sich der männliche Teil der Bewohner um ihren Anführer, der Dialog zwischen ihnen wurde heftiger. Juppi registrierte über ein Dutzend Krieger im gemischten Alter. „Die alle leben hier – mit Frau und Kind?" staunte Norman nicht schlecht, als ihnen einige Halbwüchsige in die Quere kamen, die sie interessiert anstarrten. „Führt ihn zur Grube!" Der Satz des Oberhauptes unterbrach ihre Beobachtungen. Zwei Krieger kamen mit drohender Gebärde auf sie zu. „Du – mitkommen!" Juppi wurde ziemlich unsanft von der Bank gerissen und zum Ausgang geführt. Über den Flur ging es auf der gegenüberliegenden Seite durch eine weitere Tür. Als sie geöffnet wurde, schlug der penetrante Gestank wie eine Keule auf seine Nase ein. „Hier haben sie ihre Tiere eingesperrt. Ein weiteres Indiz, dass wir nicht mehr in unserer Epoche sind", kam ihm hoch. Eine Fackel wurde gebracht, er sah die Köpfe von Pferden, die sich ihnen schnaubend zudrehten, weiter hinten raschelte es. Boxen, in denen sich Kühe, Ziegen und Schafe drängten, reihten sich aneinander. Sie wateten inzwischen knöcheltief durch schmierigen Lehm, der mit Fäkalien der Stallbewohner vermischt war. „Das ist doch nicht zu fassen. Was wollen die ausgerechnet hier von mir?" stöhnte er, während er weiter getrieben wurde. In der letzten Ecke lag ein geflochtenes Holzgitter auf dem Boden, dessen Ränder mit großen Steinen beschwert waren. „Jetzt sperren sie mich dort ein!" war sein nächster Gedanke. Ein Röcheln erklang, eine menschliche Hand schob sich zwischen den Stäben ins Licht. Höhnisches Gelächter seiner Begleiter schallte in seinen Ohren, während Juppis Herz immer höher schlug. Einer der Krieger rollte die Gewichte zur Seite und hob die Absperrung in die Höhe. Als die Fackel darüber gehalten wurde, schreckte Juppi entsetzt zurück. Die Grube war voller Gülle, mittendrin stand bis zum Hals ein Mann. Er stammelte unverständliche Worte und blinzelte ins Licht. Als der Fackelträger Juppi an den Rand schob, wurde dieser kreidebleich. „Jetzt ist alles vorbei!" dachte er bestürzt. Doch es kam anders. „He Römer, kennst du diesen Mann?" schri der Krieger den armen Kerl an. Und weil er nicht gleich reagierte, stieß er mit dem Fuß so heftig in die Erde, dass ihm der Dreck ins Gesicht spritzte. „Verdammt noch mal, was macht ihr da? Lasst den Mann in Ruhe!" wagte Juppi zu murmeln, aber sie hörten nicht auf ihn. Zum Glück, wie sich später heraus stellte. Sie fackelten in der Regel nicht lange und griffen knallhart durch. „Nun, Centurio – sieh her. Kennst du diesen Mann? Stammt er aus eurem Kastell?" wiederholte er und senkte die Fackel bedrohlich nahe in dessen Gesicht. Juppi verstand kein Wort von dem, was er sagte. Aber da die Männer die Grube wieder verschlossen und ihn zurück in den Wohnbereich führten, konnte er sich denken, dass er ihm unbekannt war. Sie wurden bereits erwartet. Norman stand erleichtert auf und nickte ihm zu. „Der Kleine schläft. Ist alles gut?" Sein Freund wurde direkt vor den Sitz des Anführers geführt. „Er hat dich nicht erkannt. Ich glaube ihm vorerst. In seiner Lage würde er es nicht wagen, uns anzulügen. Und wenn doch – du kennst nun die Spielregeln!" Der Stammesfürst musterte ihn mit kalten Augen. „Es wird Zeit, schlafen zu gehen. Du wirst im Nachbarhaus eine Schlafstätte finden. Der Knabe und dein Gefährte bleiben hier – so kommt niemand auf dumme Gedanken. Otilda, meine jüngste Tochter, wird das Kind zu sich nehmen. Bringt sie weg!" Juppi wusste nicht, was ihm geschah, sein letzter besorgter Blick fiel auf Felix, der von Otilda in ihr Lager getragen wurde. „Pass gut auf ihn auf!" flehte er noch, damit schlug die Tür hinter ihnen zu. Auf dem Marsch zum nächsten Wohnstallhaus hörte er leises Plätschern. „Kann ich einen Schluck Wasser trinken? Ich müsste meine Schuhe säubern…" bat er den Krieger, der ihn großzügig an den Bach führte, der durch die Siedlung floss. Juppi sank auf die Knie und reinigte gründlich seine Hände. Mit der hohlen Hand schöpfte er frisches Wasser heraus und erfrischte sein Gesicht, dann trank er, bis er fast platzte. Was ihm dabei entging, war die Tatsache, dass sich sein Begleiter nur wenige Meter von ihm entleerte und feixend ins Wasser pinkelte…

Ein derber Rippenstoß brachte ihn in die harte Realität zurück. Er wusste nicht, ob es noch Nacht oder bereits Tag war. Er lag auf dem blanken Boden, irgendwann musste er eingeschlafen sein. „Was ist denn los? Wie spät ist es?" Er rappelte sich mühsam hoch, sämtliche Knochen im Leib taten ihm weh. „Komm mit, der Herr will mit dir sprechen!" ranzte ihn ein Krieger an. „Los mach schon, der Fürst wartet nicht so gern!" wurde er angetrieben. Ein Lichtschimmer fiel durch die offene Pforte, er atmete die frische Luft ein, die ihm entgegen strömte. Er reckte und streckte sich, unsicher machte er einen Schritt ins Freie. „Wenn ich es nicht besser wüsste, würde ich wirklich meinen, eine der alten Gedenkstätten der Antike zu besuchen…" Jetzt bei Tageslicht eröffnete sich ihm ein völlig neuer Blickwinkel. Das Dorf war größer, als er es in Erinnerung hatte. „Kein Wunder, mitten in der Nacht." Er zählte insgesamt neun riesige Gebäude, die im Gelände verteilt lagen und alle in die gleiche Richtung zeigten. Er überschlug im Kopf, wie viele Bewohner darin leben konnten. „Schätze um die zweihundert Seelen, die hier unter gekommen sind!" Der Krieger vor ihm hatte es besonders eilig. Sie erreichten das größte Wohnstallhaus, fast doppelt so lang, lag es zentral im Dorfkern und prunkte schon allein durch seiner Größe. Oben am

Giebel war der Schädel eines Auerochsen angeschlagen – das Symbol der Kraft und Mächtigkeit. Juppi versuchte, sich die wichtigsten Details der Umgebung einzuprägen. Er stutzte, als er das ungewöhnliche Gefährt entdeckte, welches neben einem Busch zwischen den Häusern geparkt stand. „Da hol mich glatt der Teufel. Wenn das mal kein römischer Streitwagen ist?" stellte er fest und blieb stehen, um den Wagen näher zu betrachten. „Mit diesen Dingern überrennen diese Bastarde die Krieger und zerstückeln sie. Dieser hier hat allerdings ausgedient. Der Centurio, der damit durch den Wald preschte, hat keine Freude mehr daran", schnaufte sein Wächter. Und schon ging es weiter. Am Eingang des Haupthauses wurde gerade ein lebloser Köper heraus getragen. Er stank bestialisch und war total besudelt. Juppi schaute ihn bestürzt an. „Ein Glück, das ist nicht Norman – dem Himmel sei Dank", ächzte er befreit. Als er an den Kriegern vorbei musste, die den Toten schleppten, erblickte er den Harnisch auf seinem Oberkörper. „Der Römer ist verreckt. Ist in der Scheiße ersoffen!" höhnte sein Aufpasser und stieß ihn an. „Sie sitzen dort!" Juppi schüttelte es. Allein die Vorstellung, unter welchen grausamen Umständen der Mann erstickt war, trieb ihm einen Schauer über den Rücken. „Dann haben die Geschichtsschreiber und Historiker wohl doch Recht, dass unser Vorfahren ein raues und unkultiviertes Volk war. Unglaublich, was hier abgeht!" Er torkelte weiter und blickte noch einmal zum Trupp, der die Leiche auf dem Streitwagen hievte. „Da werden sich die Götter über eine besondere Opfergabe freuen. Wir werden ihn am Abend mitsamt den Wagen im See versenken", brummte der junge Mann, endlich erreichten sie das eigentliche Ziel. Auf einem Platz vor dem Haus waren mehrere Tische und Sitzgelegenheiten errichtet worden. Die Familie des Fürsten saß bereits dort und langte kräftig zu. „He Fremder, komm und iss eine Kleinigkeit mit uns. Dein Sohn wird gleich gebracht." Diese Nachricht des Oberhauptes beruhigte Juppi zusehends, mit einem Kopfnicken bedankte er sich und reihte sich an einem Tisch ein. Norman winkte ihm freudig vom Nachbartisch aus zu. Er trug noch immer seine Schusswaffe auf dem Rücken. „Komm her, hier ist ein Hocker frei!" rief er. Juppi entschuldigte sich und rutschte rüber zu seinen Kumpanen. „Die sind heute völlig anders. Wie ausgewechselt. Keine Ahnung, was inzwischen passiert ist? Hast du mitbekommen, wer der Tote war?" Norman war völlig aus dem Häuschen und kaum zu bremsen. „Da kommt Felix!" Juppi guckte zur Tür, wo Otilda sichtbar wurde. Sie winkte ihm zu und stellte den Knaben auf die Erde. „Felix, hier bin ich!" Juppi gab sich zu erkennen, mit lachender Miene tapste das Kind zu seinem Vater und krähte vor Freude, als der ihn hochnahm und liebevoll herzte. „Hast bestimmt Hunger? Was hat dir das Mädel diesmal für einen Frack angezogen?" Verwundert begutachtete er die Hose aus Fell, die mit einem Träger über der Schulter gehalten wurde. „Ist doch besser, als wenn er mit dem nackten Arsch herum tänzelt!" grunzte Norman und begrüßte das Kind auf seine Art. Er schnappte es, warf Felix hoch und fing ihn wieder auf. Beim ersten Schwung verzog er das Gesicht zu einer Schippe, dann bemerkte er, dass es riesigen Spaß machte, durch die Luft zu fliegen und wollte mehr. „Macht später damit weiter, wir müssen miteinander sprechen!" verlangte der Fürst. Juppi stopfte sich einige Bissen in den Mund und würgte sie hastig runter. „Komme sofort!" Er trank einen Schluck Wasser und gab Felix einen Kuss auf die Stirn. „Bis gleich, mein Spatz. Du wartest bei Onkel Norman!" An Norman gewandt: „Bin gespannt, was die heute wieder für Späße mit mir treiben?" Er zwinkerte ihm zu und eilte zum Tisch des Oberhauptes. Der Fürst bot ihm diesmal einen Platz seiner Seite an. „Nun, wie war die Nacht? Ich hoffe, wir haben dich nicht zu sehr erschreckt?" Juppi traute kaum seinen Ohren. Dieser Stimmungsumschwung kam doch etwas plötzlich. „Ich habe wenig geschlafen. Der Boden war verdammt hart und unbequem. Aber ich habe es überlebt!" Hermann, der neben seinem Vater saß, runzelte die Stirn. „Wurde dir kein Lager zugeteilt, wie ich es angeordnet habe?" Sein vernichtender Blick suchte den Krieger, der ihn begleitete. „Sven, zeig dich!" stieß er grollend aus. Der Mann saß am letzten Tisch und senkte schuldbewusst den Kopf, als er sich erhob. „Wie lautete meine Anweisung, was die Unterbringung des Gefangenen betraf?" schnaubte Hermann aufgebracht. „Herr, ich war mir nicht sicher, was du meintest. Darum dachte ich…" „Das Denken überlass in Zukunft den Leuten, die von den Göttern dafür bestimmt sind! Das nächste Mal ziehe ich dir das Fell über die Ohren!" kanzelte der junge Fürst ihn ab. Juppi versuchte, schlichtend einzuwirken. „Das war nicht die erste Nacht, die ich so durchstehen musste und wird nicht die letzte sein – es war nicht so schlimm." Er dachte an die Aktion mit Svens Pisserei. „Das war viel gemeiner…" Er behielt es allerdings für sich.

„Verzeiht dem Krieger. Ihn trifft keine Schuld. Er tat nur, was die Götter ihm auferlegten!" Juppi horchte beim Klang dieser Stimme auf. Diese merkwürdige Erscheinung verblüffte ihn. Eine vermummte Gestalt näherte sich dem Fürstenhaus, zu seiner Rechten ein Wolf, auf der linken Schulter ein krächzender Rabe, der aufgeregt mit den Flügeln flatterte. Unruhe entstand unter den Anwesenden, sogar der Fürst selbst erstarrte wie eine Mumie und wartete ab, bis er vor ihm stand. „Fürst Aurich – ich grüße dich und deine Nachkommen!" Der Ankömmling verneigte sich. Juppi sah sich nach Hermann um. „Wer in Gottes Namen ist das?" fragte er ihn leise. „Wer in Namen Odins bist du?" donnerte der Fremde los, der Wolf bleckte seine Zähne und knurrte Juppi feindselig an. Juppis Blick wanderte zu Norman, der unauffällig seine Waffe nach vorn zog. „Hoffentlich macht er jetzt keinen Blödsinn?" Juppi schüttelte unmerklich den Kopf. Norman verstand und zwinkerte ihm beruhigend zu. Der Fremde indessen ließ eine Schimpfkanonade über Juppi ergehen. „Diese Fremden bringen großes Unglück über den Stamm. Ihr solltet das Thing einberufen und sie dort den Göttern überlassen – auch das Kind!" Juppi stieg bei diesen Worten die Zornesröte ins Gesicht. „Was kann ein Kind gegen diese Männer ausrichten? Verzeiht Fürst – aber das muss ich mir nicht anhören!" blaffte er zurück. Hermann reagierte prompt und zog ihm mit einer Gerte einen Hieb über den Buckel, das es nur so pfiff. „Mäßige dich! Das ist der Schamane Eldir – er spricht mit den Göttern und kennt ihre Wege. Es ziemt sich nicht, ihm ins Wort zu fallen!" belehrte er den Aufgebrachten und holte erneut aus. Juppi hob abwehrend die Arme. „Schon gut – ich habe es verstanden!" jammerte er reumütig. Die Strieme auf seinem Rücken brannte wie Feuer. Der Schamane schritt auf Juppi zu und packte sein Kinn, um in seine Augen zu sehen. „Das Böse sitzt in ihm und funkelt mich an. Odin – sende uns ein Zeichen und vernichte diese Brut!" Juppi sträubte sich erneut und wischte die Hand des Mannes weg. „Fass mich nicht an…!" zischte er ärgerlich. Am Himmel leuchtete ein silberner Punkt auf und kam schnell näher. Juppi jubelte auf. „Norman, unsere Leute kommen! Ein Drohne – sieh selbst!" Das

Dröhnen der Turbine war wie Musik in seinen Ohren, als die Maschine zielstrebig auf die Siedlung zuflog und vor der Einzäunung mitten zwischen der Kuhherde zur Landung ansetzte. „Da hast du dein Zeichen von Odin! Es sind meine Leute, die geradewegs vom Himmel steigen, um uns zu holen!" rief er triumphierend aus. Im allgemeinen Trubel und Durcheinander, welches nun einsetzte, registrierte niemand weiter, dass der Schamane sich schleunigst aus der Siedlung entfernte. Fürst Aurich stützte sich auf die Schulter seines Sohnes und erhob sich, mit großen Augen verfolgte er den Flug des unheimlichen Objektes. „Fremder, das wollte ich dir mitteilen: Ein Reiter brachte uns im Morgengrauen die frohe Kunde, dass die Seherin Veleda angekommen ist. Sie befindet sich in einem Dorf, welches wir bislang noch nie bemerkt haben. Ein Trupp bewaffneter Krieger wird in der Mittagsstunde los ziehen und sie von dort abholen." Er hustete vor Anstrengung und musste sich wieder setzen. Lautes Geschrei setzte ein, ein Schar Kinder kam kreischend über den Feldweg angerannt und versammelte sich ängstlich um die Krieger des Gebieters. Norman dachte zuerst, dass die Drohne der Auslöser dafür war, als er die Gestalt des Römers wahrnahm. Er stand aufrecht mitten der Straße der Siedlung, trotz des Dreckes und der Fäkalien, die an ihm herunter flossen, fauchte er mit erhobenem Haupt wie ein bösartiger Geist. „Das glaube ich jetzt nicht? Fürst seht doch – der Tote ist auferstanden!" warnte er das Oberhaupt. Juppi fuhr herum, als er den Offizier erblickte, wurde er bleich wie eine Kalkwand. „Diese verdammten Drachenknechte sind also wirklich hier angekommen. Gebt uns Waffen – wir brauchen Schwerter!" rief er aus. Niemand von den Kriegern hatte eine Waffe zum Frühstück mit ins Freie genommen. „Macht schon und bewaffnet euch, bevor er hier ist!" brüllte Juppi noch einmal und schaute sich suchend um. Der Römer erkannte sofort, in welcher misslichen Lage sich seine Gegner befanden und griff mit einem Tempo an, dass allen Hören und Sehen verging. Ein Teil der Männer trat ihm mutig mit Hockern und Tischbeinen und allem, was sie auf die Schnelle finden und greifen konnten, entgegen, während der Rest ins Innere des Hauses stürmte, um ihre Schwerter und Bögen zu holen. „Ich verstehe nicht, was gerade passiert? Der Mann war krepiert. Und jetzt steht er vor uns, als wäre nichts geschehen und attackiert unsere Truppe?" Hermann guckte verwirrt, ungläubig verharrte er und verlor damit kostbare Zeit. Der Angreifer würgte und spuckte dreckigen Schaum aus, aber das hemmte in keinster Weise seine Aktivitäten. Der Centurio rauschte wie eine Furie heran, mit einer Wucht und Kampftechnik, die Norman und Juppi bereits bekannt war, schaltete er die Verteidiger des Herrschers aus. Mit einem Schlag seiner bloßen Faust betäubte er die beiden Krieger, die mit ihren Leibern schützend vor Aurich standen. Damit fiel die letzte Deckung des Stammesoberhauptes. Der Fürst war alt und zu schwach, ihm im offenen Kampf entgegen zu treten. Er hob seinen Stock und stieß mit der Spitze zu, aber der Lederharnisch ließ ihn erfolglos abgleiten. Der Centurio hob die Faust, um zum tödlichen Schlag auszuholen. Juppi wurde in diesem Moment bewusst, das er etwas tun musste, bevor es endgültig zu spät war. „Norman, das Gewehr!" rief Juppi seinen Gefährten zu und sprintete los, um den Angreifer abzulenken. Norman warf ihm die Waffe zu, mit einem gewaltigen Hechtsprung fischte Juppi sie aus der Luft und lud durch. „Köpfe runter!" schri er und schoss mehrere Salven ab. Er wusste aus Erfahrung, dass er ihn so nicht töten konnte. Voller Genugtuung registrierte er, dass die Treffer ihn von den Beinen rissen und auf der Erde aufschlagen ließen. „Jungs, wo bleibt ihr in Gottes Namen?" rief er flehend und hoffte, dass die Krieger jede Sekunde kommen würden. Wie erwartet, schnellte der Römer wieder in die Senkrechte und wollte erneut auf den Fürsten los. In diesem Moment kam Anka in Begleitung einige Männer und einer Frau ins Dorf gelaufen, den blanken Säbel in der erhobenen Faust. „Ich schnappe mir den Burschen!" Mit einem Ausfallschritt und gekonnter Drehung wirbelte sie um ihn herum, ein Hieb mit der scharfen Waffe reichte und der Schädel des Zombies landete im Sand. Wenige Augenblicke später war das Kriegsgeschrei der Krieger zu vernehmen, die aus dem Haus gerannt kamen, an ihrer Spitze Hermann. Verdutzt guckte er auf den Kopf, dann auf die Frau, die mit grimmiger Miene die Klinge des Säbels reinigte. „Das war wieder einmal ein hervorragendes Timing. Rettung in letzter Sekunde…" ächzte Juppi und setzte sich schnaufend auf den kahlen Boden. Otilda kam indessen mit Felix aus dem Haus, mit lautem Wehklagen lief sie auf ihren Vater zu. Er lag, rückwärts zusammengesunken, auf seinem Stuhl, die Augen geschlossen. Die Fremde folgte ihr und berührte seine Stirn. „Er ist von uns gegangen. Der große Fürst Aurich zieht in das Paradies der

Krieger ein – die Tore von Walhalla sind für ihn weit geöffnet. Die Geistern der Vorfahren erwarten ihn bereits!" Veleda, die Seherin der Germanen, hob ihre Hände in Richtung Sonne und stimmte einen kehligen Singsang an. Die Frauen des Dorfes fielen ein, alsbald erhob sich eine Hymne zum Lobe des Kriegers gen Himmel. „Odin, schicke uns deine Walküren in das Dorf, um die Seele unseres Bruders sicher zu geleiten!" Veleda winkte einige Krieger heran, die den Fürsten aufnahmen und zur Vorbereitung der feierlichen Bestattung in das Haus trugen. „In drei Tagen wird er Walhalla erreichen – so lasst uns für ihn ein rauschendes Fest vorbereiten!" verkündete die Seherin und folgte Hermann, der sie in den Wohnraum bat.

„Mensch Juppi, was war das denn für ein Empfang? Freut mich auch, euch gesund und munter wiederzusehen!" Anka lächelte ironisch und half ihm beim Aufstehen. Norman jubelte so sehr, dass er sie wie ein Püppchen in die Arme nahm und einmal umher schwenkte. „Ach Anka meine Kleine, wo kommt ihr denn so plötzlich her?" krähte er, während aus den ubrigen Häusern die Menschen zum Herrensitz strömten und sich dort versammelten. Um den Römer machten alle einen großen Bogen. „Wartet, wir müssen sofort etwas nachprüfen!" Juppi erhob sich und näherte sich vorsichtig dem Körper des Toten. „Der stinkt wie eine Fuhre Mist!" Er drehte angeekelt den Kopf zur Seite und versuchte, mit einem Stock den rechten Oberarm frei zu kratzen. „Die Scheiße klebt wie Scheiße!" fluchte er. Nach kurzer Überlegung und einen Blick zum Rinnsal wusste er, was zu tun war. „Bringt Wasser, sofort!" rief er Norman zu. Einige junge Frauen, die mit Gefäßen in der Hand in der Menge warteten und gafften, wurden von ihm angesprochen. „Helft uns – holt Wasser aus dem Bach und bringt es her!" Er entriss dem nächst stehenden Mädchen einen Krug und stampfte selber zum Gewässer. „Nun kommt schon, oder wollt ihr Wurzeln schlagen!" donnerte er. Einer der Krieger schien sein Anliegen zu verstehen und schickte drei weitere Frauen nach. Juppi nahm ihnen die vollen Behältnisse ab und goss das Wasser mit einem kräftigen Schwall über den Oberkörper. „Kein Blut zu sehen. Und wie fast geahnt, ein wunderschönes Drachenkopf-Branding. Er muss sich gerade gewandelt haben, ist also ein Frischling unter den Knechten. Meine lieben Freunde, damit ist es amtlich: Dieses elende Pack ist wieder da…!"

Senator Groll saß im Büro an seinem Schreibtisch und ordnete die Mails, die ständig auf seinen Tisch geflattert kamen. „Die Vorbereitungen für die Feierlichkeiten rauben mir langsam aber sicher den letzten Nerv. Selber schuld, war auch ein blöder Vorschlag von mir, eine Parade zu Ehren der Gefallenen am Brandenburger Tor abzuhalten." Er überflog die Liste der Aufstellung, auf der die Fahrzeuge erfasst waren, die daran teilnehmen sollten. Der registrierte Panzer der Farmerfamilie Lehmann stach ihm ins Auge. „Dieses Monster zerrammelt bestimmt die Straßen in der Stadt. Bei der Größe und Gewicht dauert es, ihn herschaffen zu lassen. Das arme Tor wird in seinen Fundamenten erschüttert. Den würde ich gern streichen und außen vor lassen, aber dann sind die Kämpfer der Schwarzen Jäger wieder sauer auf mich." Er grübelte, wie er das Problem lösen konnte, ohne jemand vor den Kopf zu stoßen. Es klopfte, Achim, sein langjähriger Adjutant, stand in der Tür und wartete. „Gut dass du kommst. Ich habe ein Problem…" Achim schüttelte feixend den Kopf. „Wie oft ich diesen Satz schon gehört habe. Und meistens bedeutet er entweder Ärger oder Arbeit für mich", seufzte er und näherte sich betont vorsichtig seinem Chef. Heinrich grinste verschmitzt. „Jetzt übertreibst du aber. Seit wann mache ich dir Arbeit", murmelte er und zupfte mit spitzen Fingern einige Meldungen aus dem Stapel der gedruckten Blätter. „Hier, checke mal die Umstände und mach dir eine Platte, wie wir das lösen können. Die Regentin erwartet in ein paar Stunden einen brauchbaren Vorschlag von mir. Und mir fällt nichts dazu ein." Er hielt ihm die Bögen vor die Nase. „Hast du die Museumsinsel prüfen lassen? Ich möchte keine Überraschung erleben, wenn wir sie wieder ihrem eigentlichen Zweck zuführen und für die Öffentlichkeit freigeben", fragte er noch, bevor Achim verschwand. „Haben wir. Es gibt keine Auffälligkeiten. Allerdings wurde der Vorschlag gemacht, den Saal mit der Mschatta-Fassade vorerst gesperrt zu lassen und keinen Zutritt zu erlauben. Zumindest so lange nicht, bis wir sicher sein können, dass die Sache mit dem ominösen Fluch geklärt ist. Was denkst du, Heinrich?" Der Senator hörte nur mit halbem Ohr zu. Die letzen Jahre waren nicht spurlos an ihm vorbeigegangen. Er war schmal geworden, die Haare wuchsen nur noch spärlich auf seinem Schädel. „Mach, wie du es für richtig hältst! Wichtig ist nur, dass niemand auf dumme Gedanken kommt", bestätigte er zerstreut und entließ ihn. Allein gelassen, öffnete er das Schubfach neben sich und klaubte einen kleinen Spiegel heraus. Als er sein Konterfei erblickte, nickte er sich traurig zu. „Wirst langsam zu alt für diesen Job und solltest endlich an den Ruhestand denken. Da wird Sabine bestimmt sauer werden, wenn ich ihr mitteile, dass ich mich aus der Politik zurückziehe", brummte er und legte den Spiegel wieder ins Fach. Seit der notwenigen Reform und Neustruktuierung der Ministerien in den vergangenen zwei Jahren war der Berg Verantwortung auf seinem Buckel angewachsen. Neben dem Bereich innere Sicherheit, zu dem das Militär, Polizei und alle Organisationen gehörten, die im Katastrophenfall zum Einsatz kamen, war er nun auch zur rechten Hand der Regentin ernannt worden und vertrat sie in Abwesenheit. Der Rat der Senatoren war geblieben, der Titel Imperator wurde allerdings offiziell zu den Akten gepackt. Für einen kurzen Moment dachte er an Klausus, dem großen und geschassten Oberhaupt und Imperator, dem die Macht in den Kopf gestiegen war. „Tja mein Lieber, du würdest heute aus allen Wolken fallen, wenn du sehen könntest, wie Sabine mit eiserner Faust aufgeräumt hat. Hättest du lieber damals auf mich gehört und nicht diesem Arsch von Tyrannis vertraut, dann wäre vielleicht für dich alles besser ausgegangen." Die wirtschaftliche und politische Lage im Reich hatte sich stabilisiert. Im Land war eine Aufbruchstimmung zu spüren, welche den Menschen Hoffnung gab und Mut machte. Dennoch waren die Folgen der Vernichtung durch die Erdbeben, ausgelöst durch den Fluch des Drachen, überall zu sehen und würden noch Generationen beschäftigen, bis alles wieder aufgebaut war. Er blickte aus dem Fenster seines Büros, wo die Sonne gerade von einer dunklen Wolke verdeckt wurde, die sich rasant immer weiter ausbreitete. „Von Regen wurde heute bei den Nachrichten nichts gemeldet?" wunderte er sich und ließ sich die aktuellen Wetterdaten auf dem Monitor anzeigen. „Sage ich doch – kein Hinweis auf ein Gewitter oder Regen!" Er zog die Stirn kraus und rümpfte die Nase. Die Deckenlampen begannen zu flackern, die Notbeleuchtung sprang an, dann fielen beide gleichzeitig aus und Dämmerung hüllte ihn ein. „Was ist das für ein blödes

Spiel?" Er hämmerte mit der flachen Hand auf den Bildschirm, auf dem nur weißer Schnee zu sehen war. „Wachen! Sofort zu mir!" rief er laut. Er vernahm die Stimmen der Posten, die im Laufschritt durch den Flur rannten. „Jungs, habt ihr eine Ahnung, weshalb die Elektrik spinnt und die Kommunikation ausgefallen ist? Wurde ein technischer Defekt gemeldet? Erkundigt euch und gebt mir sofort eine Information, was los ist!" befahl er. Die beiden jungen Männer salutierten und eilten davon. Es war nur so ein winzig kleiner Zipfel einer Ahnung, die ihn beschlich. „Hoffentlich hat nicht diese alte Geschichte des Fluches damit zu tun", dachte er bei sich, als es pechschwarz um ihn wurde...

Sabine befand sich in der Runde der Ratsherren, die sie zur heutigen Sitzung nach Marzahn eingeladen hatten. Vorher durfte sie sich bei einem Rundgang durch den alten Stadtbezirk über den Fortschritt der Aufbauarbeiten überzeugen. Und war hellauf begeistert. „Es war also doch die richtige Entscheidung, dass euer Volk hier bleiben wollte." Ratsherr Ole, der neben ihr saß, nickte besinnlich. „Auf jeden Fall. Zumal zwei der wichtigsten Grundlagen der heutigen Zivilisation im ausreichenden Maße vorhanden sind – Energie und Wasser!" bestätigte er und faltete die Hände. Tabori, die Clan-Chefin der Marzahner, bat um Ruhe. Geduldig wartete sie ab, bis auch der Letzte sich ihr zudrehte und erwartungsvolle Stille einzog. „So meine sehr verehrten Damen und Herren. Es wird Zeit. Wir haben ein volles Programm und sollten uns deshalb auf das Wesentliche konzentrieren. Jeder hat die Tagesordnungspunkte einsehen können. Es ist mir eine ganz besondere Freude und Ehre, heute die amtierende Regierungschefin des Reiches, Frau Regentin Sabine Arndt in unseren Reihen begrüßen zu dürfen. Der Grund dürfte sich herum gesprochen haben – es geht um das fünfjährige Jubiläum der Niederschlagung der Drachenknechte und ihrer Obrigkeit..." Jeder der Anwesenden spürte die kurze Erschütterung, die Tabori mitten im Satz unterbrach. „Nee, nicht doch! Das habe ich eben nicht geträumt, oder?" stieß sie nervös hervor und betrachtete misstrauisch die Decke des Sitzungssaales. Obwohl es helllichter Tag war, wurde es im Raum immer dunkler. „Sieht nach einem schweren Unwetter aus. Ein Glück, dass wir im Trockenen sitzen!" Ole lehnte sich in seinem Sessel zurück und schaute durch das

Rundfenster an der Giebelfläche zum Himmel hinauf. „Mein lieber Jolly, da ballt sich aber was Mächtiges zusammen!" stellte er erschrocken fest, während sich die ersten Blitze am Firmament zeigten, die quer über das gesamte Territorium von Berlin hinweg zuckten. „Tabori, Karl soll die Kuppel schließen. Wer weiß, was für Schäden dieses Unwetter anrichten wird?" schlug er vor. Die Chefin folgte seinem Rat und meldete sich beim Tower. „Schon in Arbeit. Laut der Anzeigen auf den Kontrollgeräten haben wir es nicht mit einem herkömmlichen Gewitter zu tun. Meine Leute checken noch die Daten. Ich bin mir nicht sicher, aber ich persönlich halte das eher für eine Anomalie – als wenn sich eine Art Zeitsturm erhebt. Die Kuppel ist bereits geschlossen! Ich melde mich, sobald es neue Erkenntnisse gibt." Der Oberbefehlshaber der Streitkräfte nickte Tabori auf dem Bildschirm zu. Fassungslos drehte sie sich den Ratsmitgliedern zu. „Habt ihr das vernommen? Sabine, du musst wohl vorläufig hier bleiben, bis sich die Lage beruhigt. Was meint er mit einem Zeitsturm? Das muss er mir später noch einmal genauer erklären. Die Kuppel ist zu, das Gelände gesichert. Wir können also beruhigt weiter machen...!"

„Kannst du mir den siebzehner Schlüssel geben? Muss nur noch ein paar Schrauben festziehen und mit Splinten sichern, dann bin ich mit meiner Arbeit fertig", klang es dumpf aus dem Schacht, der in das Innere des Beines des Cyborgs führte. Seit Tagen war die notwendige Reparatur im Gange, heute wurde die letzte Dichtung ausgewechselt. Falk hielt seine geöffnete Hand nach hinten, als er den Schlüssel fühlte justierte er die Taschenlampe neu, so dass er besser gucken konnte. Wenige Augenblicke später erschien sein mit Öl und Dreck verschmiertes Gesicht am Ausstieg. „Das wäre geschafft. Dein alter Kumpel Josch ist wieder voll betriebsbereit!" meldete er Jahn, der ihn mit einem derben Klaps auf die Schulter begrüßte. „Hast du super gemacht. Stimmt doch, Josch?" Das zufriedene Brummen des Giganten war die Antwort auf diese Frage. Aus den einstigen Knaben der Gang waren junge Burschen geworden, die genau wie vor fünf Jahren, eifrig mit den Cyborgs übten – diesmal allerdings mit offizieller Zustimmung des Rates. Der ursprüngliche Plan, eine reguläre Einheit von Soldaten auf diesen Kampfmaschinen auszubilden, scheiterte an einen

Umstand, mit denen niemand rechnete: Die rechtmäßigen Herrscher der Cyborgs, ihre menschlichen Gehirne, verweigerten ihnen ihre Dienste und sperrten sie aus. Es waren Jahn und seinem Freund sowie engsten Verbündeten Josch zu verdanken, dass es schließlich zu einer Einigung mit ihnen kam. Und nur die fünf Teenager hatten jeder Zeit freien Zutritt zu den Steuereinheiten der Kriegsmaschinen. „Die Jungs sollen antreten. Wir führen einen kurzen Rapport durch, dann geht es los. Wir drehen eine Proberunde durch die Hallen!" entschied Falk, der sich schnell etwas frisch machen wollte. Jahn gab den Befehl per Funk an seine Kameraden weiter. „Los macht schon. Wir wollen danach eine große Runde durchs Gelände drehen. Schließlich müssen wir ja ausprobieren, ob wir alles richtig gemacht haben. Also hurtig!" Die Besatzungen der restlichen Maschinen waren schnell zur Stelle und warteten geduldig, bis ihr Kommandeur fertig war und mit wichtiger Miene zu ihnen schritt. Allen war die Vorfreude über den geplanten Ausflug anzusehen. „Falk, nun mach schon. Wir haben genug Zeit vertrödelt und sind seit drei Wochen nicht einmal auf der Piste gewesen. Die Maschinen erstrahlen wie neu – also kein langes Geplapper mehr!" ermahnte ihn Jahn, dem es längst in den Fingern juckte. Die ehemalige Kinder-Gang war inzwischen zu einer respektablen, eigenständigen Einheit der Streitkräfte ihres Clans geworden. Die Cyborgs der Vorfahren bildeten das metallene Rückrat der Armee. Und Falk blieb, vom Rang her als zuständiger Unteroffizier derjenige, der das Sagen hatte – so wie immer. „Nur keine Hektik, es geht ja sofort los. Lasst sie die Module checken. Wenn alles reibungslos funktioniert, bitte ich um Bestätigung. Also dann – aufsitzen!" Wer mit „Sie" gemeint war, musste in diesem Kreis nicht erläutert werden. Jeder der Jungs hatte im Laufe der Jahre ein besonderes Verhältnis zum „menschlichen Teil" seines Cyborgs entwickelt, den Gehirnen, die damals versuchsweise in die Maschinen eingepflanzt wurden, um neue Prototypen der Kampfeinheiten zu entwickeln. „Josch, wie kommst du jetzt mit dem Bein klar? Wir haben die Dichtungen der Synapse am Kniegelenk ausgewechselt. Sie war undicht, dadurch war der Energiefluss gestört. Nun sag schon!" bedrängte Jahn seinen Cyborg, der diesmal entgegen seiner sonstigen Art ziemlich maulfaul war. „Hörst du überhaupt zu, wenn ich dir was erkläre?" brauste Jahn auf, wurde aber schnell von Josch in die Schranken verwiesen. „Sei leise. Ich muss mich konzentrieren. Ich erfasse eine ungewöhnliche Strahlung. Außerdem wurde eben die Kuppel geschlossen – das beunruhigt mich!" kam es dumpf aus den Bordlautsprechern in der Kabine. „Die Kuppel ist zu? Das ist ja in den letzten Jahren noch nie wieder geschehen. Verdammt, was passiert da oben?" Erinnerungen an das Gemetzel der Drachenknechte vor fünf Jahren kamen in ihm hoch. Damals fiel fast die Hälfte des Clans dem Massaker zum Opfer. Wenn die Knaben es nicht geschafft hätten, die Cyborgs zu aktivieren, die den Angreifern den vernichtenden Schlag versetzte, wäre wohl niemand mehr am Leben. „Vielleicht zieht ein Sturm übers Land? Im Frühjahr kommen ja öfter solche Taifune, die ganze Wälder entwurzeln. Wir sollten nicht gleich den Teufel an die Wand malen!" Jahn hob lauschend den Kopf. Das ungewöhnliche Rauschen war bis in die Tiefe der geheimen Anlage zu hören. „Das ist schon sehr bedenklich. So etwas haben wir noch nie erlebt?" Jahn zuckte hilflos mit den Achseln. „Hier unten dürfte ja nichts geschehen – denke ich zumindest", murmelte er. Falk meldete sich: „Alles bereit? Wir brechen auf!" Doch diesmal erlebten die Cyborg-Piloten ihr blaues Wunder. Ihre Maschinen rückten keinen Meter von der Stelle. „Was ist denn jetzt los?" fragte Falk erschrocken an. Die Stimmen schwirrten in den Lautsprechern durcheinander, weil jeder gleichzeitig seinen Senf dazu geben musste. „Männer Disziplin! Es spricht nur derjenige, der die Erlaubnis dafür erhält! Wer kann etwas Ungewöhnliches melden?" herrschte Falk seine Gefährten an. Sofort trat Ruhe ein, nur leises Fauchen war zu vernehmen. „Wir warten hier in der gesicherten Zone ab, bis wir wieder halbwegs normale Strahlungen registrieren. Bis dahin setzen wir keinen Fuß vor die Tür!" Die Ansage von Josch war eindeutig. Zwei Stunden später war es so weit. „Der Plan wird geändert. Wir fahren an die Oberfläche und sehen nach, was geschehen ist. In Reihe antreten und zur Liftanlage vorrücken!" ertönte Jahns Stimme, der seinerseits klare Order von Josch erhielt. Wie gewöhnlich stülpte sich der Transportkorb über die Maschinen, es gab einen kurzen Ruck. Als sie die Oberfläche erreichten, war alles völlig anders…

„Der Alte ist schon wieder stinksauer! Langsam geht mir seine ständige Meckerei gegen den Strich! Dann soll er seine Scheiße gefälligst alleine machen und mich nicht dauernd belästigen!" tobte Rainer und trat voller Wucht gegen die Kette des Panzers. Sein Schmerzschrei war weit zu vernehmen. Die Farmerfamilie Lehmann kehrte nach dem Sieg über die Drachenknechte auf ihren Hof in Biesdorf zurück und baute das abgebrannte Haus wieder auf. Beate, seine jüngere Schwester, konnte sich das Grinsen nicht verkneifen. „Das solltest du noch einmal wiederholen. Dem Monster tut es bestimmt genau so weh wie dir – du Ärmster!" spottete sie und machte sich lieber aus dem Staub, bevor ihr Bruder völlig ausrastete. Im Haus saß Vater Lehmann in seinem Sessel und erwartete seine Tochter bereits. Ein Schlaganfall hatte ihn vor zwei Jahren erwischt, seit dem war er auf die Hilfe seiner Kinder angewiesen. Auch wenn sich dadurch vieles änderte, sein Dickkopf und seine Sturheit machte es der Familie nicht leichter. Im Gegenteil, seine vier Jungs kapselten sich immer mehr von ihrem Vater ab und überließen es Beate, sich um ihn zu kümmern. „Hat er wieder getobt?" empfing sie der alte Herr. „Und wie – du sollst deine Scheiße gefälligst allein regeln! Ich brühe uns einen schönen heißen Tee. Er wird sich schon wieder beruhigen!" Beate stellte den Topf mit Wasser auf den Herd und schürte das Feuer. „Was ist schlecht daran, wenn wir an dieser Parade teilnehmen?" hörte sie ihren Vater fragen. Seit die Einladung der Regentin vor wenigen Tagen ins Haus flatterte, hing der Segen schief. Rainer, der den Panzer wie seine Westentasche kannte, meuterte als Erster, als er das amtliche Dokument zu lesen bekam. „Haben die überhaupt eine Ahnung, welchen Aufwand das macht, dieses Ding in einen Zustand zu versetzen, dass man es den Leuten vorführen kann, ohne sich zu schämen. Und alles in so kurzer Zeit?" Aber Vater Rudolf sah die Sache anders und beharrte darauf, dass sie daran teilnehmen. „Dieser Panzer hat Geschichte gemacht. Ohne ihn und euch wäre es wahrscheinlich zu keinem Sieg über diese Biester gekommen. Wen wundert es also, dass die Regentin den Wunsch äußert, dass wir als Familie mit dabei sind? Das ist doch eine besondere Ehre und Anerkennung für uns." Doch wie der Vater, so die Söhne. Da sich die vier Brüder schnell einig wurden, schwammen ihm die Felle davon. Und seine Sticheleien taten ein Übriges, die Stimmung zu vergiften. „Wo sind die drei Jungs – auf dem Acker in der Nordspitze?" erkundigte sich Rudolf, während er einen Löffel Zucker in den Tee rührte. Beate nickte. Ihre Brüder Jörg, Ulli und Klaus waren bereits vor Sonnenaufgang aufgebrochen, um die Fläche zu pflügen und für die Aussaat vorzubereiten. Nur Rainer hatte sich in den Schuppen verkrochen und schaubte seit dem wütend vor sich hin. „Der alte Trecker ist repariert und kann morgen mit aufs Feld. Rainer hat ihn wieder hinbekommen", informierte die junge Frau ihn und nippte in Ruhe von ihrem heißen Trunk. „Verbrenne dir nicht die Lippen. Ist verdammt heiß. Ich bereite das Essen vor. Sie werden Hunger haben, wenn sie eintrudeln. Sieht nach Regen oder Gewitter aus?" Beate stellte die Tasse auf den Tisch und schaute aus dem Fenster. Der Himmel zog sich zu, dunkle, schwere Wolken verfinsterten den Hof, so dass sie kaum noch was erkennen konnte. In der Ferne konnte sie die Traktoren der Brüder erkennen, die zum großen Schleppdach fuhren. „Ein Glück, die Jungs sind schon angekommen. Hätte mir Sorgen gemacht, wenn sie diesem Unwetter da draußen geblieben wären", brummelte sie, als ein gewaltiger Blitz die Dunkelheit zerriss.

„Wir haben uns extra beeilt, damit wir pünktlich zu Hause sind, bevor das richtig los geht!" röhrte Jörg und sprang vom Sitz seines Fahrzeuges. Neben ihn parkten die Brüder ihre Trecker und rannten unter das Dach zu Rainer, der auf dem Turm des Panzers lungerte. Es war der Moment, in dem eine Folge von Blitzen unweit des Hofes in den Boden einschlug. Erde spritzte auf, es schien fast so, als würde sie an dieser Stelle brennen. „Was ist das für ein Gewitter? Wo bleibt der Regen?" Rainer richtete sich misstrauisch auf und checkte die Umgebung. „Männer, kommt hoch zu mir und rein in den Panzer. Da sind wir halbwegs sicher, wenn der Wind das Dach zerdeppert!" ordnete er an. Flink erklommen die Brüder das Kriegsgerät und verschanzten sich in dessen Innern. Zwei, drei heftige Einschläge ließen den tonnenschweren Giganten erbeben, so dass Rainer bis auf die Haarwurzel erbleichte. „Mein lieber Mann, das war verdammt dicht!" stöhnte er erschrocken und zuckte zusammen. „Schließt lieber die Luke. Das ist mir nicht geheuer!" brummte er, als es über ihren Köpfen prasselte. Die offene Luke schlug allein zu, Ulli hechtete hoch und verriegelte sie. Es dröhnte und bummerte, so als stürzte gerade die gesamte Dachkonstruktion in sich zusammen. „Verdammt, hoffentlich kann Beate Vater in den Keller bugsieren? Und hoffentlich hält das Haus das aus?" Jörg machte sich immer größere Sorgen. „Wird schon gut gehen. Die Hütte ist solide – wir haben sie schließlich gebaut!"

Die hält ewig!" frotzelte Klaus und lauschte. „Scheint vorbei zu sein, nichts mehr zu hören?" Rainer schaltete die Monitore ein. „Nichts zu erkennen. Guckt durch die Sehschlitze!" forderte er Jörg auf, der auf dem Sitz des Kommandanten thronte. Behände drehte er sich im Kreis und versuchte, durch die schmalen Fenster die Lage zu checken. „Es ist hell. Ich glaube, wir können raus." Vorsichtig öffnete er die Sperre der Luke und hob den schweren Deckel an. „Scheiße, was ist denn nun kaputt?" hörten ihn seine Brüder ausrufen. „Lass uns gefälligst raus – nun mach schon!" drängelte Rainer ungeduldig, endlich schien die Sonne durch den freien Einstieg und blendete ihn. „Was der wieder hat?" murrte er und schob seinen Kopf hinaus. „Im Namen aller Götter, was ist denn jetzt geschehen?" Fassungslos registrierte er, dass das Haus und der Hof mit allem, was sich darauf befand, verschwunden waren. Der Panzer stand einsam und verlassen auf einer Lichtung, umgeben von dichtem Wald in einer Gegend, die ihnen völlig fremd erschien…

Kastell Berlina

Tyrannis Lehrmeier lachte sich ins Fäustchen.

Sein Wechsel vom Oberhaupt der Drachenknechte im Berlin der Neuzeit in einen Präfekt des Römischen Imperiums der Antike verlief reibungslos und ohne nennenswerte Hindernisse. Es wurden lediglich einige Figuren am Hofe des Kaisers Vespasian neu platziert. Als nach seinem Tod sein Sohn Titus das Zepter übernahm, war es nur noch ein Kinderspiel, mit den geeigneten Mittel und Methoden Köpfe rollen zu lassen und Gegner eiskalt aus dem Weg zu räumen. „Diese Römer kann man so leicht hinters Licht führen. Der Gebieter wird diesmal mit seinem Plan das große Ziel erreichen. Es läuft alles wie geschmiert. Ich bekleide bereits den wichtigsten Posten in der Hierarchie am Hofe. Und Achmat wird ihnen liefern, wonach ihnen am meisten dürstet – Blut!" Er stand in der schillernden Uniform eines Präfekten der Prätorianer in der Ehren-Loge und hatte den besten Blick auf die Arena des neu errichteten Kolosseum. Von hier aus überwachte er das Geschehen um sich herum, während sich die Ränge der größten und mächtigsten Arena seiner Zeit füllten. „Eines muss man ihnen aber lassen – was sie bauen, hat Hand und Fuß!" stellte er lobend fest. Dass er selber einmal die Gelegenheit bekommen sollte, diesen Prachtbau in Aktion zu erleben, hätte er sich im vorherigen Leben niemals vorstellen können. Die Erinnerungen an seine Tätigkeit als leitender Direktor und Kurator der Berliner Museumsinsel rangen ihm ein verächtliches Lächeln ab. „Kleiner Mann auf kleinem Posten. Das hier hat etwas mit wahrer Macht und Größe zu tun. Imperator Klausus war eine Lachnummer im Vergleich zu Titus oder seinem Vater Vespasian. Ist ja nun auch alles Geschichte!" knurrte er unhörbar und ließ seinen Blick über die oberen Ränge schweifen, in denen das niedere Volk seine Vergnügungen fand. Als er aus Berlin verschwinden musste, um seinen Hals zu retten, waren die Aussichten während dieser Phase nicht gerade sehr rosig. Gemeinsam mit Heerführer Achmat gelangte er nach einigen Tagen wilder und abenteuerlicher Flucht am berühmten Drachenfels am Rhein an. Von dort reisten sie im Auftrag des Gebieters durch die Zeit, um eine neue Mission zu erfüllen. Fünf Jahre waren seit dem vergangen, in denen sich viel getan hatte. „Der Gebieter wird diesmal nicht enttäuscht sein, so wahr ich hier stehe!" Diesen Schwur wiederholte er jeden Tag aufs Neue. Und bisher lief alles bestens. Aus den Gängen drang Waffengeklirr herauf, laute Kommandos ertönten. „Es ist so weit, der Imperator trifft ein!" meldete ihm ein Krieger. Die Leibgarde des Kaisers räumte gerade die Eingänge frei, niemand durfte sich bei der Ankunft des Imperators Titus Cäsar auch nur in der Nähe befinden. Im Pulk seiner Prätorianer erschien der Herrscher schließlich in der Loge und platzierte sich auf den extra für ihn geschaffenen Thron. „Mein Kaiser – es ist alles vorbereitet. Die Spiele können beginnen!" Präfekt Lehrmeier verneigte sich vor dem Imperator. Dieser winkte ihm gönnerhaft zu. „Ich habe mir die Liste der geplanten Spiele angesehen. Deine Idee, die Eröffnung von diesem prunkvollen Bau mit einer hunderttägigen Show zu feiern, finde ich nach wie vor einfach genial. Ich hoffe nur, dass deine Truppen genügend Material heran schaffen, damit es nicht langweilig wird?" Der Kaiser war, wie die meisten seiner Landsleute, ein fanatischer Anhänger von blutigen Kämpfen, die im gesamten Imperium in den Arenen der Städte zum Vergnügen abgehalten wurde. „Du weißt, ich hasse es, wenn ich mich langweilen muss!" betonte Titus. Lehrmeier lächelte listig. „Das wird nicht geschehen, Titus. Ich kann dir versprechen, dass jeder der Anwesenden und vor allem du auf seine Kosten kommen wird!"

versicherte er ihm. „Das erwarte ich einfach. Also lasst die Zeremonie beginnen, damit das Volk sieht, wer zu seinem Wohle und Vergnügen das größte Fest aller Zeiten ausrichtet. Der Pöbel ist wie ein hungriger Wolf. Es muss fressen und braucht Brot und Spiele. Ich lass mich überraschen!" Damit war der Start eingeläutet. Fanfaren ertönten und kündigten bis in die letzten Ränge den Kaiser an, der sich erhob und an die Brüstung seiner Loge trat. Totenstille trat ein, als er zu sprechen begann. „Brüder, Römer, meine lieben Landsleute!...!"
Präfekt Lehrmeier hörte nicht weiter zu, sondern konzentrierte sich auf einen hell schimmernden Schopf zu seiner Linken. Die blonde Pracht war ihm schon vorhin ins Auge gesprungen. Sie saß in einem mittleren Rang und fiel allein durch ihre Haarpracht auf, die in langen Wellen über ihre Schultern zu gleiten schien. „Was für ein Weib! So etwas habe ich schon lange nicht mehr vernascht!" knurrte er und winkte ein Soldat der Wache zu sich. „Erkundige dich, wer diese Frau ist? Die da, die Blonde!" Er zeigte mit dem Finger in die Richtung und schickte den Mann in die Spur. Als er sich erneut nach ihr umdrehte, war sie verschwunden. „So ein Käse aber auch!" fluchte er selbstvergessen und fing sich einen Rüffel des Kaisers ein. „Du hast zu schweigen, wenn ich rede!" Präfekt Lehrmeier errötete und entschuldigte sich. „Verzeih mir Titus. Aber ich dachte eben, dass ich einen Feind des römischen Reiches gesehen habe. Aber das war wohl ein Irrtum?" Er neigte ergeben sein Haupt. Der Kaiser drohte ihm freundschaftlich mit der Faust. „Heute wird gefeiert und kein Feind gejagt. Genieße das Fest, um die Verräter des Reiches kümmern wir uns danach!" fügte er hinzu und beendete diesmal ungestört seine Rede ans Volk. „Im Gedenken und zu Ehren seines Erbauers, meinem Vater Kaiser Vespasian, ist die Arena damit für das Volk von Rom frei gegeben – so lasset uns beginnen und hundert Tage lang feiern!"
Frenetischer Jubel erhob sich. Die Zuschauer sprangen von den Sitzen und applaudierten Minuten lang. Wussten die Bewohner von Rom, dass sie für diese Zeit mit allem versorgt wurden, was ihr Herz begehrte. Der Kaiser zahlte alles – Speisen und Getränke. Die besten Leckerbissen wurden aufgetafelt, die süffigsten Weine der Regionen sprudelten an jeder Ecke. Und obendrauf gab es grausige Schauspiele und Spektakel, in denen Blut in Hülle und Fülle floss. Wie es Tradition war, wurden die Spiele mit den Hinrichtungen der verurteilten

Gefangenen aus den Kerkern der Stadt begonnen. „Zur Feier des Tages habe ich hundert Ganoven auswählen lassen, die heute hier öffentlich geköpft werden. Für jeden Feiertag ein Kopf. Ist besser, als jeder Kalender und vor allem schön übersichtlich. Auf diesen Pfählen werden sie aufgespießt. Und wenn der Tag vorbei ist, wird ein Schädel entsorgt. Bis zum letzten Tag des rauschenden Festes mit seinem absoluten Höhepunkt", erläuterte Präfekt Lehrmeier die Bedeutung der vielen Stäbe, die auf einem Stapel im Sand lagen. Der Kaiser nickte zufrieden. „Ein Kopf-Kalender also, nicht übel. Dann soll man das Pack herein führen!" Lehrmeier gab den Posten in der Arena ein Zeichen, auf der gegenüberliegenden Seite öffnete sich ein Eisengitter und die erste Zehnergruppe der Unglückseligen wurde vorgeführt. Titus bemerkte zwei Frauen darunter und einen halbwüchsigen Knaben, die wie die Übrigen in schweren Ketten gelegt waren. Sie waren blond. „Sehen wie räudige Hunde aus!" stellte der Kaiser ungerührt fest. Der Präfekt lachte zynisch. „So kann man es auch sehen. Wir haben diesen Haufen in einem Dorf an der Grenze am Rhein aufgefischt, welches durch unsere Truppen zerstört wurde. Es sind germanische Barbaren – diese Frauen und der Bursche haben sich gewehrt und einen unserer Soldaten verletzt. Dafür wurden sie zum Tode verurteilt!" informierte er den Imperator. Was er bewusst verschwieg war die Tatsache, dass dieser Soldat dabei war, eine der Frauen zu vergewaltigen und sie sich wehrten. Der Knabe half seiner Mutter und schlug ihn mit einem Knüppel nieder. „Einer unserer Krieger wurde verletzt? Diese Bestien sollen dafür zahlen. Sie werden nicht geköpft sondern - gepfählt. Sollen sie schön langsam verrecken, nur so zeigen wir der Welt, dass wir keinerlei Aufruhr dulden!" entschied Titus aufgebracht. Dieser Befehl wurde an die Henkersknechte der Prätorianer weiter gegeben. Die drei Germanen wurden vorerst ausgesondert und dem Volk zur Schau gestellt, während der Rest der Gefangenen sich hinknien musste. Nacheinander wurden ihnen die Köpfe abgeschlagen. Einer von ihnen hob vorher seinen düsteren Blick zur Loge des Kaisers. „Römer, du und dein verdammtes Reich werden eines Tages dafür zahlen. Ich verfluche dich und deine Nation…!" Weiter kam er nicht, das Schwert des Henkers durchtrennte seinen Hals. Der Kaiser lachte laut auf. „Ich hoffe, du findest Trost bei deinen elenden Göttern und kannst von dort aus zusehen, wie mein Reich stetig mächtiger wird!" höhnte er. Die Körper der Toten wurden mit Pferden zur Rampe geschleppt, die Köpfe aufgespießt und in den Boden gerammt. Noch ahnten die Frauen und der Junge nicht, welches bestialische Werk an ihnen vollbracht werden sollte. Ihnen wurden die restlichen Fetzen Kleidung vom Leib gerissen, splitterfasernackt präsentierte man sie dem tobenden Mob. Dann wurde es ernst. Ein Soldat bearbeitete drei Pfähle mit einer Axt und spitzte die Enden an. Es wurde so still in der Arena, dass man meinen konnte, kein Mensch wäre anwesend. „Fertig, ihr könnt beginnen!" Der Mann ließ das Beil fallen und wählte eine Stange aus. Prüfend wägte er sie in den Händen, dann nickte er seinen Kameraden zu. Mehrere Soldaten packten den Knaben, drehten ihn auf den Bauch und hielten ihn fest. Er schri vor Schmerzen so laut, als ihm die Stange zwischen den Beinen in den Körper gestoßen wurde, dass es den meisten Zuschauern eiskalt den Rücken runter lief. Blut spritze heraus, ein Beben erfasste den schmächtigen Leib des Kindes. Der Henker setzte die Axt als Schlagwerkzeug ein und trieb mit zwei, drei wuchtigen Schlägen die Stange hindurch. Der Spieß kam neben seinen Kopf zum Vorschein. Er zappelte noch, als er neben den Köpfen aufgestellt wurde. Präfekt Lehrmeier starrte mit brennenden Augen auf die Hinrichtung, ihm kam ein wohliger Schauer hoch. Die Mutter des Jungen hatte fassungslos zugesehen, was mit ihrem Kind geschah. Bevor sie nun an der Reihe war, drehte sie sich dem Kaiser zu. „Kaiser eines Volkes, dessen Namen nur Schrecken verbreitet. Ihr alle seid Bestien und Mörder, die hier verrecken müssten. Habt ihr solche Furcht vor der Welt, dass ihr sogar kleine Kinder misshandelt und aufs Furchtbarste tötet, um eure unersättliche Gier zu stillen? Odin wird sich seiner annehmen und aus meinem Jungen einen Krieger der Rache formen, der euch das Fürchten lehren wird!" Sie sprach so bestimmt und klar, dass Titus sie über die Brüstung hinweg mit einem nachdenklichen Blick musterte. „Macht weiter – sie plappert dummes Zeug!" befahl der Präfekt seinen Männern. Binnen weniger Minuten war das blutige Schauspiel beendet, die drei Körper hingen zur Mahnung und Abschreckung in der Luft. Bevor die Mutter starb, hob sie den Arm, ihr Finger richtete sich auf den Kaiser. Ihre letzten Worte hörte niemand mehr. Manchem Zuschauer war durchaus anzusehen, dass ihnen diesmal die Lust aufs Jubeln ziemlich vergällt wurde. Doch des Menschen Gedanken sind vergänglich, schnell fand man wieder zum allgemeinen Frohsinn zurück. Nacheinander wurden in Zehnergruppen die armen Teufel ihrem Schicksal zugeführt, ein Wall von Köpfen zierte schließlich einen Bogen der Arena und läutete damit den ersten Tag der glorreichen Spiele ein. Der blutige Sand wurde von Sklaven erneuert, gespannt wartete Titus auf den Eröffnungskampf...

Sie hatten sich zur Beratung neben der Drohne versammelt. Felix klammerte sich an Anka, die ihn mit einigen Süßigkeiten ablenkte, die noch im Handschuhfach des Cockpits lagen. Peters Bericht über die Beobachtungen, die sie während des Fluges über der Region Brandenburg und Berlin machten, schockte Juppi bis in die Tiefe seiner Seele. „Wohin wir auch kamen, überall ist nur eine grüne Hölle zu sehen. Fürstenwalde, welches nur wenige Kilometer vom Camp entfernt liegt – Urwald. Keine einzige Ruine oder Objekt zu finden. Dann sind wir nach Berlin rüber – das gleiche Bild. Dort gibt es allerdings eine große Ausnahme!" Peter machte es spannend. „Nun ratet mal, welches Gebäude nach wie vor existiert? Na, wer kennt die richtige Antwort?" Er schaute sich in der Runde um und fixierte mit seinem Blick Juppi und Norman. „Jetzt erklärt mir nicht, dass die Museumsinsel noch steht? Die Fassade des Fluches...?" Juppi guckte entgeistert. „Genau die! Wir haben alles zwischen Müggelsee und Wannensee gecheckt. Überall steht dichter Wald mit riesigen Bäumen, der schon seit Jahrtausenden dort wächst. Als hätte es Berlin niemals gegeben. Das Kastell der Römer erstreckt sich über ein Teil des alten Stadtgebietes bis komischerweise genau dort, wo bei uns die Zitadelle Spandau residierte. Also schon zu damaligen Zeiten der optimale Ort, an dem Havel und Spree aufeinander treffen..." fuhr Peter weiter fort. „Oder ein Ort, den jemand aussuchte, der Berlin genau kennt. Immerhin kann man über die Spree von dort bis zum Museum gelangen, stimmt doch so?" Juppi kratzte sich nachdenklich das Kinn. „Das ist aber noch nicht alles. Wartet, ich zeige es euch!"" mischte sich nun Adam in das Gespräch ein und holte geschwind seine Kamera aus der Kabine. Er rief einige Bilder auf, dann reichte er den Apparat herum. „Ich kenne das Museum, war selbst als Kind mehrfach dort. Schaut euch die Aufnahmen genauer an – für mich sieht das mehr wie ein gigantischer Tempel aus! Ein echter Drachen-Tempel!" Er wies mit dem Zeigefinger auf eine Linie, die sich um das gesamte Gelände der Anlage herum zog. „Eine monströse Mauer, die unliebsame Besucher abschrecken und vom Inhalt fern halten soll. Gebaut, wie die chinesische Mauer in späteren Tagen. Das soll nun Einer kapieren?" Juppi wartete, bis Norman mit Anschauen fertig war. „Hast du zufällig auch Bilder von diesem Kastell geschossen?" fragte er nebenbei. „Aber natürlich. Habe alles fein säuberlich aufgenommen, was wir für unsere Analysen gebrauchen können. Vielleicht bleibt von uns nichts weiter als eine Chronik für die Nachwelt. Da wollen wir doch schon vernünftiges Material liefern", schmunzelte der junge Mann und suchte die entsprechenden Bilder im Ordner der Kamera. „Da ist es. Ich habe im Geschichtsunterricht als frecher Knabe gelernt, dass die Römer einen einheitlichen Grundriss für diese Arten von Feldlagern entwarfen, so dass die Ausstattungen und Aufbauten quasi standardisiert waren. In welches Kastell man kam, sie waren alle fast identisch. Was mir allerdings hier wieder auffällt – ist dieses Tor!" Adam zoomte einen Ausschnitt größer. „Und das dürfte wirklich einmalig sein!" Jeder wollte das Tor zuerst betrachten und drängte sich dichter an ihn heran. „Nun mal langsam, das wird mir echt zu heiß mit euch!" Er verschaffte sich Distanz und ließ das Gerät herum gehen. „Die haben das Brandenburger Tor geklaut! Keine Frage, das ist es!" entfuhr es Norman, auch Juppi konnte diesen Eindruck nur bestätigen. Ganz deutlich war die berühmte Quadriga mit der Siegesgöttin Victoria darauf zu erkennen, die im Siegeswagen den Frieden nach Berlin brachte. „Ich vermute, dass sie das Tor nicht umgesetzt haben. Dann muss sich der Verlauf der Flüsse im Laufe der Jahrtausende mächtig verändert haben. Die Ausdehnung des Kastells ist schon beachtlich." Juppi drehte das Bild in den Händen und betrachtete die Objekte darauf von allen Seiten. „Das werde ich mir bei Gelegenheit selbst aus der Nähe anschauen. Wenn wir das nächste Mal wieder über das alte Territorium von Berlin fliegen möchte ich, dass wir sämtliche Scanner einsetzen, die uns zur Verfügung stehen. Vielleicht entdecken wir noch einige Überbleibsel? Aber vorher müssen wir hier einiges klären. Und das Camp ist unberührt?" Er wandte sich Anka zu, die sich liebevoll um seinen Sohn bemühte. „Zu unserem Erstaunen ja. Ist fast so wie damals, als diese Zombies überall auftauchten und das Camp wie ein sicherer Zufluchtsort alles abwehrte. Vielleicht hat es mit diesem Steinkreis zu tun, dass die Zeit dort nicht verändert werden konnte. Aber was wollen wir jetzt machen?" fragte die Pilotin ratlos. Felix streckte die Händchen nach seinem Vater aus. „Ach mein kleiner Schatz. Ich bin froh, dass du von diesem Theater nichts mitbekommst. Hoffentlich kriegen wir die Sache irgendwie in den Griff und finden deine liebe Mama wieder?" brubbelte Juppi ihm ins Ohr. „Mama?" Felix kicherte und wiederholte das Lieblingswort aller Kinder. „Mama!" Juppi drückte den Kleinen an sich. „Wir werden Mama finden, das verspreche ich dir!" raunte er ihm zu. Anka kletterte in die Drohne und prüfte, ob der Funkkontakt zum Camp in Ordnung war. „Es ist zum Haare raufen. Es gibt kein TV, kein Radio – auch kein Internet mehr. Alles tot. Wartet – ich habe Ina an der Strippe! Unser interner Funk funktioniert zum Glück. Kommt ihr gleich mit uns mit?" wollte sie von den Männern wissen. „Dann müssen wir nur enger zusammenrücken. Für diese kurze Strecke geht das schon mal!" Juppi war sich nicht schlüssig, was er machen sollte. „Kannst du in deinem Bordarchiv mal nach dieser Seherin Veleda gucken. Vielleicht finden wir einige brauchbare Hinweise über diese Frau?" bat er Anka, die den Namen in den Computer eingab. „Ist nicht viel von ihr drin. Nur dass sie angeblich in der Zeit zwischen 40 und zirka 80 nach Christus gelebt haben soll und offensichtlich ziemlich berühmt war. Sie soll sogar mit dem damaligen Kaiser verhandelt haben. Aber du kannst sie ja im Notfall selbst befragen, wenn dir das nicht reicht!" Anke suchte noch eine Weile weiter, aber viel Aufschlussreiches war nicht mehr zu finden. „Ich muss unbedingt mit ihr sprechen! Die Leiche des Römers muss schnellstens verbrannt werden. Und dann müssen wir den Körper des Fürsten überprüfen. Nicht dass es da eine böse Überraschung gibt. Wobei ich glaube, dass er einfach an Altersschwäche gestorben ist!" brubbelte Juppi. Joel, der bislang nur Zuhörer und Zuschauer war, stellte eine Frage, die Juppi ebenfalls stutzen ließ. „Wer war dieser eigenartige Typ mit dem Hund, der bei unserer Ankunft fluchtartig das Weite suchte?" Norman ließ einen prüfenden Blick durchs Gelände schweifen. „Du bist dir sicher, dass er sich vom Acker machte?" Joel nickte. „Mit flinken Füßen. Gerade so, als wollte er jede Begegnung mit uns vermeiden!" bestätigte er. „Das war kein Hund sondern ein echter Wolf, ein gefährliches Biest. Noch weiß ich nicht, ob es gut ist, dass er sich verpisst hat? Vielleicht treffen wir diesen Schamanen Eldir oder so ähnlich eines Tages wieder?" Da diese Frage nicht geklärt werden konnte, entschloss sich Juppi, sofort Kontakt zu Veleda und Hermann aufzunehmen. „Ihr bleibt lieber hier am Flieger. Adam, es wäre sehr hilfreich, wenn du dieses Dorf filmst. Wir werden diese Aufnahmen bestimmt gut gebrauchen können. Norman und ich gehen ins Haupthaus und versuchen, uns friedlich mit ihnen zu verständigen. Bis gleich!" Diesmal empfanden sie die Gerüche nur noch halb so schlimm, als sie durch die offene Tür den Wohnbereich betraten. Im gesamten Raum waren Fackeln und Öllampen entzündet worden, die genügend Licht spendeten. Überall an den Wänden hingen Felle und Köpfe von verschiedenen Tieren. Dazwischen Äxte, Bögen und Kurzschwerter, in Brusthöhe prangten die runden, bunt bemalten Schilde, mit denen sie sich im Kampf schützten. Was Juppi sofort ins Auge stach, war die schlichte Holzkonstruktion, an denen unzählige Lanzen lehnten. Dahinter lag ein Berg mit zusammen gewürfelten Beutestücken. Römische Waffen, Schilde, Harnische und Helme. Sogar eine der berühmten Standarte war an der Wand angeschlagen und glänzte golden. Was ihnen letzte Nacht auch verborgen blieb – die einzelnen Boxen der Familien, die durch einfache Wände aus Weidengeflecht voneinander getrennt waren. „Mit Intimsphäre ist hier nicht viel", flüsterte Norman seinem Freund zu, aber der hatte andere Sorgen. Der Fürst lag auf einem Tisch aufgebahrt und wurde gerade von Veleda und mehreren Frauen präpariert. Daneben versorgte man die Verletzten. „Hermann – auf ein Wort, wenn ich bitten darf?" Juppi bemühte sich, so unauffällig wie möglich zu agieren. Der junge Mann saß in einer Gruppe Männer und schaute überrascht hoch. „Ihr seid ja noch hier? Ich dachte, dass ihr mit euren Leuten längst über alle Berge entflohen wäret?" wunderte er sich und kam bereitwillig näher. „Wir sind deine Gefangene, schon vergessen? Und als solche würden wir nicht einfach so entfliehen – das wäre bestimmt nicht ehrenvoll. Also sind wir gekommen, um mit dir zu verhandeln." Hermann führte sie in eine ruhige Ecke. „Außerdem möchte ich dich bitten, dass wir deinen Vater untersuchen dürfen? Das hat seine Gründe. Du hast gesehen, was der Centurio ohne Waffen anrichtete. Du solltest ihn verbrennen lassen – sofort!" Der junge Fürst sah grübelnd vor sich hin. „Er war ein Geist der Unterwelt. Wotan muss auf uns sehr wütend sein, sonst hätte er ihn nicht geschickt", murmelte er. Juppi bemühte sich redlich, ihn vom Gegenteil zu überzeugen. „Nicht Wotan hat ihn euch geschickt, sondern ein Wesen aus einer Zeit, die längst vergangen ist. Es ist der Fluch eines Drachens aus grauer Vergangenheit, der alles versucht, das Reich der Deutschen zu zerstören. Bei uns hat er es nicht geschafft, also ist er in eurer Epoche angelangt. Um von hier aus zu verhindern, dass sich die Stämme der Germanen vereinen und daraus eine einheitliche Nation der Deutschen überhaupt erst entwickeln kann. Er will die Wurzeln zerstören, um die Zukunft zu verändern!" Juppi wiederholte laut die Gedanken, die Anka ihm vorhin zu vermitteln versuchte. Er war selber überrascht, dass er das inzwischen verstanden hatte. Noch war nicht klar, was davon bei Hermann ankam, wie er diese Information aufnehmen würde. „Mein Vater wird gerade für seinen Siegeszug nach Walhalla vorbereitet. Ich spreche mit den Frauen, damit ihr ihn euch ansehen könnt." entschied er schließlich. Nach wenigen Minuten gab er ihnen ein Zeichen, näher an den Tisch zu rücken. Veleda assistierte ihnen und zog den kostbaren Pelz von den Schultern des Toten. „Ich spüre keine bösartige Energie. Aurich war ein großer Krieger, der an vielen Kämpfen teilnahm. Er war ein direkter Nachfahre des berühmten Heerführers Arminus – und hat bereits als Jüngling an der Schlacht im Teutoburger Wald teilgenommen. Er hat die Römer bekämpft und geschlagen, wo er konnte…" suggerierte sie den beiden Männern und summte leise vor sich hin. Juppi setzte routiniert seine Untersuchung fort. Norman hob den Kopf des Verstorbenen an, damit er sich die Halspartie anschauen konnte. „Kein ungewöhnliches Drachenkopf-Branding oder Tattoo, das ist beruhigend. Jetzt noch die Arme, dann sind wir auf der sicheren Seite", brummelte Juppi, erleichtert atmete er auf, als auch diese sauber waren. „Vielen Dank, aber das musste sein!" betonte er und hielt einen Moment die starre Hand des Fürsten fest. Veleda näherte sich ihm. „Er war ein harter aber gerechter Herrscher, der beharrlich sein Ziel verfolgte. Wenn ich in die Zukunft blicke, habe ich einige Bauchschmerzen, was seinen Nachfolger betrifft:" Diese Aussage überraschte Juppi. Er guckte sie fragend an. „Hermann ist nicht halb so stark wie sein Vater, er hat nicht dessen unbeugsamen Willen und Durchsetzungsvermögen. Das werden sich seine Rivalen in den eigenen Reihen zunutze machen, um ihre Machtansprüche durchzusetzen. Ich habe Gerüchte vernommen, dass einige von ihnen sogar hinter den Rücken der Anführer mit den Römern paktieren. Das wäre für das Schicksal unserer Stämme fatal!" „Und passt in das Konzept der Drachenknechte. Wenn die Anführer der Stämme abtrünnig werden, geschieht genau das, was sie planen – der Weg unserer Nation führt in den Abgrund der Geschichte!" Dessen war sich Juppi nun völlig sicher. „Mit euch hat er allerdings eine Chance. Ich habe im Lager der Schwestern gesehen, über welche Möglichkeiten und Mittel die Menschen deiner Zeit verfügen. Wenn ihr seinen Rücken stärkt und ihm helft, wäre es gut für uns und damit für euch!" Veleda blinkerte Juppi listig zu. Er nickte nur. „Wir werden das Übel an seiner Wurzel packen und aus dem Reich der Germanen verbannen. Wir müssen nur sehen, wo ihre Schwachstellen sind? Aber das werden wir schon heraus finden!" Damit war ihr heimlicher Packt beschlossene Sache. Die Seherin wirkte sichtlich erleichtert. „Eine Frage noch zu diesem Schamanen, der hier sein Unwesen treibt. Was kannst du mir von ihm berichten?" wollte Juppi noch wissen. Ihr Gespräch wurde unterbrochen, Hermann kam zu ihnen und begleitete sie vor die Tür. Dort hatte man bereits einen Scheiterhaufen errichtet und den Römer fein säuberlich darauf platziert. Die Krieger des Dorfes warteten nur auf ihren Fürst. „Schickt ihn in die Hölle! Verbrennt seinen Körper!" befahl Hermann, binnen weniger Minuten verschlangen die Flammen ihn und vernichteten die Überbleibsel. „Wir fliegen los. Wir kommen wieder – sehr bald sogar – versprochen! Kleiner Tipp: Verbuddelt seine Asche oder streut sie in die Grube. Wenn du einverstanden bist, würden wir gern regelmäßigen Kontakt zu euch halten. Und wenn du es wünscht, Fürst Hermann, nehmen wir dich mit dem Ding, welches du ja nicht kennst, einmal mit. Ist auch versprochen!" Juppi hielt ihm lächelnd die Hand hin, der junge Fürst schlug ohne zu zögern ein.

Von der Drohne schallte Lärm zu ihnen herüber. „Was ist denn da los?" Norman überschattete die Augen. „Na das ist ja eine schöne Bescherung. Die Ochsen sind los!" schniefte er. In der Tat wurde das Fluggerät gerade von der Herde Auerochsen umlagert. „Kann mal jemand herkommen und diese Biester vertreiben?" rief Anka nervös aus dem Cockpit, in dem sich alle verzogen hatten. „Das war bestimmt wieder Ursus Werk – er treibt manche Späße mit Fremden..."

Hermann grinste. „Ich komme mit und kläre das. Euch stampfen sie sonst erbarmungslos in den Boden." Das war leichter gesagt, als getan. Die mächtigen Tiere gebärdeten sich wie tollwütige Hunde und ließen sich nicht so leicht vertreiben. Sogar Hermann musste sehr vorsichtig mit ihnen umgehen. „Die Gerüche und Geräusche sind bedrohlich für sie. Sie sind völlig aus dem Häuschen. Wenn sie richtig durchdrehen, knallt es!" warnte er die Männer vor. Hermann orientierte sich kurz, wo Ursus gerade umhertollte. Ein lauter Pfiff ertönte. Der Ochse stockte zwar, senkte aber seinen Schädel und scharte mit den Hörnern vor sich die Erde auf, dass sie wild durcheinander wirbelte. Das verrückte Dutzend seines Gefolges reagierte ebenfalls auf das Signal und erstarrte mitten in der Bewegung. „Ursus – verschwindet von hier! Es sind Freunde!" Der Fürst hob beide Hände in die Luft und schritt langsam auf das Tier zu. Das Spiel der Lauscher des Auerochsen zeigte an, dass er ziemlich erregt war. Hermann kam auf Armlänge an ihn heran und legte ihm die flache Hand besänftigend auf die Nase. „Schon ein furchteinflößender Bursche, so wie er da steht", flüsterte Norman, der voller Spannung zuschaute und mitfieberte. Er meinte damit allerdings nicht den Menschen. Ursus Schnauben verklang allmählich, er nickte mehrfach, so als wollte er sich für die Aufregung entschuldigen, die er und seine Artgenossen anrichteten. Wie auf Kommando rückte die Herde ab. Mit einem triumphierenden Grinsen kam Hermann auf die Menge zugelaufen, die aus sicherer Entfernung zugesehen hatte. „So schwach kann er nicht sein, wenn er solche Biester beherrscht! Dazu gehört schon eine Menge Mut und Furchtlosigkeit, bei solcher Aktion nicht die Nerven zu verlieren. Ich hätte mich das nicht getraut, das gebe ich ehrlich zu. Alle Achtung – mein Respekt!" ließ Juppi vernehmen, auch Veleda war sichtlich davon angetan.

„Vielleicht täusche ich mich und deine Einschätzung trifft eher zu? In diesem Fall hätte ich nichts dagegen!" sprach sie und stimmte in die Lobeshymne ein, welche die Männer und Frauen ihrem Anführer vortrugen. Voller Stolz wartete Hermann, bis sie fertig waren. Juppi machte einen Schritt auf ihn zu und verneigte sich.

„Fürst Hermann – das war ein bemerkenswertes Schauspiel, meine grenzenlose Anerkennung! Wenn du gestattest, entfernen wir uns. In drei Tagen, am Tag der Beisetzung deines Vaters, sind wir hier, um ihm die letzte Ehre zu erweisen!"

Hermann blickte ihn mit seinen blauen Augen an. „So sei es. Wir sehen uns in drei Tagen wieder!" Als die Drohne von der Wiese abhob, versammelten sich die Dorfbewohner an der Umzäunung. Die Kinder versteckten sich ängstlich zwischen den Beinen der Mütter und trauten sich erst wieder hervor, als dieses merkwürdige Ding in den Wolken verschwand. Manchem Erwachsenen war gleichfalls anzusehen, dass sie dem Frieden nicht trauten. „Die Götter haben uns Freunde gesandt und wachen über uns. Lasst uns die Feier für den Verstorbenen vorbereiten, damit der Fürst durch die Tore Walhalla ins Reich der Ewigen einziehen kann!" verkündete Hermann. Nicht weit vom Dorf, in einem Busch am Waldrand verborgen, stand eine einsame Gestalt, die mit düsteren Blicken die Abreise der Fremden verfolgte. „Das muss ich unbedingt dem Heerführer der Römer melden! Rabe, du bist dran. Fliege los und überbringe diese Nachricht!" Eldir kritzelte auf ein kleines Stück gegerbtes Leder das vereinbarte Zeichen für „Feinde im Anmarsch" und befestigte es um ein Bein des Vogels. Er verfolgte den Flug, bis auch er am Firmament entschwand. „Grauer komm. Wir hauen von hier ab!" rief er den Wolf zu sich, gemeinsam schlugen sie sich durch das Dickicht der Urwälder ihrer Zeit…

Judit rannte hinaus juchzend hinaus.

„Sie sind wieder da, hurra"! Die Drohne schwenkte über dem Rollfeld des Camps ein und landete punktgenau auf ihrem Stellplatz. Ihre Augen wurden immer größer, als sie Juppi und Norman erblickte, die sich durch die Luke ins Freie zwängten. „Welcher Wind weht euch denn hierher?" Als sie Felix in Juppis Armen entdeckte, der wild umher strampelte, kletterte sie ein Stück die Leiter hinauf. „Gib mir den kleinen Burschen runter. Ach ist der süß…!" Juppi ließ sich das nicht Zweimal sagen, vorsichtig bugsierte er seinen Sohn in ihre Hände. „Nicht fallen lassen – das ist meiner!" drohte er freundschaftlich, mit einem gewagten Sprung stand er neben ihr und umarmte sie. „Schon ein paar Tage her seit unserem letzten Treffen. Tja, die Umstände unseres Hierseins sind weniger erfreulich. Eher hoch dramatisch. Berlin ist verschwunden und damit alle Menschen, die wir kennen. Wir glauben inzwischen, dass es nicht nur Berlin betrifft, sondern das gesamte Reich. Wir haben Dinge erlebt und gesehen, davon würde wahrscheinlich kein Schwein träumen!" Norman kraxelte die schmale Leiter herab und begrüßte Judit mit einem festen Händedruck. „Dich erkennt man ja kaum wieder. Bist eine fesche Braut geworden!" stellte er anerkennend fest. Judit errötete, verlegen winkte sie ab. Inzwischen war auch der Rest der Mannschaft unten angelangt und versammelte sich um sie. „Ihr kommt gerade rechtzeitig zum Essen. Anke, habe ich richtig gehört, was du per Funk durchgegeben hast? Juppi meinte eben auch, dass ihr Berlin nicht gefunden habt?" Judit musste das Gehörte erst einmal verarbeiten. „Wir haben das Territorium schon gefunden, auf dem Berlin einmal stand – nur die Stadt selber ist wie vom Erdboden verschluckt. Das habe ich gesagt!" korrigierte Juppi. Bevor Judit weitere Fragen stellte, schlug ihre Schwester vor, dieses brisante Thema mit allen Siedlern zu bereden. „Das erledigen wir mit einem Abwasch, sonst müssen wir zigmal das Gleiche predigen!" Bei ihrer Ankunft bemerkte sie die Fortschritte, die der Bau während ihrer Abwesenheit gemacht hatte. „Viele Hände, schnelles Ende!" Lobend musterte sie die bereits verlegten Balken, die als Sicherungen des Fundamentes dienten. Die beiden Neuankömmlinge waren echt überrascht. „Hätte nie gedacht, dass ihr das wieder so super hinbekommt. Wenn man bedenkt, was für eine Trümmerlandschaft hier nach dem großen Brand war. Und wie ich sehe, hat sich eure Belegschaft vergrößert. Gratulation, das habt ihr wirklich gut im Griff!" Juppi war vor fünf Jahren einmal hier, als die Schwestern gerade mit dem Wiederaufbau begannen. Damals hausten sie in Zelten, teilweise in den Bussen und Transportern. „Ja, es hat sich wirklich viel verändert!" Sie wurden vor Baracke Eins von den Siedlern mit großem „Hallo" begrüßt. Die vier Kids umringten Judit und wollten mit Felix spielen, aber mit dem war nicht gerade gut Kirschen essen. „Er wird hungrig sein, deswegen quengelt er so. Ich hole ihm was!" Anka huschte in die Küche, um die Zwillinge zu begrüßen und kam mit einer Brotscheibe zurück. Juppi war zufrieden und als sein Sprössling endlich zu mampfen begann, konnte er selbst eine Kleinigkeit zu sich nehmen. „Alle mal herhören, wir haben einige wichtige Informationen für euch. Vielleicht hat der Eine oder Andere es bereits vernommen – die Lage um uns herum hat sich drastisch verändert!" verkündete Anka und stellte Juppi und Norman vor. „Beide waren Kämpfer der Black Hunter – Juppi führte die Truppe bis zur Schlacht in

Marzahn an und ist ein erfahrener Befehlshaber, der mit allen Wassern gewaschen ist. Er ist der Mann von Regentin Sabine Arndt, die euch sicherlich bekannt ist. Der Recke an seiner Seite, Freund Norman, begleitet ihn seit vielen Jahren als sein engster Vertrauter. Er hat bisher nicht weit von uns im Wald gelebt. Aber nun haben sich die Umstände geändert. Wir wissen nicht genau, was geschah, aber irgendwie sind wir in einer Zeit gelandet, in denen es weder Städte noch Straßen gibt. So weit wir gucken konnten, existiert nur noch eine grüne Hölle!" Damit eröffnete sie die Debatte. Das schlug ein wie eine Bombe, von allen Seiten kamen laute Rufe und Zwischenfragen, so dass eine wirkliche Diskussion kaum möglich war. Peter, das ungekrönte Oberhaupt der Siedlung, übernahm es, die hitzigen Wortgefechte in sachliche Bahnen zu lenken. Er stand auf und hob, Ruhe gebietend, die Hand. Er musste einige Minuten warten, bis er sprechen konnte. „Ich war genau so perplex, wie ihr jetzt. Aber die Fakten sprechen für sich. Und wenn ich euch noch verrate, dass wir geradewegs aus einem Dorf der Germanen kommen, wird es manchem vielleicht endgültig die Sprache verschlagen…!" Juppi bat ums Wort. „Ich denke, wir sollten der Reihe nach alles erklären, damit es keine Missverständnisse gibt!" zischelte er Peter zu. „Also um ein wenig Ordnung in das Chaos zu bringen, fange ich mal so an. Als ich in Berlin startete, um Norman zu besuchen, kam unsere Maschine in ein Gewitter – das war hier ähnlich, habe ich inzwischen erfahren. Dann erschien bei euch diese Seherin Veleda, die aus dem Steinkreis kam. Zur gleichen Zeit etwa stellten wir fest, dass Normans Haus weg war. Stattdessen bekamen wir es mit einem jungen Mann zu tun, der sich als Sohn eines Fürsten Aurich entpuppte, dessen Dorf keine halbe Flugstunde von hier im ehemaligen Ort Klein Köris liegt. Er und sein Auerochse Ursus nahmen uns gefangen und brachten uns dort hin. Und dann kam es zu einer Begegnung der besonders bösen Art – ein Centurio der Römer, den sie ebenfalls gefangen hatten, outete sich als Drachenknecht. Anka hat ihn getötet!" Die zumeist erstaunten Blicke der Kolonisten wanderten zu der jungen Frau, die mit unschuldiger Miene am Tisch saß und lauschte. Sie zuckte verlegen mit den Achseln. „Was sollte ich machen? Einer musste es doch tun, bevor er Schaden anrichten konnte. Und dieser Fürst Aurich hätte ohnehin keine Chance gehabt, wenn ich ihn nicht geköpft hätte!" Eine Mutter hielt ihrem

Kind entsetzt die Ohren zu. „Du hast was getan?" entfuhr ihr. „Das ist die einzige Möglichkeit, sie zu töten. Ansonsten sind sie fast unsterblich und regenerieren sich in wenigen Augenblicken. Und es stand viel auf dem Spiel – er hätte ohne sie das ganze Dorf nieder gemacht!" verteidigte Juppi Anka. Adam ließ indessen seine Kamera kreisen und untermalte mit seinen Bildern die Aussagen. „Das hier war der Typ. Hier verprügelt er gerade die Krieger des Fürsten und macht sie platt! Und das ist Anka, wie sie ihn zur Strecke bringt!" Juppi bemerkte manches missbilligende Kopfschütteln unter den Betrachtern. „Damit wir uns nicht falsch verstehen – wir reden über einen Zombie, wie er im Buche steht. Diese Biester kennen keine Gnade oder Mitgefühl, es sind reine Kampfmaschinen, die nur fürs Töten erschaffen wurden. Ihr alle habt doch selbst erlebt, mit welcher Schreckensherrschaft ihre Oberhäupter sogar in unserem Land regierten. Und nun passiert das Gleiche wieder – nur auf einer anderen Zeitachse. Und wir hängen mitten drin!" stellte er klar. „Mich wundert es nur, dass es uns bisher nicht erwischt hat? Wenn Berlin und alle anderen Städte ausgelöscht wurden, warum nicht unser Camp?" fragte ein Mann aus der hinteren Relhe der Zuhörer. Juppi musste nicht lange überlegen. „Aus meiner Sicht gibt es einen sehr guten Grund dafür. Ihr Vater…" Er wies auf die vier Geschwister. „Ihr Vater, Prof. Reimann, war ein kluger Mann, der offensichtlich weiter dachte und sehr wohl alle möglichen Varianten im Voraus kalkulierte, hat auch dafür Vorsorge geleistet. Obwohl es dieses Feuer gab, verursacht durch die Djinn, die Geister des Fluches – hat das Gelände seine Schutzfunktion niemals völlig verloren. Wir sitzen in einer Art Zeitglocke oder so was Ähnliches. Ich bin kein Wissenschaftler, aber mit menschlicher Logik könnte man es durchaus so betrachten!" Ina brachte ein anderes Argument. „Was ist aber, wenn Berlin weiterhin da steht, wo es hingehört – und nur unser Camp eine Reise durch die Zeit gemacht hat?" Für einen Moment herrschte absolute Stille. Nach und nach kam die Botschaft bei allen an und löste unterschiedliche Reaktionen aus. Während einige entsetzt vor sich hin starrten, schien sich bei einem Teil der Männer der Kampfgeist zu regen. „Klingt zwar ein bisschen verrückt, wenn ich das so formuliere, aber was soll es? Ich habe an Juppis Seite Jahre lang gegen jede Form der Unterdrückung gekämpft. Die Schwarzen Jäger waren ein zusammen gewürfelter Haufen von Männern und

Frauen, denen das Schicksal böse mitgespielte. Ich habe meine Familie verloren, meine Frau und Kinder. Ich habe im Kampf gegen diese Bestien meine beste Freundin verloren und begraben. Egal in welcher Zeit diese verfluchten Hunde auch erscheinen – ich werde mich nicht scheuen, erneut gegen sie anzutreten. Um sie mit Stumpf und Stiel auszurotten…!" Norman, der es hasste, lange Reden zu schwingen, war über sich selbst überrascht. „Wie auch immer – das wollte ich euch nur mal verklickern. Ich habe mit eigenen Augen gesehen, was die Drachenknechte anstellen. Wir können den Kopf in den Sand stecken und herum jammern. Wir können aber auch versuchen, das Beste aus dieser Sache zu machen und aktiv werden, bevor uns der Feind überrascht! Und sie werden kommen, dessen bin ich mir absolut sicher!" orakelte er weiter. Babsi nickte vor sich hin. „Auf jeden Fall müssen wir uns aufs Schlimmste vorbereiten. Im Klartext heißt das für uns, sämtliche Waffen checken und wenn wir die Möglichkeit bekommen, einige zu organisieren. Und wir müssen alle kampffähigen Männer im Umgang mit Hieb- und Stichwaffen vertraut machen!" Unter den Frauen entstand Unruhe, es wurde heftig getuschelt. „Weshalb sollen nur die Männer trainiert werden? Im Notfall möchte ich auch mich und meine Kinder verteidigen können, stimmt doch, Mädels?" Inka, die Mutter von zwei Kids im Camp, war aufgestanden und sah Babsi entrüstet an. Diese lächelte sie an. „Ihr habt mich nicht ausreden lassen! Natürlich gilt das auch für die Frauen. Das grundlegende Problem, was ich allerdings sehe, ist die Tatsache, dass wir gegenwärtig nur über fünf Klingen verfügen. Wir müssen also irgendwie an Schwerter und Säbel heran kommen. Jetzt wären Kalif Omars Schmiedemeister gefragt, aber die können wir leider nicht herbei zaubern", bedauerte Babsi. Juppi fiel etwas ein. Er verständigte sich mit Norman, dann meldete er sich. „Ich glaube, wir haben eine hervorragende Idee, wo wir einen Schmied auftreiben können. Als wir letzten Abend im Dorf der Cherusker ankamen, war dort Rauch und das Hämmern von schweren Gerätschaften zu hören. Wir fliegen in drei Tagen zu ihnen, um an der Bestattung des Fürsten teilzunehmen. Wir werden versuchen, mit seinem Sohn Hermann zu verhandeln. Vielleicht bekommen wir dort einige Waffen? Außerdem liegt im Haupthaus ein Haufen Zeug herum, was die Krieger von ihren Beutezügen mitgeschleppt haben. Unter anderem etliche Schwerter. Es wäre bestimmt von Vorteil, wenn wir einige Gastgeschenke oder was zum Tauschen mitnehmen könnten. Muss ja nichts Teures sein, aber unbedingt Zeug, welches sie wirklich gebrauchen können." Jana, die neben ihrem Schatz Peter kauerte, kam ein fixer Gedanke. „Im Hangar III liegen allerhand Klamotten von Albert in den Regalen. Wenn ihr gestattet, würde ich mal nachschauen, ob wir ein paar geeignete Geschenke finden?" Babsi erteilte ihr die Erlaubnis. „Wenn ich mich nicht irre, hatte Vater ein paar alte Fallen liegen, die für größere Kaliber geeignet sind. Ich denke, das wäre das Richtige dafür!" gab sie als Tipp. „Ich werde Jana behilflich sein und mit gucken, was zu gebrauchen ist. Bei dieser Gelegenheit sollten wir in den Hallen nachsehen, was wir an schwere Technik für den Notfall aktivieren können. Angenommen, hier taucht ein Heer der Römer auf, wie wollen wir mit einer Handvoll Leute das Camp verteidigen? Ich glaube nicht, dass sie schon mal einen Laster oder Traktor gesehen haben?" ergänzte Peter. Juppi hob verwundert den Kopf. „Ihr habt Technik der Vorfahren hier?" hakte er nach. Anka grinste spitzbübisch. „Mehr als genug. So weit du gucken kannst, stehen wir auf mehrere unterirdische Lager, die vollgestopft sind mit allerlei Krempel. Sogar Planierrauben und richtig große Bulldozer stehen da unten herum. Wenn alle Stränge reißen, könnte man damit einen riesigen Wall um die Siedlung errichten." Das war Juppi nicht bekannt, umso mehr beruhigte ihn die Aussicht, hier Möglichkeiten und Mittel zu finden, die mit Sicherheit zur erfolgreichen Abwehr eingesetzt werden konnten. „Das behalte ich mal im Hinterstübchen. Allerdings stimmt dein Spruch nicht, Peter. Du hast vergessen, dass es durchaus einige Kreaturen gibt, die unsere Möglichkeiten bereits kennen. Wenn hier Zombies ihr Unwesen treiben, dürften einige Herren nicht weit entfernt sein. Ich rede von Tyrannis, diesem Prof. Lehrmeier, der aus unserer Zeit stammt und im Umgang mit moderner Technik vertraut ist. Und dann die Krieger der Alten Garde mit ihrem Heerführer, diesen Achmat. Da komme ich gleich zu einer anderen Frage: Hat jemand von euch Ahnung, wie man Motoren oder Antriebe repariert?" fragte er in die Menge. Zwei Hände streckten sich zaghaft in die Luft. „Zwei junge Ladys – das ist ja interessant. Könnt ihr bitte nach vorn kommen, damit wir euch besser sehen können!" Die beiden Frauen gehörten zu einer Gruppe Neusiedler, die erst vor einigen Monaten im Camp eingezogen waren. „Das sind die Schwestern

Rosa und Marie. Sie stammen aus der Umgebung von Potsdam. Ein eher unscheinbares Pärchen, die sich lieber im Hintergrund halten. Ich wusste nicht, dass sie sich für Technik interessieren und Ahnung davon haben? Aber sie haben einen grünen Daumen, wenn es um Pflanzen geht. Sind fleißig und zuverlässig!" war Ankas grobe Einschätzung, die sie erstaunt und eindringlich musterte. Sie gaben Juppi die Hand und nannten ihre Namen. „Unser Vater war ein Freak, wenn es um Maschinen ging. Unsere Eltern betrieben eine kleine Farm und bauten Getreide und Mais an. Wir besaßen mehrere Traktoren und einige Landmaschinen. Und wenn was kaputt ging, mussten wir es selber reparieren. So sind wir jedenfalls aufgewachsen", erklärte Rosa, die Ältere von beiden. „Was ist passiert? Das Beben?" Juppis Verdacht bestätigte sich. „Als Potsdam vernichtet wurde, traf es auch die benachbarten Regionen. Wir hatten Glück, dass wir an diesem Tag im Wald Beeren sammeln waren, sonst hätte es uns auch erwischt. Der Hof ging in Flammen auf. Unsere Eltern und unser jüngerer Bruder sind dabei umgekommen. Wir lebten danach eine Weile in Berlin, aber da hat es uns nicht gefallen. Und irgendwie sind wir nach einem langen Fußmarsch eines Tages hier gestrandet und fühlen uns sehr wohl." Ihr dankbares Lächeln streifte die Töchter des Professors. Marie blickte schüchtern in die Gesichter, die ihr zugewandt waren und traute sich kein einziges Wort zu sagen. „Sie hat seit dem nie wieder richtig gesprochen. Ich habe meine Hoffnung nicht aufgegeben, das braucht eben Zeit und Geduld." Rosa umfasste die Hand ihrer Schwester und hielt sie fest. „Sie baut euch einen zerlegten Motor mit verbundenen Augen wieder zusammen. Das könnt ihr mir glauben!" Babsi lief freudestrahlend auf sie zu und umarmte sie. „Dann willkommen im Team der Freaks. Damit sind wir immerhin eine Mädchenrunde – halt, stimmt nicht! Peter hat auch goldene Hände, wenn es um Reparaturen geht. Was schwebt dir genau vor?" Die Frage war an Juppi gerichtet. „Wir sichten in den nächsten Tagen den gesamten Bestand und überlegen, was wir daraus zur Verteidigung errichten können. Dafür brauche ich euch!" war seine Antwort.

Am Abend versammelten sich fast alle Siedler am traditionellen Lagerfeuer. Die Stimmung war gedrückt, die meisten von ihnen schauten mit trübseligen

Gesichtern ins Feuer. Auch Juppi hing eine Weile seinen Gedanken nach.
„Mensch Biene, das ist wieder so ein Schlag in die Magengrube. Was sollen Felix und ich ohne dich machen?" Norman setzte sich neben ihn auf den Stamm nieder und reichte ihm einen Becher. „Trink einen Schluck und grübele nicht. Du weißt, was dann passiert. Der Bub schläft tief und fest. Die Zwillinge haben ihr Zimmer geräumt. Da können wir vorläufig bleiben, bis sich eine bessere Gelegenheit ergibt. Vielleicht bekommen wir diese Geschichte halbwegs hin…?" Sein Versuch, Juppi abzulenken, gelang nur zum Teil. „In meinem Kopf dreht sich alles. So langsam wird mir klar, in welcher tiefen Scheiße wir wirklich stecken. Da ist die Güllegrube des Fürsten ein Kinderspiel dagegen. Unsere Köpfe sind schon längst voll eingetaucht…" stöhnte Juppi leise und leerte den Becker mit einem Zug. „Ist ja echter Wein", stellte er verblüfft fest und leckte sich genüsslich die Lippen. „Zur Feier des Tages haben die Mädels ihn spendiert!" Norman hielt ihm sein Gefäß unter die Nase. „Du brauchst das jetzt nötiger als ich. Trink schon!" ermunterte er ihn. Rosa, die mit ihrer Schwester auf der gegenüberliegenden Seite des Feuers saßen, beobachte ihn schon eine ganze Welle. Norman registrierte, dass sie aufstand und sich ihnen näherte. Sie stellte sich vor ihnen hin und verzog unmerklich das Gesicht. „Darf ich euch was fragen?" Norman nickte. „Klar, warum nicht?" Sie seufzte und überlegte wohl, wie sie anfangen sollte. „Unser Vater hat oft von den Schwarzen Jägern gesprochen. Für ihn waren die Kämpfer wahre Helden. Er hat einmal erwähnt, dass er den Anführer persönlich kannte – wohl vom Studium her. Erinnert ihr euch an einen Bernd Müller…?" Juppi, der gerade den zweiten Becher ansetzte, hielt inne. „Bernd? Mülli – das alte Schlitzohr? Das war dein Vater?" Juppi wies auf den leeren Platz neben sich. „Hinsetzen! Marie, komm her. Ich denke, wir haben einiges zu bequatschen!" Die nächste halbe Stunde verging wie im Flug, Erinnerungen aus seiner Jugend lebten bei Juppi auf und versetzten ihn um Jahrzehnte zurück. „Euer Vater hat mir einmal das Leben gerettet. Wir waren mit der Studiengruppe auf Reisen und haben bei einer Rast in der Elbe gebadet. War verdammt kalt, die Strömung hat mich mitgezogen, so dass ich fast abgesoffen wäre. Bernd hat mich an den Haaren geschnappt und ans rettende Ufer geschleppt. So war das…" Er lächelte still vor sich hin, seine Augen glänzten. „Wir waren richtig dicke

Freunde. Er war ein bisschen klüger als ich und hat mich manchmal aus einer beschissenen Lage befreit. Ich glaube, ohne ihn hätte ich niemals meinen Abschluss geschafft!" Er hob seinen Becher. „Es tut mir sehr leid, dass er nicht mehr unter den Lebenden weilt. Er war ein guter Mann und treuer Kamerad!" Damit stieß er mit den Mädchen und Norman an, der sich ein neues Behältnis organisiert hatte.

Es wurde frisch am Abend. Anka war noch einmal zur Rollbahn gelaufen und in ihre Drohne geklettert, um ihre Jacke zu holen, die sie vergessen hatte. „Wo habe ich sie wieder hingepackt?" brummelte sie vor sich hin, im Gepäckraum endlich wurde sie fündig. Sie griff nach ihr und war schon dabei, das Cockpit zu verlassen, als ihr Blick zufällig auf das Radar fiel, welches ständig betriebsbereit blieb. Sie wischte sich über die Augen. „Träum ich das…?" Ein Signal zeigte an, dass sich etwas Großes dem Camp näherte. „Keine fünfhundert Meter mehr entfernt! Verdammt, was kann das sein?" Bei ihr schrillten sämtliche Alarmglocken. Sie schaltete die Außenlautsprecher an. „Achtung! Das ist keine Übung! Uns nähert sich ein undefinierbares Objekt. Sofort alle zu den Waffen und in Richtung Ausfalltor. Es kommt direkt darauf zu!" schallte es über das Gelände. Juppi ließ sein Gefäß fallen und sprang auf. „Habt ihr gehört! Alle zu den Waffen…" rief er aus, dann sah er Norman verzweifelt an. „Was für Waffen haben wir hier schon? Außer ein paar verdammte Jagdflinten und alte Gewehre gibt es nichts!" stöhnte er. Peter kam mit Jana angerannt, die blanken Säbel in den Fäusten. Die Zwillinge Babsi und Ina eilten in ihre Zimmer und trugen alles ins Freie, was zum Kämpfen geeignet schien. Sogar ein Bogen nebst Pfeilen war dabei, ein Überbleibsel von Omars Drachenjäger seiner Zeit. „Eine verdammt magere Ausbeute. Damit haben wir niemals eine reale Chance", resümierte Norman, der sich selbst ein Gewehr aussuchte und durchlud. „Noch zweihundert Meter – dann ist das Ding vor dem Zaun!" meldete Anka. Die Drohne wurde von ihr eiligst für den Start klar gemacht, die Bordbeleuchtung erlosch, als die Turbine anlief und auf Touren kam. „Drei Leute mit Schusswaffen zu Anka! Nehmt sie von oben unter Feuer!" wies Juppi an und schickte einige Männer los. „Vergeudet keine Munition!" rief er ihnen nach und kletterte auf den fahrbereiten LKW, der mit laufendem Motor wartete. Peter saß am Steuer. Ein Dutzend Männer folgten ihm, zuckelnd setzte sich das altertümliche Gefährt in Bewegung. Die Drohne beleuchtete mit ihren Scheinwerfer die Fläche vor ihnen. „Sie soll das verdammte Licht ausschalten! Mensch, da kann sie gleich als Zielscheibe fungieren!" fluchte Juppi laut. Anka musste wohl den gleichen Gedanken haben, schlagartig wurde es finstere Nacht. Nach einigen Minuten blinder Fahrt erreichten sie die alte Grenzlinie des Camps – den Stacheldrahtzaun, der wieder an seinem ursprünglichen Platz errichtet wurde. Die Drohne begann, innerhalb des Geländes zu kreisen. „Absitzen. Verteilt euch ein bisschen und abwarten, bis ich den Feuerbefehl erteile!" instruierte Juppi die Männer und suchte hinter den Rädern des Fahrzeuges Deckung. Jetzt war das Krachen von Bäumen zu hören, lautes Geheul setzte ein. Der schlafende Wald erwachte zum ungewöhnlichen Leben, Schwärme von Vögeln stiegen zum Himmel auf und flogen krächzend davon. Die Erde begann unter ihnen zu beben. Ein schwarzer Koloss schob mit Wucht etliche Stämme zur Seite, direkt vor dem Zaun hielt er an. „Wir sind da! Laut Radar müssen wir vor diesem Camp stehen!" klang eine Männerstimme zu ihnen herüber. „Das gibt es doch nicht? Ich glaube, ich träume?" Norman stand einfach auf und rannte auf den nächtlichen Störenfried zu. Juppi wollte ihn festhalten, ihm stockte fast der Atem. „Bist du wahnsinnig geworden?" fauchte er ihm nach, aber sein Freund war nicht aufzuhalten. „Rainer – bist du das etwa? Du und dein verfluchter Panzer?" Norman konnte es nicht fassen, als die Fahrerluke aufklappte und der Kopf des Mannes zum Vorschein kam. „Juppi, es ist alles im grünen Bereich! Das sind die Söhne des Farmers mit ihrem Panzer. Gebt Entwarnung!" informierte er die Truppe. Licht erhellte die ungewöhnliche Szenerie, Anka ließ die Drohne direkt über dem Metallkoloss kreisen. „Der Eisenberg ist zurück! Jippiejeh!" dröhnte es aus allen Lautsprechern...

Die Sonne ging gerade auf, ein schöner Tag kündigte sich an, mit ihm erwachte das Leben in der Siedlung. Juppi rieb sich die Augen und gähnte herzhaft. Sein erster Blick galt Felix, der friedlich eingerollt in seiner Ecke schlummerte. Leise stand er auf und zog sein Hemd über. Norman lag auf dem Rücken und schnarchte im Nachbarbett. Juppi tippelte auf Zehenspitzen nach draußen und zog vorsichtig die Tür hinter sich zu. „Na schon ausgeschlafen?" wurde er von

Judit empfangen, die bereits fleißig in der Küche werkelte. „Was treibst du denn schon so früh hier? Warst du überhaupt im Bett?" brummte Juppi verschlafen und setzte sich an einen Tisch. „Mit Kaffee kann ich leider nicht dienen. Unsere Vorräte sind aufgebraucht und der nächste Laden leider zeitlich schwer zu erreichen. Willst du einen Tee?" fragte die Küchenfee gut gelaunt. Juppi nuschelte irgendwas vor sich hin, schließlich willigte er ein. „In der Not frisst der Teufel Fliegen – also her mit der Plärre!" Mit einem freundlichen Lächeln servierte Judit das frisch aufgebrühte Getränk. „Wenn ihr bei den Germanen seid, erkunde doch mal, was für Spezialitäten sie so am Morgen zu sich nehmen? Vielleicht können wir uns von ihnen was abgucken und unsere Möglichkeiten damit erweitern?" Juppi versprach, daran zu denken. „So weit ich mich entsinne, gab es Met zum Frühstück. Es schmeckte jedenfalls wie Alkohol. Wenn ich nicht da bin, bist du so lieb und kümmerst dich um den Kleinen?" Judits Kopf erschien an der Tür. „Mensch Juppi, da musst du doch nicht erst fragen! Klar mach ich das, ist doch Ehrensache. Du sorge lieber dafür, dass wir wenigstens einen Lichtblick bekommen, was passiert ist? Merkst ja selber, dass die Leute immer unruhiger werden." Sie klapperte mit den Töpfen und setzte einen Schwung Eier mit Wasser auf, die sie selber aus den Nestern der Hühner gelesen hatte. „Wann wollt ihr los?" fragte sie neugierig, ohne ihre Arbeit zu unterbrechen. „Nach dem Frühstück. Ich habe keine Ahnung, wie es im Dorf wird? Und was wir bei der Zeremonie beachten müssen? Dieser Hermann, der Sohn von Fürst Aurich, scheint ein helles Köpfchen zu sein, aber Veleda glaubt, dass er für den Posten als Oberhaupt seines Stammes zu schwach ist…!" Juppi pustete in den heißen Tee und starrte nachdenklich auf die Tischplatte. „Ich bin draußen!" Er stand auf, mit dem Pott in der Hand schlenderte er raus und setzte sich auf die Bank neben dem Eingang. Der Panzer parkte wie ein drohendes Monster auf dem Rollfeld neben Ankas Drohne. „Hast uns einen ganz schönen Schreck eingejagt!" murrte er und probierte sein Getränk. Judit hatte extra einen Löffel Honig rein getan. „Nicht schlecht, das Gesöff. Aber so was jeden Morgen?" Er stellte die Tasse neben sich ab und lehnte sich an die Wand, die allmählich von der Sonne aufgeheizt wurde. „Sabine, mein Engel. Wo in Gottes Namen bist du? Wo seid ihr?" Er schloss die Augen, das Gesicht seiner Liebsten tauchte vor ihm auf. Er musste unweigerlich an ihre erste Begegnung denken – damals, als er sie in einen Nacht- und Nebelaktion aus Berlin abholte, damit sie nicht in die Klauen des Imperators Klausus fiel. „Warst du eine Zicke!" Ein flüchtiges Lächeln huschte über sein Antlitz. Ein sanfter Stoß brachte ihn zurück. „Guten Morgen!" Rainer, der Fahrer des Panzers, setzte sich zu ihm. „Na schon ein bisschen eingelebt?" erkundigte sich Juppi höflich. Rainer reagierte nicht, mürrisch schaute er die wuchernde Natur an, die wie ein dichter Ring das Camp umschloss. „Mit unseren heimatlichen Wäldern Brandenburgs hat das nichts mehr zu tun. Diese Holzarten gab es bis vor kurzem nicht – diese Zeitscheiße kotzt mich mächtig an!" fluchte er plötzlich und rieb nervös seine Handflächen aufeinander. „Unseren alten Herrn hat es böse erwischt, Schlaganfall. Er kann kaum noch was selber machen. Und jetzt hängt unsere kleine Schwester irgendwo allein mit ihm herum und wir sind nicht da. Scheiße ist das!" offenbarte er seinen Kummer. Juppi setzte sich kerzengerade hin. „Ja, so ergeht es wohl fast allen hier. Jeder hat jemand, den er vermisst", murmelte er. Allmählich kam Leben in die Bude, die ersten Siedler trabten heran und gesellten sich zu ihnen. Die Kids kamen angerannt, zielstrebig marschierte die Truppe zum Panzer. Rainer wurde aufmerksam. „Diese kleinen Wuschelköpfe. Sind doch schon gestern wie Kobolde überall herum geklettert. Ich werde mal lieber die Luken schließen, bevor was passiert", gluckste er friedfertig und folgte ihnen mit großen Schritten. Jessie bemühte sich gerade, auf das Deck zu klettern, rutschte dabei immer wieder ab. Enttäuscht wollte sie aufgeben, als Rainer ihr behilflich war. Er hob sie hoch, so dass ihre Füße Halt fanden. „Danke schön. Von hier hat man einen guten Ausblick über das Camp!" krähte sie. Die Kleine kletterte auf den Turm. „Fall bloß nicht runter. Du brichst dir sämtliche Knochen!" warnte Rainer und behielt sie besorgt im Auge, während er von ihren drei Spielgefährten bedrängt wurde. „Ich auch – ich möchte auch da drauf!" quengelten sie, bis er endlich nachgab. „Ihr seid eine wahre Teufelsbrut! Aber keine Dummheiten machen, sonst müsst ihr wieder runter!" belehrte er die quicklebendige Meute, die sein Gefährt okkupierten. Jessie hielt Ausschau nach allen Richtungen. „Du Onkel, da hinten stehen Reiter!" Rainer schnellte herum und suchte die Richtung des Ausfall -Tores ab. Die Ketten des Panzers hatten sichtbare Spuren auf dem Gelände des Camps hinterlassen, es musste gestern früh sogar ein Pfosten rausgenommen und die Einfahrt verbreitert werden, damit er überhaupt durchpasste. Das Tor war danach nur provisorisch gesichert worden. „Ich sehe keine Reiter? Du hast dich bestimmt getäuscht?" stellte er fest. Es war weit und breit kein Mensch zu sehen. „Sie sind fortgeritten. Wirklich, da waren Reiter!" beteuerte Jessie hartnäckig, dass Rainer sich entschloss, doch lieber nachsehen zu lassen. „Okay, ihr wartet hier. Nichts anfassen oder kaputt machen, verstanden!" wies er an und eilte davon. „Na haste die Quälgeister beruhigen können? Sind schlimmer als ein Sack Flöhe", spottete Juppi, der aus Erfahrung redete. „Ach die, die sind nicht das Problem. Die Kleine oben auf dem Turm behauptet, fremde Reiter am Tor gesehen zu haben. Ich denke, wir sollten lieber einen Blick riskieren…" Diese Bemerkung genügte, Juppi aus seiner Lethargie zu rütteln. Er eilte ins Haus und holte das Gewehr. „Norman, raus aus den Federn. Wir müssen was nachprüfen!" Er tätschelte ihn so lange, bis er endlich die Augen aufschlug. „Komm mit!" herrschte er ihn an und zog ihn ziemlich unsanft aus dem Bett. Norman wusste nicht, was ihm geschah. „Spinnst du? Lass mich wenigstens meine Hose anziehen!" knurrte er Juppi an und riss sich los. „Geh schon vor, bin gleich da!" schnaubte er angesäuert und wies seinem Freund die Tür. „Ich warte. Es sind Fremde aufgetaucht, also mach schon!" Judit ahnte wohl, dass die Aufregung nicht ohne Grund war. „Was ist passiert?" rief sie Juppi nach, der wieder nach draußen stürmte. Sie hörte noch, wie er einige Männer aufforderte, augenblicklich ihre Waffen zu checken. „Norman, weißt du wenigstens, was los ist? Mir sagt ja keiner was?" fragte sie den Recken, der noch immer verzweifelt sein Hosenbund schließen wollte. „Fremde sind da!" schniefte er, weg war er. Judit flitzte in ihr Zimmer und holte das alte Fernglas ihres Vaters. „Juppi, nimm das vorsichtshalber mit!" Die Gruppe war bereits abmarschbereit, Juppi nickte ihr dankbar zu. „Die Fährten sind eindeutig. Sie waren hier!" Norman kniete auf dem Boden und betrachtete die Abdrücke. Rainer hockte sich neben ihn hin und strich mit der Hand über einen aufgeworfenen Klumpen Erde. „Ist ganz frisch. Sie sind unserer Spur gefolgt. Ist ja auch nicht zu übersehen, was wir hinterlassen haben. Etwa ein Kilometer von hier gibt es eine befestigte Straße, auf der wir vorgestern gut voran kamen." „Was für eine Straße? Etwa die alte Autobahn, die um Berlin herum führt?" Juppi lief einige Schritte weiter und begutachtete aufmerksam das Gelände. „Nix Autobahn. Nur ein paar Meter breiter befestigter Streifen eben. Ich konnte gerade mit dem Panzer darauf lang rollen. Sonst hätten wir es niemals geschafft, bis hierher zu gelangen. Wenn die gesamte Strecke nur Wald gewesen wäre, hätte unser Monster garantiert irgendwann gestreikt wegen dieser Bäume." Rainers Erklärung leuchtete ein. „Das schauen wir uns an!" befahl Juppi und führte den Trupp geradewegs die Schneise entlang, die nicht zu übersehen war. Wie ein Pflug hatte das schwere Gerät alles zur Seite geschoben, ab und wann mussten sie einen umgestürzten Stamm überqueren. „Das vor dem Frühstück und mit leerem Magen!" knurrte Norman. Die Hufabdrücke von mehreren Pferden bogen in einem Wildpfad ab, der unmittelbar vor besagter Straße verlief. „Da ist sie!" Rainer führte seine Mitstreiter ein Hügel hinauf, endlich standen sie auf einen von Menschenhand erbauten Fahrweg. Juppi pfiff vor sich hin. Schnurgerade verlief er durch das Gebiet und war neueren Datums. „Das sieht wirklich nach unseren römischen Freunden aus! Wäre bestimmt interessant zu erfahren, welche Orte er verbindet?" Er prüfte die Richtung. „Könnte eine Zufahrt nach Berlin sein – ich meine dieses Kastell Berlina!" bestätigte er schließlich. Aus der Ferne waren holpernde Geräusche zu vernehmen, die näher kamen. „Alles in Deckung. Da kommt ein Wagen!" ordnete Norman an, der sein Ohr auf das grob bearbeitete Steinpflaster hielt und lauschte. „Versteckt euch und kommt erst raus, wenn ich es sage!" ergänzte Juppi. Er und Norman blieben in der Nähe der sichtbaren zermalmten Stelle, wo der Panzer eindrehte, um in den Wald zu fahren. „Das sieht ein Blinder mit Krücke, dass hier was Schweres reingerollt ist. Bin gespannt, was uns entgegen kommt?" raunte Norman und legte sich hinter dichtem Buschwerk auf die Lauer. Ihre Geduld wurde alsbald belohnt, eine Kolonne von fünf Leiterwagen rumpelte heran. Juppi blickte durch das Fernglas. „Sie werden von Ochsenpaaren gezogen. Auf den beiden vorderen Fuhrwerken kann ich Käfige erkennen, dahinter sind Planenwagen", kommentierte er, während die Zugtiere im gemächlichen Tempo vor sich hin trotteten. Ein Reiter führte sie an, mehrere uniformierte Männer liefen nebenher und bewachten die Ladung. „Alles bleibt am Platz! Ich gucke mir die Geschichte aus der Nähe an!" betonte Juppi vor ihrem Eintreffen und kletterte aus seinem Versteck, um sich offen auf der Straße zu präsentieren. Er verschränkte die Arme vor der Brust und wartete seelenruhig ab. Etliche Meter vor ihm hob der Reiter den Arm und ließ den Zug stoppen. Mehrere Krieger formierten sich vor ihm und bildeten eine Linie, mit erhobenen Schilden und die Wurfspieße im Anschlag, rückten sie näher. „Jetzt wird es heiß!" brummte Juppi und konzentrierte sich auf den Anführer. „Es sind römische Soldaten, keine Frage", stellte er sachkundig fest. Dennoch bemerkte er erhebliche Unterschiede. Der Reiter stieg vom Pferd, im herrischen Ton blaffte er ihn an und schwenkte fordernd den Arm. „Das scheint ein echter Römer zu sein. Die anderen machen eher den Eindruck, als wären das Trossknechte oder Leute, die im rückwärtigen Dienst tätig sind. Denen fehlt ein wenig der Schneid des zackigen Kriegers." Er redete so laut, dass seine Männer ihn hören konnten. Juppi ließ sich nicht aus der Ruhe bringen. „Guten Tag die Herren! Wohin des Weges?" begrüßte er sie höflich. Damit verblüffte er den Schreihals, dessen Kopf rot anlief. „Ich bin nicht schwerhörig, also höre mit dem Gekeife auf!" schnauzte Juppi einmal kräftig zurück. Mit Erfolg. Der Römer schnappte aufgebracht nach Luft und zog sein Schwert. Es kam alles anders, als erwartet. Aus dem Dickicht preschten mehrere Männer auf ihren Pferden heraus und hätten Juppi fast umgerammelt. Mit lautem Gejohle attackierten sie die Truppe, täuschten einen Angriff vor und schossen aus der Bewegung heraus ihre Pfeile ab. Juppi schaffte es gerade noch, sich mit einem Sprung in den Busch in Sicherheit zu bringen, als sie zurück kamen. Sie wendeten und griffen erneut an. Er konnte erkennen, dass bereits zwei oder drei Soldaten getroffen zu Boden sanken. Die Angreifer änderten ihre Taktik, mit langen Speeren rammten sie die Schilde der Verteidiger und fegten sie hinweg. Der Anführer versuchte noch, auf sein Pferd zu gelangen, aber ein Speer erwischte ihn in voller Breitseite und nagelte ihn am nächsten Baum fest. Zwei Reiter wandten sich Juppi zu, der fassungslos aus dem Gebüsch kraxelte und taumelnd aufstand. „Mann, was war das denn?" Ein scharfes Kommando verhinderte in letzter Sekunde, dass auch er aufgespießt wurde. „Er gehört nicht zu ihnen! Er trägt keine Uniform der verfluchten Hunde!" Ein älterer Krieger mit einer Narbe über dem rechten Auge, hielt ihm stützend den Arm entgegen. „Das stimmt doch – du bist kein Römer?" „Mit diesen Scheißrömern haben wir nichts am Hut. Woher kommt ihr so plötzlich?" Juppi musterte ihn neugierig von oben bis unten. Dessen ungeachtet, trieben die Krieger die letzten lebenden Soldaten fluchtartig in den Wald. Bald darauf verhallten ihre Schreie. „Sie waren einst Krieger unseres Stammes und schlossen sich ihnen an, um ein gutes Leben nach Römerart zu führen. Was für Narren…!" Er spuckte voller Verachtung aus. „Du gehörst zu ihnen?" fragte er beiläufig. Juppi wusste nicht, was er damit meinte. „Diese eigenartige Siedlung am Ende des Weges. Du gehörst zu ihnen?" wiederholte er seine Frage und tastete seine Kleidung ab. „Solche Sachen kenne ich nicht", brummelte er und entdeckte das Fernglas auf Juppis Brust. Erstaunt wollte er danach greifen, doch Juppi hielt seine Hand fest. „Das gehört nicht mir, also Pfoten weg!" Er reichte ihm dafür sein Gewehr. „Hier, so was dürfte dir auch unbekannt sein!" Der Alte betrachtete nachdenklich die Waffe und drehte sie mehrfach nach allen Seiten. „Was soll das sein?" Juppi grinste ihn an. „Damit kann man einen Menschen oder ein Tier töten! Das ist ein Gewehr!" erklärte er unumwunden und nahm ihn die Waffe wieder ab. Der Krieger schüttelte verständnislos sein graues Haupt und hielt ihm seine Klinge unter die Nase. „Damit kann man jemand töten – aber mit diesem Eisen dort wohl kaum…?" Inzwischen tauchten Juppis Männer auf und scharrten sich um sie. „Wir haben euch beobachtet und wussten, dass ihr euch am Straßenrand versteckt habt. Wir hätten euch jederzeit aus dem Weg räumen können", schmunzelte der Alte listig. Lärm brandete am vorderen Wagen auf, ein kehliges Knurren ertönte, unter wuchtigen Prankenhieben erzitterte das Gefährt. Die Ochsen wurden unruhig und schnaubten aufgeregt. „Sie bringen Tiere und Gefangene für das Kolosseum zum Kartell Berlina, um sie durch das Drachen-Tor nach Rom zu schicken. Dieser Kaiser Titus und sein Berater, Präfekt Lehrmeier, haben eine Fest für die Dauer von einhundert Tagen ausgerufen – diese Irren!" erklärte er ihnen. Angstschreie auf den hinteren, überplanten Wagen wurde laut, mit lautem Getöse zersplitterte der Käfig, ein braunes Fellknäuel erhob sich in die Luft und stieß einen zornigen Brüller aus. „Ein Bär!" rief einer der fremden Krieger erschrocken. Das Raubtier, welches die ganze Zeit über gefesselt in dem Käfig transportiert wurde, hatte sich nun endgültig befreit und ließ seinen aufgestauten Zorn freien Lauf. Es bearbeitete voller Wucht die Gitterstäbe seines Kerkers und machte sich daran, den gesamten Kasten umzustürzen. Der Lärm, den die Gefangenen verursachten, lenkten seine Neugier und ungezügelte Wut auf sie. Behände drehte er sich herum und kletterte rückwärts vom Wagen. Die Hörner der mächtigen Zugtiere streckten sich ihm entgegen, obwohl er lange Zeit nichts gefressen hatte, nutzte er diese Gelegenheit nicht sondern tapste auf flinken Pfoten auf die hinteren Gespanne zu. Damit hatten die Krieger nicht gerechnet, panisch richteten sie ihre Speere aus. Der Alte legte einen Pfeil auf seinen Bogen, zielte und traf den Bären im Nacken. Der schüttelte sich nur und erreichte den dritten Wagen, auf denen sich offensichtlich Menschen befanden. Juppi zögerte nicht länger, er legte sein Gewehr an und drückte ab. Norman stellte sich neben ihn und feuerte zur gleichen Zeit. Die Pranke des Bären, bereits zum tödlichen Schlag erhoben, erstarrte in der Luft. Er gab einen merkwürdigen Klagelaut von sich, damit stürzte der Koloss neben dem Hinterrad auf die Erde und rührte sich nicht mehr. „Das war es dann!" bemerkte Juppi und sicherte die Waffe. Das verblüffte Gesicht des Alten sprach für sich, sein respektvoller Blick streifte nun das Stück Eisen in der Hand des Fremden. „Du nanntest eben einen Namen von einem Präfekten. Wiederhole ihn bitte noch mal für mich!" bat Juppi, als wäre gerade die normalste Sache der Welt über die Bühne gegangen. „Du trägst einen großen Zauber in deinen Händen!" stammelte der Alte, dessen unruhige Blicke weiterhin zwischen dem toten Bären und Juppis Gewehr pendelte. „Ja, du sagst es. Wie heißt der Mann?" drängelte Juppi ungeduldig. „Präfekt Lehrmeier – ein Mann, dessen Herkunft im diffusen Nebel liegt. Wir erfahren in den Wäldern nicht viel, aber was wir wissen, ist mehr als ausreichend. Er ist wie ein bösartiger Geist, der die Seelen Unschuldiger frisst", flüsterte der Krieger. „Mich nennt man Gernot den Wilden. Ich bin das Oberhaupt eines kleinen Stammes am Fluss. Wir sind auf dem Weg zu meinem Bruder, Fürst Aurich. Wir wollen ihm die letzte Ehre erweisen. Und ich will als rechtmäßiger Nachfolger den Anspruch auf seinen Titel erheben!" stellte er sich selber vor. „Ich denke, dieser Hermann ist der Nachfolger von Aurich!" platzte Norman heraus und bekam dafür einen derben Rippenstoß von Juppi verpasst. „Halte gefälligst die Fresse! Wir mischen uns nicht in ihre Querelen ein, verstanden!" schnaufte er aufgebracht. Zum Glück war Gernot mit anderen Ereignissen beschäftigt und überhörte das. Seine Krieger kamen zu ihnen, die Arme voller Beute und stapelten die Sachen auf einen Haufen. „Es hat sich wohl gelohnt?" Gernot stieß einige Schwerter mit dem Fuß an. „Die Römer besitzen gute Waffen. Aber Tote brauchen sie nicht mehr. Meine Krieger schon!" Zufrieden grunzte er vor sich hin. „Befreit die Gefangenen!" Auf den Planenwagen kauerten dicht zusammengedrängt, einige Dutzend völlig verängstigter Frauen und Kinder. „Futter für die Raubtiere und zur Ergötzung dieses irren Volkes. Sie wurden vor wenigen Tagen aus dem Nachbardorf entführt. Im Morgengrauen sind sie wie die Geier über sie hergefallen und haben alles niedergemetzelt. Deshalb lauerten wir ihnen auf. Diese Hunde, die wir ins Reich der Toten schickten, kannten sich in der Gegend hervorragend aus und haben eine Zenturie Römer höchst persönlich dort hingeführt. Wer weiß, was man ihnen dafür geboten hat? Diese abtrünnigen Verräter haben ihre gerechte Strafe dafür erhalten!" Gernot hob eine Plane hoch und betrachtete voller Mitgefühl und Bedauern die misshandelten Gestalten, die jetzt erst mitbekamen, dass Landleute vor ihnen standen und nicht ihre Peiniger. „Ihr seid frei! Kommt runter."

Judit schlug entsetzt die Hände über dem Kopf zusammen. „Was für arme Schlucker schleppt ihr uns da heran? Anka, ruf die Zwillinge, wir bekommen Arbeit!" rief sie ins Haus und eilte, um einen Eimer frisches Wasser zu holen. Binnen weniger Minuten kamen die Frauen mit Trinkgefäßen und verteilten sie an die Ankömmlinge. „Die sehen richtig übel aus!" Jana untersuchte als erfahrene Krankenschwester die Schnittverletzungen bei zwei Frauen, die sich in einem äußerst kritischen Zustand befanden. „Sie haben viel Blut verloren und müssen sofort versorgt werden!" Mehrere Siedler packten mit an und hoben sie vorsichtig auf den Boden. Die leeren Karren wurden indessen im Halbkreis aufgestellt, die Ochsen aus ihrem Geschirr befreit und auf die Weide getrieben. Anka inspizierte auf die Schnelle den Rest der Wagen. „Wow, das sind doch Wölfe!" Erschrocken zuckte sie zurück, als sie bösartig angeknurrt wurde. In der Gitterbox befanden sich vier Tiere, die erschöpft auf dem Bauch lagen und hechelten. „Ihr habt bestimmt auch Durst. Wartet, ich organisiere Wasser heran!" Flugs lief sie in die Küche und kramte eine Schüssel aus dem Schrank. „Was machst du da? Komm lieber her und hilf uns!" ermahnte Babsi ihre Schwester, als diese die gefüllte

Schüssel an ihnen vorbeibalancierte. „Komme gleich, bringe nur den armen Viechern was zu saufen!" Damit entschwand sie hinter der Wagenburg. „Was für Viecher meint sie denn?" rätselte Babsi und schlich ihr nach. Anka stellte die volle Schüssel auf der Ladefläche neben dem Käfig ab und hangelte sich nach oben. „So ihr Süßen, ich habe euch auch etwas Brot mitgebracht. Ich weiß, so ein richtiger Batzen Fleisch wäre euch lieber. Aber versucht das mal. Seht ziemlich hungrig aus?" Babsi schielte hinter der Ecke eines Wagens hervor. „Was treibt sie da? Mit wem quatscht sie? Haben sie jemand vergessen, abzuladen?" Anka setzte sich neben dem Käfig und hielt den Wölfen das Wasser vor die Nase. Sie fletschten weiterhin die Zähne und knurrten sie an, aber schließlich wagte sich ein Tier nach vorn, und begann zu trinken. Anka brach ein Stück vom Kanten ab und ließ es direkt vor seine Pfoten fallen. Der Wolf schnüffelte daran, ohne sich lange zu besinnen, schlang er es gierig herunter. „Wusste ich es doch – ihr habt Knast!" „Erwischt! Wer hat Knast?" Babsi kam hervor gestürmt, beim Anblick der Graupelze stockte sie. „Bist du lebensmüde? Wenn die dich anfallen, hast du keine Chance!" schimpfte sie los, aber Anka teilte das restliche Brot auf und fütterte die ausgehungerten Tiere, die es dankbar annahmen. Im Nu war die Schüssel leer getrunken und die Tiere beäugten ihre Retterin gerade so, als wollten sie mehr. „Wenn man die zähmen könnte, dann hätten wir ein neues Rudel zum Schutz." Anka sprang auf die Erde und lief zu ihrer Schwester. „Was denkst du? Frei lassen können wir sie immer noch!" Babsi schüttelte den Kopf. „Mensch, das sind wilde Bestien. Die kann man nicht mal so einfach für ein paar Tage wegsperren und dann sind sie zahm. Klar wäre es super, wieder Hunde – oder in diesem Fall Wölfe - auf dem Gelände zu haben. Ich persönlich traue ihnen nicht!" bekannte sie offen und zog ihre Schwester fort. „Jetzt sind erst einmal die Menschen wichtiger!" Im Vorbeilaufen entdeckte sie den toten Bären auf dem anderen Wagen. Daneben lagen Schilde und Schwerter. „Das muss ja eine richtige Schlacht gegeben haben – hier der Bär, dort die Wölfe und dann die Verwundeten – das sollte uns Juppi mal genauer erklären!"
„Für so viele Leute haben wir weder genügend Essen noch Möglichkeiten, sie unterzubringen!" beklagte sich gerade Ina bei Juppi, als ihre zwei Geschwister eintrafen und Juppi nun ebenfalls mit ihren Fragen löcherten. „Ich denke, sie

campieren im Notfall auch im Freien. Dann gibt es die Wagen, auf denen die Kinder schlafen können. Und wenn das Wetter Scheiße ist, können sie im Notfall in einen Hangar umziehen – also daran wird es nicht hapern. Und Fleisch haben wir mehr als genug mitgebracht. Die Männer sollen einen der Ochsen schlachten – schon sind einige Probleme sofort aus der Welt geschaffen! Und dann schicken wir einen Jagdtrupp aus. Ich denke, dass es hier mehr als genügend Wild geben muss!" war Juppis pragmatischer Vorschlag. „Woher kommen sie und was wollen sie hier?" wollte Anka von ihm wissen. Als er ihnen die Lebensgeschichte erzählte, dass sie als Beute in die Arena nach Rom gebracht werden sollten, wurden ihre Mimiken nachdenklich. „Bei dieser Gelegenheit fällt mir auf, dass dieser Gernot einen wichtigen Hinweis gab. Er sprach von einem Drachen - Tor, über welches sie verschickt werden – versteht ihr, was ich meine?" Er schaute ihnen in die Augen. „Und wo steckt dieser geheimnisvolle Gernot?" Babsi sah sich suchend um. „Er ist mit seinen Kriegern weiter geritten. Sie wollen in das Dorf der Cherusker – er ist der Bruder vom toten Fürst Aurich."

„Es ist wie damals – du machst dich aus dem Staub und ich soll den Laden führen! Du hast wohl vergessen, dass ich längst zum alten Eisen gehöre!" maulte Norman, dem Juppis Vorschlag überhaupt nicht gefiel. Sein alter Freund und ehemaliger Kampfgefährte legte die Hand in seinen Nacken und zog seinen Kopf dicht zu sich heran. „Hör zu Norman. Das ist nicht wie früher. Damals wussten wir, wo wir hingehören. Wir kannten die Gegend um Köpenick wie unsere Westentasche und hielten unsere Gegner zum Narren. Diesmal geht es uns an den Kragen, wenn wir nicht heraus finden, wie wir aus dieser Kacke einigermaßen heil heraus kommen. Wir beide wissen, was wir voneinander zu halten haben, weil wir uns lange genug kennen und vertrauen. Wenn wir es mit diesem Lehrmeier und seinen Handlanger Achmat zu tun haben, bleibt uns keine große Wahl. Die Mädels und Peter schaffen es nur, wenn wir ihnen beistehen und den Rücken stärken. Ich fliege ins Dorf und sehe, welche Informationen ich erhaschen kann. Du bereitest hier alles vor, damit wir im Notfall gerüstete sind und uns gegen einen Gegner zur Wehr setzen können." Damit waren die Fronten geklärt, trotz heftigen Stöhnen und Jammern von Norman. Schließlich willigte er ein. „Also gut, ich werde mich um das Camp kümmern und sehen, was sich daraus machen lässt!" versprach er hoch und heilig. Juppi war zufrieden. „Wichtigster Punkt – beginnt mit der Ausbildung der Leute und lass sie mit den Schwertern trainieren, bis ihnen der Arsch auf Grundeis geht! Wenn alles klappt, tausche ich das Zeug im Laderaum gegen weitere Waffen, damit wir möglichst viele Kämpfer damit ausstatten können. Ich hoffe, wir sind morgen zurück. Halte die Ohren steif!" Er winkte den Mädels und Felix zu und stieg in die Drohne. Anka wartete bereits ungeduldig auf ihn. Es war inzwischen fast Mittag, viel später als ursprünglich geplant und ohne lange Vorrede leitete sie den Start ein...

„Wir folgen der Straßenführung. Ich möchte sehen, wohin sie führt!" bat Juppi. Sie flogen nur knapp über die hohen Baumwipfel hinweg, trotzdem war es äußerst schwierig, den Kurs nach ihr auszurichten. Nur manchmal konnten sie einen schmalen Strich erkennen, der sich am Boden des Urwaldes entlang schlängelte. „Nach unseren Karten befand sich auf der rechten Seite die Autobahn des Berliner Ringes. Schon verrückt, was sich uns hier bietet. Ist wirklich eine grüne Hölle", seufzte Anka, während Juppi den Verlauf der neuen Straße gewissenhaft erfassen und skizzieren ließ. „Wir werden nicht umhin kommen, uns eine eigene Karte anzulegen. Also heißt es, so viele Daten wie möglich sammeln, damit wir genügend Material zusammen bekommen. Sehe ich das richtig, da vorn teilt sich der Weg?" Juppi beugte sich an die Frontscheibe, um besser gucken zu können. Die Außenkamera erfasste den veränderten Verlauf der Strecke. „Wenn wir morgen zurück fliegen, machen wir einen Abstecher zum Kartell. Ich möchte mir unbedingt den Laden selber angucken." Keine zwanzig Minuten später wurde das Tal des Dorfes sichtbar, welches ihnen bereits bekannt war. Anka drehte eine Runde, um sich einen Überblick zu verschaffen. Einige Frauen wuschen am Bach Geschirr und Kleidung. Als sie das Fluggerät bemerkten, rafften sie eiligst die Sachen zusammen und verschwanden in den Häusern. „Stell dir vor, in unserer Zeit würde ein Raumschiff der Aliens auf dem Camp landen – so ungefähr stelle ich mir ihre Gedankengänge bei unserem Anblick vor!" Juppi lachte verstohlen. Eine Handvoll Krieger strömte aus dem Fürstenhaus und wartete ab, was geschehen würde. „Ob dieser Gernot bereits mit seinen Leuten angekommen ist?

Ich glaube es nicht, denn dann müssten sie wie der Teufel geritten sein!"
schniefte Juppi und suchte mit dem Fernglas die Umgebung ab. „Denke, der wird
erst in ein paar Stunden eintrudeln. Wir sollten runter gehen!" Die Pilotin
schwenkte auf die Wiese ein. „Ich vermute, die Ecke dort dürfte extra für uns als
Landeplatz beräumt worden sein. Die Viecher sind eingezäunt!" stellte Anka
erleichtert fest und steuerte die freie Fläche an. Zuerst kamen die Kinder
angerannt und zwängten plappern und kreischend ihre Köpfe durch die Schlitze
des Weidenzaunes, der das Areal des Dorfes eingrenzte. Ein lautes Kommando
brachte sie zum Schweigen. Betreten schlichen sie davon. „Jetzt hat aber jemand
ein Machtwort gesprochen! Schauen wir mal, was der Tag so bringt?" Juppi
musterte Anka mit einem flüchtigen Seitenblick. „Übrigens danke noch mal für
deine bisherige Hilfe! Ihr seid eine super Truppe, ihr Vier!" Anka wirkte ein wenig
perplex und bekam einen roten Kopf. „Ich denke, das beruht auf Gegenseitigkeit.
In der heutigen Zeit muss man schon wissen, auf wen man sich verlassen kann –
stimmt doch?" Sie nickte ihm aufmunternd zu und ließ die Turbine austouren. Die
Krieger eilten ihnen entgegen und erwarteten sie am Ausstieg der Maschine. „He
Jungs – ich benötige ein wenig Hilfe! Zwei Mann zu mir!" Juppi wies auf die
beiden vorderen Krieger und winkte ihnen zu, näher zu kommen. Mit skeptischer
Mimik wagten sie sich bis auf Armlänge an die Drohne heran. Juppi wuchtete
eine schwere Kiste zum Einstieg. „Packt mit an. Das kommt zum Fürsten!"
Geschwind verließen beide Besucher das Cockpit, wie eine Ehrengarde
eskortierten die Krieger sie zu ihrem Herrscher, der im Haupthaus wartete.
„Verrate mir, was du in dem Ding mitschleppst?" Anka hatte nicht die geringste
Ahnung. „Unsere Gastgeschenke und Tauschobjekte – schon vergessen? Du
wirst Augen machen, was Jana und Peter ausgesucht haben!" Diese Aussage
weckte in ihr noch mehr die Neugier. „Nun sag schon, was ist in der Kiste
versteckt?" drängelte sie. „Für den Gebieter das Fell eines Eisbären. Und wenn
es klappt mit den Waffen schmieden – ein paar wunderschöne Zangen für den
Meister persönlich!" Juppi feixte vor sich hin. „Das alte Bärenfell willst du
verschenken? Ist doch längst von Motten zerfressen...?" Anka konnte sich kaum
noch daran erinnern. Es hing vor unendlich langer Zeit als Trophäe und
Wandschmuck im Dienstzimmer ihres Vaters. „Im Gegenteil, Jana hat es ein

wenig aufpoliert. Das sieht wie neu aus. Und ich wette mit dir, dass die alten Germanen noch nie ein weißes Bärenfell gesehen haben!" war Juppis feste Überzeugung. Damit lag er fast richtig. „Hoffentlich haben sie die Hütte ordentlich durchgelüftet. Mein Tipp – wenn es zu arg wird, flach durch den Mund atmen", riet er Anka noch, dann standen sie vor dem Portal des Wohnstallhauses und wurden hinein geleitet. Die Beleuchtung war diesmal eher spartanisch, es waren nur einige Feuerkörbe im Raum aufgestellt, die mehr Rauch verursachten als Licht zu spenden...

Hermann saß auf der Bank seines Vaters und war im leisen Gespräch mit der Seherin vertieft. „Die Fremden sind angekommen!" meldete ihm ein Krieger, dann wurde die Kiste in den Raum gewuchtet. Zur Verwunderung von Juppi war der Empfang des Oberhauptes herzlicher, als er es erwartete. Herman kam ihnen sogar einige Schritte entgegen und schüttelte ihre Hände. „Ihr habt euer Versprechen gehalten. Das ehrt euch!" waren seine Begrüßungsworte, auf ein Wink von ihm wurde ein Holztisch eingedeckt. „Veleda hat mir einiges über die Sitten und Gebräuche anderer Völker berichtet. Und davon, wie herzlich sie in der Siedlung der Frauen empfangen und aufgenommen wurde. Ich möchte Gleiches mit Gleichem vergelten und bitte euch, Platz zu nehmen. Kann ich euch nach der Reise ein Getränk anbieten?" An Juppi gewandt, fügte er hinzu: „Ich hoffe, du hast die Unannehmlichkeiten unserer ersten Begegnung vergessen. Aber in der heutigen Zeit muss man vorsichtig sein und kann niemand vertrauen – zumindest keinen Fremden!" entschuldigte er sich verlegen und drückte ihm ein Horn in die Hand. Seine Schwester brachte für Anka einen Becher. „Met ist unser Getränk für besondere Gäste und willkommene Freunde. Auf euch!" Er prostete ihnen zu und trank einen langen Zug. Den Rest schüttete er auf den Fußboden. „Für unsere Götter!" Juppi tat es ihm gleich. „Für die Götter!" sprach er laut. Veleda bedachte ihn mit einem durchdringenden Blick, dass ihm richtig heiß wurde.

„Die Zeremonie für meinen Vater findet heute Nacht statt, wenn der Mond sein volles Gesicht zeigt. Es ist alles vorbereitet. Wir opfern den Göttern die Seele und den Körper einer Jungfrau und hoffen, sie damit milde zu stimmen." Hermann legte sein Horn ab und ließ ein junges Mädchen vorführen. Sie war keinen fünfzehn Sommer alt, trug ein schlichtes, bis auf den Boden reichendes Gewand und hatte einen geflochtenen Blumenkranz im Haar. „Sie wird in das Reich der Götter aufsteigen. Um damit den Frieden für mein Volk und mich zu wahren. So ist es seit jeher Brauch, wenn ein Fürst in Walhalla einzieht!" Juppi war erschüttert, hielt es aber für klüger, sich nicht darüber zu äußern. Anka holte tief Luft – er ahnte wohl, was jetzt kommen würde und drückte ihr einen Finger auf die Lippen. „Nicht jetzt und hier!" raunte er ihr ins Ohr. „Das sind ja gute Nachrichten, Hermann. Habt du schon die Kunde vernommen, dass dein Onkel Gernot auf dem Weg hierher ist?" wagte er zu fragen, während das Mädchen im Hintergrund eintauchte. Hermann reagierte sichtlich überrascht. „Onkel Gernot kommt? Wer hat ihn vom Tod des Fürsten in Kenntnis gesetzt?" Veleda rauschte heran. „Woher habt ihr Kenntnis von seinem Kommen?" forschte die Seherin weiter. Juppi erzählte mit wenigen Sätzen, was am Vormittag vorgefallen war. „Er hat mit seinen Kriegern den Tross überfallen und die Gefangenen befreit. Sie befinden sich jetzt in Sicherheit – im Camp unter der Obhut der Schwestern!" Veleda murmelte unverständliche Worte vor sich hin. „Es gibt nur einen Grund, weshalb er hier erscheint – er wird Anspruch auf den Titel seines Bruders stellen. Und ich habe so eine Ahnung, welches Vögelchen ihm das gezwitschert hat – der Schamane!" zischelte die Seherin wütend und traf damit genau ins Schwarze. Auch diesmal hielt es Juppi für gescheiter, sich in keiner Weise einzumischen. „Fürst – wir sind so frei und würden dir gern ein Geschenk von den Siedlern des Camps überreichen. Als Zeichen unserer besonderen Ehrerbietung – und Freundschaft – wie du betont hast!" Juppi öffnete den Deckel der Truhe, zog das Bärenfell heraus und breitete es auf dem Tisch aus, den wuchtigen, kunstvoll präparierten Schädel trapierte er in dessen Mitte. Für einen Moment schien es, als stockte allen Anwesenden im Raum der Atem. „Licht – bringt mehr Licht!" befahl Hermann aufgeregt und ließ die Körbe näher an den Tisch rücken. Fackeln wurden entzündet. „Es ist weiß?" Veleda's Hand glitt über den Pelz hinweg. Juppi spürte einen komischen Geschmack im Mund. „Hoffentlich geht der Schuss nicht nach hinten los", dachte er bei sich, als seine Ängste sich als unbegründet erwiesen. „Was für ein kostbares Geschenk – eines Fürsten würdig!" Veleda streichelte über den Schädel. „Ich selber habe solch einen Bären nur ein einziges Mal zu sehen bekommen. Eine Abordnung von Kriegern aus dem hohen Norden brachten ihn vor langer Zeit mit – ein stolzes und mächtiges Tier. Er ist noch stärker, als jeder Auerochse bei uns!" verkündete sie ergriffen. Dem Fürsten hatte es einen Moment lang die Sprache verschlagen. „Ich weiß nicht, wie ich euch dafür danken kann? In meinem Haus befindet sich nichts, was dem ebenbürtig wäre...?" Juppi hatte mit vielem gerechnet, aber mit dieser durchschlagenden Wirkung doch nicht. „Es ist ein Geschenk, Gott Odin würdig. Wenn du gestattest, übergebe ich es an meinen Vater. Möge er damit in Walhalla einziehen und den Göttern beweisen, dass er ein ehrenvoller Krieger ist!" Hermann war außer sich vor Freude. „Was soll er nach Walhalla mitnehmen?" Der Sprecher stand ohne Anmeldung plötzlich mitten im Raum und lehnte seine Waffen an einen Pfosten. „Willst du den Bruder deines Vaters nicht in deinem Haus begrüßen, wie es sich für Verwandte geziemt?" Gernot schaute sich prüfend in der Runde um, sein überraschter Blick blieb auf dem Tisch haften. „Das Fell des weißen Bären – was für ein mächtiger Talisman!" brummte er, als er Juppi im Halbdunkel stehen sah, war er perplex. „Ihr seid schon da? Der Mann mit dem Wunder-Eisen. Hat er es mitgebracht?" Hermann zögerte, dann entschloss er sich, den Bruder seines Vaters standesgemäß zu empfangen. „Bringt Met und einen Teller Fleisch. Der Onkel wird nach so langer Reise Hunger verspüren!" Die beiden Männer reichten sich wie Fremde die Hände. „Da muss einiges im Argen liegen – das sieht nicht gerade nach heilem Familieglück aus!" Anka besaß ein untrügliches Gespür dafür. „Du hast dich lange nicht mehr blicken lassen, Onkel Gernot. Wie geht es deinen Kindern, deinem Weib?" erkundigte sich Hermann und geleitete den Gast zum Feuer. Während sie auf die Ankunft anstießen, klärte Veleda Juppi und Anka über die herrschenden Verhältnisse auf. „Es gab bereits kleinere Zwistigkeiten, als Aurich zum Fürst gewählt wurde. Gernot war schon immer eifersüchtig und missgünstig, weil sein großer Bruder einfach der Bessere und Erfolgreichere war. Vor etwa sieben Sommern kam es zum Streit zwischen beiden Brüdern. Sie hatten damals gemeinsam mit ihren Kriegern ein Kastell der Römer angegriffen und aufgerieben. Und jede Menge Beute gemacht. Gernot wollte den größeren Anteil einheimsen, was Aurich nicht einsah. Und er als Fürst setzte sich durch und teilte gerecht. Seit dem kam es zum offenen Bruch zwischen ihnen." Das war die Kurzfassung des Dramas. „Das kommt in fast jeder Familie vor. Scheint ein allgemeines Phänomen unter Brüdern zu sein", brummelte Juppi, dem ähnliche Beispiele durchaus geläufig waren. „Ein Glück, dass ich Schwestern habe. Wir kennen so was nicht!" zischelte Anka. „Ihr seid da wohl die große Ausnahme, das stimmt schon", musste Juppi bestätigen. So lange er die Mädchen kannte, sie waren stets ein Herz und eine Seele. „Klar, kleinere Rempeleien gibt es bei uns auch mal ab und wann – aber es würde niemals Eine versuchen, die Anderen übers Ohr zu hauen!" sprach Anka. Zwischen den beiden Männern wurde es lauter, ihr Gespräch drohte in Streit auszuarten. „Ich muss eingreifen!" entschuldigte sich die Seherin und huschte davon. Juppi nutzte die Gelegenheit und wanderte durch den Wohnraum. „Sie liegen noch an der gleichen Stelle wie vor drei Tagen", informierte er Anka bei seiner Rückkehr. Die sah ihn verdutzt an. Da sie beim letzten Besuch nur im Freien war, konnte sie das nicht wissen. „Die Waffen, sie sind noch da. Die brauchen wir für unsere Leute!" Er wies mit dem Kopf in Richtung der Ecke, wo der Haufen lag. Veleda schien mit ihren Schlichtungsversuchen Erfolg zu haben. Lächelnd kam sie zu ihnen und führte sie nach draußen. „Sie sind wie hungrige Wölfe, die sich um einen Kadaver streiten. Wir werden das Thing einberufen – soll der Stamm entscheiden, wer der Anführer wird. Doch vorerst werden wir Aurich in das Reich der ewigen Krieger begleiten!"

Die Sonne zuckte in den letzten Zügen, als Veleda das Signal zum Abmarsch gab. „Versammelt euch und entzündet die Fackeln! Die Walküren der Nacht machen sich bereit, den Krieger Aurich nach Walhalla zu holen!" verkündete sie mit lauter Stimme, in der Hand die alte Streitaxt des Fürsten. Der Tote trug sein kostbarstes Gewand und war auf einem geschmückten Wagen aufgebahrt. Die Krieger seiner Familie reihten sich paarweise an der Deichsel ein und zogen ihn langsam über den geschwungenen Feldweg, vorbei an den Häusern und Weidenflächen. Veleda erhob ihre Stimme zur Lobeshymne:

„Walküren der Nächte, so kommet herbei,
und führt diesen Geist in das Licht!
Walhalla – im Reich der ewigen Krieger
für die Götter erfüllt er die Pflicht…"

Die Bewohner der einzelnen Clans strömten aus allen Richtungen heran und folgten ihnen in einem länger werdenden Zug, immer mächtiger wurde der Gesang zu Ehren Aurichs. Allen voran schritten Hermann und Gernot. Der Trauerzug verließ das Dorf. Die Krieger keuchten und schnauften, die Räder des Fuhrwerkes versanken im losen Sand. „Haltet durch und zieht den Fürst!" erschallte die Stimme von Hermann, der selber mit anpackte. Von allen Seiten drängten sich die Männer heran und bugsierten den Karren bis zu einer Senke. Das Ziel war eine Grube außerhalb der Siedlung, die für dieses Ereignis besonders präpariert war. Sie war mit flachen Steinen gepflastert, die Seiten mit massiven Balken verkleidet. Duftende Gräser und Blumen waren als Polster eingestreut. Das Fell des Eisbären, das besondere Geschenk der Gäste, lag darin wie ein Teppich ausgebreitet und war bereit, den mächtigen Krieger für seine Reise aufzunehmen. Veleda dirigierte die Träger, die den Toten anhoben und mit ruhigen Schritten zu seiner Grabstätte brachten. „Großer Fürst. Deine Reise auf Erden nimmt nun ein Ende. Wenn die Nacht vergeht, haben die Botinnen der Götter ihr Werk erfüllt und dich durch die Tore Walhallas in das ewige Leben geführt! Wache weiter über dein Volk und beschütze es vor den Feinden…!" Auf einen Wink senkten die Träger den Körper in die Grube. „Bringt die Gaben für den Herrscher und für die Götter!" befahl sie über die Köpfe hinweg und platzierte die Axt des Fürsten zwischen den Armen auf seiner Brust. Allmählich füllte sich der freie Raum um ihn mit verschiedenen Dingen des täglichen Lebens, welche ein Krieger in Walhalla begehrte. Verschiedene Krüge mit Getreide, einige Amphoren mit kostbarem Öl und mehrere gefüllte Hörner mit Met, dem Honigwein, den er so sehr liebte, wurden abgestellt. Prunkvolle Ketten aus purem Gold schmückten den Hals und seine Stirn, einige Becher und Pokale aus edlen Metallen, Beutestücke der Kriegszüge gegen die Römer, vervollständigten das Arsenal an Geschenken. „Bringt die Waffen des Kriegers!" Herman ließ sich von einem Kämpfer das Schwert, den Speer und Schild seines Vaters reichen. „Die Waffen des Kriegers! Möge er damit in Walhalla ebenso viele Siege erringen wie hier!" Er verneigte sich und übergab sie der Seherin. Diese hatte bereits das Fell des Bären über den Körper zusammen gefaltet, so dass er damit vollständig bedeckt war. Das Schwert wurde ihm zur Linken gelegt, der Speer auf die rechte Seite, während der Schild seine Brust bedeckte. Einige Krieger schritten mit eingerollten Felldecken heran, die nun als schützende Lagen über das Grab verteilt wurden und alles überdeckten. Als der Mond seine volle Pracht am Himmel erstrahlen ließ, waren die Arbeiten beendet, die Stätte verschlossen. Die kräftigsten Männer wuchteten schwere Felssteine heran und stapelten sie darauf zu einem massiven Viereck. Juppi und Anka standen während der gesamten Zeremonie neben dem Leiterwagen und sahen ergriffen zu. „Die Stelle sollten wir uns merken. In zweitausend Jahren etwa werden Archäologen hier ihren großen Fund in Brandenburg machen und darüber rätseln, wer darin begraben wurde", flüsterte Juppi seiner Begleiterin ins Ohr. Anka hatte schon wieder Flausen im Kopf. „Wenn wir clever gewesen wären, hätten wir etwas reingeschmuggelt, was ihnen zu denken gibt!" wisperte sie ihm zu. Juppi schaute sich um. „Haben wir doch. Oder was glaubst du, werden die Jungs unserer Zeit wohl denken, woher die Glasaugen des Bären stammen?" Sie schaute ihn verdattert an. „Sorry, ich konnte ja nicht ahnen, dass Hermann das Fell für diesen Zweck verwendet?" seufzte er verhalten. Die Hoffnung, dass es nun wieder zurück ins Dorf ging, erfüllte sich nicht. „Ich hoffe, dass nicht das geschieht, was vorhin im Gespräch war?" Ankas Courage versank im Keller. Auch Juppi wurde es mulmig, je länger der Marsch andauerte. Sie erreichten einen See, der wie ein Spiegel im Mondlicht glänzte. „Ich weiß, dass viele heilige Opfer-Rituale der alten Germanen an Mooren und Seen veranstaltet wurden. In unserer Zeit wurden etliche Belege dafür entdeckt und vollständig erhaltene Körper geborgen. Bisher hatte ich die leise Hoffnung, dass Veleda sie davon abhalten würde. Aber wie ich bemerken kann – das Gegenteil ist der Fall!" Anka krallte sich an seinem Arm fest, als sie den Schopf des Mädchens durch die Menge erblickten, die heute Nacht den Göttern geopfert werden sollte. „Wir müssen doch was dagegen tun?" flehte sie Juppi an, doch der schüttelte den Kopf. „Wir können nichts machen, versteh doch! Das ist ihre Welt, nicht unsere. Sie haben ihre Gesetze, ihre Riten. Wenn wir uns einmischen, geraten wir zwischen die Fronten und

bezahlen das vielleicht mit einem Preis, den wir nicht abschätzen können!" Sie
blieben stehen und ließen den Zug an sich vorbeipilgern. Während des Rituals
herrschte Schweigen, nur einmal ertönte ein leises Kommando der Seherin.
Sie vernahmen einen dumpfen Schlag, es plätscherte im Wasser...

Das Thing

Es wurde eine kurze Nacht. Juppi hob den Kopf und schaute durch das
Bordfenster der Drohne. Anka ruhte auf der hinteren Sitzbank und murmelte
im Schlaf unverständlich vor sich hin. „Hast bestimmt auch Albträume. Werde
mal aufstehen und mich frisch machen..." Er drehte sich ächzend auf der
Stelle, mit Schwung brachte er seinen Körper in die Aufrechte. „Auf meine
alten Tage brauche ich ein vernünftiges Bett und nicht so ein Notquartier!"
stöhnte er und stieß die Luke auf. Ein frischer Luftschwall brachte Kühle
herein, mit einem Schlag war er putzmunter. Ein Blick auf die Borduhr
bestätigte, dass es bereits früher Vormittag war. „Saufen können diese Brüder,
das muss man ihnen lassen!" Er bewegte vorsichtig den schweren Kopf, der
wie ein Bienenstock summte. Seine Zunge fühlte sich wie trockener Filz an.
„Das Zeug schmeckt aber auch. Daran könnte man sich gewöhnen", nuschelte
er und kletterte behäbig hinaus. Auf dem Weg zum Gewässer stolperte er über
manchen Bewohner des Dorfes, der es nicht nach Hause schaffte und seinen
Rausch unter freiem Himmel ausschlief. Einige Feuer, an denen bis zum
Morgen zu Ehren von Aurich gefeiert und gebechert wurde, brannten noch
immer. Am Bach zog er sein Hemd aus und legte es neben sich ins Gras. Er
kniete nieder, doch bevor er den Brummschädel ins Wasser tauchte, prüfte er,
ob er allein war. „Keiner da, der rein pinkelt!" Mit beiden Händen schöpfte er
das kühle Nass und ließ es über den Schopf rinnen. Eine Gänsehaut flutete
über den Rücken, allmählich kehrten die Lebensgeister zurück. Prustend
steckte er den Kopf ins Wasser und ließ die Luft entweichen. „Das tut richtig
gut!" Er wollte sich gerade sein Hemd greifen, um sich damit abzutrocknen, als
leichtfüßige Schritte zu vernehmen waren. „Otilda, was treibt dich hier her?"
Die Tochter des Fürsten kam angelaufen, ein Tuch in der Hand. Ohne ein
Wort verlauten zu lassen, reichte sie es ihm. „Danke dir. Du bist nach der

langen Feier schon munter?" Juppi rieb sich damit trocken und zog sich wieder an. „Ich konnte nicht feiern. Mein Herz ist voller Trauer", flüsterte sie und setzte sich neben ihn. Mit angezogenen Knien hockte sie da und starrte ins Wasser. „Stimmt es wirklich, dass unsere Seelen nach dem Tod ins Reich der Götter ziehen?" fragte sie ihn plötzlich. Juppi glaubte, dass sie wegen ihrem Vater trauerte und deshalb fragte. „Jeder hofft, dass es ein Leben nach dem Tod gibt. Egal, ob die Götter uns empfangen oder eine andere Welt – dieser Gedanke gibt uns Zuversicht und nimmt uns die Angst vor dem Tod. Dein Vater…" Er sah, dass sie den Kopf schüttelte. „Vater war alt und krank. Ich denke an Diana, meine Freundin, die nun auch ins Reich der Götter einzog. Sie fehlt mir!" Juppi musste nur Eins und Eins zusammen zählen. „Sie war deine Freundin?" Das Gesicht des jungen Mädchens tauchte vor seinem inneren Auge auf. „Wir sind zusammen aufgewachsen. Vater hat sie als Baby von einem Streifzug mitgebracht und bei uns leben lassen. Ich wusste immer, dass sie mit ihm gehen würde, aber jetzt tut es da drinnen richtig weh." Sie hatte Tränen in den Augen und schnäuzte sich. Juppl wischte sich die Tropfen von der Stirn, während er lauschte. „Er hat nie erzählt, woher sie stammte. Einmal habe ich die Krieger reden hören, dass sie damals einen Tross der Römer überfielen, die eine Patrizierfamile begleiteten. Es wurde sogar ihr Name genannt: Flavier!" Juppi lehnte sich erstaunt zurück. „War ein bekannter Name einer adligen Kaste des alten Roms. Sie hatten viele Ländereien und waren unsagbar reich…" Er erinnerte sich an einige Vorlesungen während seines Studiums, in denen unter anderem die Geschichte solcher Großfamilien am Rande eine Rolle spielte. Doch dass Kinder zu solchem Zwecke geraubt wurden, um sie später zu opfern, das hätte er nicht erwartet. Aber hier herrschten andere Sitten. „Es ist geschehen und niemand kann es rückgängig machen. Behalte sie in guter Erinnerung und trage sie stets in deinem Herzen!" tröstete er das Mädchen und schloss sie mitfühlend in die Arme. Sie ließ es einen Augenblick geschehen, doch dann sträubte sie sich und sprang erschrocken auf. „Wenn das jemand sieht, bekommst du Ärger! Unsere Frauen werden nur von ihren Männern in die Arme geschlossen. Oder wir entscheiden, wen wir uns als Begleitung an unserer Seite wünschen – und die

Familie stimmt zu. Aber trotzdem danke…!" Sie raffte ihr Schultertuch zusammen und eilte davon. Bevor sie ins Haus trat, drehte sie sich noch einmal nach ihm um und winkte verstohlen.

„Anka, aufstehen! Die Nacht ist vorüber!" lärmte Juppi und zog ihr die Decke weg. „Bist du völlig von Sinnen? Was soll der Scheiß?" tobte sie aufgebracht und rollte sich erneut darin ein. „Du kannst gerne weiterpennen. Aber vorher möchte ich mit dir klären, dass wir einen Tag länger hier bleiben. Ich will morgen am Thing teilnehmen. Ist das okay für dich?" Anka hob bejahend die Hand. „Ich mache alles mit, Hauptsache, du hältst endlich die Klappe!" schnaufte sie und kuschelte sich bis über beide Ohren ein. „Ich bin drüben im Haupthaus. Mal sehen, ob ich was zum Futtern auftreiben kann?" verabschiedete er sich und schloss leise die Tür. Auf der Leiter nach unten bemerkte er auf der Koppel einen Ochsen, der zu ihm rüber starrte. „Das ist doch Ursus!" Er änderte kurzerhand seinen Plan und lief auf die eingezäunte Fläche zu. Der Riese schnaubte und prustete, als er über den Zaun hinweg seine Hand nach ihm ausstreckte. „He Ursus, alter Knabe – erkennst du mich?" Schließlich senkte das Tier sein Haupt und schnupperte daran. Es folgte ein fixer Zungenschlag, schon hatte Juppi die Finger voller Schleim und Spucke. „Du alter Satansbraten – na komm schon her!" lockte er und Ursus bot ihm den Rücken zum Kraulen an. „Das hätte ich nie für möglich gehalten? Da soll mal einer behaupten, die Viecher sind blöd!" Perplex rubbelte er mit der Faust auf seinem Fell herum, was Ursus mit genussvollem Stöhnen honorierte. Ein Knurren hinter ihm ließ Juppi herumschnellen. Er traute seinen Augen nicht. „Wölfe, so dicht an der Siedlung?" Ein kleineres Rudel strömte auf sie zu, Juppi zählte ein halbes Dutzend Vierbeiner, die offensichtlich nicht gerade friedliche Absichten hegten. „Scheiße, das Gewehr steht in der Drohne!" Er tastete seine Seiten ab, nicht einmal seinen Dolch trug er am Mann. „Du wirst es niemals lernen!" verfluchte er sich selber und blickte sich nach einer Fluchtmöglichkeit um. Die Wölfe waren erfahrene Jäger, sie teilten sich in drei Gruppen auf und kreisten ihn ein. Er kletterte, ohne sich lange zu besinnen, auf den Zaun und versuchte, sich am Pfosten fest zu halten. Doch er war nicht weit genug oben, das Leittier setzte zum Sprung an, schnappte zu und erwischte den Hacken seines Stiefels. Juppi strampelte wie verrückt, trat zu und konnte sich wieder aus seinen Fängen befreien. Doch es war nur eine Frage der Zeit, bis sie ihn endgültig erwischen würden. Fieberhaft wog er seine Chancen ab – es blieb ihm nicht viel. Er spürte, wie das Geflecht der Einzäunung erzitterte, ehe er sich versah, purzelte er auf die Erde und landete genau vor seinen Angreifern. Juppi hob schützend die Arme übers Gesicht. Neben ihn erbebte der Boden. Lautes Heulen und Geifern der Wölfe ließen ihn endgültig zusammensinken, aber als der erwartete Angriff ausblieb, hob er misstrauisch den Blick. Der Auerochse stand direkt über ihn und senkte drohend die Hörner. Er konnte nichts denken oder fühlen, er funktionierte in diesem Moment einfach wie eine Maschine und machte sich rund, um nicht von seinen Hufen getroffen zu werden. Ein Graupelz wagte eine Attacke von der Seite und wollte ihn anspringen. Wie eine Furie drehte sich Ursus auf ihn zu und rammte ihm ein Horn in den Leib. Mit einer einzigen heftigen Kopfbewegung flog er im hohen Bogen durch die Luft und regte sich nicht mehr. Ursus stampfte umher und scharrte wütend mit dem Vorderfuß den Boden auf. „Du bist der Beste!" Juppi reagierte prompt, sprang wie eine Feder auf, hielt sich am Horn fest und schwang sich auf den Nacken des Ochsen. „Hilfe – hört mich denn niemand?" Er schri sich fast die Lunge aus dem Leib, aber nicht einmal die Kinder, die sonst im Gelände herumstromerten, waren zu sehen. „Das verdammte Nest ist wie ausgestorben! Es muss doch irgendwer etwas mitbekommen?" fluchte er lauthals. Das Rudel änderte seine Taktik, diesmal griffen die Wölfe gleichzeitig von allen Seiten an. Juppi klammerte sich am Hals des Ochsen fest und betete, dass er nicht herunter fiel. Ursus schlug zwar in alle Richtungen aus, wurde aber zusehends schwächer. Die Angreifer spürten das und spielten auf Zeit. Wieder war es Otilda, die ihm aus der Misere half. Sie fegte wie ein Wirbelwind heran, einen Bogen und Pfeile in den Händen. Im Lauf feuerte sie den ersten Schuss ab und erledigte ein Tier. Juppi konnte danach nicht genau sagen, was die übrigen Wölfe mehr erschreckte – der kehlige Kampfschrei des Mädchens oder ihre phänomenale Treffsicherheit. Als sich der nächste Pfeil in den Körper eines Wolfes bohrte und dieser heulend die Flucht antrat, zog sich der Rest zurück und verschwand im Dickicht...

Eldir der Schamane musste mit düsteren Blicken zusehen, wie seine Lieblinge versagten. Er lebte sonst allein und abgeschieden in einer kleinen Hütte, weit weg von jeglicher menschlichen Zivilisation. Seit Tagen lauerte er in seinem Versteck und beobachtete von dort das Treiben im Dorf. Sein Auftraggeber wollte alles darüber wissen, was sich in diesem kleinen Nest abspielte. „Eigentlich ist es viel zu unbedeutend, damit kostbare Zeit zu vergeuden!" murrte er immer wieder, aber er würde es niemals wagen, sich deswegen mit dem Heerführer des Kastells anzulegen. Die einzige Gesellschaft blieb das Rudel Wölfe, welches er mit straffer Hand als Alpha-Männchen erzog und anführte. Er sah die Fremden abfliegen und ahnte, dass sie wiederkommen würden. Sein plötzliches Verschwinden aus der Siedlung der Cherusker hatte gute Gründe. „Sobald sie Kontakt zu den Oberhäuptern aufnehmen, musst du von der Bildfläche abtauchen! Wir können es uns nicht leisten, vorzeitig entdeckt zu werden. Dieser Anführer aus der neuen Zeit erkennt untrüglich die Zeichen, die ich dir im Namen des allmächtigen Gebieters auf deinen Armen einbrannte und wird dich töten. Warte auf den Augenblick, der dir einen zuverlässigen Verbündeten offenbaren wird. Warte auf das Thing!" lautete die Botschaft vom Heerführer Achmat, die er empfing. Seit dem Vortag hatte er sich erneut in Stellung gebracht, erleichtert atmete er auf, als das Gerät der Fremden am Himmel auftauchte und wie erwartet landete, damit sie an den Feierlichkeiten der Bestattung des Fürsten teilnehmen konnten. Auch diesmal stand das merkwürdige Ding wieder unbewacht außerhalb des Dorfes. Nachdem sich der Zug entfernte, um Aurich das letzte Geleit zu geben, nutzte er die Gelegenheit, es näher in Augenschein zu nehmen. Und musste wieder unverrichteter Dinge abziehen, da er die Luke nicht öffnen konnte. Als an diesem Morgen der Fremde unverhofft ganz allein auf der Wiese erschien, schickte er das Rudel los, um ihn töten zu lassen. „Dieser Fremde ist gefährlich und zäh wie Leder. Achmat hat Recht mit seiner Warnung. Ich muss mir etwas anderes einfallen lassen!" knurrte er mürrisch und gab dem verwundeten Tier zu seinen Füßen den Gnadenstoß. Mit einer geübten

Bewegung schnitt er ihm die Kehle durch. Genüsslich leckte er das Blut von der Klinge und überließ den Kadaver der ausgehungerten Meute…

„Du hast einige böse Schrammen abbekommen. Du blutest – das wird ein schöner blauer Fleck. Zum Glück hat dich der Ochse nicht voll erwischt, das wäre dein Ende gewesen!" Veleda ließ sich ein neues Tuch reichen und tupfte vorsichtig die Wunde sauber. Otilda sagte keinen Mucks sondern tat, was ihr befohlen wurde. Sie wechselte das blutige Wasser und wrang die Lappen aus. „Das habe ich dir schon vor Tagen gesagt, dass Ursus dich gut leiden kann. Wolltest es ja nicht glauben. Sonst hätte er dir niemals das Leben gerettet. Er ist stark und klug. Wer hat eigentlich den Wolf erlegt? Hast du was erkennen können?" Hermann kam mit zerknautschtem Gesicht angeschlendert und sah sich die Bescherung an. Juppi wollte ihm schon antworten, aber Otilda verzog ihre Miene und schüttelte unmerklich den Kopf. „Der Schütze muss zwischen den Häusern gestanden haben, ich konnte ihn nicht erkennen", ließ er vernehmen und biss vorsorglich die Zähne zusammen, als die Seherin eine glühende Klinge aus dem Feuer zog. Was jetzt folgte, war ihm durchaus klar. Otilda steckte ihm ein Stück Holz zu. Juppi schob es sich zwischen die Kiefer, als ihn der Schmerz beinahe aus den Latschen kippen ließ. Es zischte und roch nach verbranntem Fleisch. Er spuckte um sich. „Verflucht, tut das weh!" Veleda prüfte ungerührt die Blessur und nickte zufrieden. „Es hat aufgehört zu bluten. Die Wunde ist sauber und du bekommst keine Entzündung. Den Römern sei Dank – bei ihnen habe ich viel gelernt!" Sie schmunzelte ihn und Hermann an. Juppi setzte sich so hin, dass sie einen Lederstreifen um den Unterschenkel wickeln konnte. „Diese Art der Verbände kenne ich bereits. Er war ein Heiler und hieß Bailong. Ein äußerst gescheiter Mann, der aus dem Reich der Mitte kam. Manche Dinge ändern sich wohl nie?" plapperte Juppi, um sich ein wenig abzulenken. Endlich war es geschafft und sein Bein verarztet. Anka, die ausgeschlafen hatte, stürmte wie eine Furie herein. „Juppi, alles gut bei dir? Höre da ganz schlimme Dinge?" Besorgt strich sie über seinen Kopf. „Alles halb so wild. Ein paar Wölfe haben versucht, mich zu erlegen. Aber ich hatte viele Schutzengel und einen cleveren Bogenschützen, der sie verjagt hat!" Er zwinkerte Otilda heimlich zu. „Ich muss mich ein bisschen hinlegen. Weckt mich, wenn zum Thing gerufen wird", bat er und humpelte hinaus. Anka begleitete ihn zur Drohne. „Leg dich hinten hin. Die Sitze sind bequemer und schön weich. Ich bewache dich schon, du musst keine Angst mehr haben!" Sie deckte ihn zu und schob ihr Kissen unter seinen Kopf. „Soll ich dir ein Geheimnis verraten? Aber du musst versprechen, darüber absolutes Stillschweigen zu wahren!" Juppi schaute Anka grübelnd an. „Spucke es schon aus. Was brennt dir auf der Seele?" Juppi überzeugte sich, dass niemand in der Nähe war. „Die Kleine, die geopfert wurde, war Römerin. Und wer mich gerettet hat und den Wolf tötete – war Otilda, die Schwester von Hermann. Aber ich soll es niemand erzählen. Warum auch immer – die Kleine schießt wie der Leibhaftige persönlich!" Anka sah zum Fenster hinaus, einige Kids plantschten im Bach und veranstalteten riesigen Lärm dabei. „Das sind zwei Geheimnisse, mein Freund. Versuche, abzuschalten und schlafe wenigstens zwei oder drei Stunden. Ich bleibe in der Nähe", versprach Anka. Sie lehnte die Luke nur an und suchte sich ein schattiges Plätzchen am Bach. Das Gewehr in Reichweite, griff sie einen Ast von einem Holunderstrauch und begann, ihn mit dem Messer zu bearbeiten. Manchmal schaute sie zu den Kindern rüber, die johlend im Wasser plantschten und ihren Spaß hatten. Nach einer Weile spürte sie, dass sie beobachtet wurde. „Jemand in der Nähe?" Sie guckte sich um, konnte aber nichts entdecken. Vorsichtshalber entsicherte sie die Waffe und legte sie sich quer über den Schoß. Nach außen schien es, als wäre sie intensiv mit ihrer Schnitzerei beschäftigt, aber ihre Augen schweiften unauffällig umher. Es verstrichen einige Minuten, da tauchte ein blonder Schopf nicht weit von ihr auf, der sich durch das hohe Gras schlängelte. Beruhigt legte sie das Gewehr aus der Hand. „He Kleiner – komm mal her!" Der Knabe war vielleicht sechs oder sieben Jahre alt. Jetzt, da er sich entdeckt wusste, tat er völlig unbeteiligt und blieb einfach sitzen. „So ein Filou. Denkst wohl, du kannst mich foppen?" Anka lächelte und arbeitete weiter an ihrem Projekt. Sie schälte vorsichtig die Rinde ab, maß mit den Fingern die Länge nach und trennte ihn durch. Der Junge rutschte einen Meter heran und beäugte vorwitzig ihr Messer. Anka schabte das Ende zu einem Mundstück, dann bohrte sie mit der Spitze sorgfältig Löcher in das Holz. „Dieses war der erste Streich!" brummelte sie und schnitt sich einen biegsamen Zweig von einem Strauch nebenan, dessen Äste bis ins Wasser reichten. „Wollen wir doch mal sehen, ob das funktioniert?" Sie stieß damit das weiche Mark aus dem Holunder und polierte die Innenseite blank. Der Knabe war inzwischen auf Reichweite heran gekrochen und guckte ungeniert zu. „Da staunst du was? Und jetzt geht es erst richtig los!" Sie setzte das Instrument an die Lippen und blies hinein. Ein quakender Ton kam heraus. „Schon Jahre her. Als Kinder haben wir bei uns solche Flöten geschnitzt. Macht viel Spaß", schwatzte sie einfach vor sich hin, während der Knabe ohne Scheu ihre Hand berührte. „Warte, ich bin noch nicht fertig. Gleich!" vertröstete sie ihn und korrigierte einige Kleinigkeiten. Die nächste Probe fiel bedeutend besser aus. Ein schriller Pfiff ließ ihn erstaunt aufhorchen. „So muss es klingen!" Anka spitzte die Lippen und spielte behände ein altes Kinderlied aus ihrer Zeit. Seine Augen leuchteten vor Freude, als sie ihm ihr fertiges Werk überreichte. „Wenn du willst, bringe ich dir das Spielen bei?" bot sie ihm an, aber er war zu ungeduldig und wollte es allein versuchen. „Das wird doch so nichts!" Anka schaute grinsend zu, wie er sich abmühte. Er bekam einen roten Kopf vor Anstrengung, aber kein einziger Ton war zu hören. „Kleiner – guck auf meinen Mund. So musst du es machen!" Sie wies auf ihre Lippen, ganz langsam zeigte sie ihm noch einmal, wie es richtig aussehen musste und ließ die Luft entweichen. Diesmal hatte er verstanden. Vorsichtig nahm er die Flöte hoch und blies hinein. Ein kurzer heller Pfiff ertönte, jubelnd tanzte er auf der Stelle umher und rief seinen Kameraden etwas zu. „Nicht dass jetzt alle so ein Ding haben wollen?" stöhnte Anka, als die Horde auf sie zugestürmt kam. Der Kleine führte einmal sein Instrument vor und pfiff vergnügt. Dann hielt er es der Frau entgegen. „Spiele das Lied!" bat er und setzte sich brav neben sie. Anka reinigte das Mundstück an ihrer Hose, zwinkerte ihm zu und flötete den Kids das Lied ihrer Kindertage vor. Sie wurde wie ein Zauberwesen angestarrt, kein einziger Mucks war zu hören. Zwei Frauen etwas höher am Bach wurden auf die Ansammlung aufmerksam, neugierig lauschten auch sie und gesellten sich zu ihnen. Anka war so in ihr Tun vertieft, dass sie diese erst bemerkte, als sie fertig war. Sie errötete und räusperte sich. „Ist noch kein Meister vom Himmel gefallen, Ich war so alt wie sie, als ich es das letzte Mal spielte", erklärte sie verlegen. Die Jüngere von beiden mit blonder Zottelmähne lächelte sie an. „Das war schön. Lass es uns noch einmal hören", bat sie mit sanfter Stimme, so dass Anka nicht anders konnte und erneut die Flöte ansetzte.

Diese Aktion blieb nicht ohne Folgen. Die Kinder wollten alle so ein Zauberding haben und bettelten sie stürmisch darum an. „So eine Rasselbande. Da werde ich ja niemals fertig?" seufzte sie und erhob sich, um einen geeigneten Ast aus dem Holunderbusch abzubrechen. Sie bemerkte bei einem der Jungen, dass er einen Dolch am Gürtel trug. „Du wirst mir dabei helfen!" entschied sie kurzerhand und schob ihn näher an das Gesträuch. Sie zeigte den Kindern, welche Aststärke sie dafür bevorzugte. „Such dir einen Stock aus!" forderte sie den Burschen auf, der sofort kapierte und es ihr gleich tat. Während sie nun Schritt für Schritt den Ablauf erläuterte und praktisch vorführte, entspann sich manch heftige Debatte unter den Kids, die sich um ihn scharten. Schließlich war es geschafft, er hielt voller Stolz sein erstes Meisterwerk in den Händen. Und als wirklich ein Ton ertönte, war die Freude kaum noch zu übertreffen. „So, meine lieben Freunde. Den Rest bekommt ihr allein hin!" erklärte Anka resolut und wischte die Rinde von den Beinen. Sie wurde winkend verabschiedet und machte, dass sie die Plagegeister schnell wieder los wurde.

„Der junge Fürst schickt mich. Ihr sollt euch eilen und zum Haupthaus kommen. Wir brechen bald zum Thing auf!" Ein Krieger überbrachte ihnen die Nachricht. Anka dankte ihm. Ein prüfender Blick zur Sonne verriet ihr, dass es bereits am späten Nachmittag war. „Juppi, aufstehen. Es geht gleich los!" Sie zupfte dem Schlafenden an den Ohren, bis er die Augen aufschlug. „Na was macht der Kater? Hoffentlich bist du jetzt fit!" Er nickte bedächtig und schwang sich auf die Beine. „Gehe mich waschen. Bin gleich zurück!" Damit humpelte er hinaus. Mit verwundertem Blick registrierte er die Kinder am Bach, die noch immer an der gleichen Stelle hockten und eifrig mit ihren selbst geschnitzten

Flöten übten. „Ist ja wie bei uns früher? Klingt nur furchtbar", murrte er und erfrischte sich. Er prüfte den Sitz des Verbandes und kehrte zur Drohne zurück. „Müssen wir uns für diese Versammlung besonders schick machen? Gibt es dafür eine Kleiderordnung oder reicht das hier?" empfing ihn Anka, die sich eine Stola umgehängt hatte. „Sieht Klasse aus, lass das ruhig!" Juppi kramte aus einem Beutel ein neues Shirt heraus und band sich ein Halstuch um. „Könnte sein, dass diese Sache länger dauert. Ich nehme auf jeden Fall meine Jacke mit!" So ausgestattet, trafen beide am Portal des Haupthauses ein, wo sich inzwischen die Abordnungen der Clans aus den anderen Häusern einfanden. „Ich kann keine Frauen und Kinder erblicken? Nehmen nur Männer am Thing teil?" wunderte sich Anka, die dachte, dass es dort wie bei einem Volksfest für alle zuging. Juppi lachte. „Du ja wieder! Ich denke, sie machen bei dir und der Seherin eine Ausnahme. Ansonsten sind bei den wichtigsten Entscheidungen wirklich nur die Männer der Clans vertreten", bestätigte er nach seinem Wissensstand. Veleda eilte auf sie zu und führte sie zur Familie des Fürsten, die sich gerade formierte. Hermann sah angespannt aus, er grüßte nur mit einem Kopfnicken und hob den Arm. „Gehen wir!"
Juppi hatte einiges über das Thing der alten Germanen gelesen. „Manchmal dauern diese Treffen bis zu drei oder sogar noch mehr Tage. Ich hoffe, wir haben heute nur ein Problem zu klären – so weit ich verstanden habe, geht es um die Rangfolge des Fürsten – und wer den Titel künftig übernehmen soll", erklärte er Anka während des Marsches zur Thingstätte, die außerhalb der Siedlung lag. Sie erklommen einen Hügel, auf dem eine mächtige, weit auslegende Linde stand. Der festgestampfte Weg dort hin war gut erkennbar. „Das wird der Platz sein", raunte er seiner Begleiterin zu, als die Kolonne erwartungsgemäß einschwenkte und auf den Baum zuhielt. Oben angekommen war zu sehen, dass auch hier die Fläche durch einen Zaun eingegrenzt war. „Wer innerhalb des Geländes Ärger macht und Zoff beginnt, dürfte schlechte Karten haben. Hier gilt der Thingfrieden – wer dagegen verstößt, fliegt aus der Gemeinschaft raus. So haben es jedenfalls die Forscher einmal formuliert. Hoffentlich haben sie Recht damit?" Juppi orientierte sich an Veleda, die sie zu einem Felsstein führten, der mit einem

Schädel des Auerochsen geschmückt war. „Der Stammplatz des Aurich-Clanes!" erklärte sie auf seine Anfrage. Die Vertreter der übrigen Familien verteilten sich ebenfalls sehr geordnet und bezogen ihre Positionen. Einzig Gernot der Wilde und seine Krieger, die am Ende des Zuges eintrafen und nicht zur Dorfgemeinschaft gehörten, nahmen mit einer freien Fläche am Rande vorlieb. Hermann erklomm einen flachen Stein, der direkt am Fuß der Linde im Erdboden eingelassen war und hob den Arm. „Es ist seit alters her Sitte, dass des Stammesfürst das Thing eröffnet und leitet. Mein Vater lebt nicht mehr. Und da wir heute hier beraten, wer seinen Titel übernimmt, steht es nur einem unabhängigen Beobachter zu, diese Beratung zu führen. Die mächtige Veleda, Seherin und Ratgeberin der Stämme unserer Völker bietet sich an, diese ehrenvolle Aufgabe zu übernehmen. Seid ihr einverstanden?" Die Antwort war ohrenbetäubend, mit Inbrunst schlugen die Krieger ihre Schwertknäufe auf die Schilder und bekundeten damit ihr Einverständnis. „Veleda – damit übergebe ich dir das Wort!" Hermann bot ihr galant die Hand, als sie den Stein erstieg. Die Seherin wartete ab, bis sich alle beruhigten. „Es ist eine besondere Ehre für mich, heute hier an diese Stelle zu stehen, um gemeinsam mit euch ein wichtige Entscheidung zu treffen. Bei meinen Wanderungen durch die Wälder und Ländereien der Stämme habe ich viele Dinge gesehen, die mich beunruhigen und mir Bedenken bereiten!" Ihre Stimme war kraftvoll und bis in den letzten Winkel des Platzes zu hören. „Heerführer Arminius, der Vater der Vereinigung unserer Clans und Stämme, hat einmal verkündet, dass wir einen mächtigen Gegner wie die Römer nur schlagen, wenn wir lernen, unsere eigenen Zwistigkeiten zu beenden. Wenn wir gemeinsam handeln und nie vergessen, dass die wichtigste Kraft aus unserer unverbrüchlichen Einheit erwächst. In diesem Sinne betrachte ich heute auch die Entscheidung darüber, wer zukünftig das Schicksal der Cherusker bestimmen wird!" Sie legte eine Pause ein, ihr gedankenvoller Blick streifte über die anwesenden Krieger hinweg. Erwartungsvolle Augen sahen ihr entgegen, einzig Gernot musterte sie mit einer grimmigen Miene. „Veleda – hör auf zu schwafeln und komme zum Wesentlichen! Dann können wir kurz und knapp abstimmen und unsere Wege ziehen", dröhnte er. Die Menge begann, laut zu murren. Hermann wies seinen Onkel scharf zurecht. „Unterbrich nicht die Seherin! Sie allein entscheidet, wie und wann hier welche Schiedssprüche getroffen werden. Also zügele dich!" Gernot knurrte vor sich hin, musste sich aber dem fügen. „Verzeih einem alten Mann, ehrwürdige Veleda. Mach weiter!" Großzügig kuschte er und setzte sich. Die Seherin hakte sofort an dieser Stelle ein. „Danke Gernot – und du hast eben selbst ein wichtiges Argument geliefert, was bei der Wahl des neuen Fürsten eine Rolle spielt!" Gernot hob verwundert den Kopf und überdachte seine Worte. „Wir haben zwei Anwärter auf den Posten des Oberhauptes. Hermann, dem Sohn von Aurich. Er ist jung und voller Tatendrang – wenn auch noch ein wenig unerfahren in der Kriegskunst. Er ist ein genialer Stratege, wie sein Vorfahre Arminius und hat das Herz eines tapferen Cheruskers. Auf der anderen Seite steht ein erfahrener, kampferprobter Krieger, der manche Schlacht erfolgreich führte und viele Siege sein Eigen nennt. Aber er ist in die Jahre gekommen und wird, wie sein großer Bruder Aurich, bald durch die Tore Walhallas reiten, um das Heer der unsterblichen Kämpfer zu erweitern." Die Prognose der Seherin traf Gernot in die Tiefe seiner Seele. Er wusste, dass ihre Vorhersagen stets eintrafen, sich bewahrheiteten. Unruhig scharrte er mit den Fersen. „Diese Hexe ist nicht unparteiisch! Sie manipuliert die Leute", zischte er giftig. Seine Krieger beobachteten argwöhnisch ihre Nachbarn, die zu flüstern begannen. „Ideal wäre ein Anführer, der die Eigenschaften beider vereinen würde. Aber den haben wir nicht – es sei, einer der Clanoberhäupter stellt sich mit ihnen zur Wahl?" Veleda hob beide Arme in die Luft. „Nun – sprecht frei heraus!" forderte sie die Anwesenden auf. Diese hatten es nicht eilig damit sondern zogen es vor, innerhalb des eigenen Sippen zu diskutieren. „Also gut, beratet euch und trinkt einen Schluck. Wer dann was sagen möchte, meldet sich!" entschied die Seherin und lief zum Aurich-Clan. Voller Interesse verfolgte Anka, wie mehrere Krieger von einem Karren, der ihr bereits an der Auffahrt auffiel, Krüge und Hörner heran schleppten und verteilten. „Die Jungs verpassen wirklich keine Gelegenheit, sich ein Ding einzupfeifen! Ich dachte, nach der nächtlichen Zechtour hätten sie die Schnauze voll?" Sie schüttelte den Kopf, als ihr ein gefülltes Gefäß angeboten wurde, während Juppi dankbar zugriff und es sich schmecken ließ. Veleda nippte nur einen Schluck Wasser. „Das ist Tradition. So lässt es sich freier sprechen. Der Alkohol löst die Zunge und die Gedanken und macht auch denen Mut, sich zu äußern, die sonst kaum ein Wort verlauten lassen." Sie reichte Anka ihren Becher, beide lächelten sich verstehend an. „Männer", seufzte die Pilotin, „die werden sich wohl niemals ändern!" Die Sonne verabschiedete sich mit den letzten Strahlen des Tages, Feuer wurden entzündet und beleuchteten nun den Thingplatz mit tanzenden Flammen. „Ich werde sprechen!" Ein bärtiger Geselle mit einer furchteinflößenden Kleidung aus unzähligen Fellen trat in die Mitte der Feuer. Er hob sein Horn. „Ich trinke auf unseren alten Fürsten Aurich und grüße ihn in Walhalla!" Ein lautes „Hoho!" folgte, sämtliche Hörner schwebten nach oben, wurden dann in einem Zug vollständig geleert. „Ihr kennt mich, Brüder. Meine Familie ist nicht sehr groß und auch nicht so wohlhabend, wie die meisten von euch. Aber ich bin ein guter Krieger und habe stets für das Wohl unseres Stammes gekämpft – das stimmt doch?" rief er aus. Wieder folgte das „Hoho!" als Bestätigung der Menge. „Das ist Harald, das Oberhaupt des letzten Hauses im Dorf. Hinten am Weiher steht es. Ein zuverlässiger Mann, der sich vor nichts und niemand fürchtet", erläuterte Hermann seinen beiden Gästen, die sich gespannt aufrichteten, um das Geschehen nicht zu verpassen. „Ich habe mein halbes Leben unter dem Kommando des Fürsten Aurich gekämpft und mir dabei manche Schramme und Wunde eingehandelt. Seht her!" Er hob seine linke Hand, an der drei Finger fehlten. „Ein verdammter Römer hat sie mir im Kampf abgeschlagen und wollte mir den Todesstoß versetzen, als sein Vater ihn abwehrte und ihm das Schwert in den Wanst rammelte, dass er wie ein Schwein quiekte!" Er stieß einige Grunzlaute aus, die Männer begannen, laut zu lachen. „Hermann ist ein guter Junge und hat sich in den letzten Jahren prächtig entwickelt. Soll er das Erbe seines Vater antreten, so Odin es will!" schniefte er und ließ sich wie ein nasser Sack auf die Erde plumpsen. Damit zeichnete sich die Tendenz des Abends ab – die meisten Familienchefs waren gleichfalls seiner Meinung und sprachen sich für den jungen Hermann aus. Irgendwann erhob sich Ole, der Dorfschmied. Juppi nahm verwundert zur Kenntnis, dass er überhaupt nicht seinen Vorstellungen entsprach. „Der ist ja dünn wie eine Spindel. Und der hat Kräfte wie ein Bär, erzählt man?" Von schlanker Statur und nicht sehr groß, wankte er wie ein Schilfrohr im Wind und musste von Männern gehalten werden, damit er nicht umfiel. „Unterschätze ihn nicht, er ist zäh und unheimlich kräftig, auch wenn man es ihm nicht auf dem ersten Blick zutraut!" sprach Hermann und lachte, als er fast aus den Latschen kippte. „Und saufen kann der, das glaubt bestimmt niemand. Er bechert einen ganzen Kübel Met und schießt danach einer Fliege mit dem Bogen den Pimmel ab!" witzelte er belustigt. „Hermann ist der Richtige für diesen Posten. Es bleibt in der Familie und wir wissen, woran wir sind...!" lallte Ole und knallte sein Schwert gegen den Schild, dass es schepperte. „Hermann, Hermann, Hermann...!" brüllte er aus Leibeskräften und entfachte damit einen Ausbruch des Gejohles. Die Krieger zückten ihre Schwerter und stimmten im Getöse ein. In Gernots Brust tobte ein Sturm der Entrüstung, mehrfach war er versucht, einfach aufzuspringen und dazwischen zu funken. Veleda ließ ihn keine Sekunde aus den Augen. Es dauerte eine halbe Ewigkeit, bis die Meute erschöpft innehielt. Es wurde für Gernot eine lange Nacht, endlich hörte er seinen Namen. „Nun Gernot, es haben alle gesprochen und ihre Meinung kund getan. Nun sage du, was du dazu meinst!" forderte die Seherin ihn auf. Er sprang erregt auf den Stein, die Narbe über dem rechten Auge flammte glutrot auf. „Was ich zu sagen habe – ich habe einzig und allein Anspruch auf den Titel und fordere ihn hiermit ein! Mir ist es egal, was ihr denkt oder hier herum plappert! Ich...!" Er kam nicht weiter, ein Schrei der Entrüstung überstimmte ihn. „Geh fort von hier! Der Sieger ist damit wohl eindeutig geklärt – Hermann, Sohn von Aurich, wird der neue Fürst unseres Stammes!" verkündete Veleda unter lautem Jubelgeschrei der Krieger.

Was nun kam, war wohl einzigartig in der Geschichte des bisherigen Things. Mit zornigem Gesicht erhob Gernot das Schwert und zielte auf seinen Konkurrenten. „Dir schneide ich eher die Kehle durch, als dich als Fürst ziehen zu lassen!" stieß er aufgebracht hervor und stürzte sich auf den verdutzt dreinschauenden jungen Mann. In letzter Sekunde sprang Juppi hoch, schupste den Fürsten zur Seite und rammte dem Angreifer gekonnt die Faust in die Rippen, dass ihm die Luft weg blieb. Gernot ließ das Schwert fallen und sank auf die Knie. Hermann rappelte sich auf die Beine, die erbosten Krieger umringten die Truppe von Gernot und kesselten sie ein. „Du hast das Gesetz des Thing gebrochen, Onkel! Darauf steht die höchste Strafe – ein schmachvoller Tod!" Hermann stand noch immer unter leichtem Schock, er winkte seine Brüder heran. „Bindet sie im Stall fest. Wir werden morgen das Urteil vollstrecken!" Als Gernot an Hermann vorbei geführt wurde, konnte Juppi hören, was er ihm zuzischte. „Das wirst du eines Tages bitter bereuen!"

„Mein Bedauern hält sich diesmal in Grenzen. Selber schuld, wenn du die Finger nicht von dem Zeug lassen kannst!" höhnte Anka ganz offen, als Juppi mit verkaterter Mimik die Augen öffnete und blinzelte. „Wie bin ich hierher gekommen?" fragte er heiser, als er sah, dass er sich in der Drohne befand. „Die Frauen haben ihre Kerle nach Hause geschleppt – Veleda war so nett, und hat mir geholfen, dich hierher zu verfrachten!" Anka lehnte sich demonstrativ auf ihrem Sitz zurück und grinste. Sie hielt ihm einen Krug mit frischem Wasser unter die Nase. „Hier, nimm einen Schluck, bevor dein Kreislauf kollabiert!" Juppi folgte ihrem Rat und trank. „Dankeschön. Ich denke, das war der letzte Versuch, mich mit ihnen zu messen. Das schaffe ich nie", gestand er sich zähneknirschend ein und spritzte sein Gesicht nass. „Was ist eigentlich gestern noch passiert? Mir fehlt ein Stückchen vom Film." Anka erzählte ihm, was Gernot angestellt hatte. „Und ich habe ihn zur Strecke gebracht? Wie habe ich das gemacht?" Juppi konnte sich nicht mehr daran erinnern. „Wie auch immer, du hast dem neuen Fürsten das Leben gerettet!" beendete Anka und hielt Juppi ein Handtuch hin.
„Die Gefangenen – sie sind geflohen!" hallte es durch das Dorf.
Anka warf Juppi einen bedeutungsvollen Blick zu. „Jetzt ist die Kacke richtig am Dampfen! Die Brüder haben sich aus dem Staub gemacht. Das gibt bestimmt noch Ärger ohne Ende!" war sie sich sicher. Vereinzelte Krieger rannten zum Haus des Fürsten und versammelten sich dort. „Ich laufe mal rüber und sehe, was sie anstellen wollen? Die werden längst über alle Berge sein. Sie zu verfolgen wird wenig Sinn haben", brummte er, dann kam ihm eine glorreiche Idee. „Die Drohne. Wir könnten sie mit den Sensoren aufspüren?"

Als er Ankas ablehnende Miene wahrnahm, winkte er ab. „Hast ja Recht, wir sollten uns nicht in den Lauf der Geschichte einmischen, das vergesse ich immer wieder!" willigte er ein und schwang sich hinaus. „Bereite schon alles für den Start vor. Ich rede wegen der Schwerter mit Hermann und hoffe, dass er uns wenigstens einen Teil überlässt. Immerhin hat er was gut zu machen...!" Anka sah Juppi mit flinken Füßen durch die Siedlung eilen. „Diese Männer soll man als Frau verstehen? Die kapiere ich niemals!" Sie rollte die Decken zusammen und verstaute alles im Gepäckraum. Bevor sie den obligatorischen Motor-Check vornahm, drehte sie eine Runde um die Maschine und überprüfte den Zustand der äußeren Hülle und Räder, auf denen sie sich im Notfall ein Stück fort bewegen konnte. „Alles im grünen Bereich. Bin heilfroh, wenn wir wieder zu Hause sind. Ach ja, Juppi wollte ja noch einen Abstecher zum Kastell unternehmen", fiel ihr ein und verflogen war die gute Laune.

Hermann saß halbnackt auf der Bank am Feuer im Wohnraum und wirkte überhaupt nicht wie ein glorreicher Sieger. Veleda mixte ihm gerade einen Trunk gegen Kopfschmerzen. „Herzlichen Glückwunsch noch mal zum Erfolg. Ich hoffe, du bist mit dem Ergebnis des Thing zufrieden?" Juppi nahm gern das Angebot des Fürsten an und setzte sich zu ihm. Dieser schaute ihn mit einem merkwürdigen Blick in die Augen. „Ich bin dir ein Leben schuldig – ich hoffe du weißt, was das bedeutet?" Hermann hielt ihm die Hand entgegen. „Ich bin dir zu großem Dank verpflichtet. Wir sind damit Brüder und im Geiste von Odin verbunden! Ich stehe dir zur Seite, wenn du jemals meine Hilfe benötigen solltest!" Juppi schlug ein. „Das war doch selbstverständlich. Aber wer weiß, vielleicht komme ich einmal darauf zurück?" Er räusperte sich. „Ich habe vielleicht eine ungewöhnliche Bitte. Wir benötigen für unsere Leute im Camp dringend Waffen. Schwerter, um uns gegen diese Zombies verteidigen zu können. Hinten in der Ecke liegen solche Teile..." Hermann ließ ihn nicht ausreden. „Du meinst die alten Beutestücke? Such dir aus, was du brauchst!" verkündete er großzügig. Juppi hätte ihn umarmen können. Hermann befahl zwei Krieger zu sich. „Helft ihm, diese Sachen zu verladen!" ordnete er an. Für Juppi war das ein richtig guter und erfolgreicher Tag. Aber es kam noch besser. Während die Männer die Schwerter aussortierten und nach draußen trugen, führte Hermann ihn in seinen gesondert abgetrennten Raum, den sonst nur auserwählte Vertraute betreten durften. Er war edler ausstaffiert, der Fußboden und die Wände mit sauberen Brettern wie ein Furnier verkleidet. An den Seiten standen drei riesige, aufgeklappte Truhen, aus denen Berge von Kleidungsstücken heraus quollen. „Das war der Schlafraum meines Vaters. Ich habe ein wenig in seinen Sachen gestöbert und dabei einige interessante Entdeckungen gemacht. Hier, sieh dir diese Rollen an. Was sollen sie darstellen?" Er drückte dem erstaunten Juppi die Dokumente in die Hand. „Das sieht man der Hütte von außen nicht an, dass sich so ein nobles Zimmer darin verbirgt! Durchaus einem Herrscher würdig", lobte dieser und stakte in den Wohnbereich zurück. Er rollte einen Bogen auf und hielt ihn übers Feuer. „Das ist ein Ding der Unmöglichkeit!" Er rieb sich verwundert die Augen, breitete das zweite Dokument aus und schob beide übereinander. „Das sind Zeichnungen vom Brandenburger Tor in Berlin. Woher hat dein Vater sie?" Juppi stand, wie vom Donner gerührt. „Das sind originale Zeichnungen aus der Bauphase des 18. Jahrhunderts. Die dürften nicht hier sein?" Die Antwort von Hermann verwirrte ihn noch mehr. „Die hat Vater von einem Römer erbeutet, der im Kastell Berlina stationiert war. Er tauchte plötzlich nach einem schweren Gewitter im Dorf auf. Entweder hatte er sich verirrt oder die Götter vernebelten sein Gehirn. Er war als Kurier unterwegs, aber leider starb er, ohne dass Vater mehr aus ihm heraus quetschen konnte." Der geköpfte Offizier kam Juppi in den Sinn. „Kein Wunder, wenn er genau so ungastlich behandelt wurde, wie der letzte Römer bei meiner Ankunft – das überlebt kaum jemand", war ihm bewusst. Hermann zuckte abfällig mit den Achseln. „Feinde werden bei uns nun mal so behandelt. Wir machen es nicht anders als sie - sie bringen unsere Leute auch um!" reagierte er störrisch. Eine Besonderheit unterbrach ihr Gespräch. Der Fürst wurde von der Seherin gerufen. Er warf sich eine Felldecke über und stolperte ins Freie. „Was ist so wichtig am frühen Morgen...?" polterte er los, aber dann blieb ihm vor Staunen der Mund offen stehen. Ole, der Dorfschmied, baute gerade auf dem Vorplatz eine eigenartige Konstruktion auf, die Hermann unbekannt war. Er hatte eine lange Stange schräg auf einer Metallplatte festgenietet und rückte sie in Position. Herman lief einmal um ihn herum. „Was wird das?" fragte er. Ole hob nichtssagend die Hände. „Sie hat es bestellt und mir aufgezeichnet, wie es aussehen soll. Keine Ahnung, was sie damit anstellt?" Veleda bat ihn, einen Moment zu warten. Sie orientierte sich nach dem Stand der Sonne und malte in gleichmäßigen Abständen Striche auf den Boden. „Dorthin kommen die Zeitmarkierungen. Nur noch nach Norden ausrichten und fertig ist die Uhr!" Juppi war baff. „Das ist eine klassische Sonnenuhr. Bin ja echt gespannt, ob die Zeiten übereinstimmen?" Veleda ließ von Ole die einzelnen Metallelemente im Erdreich verankern. „Du bist wie immer ein ganz Schlauer! Für unsere Leute ist es wichtig, dass sie lernen, sich an den Zeiten zu orientieren. Ein bisschen moderne Wissenschaft kann ja nicht schaden!" schmollte sie gekünstelt und legte selber Hand an, um den Stab einzuordnen. „Es ist kurz nach 9.00 Uhr – haut fast hin?" Juppi betrachtete mit zunehmender Verwunderung die einfache, trotzdem äußerst wirkungsvolle Bauweise der Sonnenuhr. Die Kinder waren die Ersten, die sich um den Zauberstab versammelten und interessiert den Erklärungen der Seherin lauschten. „So lange die Sonne scheint, könnt ihr hier die Tageszeiten ablesen…!" Es folgten die Erläuterungen zu den einzelnen Abschnitten am Boden und ihre Bedeutung. Der Schmied packte seine Werkzeuge ein, als er an Juppi vorbei marschierte, rollte er mit den Augen. „Weiberkram!" stöhnte er. Juppi fielen die Zangen ein, die er extra für ihn mitgenommen hatte. „Komm mit zur Drohne. Ich habe ein kleines Geschenk für dich!" Die beiden Krieger packten noch einmal mit an, gemeinsam mit Ole schleppten jeder einen Armvoll Waffen zum Fluggerät. Anka stand bereit und übernahm es, die wertvolle Fracht zu verstauen. Juppi huschte ins Cockpit und kam mit zwei alte, aber durchaus noch gebrauchsfähigen großen Zangen heraus und überreichte sie feierlich an Ole. „Die habe ich in einer Schmiede unserer Zeit gefunden. Ich dachte mir, dass sie dir noch gute Dienste leisten!" Ole war sichtlich gerührt und wusste nicht, was er dazu sagen sollte. Er nahm die Teile in die Hände und probierte sie aus. „Damit kann man schwere Metallstücke halten, wenn sie glühend auf dem Amboss bearbeitet werden. Ein kostbares Geschenk. Womit habe ich das verdient?" Er betrachtete skeptisch den Fremden, den er vorher noch nie gesehen hatte – außer letzte Nacht beim Thing. Juppi druckste ein wenig herum. „Sie sollten im Notfall als Tauschobjekt für ein gutes Schwert dienen. Aber nun hat Hermann uns etliche Klingen zur Verfügung gestellt – deshalb überreiche ich sie dir so." Damit war für Juppi die Angelegenheit erledigt. Er wandte sich wieder seiner Arbeit zu und half beim Verladen der restlichen Waffen. Ole entschwand, ohne ein weiteres Wort zu verlieren. Minuten später stand er vor der Drohne und winkte Juppi durch das Bordfenster zu. „Was denn nun noch? Ist doch alles gut", brummte Juppi und stieg noch einmal aus dem Flieger. Der Schmied wickelte ein langes Schwert aus einer Decke und hielt es ins Sonnenlicht, so dass es aufblitzte. „Die alten Schwerter der Römer sind nicht gut. Sie stammen von Hilfstruppen, die mit schlechteren Waffen ausgerüstet wurden. Diese Klinge habe ich vor langer Zeit geschmiedet. Zum Dank schenke ich sie dir!" Damit drückte er dem völlig verdatterten Juppi das Schwert in die Hand und lief zur Schmiede, ohne sich noch einmal umzudrehen. „Hast du das gesehen? Schau dir dieses Prachtexemplar an – damit werden manche Köpfe rollen. Das Teil ist besser als eure Säbel!" Er hob es in Augenhöhe und betrachtete ausführlich die kunstvoll eingravierte Prägung, die sich bis zur Mitte hinzog. „Wirklich ein absolutes Prachtstück!" Vorsichtig verstaute er das Geschenk im Gepäckraum. „Ich laufe schnell rüber und verabschiede mich vom Fürsten und Veleda. Ich habe in der Aufregung etwas Wichtiges liegen lassen. Du wirst staunen!" Und wieder verschwand er von der Bildfläche. Hermann diskutierte gerade intensiv mit dem Krieger Sven, der ihm mit seiner Pissaktion in unangenehmer Erinnerung geblieben war. „Der scheint Feuerwerk zu bekommen? Hat wohl dem Herrscher ins Töpfchen gepinkelt?" knurrte Juppi unhörbar und pirschte sich näher heran. „Du bist dir sicher, dass Gernot mich umbringen will?" Juppi spitzte die Ohren und gesellte sich zu den Männern. „Da bist du ja. Stell dir vor – mein Onkel wollte ihn anheuern, um mich töten zu lassen. Er hat keinerlei Skrupel mehr, dieser Misthund!" Herman war sichtlich sauer. Juppi betrachtete Sven plötzlich mit anderen Augen. „Was hat er dir dafür geboten? Welche Summe will er dafür rausrücken?" forschte er an Stelle des Fürsten weiter. Sven stieß mit dem Fuß in den Sandboden. „Er hat mir die Stellung eines Familienoberhauptes in seinem Dorf versprochen – und ein eigenes Haus mit allen Tieren, die ich mir wünsche!" quetschte er heraus. Juppi pfiff vor sich hin. Unter den gegebenen Bedingungen war das ein äußerst verlockendes Angebot, dem wohl nicht jeder widerstand. Hermann umkrallte den Nacken des Kriegers und zog ihn zu sich in Augenhöhe. „Und wie solltest du mich umbringen?" Sven zog ein Langmesser aus dem Gürtel. „Bei einer passenden Gelegenheit damit!" Er sah dem Gebieter fest in die Augen. „Ich traue deinem Onkel nicht – nicht ein Stück. Und ich gehöre in dieses Dorf, nicht dort in die Fremde. Ich bin mir allerdings nicht sicher, ob er noch jemand gedungen hat...?" gab er zu verstehen. Hermann war zufrieden und ließ ab von ihm. „Du hast eine kluge Entscheidung getroffen. Ich ernenne dich hiermit zum Anführer meiner Leibgarde. Suche zehn unserer besten Krieger zusammen und halte dich in einer Stunde bereit. Ihr werdet die Verfolgung aufnehmen und Gernot jagen. Ich will seinen Kopf!" befahl er und ließ sich auch von der Seherin nicht von seinem Vorhaben abbringen. „Eine Leibgarde ist gut, aber der Rest der Geschichte gefällt mir nicht!" sprach sie zu Juppi, der die Stirn runzelte. „Ich wollte nur die Rollen abholen, die ich vorhin auf den Tisch gelegt habe und mich vorläufig verabschieden. Es waren ereignisreiche Tage. Ich werde eine Weile brauchen, bis mein Kopf wieder klar denken kann." So sehr er auch suchte, die Papiere waren weg. „Hermann, hast du sie wieder eingeschlossen?" fragte er höflich an, doch dieser schüttelte den Kopf und schaute selber nach. „So ein Schweinekram. Wer sollte sich dafür interessieren?" knurrte der Herrscher. Diese Frage stellte sich Juppi insgeheim auch. „Nun, dann ist es eben so. Vielleicht findet sie jemand beim Aufräumen. Kann sie ja das nächste Mal mitnehmen." Juppi verneigte sich vor ihm, um sich zu verabschieden. „Das gefällt mir nicht. Mein Vater hat mir einmal erzählt, dass dieses Tor einen direkten Zugang zum Tempel des Drachen hat. Und dass er vermutete, dass es mit diesen Fremden zu tun hat, die vor fünf Sommer das Kastell Berlina errichteten. Welchen Sinn sollte so ein monströses Bauwerk mitten in der Wildnis haben? Zumal um uns herum weitere Lager von Legionen errichtet werden. Das kann nur Krieg bedeuten, oder was sagst du dazu?" Juppi nickte nur. „Sämtliche Anzeichen sprechen dafür. Mehr kann ich im Moment noch nicht dazu sagen." Er gab der Seherin die Hand, die ihn herzlich umarmte. „Pass auf den Fürsten auf. Es ist noch lange nicht vorbei!" flüsterte sie ihm eindringlich ins Ohr. Auf seinem Weg zur Drohne wurde er überrascht. Wie zufällig lagen die beiden Rollen neben der neuen Sonnenuhr. Eine schmale Mädchengestalt huschte gerade hinter einen Busch, um sich zu verbergen. „Danke – und wir sehen uns bestimmt bald wieder!" rief er in die Richtung und beeilte sich. Anka startete die Turbine, bevor er richtig saß. „Wird ja langsam Zeit. Was treibst du denn noch so lange?" zischte sie und wollte los. „Nur keine Hektik. Hat alles seine Richtigkeit. Was sagst du dazu?" Er hielt ihr die Zeichnungen vor die Nase. „Das Brandenburger Tor, na und?" entgegnete sie nach einem kurzen Blick schnippisch. „Das ist alles? Mehr fällt dir in der jetzigen Situation dazu nicht ein?" Juppi holte tief Luft. „Also meine liebste Anka. Das ist nicht schlechthin das Brandenburger Tor sondern das neue Stonehage der Germanen. Erbaut in unserer modernen Epoche und heute - das Tor in die Gegenzeit!" Diese Erkenntnis traf sogar ihn selbst wie ein Hammerschlag.

Anka schwieg den gesamten Flug über.
„Hat es dir endgültig die Sprache verschlagen?" brummte Juppi und überprüfte die Daten der bisherigen Streckenführungen sowie die Signale auf den Monitoren. „Richtung stimmt. Wir müssten in wenigen Minuten das Kastell erreichen. Bin gespannt, was uns da erwartet?" Er warf einen Blick aus dem Seitenfenster, der glitzernde Streifen eines Flusses war zu erkennen. „Das dürfte die Spree sein. Dann müsste rechter Hand der Müggelsee liegen und wir befinden uns direkt über der alten Einflugschneise des Flughafens. So sieht es zumindest aus?" In Anbetracht der Tatsache, dass nur dichter Wald die gesamte Fläche unter ihnen bedeckte, ließ diese Auslegung von Juppi viel Raum für alle möglichen Spekulationen. „Blabla – warte doch ab, bis wir dort sind. Wir fliegen über einer grünen Hölle, da kannst du reden was du willst!" Anka war verstimmt und hatte keinen Bock, zu sprechen. „Mir wäre es lieber gewesen, wenn wir endlich nach Hause fliegen." Sie zog eine sanfte Linkskurve und steuerte einen Punkt an, der auf ihrem Radar aufblinkte. „Da

liegt dein bescheuertes Kastell!" maulte sie gereizt. Juppi vermied es, ihr seine Gefühle offen zu zeigen. Er drehte den Kopf zur Seite und grinste heimlich. „Geht doch mit dir. Wir fliegen einmal darüber hinweg und machen ein paar anständige Aufnahmen. Und dann geht es ab ins Camp!" versprach er ihr noch, als sich die Situation dramatisch änderte. Anka blieb in größerer Höhe, um nicht entdeckt zu werden. Die Zufahrt zum befestigten Lager wurde sichtbar, eine große, gerodete Fläche öffnete sich vor ihnen. „Die haben hier ganze Arbeit geleistet. Da türmen sich riesige Stapel von Baumstämmen. Wie haben sie das geschafft?" Juppi zoomte die Bilder näher heran und suchte den Monitor ab. Eine Menschengruppe fiel ihm auf, die sich am Waldrand zu schaffen machte. „Das sind Bewaffnete, die Sklaven beaufsichtigen. Die armen Schlucker fällen die Bäume!" Ein Aufseher verdrosch gerade ohne Erbarmen einen schmächtigen Mann, der entkräftet am Boden lag. „In solchen Momenten bedaure ich, dass wir nicht in einer Kampfdrohne sitzen. Mann, dem würde ich zu gern was auf den Pelz brennen!" knirschte er voller Empörung. Die Ansichten wechselten, das Brandenburger Tor kam in Sicht. „Es steht nicht am Rand des Kastells, sondern mitten drin. Eigentlich hätte ich erwartet, dass es als eine Art Zugang zum Lager dient. Das gesamte Areal ist durch eine Mauer gesichert. Was hat das zu bedeuten?" rätselte Juppi, der nachdenklich die Bilder kommentierte. „Eine Mauer heißt, da kann nicht jeder ran!" Anka wartete nicht ab, sondern flog einen Kreis über das enorme Gebiet. „Die Ausdehnung ist phänomenal. Zum Vergleich die Karte von Berlin – das Kastell erstreckt sich von der Stadtmitte bis rüber nach Spandau. Sieh doch selber – wo sonst die Zitatelle steht, befindet sich ein richtiger Hafen." Ein Dutzend Schiffe schaukelten auf dem Wasser, sie ankerten an einem langen Holzsteg mit einer eigenen Befestigungsanlage und kleinen Burg, die ihre Aufmerksamkeit auf sich lenkten. „Solche Flottenverbände gab es auf den Flüssen, um den Handel zu sichern. Auf dem Rhein oder auf der Donau. Das war historisch belegt. Habe allerdings nie gehört, dass sich römische Schiffe auf der Spree oder Havel bewegten? Aber jetzt ist ohnehin alles völlig anders", schwadronierte Juppi. Eines der Schiffe wurde zum Auslaufen klar gemacht und das Segel gehisst. „Zurück noch mal zum Tor. Vielleicht können wir einen

Blick in das Innere der Mauer erhaschen?" Juppi ließ von allem, was sich unter ihnen bewegte und regte, Aufnahmen machen. „Wenn wir bessere Bilder schießen wollen, müssen wir weiter runter! Das ist verdammt riskant!" warnte Anka eindringlich, aber ihr Begleiter schlug diese Bedenken in den Wind. „Lass das meine Sorgen sein. Und wenn, was wollen die schon gegen uns ausrichten? Gehe auf minimale Höhe – nur einen kurzen Moment!" wies Juppi an. Trotz des mulmigen Gefühls im Bauch ging Anka das Wagnis ein und drosselte das Tempo. Die Drohne verlor an Höhe und schraubte sich über dem Tor in die Tiefe. „Die haben uns entdeckt – guck doch! Überall rotten sich die Truppen zusammen. Ich ziehe wieder hoch!" schri Anka erschrocken, als mehrere Einschläge sie trafen und die Maschine durchrüttelten. „Verdammt, womit ballern die herum?" Juppis Blicke durchforsteten den Innenhof. „Da steht ein Turm direkt neben dem Tor. Von dort wird auf uns geschossen! Los, weg von hier!" Die Drohne flog ein Stück geradeaus in Richtung Heimat, kurz darauf neigte sie sich gefährlich, Rauch breitete sich im Innern des Cockpits aus und vernebelte die Sicht. „Anka, du musst hochziehen!" Juppis angstvoller Aufschrei ging im Getöse der Bruchlandung unter, die Maschine drehte sich um die eigene Achse und schlug hart vor dem Kastell auf. Das Röhren der Turbine erstarb, eine unheilvolle Stille breitete sich über Juppi aus…

Rückkehr der Alten Garde

Achmat, der Heerführer der Alten Garde des Gebieters, schmetterte die Depesche des Präfekten wütend auf den Tisch. „Der Kaiser will Ergebnisse sehen? Der verehrte Professor hat seinen Arsch schön ins warme Nest gepackt und mich lässt er in der Wildnis die Drecksarbeit erledigen!" Der Riese schnaubte wie ein Pferd, während er die Halle des provisorischen Baues durchquerte, welcher als Hauptsitz und Kommandozentrale des Kastells Berlina diente. „Wenn der Gebieter wenigstens zugelassen hätte, dass die wunderschönen Paläste und Häuser von Berlin mit in die Zeit versetzt worden wären, dann würde ich nicht in einem Rattenloch hausen…!" Er ballte die Fäuste und stampfte kraftvoll auf, dass die Wände erzitterten. Die Posten vor den Türen erbleichten, ein Krieger kam eiligst herbei gerannt, um zu schauen, ob etwas Schlimmes geschehen war. „Verzieh dich, bevor ich dir das Genick breche!" Die Drohung verfehlte nicht ihre Wirkung, augenblicklich schloss der Mann die Tür und schlich sich auf leisen Sohlen davon. Sein Kumpan und Leidensgenosse stellte keine Fragen, beide kannten die unberechenbare Art des Heerführers inzwischen sehr genau. Mancher ihrer Kameraden bezahlte seinen Diensteifer mit dem Leben. Seit sie zum Schutz des Heerführers in dessen persönliche Garde verpflichtet wurden, war das im Vergleich dazu angenehmere Leben als einfacher Legionär vorbei. „Wenn ich damals nur geahnt hätte, was auf uns zukommt, wäre ich im Kastell Potsdam geblieben. Da ging uns wenigstens keiner auf den Sack. Das bisschen Schanzarbeit und Gräben ziehen – das haben wir mit der linken Arschbacke bewältigt. Jetzt dauernd dieser Ärger..." lispelte Legionär Marcus und lockerte den Riemen seines Helmes. „Mach keine Scheiße, wenn er nur aus Versehen hier vorbei kommt, reißt er dir den Kopf ab!" warnte ihn sein alter Kriegskamerad Gaius hinter vorgehaltener Hand. Sie kannten sich bereits Jahre, waren gemeinsam in mancher Schlacht gegen die Barbaren unterwegs gewesen und hatten zuletzt im neu angelegten Kartell Potsdam Quartier bezogen, um ihre letzten Jahre beim Heer in Ruhe zu absolvieren. Nach 20 Jahren aktiven Dienst für das große Imperium stand ihnen ein Stück Land zu, auf dem sie leben und wirtschaften konnten. Darauf richtete sich ihr Denken und Sinnen in den vergangenen Monaten. „Ein halbes Jahr noch, und wir haben es geschafft!" Gaius ritzte jeden Tag einen Strich in die Wand ihres kärglichen Quartiers. Doch nun sah es fast so aus, als würden ihnen nicht der Feind den Tod bringen, sondern der eigene Befehlshaber, der in ihren Augen dem Wahnsinn verfallen war. Gaius schielte um die Ecke, die große Flügeltür zum Saal des Heerführers blieb geschlossen. „Er hat letzte Nacht hundert Gefangene in die Arena bringen lassen, um sie eigenhändig zu töten. Sie sollten sich verteidigen – mit echten Schwertern, die allerdings stumpf waren. So ein großer Kämpfer ist das...!" murrte er. Ein Geräusch am Eingang ließ sie in Habachtstellung gehen. Ein Kurier der Wache vom Haupttor kam eilig angerannt. „Meldung für den Heerführer! Ich muss ihn sofort sprechen!" forderte er. Marcus sah ihn misstrauisch an. „Eine Meldung über was? Wenn es nicht wichtig ist – wird es dir schlecht ergehen. Er hat übelste Laune!" Doch der Mann ließ sich nicht abwimmeln. „Es ist mehr als wichtig. Und was geht es euch an, welche Nachricht ich vom Centurio zu überbringen habe?" Sein drohender Unterton bewog Marcus, ihn bei Achmat anzumelden. „Auf deine eigene Verantwortung! Wir haben dich vorgewarnt!" Er klopfte verhalten an die Tür. Ein donnerndes „Herein!" erschallte, als er eintrat und sich die Tür hinter ihm schloss, wartete Gaius mit schlotternden Knien. „Bist du krank?" Der Kurier musterte ihn mit verkniffenen Augen. „Steh du mal hier Wache, dann würdest du verstehen, weshalb wir so schräg drauf sind!" knurrte Gaius ihn an, erleichtert sah er Marcus, der ihnen zuwinkte. „Der Heerführer erwartet dich! Denk an meine Worte!" zischelte er dem Kurier im Vorbeigehen zu. Die beiden Krieger lauschten angestrengt. Es blieb unheimlich still, schließlich kam der Melder mit einen frechen Grinsen wieder heraus. „Ihr Blödmänner! Ich dachte wirklich, dass er ein Monster ist. Hier, das hat er mir für die Kundschaft in die Hand gedrückt. Das soll ich heute Abend mit unseren Leuten in der Taverne auf den Kopf hauen!" Er hielt einen prall gefüllten Beutel mit klimpernden Münzen in der Hand, laut lachend verließ er den Bau. „Wachen – sofort zu mir!" erschallte es. Die Laune des obersten Befehlshabers aller Kartelle im östlichen Teil Germaniens hatte sich gebessert. Er fläzte in seinem Sessel, die Beine auf dem Tisch und spielte mit einer Peitsche. Während beide Aufstellung nahmen, um seinen Befehl zu empfangen, beobachtete er eine Fliege über seinem Schädel. Marcus stieß Gaius heimlich an. „Jetzt pass auf!" raunte er ihm zu. Ein teuflisches Grinsen überzog Achmats Fratze, er schloss die Augen und mit absoluter Treffsicherheit erwischte er mit der Peitsche das Insekt in der Luft. „Und nun zu euch! Lauft sofort rüber zum Hauptor und übernehmt die beiden Fremden, die dort mit ihrem fliegenden Kasten vom Himmel gefallen sind. Bringt sie zu mir – kleiner Rat von mir – lasst sie nicht zu dicht an euch ran. Es sind furchtbare Kämpfer, mit denen nicht zu Spaßen ist. Nehmt also genügend Krieger mit, um sie zu eskortieren!" Achmat sprach aus Erfahrung, immerhin gehörten beide zu den Truppen, die seine Einheiten im Berlin Marzahn geschlagen und ihn schließlich vertrieben hatten. „Dafür werden sie jetzt bezahlen!" Beide Legionäre salutierten und begaben sich zum Tor. Als sie ankamen, gab es einen riesigen Volksauflauf. Soldaten, Kaufleute, Frauen und Kinder – alles was Beine hatte, kamen angerannt, um nach der Höllenmaschine zu sehen, die qualmend nicht weit vor der Auffahrt abgestürzt war. Gaius erblickte den Anführer der Torwache. „Centurio, der Heerführer schickt uns, um die Fremden zu holen. Wo sind sie denn?" Er konnte sie nirgendwo erblicken. Der Anführer wies auf die Drohne. „Sie sind da drin. Wenn ihr sie holen sollt – nur zu. Ich wünsche euch viel Erfolg dabei!" höhnte er und wartete ab, was sie wohl anstellen würden. „Hat der Kurier nicht gemeldet, dass sie bereits gefasst wurden?" entrüstete sich Marcus und winkte den Boten heran, der sich im Pulk der Krieger verstecken wollte. „Was hast du für einen Bockmist berichtet? Achmat wird uns allen die Eier abreißen – das ist dir hoffentlich klar!" schnaubte er ihn verdrießlich an. Kleinlaut senkte dieser den Blick. „Wir hatten sie bereits in Gewahrsam, als ein junges Mädchen uns aus dem Ding heraus attackierte und beschoss. Zwei meiner Männer sind gefallen. Sie hat sie wieder zurück geholt." Die Schilderung des wachhabenden Offiziers klang schlüssig. „Das ist große Scheiße! Was machen wir? Achmat erwartet, dass wir die Gefangenen zu ihm bringen – jetzt!" Marcus raufte sich den Bart. „Ruf deine Männer zusammen. Wir erstürmen den Kasten von allen Seiten!" schlug er in seiner Not vor. Die Befehle des Centurio ließ die Menge am Tor zurückweichen. „Macht gefälligst Platz oder ich lasse euch auspeitschen!" drohte er an. Seine Krieger strömten auf das Gelände und umstellten das eigenartige Himmelsgefährt…

„Ihr müsst aufwachen! Kommt zu euch!" Otilda schaute zum Bordfenster und konnte sich denken, was der Trupp vorhatte. „Juppi – werde endlich wach!" Sie tätschelte seine Wangen. Neben dem Sitz lag die gefüllte Wasserflasche. Sie spritzte ihm einige Tropfen ins Gesicht. Anka stöhnte leise, blinzelnd schlug sie die Augen auf. „Odin sei Dank – wenigstens du bist munter! Wir müssen was tun, bevor sie die Tür aufbrechen!" redete sie auf die Pilotin ein, die kein Wort kapierte. Nach und nach kehrten die Erinnerungen bei ihr zurück. „Der Flug über das Kastell? Bist du nicht aus dem Dorf…?" Sie bemühte sich, das Durcheinander im Kopf zu ordnen, aber es gelang nur halbwegs. „Was ist mit ihm?" Juppis Antlitz war blutverschmiert, er röchelte leise. „Der Absturz – wir sind ja abgeschmiert!" Voller Panik setzte sie sich aufrecht hin und erblickte die römische Einheit, die auf sie zustürmte. „Soldaten – Römer! Juppi, komm zu dir!" Sie riss Otilda die Flasche aus der Hand und kippte das Wasser über Juppis Schädel. Er prustete und schlug um sich, endlich rappelte auch er sich in die Höhe. „Wie kommst du denn hier her? Und was suchen diese Heinis da draußen?" Er benötigte nur Sekunden und war wieder voll da. Wie in seiner Zeit als Befehlshaber der Black Hunter reagierte sein Gehirn fast automatisch. „Wir beide reden später!" knurrte er Otilda an, die bereits ihren Bogen bereit legte. Kopfschüttelnd und schimpfend humpelte er in den Gepäckraum und brachte einige Waffen nach vorn. „Ein Glück, so völlig kampflos werden wir uns nicht ergeben. Anka, was ist mit der Drohne? Kannst du starten?" Er legte sich das Gewehr bereit, daneben positionierte er das Geschenk des Schmiedes – sein neues Schwert. „Excalibur – so taufe ich dich, mein geweihtes Schwert!" prustete er euphorisch mit einem Hauch Dramatik, als wäre die Welt völlig in Ordnung. „Jetzt piept es wohl völlig bei dir!" zickte Anka ihn nervös an. Doch er ließ sich nicht aus der Ruhe bringen. „Kümmere dich um den Antrieb, vielleicht bekommst du ihn hin und wir können abhauen?" erinnerte er sie und wies Otilda ihren Platz an der Einstiegsluke zu. „Sie werden die Tür von außen nicht so leicht knacken können. Die einzige Gefahr für uns wäre, wenn sie Feuer unters Fahrwerk legen!" Juppi hoffte inniglich, dass niemand von denen auf diesen Gedanken kommen würde. „Zur Abschreckung schießen wir abwechselnd raus und setzten einige Römer außer Gefecht!" instruierte er das Mädchen. Er bemerkte ihr flüchtiges Lächeln. „Dein Bruder wird mich pfählen lassen, wenn er bemerkt, dass du verschwunden bist! Wie konntest du das nur machen?" Sein Vorwurf perlte an ihr ab. „Ich bin alt genug, um zu entscheiden, was ich für mich möchte! Und dort will ich nicht mehr leben!" Trotzig schaute sie ihm offen ins Gesicht. Schabende Geräusche an der Außenhülle zeigten an, dass ihre Angreifer aktiv wurden. Einige Leitern wurden herbei geschleppt und wie bei der Erstürmung einer Burgmauer angestellt. „Achtung, wir jagen ihnen einen kleinen Schreck ein!" Juppi entsperrte die Luke und öffnete sie so weit, dass er den Lauf des Gewehres raus schieben konnte. Er feuerte drei

Salven ab und traf jedes Mal. Otilda guckte ihn verblüfft an. „Du bist auch ein Zauberer mit dieser Waffe!" stammelte sie. Die Krieger zogen sich vorerst zurück. „Jetzt haben wir hoffentlich ein paar Minuten Ruhe. Was ist mit dem Antrieb?" drängte Juppi erneut. Anka hatte die halbe Armatur zerlegt und forschte immer noch nach dem Fehler. „Keine Ahnung. Es kann die Elektrik sein, es kann aber auch mit der Mechanik was nicht stimmen? Energie ist genügend vorhanden, aber das Ding muckt nicht! Hör auf zu nörgeln!" Ihr Kopf verschwand unter dem Pilotensitz. „Otilda, du behältst die Römer im Blick. Schreie laut, wenn was passiert! Anka, ich checke den Maschinenraum!" Er kroch nach hinten, neben dem Gepäckraum befand sich eine Luke, durch die man die Turbine erreichte. Er hebelte sie auf, ein starker Geruch nach Verbranntem breitete sich aus. „Phuu, das stinkt aber bestialisch! Anka, du kannst aufhören. Hier sind sämtliche Kabel durchgeschmort. Das bekommen wir alleine nicht hin!" schätzte er ein, verschloss die Öffnung und kroch nach vorn. Anka sah ihn ratlos an „Und nun? Jetzt warten wir ab, bis wir geschlachtet werden?" Juppi setzte sich, um nachzudenken. „Vorerst sind wir hier in Sicherheit. Vielleicht ergibt sich eine Möglichkeit, dass wir heimlich abhauen können? Erst mal Ruhe bewahren…!" besänftigte er sie. Es war Zufall, dass er hinaus schaute und ihn erblickte. „Da ist dieser Schlächter – Achmat ist also wirklich hier! Dann dürfte Tyrannis nicht weit sein! Was führt er im Schilde?" Juppi drückte sich fast die Nase an der Scheibe platt, um besser sehen zu können. Die Monitore waren blind, die Außenkameras durch den Aufprall offensichtlich beschädigt. Achmat führte mehrere Diskussionen mit einigen Kriegern. „Gleich führt er selber die Truppe an und hofft, uns aus der Blechbüchse zu bekommen. Jetzt wird es ernst – da helfen keine Kugeln. Schnappt euch die Schwerter!" Er strich mit dem Finger über die Klinge seiner Waffe. „Nun komm schon, du Aasgeier! Deine Stunde hat auch bald geschlagen!" Juppi konzentrierte sich vollends auf seinen einstigen Gegner. Zu seinem Erstaunen zogen sich die Krieger weiter in Richtung Wall zurück und warteten dort auf irgendwas. „Was hat diese Kreatur vor?" brummelte er laut und zog die Nase kraus. Anka klaubte ihren Säbel unterm Sitz hervor. „Kann ich dir sagen – er ruft sein Heer – die Zombies. Darauf warten alle hier!"

war so ein Gedanke von ihr, der sich schnell bewahrheiten sollte. Juppi öffnete kurz entschlossen den Ausstieg und kletterte auf das Plateau neben der Leiter. Von hier hatte er einen hervorragenden Blick auf die Hauptmagistrale, die in das Kastell führte. „Pass auf die Bogenschützen auf, dass sie dich nicht erwischen!" warnte Otilda, die sich schussbereit im Eingang postierte. Er musste nicht lange warten, der Wind trug ihm den charakteristischen Verwesungsgestank jener Wesen zu, die bereits seit Jahrhunderten durch die Zeiten geisterten, um Krieg gegen die Menschheit zu führen. „Wir haben sie in der Schlacht in Marzahn fast vollständig aufgerieben. Außer Achmat, Tyrannis und Alea, die als Djinn ihr Unwesen trieb, wurden sämtliche Zombies vernichtet oder durch das Serum des Militärs wieder zurück verwandelt. Er hat offensichtlich seine Einheiten wieder aufgestockt?" Juppi erschreckte die gewaltige Anzahl der Krieger, die zum Vorschein kamen. Und er registrierte eine weitere Tatsache – ihr Äußeres und die Bewaffnung hatten sich geändert. „Damals waren es die Soldaten der Sultane des Abendlandes. Die sehen wie Krieger der Germanen aus. Wie auch immer - die Brut des Drachen kehrt zurück!" Die Menge, die bisher neugierig das Tor umlagerte, verzog sich kreischend und völlig irritiert.

Gaius und Marcus waren gerade dabei, eine Scorpio in Stellung zu bringen, jenes Katapultgeschütz des Heeres, welches von ihren Feinden wie die Pest gehasst und gefürchtet wurde. Sie wurden vom Anführer der Wache unterbrochen. „Hört auf damit. Es wird keinen Beschuss geben! Achmat hat persönlich den Befehl erteilt, dass wir uns zurückziehen sollen. Er hat was von seiner Elite geschwafelt. Also Männer – Rückzug!" befahl der Centurio, zähneknirschend fügten sich die beiden Legionäre und schleppten das Gerät zurück zur Wachkammer am Tor. Als sie fertig waren und wieder ins Freie traten, herrschte helle Aufregung und Panik. „Haben wir was verpasst? He Weib, was ist los?" Marcus hielt eine Frau fest, die schreiend vorbeihuschte. „Sie sind da! Die Teufel sind im Kastell!" brüllte sie hysterisch und riss sich gewaltsam los. Alles, was bislang als Gerücht die Runde im Lager machte – mit einem Schlag wurde den Männern klar, dass es die blanke Wahrheit war.

Es war ein Aufmarsch von Kreaturen im Gange, die kein Mensch beschreiben konnte. Gaius drängte sich an die Mauer und zog Marcus am Arm. „Guck dir diese Monster an – wo im Namen der Götter kommen sie her? Lass uns bloß abhauen!" Sie erklommen die Stufen eines Wachturmes und duckten sich hinter die Brüstung. Durch die Schlitze beobachteten sie weiterhin das Treiben. Der mysteriöse Zug marschierte mit harten Schritten im Gleichtakt auf der befestigten Straße entlang und schwenkte auf den Platz vor dem Haupttor ein. Achmat stand aufrecht wie eine Statue und wartete ab, bis sich das Karree um ihn herum schloss. Mit einem kalten, verächtlichen Lächeln musterte er die Reste der Mutigen am Eingang, die noch immer ausharrte, um nichts zu verpassen. Für sie war es eine gruselige Aufführung, eine willkommene Abwechslung vom grauen Alltag und wie eine Show in der Arena. Er legte den Umhang ab und präsentierte sich zum ersten Mal seit seiner Ankunft in voller Pracht vor dem öffentlichen Publikum. Er hob beschwörend die Arme in die Höhe, die Drachenbranding auf seiner Brust und seinem Rücken schienen zum Leben zu erwachen. Goldgelb mit Augen wie Blut blitzten sie im Sonnenlicht auf, ihre Strahlen blendeten die Zuschauer. „Die Zeit ist gekommen, das Vermächtnis des Gebieters zu erfüllen! Lange habe ich auf diesen Augenblick gewartet – nun werden wir losschlagen und diese Brut für immer ausmerzen. Mögen die Germanen unsere Macht spüren, wenn wir sie ausrotten und wie tollwütige Hunde jagen! Der Kaiser in Rom ist weit. Er hat dort seine Spiele, die hundert Tage andauern. Ich eröffne hiermit die Spiele des allmächtigen Gebieters in diesem verfluchten Landstrich, welche tausend Jahre und mehr andauern werden! Schickt die Meute los und wandelt alles, was ihr zu packen bekommt! Auf dass unser Heer wächst und unbesiegbar wird!" Was nun geschah, jagte den erfahrenen Legionären den blanken Schauer über den Rücken. „Was meint er mit wandeln? Wer soll gewandelt werden und wie?" Gaius konnte nur mit einem Auge durch den schmalen Schlitz etwas erkennen. Mehrere fremde Krieger erstürmten die Wachkammer und schleppten die sich verzweifelt wehrenden Kameraden ihrer Kohorte vor die Tür. „Marcus – komm her!" raunte Gaius, er winkte dem Freund zu und deutete an, dass er kein Wort verlauten lassen sollte. „Da unten!" Mit Entsetzen mussten sie zusehen, wie die Wesen sich an ihnen verbissen und ihr Blut saugten. „Es reicht – setzt ihnen das Branding des Gebieters!" Der Anführer des Trupps passte wie ein Höllenhund auf, dass seine ausgehungerten Krieger nicht sämtliche Energie aus den Körpern entzogen und damit die Wandlung unmöglich machten. „Hört auf, sonst wird euch Achmat in Stücke reißen! Sie müssen sich wandeln können!" Er legte seine Pranke auf den rechten Oberarm eines Legionärs, Gaius konnte genau erkennen, dass sich eine winzige Dampfwolke erhob und die Haut rot färbte. „Lasst sie liegen, bis sie zu sich kommen. Schnappt euch den Rest der Truppe!" befahl der Zombie und stürmte selber in das nächste Bauwerk, wo sich mehrere Frauen versteckt hielten. Mit lautem Gejohle und Knurren wurden sie aus dem Haus getrieben. „Stellt sie in Reihe auf!" Seine Krieger geiferten wie hungrige Wölfe, gehorchten aber aufs Wort. Marcus wollte sich erheben, doch der harte Griff seines Freundes hielt ihn fest. „Bist du lebensmüde! Wir können hier nichts ausrichten!" fauchte er ihm ins Ohr. Inzwischen begannen die Krieger, ihnen die Kleidung vom Leib zu fetzen. Der Chef musterte sie und sortierte mehrere ältere Frauen aus. „Hieran könnt ihr euch nach Herzenslust laben und sie fressen. Diese jungen und knackigen Weiber aber sperren wir in diesem Raum ein und heben sie für später auf. Oder ist euch die Lust aufs Ficken vergangen?" Sein dröhnendes Gelächter klang wie blanker Hohn. Marcus schloss erschüttert die Augen und hielt sich die Ohren zu…

Juppi verstand jedes Wort des Heerführers.
„Habt ihr das gehört? Diese Bestie hat gerade offiziell den Krieg gegen die Stämme der Germanen begonnen. Er wittert Blut und wird es sich holen, wenn wir ihn nicht stoppen!" Die Einheiten lösten sich auf, die Kreaturen strömten ins Kastell zurück. „Das habe ich nicht erwartet. Sie sind alle fort. Soll das eine Falle sein?" Juppi schaute ungläubig auf den menschenleeren Platz vor ihnen. Die Todesschreie der Menschen erfüllten das Gelände, alles was noch am Tor stand und gaffte, hatte keine Chance mehr, zu entfliehen. Binnen weniger Minuten waren sie dahin gerafft, um sich nach dem Tod zu Wandeln und als

Zombie-Söldner erneut aufzuwachen. „Jetzt geht dort das große Schlachten los. In wenigen Stunden wird es keinen normalen Menschen mehr geben, sondern nur noch faulende Kreaturen wie ihn. Berlina ist damit die neue Keimzelle eines der furchtbarsten Übel, welches die Menschheit jemals erlebt. Und wir hängen hier fest...?" Juppi stieg ins Cockpit zurück und verschloss die Luke. „Wenn wenigstens der verfluchte Funk funktionieren würde! Dann könnten wir unsere Leute warnen." Er war verzweifelt und lehnte die Stirn an das kühle Metall der Wand. Das Blut pochte wild in seinen Adern, die Gedanken kreisten. Ab und zu warf er einen prüfenden Blick nach draußen. „Diesen Wichser kenne ich inzwischen gut genug – er macht nichts ohne Berechnung! Aber was hat er vor – will er, dass wir fliehen?"

Otilda saß grübelnd auf ihrem Platz. Das junge Mädchen war dabei, sich zu mausern. Sie streifte ihre ängstliche Natur wie eine zu enge Schlangenhaut ab und zeigte mehr Entschlossenheit und Grips, als Juppi ihr zutraute. „Wir sollten abwarten, bis die Dunkelheit kommt. Wenn sie uns bis dahin in Ruhe lassen, wird es bestimmt einen Grund dafür geben. Gibt es noch einen anderen Ausgang als die Luke?" Anka blickte verdutzt hoch. „Klar gibt es so was wie einen Notausgang im Boden. Eine Ausbootluke für alle Fälle, wenn es brenzlig wird. Die habe ich völlig vergessen." Sie zog zwischen den Sitzreihen eine Matte weg, eine ovale Abdeckung kam zum Vorschein. „Die haben wir bislang noch nie gebraucht. Man kommt zwischen dem Fahrwerk heraus." Anka fummelte an den Verschlüssen herum, endlich schnappten die Bügel heraus und die Abdeckung konnte abgenommen werden. „Clever die Kleine! Bist ein richtiges Goldkind!" lobte Juppi Otilda, die verschämt lächelte, während sie ihren blonden Haarschopf im Nacken zusammenraffte. „Haltet mich fest, ich checke mal die Lage da unten!" Während die Mädels seine Beine umklammerten und ihn sicherten, schob Juppi den Kopf in die Öffnung und rückte bäuchlings vor, bis er unterhalb der Außenwand zum Vorschein kam. „Lasst mich noch ein kleines Stück runter. Gut so!" Aus dieser Position konnte er zwar nur alles verkehrt herum erkennen, aber nun war es eindeutig – der Platz war wirklich leer. „Alles okay – zieht mich hoch!" Er schnaufte heftig, als er ankam, war aber guter Stimmung. „Wir werden es genau so anstellen, wie du vorgeschlagen hast, Otilda. Es dauert nicht mehr lange, und es wird Nacht. Die Biester sind im Blutrausch, wer weiß, vielleicht haben sie uns tatsächlich vergessen", murmelte er und sicherte den Ausgang. „In einer Stunde sind wir klüger. Ruht euch ein wenig aus. Ich übernehme die Wache und behalte die Brüder im Auge." Er rückte auf den Pilotensitz vor, während es sich seine Begleiterinnen auf der Rückbank bequem machten. Otilda hing ihren Gedanken nach und schüttelte mehrfach den Kopf. „Was ist mit dir?" Anka stupste sie an. „Nun sag schon!" „Kann sein, dass ich mich irre. Aber vorhin, beim Aufmarsch dieser Kreaturen fiel mir ein Krieger auf, der...?" Sie stockte und seufzte. Juppi drehte sich ihr neugierig zu. „Wer fiel dir auf? Jemand, den du kennst?" Sie nickte. „Ich kenne ihn nur von den Beschreibungen meines Vaters. Er sieht aus, wie einer unserer Vorfahren." Bei Juppi machte es klick. „Dein Vater war ein Nachkomme des Arminius – Clans. Jenem Heerführer, der die römischen Legionen im Teutoburger Wald vernichtete. Nun spucke es schon aus!" Der nächste Satz von ihr brachte Gewissheit. „Er sieht aus, wie unser berühmter Onkel Arminius", bestätigte sie leise. Juppi zuckte zusammen. „Dieses Schwein zieht alle Register und treibt es auf die Spitze. Wenn sie wirklich begonnen haben, die Schlacht zu manipulieren, dann wird ihr Kalkül aufgehen. Ina scheint wohl Recht zu behalten, als sie ihre Vermutungen äußerte", brummte er missmutig und schlug mit der flachen Hand aufs Armaturenbrett. „So eine verfluchte Scheiße!"

Dämmerung brach herein, die letzten Schreie im Kastell waren längst verklungen. Marcus und Gaius kauerten noch immer wie betäubt auf dem Wachturm. „Es ist so still geworden? Das kann kein gutes Zeichen sein", flüsterte Gaius und erhob sich, um einen Blick über die Brüstung zu riskieren. Eine halbe Stunde war inzwischen vergangen, seit die Frauen von hier weg geführt wurden. Er bemerkte den Feuerschein am Brandenburger Tor. „Sie haben sich am Tor versammelt und feiern, wie es sich anhört. Wir sollten von hier verschwinden, so lange wir die Gelegenheit haben!" schlug er seinem Kumpan vor und machte Anstalten, die Treppe hinab zu steigen. Ein fester Griff hielt ihn auf. Marcus wies mit dem Finger zu einer Tür auf der gegenüber liegenden Seite. „Da steht jemand, der den Platz beobachtet. Den müssen wir ausschalten", wisperte er Gaius zu. Stufe für Stufe tasteten sich die Legionäre hinab, bis sie den Boden erreichten. Unbemerkt huschten sie auf die andere Straßenseite und bewegten sich im Schutz der Dunkelheit auf den Posten zu, der sich weiterhin nur auf die Drohne konzentrierte. Gaius gab seinem Mitstreiter ein Zeichen, dass er einen Moment warten sollte. Es war eine erprobte Taktik von ihnen, die sich schon vielfach bewährt hatte. Er kroch auf dem Bauch, bis er den Türrahmen vor sich hatte. Während er liegen blieb, stürmte Marcus los, sein blankes Schwert in der Faust. Mit einem Sprung drang er in den Raum ein und rammte die Waffe bis zum Anschlag in den Rücken der Kreatur. Der Zombie war überrascht und knurrte wild, als er sich seinem Angreifer zudrehte. Marcus wollte ihn daran hindern und hielt den Griff der Waffe mit beiden Händen fest, aber der Krieger war zu kräftig. Mit einem Ruck schnellte er herum, so dass Marcus der Griff entglitt. „Das gibt es doch nicht?" stieß er noch aus, als er an der Gurgel gepackt wurde. „Dich haben wir wohl vergessen!" schnaubte der Krieger und hob ihn langsam in die Höhe, dass ihm die Luft ausging. Er strampelte verzweifelte und versuchte, den eisernen Griff zu lockern und sich zu befreien. Er bemerkte noch im Augenwinkel, wie Gaius heranschnellte und den Zombie dort traf, wo er endgültig besiegt werde konnte. Es knirschte, der Kopf des Wesens rollte von den Schultern, Marcus konnte wieder atmen. „Das Schwein hätte mich fast erledigt", röchelte er. Doch es blieb ihnen keine Zeit, sich lange festzusetzen. „Geht es wieder?" Gaius zog das Schwert des Freundes aus dem Körper. Er war einfach seinem Instinkt gefolgt, als er den Kopf des Kämpfers anvisierte. „Das sollten wir uns merken. Jeder Mensch wäre nach deinem Hieb wie ein nasser Sack umgefallen und verreckt. Die sind aus anderem Holz geschnitzt!" mutmaßte er, ohne zu wissen, wie dicht sie damit der Realität kamen. Marcus rappelte sich auf, schwankend hielt er sich an der Holzwand des Hauses fest. Während er seinen Hals massierte, bemerkte er die Schatten, die sich von der Drohne lösten und in Richtung Wald zueilten. „Da vorn – wir sollten ihnen folgen!" krächzte er. Gaius hielt ihn fest und stützte ihn, gemeinsam verließen sie die Einfahrt des Kastells und liefen ihnen nach…

„Es ist so weit! Von jetzt an muss alles ein bisschen fix gehen. Sollten wir uns aus den Augen verlieren, treffen wir uns später drüber an der großen Eiche." Juppi nickte den Frauen zu und zwängte sich durch die Ausbootöffnung. „Ein paar Pfund mehr, und du würdest stecken bleiben!" witzelte Anka und grinste ihm zu, während sein Kopf abtauchte. „Die Luft ist rein, ihr könnt kommen!" vernahm sie und hangelte sich geschwind durch den schmalen Gang ins Freie. Juppi dirigierte sie zur Seite, dann strampelten bereits die Beine von Otilda neben ihnen. „Bleibt dicht hinter mir!" ermahnte er sie und pirschte los. Er orientierte sich an der Silhouette einer gewaltigen Eiche, die neben den gefällten Bäumen prangte. Der Mond war inzwischen hinter den Wolken zum Vorschein gekommen und spendete etwas schummriges Licht. Juppi schaute ab und wann nach seinen Begleiterinnen, die den Rat befolgten und in Sichtweite hinter ihm liefen. An der Eiche angekommen, verschnauften sie. Anka überprüfte das Territorium und stutzte. „Achtung, Feind im Anmarsch!" warnte sie und duckte sich hinter einen Busch. Otilda nahm ihren Bogen in die Hand und legte einen Pfeil auf die Sehne. Juppi gab durch Zeichen zu verstehen, dass er rüber zum Nachbarbaum wollte. Ohne eine Antwort abzuwarten, schlich er fort. Gespenstische Ruhe breitete sich aus. Juppis alte Instinkte erwachten, so wie in der Zeit als Anführer der Schwarzen Jäger in den Wäldern von Köpenick, in denen es viele nächtliche Einsätze gegen ihre Feinde gab. „Dann werden wir sie gebührend empfangen!" Er konnte trotz des Dämmerlichts zwei Gestalten wahrnehmen, die sich direkt auf die Eiche zu bewegten. „Euch werden wir es zeigen!" grollte er und packte das Schwert fester. Indessen kam Bewegung ins Spiel, er konnte allerdings nur erraten, was sich gerade drüben bei den Frauen ereignete. Er hörte Otilda zischeln, die beiden Verfolger blieben abrupt stehen. „Wir sind keine von denen. Im Namen der Götter – wir ergeben uns!" Juppi rannte los und näherte sich den Fremden von hinten. Diese standen wie Lämmer vor der Schlachtbank, hielten die Arme in die Luft. „Diese Monster haben das gesamte Kastell überrannt und alle niedergemacht. Wir sind die einzigen Überlebenden!" stammelte Marcus, der noch immer versuchte, sein Gegenüber zu sichten. „Woher sollen wir wissen, ob wir euch trauen können?" Es war die Stimme einer Frau. Er spürte die Spitze einer Waffe in den Rippen. „Seht an unseren Armen nach. Sie haben den Legionären ein Zeichen aufgebrannt. Wir haben so was nicht!" beteuerte Gaius und krempelte freiwillig die Ärmel seines Hemdes hoch. Juppi überprüfte das. „Stimmt, sie sagen die Wahrheit. Das Branding macht sie zu Zombies. Die hier sind sauber!" bestätigte er und trat vor ihnen hin. „Was wollt ihr von uns?" Die Männer betrachteten ihn mit einem Anflug von Verwunderung, als Otilda mit ihrem Bogen hinter der Eiche hervor kam, schlug diese allerdings in Erschrecken um. „Eine verdammte Germanin!" Anka zeigte sich erst, nachdem die Lage eindeutig geklärt war. „Da ist noch so eine...?" stammelte Marcus, bis er seinen Irrtum bemerkte. „Ich bin eine Deutsche Bürgerin. Aber vom Blut her sind wir uns gleich!" Sie nahm mit ihrem Säbel neben Otilda Aufstellung und blickte die Männer finster an. „Also noch mal die Frage: Was wollt ihr von uns?" wiederholte sie. Die beiden Krieger waren sicher nicht gewohnt, von Frauen verhört zu werden. Otilda senkte langsam den Pfeil und spannte den Bogen. „Ist ja gut – ihr seid die einzigen normalen Menschen, die es hier gibt. Es wäre bestimmt für beide Seiten von Vorteil, für eine gewisse Zeit gemeinsam zu laufen. Ich denke, nur so haben wir vielleicht eine Überlebenschance", sprach Gaius frei heraus. Das klang für Juppi vernünftig. Doch Otilda war nicht so einfach zu überzeugen. „Traue keinem Römer. Wenn sie über Vorteile plappern, dann meinen sie nur ihre eigenen. Das hat Vater immer erklärt, und er musste es wissen!" Sie hielt weiterhin den Bogen gespannt. Juppi versuchte, zu vermitteln. „In Anbetracht der gegenwärtigen Lage ist es bestimmt gut, wenn wir uns nicht allein durch die Pampa durchkämpfen müssen. Ich schlage vor, wir sollten einen Burgfrieden schließen, bis sich die Situation entkrampft?" Anka nickte Otilda zu. „Ich sehe es ähnlich. Im Moment wäre es eine kluge Entscheidung." Das Mädchen zögerte noch immer, doch schließlich siegte die Vernunft. „Ich behalte euch im Auge. Odin wird mir ein Zeichen senden, wenn ihr ein falsches Spiel treibt. Dann ergeht es euch schlecht!" warnte sie und packte ihre Waffe ein. „Wir sollten lieber von der Bildfläche verschwinden, bevor sie uns entdecken!" wagte Marcus zu erwähnen. Juppi stimmte zu. „Wir ziehen uns tiefer in den

Wald zurück. Wir müssen umgehend unsere Spuren verwischen. Sie sind wie Aasgeier. Einmal auf den Geschmack gekommen, kann man sie nur schwer abschütteln...!" Er lenkte die Truppe zu einer Stelle, von wo ein leises Glucksen kam. „Wir waten eine Weile im Bach entlang. Formiert euch in einer Reihe und folgt mir!"

Kaiser Titus sah sich trübsinnig im Festsaal um. „Diese feisten Gestalten wissen nicht einmal, wie man ein Schwert richtig führt! Sie sind fett geworden und baden im Reichtum, den wir für sie mit unserem Blut erkämpft haben!" knurrte er. Die meisten Senatoren waren der Einladung gefolgt und zum Bankett erschienen. Er überlegte noch, wie er ihnen seine Botschaft vermitteln wollte. Eigentlich war es ihm nicht recht, dass er die Arena deswegen verlassen musste. Es war Präfekt Lehrmeier, der darauf drängte und ihm nun auch an diesem Abend als Ratgeber zur Seite stand. Seine Prätorianer-Garde versammelte sich lautlos hinter den Vorhängen und war bereit, im Ernstfall loszuschlagen, wenn der Befehl dafür kommen würde. „Wo steckt Senator Clausus? Er sollte längst hier sein!" brummte Titus missgestimmt und schickte einen Diener los, um ihn suchen zu lassen. Das Problem erledigte sich, als er den Präfekt in Begleitung des Senators hereinspazieren sah. Beide verabschiedeten sich mit einem festen Händedruck, Präfekt Lehrmeier nickte dem Kaiser grinsend zu und stellte sich neben ihn. „Er hat zugestimmt. Seine vier Legionen stehen uns ab sofort zur Verfügung und werden gen Germanien ziehen, sobald sämtliche Formalitäten geklärt sind!" frohlockte der Anführer der Leibgarde des Kaisers. „Allein dafür hat sich der heutige Empfang bereits gelohnt, mein Kaiser. Und sollten wir jetzt noch die übrigen Senatoren überzeugen, dann haben wir den Sieg bereits in der Tasche und können den mächtigsten Feldzug aller Zeiten führen, um ihnen endgültig das Genick zu brechen. Mein bester Freund, der Heerführer Achmat, hat seine Truppen in Stellung gebracht. Inzwischen sind fünf weitere Feldlager oberhalb des Rheines aufgeschlagen worden, in denen deine Legionen auf die Verstärkung warten, um los zu schlagen." Titus schaute auf die Gruppe, die sich inzwischen um Senator Clausus versammelte und heftig debattierten. „Wir sollten unserem Freund und Gönner ein wenig unter die Arme greifen und die Katze aus dem Sack lassen!" knurrte er laut und erhob sich von seinem Prunksessel. Augenblicklich trat Ruhe ein.

„Nun, meine lieben Senatoren von Rom, der Grund, weshalb ich euch rufen ließ, ist simpel. Es ist an der Zeit, eine alte Doktrin des Senates neu zu überdenken und wieder Truppen nach Germanien zu senden, um zu vollenden, was bisher nicht gelang: Die vollständige Unterwerfung und Eingliederung der wilden Stämme jenseits des Rheines!" Tumult brandete auf, empörte Zwischenrufe einzelner Senatoren waren zu hören. „Und dafür unsere kostbaren Legionen in einem Landstrich opfern, der ohne Wert und Bedeutung ist?" schri Senator Magnus, ein Vertreter und erbitterter Verfechter seiner Gegenspieler im Senat, die nichts von dem hören wollten, was nur irgendwie mit Germania zu tun hatte. Zu tief saß der Schock auch nach Jahrzehnten über die erlittene Niederlage und dem Verlust von 20 000 ihrer besten Krieger. Titus wartete einen Moment, dann hob er lässig den Arm. „Die Zeiten ändern sich, und damit die Prioritäten. Meine Legionen haben sich bereits tief ins Innere vorgewagt und ganze Landstriche befriedet. Der Präfekt hat einen neuen Heerführer auserkoren, der den entscheidenden Schlag gegen die wilden Horden führen wird. Doch dafür benötigen wir eure Legionen!" Senator Magnus lachte verächtlich auf. „So läuft das Spiel nicht, Titus. Und das weißt du auch. Der Senat von Rom bestimmt den Heerführer eines Feldzuges, nicht so ein hergelaufener Präfekt, dessen Herkunft im Dunkeln liegt. Wir entscheiden noch immer selber über das Schicksal des Imperiums, denn durch uns ist es groß und mächtig geworden!" geiferte er und sah sich beifallheischend nach seinen Gesinnungsbrüdern um. Titus grinste zynisch und erhob sich drohend. „So, mein verehrter Magnus! Reden wir Tacheles! Wie viel Land hast du mit deinen eigenen Händen erobert und urbar gemacht? Wie viele Sklaven hast du mit deinem eigenen Heer ins Reich geholt, wie viele Feinde getötet, die unsere Grenzen bedrohen? Du bist ein Schwätzer!" sprach er unverhohlen laut aus was er von ihm hielt und löste damit einen weiteren Proteststurm aus. Einzig Senator Clausus behielt einen kühlen Kopf. Da sich seine Kollegen nur schwerlich beruhigen wollten, stellte er sich offen neben den Kaiser. „Was Titus damit sagen möchte, halte ich im Grunde für völlig legitim..." redete er einfach los, ohne sich um die Streithähne zu kümmern. Doch mit jedem Satz, der von seinen Lippen kam, wandten sich mehr Senatoren ihm zu und lauschten, was er zu sagen hatte. Schließlich besaß er die volle Aufmerksamkeit aller Anwesenden. „Wir haben einen seelischen Tiefschlag einstecken müssen, als Feldherr Varus von den Wilden vernichtend geschlagen wurde. Er wurde Opfer einer teuflischen List, wie wir heute wissen. Arminius, die falsche Schlange, die an seinem Busen ihr Gift versprühte, konnte nur einen Sieg erringen, weil er die Geheimnisse unserer militärischen Strategie und Taktik kannte. Der große Führer der wilden Stämme stolperte über seinen eigenen Größenwahn – und wurde von seinen eigenen Anhänger umgebracht! Sie sind zerstritten und entzweit – wie vor diesen Zeiten. Jeder Fürst sieht nur seine eigene Nase – und kümmert sich einen Dreck um das Wohlergehen seiner Leute. Das ist die heutige Realität, meine lieben Freunde. Ich vertraue dem Kaiser und ich vertraue dem Präfekten Lehrmeier – und unterstelle ihnen meine Legionen. Und ich darf doch ein kleines Geheimnis preis geben?" Er neigte sich Präfekt Lehrmeier zu, der ihm aufmunternd zuzwinkerte. „ Der verehrte Präfekt versichert mir, dass dieser sogenannte wertlose Landstrich über Schätze verfügt, die wir bislang nicht erahnen können. Es gibt nicht nur Holz in Hülle und Fülle, sondern Edelsteine, Gold und viele andere Erze und Rohstoffe, die unsere Geldbeutel und die Staatskasse prall füllen werden! Ich habe die Karte gesehen, in denen die Lagerstätten eingezeichnet sind. Reichtümer, die alles in den Schatten stellen, was wir bisher abschöpfen konnten!" Niemand im Saal zweifelte die Worte des Senators an. Für Geld und Geschäfte besaß er einen besonderen Sinn, der ihn bis an die Spitze der Patrizier der ewigen Stadt Rom brachte. Senator Magnus dennoch blieb stur und unbelehrbar. „Was für eine Karte soll das sein, die er dir zeigte? Ich setzte mich in meine Schreibkammer und male dir sofort jede beliebige Karte, die dir die größten Goldvorkommen der Welt versprechen. Das heißt nicht, dass es wirklich an diese Stelle liegt!" Er versuchte, die Glaubwürdigkeit des Präfekten ins Lächerliche zu ziehen. Was er bald bitter bereuen sollte. Der Präfekt klatschte in die Hände. „Bringt den

Monitor!" befahl er barsch. Zwei Prätorianer schleppten ein Ungetüm von einer Truhe herein und stellten sie ächzend ab. Er öffnete den Deckel und nahm ein Gerät heraus, welches keiner der Männer bislang gesehen hatte. „Ich führe euch jetzt vor, wie eure Zukunft aussehen könnte, wenn ihr das erfüllt, was man von euch erwartet. Dieses Land muss römisch werden – es darf nicht weiter den germanischen Weg in seiner Entwicklung gehen. Weil daraus eine Nation der Deutschen entstehen wird, die dem Gebieter schwer im Magen liegt..." Er verhaspelte sich und biss sich auf die Zunge, als er mitbekam, dass die Senatoren den Kaiser anstarrten. Dieser hatte den tieferen Sinn der Bemerkung nicht mitbekommen und war ebenfalls der Meinung, dass er damit gemeint war. „Klar liegen sie mir schwer im Magen. Wird endlich Zeit, sie auszukotzen!" knurrte er beifällig. Der Präfekt atmete erleichtert auf. „Dem Gebieter sei Dank – sollen sie glauben, was sie wollen", dachte er und fuhr mit der Vorführung fort. „Diese Bilder kommen aus Epochen, deren wichtigsten Grundlagen vielleicht mit eurer heutigen Entscheidung gelegt werden." Er stellte den Bildschirm so auf die Truhe, dass alle sehen konnten, was darauf geschah. „Ich bin so etwas wie ein Seher oder Magier, der eine besondere Gabe besitzt: Ich kann euch Orte zeigen, die es heute bereits gibt! Aber das wäre ja kein Zauber und zu einfach, würden sofort einige behaupten und hätten damit Recht. Jeder, der schon einmal dort war, könnte das Gleiche tun. Ich aber führe euch vor, wie sie in tausend Jahren und später aussehen werden!" Er schaltete das Gerät an und ließ die Bilder flimmern. „Mein Zauber ist so mächtig, dass ich mit der bloßen Hand einmal darüber hinweg wische und ihr in die Zukunft sehen könnt!" Bei jeder Bewegung seiner Hände änderten sich die Ansichten, neue Landschaften erschienen. „Den Trick mit der Fernbedienung bekommt niemand mit. Woher auch?" schmunzelte Lehrmeier. Sogar Kaiser Titus rückte herum, um sich das ungewöhnliche Schauspiel nicht entgehen zu lassen. „Euch stecke ich allemal in die Tasche!" Der Präfekt war mehr als zufrieden, als er die offenen Münder und verblüfften Blicke seiner Zuschauer registrierte. „Hier zeige ich euch einige Städte und große Siedlungen, die mit der Besetzung der germanischen Gebiete entlang des Rheines durch das römische Heer gegründet wurden. Das ist Oppidum

Ubiorum, oder wie ich es nenne: das spätere Köln! Das dort sind Augsburg, Bonn und Koblenz zur jetzigen Zeit. Alles Garnisonsstandorte, in denen die Legionen stationiert sind, welche den Limes sichern." Zustimmendes Gemurmel machte sich breit, der Eine oder Andere konnte sogar persönlich von einem oder mehreren Besuchen berichten. „Ein kaltes und raues Land, in dem sich nur die Barbaren wohl fühlen und gedeihen. Für einen sonnenverwöhnten Römer die Hölle", klagte einer der älteren Senatoren, der wohl wenige angenehme Erinnerungen hatte. „Dafür erzählt man sich allerdings, dass die germanischen Weiber besonders wild und feurig sein sollen. Hättest dir ein Mädel mit ins Bett nehmen müssen, dann wäre dir bestimmt nicht kalt geworden", witzelte sein Nachbar, lautes Gelächter erscholl. „Die können aber auch besonders gut mit dem Dolch umgehen! Ich habe es selbst erlebt – und musste so ein wildes Prachtstück kreuzigen lassen, weil sie einen meiner Wachmänner damit erlegte und ausweidete! Das war kein schöner Anblick!" rief der Nächste dazwischen, die Berichte uferten aus, immer mehr Horrorgeschichten über die Barbaren machten die Runde. „Genau aus diesem Grund müssen wir handeln und ihnen die Kultur und das Wissen des Volkes vermitteln, welches von den Göttern in den höchsten Rang erhoben wurde – den Römern! Und ich bin fest davon überzeugt, dass wir Mittel und Wege finden, dieses Ziel in die Tat umzusetzen. Das Land und die Stämme der Germanen gehören zum Imperium wie der Rest der Welt! Und so ein Haufen Wilder wird diesmal zu spüren bekommen, was es heißt, sich mit dem mächtigsten Heer anzulegen!" erklärte der Präfekt mit Nachdruck. Titus nickte zustimmend vor sich hin. Lehrmeier las in den Gesichtern der Senatoren wie in einem offenen Buch. „Wollt ihr wissen, was euch und eure Nachkommen nach dem Sieg erwartet?" Der Präfekt genoss den Überraschungseffekt, als die Stadt Köln der Zukunft gezeigt wurde. „So sieht die Zentrale der Macht des Imperiums auf germanischen Boden in zweitausend Jahren aus!" Die vielen bunten Lichter und der dichte Verkehr, der durch die Straßen Kölns rollte, verblüfften die Männer derart, dass auch das letzte Murmeln erstarb und Totenstille herrschte. Er ließ ihnen einige Minuten Zeit, die grandiosen Aufnahmen zu bestaunen. Senator Clausus berührte sogar den Monitor, um sich zu überzeugen, ob das echt war. „So sehen die Städte in den Nächten aus – hell wie am Tage und voller Leben. Von der Metropole am Rhein aus werden sämtliche Maßnahmen koordiniert, die erforderlich sind, den Frieden zu wahren. Nicht nur das - ihr werdet neue Städte gründen, die nicht von den wilden Germanen beherrscht werden, sondern von kultivierten Römern. Einem Geschlecht von Römer, welches aus den Stämmen der Germanen neu entstehen wird!" Der Präfekt stellte das Gerät ab und ließ es abtransportieren. Eine Weile herrschte weiterhin Ruhe.

„Mit zwanzig und mehr Legionen in einer festen Hand können wir dieses Imperium noch größer und mächtiger machen, als es jetzt ist!" Senator Clausus gab damit das Stichwort. Innerhalb einer Viertelstunde sammelte Präfekt Lehrmeier vierundzwanzig Legionen ein, die als vereinte Streitmacht in den nächsten Tagen nach Germanien abrücken sollten. Es blieben nur eine knappe Handvoll Senatoren, die weiterhin zu ihrem Amtsbruder Magnus hielten und nicht bekehrt werden konnten. „Als besonderen Dank für das Vertrauen, welches ihr dem Kaiser entgegen bringt, möchte ich euch den Mann vorstellen, der die Fähigkeiten und den harten Willen besitzt, dieses gewaltige Heer anzuführen! Heerführer Achmat – Krieger und Gladiator der Sonderklasse!" verkündete der Präfekt euphorisch und war äußerst gespannt, was nun kommen würde. Der Name Achmat war zumindest einigen Würdenträger dahin gehend geläufig, da er durch einige radikale und vor allem blutige Einsätze Siege in bewaffneten Auseinandersetzungen gegen mehrere abtrünnige Germanen-Stämme errang, die fast verloren schienen. Der große Teil von ihnen jedoch hatte nicht die geringste Ahnung, wer ihnen nun dargeboten wurde. Schwere Schritte hallten durch den Saal, es schien fast so, als erbebte der Marmor unter den Füßen der Senatoren. Ein verstohlenes Raunen ging durch die Menge, als der Vorhang sich hob und eine Gestalt ansichtig wurde, die nicht nur in diesem Raum einen bleibenden Eindruck hinterließ. Der Hüne, der die Bühne des Imperiums betrat, verblüffte schon allein durch seine körperlichen Maße. Präfekt Lehrmeier rechnete in keiner Weise mit der Tatsache, dass sich sein Sinnesbruder diesmal ungeschminkt und ohne Umhang freizügig präsentieren würde. „Das war so nicht abgesprochen, mein lieber Freund!" fauchte er nervös. Er befürchtete, dass dieser Auftritt mehr schaden als nützen konnte. Kaiser Titus, der Achmat bereits vor zwei Jahren einmal bei einer Stabs-Besprechung seines Vaters kennenlernte, wirkte total konstatiert bei diesem Anblick. „So habe ich ihn allerdings nicht in Erinnerung?" Der Präfekt beruhigte ihn und die Senatoren. „Er ist der beste Kämpfer, den ihr euch vorstellen könnt! Er hat ein Faible für das Außergewöhnliche, das erkennt ihr bereits an seiner extravaganten Körperbemalung. Doch lasst euch davon nicht irritieren! Und damit ihr euch persönlich ein Bild über seine außergewöhnlichen Fähigkeiten machen könnt, laden wir alle Gäste zu einem besonderen Schauspiel der Superlative ein – der Heerführer Achmat kämpft heute Nacht allein in der Arena des Kolosseum gegen hundert erfahrene Gegner. Wir haben die besten Kämpfer unter den Gefangenen ausgesucht und ihnen ein Angebot unterbreitet, dass jeder, der lebend die Arena verlässt, frei sein wird! Meine Herren Senatoren – wir treffen uns in einer Stunde!" Die Männer strömten hinaus, während der Präfekt seinen Mitstreiter in den benachbarten Raum zog. „Was treibst du für ein riskantes Spiel? Der Gebieter wird uns in Stücke reißen, wenn wir nicht genau nach seinen Vorgaben handeln! Du verschreckst vielleicht die Senatoren mit diesem Aufzug. Was ist mit dir los?" murrte der Präfekt und schielte durch die Tür, um nicht von Titus überrascht zu werden. Achmat grinste ihn offen an, seine ohnehin teuflische Fratze bekam dadurch einen noch gefährlicheren Ausdruck. „Ich denke, der Gebieter wird Verständnis für die Änderung des Planes haben. Du selbst hast darauf gedrängt, dass er endlich Ergebnisse sehen will. Und er wird sie schneller erhalten, als manchem hier lieb sein dürfte!" Achmat musterte den Präfekten mit einem Blick, den dieser nicht deuten konnte. „Was hast du angestellt? Nun rede schon!" Der Präfekt fühlte es körperlich, dass einiges aus dem Ruder lief. „Ich habe Kastell Berlina zu meiner Festung gemacht und die Alte Garde einrücken lassen!" erklärte der Heerführer gelassen, wohl wissend, was jetzt kommen würde. „Und ich habe ein wenig Gott gespielt – das hat sogar Spaß gemacht. Kannst bei Gelegenheit diesen Kaiser aufklären, dass der Verlauf der Varus-Schlacht sich ein ganz klein wenig ändern wird. Ich habe die Zeit überlistet und bereits für den Sieg der

Römer gesorgt, bevor sie in die Schlacht gezogen sind. Die Germanen haben leider verloren – so ein Pech für sie! Und damit nicht genug. Ich habe mir ihre Krieger und die drei Legionen der Römer in mein Heer geholt. Sie dienen mir, ihnen sind ihre weltlichen Herrscher egal. Feldherr Varus und der Fürst Arminius kämpfen jetzt Schulter an Schulter in meinen Legionen. Ich habe mir einen Armee des Schattens erschaffen und werde diesen leibhaftigen Arminius im Jahre 9 n. Chr. mit seinem eigenen Double derart in die Zange nehmen, dass er lieber aufgeben wird, als zu kämpfen – sage ihm das!" sprach er mit einem höhnischen Unterton. Präfekt Lehrmeier atmete tief durch und bemühte sich, ruhig zu bleiben. Dass die Alte Garde des Gebieters irgendwann in Erscheinung treten sollte und musste, das war von langer Hand geplant. Jener Elite - Truppe, die sich einst aus einem Heer Leprakranker entwickelte und unerschrocken in jede Schlacht zog. Aber der Zeitpunkt lag noch in den Sternen und sollte vom Gebieter persönlich terminiert werden. „Du hast was getan? Ich kapiere nicht, wie du das meinst? Was für eine Schattenarmee?" knurrte er. Achmat lachte. „Das Tor ermöglicht mir, ein besonderes Spiel zu treiben – die Kämpfer der Germanen und Römer wissen noch nicht, dass sie bereits ein Teil meiner Truppen sind. Stell dir ihre Gesichter vor, wenn sie plötzlich gegen sich selber antreten müssen – das wird ein riesiger Spaß!" gluckste Achmat. Der Präfekt schüttelte verständnislos den Kopf. „Das ist blanker Wahnsinn und Bullenscheiße, was du treibst! Die Zeit lässt sich nicht verarschen – wir hatten bisher Glück, dass es so gekommen ist. Aber du setzt alles auf eine Karte. Wenn jetzt in den Stämmen durchsickert, dass Zombies in den Krieg ziehen, ist der Ofen aus! Das kann ich dir garantieren! Du hast sie durch das Tor kommen lassen und die gesamte Besatzung von Berlina gewandelt? Welchen besonderen Anlass gibt es dafür?" schnauzte Präfekt Lehrmeier weiter. Die Antwort des Heerführers haute ihn fast aus den Latschen. „Weil sie wieder aufgetaucht sind! Vor Berlina liegt so ein Ding - ein Fluggerät unserer besonderen Freunde aus der Gegenzeit. Leider sind sie mir entwischt. Ich werde mich als ein wenig beeilen und die Show nicht unnötig in die Länge ziehen. Sobald ich die hundert Männer eliminiert habe, verschwinde ich von der Bildfläche. Wir müssen ihren

Standort ausfindig machen und zerstören, bevor sie uns wieder in die Suppe spucken!" Achmat ließ in diesem Punkt nicht mit sich reden. „Vielleicht haben sie noch was von diesem Zeug gebunkert, mit dem sie uns außer Gefecht setzten? Dieses klebrige Zeug, welches sie über Berlin versprühten." Die Erinnerungen an die Niederlage der Schlacht in den Ruinen von Marzahn wogen schwer. Präfekt Lehrmeier traute seinen Ohren nicht. „Das kann nicht wahr sein? Wie sollten sie uns bis in diese Epoche gefolgt sein? Es kann niemand wissen, dass das Brandenburger Tor ein Zeitportal ist. So lange es nicht aktiviert wird, kann niemand transferiert werden. Wie auch immer, jetzt können wir nur hoffen, dass nichts schief läuft…" Präfekt Lehrmeier unterbrach den Satz, an der Tür tauchte der Schatten des Kaisers auf. „Es wird Zeit, die Zuschauer erwarten uns. Nun Achmat, ich hoffe, du enttäuschst mich nicht? Ich habe vor, eine größere Summe auf deinen Sieg zu investieren! Und ich verliere nicht gern eine Wette!" Titus musterte bewundernd den Koloss. „Eine einzige Zenturie mit solchen Männern wie dich würde ausreichen, ein ganzes Heer zu schlagen!" Dessen war sich der Kaiser sicher. „Präfekt, hast du schon mit ihn über seinen Sonderauftrag gesprochen?" wandte sich der Kaiser an den Befehlshaber seiner Leibgarde. „Mein Kaiser, wir waren gerade dabei. Aber vielleicht möchtest du selber mit ihm die Details klären?" bot er an und verneigte sich. Titus lächelte schief. „Du bist ein schlauer Fuchs, Präfekt. Wenn es ruchbar wird, bist du schön außen vor und ich bin am Ende der Dumme? Nein – es ist dein Job, das zu klären. Ich begebe zur meiner Loge. Kläre es, wie abgesprochen!" Damit entschwand er und ließ sich von seinen Wachen zum Kolosseum begleiten.

„Also was will diese Möchtegern-Herrscher?" Achmat sah den Präfekten neugierig an. Der eierte nicht lange herum und kam gleich zum Kern der Sache. „Es gibt einige Senatoren, die sich nicht dem Willen des Kaisers beugen wollen. Und wenn sie ihm die Gefolgschaft verweigern, wenden sie sich auch gegen unsere Mission – das verstehst du doch?" erklärte er. „Aha, ich ahne schon, was jetzt kommt. Ich soll sie ein wenig erschrecken, stimmt doch?" Achmat verzog angewidert das Gesicht. „Auf solche fetten Happen habe ich keinen Appetit, das weißt du doch. Ich bevorzuge knackiges und vor allem junges Fleisch!" Präfekt Lehrmeier drückte ihm eine Liste mit Namen in die Pranke. „Musst es ja nicht selber erledigen. Schicke doch deine Handlanger los, sollen sie sich um diese fetten Schweine kümmern. Was sagst du?" Achmat lachte glucksend in sich hinein. „Stimmt – ich habe ja die besten Handlanger, die sich ein römischer Senator wünschen kann – Varus und Arminius! Ich denke, sie sind hungrig und sie haben bestimmt noch einige Rechnungen mit dem Senat offen. Der Eine, weil er aus der Geschichte und Erinnerungen Roms verbannt und als Feigling und Versager hingestellt wurde. Tja, und Freund Arminius hat ohnehin einen großen Frust auf die Bagage. Sie übernehmen den Auftrag!" bestätigte er schließlich. „Und nun lass uns ein bisschen Spaß haben!" Mit weitgreifenden Schritten bewegte sich Achmat auf die Stätte des Grauens zu, wo er bereits von einem jubelnden Publikum erwartet wurde.

„Guck dir diese blöden Visagen an. Ihnen ist es völlig egal, wer in die Arena tritt. Je furchtbarer und erschreckender das Dahinschlachten, umso mehr lieben sie ihn!" Titus betrachtete aufmerksam einige Zuschauer in den oberen Rängen, in denen sich das gemeine Volk Roms vergnügte. Der Posten neben ihn hörte nur zu und antwortete nicht. Er durfte erst sprechen, wenn er aufgefordert wurde, so lange vertrat er nur die Stelle des Präfekten und schützte den Kaiser mit seinem Leib, wenn dieser nicht anwesend war. Eine Sicherheitsmaßnahmen, die nach dem letzten Anschlag auf den Imperator eingeführt wurde, um sein Leben bei Gefahr aus nächster Nähe zu verteidigen. Der Söldner sah den Präfekten die Treppe erklimmen. „Verzeiht, mein Kaiser. Der Präfekt ist im Anmarsch. Ich darf mich empfehlen!" Er grüßte demutsvoll und verließ die Loge. „Nun, alles geklärt?" fragte Titus beiläufig und konzentrierte sich auf das Geschehen in der Arena. „Aber ja doch. Es wird eine kurze Nacht für sie!" versicherte Präfekt Lehrmeier mit eiserner Miene und nahm seinen Platz an der Seite des Kaisers ein. Eine schier unendliche Kette Fackelträger strömte auf die Bildfläche, sie nahmen entlang der Mauer in regelmäßigen Abständen Aufstellung. „Es geht los. Jetzt bin ich wirklich auf das große Schauspiel des besten Gladiators des Reiches gespannt. Ich hoffe, du hast nicht maßlos übertrieben?" grunzte Titus und beugte sich auf seinem

Thron weit vor, damit ihm nichts entging. Die gepfählten Köpfe auf der gegenüberliegenden Seite waren nur als dunkle Umrisse zu erkennen, die drei Körper der Germanen, die nicht so hoch hingen, zeigten sich im flackernden Licht wie gerupfte Vogelscheuchen. Manchmal, wenn der Wind sich drehte, strich ein süßlicher Gestank durch die Ränge und Logen, dass es kaum auszuhalten war. „Es war doch keine so gute Idee, sie hier verwesen zu lassen, mein lieber Präfekt. Lass das Zeug entfernen, bevor ein Aufstand deswegen ausbricht!" befahl Titus, der sich angeekelt ein Tuch vor Mund und Nase hielt. „Das stinkt wie auf einem Schlachtfeld. Fehlen nur noch die Raben und Wölfe, die sich gütlich an ihnen tun!" ächzte er verdrossen. Die Order ereilte die Prätorianer, bevor der Auftritt von Achmat begann, wurden von einem Dutzend Krieger die Stangen aus der Erde gerissen, die Toten mit Pferden aus der Arena geschleift. Die Körper zerbarsten und hinterließen eine stinkende Spur im Sand. „Die sind sogar dafür zu blöd! Deckt diese Scheiße ab, bevor sich der Mief noch weiter ausbreitet!" tobte der Imperator wütend. Karren voller Sand rollten herein, Sklaven, durch Peitschen angetrieben, beeilten sich, den Matsch auszutauschen. Endlich konnte es im Programm weiter gehen, der große Achmat begann mit seiner einmaligen Inszenierung. Der Leichengeruch, der noch immer in der Luft schwebte, störte ihn in keiner Weise. Im Gegenteil, er fühlte sich fast heimisch. Er bewegte sich, in einem schweren Umhang eingehüllt, der bis auf den Boden schleifte, in die Mitte der Arena zu. Seine Ankündung durch den Sprecher hallte durch die totenstille Kampfstätte, sämtliche Geräusche und Gespräche verstummten abrupt, als er ihn von den Schultern gleiten ließ. So stand er regungslos wie ein Gott, mit einem gewaltigen Zweihänder in den Fäusten und schaute sich mit kalten Augen um. Die Drachenköpfe auf seiner Brust und auf dem Rücken bewegten sich im Rhythmus der flackernden Fackeln auf und nieder. „Was für ein Anblick!" stöhnte Kaiser Titus, der fasziniert auf den Mann starrte. Seine Blicke blieben an der ungewöhnlichen Waffe haften. „Was für eine sonderbare Klinge trägt er bei sich? So etwas habe ich noch nie gesehen!" Sie löste nicht nur bei ihm ein Grausen aus. Wohl jeder der nächtlichen Besucher konnte sich vorstellen, welche Wirkung sie haben mussten, wenn sie von einer Gestalt wie

Achmat eingesetzt wurde. „Das ist eine besondere Anfertigung, die extra für ihn geschmiedet wurde"; erklärte der Präfekt schmunzelnd und verkniff sich die Wahrheit ihrer Herkunft. Er verriet nicht, dass diese Art der Waffen erst in einer späteren Epoche der Ritter erfunden wurde und zum Einsatz kam. „Heerführer und Gladiator Achmat – der neue Stern am Himmel der besten Kämpfer des Imperiums! Er wird allein gegen hundert Krieger kämpfen, die aus den Reihen von Gefangenen ausgewählt wurden. Sie sind unversehrt und bei bester Gesundheit, wie sich jeder gleich überzeugen kann!" verkündete der Sprecher laut, so dass es überall zu vernehmen war. Achmat drehte sich langsam dem Zug seiner Gegner entgegen, die nun die Fläche betraten. Jeder bewaffnete Kämpfer wurde von einem Fackelträger begleitet und wie auf einem Silbertablett der Menge präsentiert, die aus ihrer Lethargie erwachte. „Je zehn Männer gehören einer Gattung der üblichen Gladiatoren an und sind mit ihren Waffen ausgerüstet. Empfangen wir die erste Gruppe - die Eques!" Wie es im Reich üblich war, saßen diese Kämpfer auf Pferden, den Krempenhelm mit Visier auf dem Kopf, den obligatorischen Rundschild in einer Hand, eine Lanze in der anderen. Ihr Kurzschwert Gladius hing griffbereit neben dem Sattel. Sie nahmen vor Achmat ihre Position ein und warteten nervös ab. Die Menge tobte, gellende Pfiffe waren zu hören. „Die Symphatie des Pöbels liegt eindeutig bei den Gegnern des Heerführer", stellte Titus erstaunt fest. Nacheinander marschierten nun sämtliche Gruppierungen auf, die den Zuschauern bekannt waren. „Murmillo, Retiarius, Thraex …" Die Augen des Kaisers leuchteten, bei jedem Trupp flüsterte er die Namen der Gattung, die sie vertraten. „Wie sollen die Kämpfe ablaufen – will er sie sich einzeln vornehmen?" fragte er an. Präfekt Lehrmeier war sich sicher, dass er Achmat richtig verstanden hatte. „Ich glaube, er fordert alle gleichzeitig heraus. Also nicht einmal jede Zehnergruppe sondern wirklich alle Männer auf einem Schlag", äußerte er. „Das wäre wirklich ein bisher einmaliges Erlebnis. Und du glaubst, dass er als Sieger hervorgeht? Immerhin, es sind stattliche Kerle, die da unten stehen. Sie alle brennen darauf, wieder frei zu kommen. Also im Moment zweifele ich daran, ob ich meine Wette richtig gesetzt habe", murrte der Imperator, dem in Anbetracht der Kräfteverhältnisses doch langsam

Bedenken kamen. „Vertrau dem Heerführer. Nicht einer von ihnen wird die Nacht überleben!" Der Präfekt legte seine Hände auf die Brüstung, siegessicher feixte er vor sich hin…

„**W**as ist – habt ihr endlich eine Nachricht von ihnen empfangen?" Judit fegte wie ein aufgeregter Teenager unruhig umher und knetete unentwegt ihre Handflächen. Babsi und Ina hingen seit Stunden vor dem Funkgerät und peilten sämtliche Frequenzen an. „Nichts, bisher ist nicht ein Pieps von ihnen angekommen!" Babsi gab ihre Bemühungen endgültig auf und machte den Platz für Ina frei. „Das Gerät ist in Ordnung. Peter hat es mehrfach geprüft. Vielleicht ist ihres ausgefallen? Aber sie hätten längst zurück sein müssen – vor Stunden schon. Es wird bald Nacht. Hoffentlich ist ihnen nichts passiert?" jammerte Babsi, die sich wie ihre Schwestern große Sorgen um Anka machte. „Wer weiß, was dieser Dickkopf wieder angestellt hat? Wir kennen sie ja gut genug. Sie ist immer für eine Überraschung zu haben!" Es war mehr eine Form des Zweckoptimismus, der die Mädchen bei Laune halten sollte. Aber je mehr die Zeit verstrich, umso weniger funktionierte es. „Wir sollten die Nacht abwarten. Wenn sie bei Sonnenaufgang nicht eintrudeln, schicken wir eine unbemannte Drohne los. Jetzt macht es wenig Sinn, sie in der Dunkelheit zu suchen", schlug Ina resigniert vor. Wohl oder übel fügten sich die Geschwister der unsäglichen Situation und wollten sich in ihre Zimmer zurück ziehen, als Rainer in der Tür erschien. „Ich habe gehört, worüber ihr gesprochen habt. Wenn ihr wollt, beteiligen wir uns an der Suchaktion? Mit unserem Fahrzeug kommen wir fast überall hin – nur für den Fall, dass wirklich etwas schief gelaufen ist!" lautete sein großzügiges Angebot. „Danke, wir kommen gern darauf zurück. Aber erst checken wir die Lage. Ich habe so ein blödes Gefühl im Bauch – hoffentlich ist da nichts dran!" orakelte Ina trübselig. Jana und Peter brachten Felix vorbei, den sie über den Tag als Ersatzeltern betreuten. Der Kleine lehnte seinen Kopf auf Peters Schulter und schniefte leise vor sich hin. „Er schläft tief und fest. Ist ein kleiner Dickkopf, der sich nichts sagen lässt. Erinnert mich sehr an den Papa!" klagte Peter, während Jana sich heimlich ins Fäustchen feixte. „Stellt euch vor – der Typ will mit mir ein Kind! Wollen wir wetten, dass sein Nachkomme nicht ein Deut besser sein wird, als dieser Dreikäsehoch! Ihr hättet mal sehen müssen, wie er sich angestellt hat. Lässt sich von einem Knirps herum kommandieren und wundert sich, dass kein Respekt da ist!" Sie prustete leise vor sich hin. Peter guckte erst ziemlich verdattert, dann legte er nachdenklich die Stirn in Falten. „Schatz, willst du mir damit irgendwas andeuten?" Die drei Frauen kapierten sofort, was Phase war. „Ooch Mensch – Kerle sind manchmal so was von begriffsstutzig, dass es schon zum Himmel schreit!! Was will sie dir wohl damit sagen? Dreimal darfst du raten!" ulkte Judit und nahm Peter das Kind ab. „Ich bringe ihn rüber in sein Bett. Und jetzt noch eine kleine Gedankenstütze für den angehenden Papa im Raum – es wird nicht lange dauern, da wird dieser alle Hände voll zu tun haben!" erklärte sie schnippisch und zog los. Peter stand, wie vom Donner gerührt. „Wir bekommen ein Kind? Ein Baby? Wirklich?" Ungläubig schüttelte er den Kopf, als er die Tragweite der Worte verinnerlichte. Jana hielt sich die Hand vor den Mund und nickte lächelnd. „Wir bekommen ein Kind!" jubelte ihr Liebster los und hob sie hoch in die Luft. Überschwänglich drehte er sich mit ihr herum, dass ihr fast schwindelig wurde. „Wenn ich dir in den Ausschnitt kotze, bist du selber schuld!" warnte sie ihn und gab ihm einen langen Kuss. Ganz vorsichtig und sanft setzte er sie ab. Die Frauen drängen heran, stürmisch umarmten sie das glückliche Paar. „Damit aber eines klar ist – den Umbau eures Bungalows erledigt ihr gefälligst selber! Da war keine Göre eingeplant!" scherzte Babsi und gab Peter einen heftigen Schmatzer auf die Wange. Der begriff ganz allmählich, was gerade abgelaufen war. „Ich werde tatsächlich Papa", stammelte er.

„Hier treibt ihr euch also herum! Und wer wird Papa?" dröhnte Norman, der kohlrabenschwarz und voller Ruß auf den Armen, zufällig vorbeikam. „Die beiden Mädels sind Gold wert. Rosa hat tatsächlich den Motor eines Bulldozers hin bekommen. Die Karre läuft wieder wie geschmiert. Jetzt sind Marie und sie dabei, einen alten Jeep zu aktivieren. In einer Woche haben wir hier eine ganze Kolonne von Fahrzeugen stehen…" Er bemerkte den Ausdruck in Peters Gesicht. „Hast du eingepinkelt oder weshalb guckst du so

komisch?" Die Frauen prusteten los. „So guckt Mann also dumm aus der
Wäsche, wenn er eingepinkelt hat? Ist ja sehr aufschlussreich!" kicherte Ina.
„Ist viel schlimmer, Norman – der gute Peter ist der Glückspilz und hat das
große Los gezogen. Er wird Vater!" klärte Babsi ihn auf. Norman ließ seine
Hand krachend auf Peters Schulter fallen. „Gratuliere, mein Alter! Damit ist das
Lotterleben aber bald vorbei. Siehst doch bei Juppi – seit der Felix an der
Backe hat, erkenne ich ihn auch kaum wieder. Aber alles hat eben immer zwei
Seiten – irgendwann muss ein Mensch zu sich selber finden. Und ein Kind ist
wie ein Spiegel. Du guckst es an und erkennst dich selber darin – und das ist
gut so!" brummelte er und verabschiedete sich. „Gebt mir bescheid, wenn es
was Neues gibt. Ich bin drüben im Hangar III. Wir sichten gerade noch einen
Transporter, der einen halbwegs guten Eindruck macht." Rainer entschloss
sich, mit ihm zu gehen. „Ich packe mit an. Und ihr denkt in Ruhe über mein
Angebot nach. Unser Vater hat auch einen eigenen Fuhrpark und Technik der
Vorfahren ohne Ende. Das interessiert mich sehr!" Er stiefelte mit Norman
hinüber zur Halle, deren Portal hochgefahren war und offen stand. Hämmern
und kreischende Geräusche wiesen ihnen den Weg in den Teil, wo Marie und
Rosa gerade die Verankerungen aus dem Boden lösten, mit denen die
meisten Fahrzeuge gesichert wurden. Sie unterbrachen kurz ihre Arbeit. „Die
haben hier einen Aufwand betrieben, die Dinger fest zu zurren, als wären sie
auf einem Hochsee-Frachter verladen. Aber wie ich Judit verstanden habe,
geht es da hinten weiter und das sollte damit vertuscht werden. Ganz schön
raffiniert...!" empfing Marie die Männer. Peter sah sich voller Interesse um.
„Derjenige, der das Zeug hier sammelte, war ein Zacken schärfer als unser
alter Herr. Und der hatte schon einen Spleen." Er warf einen Blick in die
Fahrerkabine des Fahrzeuges, an dem gerade gewerkelt wurde. Mit einem
Ruck erklomm er die Ladefläche des altertümlichen Lieferwagens und
schwang sich hinauf. „Von hier hat man einen hervorragenden Blick über den
ganzen Krempel. Sind ja richtige Schätzchen dabei!" rief er begeistert aus.
Während Rosa mit Normans Hilfe einige Schrauben aus der Spannkette löste,
folgte Marie ihm. „Prof. Reimann wollte der Nachwelt einen Teil der alten
Technologie erhalten, damit diese sich stets erinnern, woher wir kommen. Das

war der Vater der Schwestern", erklärte sie ihm. Rainers Neugier war inzwischen geweckt, als er weit hinten ein Zeichen an der Rückwand der Halle blinken sah. Sie folgte seinem Blick. „Da irgendwo soll sich ein geheimer Zugang befinden. Vielleicht zeigen sie uns mal eines Tages, was sich dahinter verbirgt?" Rainer grübelte vor sich hin. „Wenn die damals so einen Aufwand betrieben haben, muss ein wichtiger Grund dafür vorliegen. Wo genau liegt dieser ominöse Steinkreis?" Er schielte zur Decke und versuchte, sich zu orientieren. Norman stand prustend auf und streckte den Rücken. „Dahinter liegt Hangar IV. Der Steinkreis befindet sich genau darüber. Laut Erzählung soll sich eine Art freier Raum eröffnen, der ins Unendliche führt. Wie genau das aussieht – keine Ahnung. Die Mädchen schwärmen heute noch von ihrer Erkundungstour." Norman bückte sich erneut zur Kette, endlich fiel sie klirrend zu Boden. „Das wäre geschafft. Und nun?" Rosa winkte ihm lächelnd zu und führte ihn um das Fahrzeug herum. „Oh Gott, das sind ja auch welche! Wie viele müssen wir noch abbauen?" stöhnte er verdrossen und machte sich erneut daran. „Wäre nicht übel, wenn ihr mit anpacken würdet!" murrte er nach einer Weile, als er hoch sah, waren beide verschwunden. „So ein faules Pack!" fluchte er verhalten und suchte die Umgebung ab. „Hast du eine Ahnung, wo sie sich herumtreiben?" Doch Rosa schüttelte nur stumm den Kopf. „Ach Mädchen, wird Zeit, dass du mal ein Wort mit mir wechselst. Weißt du was? Du bist ein richtig kleines Genie!" Rosa bekam einen roten Kopf und schluckte. „Wirklich. Ich habe noch nie eine Frau kennengelernt, die so geschickt mit Werkzeugen umgeht wie du. Das wollte ich dir nur mal sagen." Norman ließ sich die gute Laune nicht vermiesen, irgendwann würden die Ausreißer schon wieder erscheinen. „Denen machen wir einen Einlauf mit der Drahtbürste, so wahr ich hier stehe!" kündigte er an, ein lautes Lachen von Rosa ließ ihn aufhorchen. „Du weißt schon, dass das verdammt weh tut?" Verdutzt ließ er den Hammer fallen. „Hast du eben gesprochen?" Rosa spitzte die Lippen und sah ihn schelmisch an. „Habe ich!" „Na da wird Marie aber ausflippen! Komm her Kleine, lass dich mal umarmen!" Norman freute sich so sehr, dass er Rosa wie ein Kind in die Arme schloss. „Was treibt ihr beide denn hier?" Rainers Schopf tauchte unter dem Gestell eines Trucks in der Nähe auf, kurz darauf kam Marie zum Vorschein. „Die Frage ist doch wohl eher, was ihr beide so treibt?" Rosa stemmte entrüstet die Hände in die Hüften und wippte mit dem Fuß. Marie klappte vor Überraschung der Kiefer runter. „Schwesterlein, was ist geschehen? Du redest ja!" Kreischend sprang sie ihr entgegen und schwenkte sie im Kreis. „Das ist aber jetzt keine Eintagsfliege, oder?" Marie konnte sich kaum beruhigen, so sehr nahm sie das mit. „So viele Jahre habe ich gewartet und auf ein Wunder gehofft. Und plötzlich ist es wahr…!" Sie streichelte ihrer jüngeren Schwester liebevoll die Wangen. „Du hast meine Frage nicht beantwortet! Was habt ihr gesucht?" fragte Rosa energisch. „Das ist ja typisch. Kaum reißt sie die Klappe auf, meckert sie mit uns herum! Wir haben uns den Durchgang zum Hangar IV angeschaut. Ist aber nichts zu erkennen." Reiner säuberte umständlich die Hände an seinen Hosenbeinen und betrachtete sie mit einem verschmitzen Grinsen. „Ist sie nicht süß, wenn sie sich so aufregt? Wer von uns beiden hat dir denn mehr gefehlt? Sie oder ich?" Er lachte sie offen an. „Schön, wenn sich jemand Sorgen um einen macht", brummte er und machte sich an der letzten Kette zu schaffen, die noch entfernt werden musste. Rosa guckte ihm verdutzt nach. Sie holte tief Luft, bevor ein weiterer Spruch ihren Lippen entschlüpfte, nahm Marie sie einfach in die Arme und drückte sie glücklich an sich.

Es wurde bereits hell, am Himmel zogen schwere Wolken entlang, die Luft war feucht und schwül. Von den Wäldern schwappten Nebelschwaden über das Camp und hüllten es in einem dichten Mantel ein. Babsi sah sich besorgt um. „Gefällt mir überhaupt nicht, das Wetter. Scheint fast so, als würde Petrus bald sämtliche Schleusen öffnen!" Sie nahm ihre Jacke mit und stiefelte in Richtung Farm. Sie überprüfte die Boxen, in denen wieder Tiere untergebracht waren, so wie früher, vor dem großen Brand. Einzig die kleinen Hütten, die damals hier standen, waren nicht errichtet worden, da das Baumaterial für die Bungalows der Menschen dringender Verwendung fand. Einige einfache Dächer ersetzten die Unterstände, ansonsten sah es fast wieder so aus, wie vor fünf Jahren. Sie warf einen Ballen Heu bei den Kühen und Schafen ins Gehege. „Besser, ihr bleibt heute hier. Wer weiß, was gleich für eine Hölle ausbricht", murmelte sie und blieb vor dem Zwinger stehen. „Ich habe es eigentlich nicht so sehr mit Hunden – sorry – mit Wölfen! Da ist meine Schwester Judit der bessere Ansprechpartner." Babsi kauerte sich wie in den letzten Tagen vor der Pforte der eingezäunten Fläche hin, in dem die vier Wölfe inzwischen untergebracht waren und beobachtete aufmerksam das Rudel. Sie waren gerade dem Welpenalter entwachsen und zeigten sich überaus neugierig, nachdem sie der Hunger nicht mehr plagte. Es waren drei Weibchen, drei Fähen und ein Rüde, wie beim Transport hierher festgestellt wurde. Das männliche Tier war kräftiger gebaut und schien seine Schwestern beschützen zu wollen. „Es wäre wirklich toll, wenn ihr euch an uns gewöhnen könntet." Sie streckte vorsichtig ihre Hand in den Zwinger. „Na komm schon, Großer!" lockte sie mit gurrendem Ton den Rüden, der sie aus sicherer Entfernung beäugte, die Rute zwischen den Beinen gesenkt. „Musst keine Angst haben. Euch wird nichts Böses widerfahren. Und wenn ihr keine Lust habt, hier zu bleiben, lassen wir euch wieder frei. Versprochen!" Der Graue tänzelte unruhig auf der Stelle, legte sich nieder und sprang wieder auf. Es schien so, als wollte er einen Schritt wagen, aber offensichtlich traute er dem Frieden nicht. „Na gut, wenn du nicht willst, komme ich zu dir rein!" entschloss sich Babsi und entriegelte die Tür. Sie befürchtete, dass sich die Tiere wie sonst in den hinteren Bereich flüchteten, aber mit Erstaunen stellte sie fest, dass sie diesmal abwarteten, was wohl geschehen würde. Babsi kletterte in das Gehege und zog die Tür hinter sich zu. Sie ließ das Rudel nicht einen Moment aus den Augen, ganz behutsam näherte sie sich dem Rüden, dessen Nackenfell sich warnend aufrichtete. Er begann, sie leise anzuknurren. „So leicht lass ich mich nicht einschüchtern, mein Freund!" Babsi stellte sich aufrecht hin. „Du wirst mir gehorchen – also senke deinen Blick und starre mich nicht so herausfordernd an!" befahl sie streng. Sie wusste aus eigenen Erfahrungen mit ihren damaligen Hunden, dass der Blickkontakt eine wichtige Ebene der Kommunikation war. Die drei Schwestern mischten sich in diesen Konflikt nicht ein, sie lagen auf dem Bauch und hechelten vor sich hin. Aber sie hatten den Zweibeiner voll im Blick. Babsi klaubte aus ihrer Tasche ein Stück gebratenes Fleisch heraus, ein Überbleibsel vom gestrigen Abendmahl. „Hmm, ein leckerer Happen. Na wer möchte ihn haben?" Sie setzte sich einfach hin und hielt es vor sich in der offenen Handfläche. Ein kaum hörbares Fiepen ließ sie lächeln. „Nun trau dich schon und hole dir das Leckerchen!" Der Graue setzte seine Pfote ein Stück vor und verharrte erneut. „Ich weiß, aller Anfang ist schwer. Aber wir können wirklich gute Freunde werden." Babsi übte sich in Geduld – und wurde belohnt. Der Rüde schlich sich heran, schnupperte an ihrer Hand und schnappte sich das Fleisch. Während er es zerkaute, gelang es ihr, seinen Nacken zu berühren. Er stockte zwar, aber dann ließ er es geschehen. „Das ist wenigstens ein kleiner Fortschritt. Und nun zu euch, Mädels!" Wie von Zauberhand tauchten weitere kleine Batzen auf, die sie den Weibchen präsentierte. Offensichtlich war ein Bann gebrochen, auch diese näherten sich der Fremden und erhielten dafür eine Belohnung. Babsi war überglücklich. Sie hockte sich auf den Boden und wartete ab, was nun passieren würde. Es war eine stürmische Begrüßung, mit der sie in das Rudel aufgenommen wurde...

„Was ist denn mit dir geschehen?" rief Judit erschrocken aus und unterbrach ihre Kocherei, als Babsi ins Haus kam. Sie blutete am Ohr, das Haar war völlig zerzaust und verfilzt. „Du kannst dir nicht vorstellen, was gerade abgelaufen ist. Sie haben mich aufgenommen – ich bin jetzt ein Mitglied des Rudels!" verkündete Babsi aufgeregt und wusch sich das Gesicht ab. „Ooch, das ist nur eine kleine Schramme. Nicht weiter schlimm. Der Graue hat mich da ein wenig gezwickt. Das hat er aber wiederbekommen, der Schlawiner!" Judit half, die Haare zu ordnen und kämmte einige Grasbüschel heraus, die sich darin verfangen hatten. „Du stinkst erbärmlich!" stellte sie fest und rümpfte die Nase. Während Babsi ihr bis ins Detail erzählte, wie die Aufnahme erfolgte, zog sie die dreckigen Klamotten aus und steckte sie in eine Tüte. „Die dürfen nicht gewaschen werden. Diesen Geruch erkennen die Wölfe sofort und akzeptieren mich damit. Jetzt ist es nur eine Frage der Zeit, bis ich mich als Alpha etabliert habe! Und da ich diejenige bin, die das Futter bringt, dürfte das ziemlich schnell geschehen." Sie schnürte den Beutel zu und hing ihn an die Wand. Judit war ein wenig verstimmt. „Ich dachte, ich werde vor dir ein Teil des Rudels. Naja, wichtig ist, dass wir es vielleicht doch schaffen, sie zu domestizieren. Was meinst du – ob die Germanen auch Hunde besitzen? Die Römer haben auf jeden Fall welche. Sogar in den Kampfarenen setzen sie die Biester ein, um damit Menschen zu töten. Habe ich zumindest mal irgendwo gelesen", sprach sie und prüfte ihren Topf, in dem es brodelte und zischte. Babsi holte sich einen Löffel und kostete. „Hmm, schmeckt gut. Was ist das?" „Wird eine Fleischbrühe für die Kranken!" Judit streute noch eine Prise Salz rein und rührte um. „Finger weg, das ist nichts für dich!" wurde Babsi ermahnt. „Was treiben sie so?" wollte sie von ihrer Schwester wissen. „Bis auf wenige Ausnahmen erholen sich alle und fühlen sich auch recht wohl bei uns. Aber ich vermute, dass sie bald wieder in ihr Dorf wollen. Kann man ihnen ja nicht verdenken." Judit wusch sich sorgfältig die Hände und sah in den Spiegel. Babsi zog ihren sauberen Overall über. „Dann lass uns eine Runde drehen. Die beiden Schwerverletzten bereiten uns Kopfzerbrechen. Jana ist zwar vom Fach aber eben doch kein Arzt. Sie befürchtet, dass sie sterben könnten?" erklärte Judit und lenkte ihre Schritte zum ersten Planenwagen, in dem die verwundeten Frauen lagen. Jana, die gerade oben war, um die Verbände zu wechseln, bemerkte sie und steckte ihren Kopf durch einen Schlitz. „Sieht schlimm aus. Ich habe keine Hoffnung mehr, dass sie gesund werden. Die Wunden bluten und brechen immer wieder auf. Und an Zauberei glaube ich nicht…" seufzte sie betrübt. Im Hintergrund war schweres Stöhnen zu vernehmen. „Die Blonde hätte eine geringe Chance, wenn wir Antibiotika verabreichen könnten. Aber woher nehmen…?" fuhr sie fort. „Ich habe eine kräftige Fleischbrühe zubereitet. Unsere Mutter hat sie immer gekocht, wenn wir als Kinder krank waren. Vielleicht kannst du ihnen etwas einflößen. Tja, was wollen wir sonst machen? Unter normalen Umständen hätten wir in Berlin angerufen und…" Judit wurde von Babsi schroff unterbrochen. „Unter normalen Umständen müssten wir uns darüber keinen Kopf zerbrechen. Sie wären dann nicht hier und wir befänden uns in einer Zeitepoche, wo wir hingehören!" maulte sie. Während Judit auf die Ladefläche kletterte und Jana half, schlenderte Babsi weiter und begutachtete das kleine Zeltlager, welches zwischen der Wagenburg stand. Sie hatten alle verfügbaren Zelte aus den Hallen zusammen gesucht und nebeneinander aufgebaut. „Bei dem Wetter nicht gerade eine optimale Lösung. Wenn es länger regnet, bekommt ihr alle eine nasse Birne", brummte sie vor sich hin, ihr besorgter Blick streifte die Wolkendecke, die immer dunkler wurde. Sie hatte kaum zu Ende gesprochen, als schwere Tropfen herab prasselten. Binnen weniger Sekunden war sie nass bis auf die Haut. Sie flüchtete auf einen der Wagen, auf dem die Kinder untergebracht waren. „Rutscht ein Stück, ich muss mit rauf!" schniefte Babsi die erschrockenen Gesichter an und drängelte sich in eine schmale Ecke, die gerade noch frei war. Sie zog die Beine an und hockte sich hin. Der Niederschlag trommelte nun voller Wucht auf die undichte Stoffhülle, feiner Rieselschauer drang hindurch und sprühte sie voll. „Da hilft nichts, wir kommen vom Regen in die Traufe! Kommt, wir rennen rüber ins Haus. Da ist es bestimmt gemütlicher als hier", schlug sie prustend vor, während sie sich die Tropfen von den Augen wischte. Die Kids sahen sie verständnislos an. Langsam wiederholte sie ihre Worte und wies auf die Bracke. „Wir laufen rüber!" Sie tippelte mit den Fingern über ihren Arm und deutete erneut auf das Haus. Inzwischen rannen ganze Bäche durch die Abdeckung, so dass kein einziger trockener Faden mehr an den Körpern hing. Nebenan wurde es laut. Jana und Judit mühten sich ab, um die beiden Frauen vom Wagen zu hieven um in Sicherheit zu bringen. Von überall kamen Leute angerannt und packten mit an. „Alles rüber in die Hallen. Da ist es wenigstens trocken!" kommandierte Babsi laut und eilte mit den Kindern voraus. So schnell sie die Beine trugen, huschten sie durch eine Wasserwand, die sämtlichen Blicke verschluckte. Judit rief ihr irgendwas zu und fuchtelte wild mit den Armen umher, aber sie konnte kein Wort verstehen. „Das ist wie der Weltuntergang", dachte sie und zog die Hände mit sich, um keines der Kinder zu verlieren. Nacheinander trafen sie in Hangar III ein. Ihre ungewöhnlichen Gäste scharten sich zusammen und warteten auf Anweisungen. Manch ängstlicher und misstrauischer Blick traf die Technik, die hier aufbewahrt wurde. Der Truck, an dem letzte Nacht gewerkelt wurde, stand noch immer an seinem Platz, das Werkzeug lag auf dem Boden herum. Der Trupp germanischer Männer schleppten die schwerkranken Frauen die Rampe herab und schoben sie auf die Ladefläche. Die Rinnsale, die in die Halle strömten, wurden breiter und mächtiger. Knöcheltief stand das Wasser bereits im Komplex, es war nur eine Frage der Zeit, bis es weiter anstieg. „Wir müssen die Tore schließen, bevor alles voll läuft. Konnte ja niemand ahnen, dass es damals so katastrophale Unwetter gab?" Judit hastete zur Schalttafel am Eingang und betätigte die Hebel. „Das Ding klemmt! Hilf mir mal!" schri sie Babsi zu, die die Kinder in das Führerhaus des Lastkraftwagens stopfte. „Ruhig sitzen bleiben, wir klären das schon!" ermahnte sie die Kleinen und eilte Judit zur Hilfe. Zwei Gestalten schlitterten ihr entgegen, Adam und Joel stürmten schwer atmend die Einfahrt runter. „Da seid ihr ja. Wir haben bereits überall nach euch gesucht. Das ist ja schlimmer als die Sinnflut!" keuchte Adam, fassungslos patschte er mit den Füßen in der dunklen Brühe herum, die sich angesammelt hatte. „Das ist doch echt verrückt!" stöhnte Joel und hopste in den Jeep neben dem Truck, um wenigstens halbwegs trocken zu stehen. Eine gewaltige Welle schwabbte durch die Einfahrt und ließ ruckartig den Wasserpegel ansteigen. „Die Pumpen sind ausgefallen oder schaffen die Mengen nicht mehr. Warum schließt ihr nicht das Tor?" rief er panisch, während die Frauen und Adam weiterhin verzweifelt auf den Schaltern herumhämmerten. „Warum funktioniert das Scheißding nicht?" fauchte Judit und ließ ihre Wut an einem Hydraulikschlauch aus, der an der Wand entlang führte. Sie trat voller Wucht dagegen, ein leises Zischen ertönte und die beiden Tore schlossen sich, der gesamte Bereich wurde ebenerdig herabgesenkt. Das Tosen des Regens verstummte. Die Deckenleuchten flackerten auf, auf einem Schlag wurde es finster wie die Nacht. „Jeder bleibt, wo er ist! Hier müsste gleich das Notstromaggregat anspringen. Wartet einen Moment!" schallte Babsis Stimme durch den Raum. Bange Minuten verstrichen, aber es tat sich nichts. Unruhe entstand, eines der Kinder begann zu weinen. „Heute geht aber auch alles schief!" schimpfte Judit und tastete sich blindlings an der Wand entlang, in der Hoffnung, irgendwo eine Taschenlampe oder anderes Leuchtmittel zu finden. „Hier war doch früher eine Halterung, in denen die Notbeleuchtung aufbewahrt wurde?" Ihre Hände berührten einen metallenen Wandschrank. Sie versuchte, sich zu erinnern, war darin aufbewahrt wurde. „Vater hatte immer seine Ordnung und war stinksauer, wenn etwas nicht an seinem Platz lag. Jetzt kapiere ich auch, warum", brummelte sie. Fieberhaft glitten ihre Finger über die Gegenstände, die sich darin befanden. Sie berührte eine Klappe und ertastete einen Schlüssel darin. „Das ist das Fach!" jubelte sie auf und fand die gesuchte Lampe. Ein greller Lichtstrahl durchschnitt die Finsternis. Eine Frau löste sich aus der Gruppe, kam auf Babsi zu und umfasste ängstlich ihre Hand. „Die Götter zürnen uns. Sie haben die Himmelspforten geöffnet, um uns zu ertränken. Sie haben einen Goblin gesandt, einen bösen Dämon, der das verursacht. Wir sind alle dem Untergang geweiht!" flüsterte sie eindringlich. Joel verzog das Gesicht zu einem schiefen Grinsen. „So, jetzt sind also die Dämonen schuld an unserem Dilemma? Das kann ja nur heiter werden", spöttelte er. Mit der heftigen Reaktion, die von Jana und Babsi folgte, rechnete er allerdings nicht. „Du kleiner Klugscheißer weißt natürlich alles besser! Wer oder was glaubst du, hat damals unser Camp mit Feuer überzogen und verwüstet? Diese Djinn, bösartige Feuergeister, kamen im Auftrag des Gebieters – dem Drachen oder wie auch immer! Sie waren die Helfer seiner Knechte. Und wir haben sie gesehen und am eigenen Leibe zu spüren bekommen, zu welchen Teufeleien sie fähig sind. Diesmal ist es stattdessen Wasser – ein anderes Element, welches uns in die Knie zwingen soll. Wenn sie Recht hat, dürfte das Wasser bald weiter steigen…" murrte Babsi sauer und leuchtete die Einfahrt ab. Gespenstisches Knarzen war in der Ferne zu vernehmen. „Als wenn sich darüber eine Wassersäule aufbaut? Hauptsache, die Tore halten dicht!" Janas Bedenken waren nicht unbegründet. Obwohl die Einfahrt durch massive Segmente gesichert war, plätscherten an den Seiten einige Fontänen herein, die sich weiter ausbreiteten. „Alles auf die Fahrzeuge. Verteilt euch gleichmäßig und klettert so hoch wie möglich!" ordnete Babsi an. Das war leichter gesagt, als in der Finsternis getan. „Wenn jetzt die Funzel ausgeht, sind wir echt am Arsch!" raunte sie Jana zu, die sich zu den Verletzten hoch schwang. Babsi leuchtete die Kinder an, die hinter der Fahrertür hockten und ängstlich das Geschehen beobachteten. „Wir können nicht abwarten, bis wir absaufen?" knurrte sie. Der Strahl der Lampe huschte durch die Halle, an der Rückwand, wo sich die geheime Pforte zum Hangar IV befand, verharrte er. „Jana, wir beide versuchen jetzt, die verdammte Tür zu

öffnen. Die Zahlen des Codes habe ich im Kopf – wir müssen nur irgendwie diese Buttons ausfindig machen. Adam, ihr bleibt hier und beruhigt die Leute, damit keine Panik aufkommt!" Joel und Adam nahmen den Platz von Jana auf der Ladefläche ein und ließen die Beine baumeln, die beiden Frauen verschwanden zu ihrem Erstaunen unter den Fahrzeugen. Kurz darauf erschienen ihre Köpfe wieder mit dem Licht. „Das wird verdammt knapp. Wir müssen streckenweise tauchen, damit wir durchkommen. So ein verdammter Mist! Traust du dir das zu?" fluchte Babsi, der gerade noch rechtzeitig einfiel, dass Jana schwanger war. Bevor sie antwortete, winkte Babsi Adam zu sich. „Wir tauschen – du kommst mit und Jana bleibt hier! Keine Widerrede!"
Ab und wann tauchte das Licht der Lampe irgendwo zwischen den Wracks auf und beleuchtete eine düstere Szenerie. Das Plätschern am Tor wurde merklich stärker, als Joel einmal den Fuß nach unten streckte, konnte er die Oberfläche des Wassers fühlen. „Zum Glück verhalten sie sich wenigstens ruhig!" Er tastete sich an Jana heran, die seine Hand fest hielt. „Betest du?" Er vernahm ihr Gemurmel und konnte sich keinen richtigen Reim darauf machen. „In der Not hilft so ein kleines Gebet manchmal. Kann ja nichts Falsches sein, wenn man an die Götter glaubt, oder?" Ein entfernter Ruf von Babsi zeigte ihnen an, dass sie inzwischen ihr Ziel erreichten. Joel stand auf und stierte durch die Schwärze. „Was soll das bringen – schon mal darüber nachgedacht? Angenommen, sie bekommen die Tür auf – wie gelangen wir dort hin? Und unsere beiden Frauen hier – lassen wir sie einfach liegen? Das ist nicht bis zu Ende durchdacht, diese Aktion", blubberte er vernehmlich. Da er keine Antwort von Jana bekam, fühlte er sich durchaus bestätigt. „Und wenn wir jetzt auch bis dahin tauchen müssen, na dann gute Nacht", seufzte er weiter. Erschaudert drehte er sich herum, eine kalte Hand berührte ihn am Schenkel. „Was soll das!" fauchte er und bekam den Kopf eines Kindes zu fassen. „Mensch Meier, kannst mir doch nicht so einen Schreck einjagen! Hast Schiss?" Er beugte sich herab, um es zu beruhigen. Ein Fauchen ließen ihn und die Germanen entsetzt aufschreien. „Der Dämon ist hier – unter uns!" Mit lautem Knall brach das Tor in der Mitte durch, eine Welle der Zerstörung überflutete die Halle…

„Bei diesem Unwetter wird uns keine Sau mehr finden!" Juppi wrang sein Shirt aus und legte es sich um den Hals. Die vergangenen Stunden waren ein Wettlauf gegen die Zeit. Einmal konnten sie ihre Verfolger hören, die sich zum Glück in eine andere Richtung fortbewegten. Der Regen, der unterdessen mit Wucht auf sie herab toste, verwischte sämtliche Spuren, dessen war er sich absolut sicher. „Wir sollten schleunigst eine trockene Unterkunft suchen, bevor wir uns endgültig den Tod holen. Otilda – du behältst ein Auge auf unsere römischen Freunde!" Er leuchtete mit der Lampe das Ufer ab, schließlich stieg er behäbig aus dem Bach, dessen Strömung spürbar anwuchs. „Hier, nimm meine Hand!" Er half Anka ans Ufer, als die beiden Römer näher kamen, war er fast versucht, sie zurück zu ziehen. „Na kommt schon!" brummte er und manövrierte auch sie auf den sicheren Boden. Otilda sprang wie ein junges Reh heran und schüttelte sich, so dass die Tropfen umhersprizten. „Da geht es lang. Sieht wie ein Wildwechsel aus. Vielleicht haben wir ein wenig Glück und finden ein warmes Plätzchen?" Düsteres Grau brach durch die Wolkendecke und kündigte den neuen Tag an. Eine flache Felsformation vor ihnen weckte Juppis Neugier. „Wo Steine sind, sind oftmals Höhlen. Da vorn scheint eine Öffnung zu sein!" brüllte er Anka zu, die ihm auf den Fersen folgte und sich gegen den Wind stemmte, der ein Fortkommen erschwerte. Zielstrebig kämpften sie sich zu einer Lücke hin. „Ich sehe nach, ob alles sauber ist!" schlug Juppi vor, doch Otilda war schneller als er und drängte sich geschwind an ihm vorbei. „So ein Dickkopf! Nimm wenigstens die Taschenlampe mit", murrte er, doch das Mädchen ließ sich nicht beirren und kletterte in das Loch. Kurze Zeit später war ihr Blondschopf zu sehen. „Kommt rein, es ist alles gut!" signalisierte sie ihren Gefährten, die schleunigst der Einladung folgten. Geröll und jede Menge altes Laub und Geäst, welches sich im Laufe der Zeit ansammelte, machte den Einstieg zu einem nicht gerade ungefährlichen Unterfangen. Endlich standen sie am Fuß einer sich weit verzweigenden Höhle, deren Ausmaße beträchtlich zu sein schien. Juppi leuchtete die Decke und Wände ab. „Auf jeden Fall ein Dach übern Kopf. Und wenn wir noch ein Feuerchen hätten, um die Klamotten zu trocknen, wäre es fast wie im Paradies!" sprach Anka, die an ihren nassen Sachen herum nestelte. Otilda ließ sich das nur einmal sagen und begann, dürre Äste zu sammeln. „Holz liegt genug herum. Die Stürme leisten ganze Arbeit und schleudern das Zeug zuhauf hier rein. Holt welches ran, ich mache ein Feuer!" erklärte sie und schichtete einen kleinen Haufen auf. „Jetzt bin ich gespannt, wie sie es anstellt? Bestimmt verwendet sie Hölzer oder Steine, um Funken zu erzeugen", mutmaßte Juppi, aber zu seiner Verwunderung benutzte sie einen Feuerschläger aus geschmiedeten Metall. „Das Ding sieht schon gewöhnungsbedürftig aus. Und das soll funktionieren?" zweifelte er, während Otilda aus dem Lederbeutel, welcher an ihrer Hüfte hing, diesmal wirklich einen dunklen Stein hervor zauberte. „Sage ich doch, so ganz ohne Steine geht es nicht!" registrierte Juppi und rückte näher, um sich das Schauspiel nicht entgehen zu lassen. Nacheinander kamen die notwendigen Zubehöre zum Vorschein, die benötigt wurden. Sie zerbröselte einen Baumschwamm und vermischte den Staub mit etwas Schafswolle. „Hatte mich schon gewundert, was du alles mit dir herumschleppst? Aber so ein Ding mitsamt den notwendigen Utensilien, um Feuer zu entfachen, ist wirklich Gold wert." Otilda ließ sich nicht stören, konzentriert hantierte sie weiter. Mit viel Geschick setzte sie das Eisen ein und schrammte damit an der Außenkante des Steines entlang. Eine wahre Funkenfontäne erhellte für den Bruchteil von Sekunden ihr Antlitz. Ein wenig Rauch stieg auf, vorsichtig blies sie den Funken in der Hand an, der Zunder loderte auf und die Wolle begann zu glimmen. Juppi war mehr als überrascht, als bereits nach wenigen Minuten Flammen aus dem Reisig schlugen und Wärme spendete. Marcus und Gaius brachten Arme voller Brennmaterial heran und stapelten es neben der Brandstätte auf. Anka strahlte glücklich vor sich hin und hielt die Hände übers Feuer. „Das tut gut!" Gaius legte dickere Äste nach, endlich züngelten sich dort die tanzenden Flammen hindurch und erhellten zusehends die Umgebung. „Wir ruhen uns hier aus, bis es richtig hell wird. Versucht zu schlafen. Sieht nicht gerade so aus, als wenn der Regen bald aufhört?" stellte Juppi nachdenklich fest. Anka stieß ihn an. „Hier, Frühstück. Der Rest von der Notration aus der Drohne!" Sie hielt ihm einen Block Schokolade vors Gesicht. Sie brach die Tafel in gleichmäßige Teile und drückten jedem etwas in die Hand. Die beiden Römer guckten ziemlich misstrauisch, aber als sie bemerkten, dass ihre Begleiter sie gierig verschlangen, steckten auch sie sich das Zeug in den Mund. „Schmeckt fast wie unser Honig. Nur ein bisschen anders", stellte Otilda fest, der es offensichtlich mundete. Anka kramte in ihrem kleinen Rucksack herum, den sie bei der Flucht mitgenommen hatte. „Wenn es mit dem Feuer entzünden nicht geklappt hätte – ich habe für solchen Notfall immer ein Feuerzeug dabei." Sie ließ die Flamme aufleuchten. Juppi bemerkte die fragenden Blicke, Otilda runzelte verblüfft die Stirn. „Das ist ein Werk der Götter. Bei uns beherrscht nur der Schamane Eldir dieses Spiel. Der besitzt auch so ein Ding", brummte sie und drehte das Feuerzeug ratlos vor ihren Augen. Während Anka gleichmütig abwinkte, ratterte es in Juppis Hirnkasten. „Wenn er so ein Ding besitzt – bleibt eine Frage: Woher hat er es? Entweder kommt er aus unserer Zeit oder er hat Kontakt zu jemanden, der ebenfalls hier gelandet ist?" schlussfolgerte er. Für einen Augenblick kam das Bild des Schamanen in ihm hoch. „Er war so vermummt, dass ich sein Gesicht nicht erkennen konnte. Weshalb beschleicht mich so ein eigenartiges Gefühl, als wenn ich ihn kennen würde?" rätselte er weiter, während Otilda einen Zweig entzündete, der sofort brannte. „Das geht aber schnell?" staunte sie und reichte das Feuerzeug an Anka zurück. Die Legionäre legten ihre Harnische und Beinschienen ab, bis auf einen Lendenschurz bekleidet, verteilten sie ihre Sachen auf Stöcke, die sie um das Feuer herum in den Sand steckten. „Eine gute Idee", näselte Juppi und tat es ihnen nach. Auch die beiden Mädels entledigten sich ihrer restlichen Kleidung. Anka holte zwei halbwegs trockene Shirts aus dem Gepäckstück und reichte eines an Otilda weiter. „Wir wollen die Jungs ja nicht unnötig scharf machen. Hier, das wird dir bestimmt passen", gluckste sie und drehte sich weg, um die Oberteile zu wechseln. Juppi registrierte die bewundernden Blicke der Römer. „Tja Männer, die Frau ist bereits in festen Händen. Also keine Chancen für euch!" klärte er sie auf, während er sich ein Lager auf dem Boden herrichtete. „Ich übernehme die erste Wache. In zwei Stunden wecke ich dich, Otilda. Danach übernimmt Anka…" Gaius störte ihn bei seiner Einteilung. „Wir haben unser Wort gegeben, dass wir nichts unternehmen, was irgendjemand

schadet. Ihr solltet uns vertrauen – lasst mich die erste Wache übernehmen!"
schlug er leutselig vor. „Damit ihr uns im Schlaf in Ruhe die Kehle
durchschneiden könnt – niemals!" blitzte ihn Otilda entrüstet an, die bereits
nach ihrem Bogen langte. Marcus rief seinen Freund zurück. „Sie trauen uns
nicht, also lass es einfach bleiben. Dann können wir wenigstens ausschlafen
und müssen uns keine Platte machen!" Doch Gaius blieb diesmal stur. „Wir
sind Legionäre des Imperiums und keine Feiglinge. Wir töten unsere Feinde im
offenen Kampf und nicht wie Meuchelmörder...!" entgegnete er fauchend und
stellte sich drohend vor dem Mädchen hin. Der alte Streit zwischen ihnen
schien nochmals auszubrechen. „Ich könnte dir auf Anhieb etliche Beispiele
nennen, wie ehrlich und offen Legionäre im Kampf ihre Feinde besiegen. Vor
allem, wenn diese wehrlose Frauen und Kinder sind, die sich nicht verteidigen
können!" brauste Otilda auf, ihre Augen zogen sich zu schmalen Schlitzen
zusammen, während sie aufgebracht Gaius belauerte. „Es reicht. Jeder bleibt
auf seinem Platz und damit basta!" Juppi erhob die Stimme und schob die
beiden Kontrahenten auseinander. „Otilda – auch wenn du bestimmt Recht
hast, mit dem was du sagst – lass es vorläufig dabei bewenden und gib Ruhe",
bat er eindringlich, um die Sache nicht weiter eskalieren zu lassen. „Ich
spreche für uns beide, Germanin. Was andere Kameraden von uns anstellten,
dafür können wir nichts. Aber er ist ein kluger Mann, deshalb stimme ich ihm
zu." Gaius verneigte sich steif vor Otilda. Damit suchten sich die Männer eine
ruhige Ecke und legten sich auf die blanke Erde. Otilda wirkte ein wenig
überrascht. „Hast du das gesehen? Ein Römer, der sich vor einer Barbarin
verneigt – ist ja wie in einem alten Hollywood-Schinken", unkte Anka, die
kopfschüttelnd die Diskussion verfolgte. „Das sind so viele böse Dinge
vorgefallen, das kann man nicht einfach mal so aus den Köpfen verschwinden
lassen. Ich kenne die Geschichte der Römer zwar nur aus dem Unterricht und
Aufzeichnungen im Computer. Aber das reicht mir schon – allein diese
Kreuzigungen, in denen Tausende hingerichtet wurden..." Juppi ließ Anka den
Faden weiter spinnen und hörte geduldig zu. Sie kam vom Hundertstel ins
Tausendstel und wurde nicht fertig, auf Gott und die Welt zu schimpfen.
Schließlich reichte es ihm und er unterbrach sie einfach. „Die gesamte

Geschichte der Menschheit ist durch die Grausamkeiten des Krieges gekennzeichnet. Damit sind wir allerdings wieder beim Ursprung unserer eigenen Angelegenheiten – denn die direkten Auswirkungen haben wir erst vor wenigen Jahren am eigenen Leib spüren dürfen. Es ist der absonderliche Fluch des Drachens, der sich in unsere Hirne einnistet und so lange dort wühlt, bis die Menschen den Verstand verlieren. Er macht sie zu Bestien, die sich ohne Skrupel gegenseitig abschlachten. So lange wir zulassen, dass dieses Vieh uns beherrschen kann – so lange wird es Opfer und deren Henker geben! Und es dreht sich immer nur um eine einzige Frage: Wer besitzt die Macht!" resümierte Juppi das Gehörte in wenigen Worten.

Otilda saß mit gebeugtem Rücken neben dem Feuer und lauschte andächtig. „Wenn es wirklich so einen Fluch von einem Drachen gibt, dann sollte man ihn töten! Mein Vater sprach einmal in Gegenwart der Krieger von einem Monster, das im Tempel haust und von dort seine Heere aussendet. Ich habe allerdings nicht verstanden, ob er damit ein Tier oder nur eine imaginäre Gestalt meinte, die von unseren Geschichtenerzählern und Sängern erfunden wurden, um das gewöhnliche Volk zu erschrecken und die Kinder in den Nächten zum Schweigen zu bringen?" Gaius hob den Kopf und lachte verächtlich. „Na klar gibt es das Monster. In der Legion kreisen unzählige Gerüchte über eine Kreatur, die so mächtig ist, dass sich ihr kein Heer entgegenstellen kann. Und nach dem, was in den letzten Stunden vor unseren Augen abgelaufen ist, dürfte sich das als wahr heraus gestellt haben. Man munkelt auch, dass es einen geheimen Zugang zu diesem Tempel gibt, wenn man durch das große Tor im Lager schreitet. Aber da scheinen keine normalen Sterblichen hinein zu kommen. Die Mauer ist unüberwindbar und durch einen Zauber geschützt. Haben schon manche versucht und es mit ihrem Leben bezahlt…"

Marcus, der sich bislang ruhig verhielt und kaum ein Wort sprach, wurde plötzlich munter. „In unserer Kohorte gab es einen Verrückten, der unbedingt wissen wollte, was sich hinter der Mauer abspielt. Eines Nachts, nachdem er genügend Wein gebechert hatte, ist er tatsächlich los und mit einer Leiter da hoch geklettert. Ich weiß nicht genau, wie er es anstellte? Er soll wohl zwei Leitern miteinander verbunden haben – auf jeden Fall fand man ihn am

Morgen danach – total verkohlt!" „Sage ich doch, sie ist mit einem Zauber versehen, der alles tötet, was da hinein will!" bestätigte Gaius. Juppi und Anka sahen sich fragend an. „Der Turm, der uns erwischt hat. Scheint ein Abwehrmechanismus zu sein, der mit einem Laser oder Energieschlag funktioniert. Tja, wenn man wüsste, wie das Ding ausgeschaltet wird, könnten wir es versuchen?" Juppis Kommentar rief bei den Legionären Verwunderung hervor. „Man kann keinen Zauber ausstellen!" widersprach Gaius trotzig und schüttelte energisch den Kopf. „Der Mensch kann ja auch nicht fliegen – und unsere Maschine hat es trotzdem getan! Noch Fragen?" konterte Anka gelassen. Gaius kratzte sich nachdenklich am Schädel. „Stimmt, das hätte ich beinahe vergessen. Ihr seid ja mit diesem unheimlichen Ding am Himmel entlang gerauscht. Eigentlich ist es nur den Göttern vorbehalten, sich so durch die Lüfte zu schwingen", flüsterte er selbstvergessen. „In der Zeit, in der unsere Maschine gebaut wurde, wurde auch dieser Zauber wie du sagst, erfunden und hierher geschickt. Wir wissen schon, wie man ihn beherrscht und deaktiviert. Wir müssen nur irgendwie da hineinkommen – der Rest läuft von selber!" grübelte Juppi laut. Die Freunde debattierten eine Weile, schließlich äußerte sich Marcus noch einmal. „Es gibt eine Pforte auf der Süd-Seite, die von Wachen sehr streng kontrolliert wird. Auch sie sind angehalten, jeden unliebsamen Besucher zu töten! Also nicht einfach mal wegzuschicken – nein, die Order von Achmat heißt wirklich - töten! Da wir zu seiner Leibgarde gehören und sehr oft in seinem Quartier Posten beziehen mussten, haben wir das mitbekommen. Es hat sich sehr schnell im gesamten Kastell herum gesprochen und in den Jahren nie einen Versuch gegeben, dort hinein zu gelangen." Juppi setzte sich kerzengerade hin. „Also gibt es doch eine Möglichkeit. Ich dachte schon, die Mauer ist total dicht – aber das wäre ja völliger Blödsinn. Dann würde niemand hineingelangen und das wäre unlogisch. Das werden wir in Ruhe bereden, oder Anka?" Die Angesprochene reagierte äußerst zurückhaltend. Sie kannte Juppis Tatendrang und verspürte überhaupt keine Lust, sich auf ein unnötiges Risiko einzulassen. „Mir wäre es lieber, wenn wir auf schnellstem Wege nach Hause gelangen. Wir haben in diesem verseuchten Kastell nichts zu suchen!" Otilda jedoch schloss sich der

Argumentation von Juppi an. „Wenn dort dieses Tor steht, sollten wir auf jeden Fall versuchen, hinein zu kommen. Vielleicht trägt uns der Zauber schneller nach Hause, als wenn wir uns durch die Wälder durchschlagen? In ihnen lauern unzählige Gefahren, die keiner abschätzen kann. Und die Götter schicken ihre Geister…!" schlug sie zaghaft vor. „Guck an, die Germanin hat ja mehr Mut, als ich ihr zutraue! Die will wirklich in die verbotene Zone? Nicht zu fassen!" brubbelte Marcus, er schien beeindruckt. „Die und Mut? Das glaubst du doch nicht wirklich? Wenn es hart auf hart kommt, zieht sie den Schwanz ein!" frotzelte Gaius und fing sich damit einen Blick der Vernichtung ein. „Nun, ich kann mich nicht erinnern, dass wir Frauen Schwänze haben! Mich würde schon interessieren, in wie vielen Schlachten gegen germanische Stämme ihr beide verwickelt waren?" zischte Anka grimmig. Sie stand langsam auf. „Juppi, ich habe es mir gerade anders überlegt – wir gehen durch das Tor!" entschied sie und damit waren die Messen gesungen. Otilda klärte die Angelegenheit auf ihre schnoddrige Art. „Ich habe Römer heulen sehen, wenn sie die Proben des Stammes bestehen sollten, die unsere Jünglinge zu Männern werden lässt. Und so viele Narben haben diese ach so stattlichen Krieger nicht vorzuweisen. Zumindest kann ich keine erblicken?" Juppi lächelte verkniffen. „Lege dich niemals mit einer Frau an, du wirst immer den Kürzeren ziehen", murmelte er und machte es sich neben dem Feuer bequem. Er prüfte den Sitz des Verbandes an seinem Unterschenkel. Otilda rückte näher. „Soll ich mir die Wunde ansehen?" Er schüttelte den Kopf. „Danke nein. Es zieht noch ein bisschen, ansonsten scheint es gut zu heilen. Veleda hat wohl ein geschicktes Händchen für solche Sachen", brummte er müde und streckte sich aus. „Also warten wir ab, bis es aufhört zu regnen. Mir knurrt der Magen!" Er schloss die Augen und versuchte, zu dösen. Das Gesicht seines Sohnes kam zum Vorschein. „Hoffentlich kommen die Mädels mit dir klar? Ach Felix, in was für eine verdammte Scheiße sind wir bloß geraten?" Irgendwann war er tief und fest eingeschlafen…

„Ganze Kolonne stopp!"

Falks Befehl dröhnte so laut über die Lautsprecher, dass Jahn beinahe die Ohren schmerzten. „Musst du immer so schreien? Wir hören dich ganz gut, auch wenn du normal sprichst!" maulte er zurück und checkte die Aufzeichnungen des Geländes. Die Scanner der Cyborgs tasteten das gesamte Umfeld nach verdächtigen oder unbekannten Spuren ab. „Außer ein paar Wildschweine und Hirsche nichts Aufregendes. Und wir befinden uns gegenwärtig am Rande des Territoriums, auf dem einst Berlin stand?" Ingo, der in Nr. 4 hinter Falk und Jahn marschierte, konnte es weiterhin kaum glauben, dass die gesamte Stadt nicht mehr existierte. Ihre Entscheidung, einem Signal zu folgen, von dem sie überzeugt waren, menschliche Wesen anzutreffen, hatte sie weit vom einstigen Standort Marzahn fortgeführt.

„Achtung, in fünfhundert Meter Entfernung scheint es eine Art Straße zu geben. Die sollten wir näher in Augenschein nehmen. Wie sieht es bei euch mit dem Energiestand aus?" Falk ließ sich den weiteren Streckenverlauf bis zum Ziel aufzeigen. „Ist ja wie ein Irrgarten. Diese Bäume sehen so alt und riesig aus, als stünden sie schon seit Jahrtausenden hier!" Sie mussten sich schon seit Tagen im Zickzack durchschlagen, um diesen Kolossen im Dickicht aus dem Weg zu gehen. „Wenn wir nicht bald anderes Wetter bekommen, können die Kollektoren nicht ausreichend Energie erzeugen. Beschissene Lage, kann ich nur sagen!" Jahn prüfte die Anzeigen. „Josch, wie lange können wir uns mit der vorhandenen Energie noch bewegen?" wollte er von seiner menschlichen Einheit wissen. „Maximum zwei Tage, dann ist Schluss und wir müssen warten, bis die Sonne durchbricht. Ich habe in den Archivdaten geforscht. Die Wetterlage entspricht exakt den damaligen Verhältnissen – viel Regenschauer und mittelmäßige Temperaturen um diese Jahreszeit." Jahn bemühte sich, das Gehörte zu kapieren. „Von welchen Wetterverhältnissen redest du eigentlich? In welcher Epoche befinden wir uns nach deinen bisherigen Feststellungen?" Josch setzte ihm eine Zahl vor die Nase, die ihn fast umhaute. Als er die Jahreszahl endlich verinnerlichte, wurde ihm schlecht. „Du denkst wirklich, dass wir mehr als zweitausend Jahre zurück sind? Das muss ich unbedingt den Jungs erzählen!" Er ließ die Konferenzschaltung aktivieren, der Monitor zeigte alle Insassen der fünf

Cyborgs an. „Habt ihr gehört? Nach den Berechnungen von Josch treiben wir uns in der Zeit zwischen 70 bis 80 nach Christus herum. Das ist echt der blanke Wahnsinn, wenn sich das bestätigt. Und jetzt zur zweiten schlechten Nachricht: Wenn wir nicht binnen 48 Stunden auf eine Siedlung treffen, gehen unsere Energievorräte aus und wir müssen in den Blechkisten warten, bis es wärmer wird", verkündete er. Die langen Gesichter seiner Gefährten sprachen für sich. „Soll heißen, dass wir 2200 Jahre in die Vergangenheit transformiert wurden – durch wen oder was auch immer?" Falk wollte das einfach nicht glauben und ließ seine Steuereinheit die Berechnungen überprüfen. „Nr. 2 kommt auf das gleiche Ergebnis! Vielleicht liegt es am System und den Daten im Archiv? Sind doch längst überholt oder es haben sich Fehler eingeschlichen." Falks Zweifel wurden nicht kleiner. „Das werden wir spätestens merken, wenn wir auf aktuelle Zeitzeugen treffen. Da bin ich mehr als zuversichtlich, dass ich mich nicht getäuscht habe!" Josch Einwurf brachte zumindest erst einmal wieder Ruhe in die Truppe. „Zerbrecht euch lieber den Kopf, wie wir unsere Energie kraftsparend und effizient einsetzen. Sonst ist bald das Licht aus...!" versuchte Josch zu scherzen. „Nur das nicht!" stöhnte Ingo, auch der Rest der Truppe war von diesen Aussichten überhaupt nicht angetan. Der Dauerregen hatte inzwischen den Untergrund zu einem gefährlichen Morast aufgeweicht, dass es sogar für die Metallgiganten zunehmend schwieriger wurde, sich risikolos fort zu bewegen. „Also auf zu dieser Straße. Vielleicht finden wir bald die Quelle der Signale. So weit dürfte es ja nicht mehr sein? Jahn, du und Josch übernehmt die Führung!" Falk gab das Signal zum Abmarsch. In den gewaltigen Fußspuren der Maschinen sammelte sich schnell das Wasser, ein fließender Bach entstand hinter ihnen und suchte sich seinen eigenen Weg. Unentwegt schob der Cyborg die eng beieinander stehenden Bäume auseinander, brach sie einfach um oder entwurzelte sie mit einem mächtigen Tritt. Bahnte sich so eine begehbare Schneise durch die Wildnis. Dreimal wichen die Metallmonster echten Baumriesen aus, denen auch sie nicht gewachsen waren. Allmählich kam eine schmale, gepflasterte Straße in ihr Blickfeld. „Da vorn ist sie. Hoffentlich hält sie unser Gewicht aus?" Jahn steuerte die Maschine direkt aus dem Wald auf den festen Untergrund. „Josch, berechne die Tragfähigkeit der Strecke!" wies er an und bekam sofort das zufriedenstellende Ergebnis. „Diese Straße ist solide gebaut und trägt bis zu fünf Tonnen ohne Probleme. Also für uns durchaus geeignet! Und – sie ist neueren Datums! Sie wurde erst vor wenigen Jahren hier entlang gezogen!" Die Analysen von Josch waren damit noch lange nicht beendet. „Hier bewegen vorwiegend Reiter entlang. Ich kann gleichfalls Abnutzungen durch Wagenräder von altertümlichen Gefährten ausmachen. Eventuelle Fußspuren von Wanderern wurden durch den Regen leider verwischt, so dass ich nur schlussfolgern kann, dass auch mobile Truppen darauf entlang marschierten!" lautete sein Resümee. „Alles unwichtig! Entscheidet euch lieber, in welche Richtung wir weiter vordringen?" maulte Ingo, der seinen Cyborg aufrücken ließ, um einen besseren Überblick zu erhalten. „Ich vergleiche mal die alten Karten, damit wir wissen, in welchem Bereich wir überhaupt gelandet sind? Wartet einen Moment!" hörten sie Falk sprechen. Josch meldete sich noch mal. „Ich habe eine Spur ausfindig gemacht, die nicht wirklich ins Bild reinpasst?" Jahn stutzte, als er die Abdrücke auf dem Monitor erkennen konnte. „Das war eine verdammt große und schwere Maschine, die sicher nicht hierher gehört!" stammelte er und leitete die Bilder weiter. „Hat jemand eine Ahnung, was das sein könnte?" fragte er an. Falk betrachtete die Spuren mit verkniffenem Gesichtsausdruck. „Es ist zwar unmöglich – aber diese tiefen Furchen erinnern mich an den berühmten Eisenberg – dem Panzer - mit denen damals die Ritter angeprescht kamen. Die Ketten haben genau solche Abdrücke gemacht!" Josch verglich die Maße und zauberte ein Model des alten Panzers auf den Bildschirm. „Ich habe mir in Marzahn die wichtigsten Daten von diesem Ding gespeichert. Es trifft zu – das sind Spuren von einem Kettenfahrzeug der Vorfahren!" bestätigte er. Für Ingo war die gesamte Debatte einfach nur zeitraubend und langweilig. Er interessierte sich viel mehr für die unmittelbaren Bereiche, die zu beiden Seiten entlang der Straße beräumt waren. Er zoomte einzelne Abschnitte heran und schaute sich einen auffälligen Haufen an, der einfach achtlos neben einem Baum lag. „Jungs, ich will ja euren Eifer nicht stoppen – aber das solltet ihr euch unbedingt ansehen!" mischte er sich ein. Falk wollte ungehalten darauf reagieren, aber als er die Bilder auf seinem Bildschirm betrachtete, hielt er lieber den Mund. „Alles runter, das gucken wir uns aus der Nähe an!" befahl er und kletterte die Sprossen der Leiter hinab. Den letzten Meter sprang er einfach und landete sicher wie eine Katze auf dem Boden. Der Regen schlug ihnen ins Gesicht, aber das war nicht das eigentliche Problem. Der penetrante Geruch von Verwesung stach den Burschen in die Nase. „Leichen – es sind wirklich Tote!" entfuhr es Jahn, der ziemlich schockiert stehen blieb. „Nun tue mal nicht so mädchenhaft – wir haben schon mehr als einen Toten zu Gesicht bekommen. So neu ist dieser Anblick nicht!" grummelte Falk, der selber sehr skeptisch die Geschichte prüfte. Er hielt sich die Hand vor die Nase und atmete flach. „Liegen bereits ein paar Tage hier – und hatten schon Besuch von einigen Aasfressern. Igitt – bei dem fehlen die Augen…!" Er musste sich wegdrehen, sonst wäre ihm schlecht geworden. Ingo war etwas mutiger als seine Freunde und näherte sich der Stelle. „Was ist das denn?" Er beugte sich nieder und zog an einem länglichen Gegenstand, der aus einem der Körper herausragte. „Verdammt sitzt das Ding fest! Ist ein Speer oder so was Ähnliches…?" knirschte er und ruckte so stark daran, dass er sich rückwärts auf die Erde setzte, als er es heraus bekam. Eine weitere Welle des Gestankes hüllte die Gruppe ein, fluchtartig verließen sie den ungastlichen Ort. Einige Schritte weiter konnten sie tief durchatmen. Ingo stach die Speerspitze ins feuchte Erdreich, um sie zu reinigen. Als er sie aufrichtete, floss der Moder den Schaft entlang, direkt über seine Faust. „Scheiße, so ein Dreck – und das stinkt wie die Pest!" schimpfte er und ließ die Waffe fallen, um seine Hände zu waschen. Die nächste Pfütze am Straßenrand befand sich nur einen Meter weg von ihm. „Ist tatsächlich ein Speer, mit dem der Typ gekillt wurde!" stellte Falk fest und trat kräftig dagegen. „Josch – aus welcher Zeit stammt dieses Ding?" Jahn machte die Bahn frei, damit der Cyborg einen besseren Blick hatte. Dieser hatte schon längst die erforderlichen Abgleichungen erledigt. „Das ist ein Standardgerät des römischen Heeres und wird als Pilum bezeichnet. Es ist ein Wurfspieß, der im Kampf auf den Gegner geschleudert wird, damit dieser entweder getötet, verwundet oder zumindest so geschwächt ist, dass er nur noch eingeschränkt kämpfen konnte!" ratterte er wie in einer

Lehrstunde herunter und ließ einige taktischen Angaben folgen. „Es reicht! Wir haben die Waffe vor uns liegen!" stoppte Jahn seinen Eifer. Die jungen Männer sahen sich bekümmert an. „Nun, Josch dürfte damit wohl richtig liegen. Die beste Zeit der Römer war wohl nach Beginn der Zeitrechnung. Tja, da müssen wir uns auf einige Überraschungen gefasst machen!" Falk zuckte mit den Achseln. „Möchte jemand diesen – Pilum – mitnehmen? Als Souvenir?" Aber niemand verspürte das Verlangen, seine Steuerkabine zu verpesten. „Okay, dann werde ich das Ding ein Stück in den Wald schieben!" Falk hob mit dem Spann den Schaft an und katapultierte den Spieß so in einen Busch. „Fertig, steigt ein und lasst uns weiterziehen!" ordnete er an. Sein letzter, abwägender Blick fiel auf die Toten, auf denen das Wasser ungehindert niederprasselte. „Wenn man wenigstens wüsste, wer sie waren und warum sie umgebracht wurden, dann könnte man vielleicht einige wichtige Schlüsse ziehen? Aber so tapsen wir voll im Dunkeln herum und wissen nicht, was auf uns zukommt?" Langsam kletterte er die restlichen Stufen empor, in seinem Kopf drehte sich alles, er war voller schwerer Gedanken. „Auf geht's!" Diesmal gab es keine natürlichen Hindernisse, die das Tempo der Maschinen beeinträchtigten. Einzig das Scharren der stählernen Füße auf dem Steinpflaster störte die ungewöhnliche Ruhe. Jahn lehnte sich entspannt auf seinem Sitz zurück und genoss den freien Blick in den grünen Tunnel vor sich. „Josch – mach Musik an! Du magst doch die alten irischen Songs. Was hast du auf Lager?" Bald darauf erfüllten kräftigen Klänge von „Star of the County Down" die Kabine des Cyborgs. Jahn schmetterte voller Inbrunst den Refrain mit und klatschte wild in die Hände. „Jetzt rappelt es wieder bei euch, oder was?" Falks ironischer Kommentar ließ beide völlig ungerührt. „Ihr trüben Tassen, macht lieber mit!" krähte Jahn, als die Musik plötzlich aussetzte. „Was ist denn los, es war gerade so schön?" maulte Jahn, der sofort die Ursache auf dem Controller präsentiert bekam. „Hallo Männer! Uns kommt eine größere Einheit entgegen!" informierte er seine Freunde und ließ den Marsch stoppen. „Wollen wir uns in den Busch zurück ziehen oder sie hier empfangen?" fragte er bei Falk an, der in solchen Dingen die letzte Entscheidung zu treffen hatte. Eigentlich kannte er die Antwort bereits, aber so waren die Spielregeln. „Wenn es für sie zu eng wird, sollen sie in den Wald ausweichen. Wir bleiben auf der Straße!" kam als klare Ansage. Mit gedrosseltem Schritt zuckelten sie weiter, bis sie endlich Blickkontakt bekamen. Josch scannte unentwegt den gesamten Abschnitt der Straße und erfasste jedes Individuum der heranrückenden Einheit. „Eine Zenturie römischer Legionäre. Die Zenturie ist die kleinste Einheit des Heeres und beträgt von der Anzahl 80 Männer", informierte er seine Leute. Jahn beugte sich zum Sichtfenster und schaute aus der Höhe auf den Trupp hinab, der zu erstarren schien. „Was treiben die da?" Verdutzt nahm er zur Kenntnis, dass die Krieger in Angriffsformation ausschwärmten und sich hinter ihren Schilden verschanzten, die Wurfspieße auf sie gerichtet. „Wollen die echt gegen uns antreten? Wir zertrampeln sie wie winzige Ameisen!" Er zoomte sich einige Gesichter auf den Bildschirm heran. „Die haben die Hosen voll – guckt euch diese Visagen an!" Die Legionäre waren bleich vor Schrecken, trotzdem hielten sie ihre Stellung. Sie rückten keinen Millimeter von der Straße weg. „Da vorn ist der Kommandeur der Einheit, der Centurio. Er macht nicht gerade einen friedfertigen Eindruck?" Josch checkte den Körper des Kriegers. „Es ist ein waschechter Zombie!" lautete sein Urteil, er ließ den Drachenkopf auf dem Bildschirm aufleuchten, der seinen rechten Oberarm zierte. „Die ganze Kolonne sind Zombies!" kam von Ingo, der nun ebenfalls die Strukturen erfassen ließ. Josch konzentrierte sich auf den Centurio. Der schaute voller Hass auf sie, nicht die geringste Spur von Furcht war bei ihm erkennbar. „Diese Fratze kennen wir doch?" Jahn wartete unruhig ab. Wenn Josch der Meinung war, dass er ihnen schon einmal über dem Weg gelaufen war, konnte er sich darauf verlassen, dass es so war. „Ich habe ihn gefunden!" kündigte Josch an und ließ einen Ausschnitt aus den Kampfszenen der Schlacht in Berlin Marzahn ablaufen. Jahn bekam eine Gänsehaut, ihm fröstelte. Bilder an das grausige Massaker kamen wieder hoch. Josch stoppte an einer Stelle den Ablauf der Aufzeichnungen und vergrößerte die Aufnahme, auf der sich gerade ein entsetzlicher Totschlag abspielte. Eine Frau lag blutüberströmt am Boden, beide Hände flehend in die Luft gestreckt. Vor ihr ein Krieger der Feinde, der eine gewaltige Keule schwang. „Das ist er! Dieser Typ war damals in Marzahn dabei – dem Brandzeichen nach gehört er zu einer sogenannten Alten Garde. Eine Art Spezialtruppe der Zombies, die seit Ur-Zeiten vom Heerführer Achmat befehligt wird." Das Konterfei des verhassten Anführers erschien. „So sieht diese Bestie aus!" Der Rest des Filmes flimmerte über den Bildschirm. Jahn erkannte im Opfer eine Nachbarin, die nur zwei Eingänge weiter von ihm gewohnt hatte. Die Keule traf sie mitten ins Gesicht und zerschmetterte den Schädel wie einen hohlen Kürbis. Der letzte Teil des grausamen Aktes – der Zombie riss mit seinen Hauern ein Stück Fleisch aus dem noch zappelnden Körper und verschlang es, bevor er sich erneut ins Kampfgetümmel stürzte. Aus den anderen Cyborgs kam kein einziger Kommentar, zu schrecklich waren für die jungen Männer die Erinnerungen an diese Zeit der Vernichtung ihres Clans. „Und das ist dieses Schwein?" vergewisserte sich Jahn. „Ohne Zweifel, der Mann war damals dabei. Und wie er und diese Biester hierher kommen, diese Frage müssen wir wahrscheinlich an anderer Stelle klären. Ich bin dafür, sie vollständig auszulöschen, bevor sie weitere Unschuldige vernichten!" schlug Josch der Allgemeinheit vor und aktivierte seine Waffensysteme. Falk, der nicht untätig blieb, meldete sich mit einer weiteren Hiobsbotschaft. „Wir haben die äußeren Merkmale der Krieger verglichen. Da draußen stehen mindestens vier verschiedene Stämme germanischen Ursprungs vor uns. Diese Missgeburten haben begonnen, die alten Völker zu infiltrieren. Es wird höchste Zeit, die armen Schlucker vor einem ungewissen Schicksal zu bewahren. Vielleicht ist das der Grund, weshalb wir hier gelandet sind?" Damit erteilte er Jahn den Feuerbefehl. „Und es wird Zeit, alte Rechnungen mit diesen Monstern zu begleichen!" stieß Jahn wütend hervor und betätigte den Auslöser. Eine Feuerwalze breitete sich vor ihnen aus und ließ sämtliche Krieger der Centurie in Flammen aufgehen. „Asche zu Achse, Staub zu Staub!" kommentierte Jahn erbarmungslos und ließ zur Sicherheit noch einen Strahl über die zuckenden Leiber streichen. Erst als kein einziger Fetzen mehr übrig blieb, ließ er von ihnen ab. Der Centurio stand noch eine Weile wie eine brennende Fackel aufrecht. Schließlich vollendete auch hier das Feuer sein vernichtendes Werk und ließ ihn als glimmenden Aschehaufen zusammenfallen. „Das war's dann wohl. Hoffentlich kommen wir nicht zu spät? Wenn sie wie in Berlin begonnen haben, den großen Teil der Krieger zu wandeln, müssen wir diesmal alle töten. Wir verfügen nicht über dieses heilsame Serum. Ich will gar nicht darüber nachdenken, was alles auf uns zukommt?" Ingos Mahnung betraf jeden von ihnen. „Das bedenken wir, wenn es so weit ist! Wir ziehen weiter. Piet – du und Nr. 5 sichert uns nach hinten. Ich denke, denen wird eher der Arsch auf Grundeis gehen, als uns aus dem Hinterhalt anzugreifen. Aber diese Zombies sind stur und schrecken offensichtlich vor Nichts zurück. Uwe – du und Nr. 3 übernehmt die rechte Flanke, Ingo die linke…!" Mit der unumstößlichen Gewissheit, dass sie in ihren Kampfgeräten unantastbar waren, zogen die jungen Soldaten endlich weiter.

Eine Stunde später gab es wieder einen außerplanmäßigen Halt. „Habt ihr das auch vernommen oder spinne ich wirklich?" Jahn ließ sämtliche Frequenzen ansteuern, aber es kam nur eintöniges Rauschen aus den Lautsprechern. „Josch, nun sag wenigstens du was. War das nicht eben die Stimme einer Frau?" bohrte Jahn weiter. „Ich habe es auch gehört – das war eine Stimme – ganz klar und deutlich!" bestätigte Uwe. Jahn atmete erleichtert auf. „Dachte schon, ich bin reif für die Klapsmühle. Danke mein Freund, hast gerade mein Ego wieder gerade gerückt!" frotzelte er gleichmütig. Die Stimme, die er gerade noch suchte, jetzt war sie so laut zu hören, dass er erschrocken herumfuhr und mit dem Kopf gegen einen Hebel rammelte. „Das gibt bestimmt eine Beule – aber da ist sie ja!" frohlockte er und rieb sich verstohlen die schmerzende Stelle. Eiligst ließ er Josch den Standort der Quelle ermitteln. „Etwa sieben Kilometer Luftlinie in östlicher Richtung!" An dem Punkt, wo sich der Sender befinden musste, zeichnete sich auf dem Navi ein rotes Kreuz ab. „Falk, versuch du doch, Kontakt aufzunehmen. Vielleicht klappt es ja?" forderte Jahn den Freund auf, während er die neue Marschroute in den Computer eingab. „Josch, wir bleiben noch etwa vier bis fünf Kilometer auf der Straße, dann geht es rechts ab in das Waldgebiet. Bis dahin kannst du schon mal unsere Strecke optimieren und einen vernünftigen Weg durch den Busch berechnen", schlug er vor…

Ina fuhr wie elektrisiert herum und starrte verdattert auf das Funkgerät. „Juppi, bist du dran? Hallo, so meldet euch doch!" Hektisch hielt sie sich diesmal sogar die Kopfhörer ans Ohr, aber es blieb alles stumm. „Ich träume doch nicht! Langsam aber sicher bekomme ich einen Rappel in der Birne!" fluchte sie und streckte sich. Sie tapste hinaus, um sich ein wenig die Beine zu vertreten. „Möchte gern wissen, wo sich Babsi und Jana herumtreiben? Bei diesem Sauwetter werden sie sich hoffentlich ins Trockene gerettet haben?" Sie stellte sich in den Türrahmen und beobachtete voller Sorgen die Regenwand, die ungebremst nieder trommelte und dabei ein nervtötendes Rauschen erzeugte. „So was haben wir noch nie erlebt. Hoffentlich hört das bald wieder auf, da kann man ja richtig depressiv werden", seufzte sie. Der Umriss einer Gestalt eilte durch den Regen auf sie zu, erst einen knappen Meter vor seiner Ankunft im Haus erkannte sie Peter. Er hatte sich zum Schutz einen Umhang über den Kopf gelegt, aber das hatte bei der Menge an Wasser kaum einen Sinn. „Ist klüger, nackig herum zu laufen, als nach jeder Minute die nassen Klamotten zu wechseln!" fluchte er und warf das unnötige Stück einfach auf die Erde. Da, wo er stand, bildeten sich kleine Rinnsale und drohten, durch den Flur in den Saal zu laufen. „Bleib bloß hier und keinen Schritt weiter. Ich hole was zum Aufwischen!" Ina kam mit einem Eimer und Wischmop zurück. „Ich war bis rüber zur Farm unterwegs – nirgendwo ist eine Menschenseele zu sehen. Wer ist auch so blöd, bei dieser Brühe draußen herum zu laufen – nur ich natürlich!" brubbelte er. „Da hat sich inzwischen ein richtiger See im Camp angesammelt. Die Landebahn ist knietief im Wasser versunken. Es kann nirgendwo richtig ablaufen und staut sich immer mehr. Die Wagen der Germanen sind leer. Hast du eine Ahnung, wohin sie sich verkrochen haben?" Peter wischte sich das Gesicht ab und schüttelte sich wie ein Hund. Ina besorgte ihm zwei Handtücher und einen Bademantel. „Was ist denn jetzt kaputt?" schnaufte sie verwundert. Peter verstand nicht, was sie meinte. „Das Wasser, es läuft verkehrt herum. Das Gefälle des Flures ist extra so angelegt worden, dass bei einer Überschwemmung im Küchentrakt das Wasser übern Flur zur Tür hinausläuft. Es dürfte also nach den Gesetzen der Physik überhaupt nicht in diese Richtung fließen?" erklärte Ina misstrauisch und setzte den Mop ein. Peter schlüpfte in den Bademantel und warf seine Kleidung vor die Tür. In Gedanken rekapitulierte er den Verlauf des Geländes. „Ich überlege schon die ganze Zeit, was mich innerlich beschäftigt? Stimmt, das ist wirklich merkwürdig. Der tiefste Punkt des Lagers ist die Farm mit den Weiden zum Wald hin. Die Landebahn mit den unterirdischen Hangars ist quasi die höchste Erhebung …!" Ohne ein weiteres Wort zu verlieren, stürmte er erneut los. „So ein Blödmann, jetzt muss er sich wieder umziehen", stöhnte Ina und schüttete den Eimer vor der Tür aus. Es dauerte nicht lange, und Peter kam im Sprint angesaust. Schnaufend beugte er sich in die Knie. „Die Senke in der Farm ist leer. Auch dort das gleiche Phänomen – das Wasser ist verhext und läuft den Hügel hinauf!" keuchte er und überreichte Ina wehmütig den nassen Mantel. „Sorry, daran habe ich in diesem Moment nicht gedacht!" entschuldigte er sich und band sich ein Badetuch um die Hüfte. In Ina keimte ein Verdacht auf. „Das geht doch nicht mit rechten Dingen zu. Ich checke die Lage in den Hallen. Hoffentlich bewahrheitet sich nicht, was ich gerade ahne?" Sie lief rüber in den Funkraum, wo sich auch die Kontrolltafeln zu den einzelnen Hangars befanden. Nach dem großen Feuer waren zwar die meisten technischen Anlagen ausgefallen, die sich oberirdisch befanden, damit auch der reguläre Überwachungsraum, von dem aus die einzelnen Hallen kontrolliert wurden. Dank der ausgeprägten Sammelleidenschaft ihres verstorbenen Vaters, der nichts wegwerfen konnte und jedes Stück Draht und jeden rostigen Nagel aufhob, befanden sich genügend Materialien in den überquellenden Regalen der Hallen, so dass es einigen Genies der Siedler gelang, in jedem Hangar eine Infrarot-Kamera zu installieren. Ina schaltete den Monitor an. „Hangar I und Hangar II sind okay. Sehen wir bei Hangar III nach…?" Erschrocken zeigte sie auf die Wärmebilder der Menschen darin, die gegen die hereinströmenden Wassermassen kämpften. Sie konnten nur vage erkennen, welches Drama sich dort gerade abspielte. „Das ist ein Ding der Unmöglichkeit! Vater hat uns immer erklärt, dass die Eingänge der Hallen hermetisch abgeriegelt sind, wenn sie eingefahren werden. Irgendwas geht hier mächtig schief? Wir müssen sofort was unternehmen, sonst ersaufen alle!" schri sie aus und wollte sofort los stürmen. Peter studierte intensiv die

Bilder der Kamera und machte sich seinen eigenen Reim darauf. „Warte einen Augenblick – wir dürfen nichts überstürzen. Wenn wir das Tor hochfahren und öffnen, läuft die Hütte sofort bis oben voll…! Schon vergessen – das gesamte Rollfeld ist geflutet!" Während sie nach einer Möglichkeit suchten, die Eingeschlossenen zu befreien, überschlugen sich die Ereignisse. „Verflixt noch mal, was geht jetzt ab?" Peter sprang so heftig auf, dass der Hocker umfiel. Sie konnten zwar nicht hören, was sich ereignete, aber die nachfolgenden Bilder ließen ihnen die Haare zu Berge stehen. „Das Tor bricht durch. Hilfe, was machen wir jetzt?" jammerte Ina und biss sich verzweifelt in den Finger. Das Tosen war bis zum Haus zu vernehmen, mit einem Schlag hörte der Regen auf…

Gernot der Wilde trieb sein Pferd unbarmherzig an, so dass seine Krieger Mühe hatten, ihrem Anführer zu folgen. Erst als er sicher war, dass sie nicht verfolgt wurden, drosselte er das Tempo und versammelte die Männer um sich herum. Ein prüfender Blick verriet ihm, dass es alle geschafft hatten. „Dieser Sven läuft mir noch einmal über den Weg – und bei Odin schwöre ich, dass ich ihm seine verdammte Zunge persönlich aus dem Maul reißen werde und an die Hunde verfüttere!" grollte er und gab bekannt, dass sie in Richtung Kastell Berlina weiter ziehen würden. „Hermanns Krieger werden unserem Dorf nichts antun, dessen bin ich mir sicher. Er kann sich als frisch gewählter Fürst und Oberhaupt nicht leisten, Unschuldige zu verurteilen. Nur wenn er mich dort findet, dann würde er wahrscheinlich an meiner Familie Rache nehmen und alle hinrichten lassen. Wir werden allerdings so lange untertauchen und seinem ärgsten Feind einen Tipp geben, wo er zu finden ist. Manchmal muss man zu einer List greifen und eine außergewöhnlichen Allianz schließen, um die Machtverhältnisse neu zu ordnen!" verkündete er finster. Schon ging es weiter. Trotz des heftigen Regens, der einsetzte, schlug sich der Trupp über einen Trampelpfad bis zur befestigten Straße durch, von dort aus erreichte er rechtzeitig vor Anbruch der Nacht die Tore des Lagers der Römer. Nass bis auf die Haut, ließ er erneut anhalten. Sein Ross tänzelte und schnaubte unruhig. Er kannte es lange genug und wusste dieses ungewöhnliche

Verhalten zu deuten. „Mein Hengst warnt mich, er muss etwas wahrnehmen, was uns bislang verborgen bleibt? Wir rücken langsam vor. Das Haupttor der Siedlung steht offen – könnt ihr die Wachen sehen?" fragte er an, während seine Blicke das Gelände erkundeten. Der Regen hatte genau so plötzlich aufgehört, wie er begann. Die Luft war schwer, träge Nebelfetzen erhoben sich und hüllten das Umfeld in ein diffuses Dämmerlicht. „Absteigen, wir laufen das Stück. Haltet die Waffen bereit!" befahl Gernot. Sie verließen das schützende Dickicht, die Streitäxte in der Faust und näherten sich dem Tor des Kastells. „Vielleicht ist es besser, wir warten die Dunkelheit ab und rücken dann ein?" Das Argument von einem seiner Krieger wischte er mit einer lässigen Handbewegung fort. „Wir kommen als Freunde in Frieden und bieten ihnen unsere Dienste an. Was also sollte schon geschehen?" knurrte Gernot zurück. Doch bevor sie die hölzerne Brücke aus massiven Baumstämmen erreichten, die über den tiefen Graben vor dem Haupttor führte, der nun vor Wasser überquoll, wurden sie von allen Seiten umzingelt. „Das sind keine Römer – es sind Landsleute!" wurde ihm noch zugerufen, als sie gewaltsam entwaffnet und in Gewahrsam genommen wurden. Gernot gab zerknirscht seine Axt ab. „Woher kommt ihr? Habt ihr etwa die Römer geschlagen und das Kastell eingenommen? Nun redet schon!" erkundigte er sich bei den beiden blondschöpfigen Germanen, die ihn eskortierten. Sein Hengst blähte die Nüstern auf und begann, heftig auszuschlagen. „Ruhig, bleib ruhig, mein Brauner!" Seine Worte konnten das erregte Tier nicht besänftigen. Es stieg senkrecht empor und riss sich los. Bevor er die Zügel erneut greifen konnte, rammte das Pferd mit der Brust mehrere Krieger beiseite, bahnte sich den Weg und galoppierte wiehernd davon. „So ein verdammter Mist!" fluchte sein Reiter erbost, konnte aber daran nichts mehr ändern. Auch die Pferde seiner Krieger verhielten sich auffälliger als sonst, wurden aber von den Fremden fest an den Zügeln gepackt und mitgeführt. Gernot kannte das Kastell nur von den Erzählungen der Kaufleute und Wanderer, die manchmal in seinem Dorf ankamen. „Mich interessiert, ob die unzähligen Geschichten von diesem sagenhaften Tor wahr sind oder nur Märchen von diesen Spinnern?" Seine beiden Wärter reagierten auf keine Ansprache von ihm, stumm wie ein Fisch führten sie ihn auf einer befestigten Straße entlang, die sich durch das gesamte Berlina zog. Schon die Bauten, die sie rechts und links säumten, waren so prachtvoll, dass ihm fast die Augen übergingen. Die kunstvoll gefertigten Fassaden mit den Mamor-Säulen zeugten von einer Qualität, die sein eigenes Haus zu einem blanken Stall degradierten. Das Getuschel seiner Leute drang bis zu ihm. „Haltet gefälligst die Schnauze und lasst euch nicht von diesen Hütten beeindrucken. Wer weiß schon, wie es hinter diesen Mauern aussieht?" fauchte er ärgerlich. Dann blieb ihm die Spucke weg. Ein mächtiger Feuerschein erhellte in der Ferne ein Objekt, welches riesig in die Höhe ragte. „Das geheimnisvolle Tor!" stieß er hervor, fast automatisch schlug er eine schnellere Gangart an. „Das muss ich sehen!" Viel weiter kamen sie allerdings nicht, zwei Gestalten standen mitten auf dem Weg und erwarteten sie bereits. Der Zug hielt an, auch Gernot blieb überrascht stehen. „Ein Germane neben einem Römer – friedlich vereint? Dann sind sie so was wie Verbündete?" rätselte er insgeheim, als ihm einer der Männer entgegen trat. Seine Gesichtszüge kamen ihm irgendwie vertraut vor, zumindest erinnerte sie an jemand. Während er sich den Schädel zermarterte, umkreiste der Fremde ihn mehrfach und betrachtete ihn mit tückischen Augen. „Ich rieche das Blut meines Stammes! Du musst einer meiner Nachkommen sein, welche die Cherusker anführen", zischte er ihm ins Ohr. Gernot schnellte herum. „Erkennst du mich nicht? Ich bin es – dein Oheim Fürst Arminius!" Nun war es heraus. Er winkte dem Römer zu und bat ihn zu sich. „Darf ich vorstellen: Varus – Feldherr des römischen Heeres und Oberbefehlshaber der Legionen, die ich im Teutoburger Wald zur Schlacht herausforderte!" Gernots Verblüffung wuchs ins Unermessliche. „Du bist schon lange tot? Und er auch – wie kommt ihr hierher? Wie im Namen Odins ist das möglich?" Arminius lachte voller Hohn auf. „Siehst du Varus, so sind die eigenen Verwandten. Sein Vater erteilte den Befehl, mich zu töten. Er schickte die Mörder in mein Haus. Sie haben meinen Wein vergiftet, mich wie eine elende Ratte verrecken lassen. Und nun wundert er sich, dass die alten Geister herum spuken?" Arminius umfasste sein Kinn und hob den Kopf an, so dass er ihm in die Augen sehen konnte. „Diesmal werde ich derjenige sein, der sich rächen wird! Nicht die

Römer waren und sind meine Feinde – sondern meine eigene Familie und Stammesbrüder, die den Hals nicht vollbekommen!" Damit stieß er ihn von sich, so dass Gernot stolperte und zu Boden ging. Dieser war noch immer derart perplex, dass er es willenlos geschehen ließ. „Du hast Glück, der Erhabene persönlich will dich sehen, bevor du gewandelt wirst. Er befindet sich auf einer Mission in Rom und kehrt in den Morgenstunden zurück. Präfekt Lehrmeier und der Kaiser haben ihn zu sich beordert. So lange kannst du aber zusehen, wie sich die Wandlung bei deinen Leuten vollzieht!" Arminius erteilte mehrere Anweisungen. Gernots Krieger, die sich duldsam verhielten, wurden in einer Reihe gestellt. „Verrate mir doch, weshalb du freiwillig ins Kastell eingedrungen bist?" Es war Varus, der den Fuß auf seinen Brustkorb setzte und sich zu ihm runterbeugte. „Wir mussten fliehen. Ich wollte meinen Neffen Hermann töten, dem neu ernannten Fürsten der Cherusker. Das Thing hat ihn zum Nachfolger seines Vaters Aurich bestimmt", krächzte er und schnappte nach Luft. Arminius wurde hellhörig. „Aurich lebt demnach nicht mehr?" Er kam mit drohender Gerste auf Gernot zugestampft und forderte ihn auf, sich zu erheben. „Fürst Aurich war ein gute Mann, kein Speichellecker und Verräter. Er war der Einzigste meines Clans, dem ich heute noch trauen würde. Sein Sohn wurde zum neuen Fürsten ernannt?" hakte er nach. Gernot, dem inzwischen der Schädel wie ein Bienenstock brummte, nickte nur. „Er war derjenige, der nach meinem unrühmlichen Tod meinen Namen in Ehren hielt. Er verurteilte öffentlich die Machenschaften der Clanfürsten und wandte sich von denen ab, die durch Heimtücke ihre Titel ergaunerten. Ich durfte nicht in Walhalla einziehen, um an der Tafel der besten Krieger zu speisen. Meine Seele und mein Geist verharrten in der Zwischenwelt des Dunkels und sollten dort für die Ewigkeit vor sich hinfaulen. Er allein sprach meinen Namen offen aus und ehrte mich als Held – das werde ich ihm niemals vergessen. Aber die Zeiten ändern sich, der Gebieter fordert seinen Tribut. Heerführer Achmat befreite uns aus der Hölle, damit wir unsere Rache vollenden können! Deshalb werde ich gemeinsam mit meinem Freund Varus alles unternehmen, die Stämme der Germanen in das Reich der Römer zu holen. Meine Kriegerhorden von einst stehen bereit, die Legionen von Varus ebenfalls.

Wenn der Feldherr eintrifft, wird er über das mächtigste Heer aller Zeiten verfügen, um die rebellischen Anführer mitsamt ihrer Streitkräfte in Luft aufzulösen!" Während Arminius lautstark seine Psalme herunterrasselte, schossen Gernot dem Wilden vielerlei Gedanken durch den Kopf. „In was für einen Schlamassel bin nur geraten?" Seine Männer wurden indessen vollständig entkleidet, manch unruhiger und Hilfe fordernder Blick von ihnen streifte den Anführer, doch der hatte mit sich selbst genug zu tun. „Die Wandlung in einen Krieger der Alten Garde vollzieht sich in zwei Etappen. Ihr bekommt ein Drachen - Branding auf euren rechten Oberarm. Das ist der erste Schritt. Um die Wandlung zu aktivieren, werden wir euch töten. Erst durch den Tod wird der Prozess aktiviert, danach erwacht ihr als Zombie-Krieger und werdet das ewige Leben genießen können!" verkündete Varus und vollzog selber durch das Auflegen seiner Hand das Aufbrennen der Drachenköpfe. Die Haut des ersten Kriegers flammte glutrot auf, es roch nach verbranntem Fleisch. Er stand wie betäubt und starrte vor sich hin. So erging es nacheinander allen sieben Kämpfern, die sich in einer Trance befanden. „Bringt ihn zu mir!" Gernot wurde gepackt und zu Varus geschleift. „Dich wird Achmat töten. Das war sein ausdrücklichster Wunsch und Befehl. Also verpasse ich dir jetzt das Branding, dann heißt es für dich abwarten!" Gernot fühlte einen stechenden Schmerz auf seinem Arm, eine heiße Welle erfasste seinen Körper, dann war es bereits vorbei. Während sein Gefolge von Arminius niedergestochen wurde, blieb er vorerst von dieser letzten Aktion verschont. „In weniger als zwei Stunden ist die Wandlung vollzogen. Legt die Körper an die Seite und bereitet für sie ein Begrüßungsmahl vor!" befahl Varus. Gernot hockte sich auf den Boden, in seinem Innern brodelte es wie in einem Hexenkessel. Er fühlte sich schlecht und krank. „Was geschieht mit mir?" Er registrierte noch, dass er erneut von zwei Kriegern angehoben und an die Seite direkt neben seiner toten Schar abgesetzt wurde. So saß er einfach nur da und war kaum in der Lage, sich zu rühren.

Er beobachtete aphatisch die Vorbereitungen des Mahles. Obwohl er keinen klaren Gedanken fassen konnte, wunderte er sich über die Tatsache, dass mehrere Frauen erschienen. Varus und Arminius saßen auf Stühlen und ergötzten sich am Anblick der weiblichen Reize, die ihnen wie auf einem Tablett präsentiert wurden. Es waren vorwiegend junge Frauen und Mädchen, die mit angstvoller Mimik völlig nackt in den Kreis der Krieger traten. „Nun Arminius, das hättest du dir bestimmt nicht träumen lassen, noch einmal so ein Schauspiel erleben zu dürfen. Such dir eine Braut für die Nacht, bevor wir sie der Meute zum Fraß vorwerfen!" bot Varus an. Der Germane deutete auf eine blonde Frau mit üppigen Brüsten, die verschämt mit den Händen ihre Blöße zu verdecken versuchte. „Die da ist ganz nach meinem Geschmack und weckt manche Erinnerungen an heiße Stunden!" grunzte er und beorderte die Unglückliche heran. „Stell dich gerade hin und halte die Arme hoch, damit ich dich besser betrachten kann!" blaffte er die Frau an, die nicht wusste, wo sie hinschauen sollte. Sie zögerte. Ein leises Klatschen auf ihre Hände belehrte sie, dass es besser war, die Anweisungen des Anführers zu befolgen. Ein roter Striemen zeichnete sich als blutige Spur ab, wo die Peitsche sie getroffen hatte. „Dreh dich langsam herum, damit alle etwas davon haben!" wurde sie angeknurrt, während sich die übrigen Frauen leise wimmernd zusammen scharten. Sie gehorchte und drehte sich zögernd um die eigene Achse. „Es bleibt dabei, sie wird mir die nächsten Stunden versüßen. Wie es scheint, habe ich eine gute Wahl getroffen – sie ist ein Weib aus dem Stamm der Markomannen", entschied Arminius und ließ sie in sein Quartier schaffen. „Nehmt eure dreckigen Pfoten von ihr und dass ihr kein Haar gekrümmt wird, bevor ich sie geritten habe!" rief er den Posten nach. Das Gelächter und die rohen Sprüche der ausgehungerten Kerle, denen es nicht nur nach Fleisch als Nahrung gelüstete, heizten die Atmosphäre richtig an. Die beiden Kriegsherren schauten belustigt zu, wie ihre Opfer immer mehr bedrängt wurden. „Ihr seht, was vor euch steht. Nutzt die nächsten Stunden und reagiert euch an ihnen ab. Fickt ihnen die Seele aus dem Bauch – aber tötet sie nicht! Wehe den, der das nicht befolgt und es vergisst! Sie werden für die neuen Krieger gebraucht!" belehrte er die Truppe, die immer unruhiger wurde und kaum noch zu bändigen war. Varus suchte sich ebenfalls ein Weib für die Nacht, gemeinsam verzogen sie sich in ihre Unterkünfte, um sich an ihnen zu ergötzen. Gernot erlebte in den nächsten Stunden ein derart brutales und makaberes

Schauspiel, dass der sonst hart gesottene Krieger entsetzt die Augen schloss. Die Schreie der gepeinigten Frauen erklangen bis spät in die Nacht hinein. „Ich muss hier weg! Egal wie – aber einfach nur fort!" hämmerte es in seinem Hirn, nach mehreren erfolglosen Versuchen gelang es ihm endlich, auf die Beine zu kommen. Unbeachtet ging er los, immer in Richtung des großen Tores…

Sie wurden sich schnell einig und Gaius übernahm trotz heftiger Proteste von Otilda diesmal die Führung zum Kastell. „Er kennt sich besser aus als wir und navigiert uns über den kürzesten Weg nach Berlina!" begründete Juppi seine Entscheidung. Der Regen war vorüber, dennoch tat sich die Sonne schwer damit und ließ sich kaum blicken. „Wir warten bis zur Dunkelheit am Waldrand und beobachten die Lage. Wenn alles klappt, schlagen wir uns über Umwege zum Brandenburger Tor durch. Hoffentlich ist da mehr dran und nicht alles nur purer Blödsinn?" Juppis letzte Bemerkung bezog sich auf den Bericht der beiden Legionäre, die behaupteten, dass Heerführer Achmat immer in diesem Tor verschwand und erst nach Tagen dort wieder erschien. „Vielleicht hat das Tor eine ähnliche Funktionsweise wie dieser Steinkreis bei uns über Hangar IV?" Anka schob einige Äste zur Seite und folgte den Römern, die zielsicher einen kaum erkennbaren Pfad entlang schritten. Otilda reihte sich hinter Juppi ganz am Schluss der Gruppe ein. „Diesmal sind wir schneller vor Ort als nach dieser Tourtour durch den Bach. Wenn Marcus sich nicht verschätzt hat, müssten wir in einer knappen Stunde da sein!" schwatzte Juppi und lächelte ihr aufmunternd zu. Trotzdem verzog sie das Gesicht, wie drei Tage Regenwetter. „Du weißt, dass ich ihnen nicht über dem Weg traue. Was ist, wenn sie uns doch noch verraten", knirschte die junge Germanin. „Das wird nicht geschehen, ich habe ein Bauchgefühl für solche Dinge", erklärte Juppi weiter. Seine wirklichen Gedanken, die durchaus in eine ähnliche Richtung gingen, äußerte er vorsichtshalber nicht. „Und wenn was passiert, vertraue ich auf deine Künste als Bogenschütze", raunte er ihr zu. „Könnt ihr mal da hinten die Klappe halten? Wir dürfen uns nicht nur auf die Augen verlassen sondern müssen auch erlauschen, was in der Umgebung passiert. Ihr stört mit eurem Gequatsche!" ermahnte Anka sie. Juppi zuckte mit den Achseln. „Wo sie Recht hat, hat sie Recht!" Nach Ablauf einer Stunde kamen sie wie geplant auf der Lichtung vor dem Kastell an. „Und jetzt schön aufpassen, dass wir keinem ihrer Häscher in die Arme rennen!" Juppis Belehrung war überflüssig, jeder von ihnen kannte die Gefahr und wusste, welches Risiko sie erwartete. Anka hielt Ausschau nach der Drohne, die einsam und verlassen an ihrem Platz stand. Ihr blutete das Herz, ihren Lieblingsflieger in diesem ramponierten Zustand zu erblicken. „Ob ich sie jemals wieder fliegen kann? Hoffentlich bekommen diese Schweine nicht die Türsicherungen auf. Vielleicht können wir sie ja eines Tages in Schlepp nehmen und ins Camp bringen?" Sie hatte Tränen in den Augen, als Juppi sie anstieß. „Zerbrich dir jetzt nicht den Kopf darüber. Wir werden schon eine Möglichkeit finden, dein Baby wieder flott zu bekommen. Lass uns lieber von hier verschwinden!" ermahnte er sie und lief weiter. „Ich verwette meinen Arsch, dass die dort einen Posten reingesetzt haben. Schade, dass wir das nicht nachprüfen können?" fauchte sie und folgte schließlich ihren Gefährten, die sich bereits ein ganzes Stück weit weg befanden. Im Laufschritt schloss sie auf. Gaius wies auf einen Stapel Baumstämme. „Wir verstecken uns dahinter. Von dort haben wir den besten Überblick zur Toreinfahrt", schlug er vor und sah Otilda fragend an. „Meinetwegen – ist doch egal, von wo aus wir dort hineingucken!" zischte sie ihn giftig an. Sie bemerkte das flüchtige Lächeln um seine Lippen. „Das dürfte nicht ganz stimmen, Germanin! Aber ich habe nicht die Absicht, eine so erfahrene Kriegerin wie dich zu belehren", ergänzte er beflissen und steuerte in geduckter Haltung den Haufen an. Otilda knurrte unverständlich vor sich hin. Eine winzige Bewegung hinter einem Stamm ließ sie misstrauisch aufblicken. „Juppi – warte! Da ist was", flüsterte sie ihrem Vordermann ins Ohr und wies auf die Stelle. Während Anka den beiden Legionären folgte, hockten sich Juppi und Otilda nieder und lauerten gespannt, was geschehen würde. Anka bemerkte erst bei ihrer Ankunft am Ziel, dass ihre Freunde nicht gefolgt waren. „Gaius – sie sind fort. Wir müssen auf jeden Fall hierbleiben, bis wir sie sehen!" informierte sie und checkte beunruhigt das Terrain. Otilda legte sich den Bogen schussbereit auf den Schoß. Juppi zückte das Schwert und prüfte gewissenhaft die Schärfe. „Egal wer oder was da auf uns zukommt – wir müssen zusammen bleiben. Hast du verstanden?" instruierte Juppi das Mädchen und suchte mit dem Fernglas alles ab. Otilda stupste ihn mit der Faust an. „Da ist es!" Er folgte ihrem Hinweis und erblickte die Umrisse eines Tieres. „Es ist ein Pferd!" entschlüpfte ihm, er stand auf und zog sie mit sich. „Vorwärts. Ein Reiter ist nicht zu sehen. Vielleicht ist es nur ausgebüchst und sucht hier nach Futter?" mutmaßte Juppi und guckte sich nach allen Richtungen um. Anka entdeckte sie, als sie über die kahle Fläche rannten und winkte ihnen aufgeregt zu. „Juppi, Otilda – hier sind wir!" Während Juppi auf sie zu eilte, geschah etwas Unerwartetes. Das Pferd hob lauschend den Kopf, als es Otilda bemerkte, galoppierte es mit erhobenem Schweif auf sie zu. Sie sahen noch, wie die junge Frau ihren Bogen spannte und zielte. Sie schoss allerdings den Pfeil nicht ab. „Ist die völlig durchgeknallt? Das Biest rennt sie über den Haufen!" fluchte Juppi erschrocken und wollte loshetzen. Otilda senkte die Waffe und hob die Hand. Zu seiner Erleichterung wurde das Tier langsamer, schließlich lief es die letzten Meter im Schritt und hielt auf Armlänge vor ihr schnaubend an. Otilda strahlte übers ganze Gesicht, als sie mit dem Pferd bei ihren Leuten anlangte. „Es ist Onkel Gernots Hengst. Ich erkenne ihn am Zaumzeug. Außerdem habe ich ihn selber gefüttert, während er bei uns war. Doch was hat er ausgerechnet hier zu suchen?" grübelte sie laut. Diese Frage konnte ihr niemand beantworten. „Das musst du schon mit ihm selber klären. Schade nur, dass Pferde nicht reden können. Für mich allerdings gibt es nur ein Argument – wenn er sich im Kastell herumtreiben sollte, spricht es nicht gerade für ihn. Nach der Aktion, die er sich geleistet hat…?" Anka eierte nicht lange herum und plapperte frei heraus, was sie dachte. „Wenn er solchen Hass auf seinen Neffen hat, der ihm jetzt sogar den Titel streitig macht, wird er bestimmt hoffen, hier Verbündete zu finden!" Das war eine Feststellung, keine Vermutung von ihr. Otilda lehnte sich an den Hals des Hengstes und dachte angestrengt nach.

„Vater hat sich mit seinem Bruder nie verstanden. Man munkelt hinter vorgehaltener Hand, dass Großvater Leon den Mord an Arminius befahl. Er war wohl neidisch auf dessen Erfolge und hat ihn deswegen aus dem Wege räumen lassen." Otilda sprach zwar mehr zu sich selber, aber alle vernahmen ihre Worte. „Dieser Großvater Leon war der Vater von Aurich und Gernot?" fragte Juppi sie direkt. „Ja, war er. Ich selber kenne ihn nur aus den Erzählungen meiner Familie. Er muss ein äußerst hartherziger Mensch gewesen sein, der niemand traute. Er starb nur wenige Jahre nach Arminius Tod. Böse Zungen behaupten ja, dass der Fürst ihn zu sich holte, um sich zu rächen", wisperte sie. Marcus, der die ganze Zeit über die Einfahrt im Auge behielt, verließ seinen erhöhten Beobachtungspunkt und kam vorsichtig die Stämme herab geklettert. „Keine einzige Wache am Tor. Sie sind alle im Kastell und feiern wohl? Auf jeden Fall fühlen sie sich absolut sicher. Gaius wird als Vorhut die Lage erkunden. Wir warten, bis er uns ein Signal gibt. Dann können wir folgen!" informierte er Juppi, der ziemlich sauer aus der Wäsche guckte. „Ist Gaius etwa schon weg? Was soll dieser Alleingang?" Marcus bestätigte das. „Keine Bange. Das ist unser Revier. Dort kennen wir jeden Winkel und jede Ritze." Seine Bemühung, Juppis Zweifel zu zerstreuen, gelang ihm mehr schlecht als recht. Otilda sah Juppi skeptisch an. „Na, was sagst du jetzt?" frotzelte sie. Juppi atmete tief durch. „Sie haben beide versprochen, mit uns gemeinsam zu gehen. Ich vertraue ihm!" Seine Antwort klang nicht sehr überzeugend. Doch zum Glück fügte sich alles zum Guten. Ein Eulenschrei ließ Marcus aufhorchen. „Das Zeichen. Was machen wir mit dem Gaul? Wir können ihn unmöglich mitnehmen!" erklärte er und sah Otilda fragend an. „Der muss dann wohl alleine klar kommen. Otilda, nimm ihm die Zügel ab und lass ihn laufen!" ordnete Juppi an. Der zweite Eulenruf verhallte. „Wir müssen los!" drängte Marcus unruhig. Otilda befreite das Tier vom Sattel und Zaumzeug und ließ es frei. „Wir sehen uns hoffentlich bald wieder?" zischte sie wehmütig und winkte verstohlen, bis der Hengst im Dickicht untertauchte.

„Wo bliebt ihr denn?" knurrte Gaius vorwurfsvoll, er hockte hinter einer Holzfassade neben der Einfahrt und sah ihnen ziemlich grimmig entgegen. Es war inzwischen stockfinster geworden, nur ein Feuerschein weit weg von ihnen flackerte im Wind. Manchmal drang Lärm und wüstes Geschrei zu ihnen herüber. „Wie es aussieht, haben wir heute Nacht großes Glück. Achmat befindet sich in Rom und seine Krieger lassen die Puppen tanzen. Wir schlagen uns von jetzt an durch einige Seitenstraßen bis zum großen Tor durch. Macht nach Möglichkeit keinen Lärm und achtet darauf, wo ihr hintretet. Kann es losgehen?" „Kann es – aber pass du lieber auf, dass wir uns bei dieser Dunkelheit nicht völlig aus den Augen verlieren. Anka, brennt deine Lampe noch?" Ein kurzes Blinken war ihre Antwort. „Also gut, ihr beide lauft vorneweg, wir folgen euch. Da, wo es brenzlig werden könnte, musst du mit der Taschenlampe aushelfen", ordnete Juppi an. Damit ging es durch das nächtliche Kastell. Gaius kannte sich wirklich hervorragend aus. Die erste Strecke führte sie an flachten Baracken vorbei. „Die Quartiere des Heeres. Hier hausen vorwiegend die Mannschaften. Die Offiziere sind natürlich nobler untergebracht" flüsterte Marcus ihnen zu. Dann ging es durch eine enge Gasse zu einem Brunnen. „Erfrischt euch kurz und trinkt einen Schluck. Das ist im Moment die einzige Möglichkeit hier im Lager!" Juppi nahm das Angebot dankbar an und trank einige Züge vom frischen Wasser. Gaius bog nun ohne zu zögern in eine Öffnung ein, die mit Holzbohlen gepflastert war. „Tretet leise auf!" Sein Hinweis war überflüssig, behutsam tastete sich der Trupp durch die nicht enden wollende Durchführung. Als sie endlich wieder frischen Wind auf der Haut spürten, stellte Juppi überrascht fest, dass sie sich unmittelbar vor der Mauer befanden, welche das geheimnisvolle Tor umschloss. „Das ging ja schneller als ich dachte", murmelte er zufrieden. Doch der eigentliche Kraftakt stand ihnen noch bevor. „Ungefähr fünfzig Schritte von hier ist die Pforte, durch die man ins Innere gelangt. Ich habe noch nie erlebt, dass sie unbewacht war", erklärte Marcus, während sie sich allmählich heranpirschten. Feuerkörbe erhellten den Bereich des Einganges, zur Verwunderung der Legionäre war es auffällig still. „Normal patrouillieren vor der Mauer immer zwei Männer. Die fehlen im Moment. Direkt am Eingang stehen sonst weitere zwei Krieger und hinter der Mauer zum Hof zugewandt mindestens zwei Mann, meistens sogar drei bis vier schwer bewaffnete Posten. Wartet hier, ich sehe nach!" Gaius blieb im Schatten der Wand und bewegte sich auf leisen Sohlen bis zur Höhe des Durchganges. Plötzlich bog er um die Ecke und war nicht mehr zu sehen. „Duckt euch – da kommt jemand!" Marcus bemerkte den Ankömmling erst, als er den beleuchteten Kreis betrat. Otilda krallte sich bei Juppi in den Arm, so dass dieser erschrocken aufzischte. „Das ist mein allerliebster Onkel Gernot. Also stimmt es doch, dass er sich hierher verkrochen hat, dieses miese Schwein", fauchte sie empört und war nahe daran, ihm einen Pfeil zu verpassen. Anka fiel das ungewöhnliche Verhalten auf, welches er zeigte. „Der läuft, als wenn er eine mit der Klatsche auf die Birne bekommen hat. Oder ist stinkbesoffen?" Er taumelte und schien völlig orientierungslos durch die Gegend zu irren. „Stimmt, normal ist das nicht! Otilda, mache jetzt keine unüberlegten Sachen. Wenn es hart auf hart kommt, kannst du ihn immer noch in die Mangel nehmen..." bremste Juppi das aufgebrachte Mädchen. Es gab ein dumpfes Geräusch, Gaius fegte wie ein Wirbelwind hervor und verpasste ihm mit dem Schwertgriff einen derben Schlag auf den Hinterkopf, so dass er in die Knien sackte und aufs Gesicht fiel. „Gut gemacht, Römer!" Es war wohl das erste Mal, dass Otilda eine Aktion des Legionärs positiv bewertete. „Wenn er ihm den Kopf abschlagen würde, hätte ich überhaupt nichts dagegen einzuwenden!" Ihre harte Mimik zeigte Juppi, dass es ihr mehr als ernst war. Gaius schlich heran, um die Gruppe über den Stand der Dinge zu informieren. „Weder drinnen noch draußen sind Posten. Hier scheint wirklich alles drunter und drüber zu gehen. Wenn der Heerführer das wüsste, ich glaube, er würde einige Leute in der Luft zerreißen!" äußerte er mit einem ratlosen Achselzucken. „Weshalb hast du ihn nicht gleich umgebracht? Das Schwein hat es nicht anders verdient!" tadelte Otilda ihn. Der Legionär musste erst umschalten, bevor er kapierte, worauf sie anspielte. „Vielleicht kann er uns noch von Nutzen sein? Außerdem hatte ich keine Ahnung, wer er ist – kennst du ihn etwa?" fragte er erstaunt. „Und ob – er gehört zu unserem Stamm und ist ein Verräter, der meinen Bruder umbringen wollte. Ihm gehört der Hengst!" entgegnete sie bissig. „Ach, das ist der berühmte Onkel Gernot?" Gaius grinste hämisch vor sich hin. „Dann findet hier gerade ein Familientreffen der besonderen Art statt. Es gibt eine kleine Auffälligkeit, die mir nicht entgangen ist!" bemerkte er. Er drehte sich Juppi zu. „Er hat ein frisches Branding auf dem rechten Oberarm – einen Drachenkopf!"

Während Juppi mit den beiden Frauen den Zugang zum Tor sicherten, schnappten sich die Männer Gernot und trugen den Bewusstlosen durch den Gang in den Innenhof. Jetzt, wo sie freien Blick auf das Brandenburger Tor hatten, welches über Jahrhunderte die Mitte von Berlin zierte, gingen nicht nur Juppi viele Gedanken durch den Kopf. Sie konnten lediglich den unteren Teil des Bauwerkes erspähen, ab der Mitte verlor sich alles in der Dunkelheit. „Wer hätte je gedacht, dass dieses Tor eine besondere Gabe hat? Wieso ist es das einzige Objekt aus unserer Zeit, welches hierher gelangt? Ich verwette meinen Kopf, dass beim Bau Freimaurer beteiligt waren, die genau wussten, was sie taten!" Er berührte mit der Hand die raue Steinfläche. „Und was soll jetzt passieren? Was ist so besonders an diesem Ding?" rätselte Anka, die gedankenvoll über eine Säule strich. „Wir müssen rausbekommen, weshalb das Tor hier steht. Ohne Grund wird das nicht geschehen sein – da bin ich mir völlig sicher!" grummelte Juppi, der jeden der fünf Durchgänge genauer unter die Lupe nahm. Er suchte aufmerksam den Boden ab. „Anka, die Taschenlampe bitte!" Der Strahl der kleinen Lampe erhellte unzählige Fußspuren, die zwischen die einzelnen Einfahrten führten. „Früher war der mittlere Abschnitt für große Fahrzeuge vorgesehen. Eine richtige Straße ging da hindurch. Die doppelten Zugänge auf beiden Seiten waren den Fußgängern vorbehalten. Aber welchen Sinn macht das Ganze hier?" fragte er sich laut. Ein schrilles Zirpen setzte ein und ließ den Trupp flüchten. In einer Ecke, in der ein schlanker Turm in die Höhe ragte, fanden sie einen hölzernen Verhau, der ihnen als Versteck diente. Sie glaubten sich bereits in Sicherheit, als Juppi den Körper von Gernot entdeckte, den sie einfach auf dem freien Platz abgelegt hatten. „Scheiße – der kann dort nicht liegen bleiben. Wenn jetzt jemand durch das Tor kommt, wird uns verraten", stöhnte er und entschloss sich, schnell zu handeln. „Marcus, komm mit und hilf mir!" forderte er den Krieger auf und stürmte los. Marcus und Gaius folgten ihm gemeinsam. Ein heller Lichtschein baute sich im mittleren Bogen des Tors auf, mehrere Blitze schossen darin umher. „Los, wir müssen von hier verschwinden. Da ist was im Gange!" Die Männer griffen sich Gernot, hoben ihn auf die Beine und schleiften ihn mit sich. Das Zirpen schwoll an und wurde zu einem durchdringenden Pfeifen, welches schmerzhaft in den Ohren dröhnte. Was dann geschah, versetzte sie in absolute Verblüffung. Es gab einen durchdringenden Knall – und Achmat der Heerführer materialisierte sich vor ihren erschrockenen Augen. Er war voller Blut, in den Händen trug er ein gewaltiges Schwert. Otilda zuckte sichtlich nervös zusammen und suchte Halt bei Anka. Diese legte ihr gebieterisch den Finger auf den Mund und schüttelte den Kopf. „Kein Ton", wisperte sie. Sogar die beiden kampferprobten Soldaten wurden fahrig bei diesem grausigen Anblick. Marcus schüttelte sich vor Ekel, als Achmat etwas von seiner Schulter fegte und auf den sandigen Boden klatschen ließ. Im Lichte des Feuers waren Stücke von Gedärme zu erkennen, die rote und braune Schleifspuren hinterließen. „Wachen – wo seid ihr!" Laut hallte seine Stimme über den Hof, aber von den Posten ließ sich niemand blicken. „Die Bagage wird mich kennenlernen! Wo sind Arminius und Varus – diese Herumtreiber?" brüllte er ärgerlich. Mit erhobener Waffe stürmte er zum Ausgang und entschwand.

Juppi atmete erleichtert auf, sein Blick fiel eher zufällig auf Gernot. „Du bist ja wach", stellte er fest. Gernot musterte misstrauisch die Legionäre, als er Otilda bemerkte, bäumte er sich auf. „Kind, du musst sofort von hier abhauen! Das ist die Hölle – hier sind die verwunschenen Geister der Vorfahren eingedrungen, um sich gegen unsere Stämme zu verbünden. Ich habe mit Arminius gesprochen, der eigentlich tot sein müsste?" Er atmete schwer und japste nach Luft. „Sie haben meinen Kriegern diese Köpfe auf die Arme gebrannt und dann erdolcht, diese Bestien! Nur mich haben sie verschont, weil dieser Heerführer Achmat mich sehen will", seufzte er weiter. Juppi leuchtete das Branding auf seinem Arm an. Es war knallrot, die Umrisse des Drachenkopfes wirkten noch ein wenig verschwommen. „Wir haben vor Jahren heraus bekommen, dass jeder, der dieses Zeichen trägt, den Tod sucht, um sich wandeln zu können. Sie haben bei deinen Leuten den Prozess abgekürzt und sie sofort nach dem Brennen getötet. In wenigen Stunden sind sie Zombies. Mir ist nur nicht klar, was wir mit dir anfangen sollen? Die einzige Chance, das zu verhindern – Rübe ab!" erklärte Juppi zerstreut. Otilda hatte weniger Skrupel. „Was zögert ihr? Er soll erhalten, was er verdient! Gebt mir das Schwert und ich erledige das persönlich!" brauste sie auf und griff zu, um sich der Waffe zu bemächtigen. Ankas beherztes Eingreifen verhinderte das Schlimmste. Gernot lächelte vor sich hin und nickte verständnisvoll. „An ihrer Stelle würde ich genau so handeln. Ich habe mich wie ein Schuft verhalten – und werde früher oder später dafür bezahlen. Kein einziger Clan der Cherusker wird mich jemals in seinen Reihen aufnehmen oder mir eine Bleibe anbieten, wo ich mein müdes Haupt betten kann. Ich war unbeherrscht und habe einen großen Fehler gemacht, als ich die Entscheidung des Things in Frage stellte. Nun, damit muss ich leben…" Er schaute Otilda voller Mitgefühl an. „Wenn ich schon sterben soll, dann wünsche ich mir, dass du das Werk vollendest!" Anka hielt das Mädchen noch immer in ihren Armen fest umklammert. „Kann ich dich loslassen?" Otilda brummte zustimmend. „So lange er nicht getötet wird, bleibt er halbwegs normal, fast wie ein Mensch. Es wird erst gefährlich mit ihm, wenn er im Kampf gezielt den Tod sucht – und das machen alle Gezeichneten mit Vorsatz…" Juppi unterbrach seine Erklärung, Lärm jenseits der Mauer brandete auf. „Der Heerführer ist bei der Party angekommen und räumt den Saustall auf. Wir sollten lieber die Fliege machen. Keine Ahnung, wie das Ding funktioniert?" Sie ließen von Gernot ab und eilten auf das Tor zu. Anka untersuchte noch einmal die Fährten in den Durchgängen des Steinriesen. „Juppi, leuchte mal hierher!" Auf Augenhöhe war im ersten Seitengang auf der Säule eine Steintafel mit einem Symbol angebracht. „Was könnte das darstellen?" rätselte sie, während Juppi diesmal bewusst in allen Durchlässen nach ähnlichen Hinweisen suchte. „In allen fünf Durchgängen gibt es diese Schilder, die Zeichen sind in jedem unterschiedlich. Also vermute ich, dass die Ziele verschieden sein könnten?" resümierte er. Ein klapperndes Geräusch am Eingang ließ sie aufhorchen. „Probieren geht vor studieren. Los, rein mit euch!" Juppi winkte seine Leute in den ersten Gang…

Tempel des Feuergottes

Die Menge in den Rängen tobte und kreischte wie von Sinnen, laut zählten sie jeden Hieb des Riesen mit, der mit absoluter Treffsicherheit einen Gegner nach dem anderen ausschaltete. Berge von abgeschlagenen Gliedmaßen und zerstückelten Leiber türmten sich inzwischen um ihn herum auf. „Du hast wahrlich nicht zuviel versprochen, Präfekt! Er ist ein Meister der Kriegskunst und dieses Schwert ist eine furchtbare Waffe", lobte Kaiser Titus, der mit brennenden Augen die Kampfszenen verfolgte. Die Schlacht, die in der Arena tobte, widersprach jedem bisherigen Reglement, in dem die Spiele bislang vom Ablauf und den Gattungen, die aufeinander trafen, geregelt wurde.

„Sage ich doch, er bietet ein einmaliges Schauspiel – und deine Wette hast du gut platziert, Titus!" Präfekt Lehrmeier, der selber noch keine Möglichkeiten hatte, Achmat im offenen Kampf zu beobachten, war hin und her gerissen.

„Der Gebieter wird schon wissen, weshalb er gerade ihn zum Heerführer auswählte", brummte er unhörbar und konzentrierte sich erneut auf das Geschehen vor ihm. Der letzte Akt des grausamen Schauspiels wurde gerade von den zehn Streitwagen eingeleitet, die Achmat gleichzeitig aus verschiedenen Richtungen attackierten. „Das kann er unmöglich schaffen!" rief der Kaiser aus, seine Fingerspitzen krallten sich in die Brüstung der Loge. Fast schien es, als würde er Recht bekommen. Aber die Wagenlenker besaßen nicht die Erfahrungen und Ausbildung der regulären Einheiten, die sonst mit diesen Gespannen im offenen Kampf operierten und damit ihre Feinde niedermähten. Der Geruch vom Blut und Schweiß vermischte sich mit dem Staub, der von den Rädern aufgewühlt wurde und sich wie eine Wolke ausbreitete. Die Wagen holperten über die Toten hinweg, bis in den letzten Rang waren das Brechen der Knochen zu vernehmen. „Man kann kaum erkennen, was sich da unten abspielt!" murrte Titus aufgeregt und erhob sich von seinem Platz. Der Zusammenprall zweier Gespanne erzeugte einen dumpfen Knall, er sah die Lenker durch die Luft fliegen und die Schneide des Schwertes aufblitzen. „Das dürfte gesessen haben? Präfekt, lass uns nach unten gehen. Ich will mir diese Szenen aus der Nähe betrachten!" befahl er und eilte die Steintreppen hinab. Eine Tür in der Umrandung der Arena wurde geöffnet und gab den Blick zu ebener Erde frei. „Schon viel besser!" Titus wagte es nicht, den Kopf raus zu halten. Ein Streitwagen streifte in unmittelbarer Nähe mit dem Rad die steinerne Einfassung, dass die Funken nur so sprühten. „Ein Bild für die Götter!" rief er verzückt aus. Präfekt Lehrmeier fühlte eine Beklemmung in sich aufsteigen. „Mein Kaiser – lass uns lieber diesen Ort verlassen und wieder in die Loge gehen. Ich könnte es niemals verantworten, wenn dir etwas geschehen sollte!" argumentierte er, doch Titus lachte schrill auf. „Wir sind doch keine Angsthasen, Präfekt. Komm, stell dich neben mich, da kannst du besser gucken!" bot er ihm an und machte bereitwillig Platz. Zögernd rückte er vor, neben ihn prallte ein Speer gegen die Mauer, so dass er sich erschrocken duckte. „Das war verdammt knapp!" Doch Titus bemerkte von all dem nichts, gebannt stierte er auf den Riesen, der nun erfolgreich in Aktion trat und einen Streitwagen kaperte. Das Gejohle der Zuschauer belohnte ihn für dieses tollkühne Bravourstück. Siegessicher lenkte er das Gespann einmal quer durch die Arena, gefolgt von zwei Angreifern, die sich aus dem Knäuel frei machten. Er wendete in der Ostkurve und erwartete sie mit erhobenem Schwert. „Was hat er vor?" Kaiser Titus wagte sich nun doch einen Schritt nach vorn und schob sich ein Stück auf die Fläche der Kampfstätte. Ein Lenker, der noch immer damit beschäftigt war, seinen Streitwagen aus einem Berg Leichen heraus zu manövrieren, bemerkte die Gestalt, die unverhofft vor ihm erschien. Er wusste nicht, dass es der Kaiser des römischen Imperiums war, der dort neugierig die Szenen verfolgte. Er sah nur die Uniform eines Römers – und griff ihn laut brüllend an. Lehrmeier stockte der Atem, als der schwere Wagen heran geprescht kam. „Titus – pass auf!" warnte er, doch es wäre fast geschehen. Die Spitze eines Speeres furchte über den Kopf des Imperators hinweg und riss ihm einige Haarbüschel aus. Titus erbleichte und presste sich mit dem Rücken an die Wand. Eine Truppe Prätorianer drängte sich an ihnen vorbei und fluteten in die Arena. Sie bildeten einen menschlichen Schutzwall und sicherten so den Herrscher. Der war noch völlig überrumpelt und verblüfft, aber schließlich sammelte er sich und wandte sich empört dem Angreifer zu, der inzwischen seinen beiden Gefährten zur Hilfe eilte. „Fangt mir diesen Hurensohn und bringt ihn her!" tobte er los und drohte mit den Fäusten. Das Publikum bekam indessen mit, dass etwas Ungewöhnliches geschehen sein musste. „Der Kaiser ist in der Arena!" rief jemand in der Menge, laute Pfiffe und Gebrüll folgte. „Ein Hoch auf den Imperator! Ein Hoch auf den Kaiser…!" Der Krieger, der den Wagen steuerte, warf seinen Helm im hohen Bogen fort, während er im vollen Galopp wendete, rief er seinen Mitstreitern etwas zu. Er hatte wohl verstanden, welches Vögelchen da aus dem Nest gefallen war und wollte ihn, auf Teufel komm raus, unbedingt erreichen. Seine Leidensgenossen reagierten sofort und ließen von Achmat ab, der überrascht die Waffe sinken ließ. Das Trio stürmte auf die Stelle zu, wo der Kaiser noch immer im Schutz seiner Leibgarde wetterte und schimpfte. „Titus – komm sofort her!" Der Ruf des Präfekten erreichte ihn in dem Moment, als er sich der drohenden Gefahr bewusst wurde. Der erste Wagen erreichte die Reihe der Leibgarde und durchbrach sie donnernd, das Doppelgespann bäumte sich wild auf, während die Last des Wagens durch das Tempo die Tiere einfach gegen die Umrandung schleuderte. Blankes Entsetzen machte sich breit. „Titus!" Das war das Letzte, was der Herrscher vernahm.

Der Kaiser schüttelte sich, als er zu sich kam. Er lag auf dem Boden in einer Pfütze Blut direkt neben der Tür, während Präfekt Lehrmeier über ihn kniete und versuchte, ihn wach zu rütteln. Aus der Arena erklangen Kampfgeräusche, die drei letzten Kämpfer verteidigten ihr Leben bis zum Äußersten und waren drauf und dran, die Garde des Kaisers in akute Bedrängnis zu bringen. „Überlasst mir diese Brut!" Achmat rollte wie eine Furie auf seinem Gefährt heran, noch während der Fahrt katapultierte er sich mit einem gekonnten Sprung aus ihm heraus und stand hinter den Angreifern. Der Rest dauerte nur noch Sekunden. Kaiser Titus rappelte sich hoch, er wankte benommen auf den Beinen und musste gestützt werden. „Bringt mich raus, damit dass Volk von Rom sieht, dass mir nichts geschehen ist!" ordnete er an. Der Jubel und Triumph, der eigentlich dem Heerführer und Gladiator Achmat zustand, entlud sich wie ein Feuersturm, als er in die Mitte des Turnierplatzes trat und sich wie ein Held euphorisch feiern ließ. Achmat blieb unbeachtet an der Seite stehen, beide Hände auf den Griff des Schwertes gestützt, und sah mit düsterer Miene zu. „Der weiß genau, wie man sich in Szene setzen muss. Aber meinen Sieg sollte man mir nicht streitig machen! Zumal er sich wie ein dummer Knabe benommen hat und selbst in Gefahr brachte!" zürnte er, ohne ein weiteres Wort zu verlieren, stiefelte er an den verblüfft dreinschauenden Lehrmeier vorbei. „Ich habe noch einen Auftrag zu erfüllen!" knurrte er ihm zu und ließ sich in keiner Weise mehr aufhalten. Titus wollte nun den wirklichen Sieger in die Kampfstätte beordern, doch dieser war wie vom Erdboden verschluckt…

Die beiden Krieger der Wache erhoben sich und salutierten, als Achmat durch den Türbogen in das abgelegene Gewölbe der Katakomben eintrat. Es waren jene verborgenen Gänge und Hohlräume, die sich kreuz und quer unter der ewigen Stadt erstreckten und mit ihren schaurigen Geschichten manche Gänsehaut verbreiteten. „Gebieter, wir haben alle gefasst und hier eingepfercht. Dieser Senator Magnus will euch sofort sprechen!" wurde ihm gemeldet. Der Posten führte ihn durch einen schmalen Gang in einen finsteren Raum. Als das Fackellicht aufleuchtete, wurden Stimmen laut. „Wer wagt es, so mit Senatoren umzuspringen? Komm und zeige deine Fratze!" dröhnte es dumpf. Achmat nahm die Fackel und warf sie mitten in die Gruppe der Gestalten, die verängstigt in der Grube hockten. „Ich bin es, der euch das Fürchten lehren wird, verehrte Senatoren! Nun, da ihr nicht kooperieren wollt, versuchen wir es eben auf eine andere Art und Weise, euch von der Notwendigkeit zu überzeugen, dass wir dringen eure Legionen benötigen!" Achmat stützte sich lässig auf seine Waffe und betrachtete mit einem abfälligen Grinsen die Meute, welche dem obersten Gremium des größten Reiches dieser Epoche angehörte. Senator Magnus ließ seine Schimpfkanonaden vom Stapel, die sicher jedem normalen Zuhörer eine Reaktion entlockten. Nicht so dem Heerführer, der nur gelangweilt gähnte. „Du bist einfach nur ein blöder Hund, der an einen Baum pinkelt und den Mond ankläfft. Glaubst du wirklich, dass mich deine Sprüche unter diesen Umständen interessieren?" unterbrach er ihn nach einer Weile und lachte schallend. Insgesamt elf Senatoren kauerten vor ihm wie ein Häuflein Unglück, den meisten war der Schock anzusehen, als sie den Heerführer über sich auftauchen sahen. „Wenn ich mehr Zeit hätte, würde ich den Eingang versiegeln lassen und in ein paar Wochen wieder vorbeischauen, was aus euch geworden ist. Ich wette, einige von euch würde ich nicht mehr antreffen, weil sie gefressen werden." Er ließ sich eine neue Fackel reichen und leuchtete die Grube ab. „Du da – du bist fett wie ein Schwein! Dich würden sie als Ersten schlachten, um satt zu werden!" spekulierte er laut und lachte wieder höhnisch. Senator Magnus drohte ihm aufgebracht mit den Fäusten. „Du elender Bastard. Das wirst du bitter bereuen, wenn wir hier rauskommen!" Er hatte den Ernst der Lage noch immer nicht begriffen. Seine Amtsbrüder hingegen trauten sich keinen Mucks verlauten zu lassen. „Halte endlich deine vorlaute Schnauze! Er hat die besseren Karten, oder was glaubst du, was mit uns geschieht, wenn wir nicht klein beigeben?" vernahm Achmat einen von ihnen. „Hör auf deine Kumpanen, bevor es zu spät ist, Senator! Sonst wird das euer aller Grab!" Die Drohung saß. Achmat ließ einen Eimer mit Seil herbei schaffen und in die Grube hinabgleiten. „Darin befinden sich die Verträge, dass der Kaiser über eure Legionen verfügen kann. Tinte und Federn sind ebenfalls dabei. Unterzeichnet jeder seinen Kontrakt und ihr kommt frei!" bot er ihnen als Handel an. Geraune machte sich breit. „Hier sind noch Fackeln, damit ihr besser gucken könnt!" Er warf ihnen zwei präparierte Stöcke runter. „Ihr werdet doch wohl nicht so dumm sein, das zu unterschreiben? Das ist blanke Erpressung!" geiferte Senator Magnus noch einmal, aber er blieb mit seiner Meinung diesmal ganz allein. Um ihnen zu beweisen, dass er es ernst meinte mit seinem Versprechen, wurde eine Leiter herbei geschleppt und in die Grube gestellt. „Wer fertig ist, darf mit seinem Dokument hochsteigen und es mir überreichen. Und kann natürlich gehen!" lockte Achmat. Und tatsächlich erschien der Kopf des ersten Senators am Rand, der blinzelnd seine Rolle schwenkte. Der Heerführer kontrollierte die Unterschrift und lächelte zufrieden. „So einfach geht das, weshalb nicht gleich so?" Er nickte seinem Krieger zu, der ihn in Empfang nahm und raus führte. „Der Nächste bitte!" Nacheinander stiegen die bleichen Senatoren die Leiter hinauf und drückten Achmat das unterschriebene Pergament in die Hand. Am Ende kauerte nur noch Magnus in der Grube. „Diese feigen Hunde haben kein Rückrat! Also bitte, dann unterschreibe ich ebenfalls diesen Fetzen. Aber glaubt mir, Heerführer, das wird ein Nachspiel haben", zischte er und kletterte ebenfalls mit zitternden Beinen die hölzernen Sprossen empor. Achmat nahm feixend das Schreiben entgegen und gab den Gang frei. „Immer gerade aus. Dort führt der Weg in die wohlverdiente Freiheit!" verkündete er und folgte ihm. In der nächsten Grotte erlebte der Senator eine böse Überraschung. Seine Amtsbrüder lagen mit durchgeschnittener Kehle auf einem Haufen. „Du bist schlimmer als ein Ungeheuer. Verrecken sollst du…!" stieß er noch hervor, als ihn der Dolch des Heerführers im Bauch traf. Er schlitzte ihm ein Loch in die Haut und zog die Gedärme heraus. Mit einem Ruck schnitt er sie durch und schwang sie um seinen Hals, während der Senator tot zusammenbrach. „Ich bin schlimmer als alles, was ihr Römer euch in euren finsterten Träumen ausmalen könnt – das stimmt schon!" höhnte Achmat und suchte einen kleinen, gut versteckten Raum in den Tiefen der Gänge auf. Eine steinerne, unscheinbare Tafel mit fünf verschiedenen Abbildern war in der Wand eingelassen. Nur für Eingeweihte war der Sinn und Zweck erkennbar. Ganz oben befand sich das Abbild eines Tores. „Dann wollen wir mal sehen, was mein Heer so treibt?" brummelte er und betätigte die Säulen des Brandenburger Tores in einer ihm bekannten Reihenfolge, eine Energieglocke hüllte ihn ein und nahm ihn mit sich…

„Die Spur des Panzers führt uns genau zur Quelle der Signale. Hier biegt sie ab und hat eine Schneise in den Wald getrieben. Sollen wir ihr folgen?" Jahns Frage rüttelte Falk aus seinen Grübeleien. „Wenn es keinen anderen Weg gibt, folgen wir natürlich der Spur. Bin echt gespannt, welche Überraschung uns da widerfahren wird?" Er war wieder putzmunter und schüttelte die trüben Gedanken ab. „Wenn ich das richtig deute, sind wir ja bald da. Bei mir auf den Karten ist das alte Camp der Schwestern eingetragen – ihr wisst doch noch – die Töchter von diesem Professor Reimann. Diese verrückten Girls mit ihren fliegenden Kisten. Das wäre ja wirklich ein Wunder…" Er verglich flink die Daten. Josch setzte vorsichtig den Fuß in die Böschung und stampfte die steile Neigung hinab. Seine Scanner arbeiteten auf volle Leistung. „Der Untergrund ist auch hier total matschig. Tempo reduzieren und Schrittgeschwindigkeit anpassen. Abstand halten!" gab er an die nachfolgenden Einheiten weiter. Das Schunkeln in den Kabinen wurde stärker, so dass sich die Burschen anschnallen mussten. „Ist ja fast wie hoher Seegang auf dem Meer", murrte Jahn, der sich an den Armlehnen seines

Sitzes fest klammerte, um nicht herumgestoßen zu werden. „Die Ketten haben die Bäume so blöd verteilt, dass ich nichts ausrichten kann. Aber wir haben es ja fast geschafft. Es kommt gleich eine große Lichtung...!" vertröstete Josch seinen Piloten, während es unter seinen Laufbeinen verdächtig knarrte und knackte. Das Splittern der Holzstämme ließ den Rumpf des Giganten erzittern, einmal neigte sich die Kabine so weit vor, dass Jahn es mit der Angst zu tun bekam. „Falle bloß nicht auf die Fresse!" rief er besorgt aus und hielt sich krampfhaft an der Rückenlehne fest, bis sich Josch wieder in normaler Position aufrichtete. „Das war ein besonders schwerer Brocken von einem Stamm. Ich werde die Anderen warnen...!" Die Wolken am Himmel brachen auf, der Regen versiegte so schnell, dass sich Jahn verblüfft die Augen rieb. „Komisches Wetter haben die hier?" beschwerte er sich und suchte den Horizont ab. „Da vorn ist die Lichtung – he Leute, ich kann sie sehen!" brüllte er los und klatschte vergnügt in die Hände. Vor ihnen kam ein Stacheldrahtzaun zum Vorschein, der offensichtlich das gesamte Gelände einschloss. „Du meine Fresse – die haben sich richtig verschanzt. Fehlt nur eine Schutzkuppel, dann wäre das Camp wie eine Festung gesichert!" frotzelte Jahn und hielt nach einer Möglichkeit Ausschau, um das Gelände zu betreten. „Wenn alle Stränge reißen, kappe ich einfach den Draht und verschaffe uns so den Zutritt?" schlug ihm Josch vor, doch dann entdeckte er das große Tor, an dem die Spuren des Panzers endeten. „Da ist er rein. Und da es wieder verschlossen wurde, müssen also Leute hier leben. Oder was denkt ihr?" sprach Josch und zoomte die Fährten im Innenbereich heran. „Da sind Reifenspuren. Und sie sind noch relativ frisch. Daneben wieder diese schmalen Abdrücke von altertümlichen Karren – allerdings sind sie schon einige Tage alt!" Wie immer funktionierten die Analysen reibungslos. Während sich die Kampfmaschinen an der Einzäunung aufreihten, fertigte Josch eine graphische Darstellung der Umgebung an. „Es gibt eine Siedlung mit Bungalows und mehreren Häusern. Die Bodenstruktur weist auf unterirische Anlagen hin. Es gibt nur eine wesentliche Ungereimtheit...?" Josch schien wirklich über etwas verwundert zu sein, er hörte mitten im Satz auf. Jahn sah sich die Pläne an, auf denen die Lage der Kolonie sichtbar war. „Nun spucke es schon aus – was ist es?" fragte er neugierig nach. Josch war noch immer dabei, die Daten abzugleichen. „Tja, ich weiß nicht, wie ich es begründen soll oder kann? Das Wasser auf der Fläche…!" druckste er herum und stockte erneut. Jahn schnappte sich das Fernglas und suchte das Gebiet ab. „Drück dich gefälligst klarer aus. Ich kann so nichts erkennen!" maulte er und wartete auf Antwort. Josch, der sich mit allen Steuereinheiten der Kolonne kurz schloss, beendete endlich seine länger anhaltenden Berechnungen. „Da kann mich jemand eines Besseren belehren – aber hier spielt sich gerade ein Phänomen ab, welches physikalisch schwer zu erklären ist!" meldete er sich zurück. Jahn saß wie auf glühenden Kohlen. „Du treibst mich mit deinen Spielchen eines Tages in den Wahnsinn!" knurrte er verdrossen. „Nun – die Lage ist so, dass auf dieser Fläche das Wasser in die falsche Richtung läuft – genauer gesprochen: Es läuft bergauf! Und das habe ich noch nie gehört und finde dazu auch nichts in den Archiven und Speichern. Oder hast du eine vernünftige Erklärung dafür?" Josch klang ziemlich verwirrt. Falk mischte sich ein. „Ich habe damals mitbekommen, dass dieses Camp von den Freimaurern errichtet wurde. Der Vater der Schwestern war Mitglied eine Loge in England. Vielleicht hat es damit zu tun?" mutmaßte er. Ingo schaltete sich ebenfalls ein. „Ich denke, die Freimaurer waren nicht in der Lage, die Gesetze der Physik aufzuheben. Meiner Ansicht nach steckt da etwas anderes dahinter. Es war von einem großen Feuer die Rede, welches von einem Djinn verursacht wurde, obwohl das Terrain gesichert war. Was ist, wenn es wieder solche Geister oder Spukgestalten sind, die hier ihr Unwesen treiben?" Piet wollte sich vor Lachen ausschütten. „Ihr und eure Geistergeschichten! Das glaubt euch doch kein Schwein!" krähte er belustigt. „Na klar, du Blödmann – wir sind ja auch zu Hause und das hier ist alles nur ein Traum – wie sollte es auch geschehen, dass wir locker mal durch die Zeit rutschen – richtig?" blaffte Ingo ihn ziemlich sauer an. „Was hat das mit deinen Geistern zu tun? Doch wohl nix!" schnauzte Piet zurück. „Könnt ihr euren Streit vertagen, bis wir Klarheit haben, was sich hier abspielt? Benehmt euch wie Krieger und nicht wie Kinder!" rügte Josch sie und öffnete das Tor. „Ich habe offensichtlich einen Alarm ausgelöst – da vorn kommen mehrere Bewaffnete!"

Sein Infrarot-Scanner erfasste fünf Umrisse, die sich im schnellen Tempo ihrem Standort näherten…

Judit traute ihren Augen kaum, als sie die stählernen Ungetüme auf sich zustampfen sah. „Ein Unglück kommt selten allein, die haben uns gerade noch gefehlt! Was wollen die denn hier?" entfuhr ihr, zu gruselig war der Anblick der Kampfroboter. Peter sah die Sache wie immer äußerst pragmatisch und freute sich sogar über ihre unverhoffte Ankunft. „Jetzt kann uns wirklich nichts mehr geschehen. Egal wer oder was uns hier schaden will – gegen dieses Aufgebot werden sie immer den Kürzeren ziehen!" frohlockte er und rieb sich die Hände. „Ich werde sie einweisen und auf der Landebahn parken lassen. Die rammeln uns sonst den Boden und die Wege kaputt!" Er winkte Judit zu und übergab ihr Felix, der mit großen, staunenden Augen die Metallmonster begaffte.

„Es ist tatsächlich das Camp der Schwestern. Da drüben rennt dieser Haudegen Peter – an den kann ich mich noch gut erinnern!" meldete Falk an seine Kameraden und ließ seinen Cyborg einschwenken, um dem Mann zu folgen, der ihnen mit seinem Shirt in der Hand heftig Signale gab. Er schaltete die Außenlautsprecher zu. „Hallo Peter alter Freund, lange nicht gesehen. Sollen wir dir folgen?" Er sah sein Nicken und die Arme schwenkten in eine bestimmte Richtung. „Bleibt mit diesen Dingern von der Siedlung weg. Ihr trampelt uns sämtliche unterirdisch verlegten Rohre und Kabelstränge kaputt", vernahm er und bestätigte den Empfang. „Alles okay, wir folgen dir!"
Josch reagierte nicht auf die Anweisungen von Jahn, obwohl dieser heftig am Joystick ruderte, um ihn auf Spur zu bringen. „Kannst du einmal das machen, was man von dir verlangt? Musst du immer aus dem Rahmen fallen?" beklagte sich der Bursche lautstark, aber Josch ließ sich nicht beeinflussen, er trennte sich von der Kolonne und marschierte zielstrebig weiter. „Cyborg außer Kontrolle!" schri Jahn aufgeregt, als Josch nicht einmal auf den roten Button reagierte, der sonst im äußersten Notfall zur Anwendung kam, um die Maschine zu stoppen. „Was geht denn bei euch wieder ab?" klang Falks Stimme ärgerlich aus den Lautsprechern, bevor Jahn ihm darauf antworten konnte, blinkten auf seinem Kontrollmonitor etliche rote Punkte auf. „Unterhalb

der Erdoberfläche befinden sich eingeschlossene Menschen – wir müssen ihnen helfen!" erklärte diesmal Josch sein ungewöhnliches Verhalten. Jahn fragte über die Lautsprecher bei Peter an. „Unter uns befinden sich nach den Aufzeichnungen der Scanner Menschen – kann das sein?" Bevor überhaupt jemand dazu reagieren konnte, stampfte Josch auf die Zufahrt von Hangar III zu und ließ seine eisernen Krallen ausfahren. Sie packten fest zu und wie ein Kran begann die Maschine, das schwere Tor nach oben zu ziehen. „Ich schaffe es nicht allein! Nr. 2 – komm sofort mit her und hilf mir!" ächzte die Steuereinheit, während der gesamte Metallrumpf vor Anstrengung erzitterte. Die Füße des Giganten sanken im feuchten Untergrund ein. Falk steuerte nun die Ebene neben ihn an und hakte sich ebenfalls in die Halterungen ein. „Zugleich!" krähte Jahn, er fieberte mit seinem Freund mit, dessen Kräfte sich zu verdoppeln schienen. „Dieses Tor kann unmöglich solches Gewicht haben – da scheint etwas Teuflisches im Spiel zu sein!" fluchte Josch, der schon längst die Parameter des Tores berechnet hatte. „Im Normalfall hebe ich so eine Blechtafel alleine. Und jetzt schaffen wir es nicht mit zwei Cyborgs, das Ding raus zu ziehen? Das ist irgendein fauler Zauber!" schimpfte er weiter. Einige Punkte auf dem Monitor, die bislang noch rot glühten, wurden blasser und verloschen allmählich. „Sie sterben – diesmal werden wir eine andere Methode wählen! Also wenden wir Plan B an!" Er beorderte Falks Maschine zurück und schwenkte aus seinem Arsenal eine Mini-Rakete in Schussrichtung. Ein ohrenbetäubender Knall ertönte, eine heftige Explosion ließ eine gewaltige Wasserfontäne aufgischen und die Erde erzittern, größere Metallteile flogen ihnen um die Ohren. Nachdem das Grollen endete, gab es vor ihren Füßen ein schwarzes Loch.

„Hilfe! So helft uns doch", klang es kraftlos aus der Tiefe, das Gesicht von Babsi tauchte an der Oberfläche auf, japsend und völlig erschöpft streckte sie ihre Hand empor. Von überallher strömten Männer und Frauen heran, einige sprangen beherzt ins Wasser und begannen, zu tauchen…

„Die beiden verletzten Frauen und zwei Kinder hat es leider erwischt. Da ist nichts mehr zu machen. Und ob vielleicht noch mehr fehlen, erfahren wir erst, wenn wieder das Licht in der Halle funktioniert", schloss Peter die bisherige Bestandsaufnahme ab. Jana lag mit blauen Lippen zitternd unter der Decke und hielt krampfhaft seine Hand fest. „Wenn es nicht diese Luftblase an der Decke gegeben hätte, wer weiß, was dann geschehen wäre…", schluchzte sie leise. Peter strich ihr beruhigend über die Wangen. „Denke nicht daran. Ihr habt es geschafft und das alleine zählt", flüsterte er ihr zärtlich ins Ohr. Babsi hatte sich inzwischen so weit erholt, dass sie wieder gehen konnte. „Das Schlimmste war die Dunkelheit, als die blöde Taschenlampe ausfiel. Und dann diese verdammte Ungewissheit, was nun kommen würde…?" Sie ließ ihren Blick über die Gruppe der Germanen gleiten, die ans Feuer gerückt waren, um sich aufzuwärmen. Sie erwiderte manch dankbares Augenzwinkern mit einem aufmunternden Nicken. „Die sind härter im Nehmen als wir, das ist schon mal klar. Die Kälte hat ihnen weniger zugesetzt als uns. Wen ich allerdings vermisse, ist dieser komische Kobold…?" Babsi bückte sich nach ihren beiden Freunden Adam und Joel, die wie Espenlaub zitterten und ihre Hände direkt über die Flammen hielten. Sie rückte ihre Decken auf den Schultern zurecht. „Trinkt vom heißen Tee. Dann wird euch schnell wieder warm!" Judit kam mit einem großen Behälter und einem Netz Becher aus der Küche gestürmt und verteilte eifrig die Getränke. Die Besatzungen der Cyborgs hatten sich unter die Siedler gemischt und halfen, wo sie konnten. „Was für einen Kobold meinst du? Oder war das nur so ein Spruch von dir?" erkundigte sich Falk, der einer älteren, fast weißhaarigen Frau Tee reichte. Diese schaute ihn mit einem tiefsinnigen Blick an. „Das war ein Bote von Laga, der heiligen Göttin der Flüsse und Quellen. Sie ist erzürnt darüber, dass immer mehr Fremde in unser Land eindringen. Obwohl ich der Meinung bin, dass sie nicht euch treffen wollte, sondern diese Besatzer – die verfluchten Römer!" wehklagte sie und nippte vom heißen Getränk. Falk kauerte sich neben sie hin und wartete, bis sie fertig war. „Kannst du mir mehr von Göttin Laga erzählen?" bat er leise. Die Alte war überrascht, dass ausgerechnet er als Fremder solche Frage stellte. Sie kniff misstrauisch die Augen zusammen. „Weshalb interessierst du dich für unsere Götter?" Falk zupfte einen Grashalm und steckte ihn sich in den Mund. „Wir kommen aus einer Zeit, in der die Götter nicht so eine große Rolle spielen wie jetzt. Deshalb möchte ich gern etwas über sie erfahren. Wenn das stimmt, was du sagst, wieso hat sie euch fast umgebracht? Du selbst bist doch auch keine Römerin?" Sie spürte, dass seine Neugier echt war. „Was soll ich dir über sie berichten? Wir kennen sie als friedliche und den Menschen sehr zugetane Göttin, die alles unternimmt, uns und die Natur mit reichlichem Nass zu erquicken. Odin selbst ist es, der ihre Gesellschaft sucht, um in ihrer Nähe zu baden. Vielleicht fühlen sie sich von den Eindringlingen gestört – und schicken deshalb ihre Wassergeister, um sie zu strafen?" Jahn sah beide miteinander reden. „Darf ich mich zu euch setzen?" fragte er höflich. Er hatte die letzten Worte mitbekommen. Die Frau musterte ihn auffällig und nickte schließlich. „Du bist der junge Mann, der sich mit den Göttern anlegte?" Ihre Bemerkung ließ ihn erröten. „Es war nicht meine Absicht, mich mit euren Göttern anzulegen. Ich habe nur gesehen, dass ihr euch in Gefahr befandet und habe alles unternommen, das Schlimmste zu verhindern", rechtfertigte er sich. „Außerdem habe nicht ich die Entscheidung, getroffen, das Tor zu öffnen, sondern Josch!" fügte er hinzu, während er Falk ratsuchend anblickte. Dieser zuckte unwillig mit den Achseln und zwinkerte zurück. Seine Handgeste war eindeutig. „Dann wird diesen Josch der Fluch der Göttin treffen!" brummelte sie, erhob sich und humpelte zu ihrer Frauengruppe. „Altweibergewäsch, nichts weiter ist das. Das solltest du nicht so ernst nehmen", beruhigte Falk ihn und spuckte den Halm aus. Dennoch fühlte sich Jahn unwohl in seiner Haut. „Es gibt Dinge zwischen Himmel und Erde, die sollte man nicht einfach unter den Teppich kehren. Was ist, wenn mehr an der Geschichte dran ist, als wir erkennen?" zischelte er nachdenklich. Die Blicke der Weiber, die ihn heimlich beobachteten, entgingen Jahn nicht.

„Die gucken mich an, als wäre ich ein Weltwunder kurz vor dem Untergang. Dabei wollten wir doch nur ihr Bestes. Das soll einer verstehen?" knurrte er und sprang auf. „Ich sehe lieber nach den Cyborgs. Hoffentlich springt mir nicht der blöde Fluch mitten in die Fresse!" motzte er und lief los. Gerade an der Parkfläche der Maschinen angekommen, bemerkte er den Besuch von zwei jungen Mädchen, die sichtlich interessiert vor den Maschinen standen und laut debattierten. „Na, welche Verwünschung wollt ihr uns anhexen?

Immer raus mit der Sprache!" fauchte er sie an, so dass sie erschrocken herumfuhren. „Wie bist du denn drauf? Wir bewundern nur diese Technik der Vorfahren, das ist alles!" wurde er gerügt. Anhand der Kleidung wurde ihm schnell klar, dass er die Falschen erwischte. Jahn kratzte sich am Hinterkopf und entschuldigte sich verlegen. „Sorry, aber die Alte von den Germanen macht mich völlig wuschlig - sie hat mich und Falk gerade informiert, dass eine Göttin Laga uns verfluchen wird – wie auch immer das aussehen soll? Ich bin Jahn aus Berlin Marzahn und der Pilot von diesem Prachtburschen!" Er wies auf den Roboter am Rande der Kolonne. „Das ist Marie, meine Schwester und ich bin die Rosi. Uns hat nur die Neugier her getrieben. Eigentlich wollten wir in die Halle, um nachzusehen, ob der Truck noch zu retten ist, den wir gestern frei gemacht haben. Aber das Wasser steht so hoch, dass es keinen Sinn macht!" Rosi reichte ihm die Hand und lächelte ihn schüchtern an. „Dürfen wir mal reingucken? In so einem Ding waren wir noch nie." Sie schielte hoch zur Kabine. Jahn überlegte nicht lange. „Im Normalfall dürfen nur Angehörige unserer Truppe da hinein. Da sind ihre Steuereinheiten sehr eigen und wählerisch. Versucht euer Glück, vielleicht macht Josch bei euch eine Ausnahme?" bot er ihnen an und nickte ihnen liebenswürdig zu, als sie die Sprossen erklommen. „Wie ich den alten Dickkopf kenne, werden sie vor verschlossener Tür stehen!" feixte er und wartete mit verschränkten Armen ab. Zufällig schaute er an der Seitenfront von Josch empor. „Der Regen ist längst vorbei – woher kommen diese Rinnsale?" Seine Augen wanderten allmählich in die Höhe. Das Wasser sprudelte aus einer Stelle der Kabine, in der sich ein Luftfilter befand, der für die Versorgung des Innern sorgte, und lief wie eine Ader an der Außenwand entlang. „Marie – nicht weiter klettern. Kommt sofort da runter. Da stimmt was nicht!" schri er, aber es war bereits zu spät. Die Luke des Einstieges sprang auf, die beiden Frauen verschwanden darin. „Verfluchte Scheiße, was passiert hier gerade?" Hastig folgte er ihnen, kletterte bis zur Plattform und klopfte hektisch an die Tür. „Josch, mach endlich auf – ich bin es!" Doch nichts geschah. Er stellte sich auf die Zehenspitzen und lugte durch das Seitenfenster in das Cockpit. Der Anblick ließ ihn nervös werden. „Die Hütte ist randvoll mit Wasser. Wie ist das möglich? Josch – mach die verfluchte Tür auf!" Er hämmerte wild mit den Fäusten auf das Metall, dass es dröhnte. „Bist du bescheuert? Was soll der Krach?" Es war Ingo, der an seiner Maschine herumschraubte, die gleich daneben parkte. Als er den Grund erfuhr, ließ er alles stehen und liegen und rutschte wie ein Verrückter in die Tiefe. „Bring einen Hammer mit, wir müssen die Scheiben einschlagen, sonst ertrinken die Mädchen!" rief Jahn ihm noch zu, während sich Josch behäbig in Bewegung setzte. Sein Greifarm näherte sich Jahn und schnappte zu. In letzter Sekunde konnte er ihm mit einer geschickten Drehung des Körpers ausweichen. „Jetzt wird es richtig verrückt! Wer zum Teufel steuert das Ding?" Ingo stand fassungslos neben dem Cyborg, mit einem gewaltigen Sprung brachte er sich vor dessen Metallklötzern in Sicherheit, die mit hartem Schritt die Erde aufwühlten. Jahn musste sich sputen und vom Gerät absteigen, um nicht abgeworfen zu werden. Er kletterte bis kurz über den Boden die Leiter runter und hechtete sich mitten in eine Pfütze hinein. „Verdammte Sauerei!" fluchte er und spuckte Dreck. Wütend klatschte er mit der flachen Hand ins Wasser und musste hilflos zusehen, wie sein Gefährte Josch in Richtung Farm stampfte, dort abdrehte und schließlich eine Bresche im Zaun hinterließ, um im Wald einzutauchen. Inzwischen hatten sich die Freunde um die beiden Pechvögel geschart, mit offenen Mündern schauten sie dem Cyborg hinterher. „Nee, das passiert jetzt nicht wirklich, oder?" stöhnte Falk völlig verschreckt, „kann mich mal jemand kneifen?" „Wo ist die Alte?" Jahn kraxelte aus der Lache und stand auf. „Falk, bringe sofort die alte Frau her – du weißt doch, wen ich meine!" forderte er den Gefährten auf, der augenblicklich losspurtete. Peter wunderte sich zwar, dass der Gigant einfach so wegmarschierte, machte sich aber erst Gedanken darüber, als dieser den Stacheldraht niedermähte und das Gelände verließ. „Was soll dieser Bockmist? Kann er nicht normal durch das Tor gehen, der Penner!" schimpfte er los, während Falk mit verzerrter Mimik und bleichem Gesicht antrabte. „Cyborg außer Kontrolle!" rief er ihm zu und huschte weiter zur Gruppe der Germanen. In Peters Schädel machte es Klick. „Wohin rennst du denn?" Er gab Jana ein Küsschen auf die Stirn und lief ihm mit großen Schritten nach. „Falk, sprich mit mir! Wohin willst du?" knurrte er, doch der Bursche war nicht zu stoppen. Bevor er aufholte, war

Falk bereits bei den Frauen. Er schaute jeder ins Gesicht, aber die Alte war nicht dabei. „Merkwürdig, wo kann sie geblieben sein?" Peter keuchte heran. „Mensch Junge, in meinem Alter wird man langsam ruhiger und gemächlicher", ächzte er und musste sich erst einmal kurz verschnaufen. „Wo ist die weißhaarige Alte? Vorhin war sie noch da – ich habe selber mir ihr über diese Göttin Laga geredet. Ist wie vom Erdboden verschluckt?" erklärte Falk, so sehr er auch suchte, sie war einfach nicht auffindbar. „Lass uns in der Wagenburg nachsehen. Vielleicht hat sie sich da versteckt?" zog Peter noch in Erwägung. Aber auch dort brachte ihre Nachforschung keinen Erfolg...

Der Motor des Panzers heulte auf.

Falk, Jahn und Peter hatten es vorgezogen, auf dem Turm mitzufahren, während Rainer das schwere Gerät allmählich auf Toren brachte. „Haltet euch gut fest und fallt bloß nicht runter. Dann gibt es keine Rettung...!" warnte der Fahrer sie und gab Vollgas. Das Gefährt bäumte sich auf und schnellte wie ein Pfeil über die Wiesen des Camps hinweg, Wasser und Dreck hinter sich aufwühlend. Der Wind pfiff ihnen um die Ohren. „Wow, das ist ein völlig anderes Gefühl!" zischte Jahn, der sich an einem Bügel festhielt, während sein Körper wie ein Bündel Lumpen hin und her geschleudert wurde. Seinen beiden Nachbarn erging es nicht besser. „Auf jeden Fall ist das Ding schneller als die Cyborgs. Wir müssten ihn also bald einholen", knirschte Falk, der mit dem Rücken auf der stählernen Wand lag. Peter verzog schmerzlich das Gesicht, als es durch eine Delle ging. „Die Federung ist wohl ein wenig ramponiert – kein Wunder bei diesem Veteran!" schnaubte er und hatte alle Mühe, nicht abzurutschen. „Eh du da unten! Du bringst uns ja um!" brüllte Falk ins Innere und erreichte zumindest, dass Rainer etwas langsamer fuhr. Sie hatten die Umzäunung längst hinter sich gelassen, der Koloss zermalmte die Bäume unter sich und heftete sich akkurat an die Fährte des Flüchtlings. Manchmal flogen Reste von Baumstümpfen wie Geschosse über die Männer hinweg, die von den Ketten hoch geschleudert wurden. „Wenn ich das geahnt hätte, wäre ich lieber eingestiegen. Wenn wir Pech haben, trifft uns so ein Klotz noch", orakelte Falk, als genau neben seinem Kopf ein Stück Holz aufschlug. „Halte an – bleib stehen!" Mit einem Ruck stoppte das Gefährt und die Männer schlüpften eiligst hinein. „Was seid ihr bloß für Memmen? So ein bisschen Fahrtwind bringt euch doch nicht gleich um!" wurden sie von Rainer mit einem schiefen Grinsen empfangen. „Von wegen Fahrtwind! Da fliegen halbe Bäume durch die Luft!" schimpfte Falk wie ein Rohrspatz und suchte sich den Platz des Kommandanten im Turm aus.

In den nachfolgenden Minuten herrschte angespannt Ruhe. „Das Radar müsste Josch längst erfassen. Wie gesagt, der Cyborg ist nicht halb so fix wie der Panzer!" Jahn kontrollierte noch einmal die Anzeigen. „Wenn wir die Straße erreichen, kann ich wieder richtig auf die Tube drücken. Allerdings sollten wir dann auch wissen, wohin wir fahren müssen?" meldete sich Rainer zu Wort und ließ den Stahlriesen galant über einige Hindernisse rollen, so dass alle auf ihren Sitzen umher wankten. Er steuerte eine leichte Böschung hinauf, dann folgte die steilere Auffahrt, die an der Straße endete. „Guckt gefälligst nach, in welche Richtung er sich verpisst hat?" knurrte er brummig und hielt an. Jahn und Falk hangelten sich nach draußen. Peter steckte nur den Kopf durch den Ausstieg und wartete seelenruhig ab. Während die Männer die Oberfläche der Straße inspizierten, schaute er sich in der Gegend um. „Es ist so friedlich und leise, dass man wirklich meinen könnte, in einem Traum zu stecken. Was treiben die Beiden bloß?" Er stutzte, als sie ein Stück weiter auf der gegenüberliegenden Seite ins Dickicht eindrangen. „Haben sie was entdeckt? Auf dem Bildschirm ist er jedenfalls nicht", brummte Rainer, der ungeduldig auf den Armaturen herum trommelte. Peter konzentrierte sich auf die Ereignisse, die sich vor seinen erschreckten Augen abspielten. Jahn und Falk kamen um die Ecke geflitzt, schon von weitem hörte er sie schreien. „Sofort umdrehen – wir müssen abhauen!" Schnaufend kraxelten sie zum Turm hinauf, drängten sich hinein und verrammelten die Luke. Peter und Rainer warfen sich verwunderte Blicke zu. „Aber sonst seid ihr noch gesund?" Rainer schüttelte missbilligend den Kopf und wollte anfahren, als sie von einem mächtigen Schlag getroffen wurden. Es krachte um sie herum, der Panzer knirschte und ächzte, während er seitlich abdriftete. Mit lautem Rumsen donnerte das Fahrzeug gegen einen Baum. „Kann mir jemand erklären, was hier los ist?" brauste Peter auf, während der Fahrer hektisch Vollgas gab, um vorwärts zu kommen. „Wissen wir auch nicht. Auf jeden Fall geht die Fährte von Josch da drüben im Busch weiter. Als wir nachsehen wollten, kam eine gewaltige Wasserwand auf uns zu…" schnaubte Jahn, der sich ängstlich umsah. „Jetzt piept es doch bei euch! Woher soll hier eine Wasserwand kommen – mitten im Dschungel?" knurrte Rainer. Dann bemerkte er die Lache unter seinen Füßen, die binnen weniger Augenblicke anschwoll, bis sich ein dicker Strahl über seine Schuhe ergoss. „Verfluchte Scheiße, was soll das denn?" Er zog die Beine an und flüchtete aus seinem Abteil eine Etage höher. Ein dumpfer Aufprall auf die Außenfläche ließ den Panzer erneut erschüttern. Falk hing an einem Sehschlitz und starrte regungslos hindurch. „Wenn ich es nicht selber sehen würde…?" Er schüttelte verblüfft den Kopf und rieb sich aufgeregt die Stirn. „Das war eine Kugel aus Wasser, die über uns gerollt ist. So was habe ich noch nie erlebt", stöhnte er. Ein Rauschen wie bei einer Stromschnelle setzte ein, dann wurde es allmählich leiser. Der Wasserstrahl unter Rainer versiegte und hörte schließlich völlig auf. „Es ist fort. Ich kann jedenfalls nichts mehr erkennen. Sperr die Luke auf, wir müssen nachgucken, was da passiert ist!" Bevor ihn jemand daran hindern konnte, arbeitete sich Falk zum Ausstieg und entriegelte ihn. Eine frische Brise flutete herein, ein Schwall Wasser ergoss sich über die Köpfe der Insassen. „Was zu sehen?" fragte Rainer vorsichtig an. Falk kletterte raus und stellte sich auf den Turm. „Ringsherum steht alles voller Wasser. Da waren die Pfützen von vorhin ein Kinderspiel dagegen!" rief er ihnen zu. Rainer wollte sich selber davon überzeugen und stieg ebenfalls aus. „Mein lieber Herr und Gesangsverein! Das hat mächtig reingeschlagen!" stammelte er. Das Fahrwerk des Panzers stand unter Wasser, Wellen schwappten übers Heck entlang. Die umgestürzten Bäume hinter ihnen waren wie ein Wall im Dickicht aufgetürmt. „Es verläuft sich aber – guck selbst. Es fließt ab!" stellte Falk nach einer Weile sichtlich beruhigt fest und hockte sich hin. Sie konnten zusehen, wie der Wasserspiegel im Minutentakt fiel und schließlich wieder die blanke Erde zu Tage trat. „Was machen wir jetzt? Weiter verfolgen oder lieber umkehren?"

Raines Bemerkung riss Jahn aus seinen Überlegungen. „Warte. Fragt ihr euch nicht, was gerade hier abgelaufen ist?" wollte er wissen.

Peter wischte sich einige Spritzer aus dem Gesicht. „Diese Göttin Laga – ich denke, wir sollten uns schleunigst erkundigen, welche Rolle sie in der jetzigen Zeit spielt?" brummelte er vernehmlich. Jahn nickte ihm verständnisvoll zu. „Wenigstens einer, der sich ne Platte macht! Das Ding hier war keine banale Naturgewalt, sondern…!" „Sondern ein Geschenk einer Göttin? Jetzt hackt es euch total!" Rainer prustete angeheitert vor sich hin und kletterte nach unten, um die Laufrollen zu prüfen. „Das war ein gezielter Angriff auf uns! Nur du verschließt die Augen vor der Realität!" ergänzte Peter säuerlich und folgte ihm. Während sie einige Äste fort zerrten, die sich zwischen den Ketten geklemmt hatten, machte er eine überraschende Entdeckung. „Unser Abendessen ist gesichert – hier seht mal her!" Er klaubte einen mächtigen, glitschigen Brocken aus einer Lücke und schwenkte ihn triumphierend übern Kopf. „Das ist ein verdammter Wels! Na, was sagst du jetzt?" Er klatschte Rainer das Vieh in die Arme und blinzelte ihn an. Dem verschlug es erst einmal die Sprache. „Wir sollten weiter fahren und Josch ausfindig machen. Ich behaupte, wenn wir seiner Spur folgen, stoßen wir auf einen Fluss. Ich behaupte auch, dass wir es mit den Vorläufern der Spree oder Havel zu tun bekommen, aus dem die Wasserbombe stammt!" schlug Falk vor und sah seine Gefährten abwägend an. Rainer hielt den Fisch wie ein zu groß gewordenes Baby im Arm und stierte konsterniert vor sich hin. „Fische mitten im Wald – jetzt trifft mich wirklich bald der Schlag!" grummelte er und wollte das Tier wegwerfen. „Bist du völlig von Sinnen – den grillen wir schön und servieren ihn mit leckerer Soße. Gib schon her!" Peter verpasste dem Fisch einen harten Schlag mit einem Knüppel auf den Schädel und machte sich daran, ihn auszunehmen. „Packe ihn in die Werkzeugkiste. Das können wir später noch erledigen!" entschied Rainer und umrundete ihr Fahrzeug. „Alles so weit klar – wir können aufbrechen!" erklang es bald vom Turm. Peter musste sich sputen, um rechtzeitig hinauf zu gelangen. „So ein irrer Hund!" fluchte er und griff nach den helfenden Händen, die ihn in Sicherheit brachten. Rainer drehte auf der Straße ab und ließ den Panzer bis zur sichtbaren Spur auf der gegenüber liegenden Seite vorrücken. „Haltet euch fest, es wird holprig!" drang es dumpf zu ihnen, als das Schwergewicht die ersten Meter der Strecke bewältigte, wurden den Mitfahrern bewusst, welcher Tourtour sie sich gerade aussetzten. Sie wurden erneut durchgerüttelt und von den Blättern und Astwerk durchnässt, welche zuvor mit der Wasserkugel in Berührung gekommen waren. Da ihre Kleidung ohnehin pitschig war, blieben sie diesmal tapfer oben sitzen. Falk rief sich in Gedanken den Verlauf ihrer gestrigen Anfahrt in Erinnerung. „Wenn mich nicht alles täuscht, müsste in wenigen Kilometern ein Gewässer erscheinen. Wäre auch logisch, wenn wir wirklich dieser Göttin Laga auf den Fersen sein sollten…!" Ein Ast schlug ihm ins Gesicht und ließ ihn schmerzvoll aufschreien.

Es verging fast eine Stunde, als der Wald lichter wurde. Schließlich erreichten sie die Ausläufer einer Senke, in denen Wasser glänzte.

„Dein Fluss – da ist er!" Jahn stellte sich aufrecht hin und überschattete seine Augen. „Da vorn ist die Fährte von Josch. Sie führt direkt in den Strom. Von ihm selber fehlt allerdings jede Spur?" brummelte er und suchte das gesamte Ufer ab. Rainer ließ die Scanner arbeiten. Seine Hiobsbotschaft verhieß nichts Gutes. „Er steckt mitten im Fluss fest. Für die Frauen dürfte es keine Rettung mehr geben", informierte er seine Begleiter und stellte den Motor ab…

„Diese eine Nacht gehört mir ganz allein! Ihr werdet die Wache für den Kaiser übernehmen, und zwar so lange, bis ich wieder zurück bin!" Präfekt Lehrmeier belehrte noch einmal die auserwählten Soldaten der Leibgarde und zeigte ihnen ihre Standorte in der Loge des Herrschers. „Behaltet alles im Blick. Wenn was geschieht – deckt den Imperator mit eurem Leib und verteidigt ihn mit eurem Leben – verstanden!" Die fünf Krieger nickten stumm. Zufrieden ließ er sie abrücken. „Mein lieber Titus, es tut mir aufrichtig leid, aber heute will ich ein anderes Nachtprogramm erleben als dauernd dieses Geschrei. Außerdem muss ich einiges nachprüfen und die Show für die letzte Nacht abklären!" Er verneigte sich vor der lebensgroßen Statue des Kaisers und huschte in die Dunkelheit der Gassen, die ihn wie einen Mantel aufnahm und einhüllte. Er hatte keinen genauen Plan, sondern verließ sich dieses eine Mal auf den

Zufall, der seine Schritte in eine Region der Stadt lenkte, die er bislang nur vom Hörensagen kannte. Ihm gelüstete es nach Wein, Weiber und Gesang – so wie in seinen besten Zeiten in Berlin, wo er das luxuriöse Leben in vollen Zügen genießen konnte. „Der Gebieter wird mir diesen kleinen Ausrutscher sicher verzeihen – aber ich bin ein Mann und brauche heute eine heiße Schlampe, die es mir besorgen wird!" Er hatte keine Lust auf eine der Sklavinnen, die ihm sonst zu Diensten standen sondern wollte ein richtiges Abenteuer. Seit Achmats öffentlichem Auftritt in der Arena fühlte er ein inneres Verlangen, welches er sich selber nicht erklären konnte. „Die kleine Blonde aus den Rängen – wieso geht die mir nicht aus dem Sinn?" Die Erinnerung an die Eröffnung der Feierlichkeiten und erste Vorstellung, in der er sie nur für einen kurzen Moment erblickte, kam wieder hoch. Langsam wandelte er durch eine gepflasterte Straße, weit abseits gelegen von den sonstigen Hauptmagistralen mit ihrem pulsierenden Leben. Er trug einen einfachen, grauen Leinenumhang, die Kapuze tief ins Gesicht gezogen. Darunter einen Gürtel mit seinem Gladius, dem Kurzschwert, und einen prunkvoll verzierten Dolch. „Niemand würde den jetzigen Präfekten des römischen Reiches und einstigen Herrscher von Berlin erkennen. Und diesen Spaß lasse ich mir nicht verderben – mag kommen, was will!" knurrte er. Er spürte körperlich, dass er nicht alleine war. „Nun, das sind die Spiele, die ich viel lieber mag. Wollen wir doch mal sehen, wer sich in meine Nähe wagt", zischte er und marschierte weiter. Es waren nur wenige Minuten der Einsamkeit verstrichen, als er von einer Männerstimme zum Halten aufgefordert wurde. Das diffuse Licht einer Öllampe spendete gerade soviel Helligkeit, dass er den Boden unter den Füßen erkennen konnte. „Du befindest dich hier auf unsicherem Terrain, Fremder. Wenn dir dein Leben lieb ist, dann leere deine Taschen und bezahle mit klingenden Münzen!" wurde er angeherrscht. Er lächelte still vor sich hin und lief weiter. „Endlich mal eine Sache nach meinem Geschmack", murmelte er und schaute sich nach allen Seiten um. „Was bist du nur für eine feige Sau, wenn du dich nicht traust, einem einsamen Wanderer offen entgegen zu treten? Du kannst mich mal…!" entgegnete er. Statt einer Gestalt kamen ihm gleich mehrere Schatten entgegengehuscht und umzingelten ihn. „Wen nennst du Wurm eine feige Sau?" Ein stinkender Zweimetermann mit einem vernarbten Gesicht trat ihm vors Angesicht und spuckte verächtlich aus. „Du bist eine feige Sau, genau so wie deine abgewrackten Kumpane. Ich kenne hier nur ein Gebiet, und das gehört dem Senat und dem Kaiser von Rom – also trollt euch, wenn euch euer Leben lieb ist!" fauchte er zurück und wollte weiter. Das Hohngelächter der Bande war das einzigste Geräusch, was in der Umgebung zu hören war. „Hierher verirren sich die Wachen des Kaisers nur selten. Sie haben im Zentrum alle Hände voll zu tun, die Mengen im Zaum zu halten. Ich habe keine Lust mehr, mit dir zu diskutieren – also her mit dem Geld!" Er wurde von hinten an den Schultern gepackt und in die Knie gezwungen. Er ließ es geschehen, sein verstohlenes Prusten allerdings schien den Anführer zu irritieren. Er hielt ihm die Lampe ins Angesicht. „Der sieht nicht so aus, als wenn er gleich losheulen wird?" knurrte er finster und holte zum Schlag aus. „Wenn ich du wäre, würde ich mir sehr genau überlegen, was ich jetzt tun oder lassen würde!" Mit einem Ruck schüttelte der Präfekt seine Peiniger ab und stand aufrecht. Seine Hand umkrallte den Schlund des Riesen, so dass dieser zu röcheln begann und die Lampe fallen ließ. „Ich habe dich und diese Dummköpfe gewarnt. Nun müsst ihr mit den Konsequenzen rechnen!" Er drückte noch fester zu, das Gesicht des Mannes verfärbte sich, als er in die Höhe gehoben wurde. Aus einem der Häuser kamen Leute mit Laternen heraus gestürmt. „Er ist wahrlich ein Dummkopf, wenn er den Präfekt nicht erkennt – das stimmt doch?" Eine Frauenstimme beorderte die Ansammlung zur Seite, mit leichtfüßigen Schritten schob sie sich ins Licht. „Lasst ihn runter. Ich denke, er hat seine Strafe bekommen. Oder wollt ihr wirklich, dass einer eurer treuen Anhänger sein Leben aushaucht?" bat sie demütig und legte besänftigend ihre Hand auf seinen Arm. „Sieh an, sieh an – mein blonder Engel aus der Arena! Wie kommt es, dass ich ahnte, dich hier zu treffen?" Der Präfekt setzte den keuchenden Mann behutsam ab und rückte seinen verrutschten Kittel gerade. „Verschwinde aus meinen Augen, bevor ich es mir anders überlege!" zischelte er ihm ins Ohr. Ein Kopfnicken der Frau ließ sein letztes Zögern verglimmen, der Riese drehte sich auf dem Absatz um und lief davon. „Nimm deine Blödmänner mit, bevor ich ihnen die Schwänze abhacke und wie räudige Hunde kastriere!" rief der Präfekt ihm nach.

Geschwind wie der Wind tauchten auch diese im Schatten der Nacht ein.

Ein glucksendes Lachen empfing ihn, die Blonde gab ihren restlichen Männern ein Zeichen, sich zu verdrücken. „Ich habe eine halbe Ewigkeit auf diesen Tag gewartet. Nun ist endlich eingetreten, was mir prophezeit wurde!" Sie hakte sich lässig bei ihm ein. „Das lasst uns lieber drinnen bereden. Muss ja nicht jeder mitbekommen, was wir zu bequatschen haben!" Sie zog ihn mit sich und führte ihn in einen versteckten Kellergang. „Keine Bange Präfekt, hier wird euch kein Leid geschehen!" versicherte sie und geleitete ihn durch einen schmalen, schier endlosen Gang. „Glaube mir, mein blonder Engel – ich habe keine Furcht und erst recht keine Bange! Das alte Rom hat wirklich einen interessanten Untergrund, der mich immer wieder aufs Neue überrascht", murmelte er andächtig. So liefen sie einige Minuten und erreichten schließlich das Ziel. Eine aus groben Steinen gesetzte Treppe führte in die Höhe. „Da hinauf bitte, mein Gebieter!" säuselte die Fremde. Ihre Berührung traf ihn wie ein wohliger Schauer. Sie spürte das Frösteln seiner Haut. „Ich kenne eure geheimsten Gedanken und Wünsche. Ihr müsst euch allerdings noch ein wenig gedulden!" gurrte sie. Ein offener Raum empfing sie, in dem sich eine größere Gruppe aufhielt. Die Menschen verstummten, als sie ihn erblickten und verneigten sich voller Ehrfurcht. „Der Messias ist uns heute erschienen", hörte er einen Alten flüstern. Er blieb stehen und schaute sich neugierig in der Runde um. „Welcher Messias soll hier erscheinen?" fragte er begriffsstutzig an, bis ihm jäh bewusst wurde, dass er gemeint war. Nicht weit von ihm entdeckte er den Hünen von vorhin, der ihm schuldbewusst zunickte. „Was geht hier gerade vor? Ich bin kein Messias, Erlöser oder so was Ähnliches, das weißt du doch!" schnaubte er vorwurfsvoll und wollte sich umdrehen. „Hört ihr Leute, was er sagt: Er ist nicht der Messias? Ich aber kenne ihn besser!" Sie breitete spielerisch ihre Arme aus und hinderte ihn an der Flucht. Der Präfekt schmunzelte amüsiert. „Ist das so? Da bin ich aber echt gespannt!" Sie führte ihn mitten in den saalartig gefächerten Bereich. Verwundert registrierte er die Fresken an den Wänden, auf denen unzählige Drachen abgebildet waren. Dazwischen die Körper von schönen nackten Frauen, welche sie liebkosten und sich ihnen hingaben. „Das soll doch jemand verstehen?" Ein aus rotem Sandstein gefertigter Altar zog magisch seinen Blick an. Ein riesiger Drachenkopf, dessen Maul eine Feuerfontäne spuckte, zierte die Mitte des Saales. „Teufel noch mal – was soll das Ganze?" knurrte er vor sich hin. „Lege deinen Umhang ab und zeige uns, was du am Körper trägst!" bat sie ihn mit sanftem Tonfall. Präfekt Lehrmeier fühlte sich total überrumpelt. „Was weißt du von meinem Körper? Sprich, bevor ich richtig sauer werde!" blaffte er sie an. Er machte Anstalten, ihr mit einem harten Griff weh zu tun. Ein Raunen ging durch die Anwesenden, erleichtert atmeten alle auf, als er es sich anders überlegte. „Also was weißt du wirklich? Du bist kein Engel sondern eine verfluchte Hexe!" grollte er. Während er fieberhaft in seinem Kopf nachforschte, wie sie hinter sein streng gehütetes Geheimnis kommen konnte, strahlte sie ihn mit glänzenden Augen an. „Nun großer Messias – ist es nicht egal, wie ich zu dieser Information kam? Wichtig ist doch nur, dass es stimmt, was mir berichtet wurde!" Er blickte sie skeptisch an. „Hexe, verfluchte Hexe – das darf doch wohl nicht wahr sein!" schimpfte er hörbar. Seine Gespielinnen, die er sonst aus dem Heer der Sklavinnen des Kaisers für sein heimliches Treiben in manchen Nächten aussuchte, tötete er danach ohne Skrupel und ließ sie für ewig verschwinden. Sie waren die Einzigen, die seine Drachenköpfe auf der Brust und dem Rücken in voller Pracht bewundern durften und – dieses unfreiwillige Privileg stets mit dem Leben bezahlten. Während er noch in Gedanken versunken war, spürte er das Zupfen an seiner Kleidung. „Man nennt mich Selina – ich bin ihre Priesterin und führe sie als geistiges Oberhaupt an!" stellte sie sich namentlich vor. Wie damals in der Arena musterte er die wunderschöne Frau, deren vollendeten Kurven diesmal durch einen weiten, durchsichtigen Schleier verdeckt wurden. „Seid ihr etwa – Christen?" fragte er sie ohne Umschweife. Er hatte sich während seines Studiums in der Jugend an der Universität mit der Christenverfolgung im römischen Reich beschäftigt. Damals zumindest gehörte er zu jener Gruppe Studenten, die das rabiate Vorgehen der oberen Gesellschaft und ihres Kaiser verurteilten und als besondere Schande empfanden. „Dann weiß ich schon, wie man mit euch hierzulande verfährt und umspringt. Das Zeitalter fordert viel

Blut von den Christen, aber es kommt der Tag, an welchem sie für ihre Beharrlichkeit belohnt werden. Ich kann im Moment daran nichts ändern!" Sie lächelte ihn geheimnisvoll an. „Christen – oh nein! Du befindest dich im Tempel des Feuergottes Ur. Wir beten mächtigere Götter an und warten auf den Erlöser. Auf denjenigen, der uns den Weg ins Reich der Unsterblichen zeigt. Ich weiß, dass du es kannst!" Während Selina redete, glitt der Schleier von ihren Schultern und offenbarte ein ungewöhnliches Schauspiel. „Gefällt dir, was du siehst?" gurrte sie und tänzelte wie ein Wirbel um ihn herum. Präfekt Lehrmeier hielt sie mitten in der Bewegung fest und zog sie an sich heran. „Woher kennt ihr die Sache mit dem Drachenkopf? Das ist ein streng gehütetes Geheimnis, in dem nur wenige eingeweiht wurden. Und die reden niemals darüber! Der große Gebieter würde sie mit seinem Fluch treffen…!" Der Körper der Frau war mit einem bizarren Drachen -Tattoo bedeckt. Der Kopf des Ungeheuers befand sich auf der Brust, sein Körper schlängelte sich beidseitig über die Schulterpartie hinweg, das Hinterteil und der gezackte Schwanz bedeckte den gesamten Rücken der Frau. „Schöne Arbeit und war bestimmt sehr schmerzvoll, es stechen zu lassen. Aber es hat nicht das Geringste mit dem wirklichen Abbild des Gebieters zu tun!" Mit diesen Worten entblößte er sich und ließ die goldfarbenen Brandings erstrahlen. Die Anhängerschaft stöhnte ergriffen und sank ehrfurchtsvoll auf den Boden. „Wer mich so erblickt, muss sterben! Nun Priesterin, war das dein Ziel – der Tod?" Selina nickte euphorisch. „Ja Meister des Drachens. Das wollten wir erreichen. Den Tod durch deine Hand zu erleben, bedeutet für uns, endlich das ewige Leben spüren zu können. Einige unserer Getreuen haben sich freiwillig in der Arena hinschlachten lassen, weil wir glaubten, dort unser Heiland zu finden. Aber wir wissen inzwischen, dass dieser Tod ins Nichts führt. Nimm mich – und wir werden dir treu dienen!"

Der Präfekt wusste noch immer nicht, was er von der Aktion halten sollte. Um ihrer Bitte den notwendigen Nachdruck zu verleihen, klatschte Selina in die Hände. „Bringt die heilige Waffe her!" befahl sie. Der Riese drängte sich durch die Menge und legte ein Schwert vor ihren Füßen ab. Es war eine Stichwaffe, die der Präfekt noch nicht kannte. Eine gefaltete Klinge mit einem einfachen, hölzernen Griff, deren Zweck ihm nicht geläufig war. „Das ist eine uralte Ritualklinge, ein sogenanntes Kris, mit der schon in früheren Zeiten Menschen geopfert wurden", klärte ihn die Priesterin auf. „Jetzt wollt ihr mich wirklich in Versuchung führen. Aber ich weiß noch immer nicht, woher ihr all diese Informationen habt?" Der Präfekt schritt auf die Menge zu, die eine Gasse für ihn öffnete und den Blick ins Innere des Raumes frei gab. Der Altar leuchtete auf, mehrere Feuerschalen waren entzündet worden. Er bewegte sich darauf zu und studierte nun eingehend die Fresken und Mosaikbildern im hinteren Teil des Raumes, der sich irgendwo in der Dunkelheit verlor. „Ganz schön frivol und frech, was hier so dargestellt wird!" stellte er nach längerer Betrachtung fest. „Das sind alles Bilder zu Ehren unseres Gebieters, dem Drachen. Und wir sind seine ergebenen Diener. Aber das hast du bestimmt schon geahnt, als wir dich hierher führten?" Selina hob das Schwert auf und führte ihn näher an die Wand heran. „Ist das ein Art Bordell – oder eher ein Tempel der Lust? Ich sehe nur Sexhandlungen in sämtlichen Stellungen. Das ist Porno in Hochkultur! Wie kann das ein Tempel sein?" brubbelte er, sein Blick blieb an einer Darstellung einer ihm durchaus bekannten Szene haften. Eine Straße mit Menschen und Häusern und ein berühmtes Tor erregte seine Aufmerksamkeit. „Das Brandenburger Tor – wie kommt das alte Wahrzeichen von Berlin hierher?" wunderte er sich.

Während ihr Gast voller Interesse die Abbildungen studierte, bewegte sich eine Gruppe junger Frauen mit entblößten Oberkörpern auf ihn zu. „Nun Präfekt, die Antwort auf eure Frage ist recht simpel. Über dieses Tor kursieren so viele Legenden und Geschichten in Rom, dass wohl fast jeder schon einmal etwas darüber gehört hat. Das gemeine Volk hat viele Namen dafür. Für mich trifft ‚Geheimes Portal der Nachfahren' ins Schwarze. Es gibt unzählige Gerüchte, wo es sich befinden soll, aber niemand weiß Genaueres darüber. Ich hingegen ahne, wo es sich zurzeit befindet. Man munkelt von einem Kastell Berlina. Der Namen ist doch Programm – Berlina!" Sie lächelte ihn schelmisch an und zwinkerte ihm zu. „Ich kenne euch übrigens bereits aus einer anderen Epoche, in der euer Verschleiß an üppig geformten Weibern euren Ruf als Staatsoberhaupt Tyrannis Lehrmeier weit voraus eilte. Damals kreisten unzählige Sagen und Legenden über einen Drachen und seinem Fluch durch das Land, dessen Krieger das Reich der Deutschen zerstören sollten. Ich habe mit eigenen Augen gesehen, wie das Heer gewandelt und die Soldaten des Feuergottes unsterblich wurden. Es war mein größter Wunsch und ein bisher unerreichter Traum, genau so zu werden wie sie – und ihr, erhabener Präfekt! Darum bin ich euch nach Rom gefolgt. Es war sicher ein großer Zufall, dass ich in der Nähe des Brandenburger Tores stand, als es seine Funktion als Zeit-Portal aufnahm. Deshalb befindet sich dieses Bild dort an der Wand – eine kleine Erinnerung an die alte Heimat. Ich nutzte die sich unverhofft bietende Gelegenheit, von dort zu verschwinden und landete hier. Da ich wusste, dass ich euch eines Tages wieder treffe, habe ich die letzen Jahre verwendet, für euch diesen Tempel zu erschaffen." Der Präfekt winkte verdrossen ab. „Von wegen alte Heimat! Alles Blödsinn und für mich nicht mehr relevant. Dieses Kapitel der Geschichte habe ich abgehakt!" keifte er erbost und widmete sich wieder den angenehmeren Themen. Feixend und schnalzend betrachtete er erheitert die Darstellungen diverser Sexpraktiken. „Wenn sich trotz Jahrtausende eines nicht bei uns Menschen geändert hat – dann wohl seine animalischen Triebe und die Lust, diese bis zum absoluten Kick auszukosten. Und manchmal führen diese auch zum Tod…!" fauchte er erregt, packte die blonde Schönheit am Haarschopf und schleifte sie zum Altar. Der Kreis der Frauen begleitete sie wie eine tänzelnde Flamme. „Nimm sie!" Das Raunen wurde kräftiger, die Gruppe passte sich dem Rhythmus der Tänzerinnen an und klatschte im Takt mit. „Nimm sie dir!" erklang es immer weiter und wurde zum alles bestimmenden Refrain. Präfekt Lehrmeier spürte, wie das Blut in seinem Körper in Wallung kam, in seinen Lenden ergoss sich ein heißer Schauer. Selina legte ihre Hände flach auf das Gesicht des Drachens und beugte sich graziös nach vorn. „Das lasse ich mir gern gefallen!" stöhnte der Präfekt. Er ergriff von hinten ihre prallen Brüste, um sich fest zu halten und stieß kräftig zu. Die Priesterin stöhnte voller Wohllust auf, mit jedem Stoß des Mannes geriet sie immer mehr in Ekstase. Das schaurige Spiel dauerte nur wenige Minuten, als der Präfekt aus seiner Trance erwachte, lagen alle Anhänger des Tempels mit durchtrennter Kehle regungslos am

Boden. Er streifte die Priesterin wie eine verwelkte Blume von sich, in ihrem Nacken steckte noch das Kris. Sie keuchte vor Schmerz, ihre Beine zitterten, schließlich sank sie blutüberströmt zu Boden und starrte ihn mit brechenden Augen anklagend an. „Du hast bekommen, was du dir erträumtest, blonder Engel. Aber du hast doch nicht alles gewusst. Um das ewige Leben zu erhalten, hätte ich dich und deine Anhänger erst mit dem Branding des Gebieters kennzeichnen müssen – so funktioniert es nicht. Tot ist auch hier nichts weiter als tot!" flüsterte er ihr liebevoll ins Ohr. Das waren die letzten Worte, die sie vernahm…

Mit dem bisherigen Verlauf des Abends sichtlich zufrieden, trat er hinaus ins Freie. Es war frisch geworden, er hüllte sich fest in seinen Umhang ein und lenkte seine Schritte beschwingt zu einem riesigen Objekt, dessen Fassade allein wie eine Drohung wirkte, der hiesige Kerker der Stadt – der Carcer Tullianus. Im Laufe des Tages war eine Nachricht bei ihm eingetroffen, dass den Häschern des Kaisers eine größere Gruppe Christen ins Netz gegangen waren. „Hoffentlich hat dieser Oberaufseher Lukullus verstanden, was ich ihm ausrichten ließ?" Er beschleunigte seine Gangart und erreichte nach einigen Minuten ein großes Tor mit eisernen Verstrebungen. „Der Eingang zur Hölle! Zur römischen Hölle…!" Er war vor Monaten schon einmal hier. Damals wollte er sich kundig machen, welches Material - Menschenmaterial - hier zur Verfügung stand. Er hämmerte mit dem Griff seines Schwertes hart an die Holzplanken der Pforte. „Öffnet mir – ich will mit Aufseher Lukullus sprechen!" Es dauerte einige Minuten, bevor sich die mürrische Stimme eines Postens meldete. „Es ist mitten in der Nacht – wer stört um diese ungewohnte Zeit?" schnarrte sie ihn hinter dem verschlossenen Tor an. „Öffne die verdammte Tür, bevor ich dir die Eier abreiße!" schnaubte der Präfekt und nannte seinen Namen. Buchstäblich in letzter Sekunde verschluckte der Mann seinen unflätigen Fluch, den er bereits auf den Lippen hatte, Ketten rasselten und die schwere Verriegelung wurde ächzend hoch gestemmt. „Verzeiht Ehrwürdiger, ich konnte ja nicht ahnen, wer ihr seid!" entschuldigte er sich unter unzähligen Bücklingen und ließ den nächtlichen Gast passieren. „Lukullus wird in seinem

Gemach sein. Soll ich vorlaufen und ihn wach machen?" bot er unterwürfig an und verschloss das Tor. Der Präfekt winkte ungeduldig ab und stürmte über den gepflasterten Hof. „Der hat doch bestimmt eine Hure im Bett. Ich werde ihn ein wenig überraschen!" brummte er vernehmlich und steuerte auf das Haupthaus zu, in dem sich die Schreibstube nebst Schlafgemach des Aufsehers befanden. „Wie komme ich um diese Zeit zu dieser ungewöhnlichen Ehre?" Auf der Treppe stürmte im Licht der Feuerkörbe eine hünenhafte Gestalt heran. „Präfekt Lehrmeier – ich dachte mir bereits, dass ihr hier auftauchen würdet!" empfing Lukullus den hohen Gast und begrüßte ihn herzlich. „Wecke den Koch. Er soll auf der Stelle ein kleines Nachtmahl für uns bereiten!" befahl er seinem Posten und geleitete den Besucher in die Schreibstube. Er bot ihm in einer Sitzecke ein Kissen an und wartete andächtig, bis es sich der Ankömmling bequem machte. Sein routinierter Blick bemerkte die Blutspritzer an den Beinen und Armen, auch die Kleidung war vollkommen besudelt. Er stellte keine Fragen. „Bringt unserem Gast eine Schüssel mit sauberem Wasser und neue Sachen zum Wechseln!" befahl er einem Sklaven, der wartend am Eingang stand. Binnen weniger Minuten war alles zur Zufriedenheit herangeschafft. Während sich der Präfekt in aller Ruhe in einer Ecke reinigte und umzog, stellte der Koch Platten mit Fleisch, Fisch, Brot und Obst bereit, ein Krug Wein vervollständigte das Angebot des Gastgebers. „Hattet ihr einen Zusammenstoß mit einigen unliebsamen Spitzbuben?" fragte Lukullus beiläufig und schenkte die Becher voll. „Könnte man so sagen. Wenn ihr in aller Frühe dafür sorgen könntet, die Spuren zu tilgen, wäre ich euch sehr dankbar dafür. Ist gleich um die Ecke…" Er beschrieb dem Aufseher die ungefähre Lage des Tempels. Dieser lächelte verschmitzt und nickte nur. „Die Bande ist mir nicht unbekannt. Greift zu. Ihr werdet hungrig sein. Und nun erzählt mir, weshalb es euch mitten in der Nacht durch die Stadt treibt?" lud Lukullus ihn ein und prostete ihm zu. „Auf das Wohl des Kaisers und auf eure Gesundheit!" Die Männer stießen an und ließen es sich schmecken. „Ihr lebt nicht schlecht, trotz des grausigen Ortes, der euch umgibt", bemerkte der Präfekt, dem es mundete. „Nun, gerade wegen der widrigen Umstände sollte man das Leben genießen, wie es kommt!"

entgegnete Lukullus grinsend und goss die Becher erneut voll. „Guter Wein, gutes Essen – ich frage mal nicht, ob es hier anständige Weiber gibt?" Präfekt Lehrmeier lächelte versonnen und schob sich einige Trauben in den Mund. Genüsslich schmatzte er vor sich hin. „Nun, die Weiber sind ein Kapitel für sich, ehrwürdiger Präfekt. Aber bei Bedarf finden wir stets die Richtigen. Wenn ihr es wünscht, könnt ihr euch gerne davon überzeugen!" bot Lukullus ihm diensteifrig an. Sein Gegenüber nickte nur. „Der Grund, weshalb ich euch um diese Zeit aufsuche ist, dass ich für den letzten großen Tag der Spiele ein besonderes Schauspiel liefern möchte. Ich habe vernommen, dass eine Gruppe Christen gefangen genommen wurde, die sich hier befinden soll. Stimmt das?" Der Präfekt lehnte sich entspannt zurück und studierte interessiert die entstellten Gesichtszüge des Aufsehers. Er hatte einige schlecht verheilte Narben, die ihm ein grausiges Aussehen bescherten. Lukullus registrierte seine Blicke. „Andenken aus einem Feldzug gegen einen germanischen Stamm. Den Mann habe ich in kleine Stücke zerhackt. Aber leider hat er mich vorher erwischt. Aber was soll es – hier lebe ich in meiner eigenen Welt und kann damit die Gefangenen erschrecken", amüsierte er sich und hob das Trinkgefäß. „Wir haben vor einigen Tagen eine Schar dieser Christen in Gewahrsam genommen. Soll ich sie auf den Hof bringen lassen?" fragte er und leerte den Becher mit einem Zug. Der Präfekt überlegte einen Moment. „Nein. Führt mich durch die Räume des Kerkers und zeigt mir, wo sie untergebracht wurden. Vielleicht kommt mir dabei noch eine verrückte Idee?" entschied er und erhob sich.

Zwei Posten mit Fackeln begleiteten sie, als sie durch die dunklen Gänge des gewaltigen Verlieses hasteten. Der Geruch von Verwesung und Fäkalien nahm ihm fast den Atem. „Mein lieber Jolly, das stinkt schlimmer als die Pest! Ist das ein Gefängnis oder eine Gruft…?" stöhnte der Präfekt, flach atmend schaute er sich neugierig um. Der Boden war schmierig und feucht, bei jedem Schritt hatte er das Gefühl, auf einer Eisbahn zu schlittern. „Auf jeden Fall ist das ein Ort, den man gerne wieder ganz schnell hinter sich lassen möchte", schniefte er und balancierte am Rand einer Pfütze entlang. Die schauderhafte Geräuschkulisse tat ihr Übriges, die gespenstisch anmutende Umgebung noch düster erscheinen zu lassen. Stöhnen und Grunzen wechselten sich mit entfernten Schreien ab, ein markerschütterndes Kreischen ließ ihn einen Moment stocken. „Wird da gerade jemand gegrillt?" fragte er Lukullus. Der zuckte mit den Achseln. „Keine Ahnung, vielleicht vertreibt sich einer meiner Posten mit der Folterbank die Zeit? Soll ich nachsehen?" Der Präfekt winkte ab. „Ich habe nicht die ganze Nacht Zeit. Wir gehen weiter!" ordnete er an. Im Nebengang, durch den er geführt wurde, lugte er durch das Gitter einer Zelle. „Ganz schön voll hier. Liegen ja wie die Heringe in einer Dose", stellte er fest und ließ sich eine Fackel reichen. Er hielt sie zwischen die Eisenstäbe und leuchtete in den Raum hinein. „Meine Fresse, die hausen wie die Tiere hier", murmelte er ohne sichtbare Rührung oder eine Spur Mitgefühl. „Was sind das für Leute?" wollte er wissen. Lukullus blieb stehen und wandte sich ihm zu. „Alles Gesindel und Lumpenpack. Straßenräuber und gemeine Diebe. Sie warten auf ihr Urteil. Wenn sie Glück haben, hacken wir ihnen nur eine Hand ab. Wenn nicht, die Spiele in der Arena gehen weiter. Es wird immer neuer Nachschub dafür gefordert." antwortete er. Ein lang anhaltendes Stöhnen erregte die Aufmerksamkeit des Präfekten. „Woher kommt das?" Er hob die Fackel über den Kopf. Lukullus wies auf die geschlossene Nachbarzelle. „Von dort!" Vor der Tür hielten sie an. Ein unmenschlicher Schrei ertönte und ließ sogar den hartgesottenen Präfekten sichtlich zusammenzucken. „Öffnet!" befahl er barsch, seine Neugier war endgültig geweckt. Die Posten zögerten, erst als Lukullus ihnen zunickte, machte einer von ihnen Anstalten, dem Befehl Folge zu leisten. „Der Fremde wurde vor fünf Jahren hier her gebracht. Der ist völlig übergeschnappt und irre. Er hat noch nie ein normales Wort gesprochen und gebärdet sich wie ein wildes Tier. Eigentlich müsste er längst verreckt und verfault sein, aber wie durch ein Wunder rappelt er sich immer wieder hoch. Gerade so, als warte er auf jemanden oder etwas? Doch überzeugt euch selbst!" erklärte der Oberaufseher und stieß die Tür auf. Es war völlig finster in dem stickigen Raum, hinter einer schiefen Holzpritsche, dem einzigen Möbelstück, duckte sich im Licht der Fackel eine Männergestalt, die sich die Hände vor die Augen presste und leise röchelte. Die Krieger zogen ihre Schwerter blank und liefen voraus. „Reine Vorsichtsmaßnahme!" verkündete

Lukullus und bat den Präfekten, ihm zu folgen. Ein eigenartiges Gefühl übermannte ihn, vorsichtig setzte dieser den ersten Fuß hinein. Kaum hatte er die Zelle betreten, änderte sich das Verhalten des Gefangenen. Die Geräusche erstarben, lähmende Stille machte sich breit. „He du da! Wer bist du und woher kommst du?" Präfekt Lehrmeier stieß mit der Fußspitze gegen die Pritsche. „Ich will sein Gesicht sehen!" Es war mehr als eine dunkle Ahnung, die ihn bewog, diese Anweisung zu erteilen. Bevor die Wachen reagierten, erhob sich der Mann in voller Höhe und gab sein durch Schmutz und einem zotteligen Bart verdecktes Gesicht frei. Noch war sich der Präfekt unsicher, ob ihn sein Gefühl zum Narren hielt. „Gebt ihm einen Lappen, er soll sich den Dreck abwischen!" wies er an. Lukullus kramte einen Fetzen hervor und warf diesen dem Gefangenen zu. „Du hast vernommen, was der Erhabene von dir möchte!" Widerwillig begann dieser, sein Gesicht zu reinigen. Der Präfekt hob die Fackel hoch und leuchtete ihn an. „Wie in Gottes Namen kommt ihr in diese Hölle?" Erschrocken wich er einen Schritt zurück und schüttelte ungläubig den Kopf. „Es hieß, ihr seid gestorben?" brubbelte er weiter und musterte sein Gegenüber mit einem misstrauischen Blick. „Verzeiht Tyrannis Lehrmeier – die Umstände dieses Zusammentreffens sind äußerst makaber, oder nicht? Aber ihr selber habt mich damals für tot erklärt und in der Versenkung verschwinden lassen!" grollte eine tiefe Stimme voller Hohn. „Nun Imperator Klausus, dann hat also die Wandlung auch bei euch funktioniert. Ihr seid einer von uns geworden – ein waschechter Drachenknecht. Sonst hättet ihr die letzten Jahre in diesem Loch nie durchhalten können." Der einstige Regierungschef und Imperator des Deutschen Reiches, den er im Auftrag des Großen Drachens stürzte, um die Macht an sich zu reißen, stand nun halbwegs wohlbehalten vor ihm. Die drei Römer begriffen kein Wort von dem, was sie sich gegenseitig vorwarfen. „Du bist ein verdammter Heuchler und ein Schwein, du kleiner Wichser von einem dahergelaufenen Professor!" fauchte Klausus ihn bösartig an und näherte sich drohend. Nur die Eisenkette am Knöchel und die Waffen der Krieger hinderten ihn daran, sich auf den Präfekten zu stürzen. Er begann zu toben und fuchtelte wild mit den Fäusten umher. „Du fiese Ratte, komm her und ich drehe dir den Hals um! All die Jahre habe ich mir in meinen Träumen ausgemalt, wie ich dich langsam wie eine Fliege zerquetsche. Nicht eine Sekunde deiner verfluchten Demütigungen und Ränkespiele habe ich vergessen. Dachtest wohl, ich bekomme nichts mit, weil du mich in Trance versetzt hattest? Du verfluchtes Dreckschwein!" Er steigerte sich immer weiter in seiner Wut und zerrte wütend an der Kette, dass es verdächtig knirschte. „Raus hier – sofort!" brüllte Lukullus, dem die Lage zu bedrohlich wurde. Ein Posten, der zu dicht bei Klausus stand, wurde von ihm gepackt und an die Wand geschleudert. Stöhnend sackte er zusammen. „Jetzt reicht es aber!" Lukullus holte mit dem Schwert aus und wollte zuhauen. „Halt, warte mein Freund. Wäre er nicht ein gefundenes Fressen für die Arena? Der Kaiser und das Volk warten auf einen neuen Kick. Wusste ich doch, dass sich mein Besuch bei dir lohnen würde!" stoppte ihn Präfekt Lehrmeier, ohne mit auch nur einer Wimper zu zucken. Gelassen starrte er dem Tobenden ins Angesicht. „Du hast mir damals gehört – ich bin das geistige Oberhaupt der Drachenknechte! Schweige endlich still. Du wirst sehr bald eine Gelegenheit bekommen, deinen Mut unter Beweis stellen zu können. Das kann ich dir hier und heute vor Zeugen versprechen!" Er grinste Klausus unverhohlen an. Der schien zur Besinnung zu kommen und wurde zusehends ruhiger. „Bringt den Verletzten nach draußen. Er wird niemand mehr zu Nahe treten", wies der Präfekt seine Begleiter an. Ächzend schleppten sie den Bewusstlosen aus der Zelle. „Und dir rate ich, in Zukunft mehr Respekt zu zeigen, wenn dein Herr und Meister dir gegenüber tritt. Was einmal war und wer du einmal warst, spielt heute keine Rolle mehr – hast du das kapiert!" schnauzte er den Gefangenen an. Rasselnd wurde die Tür geschlossen, nicht ein Pieps war zu hören, als sie mit ihrer Last weiterzogen.

„Eure letzte Begegnung mit ihm scheint nicht sonderlich friedlich verlaufen zu sein? Trotzdem verstehe ich nicht, wie er so lange ohne Nahrung und Wasser überstehen konnte?" ließ Lukullus vernehmen, der persönlich den verletzten Mann auf seinen Schultern trug. Der Präfekt lächelte düster vor sich hin. „Euch das zu erklären, würde zu lange dauern. Die Umstände waren damals wirklich nicht besonders erfreulich. Aber eine größere Macht als alles, was ihr kennt, hält ihre Hand über uns und trifft die Entscheidungen, welchen Weg wir gehen.

Und sie hat entschieden, dass ich ihn wieder treffe…" verkündete er geheimnisvoll. An der nächsten Ecke stießen sie auf eine Streife der Wache. Der Verwundete wurde übergeben, ein neuer Krieger übernahm seine Stelle und weiter ging es bis zu einer großen Grube. Sie war Teil eines künstlich angelegten Höhlensystems für besondere Fälle, die sich unterhalb des Baues befand. Im Gegensatz zu den bisherigen Ereignissen herrschte hier eine ungewohnte Stille. „Da unten befinden sich mehr als hundert Christen. Man könnte meinen, sie sind bereits tot – kein Pieps ist zu vernehmen. Nur ab und wann beten sie zu ihrem Gott, das ist alles." Lukullus ließ ein Dutzend Fackeln herbei schaffen und warf sie im hohen Bogen hinein. Sie spendeten nur spärliches Licht. Der Präfekt lugte über den Rand und entdeckte neben Männer und Frauen auch einige Alte und sogar Kinder, die auf dem Boden kauerten und teilnahmslos vor sich hinstarrten. Einzig ein älterer Mann erhob sich, ergriff eine Fackel und hielt sie in die Luft, um besser sehen zu können. „Das ist der Vorsteher ihrer Gemeinde. Quasi der Chef, der bei ihnen den Ton angibt." Lukullus Erklärung nahm der Mann mit geneigtem Kopf entgegen. „Ich verkünde nur das Wort unseres Herrn und lenke die Geschicke seiner Herde. Ich bin kein Chef sondern ein einfaches Mitglied und Prediger dieser Gemeinde!" entgegnete er und wollte sich abwenden. „Nenne mir deinen Namen!" Der Präfekt ließ ihn nicht aus den Augen. „Man nennt mich Johanan. Und wer bist du, dass du solche Frage stellst?" Die nächste Bemerkung irritierte den Präfekten ein wenig, aber er ließ es sich nicht anmerken. „Wie ich die Sache sehe, hat Gott der Herr dich geschickt, uns zu prüfen und von diesem irdischen Elend zu erlösen. Und du bist hier, das zu verkünden!" Er ließ die Fackel fallen und trat entschlossen die Flamme aus…

„Da läuft gerade ein großes Spektakel über die Bühne. Wir bekommen Besuch!" Judits überraschender Ausruf unterbrach die Gespräche im Saal, in dem sich ein Teil der Siedler versammelt hatten, um nach der Aufregung der letzten Stunden eine Kleinigkeit zu essen oder wenigstens einen warmen Tee zu schlürfen. „Hat wirklich keiner mitbekommen, wann sich die Schar Germanen abgesetzt hat?" Adam sah sich fragend in der Menge um, doch niemand konnte ihm darauf antworten. Joel, der sich vom Kältebad im Hangar erholt hatte und wieder sicher auf den Beinen stand, zuckte mit den Achseln. „Die werden einfach die Nase voll haben und nach Hause wollen. Haben die Gelegenheit beim Schopfe gefasst und sich still und heimlich verpisst. Ich trauere ihnen nicht ein bisschen nach. Wünschen wir ihnen gute Reise und tschüß!" Er hob seine Tasse und prostete Adam schmunzelnd zu.

„Vielleicht kommen sie gerade zurück? Auf jeden Fall rückt gerade eine größere Truppe vor das Haupttor an. Sieht wie eine bewaffnete Einheit aus. Ich brauche euch in der Zentrale!" drängte Judit ungeduldig und winkte Adam zu, ihr zu folgen. „Komme sofort. Vom Panzer und seiner Besatzung noch immer kein Lebenszeichen? Das bereitet mir allmählich Kopfzerbrechen. Jetzt ist nicht nur die Drohne verschüttgegangen, sondern auch noch der stählerne Riese. Hoffentlich ist ihnen nichts Schlimmeres geschehen", brummelte Adam und übergab Felix, der bislang friedlich auf seinem Schoß saß, an Jana. „Der Hosenmatz hat Hunger. Ich gucke mir an, was am Tor abgeht. Bin gleich zurück!" Judit erwartete ihn im Funkraum. Sie war gerade dabei, die Monitore zu checken. „Da sieh doch selber. Meine Fresse – was für ein wüster Haufen!" stieß sie aus, als sie die Bilder näher zoomte. Die Ankömmlinge schienen einem mittelalterlichen Film entsprungen zu sein. Zumeist mit Fellen bekleidet und hölzernen Schilden vor der Brust, die Haare verfilzt und struppig, dazu längere Bärte, die verwegen im Winde wehten. Sogar Adam runzelte die Stirn. „Denen möchte man wirklich nicht im Dunkeln über den Weg laufen", knurrte er und justierte die Überwachungskamera nach, so dass die Aufnahmen schärfer wurden. „Sie versuchen bestimmt, ins Camp einzudringen. Wir sollten unsere Leute alarmieren und uns auf einen Kampf vorbereiten. Oder was denkst du?" Adam überhörte Judits bange Frage, konzentriert studierte er die einzelnen Gesichter der Fremden. „Lauter Wilde, die vor nichts zurückschrecken. Ich renne rüber und lasse die Cyborgs aktivieren. Sicher ist sicher!" bestätigte er schließlich und wollte sich erheben, als er die Seherin in der Gruppe erkannte. „Veleda ist auch dabei? Ich glaube nun doch nicht, dass sie uns angreifen wollen. Vielleicht ist das eine Abordnung eines Stammes?" mutmaßte er und eilte in den Saal. Am Eingang stieß er fast mit Babsi zusammen, die völlig außer Atem nach Luft rang. „Na du Rumtreiberin, wieder im Land? Am Tor…!" Weiter kam Adam nicht. „Habe ich längst gesehen. Ich war draußen mit den Wölfen unterwegs. Das Rudel macht sich prächtig. Habe mich extra beeilt, um euch zu warnen. Aber wie es aussieht, ist die Kamera am Tor okay. Wie wollen wir den Haufen empfangen?" Sie wies mit dem Daumen zum Flugfeld. „Meine Maschine ist startklar. Ich könnte ihnen ein wenig einheizen!" jappste sie vor sich hin. Doch Adams Plan sah anders aus. „Wir schicken ihnen ein Empfangskomitee entgegen. Ich denke, sie kommen in Frieden und hegen keine kriegerischen Absichten. Die Seherin Veleda ist bei ihnen, sie kennt ja unsere Siedlung und weiß, dass wir uns wehren können. Schauen wir mal, welches Anliegen sie wirklich haben?" erklärte er ihr und verschwand im Saal. Kurz darauf erschien er in Begleitung einiger Männer, die bis an die Zähne bewaffnet waren, und eilte hinaus. Bedrohliches Knurren empfing den Trupp. „Passt auf, das Rudel wartet vor der Tür", rief Babsi noch, aber es war fast zu spät. Sie vernahm das Aufheulen eines Wolfes und erbleichte, hastig drängelte sie sich zwischen die Gruppe hindurch. „Ist was passiert? Adam…?" Als sie ins Freie trat, gelang es ihr in letzter Sekunde, das Schlimmste zu verhindern. Der Rüde stand fletschend über Adam, der die Länge auf der Erde lag und laut schrie, und schnappte nach seinem Gesicht. „Grauer aus!" schnauzte sie das Tier an, welches sofort reagierte und den Schwanz einzog. Mit einem heftigen Ruck am Halsband zerrte sie ihn ein Stück zur Seite. „Dieses Monster wollte mir an die Kehle – hast du das gesehen? So ein Mistvieh!" fluchte Adam erschrocken und wischte sich umständlich den Dreck von den Ellenbogen. „Was hast du angestellt, dass er auf dich losgehen wollte? Ohne Grund macht der Graue das nicht!" murrte Babsi nervös und beruhigte den Rüden. „Ich wollte ihn nur streicheln – hatte vergessen, dass das Wölfe und keine Hunde sind", gab Adam schließlich kleinlaut zu. Babsi schüttelte verständnislos den Kopf. „Sie sind nur auf mich als Anführer fixiert. Das nächste Mal lass lieber die Finger von ihnen!" riet sie ihm und pfiff das Rudel zu sich. Der Rest der Mannschaft war sichtlich erleichtert, als sie mit den Tieren los trabte und den Weg in Richtung Haupttor einschlug. „Nun aber vorwärts, oder wollt ihr Wurzeln schlagen?" hörten die Männer noch, bevor sich die Vorhut an der Biegung in Luft auflöste.

Etwa zwei Dutzend unbekannten Reiter saßen reglos wie Ölgötzen auf ihren Pferden und warteten ab. Babsi schlenderte seelenruhig an das verschlossene Tor heran. Die Wölfe an ihrer Seite erregten sofort die Aufmerksamkeit der Krieger, Gemurmel machte sich breit. „Ihr scheint ein gutes Händchen für diese wilden Biester zu haben?" Es war Veleda die Seherin, die sich zu erkennen gab. „Wie man es nimmt, verehrte Seherin. Sie sind dankbarer als Menschen und vergessen niemals, wenn man ihnen etwas Gutes antut. Meine Freunde sind gleich hier, um euch zu empfangen. Doch sagt mir, weshalb ihr erneut bei uns vorsprecht?" Babsi blinzelte die Frau durch das Gitter an und musterte interessiert die Krieger. „Es war des Fürsten Hermanns Entscheidung, den langen Ritt hierher zu wagen. Es ist sein innigster Wunsch, euch und diese Siedlung kennenzulernen. Darf ich vorstellen – der Anführer des Stammes der Cherusker, Fürst Hermann!" Die Zeremonie wurde durch das Eintreffen der Männer unterbrochen, die im Eiltempo heran marschierten. „Einen kleinen Augenblick bitte, ich öffne das Tor. Dann können wir weiter machen." Adam schloss die Abdeckung des unscheinbaren Kastens am Pfosten auf und betätigte den Button. Leise schnurrend schoben sich die mächtigen Flügel zur Seite. Babsi registrierte das unruhige Spiel der Lauscher ihrer vierbeinigen Begleiter. „Immer mit der Ruhe, Grauer. Es sind Freunde, die uns besuchen kommen", beruhigte sie das Rudel und ließ es sich flach auf den Bauch legen. Hermann nickte ihr freundlich zu. „Veleda hat mir schon von euch erzählt. Ihr müsst eine der Frauen sein, die hier das Kommando haben. Ich hoffe, wir bekommen die Gelegenheit, miteinander zu reden?" sprach er und lenkte sein Pferd durch den Eingang. Die Männer der Siedlung bestaunten die Krieger der Germanen, die mit stolz erhobenem Haupt ihrem Anführer folgten. „Ein bisschen merkwürdig finde ich das schon. Ich hoffe nur, wir machen keinen Fehler, wenn wir sie reinlassen und ihnen alles zeigen?" Adams abwägender Blick folgte dem Trupp, während er die Einfahrt wieder verriegelte. Babsi wartete auf ihn, auf ihr Kommando hin stürmten die Wölfe los und tauchten in den dichten Büschen unter, welche die Zugangsstraße säumten. „Traust du dieser Bande? Ich bin mir nicht sicher...?" zischte sie und hakte sich bei dem langjährigen Freund ein. „Du meinst jetzt bestimmt nicht die Wölfe? Denen traue ich mehr als ihnen! Aber vielleicht haben sie eine Ahnung, wo unsere Leute mit ihrer Drohne geblieben sind?" knurrte Adam säuerlich und steigerte das Tempo, um nicht den Anschluss zu verlieren. Kurz vor der Siedlung erreichten beide die Gruppe und kamen fast gleichzeitig mit ihnen vor den Häusern an. Aus dem Saal quollen die Siedler heraus und versammelten sich zum Empfang neben dem Lagerfeuerplatz. Veleda dirigierte die Reiter zu den Schwestern Ina und Judit, die ihnen winkend entgegen kamen. „Das ist ja eine angenehme Überraschung. Wir heißen euch und eure Begleiter herzlich willkommen. Unsere Jungs kümmern sich um die Pferde. Kommt in den Saal und stärkt euch ein wenig. Wir haben noch Fleisch und Brot." Sie umarmten die Seherin. Babsi gesellte sich zu ihnen. „Da drüben, das ist ihr Anführer. Fürst Hermann oder so ähnlich", wisperte sie ihren Schwestern zu und zeigte auf einen Mann, der sich gerade von seinem Pferd schwang. Veleda lächelte. „Stimmt. Das ist der neue Fürst des Stammes der Cherusker. Ihn treibt die Neugier hierher. Er hofft, in euch Verbündete zu finden. Die Römer rüsten zum Kampf gegen die Germanen und wollen auch unser Gebiet okkupieren. Aber das wird er euch selber erklären. Und wir haben einen Hinweis bekommen, dass es Pläne gibt, auch dieses Lager auszulöschen..." Ihr Gesicht wurde ernst. „Wir haben durch Zufall einen ihrer Spione entdeckt, der das Dorf ausspähen sollte. Eine miese Ratte, die offensichtlich den Auftrag hatte, wichtige Informationen zu sammeln. Ein Mann, dem wir vertrauten - der Schamane Eldir. Unsere Wachen erwischten ihn, als er in der Nacht mit seinen Wölfen heimlich ins Dorf gekrochen kam. Sie beobachteten ihn dabei, wie er etwas in ein Fass kippte, in welchem Met für eine Feier zu Ehren Odins gärte. Wie sich bei Tageslicht herausstellte, war das Gift, welches einen großen Teil unserer Krieger getötet hätte. Und mit Sicherheit auch den Fürsten", erklärte sie weiter. Mit einem Seitenblick auf das Wolfsrudel, welches nicht weit von ihnen auf der Erde lag und wartete, fügte sie hinzu: „Eldir führte auch ein Rudel an. Unsere Männer mussten die Tiere töten, weil sie von ihnen attackiert wurden. Es bedarf schon einer besonderen

Willenskraft und großer Ausdauer, das Oberhaupt dieser schlauen Biester zu werden. Deshalb meinen besonderen Respekt, Babsi!" Diese war sichtlich überrascht und zugleich erfreut, dass die Seherin ihren Namen noch wusste und die Sache so positiv bewertete.

Fürst Hermann indessen blickte sich suchend um, als er Veleda in Gesellschaft der Frauen stehen sah, kam er näher. Seine Krieger machten bereitwillig Platz, um ihn durchzulassen. „Hier bist du also. Wenn meine Ahnung mich nicht trügt, sind das bestimmt die übrigen Schwestern, die diese Siedlung kommandieren?" Er nickte förmlich und musterte die Anwesenden eindringlich. Die Seherin übernahm es, sie miteinander bekannt zu machen.

Es war für die Gastgeber eine ungewohnte Situation. „Gibt es so was wie eine Etikette bei euch?" fragte Babsi Veleda leise. Diese amüsierte sich und griente vor sich hin. „Am römischen Hof gibt es so was. Unsere Anführer legen keinen Wert auf Äußerlichkeiten oder solche Förmlichkeiten. Hier genügen ein kräftiger Händedruck und ein gerader Blick in die Augen", klärte sie auf. Babsi schnaufte erleichtert. „Ein Glück, wir haben es nicht so mit all diesem Schnickschnack. Fürst Hermann, auch von mir ein Willkommen!" Sie hielt ihm die Rechte hin, er schlug lachend ein. „Eure Anka habe ich bereits kennengelernt. Sie war mit diesem fliegenden Ding bei uns. Mit einem ehrwürdigen Krieger – diesen Juppi. Sie haben eine Ladung alter Schwerter übernommen, die wir erbeuteten. Als Dank für das kostbare Fell des weißen Bären, welches meinen Vater nach Walhalla begleitet. Aber wo sind sie? Ich sehe sie nirgends!" Der Fürst tuschelte mehrfach mit der Seherin. „Er fragt nicht ohne Grund nach Anka und Juppi. Ein Mitglied aus seiner Familie ist verschwunden. Seine Schwester Otilda. Einer unserer Krieger glaubt gesehen zu haben, dass sie in diese Kiste einstieg. Vielleicht könnt ihr uns mehr dazu sagen?" soufflierte Veleda, während der Fürst seine Krieger um sich scharte. „Er erteilt ihnen nur Anweisungen, wie sie sich im Camp verhalten sollen. Es sind einige rauflustige Burschen unter ihnen, die öfter einen Dämpfer brauchen. Also keine Bedenken…!" fügte sie hinzu, als sie das Misstrauen in den Augen ihrer Gesprächspartner bemerkte. „Eigentlich haben wir gehofft, von euch zu erfahren, wo unsere Freunde geblieben sind? Sie hätten schon längst wieder hier sein müssen!" Babsis Hoffnung zerplatzte wie eine Seifenblase. „Das wissen wir nicht. Sie sind abgeflogen – von da an haben wir sie nicht mehr gesehen. Es wird ihnen doch wohl nichts geschehen sein?" Veleda fragte vorsichtshalber noch einmal bei den Kriegern nach, aber auch von dort kam nur einhelliges Kopfschütteln. Adam drängelte sich argwöhnisch durch die Menge und kam mit hochrotem Kopf zu ihnen. „Was soll das Ganze? Wozu dieser Aufmarsch?" Die Sache war ihm einfach verdächtig. Judit beruhigte ihn und gab Entwarnung. „Er erteilt ihnen nur Instruktionen, wie sie sich zu verhalten haben. Sind wohl einige Hitzköpfe dabei, die öfter auf Streit aus sind! Er will jeden Zoff im Keime ersticken", klärte sie ihn auf. Ina wurde der Trubel zu hektisch. „Mach ihr mal hier weiter. Ich verziehe mich in die Küche und bereite das Essen vor. Wer kommt mit?" rief sie in die Runde. Einige Frauen meldeten sich freiwillig und schlossen sich ihr an. Die Kids der Siedlung und eine Gruppe Männer übernahmen es, die Pferde auf die alte Koppel zu führen. Allmählich entspannte sich die Lage, so dass Judit und Babsi sich erneut den Gästen zuwenden konnten. Offensichtlich war die Standpauke des Fürsten ziemlich heftig, einmal brüllte er einen seiner Krieger so laut an, dass es zu ihnen herüber schallte. „Oha, da scheint es zu knallen. Kein Wunder, so wie die aussehen. Da müssen ja richtige Streithammel drunter sein, wenn der Fürst solchen Terror veranstaltet?" Judit konnte nicht alles verstehen, aber die düsteren Gesichter der Krieger sprachen Bände. „Ich denke, das war es dann vorerst. Sven, sein bester Mann, hat den Befehl erhalten, die Männer nicht aus den Augen zu lassen. So lange sie keinen Met trinken, sind sie recht friedlich. Und ich bin ja auch noch da, wenn sich der Eine oder Andere daneben benimmt." Veleda wandte sich den beiden Schwestern zu. „Bevor der Fürst mit euch redet, noch einmal meine dringende Botschaft: Nehmt die Warnungen nicht auf die leichten Schultern! Die Römer ziehen ihre Legionen zusammen und formieren ein gewaltiges Heer. Sie wollen die Stämme oberhalb des Rheines zwingen, sich ihnen zu unterwerfen. Es hat sich inzwischen herum gesprochen, dass ein weiteres, bislang unbekanntes Heer eingetroffen sein soll, welches sich ihnen anschließt. Noch ist nicht genau geklärt, ob das alles die Hirngespinste des Schamanen sind.

Hermann hat ihn foltern lassen, um ihn zum Sprechen zu bringen. Wenn das stimmt, was er von sich gegeben hat, dann gute Nacht!" Bevor Judit ihre Frage stellen konnte, wurde sie von der Seherin gestoppt. „Einen kleinen Moment. Könnt ihr mit einem ‚Geheimnisvollen Tor oder Portal der Nachfahren' etwas anfangen? Den Erzählungen nach soll es in einem fernen Land mitten in einer Stadt gestanden haben, welche fast so groß wie Rom sein soll?" Sie schaute ihnen nachdenklich in die Augen. Fernes Dröhnen ließ sie aufhorchen. „Die Männer kommen von ihrer Erkundungsfahrt zurück. Hoffentlich hatten sie Erfolg und ihnen ist nichts geschehen? Wir quatschen später weiter!" entschuldigte sich Judit und sprintete los. Veleda überschattete die Augen und versuchte, die Quelle des Lärmes auszumachen. „Sie sind noch drüben im Wald. Aber gleich kannst du ein Wunderwerk der Technik unserer Vorfahren erleben, dass dir glatt die Spuke weg bleibt!" orakelte Babsi feixend und gab den Kriegern ein Zeichen, ihnen zu folgen. „Wir laufen rüber zum Landeplatz. Frage den Fürst, ob er sich uns anschließen möchte?" bat sie. Hermann ließ sich nicht lange bitten. „Das ist ein Kriegsgerät aus unserer Epoche. Sollen die Legionen doch kommen – was wir zu bieten haben, wird ihr Untergang sein!" prahlte Judit vergnügt, wohl ahnend, dass sie ihren Gästen einen regelrechten Schock verpassen würde. Die Umrisse des Panzers wurden sichtbar. Der Fürst raffte seinen Umhang zusammen, um schneller laufen zu können. Der Boden unter ihren Füßen begann zu vibrieren, als das schwere Gerät die Betonpiste erreichte. „Bei allen Göttern – Odin, was ist das?" entfuhr es ihm, das Gefährt drehte auf der Stelle und rollte schließlich gemächlich auf sie zu. Die Luken flogen auf. „Was habt ihr da für merkwürdige Vögel eingefangen?" Rainer kletterte heraus und streckte sich genüsslich. Peter kraxelte den Turm herab, Falk und Jahn ließen sich Zeit und taxierten erst einmal aus luftiger Höhe die aktuelle Lage. „Was ist passiert? Als wir losfuhren, waren viele Frauen und kaum Männer hier – jetzt sehe ich lauter schwer bewaffnete Krieger vor mir?" Jahn hockte sich hin und schniefte angestrengt. „Die erste Gruppe Germanen hat sich wahrscheinlich vor einiger Zeit aus dem Staub gemacht. Die hier sind vor einer halben Stunde eingetroffen. Das ist das frisch gewählte Oberhaupt der Cherusker, Fürst Hermann. Veleda kennt ihr ja noch von ihrem letzten Besuch!" Babsi stellte den Neuankömmlingen die fremden Kämpfer vor. Der Fürst indessen umrundete mit großen Augen das stählerne Ungetüm und war in diesem Moment überhaupt nicht ansprechbar. Er pochte mit der Faust gegen die Wandung. „Ist hart wie Stein! Und keine Gespanne", stellte er verblüfft fest. „Hart wie Metall – wie Stahl!" korrigierte Jahn und setzte zum Sprung an. „Halt – unser Abendessen nicht vergessen!" erinnerte Peter ihn. Als er den riesigen Wels aus dem Werkzeugkasten hievte, gab es sogar einen tosenden Beifall von den Siedlern. Behutsam ließ er die schwere Beute in die Hände einiger Helfer gleiten. Während Peter die Seherin begrüßte, rief Falk die Piloten der Cyborgs zu sich, die sich bisher im Hintergrund hielten. „Was geht denn hier ab? Was wollen diese aufgemotzten Germanen ausgerechnet bei uns im Camp? Und dann dieser sogenannte Fürst und diese komische Seherin?" zischte er Ingo zu, der unschuldig mit den Achseln zuckte. „Keine Ahnung. Hast doch gehört – die sind gerade erst eingetroffen. Diese Veleda scheint eine große Nummer zu sein. Sie ist jedenfalls bekannt und auch ziemlich beliebt bei den Leuten hier", tuschelte dieser zurück und nickte anerkennend, als die Seherin ihm aufmunternd zuzwinkerte. „Steiler Zahn, die würde ich nicht von der Bettkante stoßen!" stellte er verschmitzt fest. „Jetzt hackt es dich total! Denkst du wirklich, die würde sich mit einem Würstchen wie dich abgeben – dass ich nicht lache!" Falk kicherte ihn höhnisch an. „Da muss erst mal ein richtiger Mann kommen…" Veleda ahnte wohl, dass über sie gesprochen wurde und schwebte heran. Die letzten Worte entgingen ihrem scharfen Gehör nicht. „Und du glaubst ernsthaft, so ein Mann zu sein?" Sie schaute ihn herausfordernd an und schmunzelte listig. „Wie viele Krieger führst du an, wie groß ist dein Heer? Zehn Legionen oder Zwanzig? Über welche Ländereien verfügst du, um mich zu bezirzen? Frauen wie mich bekommt man nicht so einfach, das ist dir hoffentlich bewusst?" Der rauchige Klang ihrer Stimme verwirrte und faszinierte den jungen Mann zugleich, auch Ingo schaute ziemlich verdutzt. Falk starrte einen Augenblick vor sich hin, dann erhellten sich seine Gesichtszüge. „Nun gut, große Veleda. Ich verfüge zwar über keine Ländereien, das ist wahr. Aber ich bin durchaus in der Lage, deine zehn oder zwanzig Legionen in die Flucht zu schlagen – wenn es sein muss, sogar alleine!" entgegnete er schnippisch und siegessicher. Sie spürte instinktiv, dass es keine leeren Sprüche waren. Sie fühlte seine starke Aura, die ihr mehr verriet, als tausend Worte. Aufmerksam studierte sie die Gestalt des Burschen. Hermann, der mit seiner Musterung fertig war, kam zu ihr zurück und guckte sich fasziniert in der Runde um. „So ein Ding würde uns aus der Klemme helfen. Ich würde zu gerne einmal damit fahren!" schnarrte er. Durch Zufall sah er in der Ferne einige Lichtstrahlen aufblitzen. „Ihr seid noch sehr jung und seht nicht gerade so aus, als wenn ihr es auch nur mit einem unserer Krieger aufnehmen könntet? Und dann gleich gegen so viele Legionen? Was für ein Geheimnis verbergt ihr?" Veleda's hintergründige Fragen rangen Falk ein spöttisches Lächeln ab. „Ich dachte, ihr seid die beste Seherin eurer Zunft, die in die Zukunft blicken kann? Dann müsstet ihr längst die richtige Antwort parat haben!" flunkerte er mit einem verschlagenen Grinsen. Jahn, dem die Art und Weise seines Freundes wieder einmal mächtig gegen den Strich ging, sprang vom Panzer und mischte sich in den unsachlichen Dialog ein. „Verzeiht seinen hochnäsigen Ton, er weiß es eben nicht besser. Ich glaube auch nicht, dass er einer Frau wie euch das Wasser reichen kann. Aber in einem Punkt würde ich ihm zustimmen – wir sind wirklich in der Lage, die Legionen zu vernichten!" bestätigte er. Falk verzog wütend das Gesicht. „Du fällst mir in den Rücken? Was für ein Freund bist du eigentlich?" brauste er auf und lief schnaufend davon. „Blödmann!" rief er noch aus, bevor er in Richtung Unterkunft abdrehte. Jahn schüttelte nur missbilligend den Kopf. „Er ist eigentlich ein Netter. Aber leider ein bisschen egozentrisch veranlagt und immer schnell beleidigt, wenn es nicht nach seiner Nase geht", entschuldigte er das taktlose Verhalten bei der Seherin. Judit hatte den Ausbruch von Falk verblüfft mit verfolgt. „Ich dachte immer, ich bin die Zicke. Aber der Typ dreht ja völlig an der Uhr!" griente sie. „Trotzdem ist der beste Kämpfer unseres Teams und der Kommandeur der Einheit. Das wird ihm niemand absprechen!" betonte Jahn mit Nachdruck. „Er wird sich schnell wieder beruhigen. Und was Jahn sagt, kann ich nur bestätigen. Falk wurde nicht ohne Grund zum Anführer der Cyborg - Einheit ernannt. Er ist ein kluger Stratege, der die Vorteile unserer Waffensysteme geschickt einzusetzen weiß.

Naja, und diese Macken – wer von uns hat wohl keine?" brubbelte Uwe, der wie immer seine Hand für Falk ins Feuer legte. Veleda runzelte die Stirn. „Seit meiner Ankunft auf dem Gelände spüre ich, dass etwas Außergewöhnliches geschehen sein muss?" Noch einmal ließ sie ihren Blick umher gleiten. Fürst Hermann war noch immer mit einem Phänomen beschäftigt, welches ihm ein Rätsel war. „Da hinten leuchtet was. Immer wenn die Sonne erstrahlt, gibt es eine Reflektion oder so was?" warf er mitten in das Gespräch. Jahn, der gerade der Seherin die Ereignisse der letzten Tage darlegte, folgte seinem Fingerzeig. „Das verehrter Herr Fürst sind unsere Maschinen, die Cyborgs, die so prächtig im Sonnenlicht funkeln. Die sind stärker und mächtiger als jede noch so unbesiegbare Legion der Römer. Damit machen wir ihnen im Ernstfall richtig Feuer unter dem Arsch!" Diese Kampfansage traf wohl den Nerv des Oberhauptes, er knurrte zufrieden vor sich hin. „Fürst Hermann, wartet einen Moment. Bevor wir uns um die kriegerischen Belange kümmern, muss ich erst einige sonderbare Begebenheiten abklären. Diese Siedlung wurde von einem Fluch überzogen, den ich mir nicht erklären kann?" Jahn fuhr mit seinen Bericht an der Stelle fort, wo das schwere Gewitter tobte. „Was wir uns bisher nicht erklären können, ist die Tatsache, dass sich der natürliche Lauf des Wassers veränderte. Statt bergab flossen die Ströme bergauf…?" Veleda neigte ungläubig ihr Haupt, ihre prächtige Mähne wallte über die Schulter. „Und dann war da diese Alte in der Gruppe der Germanen, die uns von der Göttin Saga und einem Fluch erzählte, der uns treffen sollte. Kurze Zeit später machte sich eine unserer Maschinen selbständig, nachdem zwei Frauen in der Kabine festgehalten wurden und wahrscheinlich ertranken. Sie war voller Wasser – ein Ding der Unmöglichkeit?" seufzte Jahn. Veleda und Hermann verständigten sich heimlich per Blickkontakt. „Ich denke, da sind der Fürst und ich uns einig – das kann niemals ein Fluch von Saga sein! Die Göttin ist uns Menschen sehr zugetan und hält ihre schützende Hand über unser Volk. Wie sah diese Alte aus?" Jahn versuchte, sich zu erinnern. „Ich weiß nicht mehr so genau. Sie muss sehr alt gewesen sein, schlohweißes Haar, viele Runzeln im Gesicht. Und so eine komische Stimme hatte sie." Vor Anstrengungen bekam er rote Ohren. Veleda flüsterte eine Weile mit dem Fürsten, dieser nickte mehrfach heftig. „Wir glauben, dass ihr es mit einem Alben zu tun hattet. Und zwar mit einem der besonders bösen und hinterhältigen Art. Es gibt Lichtalben, die gut und weise sind. Und dann die Dunkelalben, die aus der Tiefe der Erde kriechen und hier oben ihr makaberes Spiel treiben. Sie schaden uns Menschen, wo sie können und entfesseln Naturgewalten, denen wir nichts entgegen setzen können." Babsi und Judit hörten schweigend zu. „Eigentlich halten wir nichts von diesem Geisterquatsch. Aber nach der Begegnung mit diesen Djinn vor einigen Jahren, die unser Camp nieder brannten, bin ich sehr vorsichtig geworden. Zumal ich mit eigenen Augen eine widerliche Gestalt gesehen habe, die mitten unter uns weilte, als wir im Hangar III fast ersoffen wären. Die sah wirklich zum Fürchten aus!" Babsis Anmerkung ließ alle aufhorchen. „Davon hast du bisher kein einziges Wort gesagt? Da unten war so ein Biest dabei?" Judit schlug entsetzt die Hände zusammen. „Das hätte euch doch nur aus der Fassung gebracht. Außerdem dachten wir doch bisher alle, dass diese Göttin Saga ihre Hände im Spiel hat. Da wäre es doch scheißegal, wie sie aussieht." entschuldigte sich Babsi genervt. „Wie auch immer – können wir uns diese Maschinen mal aus der Nähe betrachten?" Hermann war so wissbegierig, dass ihn nichts mehr halten konnte. „Das Essen ist gleich fertig. Ich dachte, wir machen danach eine Führung durch das Camp?" wagte Judit einzuwerfen, aber Veleda's Reaktion war eindeutig. „Wenn der junge Fürst sich was in den Kopf gesetzt hat, lässt er nur schwer mit sich reden. Es ist wohl besser, seinem Wunsch Folge zu leisten!" drängte sie. Peter winkte dankend ab. „Dann macht ihr mal. Ich sehe nach meiner Liebsten. Bis später!" verabschiedete er sich und verließ die Meute, um Jana zu begrüßen. Rainer folgte seinem Beispiel und stolzierte rüber zu seinem Gefährt. „Macht gefälligst den Weg frei. Ich fahre den Panzer zum Parkplatz!" verkündete er, kurz darauf ruckte das schwere Geschoß an und rollte behutsam an den Kriegern und Frauen vorbei zur Landebahn, wo die Fahrzeuge, Drohnen und Cyborgs ordentlich in Reih und Glied standen. Je weiter sich der Trupp näherte und je mehr Technik zu erkennen war, umso heftiger trieb Hermann seine Leute an. Die riesigen Cyborgs ragten wie haushohe Türme in den Himmel. Die Krieger und ihr Fürst kamen jetzt schon aus dem Staunen nicht mehr heraus. Sie debattierten lebhaft in einem Dialekt, den die Schwestern nicht verstanden. Veleda selber hielt sich im Zaum und ließ sich äußerlich kaum eine Regung anmerken. „Sind das eine Art Belagerungstürme? Solche ähnlichen Teile habe ich schon einmal bei den Legionen wahrgenommen, als ich in Rom den Kaiser besuchte." Jahn und Uwe, die die Gruppe anführten, stoppten abrupt. „Ihr ward schon in Rom – beim Kaiser persönlich?" Jahns Erstaunen wuchs, als sie unbekümmert über diese Reise erzählte. „Eine wirklich interessante Stadt, dieses Rom. Nicht zu vergleichen mit den Dörfern und Siedlungen unserer Völker, die tief in den Wäldern versteckt liegen und nur schwer zugänglich sind. In der Tat habe ich Kaiser Vespasian persönlich gesprochen und mit ihm über einige Angelegenheiten meines Volkes, dem Stamm der Brukterern, verhandelt. Doch leider macht es wenig Sinn, einem Oberhaupt zu vertrauen, der wie seine Fürsten und Senatoren nur das eigene Wohl im Auge hat. Sonst wäre ich jetzt und heute nicht mit Hermann hier!" Die jungen Männer hörten gebannt zu. „Wenn mir damals in der Schule in Marzahn mal einer gesagt hätte, dass ich mich in der Zeit der alten Germanen wiederfinden würde, dem hätte ich eine blanke Abfuhr erteilt. Hoffentlich bekommen wir irgendwann die Gelegenheit, das unseren Kindern und Enkel zu erzählen", zischte Jahn dem Freund zu, Endlich erreichten sie die Parkfläche. Rainer steuerte den Panzer auf eine Freifläche, in dessen Nachbarschaft ein alter School - Bus und ein ziemlicher Schrotthaufen von Truck ihr kümmerliches Dasein fristeten. Etliche Schritte entfernt befanden sich vier Drohnen, die bis auf eine mit Planen abgedeckt waren. „Mein Flieger ist startklar – für den Notfall. Nun Seherin, verspürt ihr noch einmal das Verlangen, damit durch die Luft zu gleiten?" Babsis scherzhafte Anspielung bezog sich auf den Schrecken der Frau, als sie damals zum ersten Male im Leben mitfliegen sollte. „Diesmal würde ich ohne Furcht und Angst einsteigen!" konterte Veleda. Nach einem kurzen Halt bei den Kraftfahrzeugen eilte der Fürst zielstrebig zum ersehnten Objekt seiner Begierde. Cyborg Nr. 2 stand nun in voller Größe und Pracht vor ihnen. Jetzt hielt den Fürsten nichts mehr. Er umrundete in Begleitung seiner Schar aufgeregt hüpfend den Giganten. Rainer machte es sich am Bug des Panzers bequem und betrachtete amüsiert das ungewöhnliche Treiben. „Wie Ameisen, wenn jemand einen Knüppel in ihren Haufen steckt!" brummte er vernehmlich. Babsi drohte ihm freundschaftlich mit der Faust. „Halte gefälligst die Klappe. Woher sollen sie so ein Gerät kennen? Wenn sogar uns ihr ersten Anblick in Schrecken versetzt hat. Und wir sind ja einiges gewöhnt." schnarrte sie ihn an. Von den Germanen bekam keiner etwas mit, zu sehr waren sie auf die kolossale Maschine fixiert. Veleda zog es vor, das Ganze in Gesellschaft der beiden Schwestern aus sicherer Entfernung zu betrachten. „Das sind spezielle Maschinen, die wie der Panzer extra für den Kriegseinsatz gebaut wurden. Ein Cyborg reicht aus, ein ganzes Heer der Römer zu vernichten! Es hätte nicht die geringste Chance gegen ihn. Und hier stehen vier dieser Kampfmaschinen. Eigentlich Fünf, aber wie gesagt – Josch steckt ein ganzes Ende von hier im Schlamassel und ist mitten im Fluss abgesoffen!" erläuterte Jahn der Seherin. Sie spürte ein leichtes Frösteln auf der Haut. „Dann sind diese Cyborgs mächtiger als unsere Götter? Wenn das so stimmt, kommt die gesamte bestehende Weltordnung durcheinander", orakelte sie vor sich hin. „Dann wollen wir mal dem Fürst seinen größten Wunschtraum erfüllen. Er soll sich an der Leiter einfinden. Wir klettern mit ihm hoch in die Kabine!" Veleda gab die Information an Hermann weiter, der sich umgehend am Aufstieg einfand. „Immer schön langsam und mit beiden Händen an den Sprossen festhalten. Wir können es uns nicht leisten, durch einen eventuellen Sturz für den Untergang eines Volkes verantwortlich zu sein..." frotzelte Jahn und kletterte voran. Hermann folgte ihm, Uwe sicherte ihn von unten. Auf der Rampe am Einstieg wartete Jahn, bis der Fürst sicher aufrecht stand. „Da geht es jetzt rein. Auch hier schön festhalten!" instruierte er ihn mit Nachdruck. Hermann ließ einen Blick in die Weite schweifen. „Verdammt hoch. Da kann einem ja schwindelig werden!" Er klammerte sich am Geländer fest. Jahn schloss die Luke auf und geleitete ihn ins Innere. Für einen Moment kniff der Fürst die Augen zusammen. Überall blinkten und glimmten unzähligen Leuchten und Kontrolllampen. Er hielt sich die Hand schützend vors Gesicht. „Das blendet aber!" „Ist alles harmlos und sollte euch nicht erschrecken.

Nehmt jetzt die Hand runter und setzt euch dort hin!" Uwe drängte sich durch den Einstieg und dirigierte Hermann auf den Pilotensitz. „Ich bin praktisch derjenige, der diesen Ochsenkarren lenkt. Schaut euch in Ruhe um." Er positionierte sich neben ihn, um einige Details zu erklären. „Von hier aus steuere ich diesen Hünen. Dafür sind diese Räder und Knüppel – praktisch das Zaumzeug meines Auerochsen. Genau vor euch könnt ihr durch die Glasfronten am Boden und durch die Sichtfenster alles umher beobachten. Lehnt euch zurück und lasst es auf euch wirken!" schlug er dem Fürsten vor.

Fürst Hermann holte tief Luft, allmählich entspannte er sich und genoss die unglaubliche Aussicht aus lichter Höhe. „Das ist wirklich unbeschreiblich. Wenn mein Vater das erleben könnte…" murmelte er ergriffen, während er die Gestalten am Boden betrachtete, die plötzlich wie winzige Figuren wirkten. „So sind sie, die Männer – wie kleine Kinder, die immer was zum Spielen brauchen, um glücklich und zufrieden zu sein!" Veleda versuchte den Fürsten im Auge zu behalten, aber als er in der Kabine entschwand, gab sie das hoffnungslose Unterfangen auf und widmete sich wieder ihren Begleiterinnen. Die Krieger wurden nervös, Sven rief ihr einige Sätze zu. „Sie wollen wissen, was da oben passiert? Ich habe ihnen gesagt, sie sollen sich ruhig verhalten. Hermann wird gleich wieder zu uns stoßen." Veleda bestätigte diese Aussage. Trotzdem kam der Garde des Fürsten alles nicht geheuer vor. Einige zückten bereits die Schwerter und stierten dauernd nach oben. Veleda's Ton wurde schärfer, erst nach mehrmaliger Wiederholung, die Waffen sofort wieder einzustecken, gehorchten sie. „Diese verdammten Sturköpfe. Manchmal könnte ich ihnen wirklich die Peitsche zu spüren geben!" knurrte sie und entschloss sich, lieber zu ihnen zu gehen. Schon nach den ersten Schritten blieb sie erneut stehen und neigte lauschend den Kopf. „Spürt ihr das auch?" Die Schwestern sahen sich konsterniert um. Durch die offene Kabinentür vernahmen sie den entsetzten Aufschrei des Fürsten. Jahns Flüche drangen zu ihnen, er zwängte sich raus auf die Plattform und ruderte wild mit den Armen umher. „Hier ist gerade der Teufel los! Es scheint fast so, als wenn Josch uns um Hilfe ruft. Die Köpfe der Steuereinheiten wurden durch irgendwas synchron geschaltet – Uwe hole sofort unsere Männer herbei. Es

geht gleich los. Ich kann sie nicht länger halten!" schri er ihnen zu. Alle
Cyborgs erwachten zum Leben und richteten sich auf...

Magischen Heiler

Düsteres Licht und dichter Wald nahm sie in Empfang. Nebelschwaden
nässten die Äste der Bäume, bei jeder Berührung rieselten feine Tropfen auf
sie herab. „Wo im Namen der Götter sind wir bloß gelandet?" Die beiden
Legionäre schleppten laut ächzend den betäubten Gernot auf einen Hügel und
legten ihn dort ab. „Der Sack soll gefälligst seinen Arsch bewegen! Ich trage
ihn keinen einzigen Meter mehr!" stöhnte Marcus. „Seit wann sind römische
Legionäre die Lastenträger der Germanen? Soll er doch hier einfach
verrecken!" knurrte er weiter und lehnte sich an einen Baumstamm, um zu
verschnaufen. Juppi und seine Begleiterinnen hetzten ihnen nach, nicht ohne
vorher zu prüfen, ob ihnen doch jemand folgte. „Die Luft ist rein. Jetzt müssen
wir nur noch heraus bekommen, wo wir uns befinden?" Anka kletterte hastig
dem Trupp nach, der sich auf der höchsten Erhebung versammelte, um von
dort aus die Lage zu sondieren. „Nur Dreck und Bäume und kaum ein freier
Blick. Ich glaube fast, dass einer von uns da hoch muss, um sich zu
orientieren. Sonst wird das nichts!" Juppi suchte mit dem Fernglas die
unmittelbare Umgebung ab. „Hat keinen Sinn, der Nebel ist zu dicht. Da
würden wir nicht einmal bemerken, wenn sich jemand heranschleicht. Also
Freiwillige vor!" Anka musste sich erst einmal setzen. „Weißt du noch, in
welcher Richtung diese Höhle liegt, in der wir angekommen sind?" schniefte
sie und wischte sich umständlich die Hände sauber. „Das ekelige Zeug klebt
wie Rotz!" klagte sie und nahm schließlich eine Handvoll Erde, um die restliche
Spur von Harz zu eliminieren, welches sie sich an einem umgestürzten Stamm
eingefangen hatte. „Ich wage es und klettere hoch!" entschied sie und packte
den Rucksack auf ein Büschel Gras. „Wehe einer von euch klaut mir was!"
drohte sie scherzhaft und begann, eine uralte, weit in die Höhe ragende Buche
zu erklimmen. „Warte, das Fernglas!" Juppi warf ihr das Glas zu, geschickt fing
sie es auf und hängte es sich um. „Pass auf dich auf und falle bloß nicht

runter!" Otilda winkte ihr noch zu. „Du schaffst das schon!" rief sie ihr nach. Anka hangelte sich von Ast zu Ast immer weiter nach oben, manchmal verfing sie sich im dichten Blattwerk. Nach mühevollen Minuten näherte sie sich dem Gipfel. Sie rüttelte prüfend an einer Astgabel. „Die müsste halten. Na mal sehen, ob ich was erspähe...?" Vorsichtig tastete sie sich da drauf und richtete sich senkrecht in die Höhe. „Verdammt wackelige Angelegenheit!" Sie balancierte noch einige Schritte vor. „Na endlich!" Sie hatte freien Blick und konnte sich umschauen. „Rede mit uns!" schallte es aus der Tiefe. „Ja doch! Nicht so ungeduldig. Bin gerade erst angekommen!" antwortete sie. Mit dem Glas suchte sie den Horizont ab. „So weit ich gucken kann, nur dichtes Blätterdach. Hier ist allerdings kein Nebel wie unten. Aber wartet, ich glaube, da ist was?" Sie regelte die Schärfe nach. „Tatsächlich, da drüben in der Felsengruppe brennen Feuer", flüsterte sie aufgeregt. Doch mehr als eine senkrechte Rauchsäule, in der ab und wann ein Lichterschein aufflackerte, konnte sie nicht erkennen. „Hier in der Nähe müssen Leute sein, ich sehe Feuer!" schri sie lauthals und begann mit dem Abstieg...

„Von oben sieht alles ganz anders aus. Dem Gefühl nach müssen wir in diese Richtung laufen." Anka wies nach Osten. Juppi rüttelte Gernot wach. „Ab jetzt musst du auf eigenen Beinen stehen. Wir schleppen dich nicht mehr weiter, hast du kapiert!" Der Alte nickte nur und rappelte sich hoch. „Ich komme schon klar. Weshalb macht ihr euch überhaupt diese Mühe? Wäre es nicht besser, mich gleich umzubringen? Otilda brennt doch darauf, es mir zu zeigen." knirschte er und vertrat sich die Füße. Otilda starrte ihn düster an. „Stimmt, wenn es nach mir ginge, wärst du längst in Walhalla eingezogen – aber nicht als ehrenvoller Krieger...!" Juppi schritt ein und unterbrach sie. „Wir haben alles besprochen, Otilda. Nicht noch einmal. Er kommt jetzt mit. Wenn er stirbt, wandelt er sich. Dann haben wir erst recht ein Problem!" ermahnte er sie energisch. Gernot schaute ihn geistesabwesend an. „Soll heißen, wenn ich tot bin, werde ich eine von diesen Schauergestalten wie im Kastell?" Juppis Geste war nicht zu übersehen. „Dann schlage ich dir persönlich den Kopf ab, bevor du einer von ihnen wirst!" versprach er ihm mit Nachdruck. Gernot seufzte betrübt. „Das wäre mir persönlich lieber, als mit einer Horde Untoter meine eigenen Leute zu zerfleischen. Dann macht es doch sofort und alle Sorgen lösen sich in Luft auf?" bat er inständig, doch Juppi blieb hart. „Wenn der richtige Zeitpunkt da ist, wird es geschehen. So lange dienst du mir als lebendes Studienobjekt. Wir hatten bisher noch keine Gelegenheit, zu erkunden, was mit den Kriegern geschieht, die das Branding bekamen. Vielleicht verhilfst du uns zu neuen Erkenntnissen?" erklärte Juppi ihm. „Ausgerechnet der soll dir neue Erkenntnisse vermitteln? Ein Verräter, der meinen Bruder umbringen wollte – dass ich nicht lache!" keifte Otilda, aber Juppis scharfe Reaktion beendete sofort jegliche weitere Diskussion zum Thema. „So wie die beiden Römer bei uns bleiben, wird sich auch dein Onkel einreihen. Wer weiß, wofür es vielleicht gut ist?" war sein letzter Kommentar dazu. Anka war reisefertig und marschierte an der Spitze. „Leg dich nicht mit Juppi an, der kann richtig krötig werden!" zischelte sie im Vorbeigehen und zog sie an der Hand mit sich.

Die nächsten Stunden quälten sie sich durch unebenes Gelände, zwischen dicken Stämmen und Buschwerk hindurch. „Langsam habe ich die Fresse gestrichen voll. Du bist dir wirklich sicher, dass das die richtige Richtung ist? Ich habe langsam das Gefühl, dass wir uns im Kreis bewegen!" Juppi zog seinen Schuh aus und kippte die Tannennadeln aus, die sich darin angesammelt hatten. Anka wagte es nicht, ihn offen in die Augen zu sehen. „Naja…? Sicher…?" stammelte sie und bekam unerwartet Hilfe durch Gernot. „Wir sind absolut richtig! Seht selbst – da vorn ist eine Lichtung. Und es riecht nach Rauch!" Otilda hob die Nase schnuppernd in den Wind. „Jetzt rieche ich es auch. Na hoffentlich stimmt das?" Ihre Skepsis blieb. Sie drängelte sich an Anka vorbei und schlitterte einen Steilhang hinunter, an dessen Ausläufer tatsächlich eine freie Ebene sichtbar wurde. Eine ausgetretene Tierfährte kreuzte ihren Weg. „Hier hört das Dickicht auf. Kommt runter…!" Das war das Letzte, was die Gruppe von ihr hörte. „Otilda, alles gut bei dir?" Juppi wurde unruhig, er ließ sich auf den Hosenboden fallen und rutschte den größten Teil des Hanges runter. Der Rest der Mannschaft folgte ihm. „Immer diese Dickköpfe von Frauen!" fluchte er vor sich hin, sprang auf die Beine und trat durch das Gestrüpp auf eine länglich gestreckte Lichtung. „Otilda, melde dich gefälligst!" rief er laut. Neben ihn knackte es im Unterholz. Im Glauben, dass es seine Gefährten seien, achtete er nicht weiter darauf. „Sie muss irgendwo hier in der Nähe sein. Sucht nach ihr!" kommandierte er, als er durch einen spitzen Gegenstand in den Nieren berührt wurde. „Was soll der Quatsch?" erboste er sich noch, jedoch als er sich umdrehte, blieb ihm fast die Spucke weg. „Verdammte Scheiße – wer seid ihr denn?"

Das Stimmengewirr in der Umgebung schwoll an, plötzlich wurden sie von allen Seiten eingekesselt...

Marcus und Gaius kauerten neben ihn, die Hände auf dem Rücken gefesselt und flüsterten miteinander. Gernot lehnte an einem Baum, auch seine Hände waren mit Stricken zusammen gebunden. Juppi versuchte krampfhaft, sich von den Fesseln zu befreien, aber ohne Erfolg. „Was für Brüder sind das? Wo sind die Frauen?" Juppi drehte langsam den Kopf. Nicht weit von ihnen brannte ein winziges Feuer, daneben lagerten unzählige Männer. Schilde, Lanzen und Schwerter lehnten an den Bäumen. „Das sind germanische Bastarde. Ich tippe auf Leute vom Stamm der Marser oder Brukterer. Aber wie kommen die hierher? Was suchen die in dieser Gegend?" fauchte Gaius nervös. Juppi guckte wie vom Donner gerührt auf. „Wir müssen unbedingt heraus bekommen, in welcher Zeit wir uns jetzt befinden? Mich befällt gerade eine ganz komische Ahnung. Ist bloß so ein Gefühl, aber mein Instinkt hat mich selten in Stich gelassen", brummelte er verdrossen. Gernots Haupt war auf die Brust gesunken. Juppi vermutete, dass er eingeschlafen sei. Aber schnell stellte es sich heraus, dass er sich irrte. „Wir sind im Jahr der großen Schlacht gelandet. Ich weiß nicht, wie es geschah, aber es ist geschehen." hörte er ihn sprechen. Er richtete sich so weit auf, dass er unauffällig das Camp ausspähen konnte. „Wie es passierte, ist doch egal. Was soll ich dir über die Geheimnisse von Zeitreisen erklären? Du würdest es ja doch nicht verstehen. Wenn du recht hast, sind wir also im Jahre 09 nach Christus...?" Juppi dachte nach. „Wenn die Geschichtsschreiber von damals alles richtig notiert haben, war es Arminius offensichtlich gelungen, vier der wichtigsten Germanen - Stämme zu vereinen. Für uns ist im Augenblick nur bedeutsam, dass wir es hoffentlich nicht mit dem Heer der Zombies zu tun haben. Immerhin ist diese Truppe im Kastell Berlina aufgetaucht. Und irgendwo muss ja ihr Ursprung sein? Verdammt noch mal. Bei mir purzelt alles durcheinander. Ich muss erst meine Gedanken ordnen!" Doch so sehr er auch grübelte, die erklärbaren Zusammenhänge blieben wie hinter einem dichten Schleier verborgen. „Euer Getuschel ist nicht gerade förderlich!" stauchte er die Legionäre zusammen, die ununterbrochen kauderwelschten und nicht eine Sekunde die Klappe hielten. Eine Gruppe Krieger rückte heran, ein hochgewachsener Mann aus ihrer Mitte betrachtete erst die beiden Römer, dann Gernot und am Schluss Juppi. Ohne ein Wort zu verlieren, drehte er sich um und lief gemächlich zurück. „Weißt du, wer das eben war?" Gernot bäumte sich auf. Als die Krieger zupackten, um sie auf die Beine zu stellen, schri er es laut hinaus: „Arminius – großer Heerführer und Vorfahre meiner Sippe – höre mich an!" Doch der Angesprochene lief ungerührt weiter. Die vier Männer wurden ziemlich rabiat ins Lager geschleift…

Die Höhle war geräumig, in regelmäßigen Abständen brannten Feuerstellen und erhellten die Felswände. Endlich vernahm Juppi von den Legionären keinen Mucks mehr. Er sah ihnen an, dass ihnen die Knie schlotterten. „Reißt euch gefälligst zusammen. Bisher hält sich alles im Rahmen." Er nickte ihnen mit einem schiefen Grinsen zu. Ihm selber war auch nicht sonderlich wohl zumute. Seine Erinnerungen an die nachhaltige Begegnung mit dem römischen Offizier in der Jauchengrube bei Fürst Aurich waren durchaus angetan, die Sache nicht auf die leichte Schulter zu nehmen. „Wird schon schief gehen!" motivierte er sich.

„Juppi – hier sind wir!" Anka hob die Hand, ein tiefes Knurren hielt sie von weiteren Aktionen ab. „Otilda ist auch hier – uns geht es gut!" vernahm er noch, dann wurden sie in eine Nische gestoßen. Mehrere Männer debattierten hitzig miteinander und nahmen vorerst keinerlei Notiz von ihnen. Der Jüngste von ihnen zeichnete mit einem Stock einige Linien in den sandigen Boden. „Der Schlachtplan steht fest. Wenn es uns nicht gelingt, sie in den Wald zu locken, besitzen sie einen gewaltigen Vorteil – sie können ihre geballte Kampfkraft einsetzen und wir haben keine Chance!" Die Stimme klang ruhig aber bestimmt. Juppi wurde sich der Bedeutung dieses Momentes sofort bewusst. „Genau so ist es! So habt ihr es gemacht – rein in den Wald und dann immer draufgehauen!" Er wusste später nicht, welcher Teufel ihn geritten hatte, so loszuplappern. Die Worte rutschten ihm einfach so aus dem Mund. „Der Plan von Arminius ist aufgegangen – ihr habt die Legionen des Varus bis auf den letzten Mann vernichtend geschlagen!" beteuerte er, wohl merkend, dass die Blicke der Anwesenden auf ihn ruhten. Und sie waren ihm nicht unbedingt wohlgesonnen. „Sohn einer läufigen Hündin, noch eine Bemerkung und ich schneide dir die Zunge aus deinem Maul!" drohte ein eher schmächtiger Typ, der bereits sein Messer zückte. „Finn setz dich wieder. Das ist der Kerl, von dem die Frauen behaupten, dass er die Zukunft kennt. Wie soll er reden ohne Zunge...?" Es war Arminius, der das Oberhaupt der Marser zur Vernunft brachte. Juppi schnaufte erleichtert. „Dem Himmel sei dank!" Gernot, der jetzt seinem Vorfahren direkt gegenüberstand, sank erschüttert nieder. „Es ist also wirklich kein Traum – du bist Arminius? Ich bin dein direkter Nachkomme Gernot, der Bruder von Aurich." Über das Antlitz des Heerführers der Germanen huschte ein verwundertes Zucken. „So ist das also – meine Nachfahren besuchen mich in dieser Stunde? Odin, was für ein böses Spiel soll das werden?" Er winkte Otilda und Anka zu, näher zu kommen. „Du bist also ein echtes Weib der Cherusker? Dem Äußeren nach könnte es stimmen. Aber wir schreiben das Jahr 9 nach Beginn der Zählung. In meinem Stamm habe ich dich noch nie gesehen – auch meine Krieger kennen dich nicht. Du weißt, was dir blüht, wenn du mich belügst!" Seine Drohung verfehlte ihre Wirkung nicht. „So wahr ich hier stehe, ich bin wie Gernot ein Mitglied deiner Sippe. Aber erst viele Jahre später geboren. Es ist der Wille Odins, dass wir hier sind, um dich zu warnen!" Arminius hörte schweigend zu und stocherte grübelnd mit dem Stock im Sand herum. „Vielleicht seid ihr nichts weiter als Spione der Römer? Die beiden Brüder sind keine Germanen...!" Sein Stock sauste auf dem Rücken von Marcus nieder. „Sie haben uns geholfen, damit wir sicher hierher kommen konnten. Es sind Römer – auch aus unserer Zeit!" beteuerte Otilda. Ein Recke mit roten Zöpfen erhob sich, sein Kopf stieß fast an die Decke der schmalen Kammer an. „Wir haben Wichtigeres zu erledigen, als uns mit diesem dummen Geschwätz abzugeben. Übergebt sie dem Feuer und lasst sie zu Ehren Odin brennen!" murrte er. Bis auf Arminius stimmten die Stammesfürsten seinen Worten zu. Juppi wurde es heiß, auch ohne Feuer. Es spürte, dass er handeln musste, bevor es zu spät war. „Darf ich mal?" Er drängte sich nach vor und bat um Arminius Stock. Dieser zögerte einen Moment. „Ich werde euch beweisen, dass wir aus einer anderen Zeit kommen. Wir sind keine Spione, sondern so was wie Botschafter der Götter, um euch vor einer Katastrophe zu warnen, die ihr nicht kennen könnt." Er wischte den Boden glatt und setzte einige Markierungen. „In meiner Zeit als Kommandeur der Black Hunter habe ich mir nicht nur einmal deine Planungen für die Vorbereitungen der Schlacht gegen den Feldherr Varus zunutze gemacht. Wann erwartet ihr seine Truppen – morgen schon?" Arminius nickte. „Dann sind die wesentlichen Schanzarbeiten bereits abgeschlossen, nehme ich an?" Er zog eine Schlängellinie in den Boden. „Hier ist die Lichtung. Drüben schließt sich sumpfiges Gelände an. Der einzige begehbare Weg führt direkt in den Wald. Und dort habt ihr inzwischen parallel dazu etliche Wälle gezogen, hinter denen sich die Krieger verstecken." Arminius richtete sich interessiert auf. Wieder fiel die Bemerkung „Spione!" Doch der Heerführer gebot Ruhe. „Lasst ihn reden! Es ist unmöglich, dass sie alle Einzelheiten kennen!" Juppi fuhr fort. „Es ist dir gelungen, Varus zu täuschen und sein Heer auf eine andere Route zu lenken – deine vorher kalkulierte Strecke weit weg von den festen Straßen! Das Wetter verschlechtert sich ab den frühen Morgenstunden, die Römer werden müde und erschöpft sein durch den langen Marsch durch die Wildnis. So weit verläuft alles nach Plan. Nach dem alten bekannten Verlauf der Schlacht werdet ihr in drei Tagen der Sieger sein!" Juppi zog einen kräftigen Schlussstrich. „Aber was euch entgangen ist – es geht nicht nur um diese drei Legionen!" Arminius stutzte. „Varus hat das Kommando über drei Legionen – mehr nicht! Ich selber diene seit Jahren unter ihm…" Juppi konzentrierte sich und überlegte laut. „Wo könnte sich hier in der Gegend eine größere Einheit verstecken, ohne dass sie auffällt und frühzeitig entdeckt wird?" Sein Rucksack fiel ihm ein. „Kann ihn mal jemand herbringen? Ich habe dort einen Map - Projektor drin. Da sind unendlich viele Karten gespeichert. Vielleicht finden wir einen Hinweis?" bat er. Die Verblüffung wuchs, als er einen kleinen Kasten anschaltete und an der gegenüberliegenden Wand die Umrisse einer Waldfläche sichtbar wurden. „Das ist ein Zauber der Götter!" stöhnte Finn erschrocken und rutschte ein Stück zurück. „Quatsch, das sind nur Aufnahmen der Umgebung, die ich abrufen kann. Genauer formuliert ist das der Teutoburger Wald in unserer Zeit. Der Grundriss hat sich nicht wesentlich verändert", brummelte Juppi gedankenvoll, während er die Konturen der Landschaft studierte. Arminius, der durch seine militärische Ausbildung im römischen Heer durchaus mit Stabskarten vertraut war, war völlig perplex. „Das ist wirklich Teufelszeug – aber hoch interessant! So was könnten wir gut gebrauchen!" stammelte er. Anka schob sich unauffällig näher an Juppi heran. Sie als erfahrene Pilotin hatte einen geübten Blick für die Besonderheiten eines Landstriches. Sie wies auf ein Tal nicht weit weg von der geplanten Kampfzone. „Wenn Achmat seine Truppen in Alarmbereitschaft versetzen will, ohne dass es jemand merken soll, wäre das der beste Platz. Das ist eine halbe Stunde Fußmarsch, um euch in den Rücken zu fallen!" Die Oberhäupter zogen lange Gesichter. „Seit wann haben Weiber in wichtigen Kriegsentscheidungen mitzureden?" Finn spuckte verächtlich aus. „Und was ist, wenn sie trotzdem Recht hat?" sprach Arminius, ohne seinen Blick von der Karte zu lassen. „Sie machen genau das Gleiche mit euch, wie ihr mit den Römern – einen Hinterhalt legen. Sie sind Verbündete des römischen Kaisers Titus und sollen den Sieg der Germanen in eine schmähliche Niederlage verwandeln. Und damit verhindern, dass sich eure Stämme zu dem entwickeln, was sie in unserer Zeit sind – mächtige Nationen und Völker!" ergänzte Juppi und wandte sich den Stammesfürsten zu. „Was kostet es euch, Kundschafter auszusenden, um das Tal prüfen zu lassen?" „Wir vergeuden kostbare Zeit für einen Fliegenschiss!" fauchte Finn erneut. aber so endgültig ablehnend klang es diesmal nicht. „Dieses fremde Heer – woher soll es kommen?" wollte Arminius wissen und ließ einige Krüge frisches Wasser bringen. Dankbar wurde es angenommen. Juppi umriss mit einigen Sätzen seine Erfahrungen im Kampf gegen die Zombies. „Gernot, zeige ihnen das

Branding auf deinem Arm!" Als er ihnen erzählte, wie die Alte Garde im Kastell Berlina wütete, wurden die Fürsten zusehends unruhig.

„Wir haben euch alle als Monster erlebt – gefühllose Wesen, die nur noch Eines im Sinn haben – zu fressen und zu töten. Jetzt fragt mich bloß nicht, wie das möglich ist? Wie ihr gleichzeitig dort und doch hier sein könnt – null Ahnung!" stöhnte Juppi, der damit wieder bei seinem grundlegenden Thema war. „Also gut, wir schicken einen Spähtrupp aus. Sie werden in Kürze wieder zurück sein. Lasst einige Pferde satteln!" befahl indessen Arminius. Juppi erwartete eigentlich Widerspruch von den Fürsten, aber zu seinem Erstaunen taten sie völlig ungerührt. „Halt, ich werde selber mit reiten und mir ein eigenes Bild machen." entschied Arminius aus dem Bauch heraus und erhob sich von seinem Fell. „Großer Arminius – dann gestattet, dass ich euch begleite. Ich kann es nicht erklären, aber seit ich den Drachenkopf trage, hat sich meine Wahrnehmung verändert. Meine Sinne sind schärfer – ich kann ihre Anwesenheit spüren, kann ihren Geruch wahrnehmen, obgleich sie weit weg sind!" Gernots Erklärung verblüffte nicht nur Juppi. „Was soll der Scheiß! Arminius – du wirst ihm doch nicht trauen? Wenn er mitkommt, dann schließe ich mich ebenfalls an. Ich habe geschworen, ihn nicht aus den Augen zu lassen! Und jetzt will er in das Tal reiten, wo sich seine Artgenossen herumtreiben?" Otilda wurde stinksauer. Arminius hob beschwörend die Hände. „Lasst noch zwei Pferde satteln…" Mit einem Blick auf Juppi, der ihn flehend anstarrte, ergänzte er: „Besser sind Drei!" Auf dem Weg nach draußen hielt Juppi Gernot fest. „Wie meinst du das – deine Sinne haben sich verändert?" fragte er. Gernot zuckte mit den Achseln. „Habe ich doch gesagt. Ich weiß nicht, was mit mir los ist? Mein Geruch ist nicht wie früher, ich habe ständig Hunger auf Fleisch. Vielleicht hat die Wandelung doch schon eingesetzt?" Gernot riss sich trotzig los und folgte dem Heerführer. Ein Trupp Reiter erwartete sie. Zu Juppis großem Erstaunen hielten sie ihre Waffen bereit, die ihnen bei der Gefangennahme abgenommen wurden. „Nehmt die Schwerter mit. Vielleicht brauchen wir sie? Für euch sind diese Gäule. Ich hoffe, ihr könnt reiten?" wies Arminius an. Otilda schwang sich ohne zu zögern auf den Rücken eines Pferdes und schnalzte mit der Zunge. Auch Gernot erwies sich als geschickter Reiter und kletterte sofort auf sein Tier. Juppi suchte vergeblich den Steigbügel, um aufzusteigen. „Das ist ein Ding. Die reiten diese Biester mit dem blanken Sattel…" Kurz entschlossen führte er sein Pferd zu einem umgestürzten Baumstamm. Mit dessen Hilfe klappte es, er saß endlich oben. Anka grinste ziemlich ungeniert. Die beiden Legionäre verkniffen sich ein Lachen und schielten betreten zur Seite. Juppi fluchte vor sich hin. „Das ist nicht zum Lachen. Die wissen nicht, was Steigbügel sind – die werden erst viel später erfunden. Werde schon irgendwie klarkommen!" Anka hob nichtssagend beide Hände. „Falle bloß nicht runter!" Mit diesem Abschiedsgruß setzte sich die Kolonne in Bewegung. Arminius beorderte Otilda an seine Seite und ließ Gernot und Juppi vorrücken. „Dann alter Mann lass deine Sinne freien Lauf und führe uns in das Tal der Feinde!"

Sie waren einen Teil der beträchtlichen Strecke zu Fuß gelaufen, die Pferde blieben in der Obhut eines Kriegers zurück. „Was geschieht eigentlich, wenn wir sie nicht finden?" Otilda nutzte die Gelegenheit, sich kurz mit Juppi zu verständigen. Der lehnte an einem Baum, um Atem zu schöpfen. „Ich bin mir inzwischen fast sicher, dass sie da sind. Gucke dir deinen Oheim an, Gernot schnüffelt wie ein räudiger Hund und wird immer unruhiger. Wenn er sie riechen kann, wird er uns zu ihnen führen, egal wo sie sich aufhalten!" brummte Juppi überzeugt und rückte seine Klinge auf dem Rücken zurecht. „Wir brechen auf. Ab jetzt kein lautes Wort mehr. Wir sind fast da!" Arminius, der die ganze Zeit über mit Gernot debattierte, wies auf eine Anhöhe. „Von dort aus werden wir bestimmt einen Überblick bekommen. Gernot sagt, dass sie hinter dem Hügel lagern. Bin gespannt, was das für Monster sind?" Vorsichtig tasteten sie sich durch einige dichtere Büsche, der Hang, den es zu erklimmen galt, war mit alten, ziemlich hohen Tannen und Kiefern bewachsen. Ächzend kletterten sie nacheinander in einer schmalen Rinne empor, die Ströme von Regen im Laufe der Jahre auswusch und gelangten schließlich auf den Gipfel. Schlagartig machte sich ein stechender Geruch breit, der ihnen fast den Atem verschlug. „Bei allen Göttern! So stinken Tote auf einem Schlachtfeld, wenn sie Tage dort liegen und verrotten. Ist das furchtbar!"

Arminius hielt sich Mund und Nase zu, auch Juppi atmete nur noch flach. Die Krieger und Otilda stülpten sich ihre Umhänge übers Gesicht. Einzig Gernot blieb völlig unbeeindruckt und schnüffelte vor sich hin. „Das sind mindestens drei- bis viertausend Krieger, die dort lauern. Sonst wären ihre Ausdünstungen niemals so stark!" kommentierte er seine Erkenntnisse und rutschte bäuchlings bis zur Kante vor, um besser gucken zu können. „Heilige Scheiße!" entfuhr es Juppi, der es wagte, den Atem anzuhalten, um den Kopf vorzustrecken. Obwohl es ziemlich dämmrig war, weil kaum ein Lichtstrahl durch das dichte Dach der Bäume drang, konnten man die unzähligen Leiber erkennen, die förmlich an allen Ecken und Kanten zu kleben schienen. „Sie fühlen sich verdammt sicher. Keine einzige Wache zu sehen?" stellte er fest und duckte sich erneut ins feuchte Moos, um wieder Luft zu holen. „Was macht dieser Trottel?" Otilda's Ruf ließ ihn ahnungsvoll auffahren. „Gernot, er klettert runter zu ihnen!" fauchte sie wie eine Wildkatze und war im Begriff, sich aufzurichten. Ein harter Griff von Arminius hinderte sie daran. „Er hat von mir dazu den Auftrag bekommen!" zischte er und beobachtete weiter, wie sich Gernot der Talsohle näherte. „Keine einzige Regung. Die liegen einfach nur da, als wenn sie wirklich tot sind?" Gernot spazierte indessen unbehelligt zwischen den Körpern umher. Juppi schüttelte fassungslos den Kopf. „Was soll das schon wieder bedeuten? Auf jeden Fall hat Anka mit ihrer Vermutung recht. Sie sind hier – was nicht zu übersehen und auf jeden Fall gut zu erschnüffeln ist!" Juppi hatte sich inzwischen an den Mief gewöhnt. „Was passiert jetzt?" Er stand aufrecht und verfolgte argwöhnisch jeden Schritt von Gernot. „Wenn der abhauen will, jage ich ihm einen Pfeil durch den Wanst!" Otilda stellte sich mit abschußbereitem Bogen neben ihn. Arminius überlegte nicht lange. „Das sehe ich mir ebenfalls aus der Nähe an!" Er ließ sich den steilen Berg hinabgleiten und kam zielgenau unten an. „Schlaft nicht ein. Hier stinkt es nicht ganz so schlimm." Zuerst folgten seine Männer, während Juppi sich noch ekelte. Schließlich stand er ganz allein da, sogar Otilda überwand sich und winkte ihm aufgeregt zu. „Komm schon, es ist zu ertragen!" Murrend schlitterte er über das alte Laub ins Tal. „Sieht wie ein riesiger Kessel aus, in der die Fleischstückchen vor sich hin köcheln", witzelte er verbissen und betrachtete misstrauisch die Haufen, die überall verstreut lagen. Der Geruch von Verwesung schwängerte die Luft, dicke Fliegenschwärme wurden aufgeschreckt und flogen hektisch über ihre Köpfe hinweg. „Der Vorhof des Hades – so stelle ich ihn mir vor!" schniefte Juppi angewidert. Es war unmöglich, die Anzahl der Körper nur annähernd zu erfassen. Bis in den letzen Winkel entdeckten sie mumienähnliche Gestalten, die kein Lebenszeichen von sich gaben. „Die liegen schon längere Zeit an diesem Fleck. Sind teilweise mit Erde bedeckt. Einige haben bereits Moos angesetzt…?" stellte Arminius nach eingehender Untersuchung einiger Körper fest und rieb sich angeekelt die Hände sauber. „Ich tippe mal, dass sie ein bis zwei Jahre hier vor sich hinammeln. Nun ja, sie haben es sich richtig bequem gemacht in diesem Himmelbett. Lass dich allerdings davon nicht täuschen. Die sind voll einsatzfähig und warten nur auf den Weckruf ihres Anführers Achmat. Und der wird nicht lange auf sich warten lassen", vermutete Juppi, dem die Geschichte immer suspekter wurde. „Diese Typen haben nichts Menschliches mehr an sich. Guckt euch ihre Gesichter an – nur noch gruselige Fratzen." Er wischte den Kopf eines Drachenknechtes frei. „Wer immer sie erschaffen hat, muss einen schlechten Tag erwischt haben! Wir sollten uns wieder aus dem Staub machen. Wenn ihr Feldherr erscheint, haben wir ganz schlechte Karten!" merkte er an und bedeckte den Kopf wieder mit Dreck.

„Wo steckt dieser Bastard?" Otilda's Fluch schallte zu ihnen. Sie rannte flink umher und suchte Gernot. „Ich bin hier oben!" meldete dieser sich. Er stand am Eingang einer Höhle, deren Eingang von mehreren kleineren Bäumen verdeckt war. „Hier ist eine uralte Kultstätte. Seht euch das an!" rief er. Otilda schielte Juppi mit einem grimmigen Blick an. „Schade, ich dachte jetzt habe ich einen Grund, ihn in die Unterwelt zu schicken!" Ihr Bedauern war echt. Arminius stupste sie grinsend an. „Langsam glaube ich wirklich, dass du aus meiner Sippe stammst. Ein Trotzkopf durch und durch!" Kopfschüttelnd stieg er die wenigen Schritte bis zu Gernot hinauf. Das Buschwerk verdeckte ihn, seine Späher beeilten sich, um den Anschluss nicht zu verlieren. „Otilda, Juppi - kommt beide her!" erscholl alsbald die Stimme des Heerführers. „Mir bleibt aber auch nichts erspart!" murrte die junge Frau verdrossen. Juppi musste sich bücken, um nicht an die Decke des Durchganges zu stoßen. Nach einigen Metern breitete sich vor ihnen ein größerer Raum aus. „Himmel noch mal. Ein Steinkreis hier drin? Hat verdammte Ähnlichkeit mit dem Ding im Camp bei uns." stellte er erstaunt fest. Arminius ließ Holz einsammeln und ein Feuer entfachen. Im Lichte der flackernden Flammen wurde das wahre Ausmaß der uralten Anlage sichtbar. „Schätze, der äußere Kreis hat einen Durchmesser von knapp zwanzig Meter. Die Steine sind zwar nur einfach behauen, stehen aber akkurat ausgerichtet. Der innere Kreis – wartet, ich messe ihn mal aus. Schon erstaunlich, wie das in alten Zeiten funktioniert hat?" Juppi zählte laut die Schritte. „Fünf Meter höchstens!" verkündete er. Er kratzte sich geistesabwesend den Nacken. Ihn interessierten weitere technischen Details. „Wenn ich den Eingang betrachte – wie haben sie damals diese Klopper von Felsen rein bekommen?" Er lief zur gegenüberliegenden Seite. „Hier geht es weiter. Ist also anzunehmen, dass sie die Teile vielleicht gleich vor Ort bearbeitet und hergeschleppt haben?" Arminius legte die flache Hand auf einen Stein. „Wenn die Götter ihnen befohlen haben, diesen Kreis zu bauen, dann haben sie auch dafür gesorgt, dass sie wussten, wie sie es zu machen haben!" sprach er voller Inbrunst. Juppi wollte keine unnötige Diskussion entfachen. Er umrundete einen Stein und entdeckte eine Rune in Augenhöhe. „Das ist ja irre. Er ist beschriftet!" Er näherte sich dem Nachbarfelsen. Auch dort bemerkte er an der gleichen Stelle ein Zeichen. Nachdem er mehr als die Hälfte überprüft hatte, war ihm klar, dass alle in ähnlicher Weise gekennzeichnet waren. „Wer kann von euch das lesen oder deuten?" fragte er seine Begleiter. Gernot winkte nur ab. Otilda brachte es auf den Punkt. „Ich kenne etliche Runen meines Volkes und ihre Bedeutung. Solche habe ich noch nie gesehen." Arminius runzelte die Stirn. „Ich habe bei den Römern vieles gelernt, auch Lesen und Schreiben. Und ich weiß auch einiges über die Schriften anderer Völker und Stämme. Aber auch mir sind diese Zeichen fremd. Vielleicht hat Odin diese Stätte persönlich geweiht und seine Signets hinterlassen?" war seine Antwort. Juppi gab sich damit vorerst zufrieden. „Schade, das hätte mich wirklich interessiert. Während meines Studiums habe ich mich auch für alte Schriften interessiert. Vielleicht haben wir mal Zeit und

Muße, uns mit dieser Höhle in Ruhe zu beschäftigen?" meinte er nachdenklich. „Eines geht mir freilich noch durch den Kopf. Ich habe die ganze Zeit überlegt, wie die Alte Garde in das Tal gekommen ist? Entweder wie wir übers Brandenburger Tor, was ich allerdings jetzt bezweifele. Ich denke, die Antwort liegt klar auf der Hand. In unserer Epoche gibt es einige Anlagen dieser Art, die bereits in der Steinzeit errichtet wurden und immer noch ihre geheimnisvolle Energie besitzen. Die hier ist mindestens genau so alt..." schlussfolgerte er. Arminius schaute ihn argwöhnisch an. „Mit Steinzeit meint ihr was? Und welche Funktion soll der Kreis eurer Meinung nach erfüllen?" Juppi schlug sich vor die Stirn. „Ach Mensch – na freilich könnt ihr davon keine Ahnung haben. Ich formuliere es mal so: Vor unendlich langer Zeit lebten hier Menschen, die das erbauten. Wer das war, kann ich natürlich nicht sagen. Aber es waren clevere Burschen, wenn die das erschaffen haben! Tja, wie soll ich es erklären? Das Ding ist vielleicht eine Art Fahrstuhl durch die Zeit..." Mitten im Text brach er ab. Ein schwaches Funkeln im Innenkreis machte ihn stutzig. „War ich das? Bis eben war es dunkel. Da hat jemand die Lampe angeknipst. Alles raus hier – sofort!" rief er aus und dirigierte die Mannschaft zum Ausgang. „Tempo, wenn euch euer Leben lieb ist!" feuerte er sie an. Bevor er die Höhle verließ, drehte er sich noch einmal um. Das unheimliche Funkeln wurde stärker, ein Blinken setzte gerade ein. „Verflucht noch mal, das wird verdammt eng!" knurrte er und machte, dass er davonkam. Während sie schnaufend den Hügel hoch krakzelten, frischte der Wind im Kessel auf. Eine Dunstwolke löste sich aus der Höhle und stieg kerzengerade empor. „Wenn mich nicht alles täuscht, wird gleich der Herr der Monster seinen großen Auftritt haben. Es wäre wirklich gut, wenn wir dann über alle Berge sind!" krächzte Juppi und verdoppelte seine Anstrengungen. Otilda versuchte anfangs vergeblich, Tritt zu fassen und hielt sich krampfhaft an Ästen fest. Trotzdem rutschte sie immer wieder auf dem glitschigen Untergrund ab. „Mensch Mädchen, was trödelst du so herum? Hier ist gleich die Kacke am Dampfen!" trieb Juppi sie erbarmungslos an. Sie schaute ihn unglücklich an. „Ich versuche es ja. Das siehst du doch!" blaffte sie zurück, endlich fand sie Halt unter den Füßen und konnte den Aufstieg beginnen. „Geht doch mit dir!"

Juppi war erleichtert und kletterte weiter. Sein besorgter Blick ließ den Eingang der Höhle nicht einen Moment aus den Augen. Einmal glaubte er, einen Schatten zu erblicken, aber es war nur ein Zweig, der sich durch den Luftzug hin und her schwang. In Juppis Kopf drehte sich ein Gedankenkarussell. „Arminius, so bald wir oben sind, nehmen wir die Beine in die Hand und verpissen uns. Vielleicht haben wir Glück und schaffen es, ohne Probleme zu entkommen. Ich bete zu Gott, dass alles klar geht!" Noch einmal drehte er sich zu Otilda rum. Sie hatte inzwischen den Abstand zur vorauseilenden Gruppe verringert. Zwei Späher erreichten bereits den Gipfel des Hanges, als etwas Unerwartetes geschah. Ein unmenschlicher Schrei ließ alle erschrocken aufblicken. „Was ist los? Wer war das?" Arminius entblößte sein Schwert, auch der Rest der Truppe zog die Klingen blank und duckte sich nieder. Ein weiteres Mal erhob sich ein durchdringendes Kreischen. „Verdammt noch mal – was soll der Blödsinn!" Juppi wurde grantig und schwang sich zu Otilda rüber, die ihren Fuß an einem Baumstumpf festhakte, um halbwegs sicher stehen zu können. „Wo sind die beiden Kämpfer geblieben? Weshalb melden sie sich nicht?" Diese Frage bewegte auch Arminius, der seinen restlichen Kriegern per Handzeichen suggerierte, dass sie ausschwärmen sollten. „Da oben muss irgendwas sein. Wir verteilen uns lieber und rammeln nicht alle zur gleichen Stelle hin. Wo ist dieser Gernot?" Der Alte war spurlos verschwunden. Diesmal blieb Otilda keine Zeit, ihre Verwünschungen auszustoßen. „Da am Rand – seht ihr das?" Sie wies auf einen auffällig geformten Stamm. Juppi fixierte den Bereich. „Ein Tier? Sieht wie ein Bär oder Wolf aus!" Ihm kam eine fixe Idee. „Ich verwette meinen Arsch – da oben warten jetzt die Wächter des Tales auf uns", brummte er. Es war für ihn ein Ding der Unmöglichkeit, dass Achmat sein Heer so völlig ohne Schutz und Wachen hier positioniert haben soll. „Er ist der Teufel in Person. Und es ist ein Klacks für ihn, so ein Rudel Wölfe zu manipulieren und hörig zu machen. Aber weshalb haben wir sie vorhin nicht wahrgenommen?" brabbelte er weiter. Als hätten sie jedes Wort vernommen, schoben sich weitere Vierbeiner ins Blickfeld. „Jetzt sitzen wir richtig in der Tinte. Bleibt uns nur ein Weg – Rückzug ins Tal!" seufzte Juppi. Doch die Anzeichen, dass der verruchte Heerführer in Kürze eintreffen würde, mehrten sich. Lichtblitze zuckten zwischen den Büschen hindurch und erhellten den Umriss des Einganges der Höhle. Inzwischen versammelten sich immer mehr Wölfe oberhalb des Hanges. „Verfluchter Dreck – was machen wir?" Die Zeit wurde knapp, eine Entscheidung musste getroffen werden. „He ihr da. Wartet einen Augenblick – ich lenke die Biester ab!" Es war Gernot, der bereits den Höhenzug erreicht hatte. Bevor jemand was entgegnen konnte, veranstaltete er einen Riesenkrach. „Ihr verdammten Viecher – hier bin ich! Kommt und fangt mich!" Sein Kalkül ging auf, in Anbetracht einer leichten Beute, die ihnen selber ins Maul rannte, zogen die Wölfe ab und sausten ihm nach. „Jetzt hoch da – sofort!" befahl Arminius. Das musste er niemanden erklären, wie von einer Tarantel gestochen, hetzten alle die Steigung hinauf. Keuchend erreichten sie die Ebene. Juppi wollte bereits frohlocken, als ein gefährliches Knurren in unmittelbarer Nähe auf sich aufmerksam machte. Otilda, die noch keine Zeit hatte, sich aufzurichten, blieb regungslos liegen. Arminius Kopf zeigte sich, auch er stand wie angewurzelt und zuckte mit keinem Muskel. Es war nur ein einziges Tier, welches dem Rudel nicht folgte. Aber es war ein Riese von einem Wolf. „Seit wann gibt es hier solche Monster?" stammelte Juppi noch, als das Biest zum Angriff überging. In ihren ungünstigen Positionen war kaum jemand in der Lage, diesem Vieh ernsthaft Paroli zu bieten. Juppi rutschte einige Schritte rückwärts und gab damit den Blick zu Otilda frei. Ohne sich ablenken zu lassen, eilte das Tier zielstrebig auf sie zu und fletschte die Zähne. Der blanke Geifer floss ihm aus dem Maul, als er zum finalen Biss ansetzte. Die Augen des Mädchens wurden immer großer, starr vor Schrecken lief sie kreidebleich an. Ein dunkler Schatten schob sich durch das Unterholz. Mit wenigen, weitgreifenden Sprüngen näherte er sich dem Angreifer. Ein kehliges Knurren ließ den Wolf verdutzt innehalten. Zeit genug, dass es Juppi gelang, sich rüber zu hangeln und Otilda ein Stück aus der unmittelbaren Gefahrenzone zu zerren. Sie sah ihn mit fahler Miene dankbar an. Zwischen den Büschen entbrannte ein erbitterter Kampf auf Leben und Tod. Der Lärm der beiden Tiere steigerte sich. Arminius versammelt seine Schar. „Sobald wir festen Untergrund erreichen, bildet ein Karree. Juppi, Otilda - ihr bleibt in der Mitte. So können wir im Notfall das Vieh abwehren und töten!" wies er an. Zumindest diesen Teil der taktischen Kriegsführung der Römer und ihre Vorteile im Kampf konnte er seinen Männern in den letzten Monaten einpauken. Sie nickten und machten sich bereit. „Jetzt!" Sie rückten vor und nahmen Aufstellung. Otilda spannte ihren Bogen, während Juppi nun ebenfalls sein Schwert in Abwehrhaltung positionierte. Ein klagendes Jaulen setzte ein, welches schlagartig verstummte. Angespannt warteten alle ab, was nun geschehen würde. Mit gesenktem Haupt und schwer hechelnd schob sich der Sieger ins Blickfeld. „Da kommt er. Schwerter nach vorn!" Diesmal waren sie besser vorbereitet und auf alles gefasst. „Das ist nicht der Wolf. Das ist doch – Wolf?" Juppi konnte es nicht glauben. Arminius betrachtete respektvoll das Tier, welches allerdings keinerlei Anstalten machte, sie zu attackieren oder zu bedrängen. „Mensch – das ist Wolf!" wiederholte Juppi aufgeregt und führte einen Freudentanz auf. Otilda sah ihn mitleidig an. „Jetzt ist er völlig durchgedreht. Das ist kein Wolf – das ist ein Hund – mit Halsband!" Kopfschüttelnd schaute sie zu Arminius, der sein Gesicht zu einem schiefen Grinsen verzog. „Ihr versteht das nicht, woher auch? Das ist ein Hund und der heißt Wolf!" machte Juppi ihnen klar. Wie zur Bestätigung bellte Wolf, als sein Name fiel und kam winselnd auf Juppi zugelaufen. „Das ist ein total verrücktes Spiel! Wie kommst du ausgerechnet hier in diese Einöde?" Der Hund schwänzelte wild um ihn herum, ihm war die Freude dieser Begegnung anzusehen. Juppi streichelte und kraulte ihn. „Du bist wieder der Retter in höchster Not! Wie damals, alter Kumpel. Wenn deine Herren wüssten, dass du dich in dieser Gegend herumtreibst, die würden nach einer Möglichkeit suchen, dich von hier weg zu holen!" Wolf fiepte leise und schleckte Juppis Gesicht ab. „Ihr kennt euch?" Arminius betrachtete nachdenklich das ungewöhnliche Schauspiel. „Und ob. Er ist ein Kampfhund, der an etlichen Schlachten des Mittelalters teilgenommen hat. Seine beiden Ritter haben mit ihm gemeinsam gegen das Heer der Drachenknechte in Berlin gekämpft..." Juppi bemerkte den fragenden Blick des Heerführers. „Ach das ist eine lange Geschichte. Lasst uns lieber abhauen! Das erzähle ich bei einer besseren Gelegenheit!" Dichter Nebel breitete sich im Kessel aus. „Ein Glück, dass wir da raus sind!" Auf einen Wink von Arminius formierten sich alle in einer Linie und rannten los. „Wolf – bei Fuß!" lockte Juppi und war sichtlich erfreut, als er sich tatsächlich in Bewegung setzte und ihnen folgte. Nicht weit entfernt entdeckten sie frisches Blut und Fetzen von Kleidungsstücken. „Daher die Schreie." Arminius und seinen Leuten blieb keine Zeit für Trauer. „Wir sehen uns in Walhalla wieder!" war der einzige Gruß. Im Laufschritt ging es durch einen schmalen Pfad. Endlich erreichten sie erschöpft die kleine Lichtung, auf der die Pferde weideten. „Sofort alle rauf da und weiter!" Im Handumdrehen saß jeder auf seinem Pferd, sogar Juppi schaffte es diesmal beim ersten Anlauf. Wolf heftete sich an seine Fersen, im scharfen Ritt ging es zurück zum Kommandostand der germanischen Einheiten, die auf ihren Anführer warteten…

Anka fiel aus allen Wolken. Sie sauste Juppi entgegen, voller Ungeduld stellte sie ihm tausend Fragen auf einmal. „Und wie war es – nun rede doch schon!" Wolf kam herangeschossen und raste auf die junge Frau zu. „Kneif mich mal! Ich träume doch nicht, oder?" Der Anblick des kräftigen Mastinos weckte auch bei ihr sofort Erinnerungen an eine schwere Zeit. „Wolf, du alter Rumtreiber. Wir haben dich damals überall gesucht und sehr vermisst!" Es schien, als würde der Hund auch sie erkennen. Er streckte ihr seine Pfote entgegen, gerade so, als wollte er sie begrüßen. Anka lachte glücklich auf. „Du Schlawiner – deine Ritter denken bestimmt oft an dich. Ach komm, lass dich knuddeln!" Sie schloss ihn lachend in die Arme.
Die Anführer der Stämme verließen die Höhle, als die Ankunft der Späher gemeldet wurde, und versammelten sich auf dem Vorplatz. Finn beobachtete spitzbübisch den grauen Himmel. „Es wird wieder Regen geben. Gut für uns – die Legionen müssen sich dann weiter durch tiefsten Matsch quälen und werden schneller müde. Und wer müde ist, ist nicht stark genug, um zu kämpfen!" orakelte er und hielt das Pferd von Arminius am Zügel fest, als dieser abstieg. „Ich hoffe, deine Mission war erfolgreich?" Auch er brannte vor Neugier, aber Arminius ließ sich Zeit. Er registrierte das stürmische Willkommenszeremoniell zwischen dem Hund und Anka. Die Tatsache und auch die Art, wie Wolf sich ihr näherte und sofort begrüßte, war ein weiteres

Indiz für ihn, dass die Fremden keine Lügner und erst recht keine Spitzel sein konnten. Die Stammesoberhäupter registrieren erst jetzt die Ankunft des Vierbeiners. Mit gemischten Gefühlen betrachteten sie das ungewöhnliche Tier. „Der hat uns gerade den Arsch gerettet. Und die Frau hat Recht – in diesem Tal wimmelt es von Krieger!" Arminius beiläufige Bemerkung schlug ein wie eine Bombe. Finn kratzte sich am Kinn. „Also sind das keine Schauermärchen? Und sie sind keine Spione?" Er musterte die Ankömmlinge. „Wo ist der Alte?" Gernot fehlte noch immer in der Runde und niemand konnte sagen, ob er es wirklich geschafft hatte, dem Rudel zu entkommen. Sogar Otilda verzog traurig das Gesicht. „Das ist noch so ein Held. Er hat die Wölfe abgelenkt, die das Tal bewachen, damit wir fliehen konnten. Wenn er es nicht geschafft hat, wird er auch niemals wiederkommen. Dann hat er seine Rolle als zukünftiger Zombie ausgespielt. Wenn das Rudel ihn zerstückelt, kann er die Wandelung nicht vollenden!" erklärte Juppi und zuckte bedauernd mit den Achseln. „Dann hat er bekommen, was er sich sehnlichst wünschte. Und es ist gut so, oder Otilda?" Sie schluckte nur und sagte kein Wort. Gaius und Marcus, die gefesselt neben dem Eingang hockten, waren erfreut, sie heil und munter wieder zu sehen. „Ein Glück, dass ihr wieder da seid! Es hätte nicht viel gefehlt und diese Brüder hätten unsere Köpfe rollen lassen. Wenn dieser Finn nicht gewesen wäre, ich glaube, dann wäre es böse ausgegangen. Er wollte nicht, dass sie was unternehmen, so lange Arminius fort war. Das sind echte Barbaren – unberechenbar und unkultiviert!" schimpfte Gaius wie ein Rohrspatz vor sich hin. Otilda ließ es sich nicht nehmen, ihn mit einer Pfeilspitze anzustoßen. „Römer, halt gefälligst dein Schandmaul! Noch lebt ihr, obwohl ihr euch bei den Barbaren befindet. Und was eure Kultur angeht – sie ist nicht unsere. Und wer wirklich unberechenbar ist und sich nicht an Verträge und Abmachungen hält, das hat die Vergangenheit oft genug gezeigt. Also, einfach mal die Fresse halten!" Sie schaute ihn mit festem Blick in die Augen und lächelte höhnisch. Gaius schluckte und wollte aufbrausen. „Halte endlich deine verdammte Klappe. Wir sind nicht in der Position, dass wir sie besonders weit aufreißen können", beschwichtigte ihn sein Gefährte giftig. Mit Erfolg. Gaius brummelte unverständlich vor sich hin und drehte sich beleidigt zur Seite. „Und wie sieht es da draußen aus?" fragte Marcus leise an. Juppi blies die Wangen auf und ließ die Luft hörbar entweichen. „Ein ganzes Tal voller Monster. Da kommt eine geballte Ladung auf uns zu!" bestätigte er. Gaius interessierte sich inzwischen für eine andere Geschichte. Er verstand den Trubel um den Hund nicht. „Solche Viecher werden bei uns abgerichtet, damit sie in den Arenen Menschen killen. Oder sie werden zur Bärenjagd eingesetzt. Sieh an, die Germanen haben ein Heidenrespekt vor dem Biest!" Er grinste verschlagen. „In unserer Legion hatten wir mehrere Rudel im Einsatz. Wo die einmal hin beißen, wächst kein Gras mehr. Ehe man sich versieht, attackieren sie die Beine der Feinde und reißen ihnen die Eier ab! Und wir hatten bestimmt vier oder fünf Dutzend davon!" erklärte er und ließ Wolf nicht aus den Augen. Als Anka so vertraut mit ihm spielte, blieb ihm fast die Spucke weg. „Die hat wirklich Mut. Mit einem Biss zerfleddert er ihr den Kopf. Alle Achtung!" Juppi bekam diese Bemerkung mit und drehte sich ihm zu. „Er ist äußerst klug und kann sehr genau zwischen Freund und Feind unterscheiden. Und er kennt uns schon seit sehr langer Zeit! Wir haben nichts zu befürchten", machte er ihm klar. Er stieß einen kurzen Pfiff aus. „Wolf, zu mir!" Anka wollte ihn nicht freigeben und maulte, aber der Hund schüttelte die Frau lässig ab und trabte zu Juppi. „Komm her, mein Alter." Er packte sein Halsband und führte ihn zu den Legionären, die vor Angst fast im Erdboden versanken. Wolf knurrte, seine Nackenhaare sträubten sich. „Sage ich doch, er weiß genau, wer ihm nicht freundlich gesonnen ist." Juppi musste sich anstrengen, um ihn im Griff zu halten. Als Wolf sogar begann, die Legionäre wütend anzubellen, hielt er es für angebracht, ihn weg zu führen. „Welchen Grund hast du, so böse auf sie zu sein?" Juppi beugte sich zu ihm runter und kraulte beruhigend seine Stirn. „Er hat vielleicht schlechte Erfahrungen mit Römer gemacht? Entweder stört er sich an den Harnischen, oder sie haben einen eigenen Geruch, den er gespeichert hat", vermutete er und ließ die Sache vorerst auf sich beruhen. „Anka, sei so lieb und behalte ihn im Auge, damit er keinen Blödsinn macht. Arminius möchte, dass ich am Treffen des Stabes teilnehme", bat er inständig. Sie war sofort Feuer und Flamme. „Aber gerne doch. So einen Beschützer habe ich mir vorhin gewünscht, als mich einige Männer im Feldlager ein wenig schräg angemacht haben. Otilda kommst du mit? Ich glaube, ich muss da mal was klären!" Anka grinste geheimnisvoll. Otilda verabschiedete sich von Arminius. „Ich hoffe nur, dass ihr keinen Blödsinn veranstaltet. Und lasst euch nicht von den Kerlen angrapschen! Die Meisten sind seit Wochen von ihren Familien weg und werden beim Anblick einer Frau gerne frech. Sagt ihnen, dass ihr von meiner Sippe seid!" rief er ihnen nach. Die Frauen steckten die Köpfe zusammen und tuschelten miteinander, während sie in Richtung Hauptlager stolzierten. Wolf folgte ihnen mit einem größeren Abstand. Immer wieder stockte er und hob seine Nase in den Wind, sog die unbekannten Düfte und Gerüche ein. „He mein Freund, nicht trödeln!" ermahnte ihn Anka, als er sich witternd einem Spieß näherte, auf dem ein Hirsch über dem Feuer hing. In den Tiefen der Wälder verborgen, kampierten unzählige Krieger der vereinten Stämme zumeist unter freiem Himmel. Hier und da loderten Flammen empor, in deren Glut Tontöpfe mit Fleisch köchelten. „Da irgendwo hat mir ein Typ vorhin einen Klaps auf den Arsch gegeben. Und eine große Klappe riskiert – wie die Burschen in dem Alter nun mal so sind. Abgesehen von seiner Kriegsbemalung sah er süß aus." Sie kicherten leise. Wo sie auftauchten, verstummten die Gespräche und sämtliche Köpfe drehten sich zu ihnen um. Anka suchte die Stelle ab und entdeckte den jungen Krieger. Er brachte gerade einen Armvoll Holz angeschleppt und ließ es abrupt fallen, als er die Frauen erblickte. Er stieß einen gellenden Pfiff aus. „Da kommt ja meine Schöne – diesmal sogar mit Verstärkung. Das kann nur eine heiße Nacht werden. Odin hat wohl meine Gebete erhört!" brüllte er und tänzelte einige drollige Schritte, um auf sich aufmerksam zu machen. Die Männer der Umgebung versammelten sich und begannen zu feixen. „Das ist der Knallkopf. Wenn der wüsste, wie bescheuert das aussieht – man könnte fast meinen, er ist vom anderen Ufer." Anka stemmt demonstrativ die Hände in die Hüften und wartete ab, was noch passieren würde. Otilda konnte mit diesem Spruch nichts anfangen. „Welches andere Ufer? Hier gibt es kein Wasser – weder einen Fluss noch See?" Anka erklärte ihr, wie das gemeint war. Otilda kicherte albern vor sich hin. „Die Alten munkeln manchmal hinter vorgehaltener Hand, dass es so was gibt. Ich selber habe das noch nie mitbekommen. Aber was soll's? Wenn die Götter es so bestimmt haben!" Der junge Mann lief in Höchstform auf und begann, die Frauen wie ein Geier zu umkreisen. Immer enger zog er seine Kreise, schließlich war er auf Armlänge angelangt und wollte Anka wieder einen Patsch auf den Hintern verpassen. „Untersteh dich, mein Freund. Das gibt Klatsche!" warnte Anka diesmal und schüttelte drohend die Faust. Inzwischen vermehrten sich die Zuschauer rasend schnell um sie herum, nur an einer Stelle klaffte eine große Lücke. Otilda, die sich bisher zurückhielt, bemerkte, dass aus dem anfänglichen Spiel allmählich ernst wurde. Die Stimmung kippte und heizte sich weiter an. „Komm, lass ihn. Wir gehen zurück!" schlug sie nervös vor. Anka musterte die anwesenden Männer. „Kerle sind immer gleich, egal in welchem Jahrtausend man auf sie trifft. Die Evolution muss an einer Stelle mächtig geknausert haben..." witzelte sie. Sie hatte noch nicht ganz ausgesprochen, als er sie am Handgelenk packte und zu sich heranzog. Der Bursche hielt sie wie eine Klammer fest und wollte sie küssen. Der Geruch von Erde, Schweiß und Pisse stieg ihr in die Nase. Angewidert drehte Anka ihr Gesicht weg. „Höre auf mit diesem Scheiß!" Allmählich wurde es ihr zu bunt. Aber sein Griff war fest wie Schraubzwingen, sie besaß einfach nicht die Kraft, sich zu befreien. Ihre Gelenke begannen zu schmerzen. „Dieser Arsch will es nicht anders!" fauchte sie ärgerlich. Otilda trat einige Schritte zur Seite und machte bereitwillig Platz. „Wolf – hilf mir!" Ein Raunen ging durch die Menge. Die Lücke wurde zusehends breiter, als der Hund mit erhobenem Haupt auf das Paar zuschritt. Der Bursche registrierte zwar, dass etwas in seinem Umfeld geschah, aber da er mit dem Rücken zu Wolf stand, sah er ihn nicht. „Wenn ich du wäre, würde ich meine Finger von ihr lassen und in Frieden davonziehen. Bevor etwas Schlimmes geschieht und es dir vielleicht schlecht ergeht?" Otilda legte behutsam ihre Hand auf seinen Arm. Er musterte sie von oben bis unten, ein verächtliches Grinsen auf den Lippen. Es erstarb in dem Augenblick, als Wolf den wuchtigen Schädel an seinen Beinen rieb. Sein Blick senkte sich langsam, die Augen vor Schreck weit geöffnet. „Das ist ein echter Gentleman. Der weiß, wie man sich einer Lady gegenüber zu verhalten hat!" frotzelte Anka, riss sich gewaltsam los und stolperte, so dass sie fast gefallen wäre. Wolf schnappte zu und erwischte sie am Oberarm. Ein Aufschrei ging durch die Menge. Mit einem Ruck stellte er sie auf die Beine, ohne dass auch nur eine einzige Schramme zu sehen war. Ihr Galan sah wohl seine Felle davon schwimmen. Und hatte das wirkliche Ausmaß der Gefahr, die ihm drohte, nicht vollständig erfasst. „So ein beschissener Köter – ist das deiner? Dem drehe ich den Hals um…!" Seine Rechte rutschte nach unten, um nach dem Schwert zu greifen. Eine Bewegung, die Wolf so oft bei den Schlachten erlebte. Und bei ihm einen Reflex auslöste – er fletschte die Zähne und knurrte bedrohlich. „Sei vernünftig und lass es. Er wird dich töten!" Jetzt bereute Anka, nicht auf Arminius gehört zu haben. „So sollte das Ganze nicht enden. Ich wollte dir nur einen Schrecken einjagen – deshalb bin ich noch einmal gekommen." Wolfs Knurren klang eine Spur gefährlicher, seine Nackenhaare richteten sich wie Borsten auf. „Wirst du endlich das tun, was sie dir sagt! Oder soll dir das Biest die Kehle zerfetzten?" Eine Männerstimme klang herüber, durch die Gasse eilten die Anführer der Stämme heran. Ganz vorn Arminius, der Anka mit einem vernichtenden Blick bedachte. „Wolf – aus! Zu mir!" Juppis scharfes Kommando stoppte den Angriff des Hundes vollends. „Es war eigentlich völlig harmlos. Bis er seinen Rappel bekam und sich hier vor allen als Platzhirsch aufspielen musste", versuchte Anka sich zu rechtfertigen. „Außerdem entscheide ich ganz allein, wer mir an den Arsch greifen darf!" murrte sie. „Wegen solchem Schwachsinn beschäftigt ihr die halbe Nation?" Juppi war richtig sauer und ließ es Anka spüren. „Dich habe ich für reifer und vernünftiger gehalten. Arminius hat euch nicht ohne Grund gewarnt! Die Männer sollen morgen kämpfen und ihren Feind besiegen – schon vergessen?" rügte er die Frauen. Finn, das Oberhaupt der Marser, knöpfte sich indessen den jungen Mann vor. „Du bist und bleibst ein Holzkopf! Wie du dich zu Hause benimmst, ist eine Sache. Dir ist entgangen, dass Otilda zur Sippe des Arminius gehört. Und die Fremde ist eine Seherin mit ungeheurer Macht. Sie hat uns einen wichtigen Ratschlag gegeben, der vielleicht über den Ausgang der Schlacht entscheiden kann." Er packte ihn an der Schulter und schüttelte ihn. „Bitte die Frau um Vergebung!" Anka errötete, ihr wurde immer heißer. „Das muss er nicht!" wagte sie einzuwerfen, doch Finn ließ nicht locker. „Dieser Hitzkopf ist mein Sohn Toralf. Wir sind nur ein kleines Volk, aber wir besitzen Ehre und Stolz. Er muss lernen, wie man sich als zukünftiger Herrscher des Stammes zu benehmen hat. Die Zeiten der Spielerei sind vorbei – nur er merkt es nicht!" Die betroffenen Gesichter der Krieger der Marser, die sie umringten, sprachen für sich. Toralf stand wie ein begossener Pudel da und ließ die Standpauke seines Vaters schweigend über sich ergehen. Zornesröte huschte über sein Antlitz, doch er beherrschte sich. „Ich wollte doch ein wenig Spaß! Es wäre ihr nichts geschehen..." knirschte er. „Er ist angekommen! Leute macht Platz – ich muss zum Heerführer!" Die unverhoffte Ankunft von Gernot unterbrach ihn. Der Alte drängelte sich durch den Pulk der Männer, schließlich stand er japsend vor den Fürsten. „Meine Herren – schlechte Nachrichten. Achmat, der Anführer der Drachenknechte ist eingetroffen. Er ist dabei, das Heer zu wecken." Otilda lächelte still, als sie ihn anschaute...

Während des kargen Mahles fiel kaum ein Wort.
Arminius starrte gedankenverloren ins Feuer und stocherte lustlos im Essen herum. „Wir treten gegen die beste Armee des Imperiums an. Unser einziger strategischer Vorteil ist, dass sie in den dichten Wäldern nicht ihre Kampfformationen bilden können und jeder Soldat auf sich alleine gestellt ist. Aber wenn wir an zwei Fronten gleichzeitig kämpfen müssen, dann sehe ich ein gewaltiges Problem auf uns zurollen." Juppi hockte mit seinen Leuten neben ihn und kaute mit vollem Mund. Sogar die Legionäre durften sich wieder frei bewegen und an der Mahlzeit teilnehmen. Wolf hatte es sich bei Anka bequem gemacht und döste mit dem Kopf auf ihrem Schoß vor sich hin. In regelmäßigen Abständen huschten Kundschafter herein und erstatteten Bericht. „Das Heer von Varus wird in den frühen Morgenstunden eintreffen. Die Stimmung bei ihnen scheint mies zu sein. Der Himmel ist unser geheimer Verbündeter und öffnet seine Schleusen weiter. Es läuft zumindest hier alles fast so, wie wir es planten. Aber welche Truppen soll ich abziehen, um unsere Flanke zu sichern?" Er stellte seinen Holzteller auf den Boden. „Wenn ich

mehr Männer hätte, würde ich das Tal umstellen lassen. Der Aufstieg ist schwer, der Untergrund so glitschig – diese Zombies werden die gleichen Probleme haben wie wir. Dann könnten wir sie von oben in Empfang nehmen und ausschalten. Aber ich kann nur eine Handvoll von hier frei machen!" seufzte Arminius. Juppi verstand seine Sorgen und versetzte sich in seine Lage. „Uns fehlt die Zeit, wirkungsvolle Maßnahmen zu ergreifen. Ein paar Tage mehr, und man hätte oberhalb einen Wall errichten können. Das hätte es uns leichter gemacht, die Monster im Griff zu bekommen. Wenn wir wenigstens unsere Technik einsetzen könnten. Ein paar Drohnen – das würde schon reichen. Die sind weit weg und es gibt keine Möglichkeit, Kontakt zu unseren Leuten aufzunehmen", grübelte er laut. In Anbetracht der gegenwärtigen Umstände fiel ihm nichts Gescheites ein. „Die magischen Heiler sind da!" wurde gemeldet. Diese Nachricht elektrisierte nicht nur die Stammesfürsten. „Die magischen Heiler – hier im Lager?" Arminius guckte sich ungläubig um. Der Hund fiepte verdächtig, unruhig erhob er sich. Juppi wurde hellhörig. „Magischen Heiler? Wer oder was soll das sein?" Ihm fielen die Legenden über die alten Druiden ein, die sehr oft über ein ungeheures Wissen verfügten, welches beim einfachen Volk durchaus magisch anmutete. Es war Otilda, die sich bemühte, ihn aufzuklären. „Niemand weiß, woher sie kommen. Es sind inzwischen einige Sommer seit ihrem Erscheinen vergangen. Sie sind freundlich und helfen, wenn die Kunst der Schamanen versagt. Einer von ihnen hat mir mein Bein gerichtet, als es nach einem Sturz vom Pferd schief zusammenwuchs. Unsere Medizinmänner konnten nichts tun, außer beten und mir einen Trunk gegen die Schmerzen geben. Hier, die Stelle kann man immer noch erkennen." Sie deutete auf eine kaum sichtbare Narbe über dem rechten Knöchel. „Eine Fraktur nach einem schweren Sturz und sie haben es gerichtet?" vergewisserte sich Juppi. Otilda nickte bedächtig und strich über die winzigen Einstichstellen. „Sie haben manchen unserer Brüder und Schwestern vor dem sicheren Tod gerettet. Manches Kind und Baby würde nicht leben, wenn sie nicht wären!" bestätigte sie. Als sogar Gaius erklärte, dass ihr guter Ruf inzwischen die Stadtmauern von Rom erreicht hatte und im Palast des Imperators bekannt war, lenkte

Juppi ein. „Okay, ich werde mir diese Wunderknaben ansehen. Es muss ja irgendeinen plausiblen Grund geben, wenn jemand so populär ist. Bin sehr gespannt!" Wolf war nicht mehr zu bändigen, mit lautem Kläffen stürmte er an der Wache am Eingang vorbei. „Anka sieh nach, was er treibt? Nicht dass es schon wieder Ärger gibt!" Juppi erhob sich ächzend, die Klettertour steckte ihm in den Knochen. „Scheiß Muskelkater!" fluchte er und trat bedächtig ins Freie. Eine kleinere Gruppe, in der Tracht mittelalterlicher Mönche gekleidet, kam in Begleitung mehrerer Krieger zur Höhle. Juppi bemerkte sofort, dass sie mit Hochachtung und Respekt behandelt wurden. Bis hin zum einfachen Kämpfer neigten alle andächtig ihr Haupt und nickten ihnen höflich zu. „Das passt gar nicht zur sonstigen Wildheit der Germanen? Dieser Sache gehe ich auf jeden Fall auf den Grund", murmelte er und trat hinaus. Der Regen prasselte ihm ins Gesicht, binnen Sekunden war er nass bis auf die Haut. „Scheißwetter!" Er beschloss für sich, erst einmal im Hintergrund abzuwarten. Die Tatsache, dass Wolf den Zug umrundete und sich dann wie selbstverständlich an die Spitze setzte, um sie zu Arminius und seine Getreuen zu führen, verwunderte ihn kaum. Anka schlüpfte zu ihm hin. „Was denkst du über diesen merkwürdigen Verein? Sind das Priester? Sehen so aus, oder?" zischelte sie und stellte sich neugierig auf die Zehenspitzen, um besser gucken zu können. Rein zufällig kam Toralf genau zu diesem Zeitpunkt um die Ecke und gesellte sich zu ihnen. Er schaute stur gerade aus und würdigte Anka keines Blickes. „Bisschen zu kurz geraten! Soll ich dich auf die Arme nehmen, damit du mehr sehen kannst?" brummelte er nebenbei, als sie ihn verdutzt ansah, griente er schelmisch vor sich hin. So war er ihr fast wieder sympathisch – wenn nicht der strenge Geruch wäre. „Das von vorhin tut mir leid. Wirklich – es sollte nur ein Spaß sein – auch für unsere Männer." beteuerte er, während die Kolonne fast ihr Ziel erreichte. Anka ließ ihn quasseln und tat völlig ungerührt. Juppi schmunzelte heimlich. „Na mein Freund, an der wirst du dir die Zähne ausbeißen", dachte er bei sich und konzentrierte sich wieder auf die Vorgänge vor ihn. Er zählte dreizehn Gestalten, deren Köpfe vollständig mit Kapuzen bedeckt waren. Seine Bemühungen, Wolf zu sich zu locken, scheiterten diesmal. „Dann sind das seine rechtmäßigen Herren!" mutmaßte er. Eine andere Erklärung fiel ihm nicht ein. Er konnte später nicht mehr genau sagen, wann ihm dieser Gedanke kam, es war ein klitzekleiner Moment der Eingebung. „Wolf lag damals mit der verletzten Miriam in der Ambulanz in Berlin – Marzahn. Das gesamte Personal mitsamt dem Hund war nach der Schlacht wie vom Erdboden verschluckt. Und plötzlich taucht er, mir nichts - dir nichts, genau hier wieder auf?" Er grübelte vor sich hin, um eine Antwort zu finden. Anka gelang es endlich, den anhänglichen Möchtegernkavalier abzuwimmeln. „Der ist ja schlimmer als eine Klette! Hast du das bemerkt?" entrüstete sie sich, doch Juppi winkte unwillig ab. „So lange er nicht bösartig wird, ist das einzig und allein dein Ding! Du wolltest deine billige Rache, nun erlebst du die Folgen von solchem kleinlichen Denken. Ich habe andere Sorgen!" kanzelte er sie ab. Sie verzog zwar ärgerlich den Mund, hielt es aber für angebracht, sich nicht weiter darüber aufzuregen. „Ist ja gut. Wenn man nicht einmal mehr seine Meinung sagen kann…!" maulte sie. „Kann man – aber zur richtigen Zeit und nicht jetzt!" Entschlossen richtete er sich auf und schloss sich der Gruppe an, die in den Kommandostand geleitet wurde. Bevor er endgültig den Eingang betrat, drehte er sich um. „Kommst du mit oder willst du im Regen versauern?" fragte er Anka, die verknatzt auf den Lippen kaute. „Komme ja schon!" lenkte sie ein. Sie huschte an ihm vorbei. „Komme ja schon – wird langsam Zeit!" äffte er ihr nach, mit einem schelmischen Feixen folgte er ihr. Die unerwarteten Gäste wurden in den hinteren warmen Teil dirigiert. Sitzgelegenheiten aus Stämmen und weichen Fellen schoben sich heran. „Setzt euch ans Feuer und wärmt euch auf. Essen kommt gleich!" Arminius erwies sich als aufmerksamer Gastgeber. Endlich bekam Juppi die Gelegenheit, die Ankömmlinge ohne Kutten zu betrachten. Ein hochgewachsener Mann mit Glatze fiel ihm auf, der offenbar der Sprecher der Gruppe war. Es dauerte, bis es in seinem Hirn klick machte und er kapierte, was bei ihm im Hinterstübchen rumorte. „Der trägt eine Brille. Eine stinknormale Brille – so was kennen die Germanen nicht!" Da war er sich völlig sicher. Anka stutzte, sie begriff sofort, welche Bedeutung diese Entdeckung hatte. „Juppi – die Brille auf seiner Nase?" stammelte sie verblüfft. „Habe ich schon registriert. Der Typ kommt mir bekannt vor, ich weiß nur noch nicht, woher?" Als der Fremde zu sprechen begann, kehrten die Erinnerungen zurück. „Professor – sind sie das wirklich?" Der Angesprochene stockte. Im Dämmerlicht waren nur die Umrisse der Gestalten auszumachen. „Prof. Röder – Chefarzt der Ambulanz in Berlin Marzahn? Taboris Clan, das ist doch echt ein Ding! Sie haben damals Miriam und Wolf behandelt!" entschlüpfte es aus Juppis Mund. „Wer in Gottes Namen will das wissen?" donnerte der Mann zurück. Juppi trat ins Licht und gab sich zu erkennen. „Ich war der Anführer der Black Hunter. Senatorin Sabine Arndt hat Miriam und Wolf mit der Drohne zu ihnen bringen lassen – schon vergessen?" Aufgeregtes Getuschel folgte, offenbar wurde er erkannt. „Nun dann ist euch ja Anka auch noch geläufig. Sie ist die Schwester von Babsi und fliegt selber!" Im Nu wurden sie von allen Seiten umringt, das Händeschütteln und die freudigen Umarmungen wollten kein Ende nehmen. Die Fürsten der Germanenstämme wirkten indessen ein wenig verdattert. Schweigend sahen sie zu, Arminius schüttelte ratlos den Kopf. „Das ist der absolute Wahnsinn. Wie hat es euch hierher verschlagen?" Juppi konnte es nicht fassen. Die Wiedersehensfreude drohte allerdings auszuufern. Der Professor gebot Ruhe. „Als wir vor fünf Jahren in dieser Epoche katapultiert wurden, dachten wir, unser letztes Stündchen hat geschlagen. Diese durchgeknallte Djinn, diese Drachenbraut, die unbedingt eine Schönheits-Operation wollte, war so sauer über die Niederlage ihres Heeres, dass sie uns verfluchte und hierher verfrachtete. Wie sie das anstellte, ist uns bis heute ein Rätsel. Guter Rat war teuer – schließlich ging es bei uns ums nackte Überleben. Unser Glück war, dass in der Nähe unseres Ankunftsortes ein Dorf stand, in dem gerade eine Epidemie ausgebrochen war, die wir eindämmen und heilen konnten. Das sprach sich schnell herum. Zum Dank dafür halfen uns die Bewohner, ein Fort zu errichten. Dort haben wir die Zeit genutzt, und uns mit den technischen Möglichkeiten dieser Epoche eine eigene Forschungsstation eingerichtet. Nicht zu vergleichen, wie es bei uns war, aber bei einigen Völkern gibt es ausgesprochen kluge Köpfe, deren Fähigkeiten uns sehr helfen. Wir haben Leute aus Griechenland angeheuert und natürlich einige Ingenieure aus dem römischen Reich gefunden, die mit uns arbeiten. Da wir ja alle ausgebildeten Ärzte und Krankenschwestern sind, nutzten wir unsere Möglichkeiten, um der Bevölkerung medizintechnisch unter die Arme zu greifen. So haben wir Vertrauen aufbauen können, uns aber auch Feinde geschaffen. Manchem ihrer Schamanen sind wir ein Dorn im Auge!" Er holte erst mal Luft. „Erzähle ihnen von unserer Anlage, die wir konstruiert und gebaut haben!" meldete sich eine Frauenstimme aus der Gruppe. „Tja, diese verflixte Anlage! Wir suchen verzweifelt nach einer Möglichkeit, mit der wir wieder nach Hause kommen. Wir haben mit herkömmlichen Mittel eine Art Zeittor geschaffen. Ich vermute, dass unser missglückter Probelauf vor einigen Wochen schuld an eurer Misere ist und euch hierher holte. Das tut uns sehr leid!" Anka glaubte, ihren Ohren nicht trauen zu können. „Ihr habt diesen Scheiß verbockt? Wir hängen hier seit einer halben Ewigkeit fest und haben keine Ahnung, was geschehen ist? Und jetzt diese Sache mit den Germanen und dem plötzlichen Auftauchen der Zombie-Armee, die wir bereits vor Jahren in die Hölle geknüppelt haben. Was soll noch alles geschehen?" Sie war gereizt und sprach frei heraus, was sie dachte. Wolf, der sich in der Gruppe aufhielt, nieste. Leise winselnd stand er auf und schlich sich zu Anka. Er stupste sie an, so als wollte er sie beruhigen. Verdattert hielt sie inne. „Na ist doch wahr! Wenigstens du verstehst meinen Frust." Sie umarmte das Tier und setzte sich hin. Juppi übernahm das Wort und kürzte das Verfahren abrupt ab. „Eine verdammt kuriose und lange Geschichte. Das hat allerdings Zeit. Wir sollten uns erst um das Naheliegende kümmern. Der Angriff der Germanen auf Varus Truppen wird in Kürze erfolgen. Und wir haben das Tal mit Achmats Heer entdeckt. Unser Freund Arminius steckt mächtig in der Klemme", umriss er mit wenigen Worten die Situation. Prof. Röder lauschte andächtig, seine Brillengläser funkelten im Feuerschein auf. „Genau darum sind wir hier. Ich denke, wir können einige Antworten geben. Es stimmt, die Zeit drängt. Also lasst uns schon mal das Wichtigste abklären!" gab er zu und bat die Anführer der Stämme zu sich. Otilda starrte ihn eine ganze Weile an. „Juppi, das ist der fremde magische Heiler, der mein Bein in Ordnung gebracht hat!" stellte sie erfreut fest. Sie schob sich in seine Richtung. „Ich wollte mich bei euch bedanken!" sprach sie ihn schüchtern an. Er beäugte die junge Frau mit Wohlgefallen. „Ich wüsste nicht wofür?" entgegnete er und wollte sich abwenden. Eiligst stellte Otilda ihren Fuß auf den Sitz neben ihn. „Mein Bein, ihr habt mich damals geheilt, als ich zu euch gebracht wurde! Es ist schon eine Weile her." Der Professor runzelte die Stirn und schob sich die Brille auf die Nase. „Ach Kindchen, ich habe so viele Beine behandelt…?" Beim Anblick der Narbe erhellte sich sein Gesicht. „Ah ja – jetzt erinnere ich mich. Du bist die kleine Tochter des Stammesoberhauptes aus dem Osten von Germania. Der Reitunfall. Wie hieß er doch gleich: Fürst Aurich?" Otilda nickte freudig. „Vater grüßt euch aus Walhalla und lässt euch durch mich seinen Dank ausrichten. Ihr wart plötzlich wieder verschwunden. Aber wie ihr seht – es geht mir gut und ich kann hervorragend laufen!" strahlte sie und reichte ihm dankbar die Hand. Prof. Röder war gerührt. „Es passiert in der heutigen Zeit nur selten, dass ich einen meiner Patienten wiedertreffe. Umso mehr freut es mich, dass ich helfen konnte!" Arminius war bereits drauf und dran, Otilda anzufauchen. Als er mitbekam, worum es im Gespräch ging, hielt er sich zurück. „Was ich allerdings nicht verstehe – du kommst aus einer anderen Zeit, die über sechzig Jahre weit entfernt liegt – zumindest behaupten das alle! Wie konntet ihr zusammentreffen?" wunderte er sich. In Otilda's Antlitz arbeitete es. „Stimmt, darüber zerbreche ich mir auch gerade den Kopf?" Der Professor lächelte geheimnisvoll. „Das mein lieber Heerführer ist eine andere Geschichte und würde euch verwirren. Doch soviel kann ich euch verraten: So wie ihr mit euren Pferden durch die Lande zieht, so ist es uns gelungen, eine Apparatur zu bauen, mit deren Hilfe wir durch einen bestimmten Abschnitt der Zeit reisen können. Leider reichte er bisher nur in eine Zeitachse von knapp hundert Jahren. Aber inzwischen haben wir große Fortschritte gemacht!" Damit ließ er es auf sich bewenden…

Gernot der Wilde, der alte Stammesfürst der Cherusker, saß teilnahmslos in einer Ecke und starrte trübselig vor sich hin. In seinem Innern fühlte er sich zerrissen, richtig elend. Die Stimmen und Gestalten um ihn herum verschwommen zu einem undefinierbaren Brei. „Der Diener zweier Herren", huschte ihm durch den Kopf. Missmutig stocherte er mit einem Stock vor sich auf dem Boden und versuchte, die Gedanken zu ordnen. „So wird es also enden?" Sein Heißhunger auf Fleisch wuchs mit jedem neuen Tag ins

Unermessliche. „Menschenfleisch!" Er schreckte auf und guckte sich in der Runde um. „Niemand ahnt, in welcher Gefahr sie sich befinden!" Krampfhaft versuchte er, die düsteren Empfindungen ganz weit weg zu schieben. Für einen Moment dachte er an seine Krieger, denen von Arminius - dem anderen Arminius, der Heerführer Achmat ewige Gefolgschaft geschworen hatte und einer von ihnen wurde - der Todesstoß versetzt wurde. „Sie wurden erlöst, bevor sie die Qualen der Wandlung durchlebten!" Je mehr er sich mit dem Anführer beschäftige, umso verwirrter kamen ihm die ganzen Umstände vor. „Wie ist es möglich, dass er hier die Schlacht gegen Varus anführt und dort mit Varus gemeinsame Sache macht und gegen die Germanen kämpft? Ist er ein Geist – ein Dämon?" Wie von selbst erfasste sein unsteter Blick den Heerführer, der hitzig auf die Oberhäupter der verbündeten Stämme einredete. „Hier haben die Götter ihre Hand im Spiel. Doch wollen sie uns strafen?" Allmählich fand er in die Realität zurück und folgte wieder der Diskussion, in der offensichtlich eine grundlegende Frage behandelt wurde. „Wir haben einst einen Schwur geleistet, das Leben zu schützen und nicht, es zu zerstören! In Anbetracht aller Umstände mussten wir uns allerdings eingestehen, dass es manchmal erforderlich sein kann, die Augen zu verschließen und gegen jegliches Verantwortungsgefühl anzukämpfen!" Prof. Röder atmete schwer. „Es ist uns endlich gelungen, ein ähnliches Präparat zu entwickeln, wie es damals im Kampf gegen die Zombies in Marzahn zum Einsatz kam!" verkündete er. Erwartungsvolle Stille breitete sich aus, schließlich erscholl ein Jubelschrei. Juppi war sichtlich erleichtert. „Das ist doch mal was! Dann her mit dem Zeug, bevor diese Biester den Kessel verlassen. Ich melde mich freiwillig zum Einsatz!" brüllte er euphorisch. Der Professor stoppte seinen Eifer. „So einfach ist das nicht. Wir haben es zwar jetzt in der Hand, aber die Menge reicht bei Weitem nicht aus, um alle Drachenknechte auszuschalten!" Gernot erhob sich und trat bedächtig ans Feuer. Er wollte genau hören, was hier gesprochen wurde. „Der eigentliche Knackpunkt ist dieser Achmat, der Heerführer. Mit ihm steht und fällt die gesamte Mannschaft. Er ist die Quelle der Energie, die alles lenkt und im Gang hält. Wir glauben inzwischen, wenn er getötet wird, dann ist das Heer kampfunfähig!" betonte Prof. Röder und nickte einem seiner Leute zu. Dieser nestelte einen kleinen Behälter vom Gürtel und brachte ihn nach vorn.

Prof. Röder löste den Verschluss und öffnete behutsam den Deckel. Eine winzige Speerspitze kam zum Vorschein. „Hier drin ist das Serum. Dem Mann einfach in den Wanst stoßen, das war's dann. Damit ist er endgültig erledigt. Jetzt brauchen wir nur jemand, der ungehindert in seine Nähe gelangt?"

„Die Römer sind da!" hallte es durch das Lager des Heeres, die Erklärungen des Professors wurden damit schlagartig unterbrochen. Hektik machte sich breit. Die Fürsten rannten brüllend ins Freie, um Ordnung in ihre Truppen zu bringen, die sich zwischen den Bäumen formierten. Arminius gelang es noch, letzte Befehle zu erteilen, als der Aufbruch der Krieger begann. Juppi schlug sich entnervt vor die Stirn. „So ein Durcheinander, das kann unmöglich funktionieren", brummte er, während mehrere tausend Krieger ins Dickicht des Waldes eindrangen, um ihre Stellungen zu beziehen. Hinter ihm entwickelte sich ein lautstarkes Wortgefecht. Als er sich den Medizinern zuwandte, sah er nur noch, wie Gernot dem Professor gewaltsam den kostbaren Behälter samt Inhalt entriss und sich aus dem Staub machte. „Haltet ihn fest, er darf nicht entkommen!" schri Prof. Röder entsetzt, doch der Alte ließ sich nicht mehr stoppen. Mit eiligen Schritten rannte er in ein Gebüsch und tauchte ab. Otilda reagierte sofort und spannte ihren Bogen. Doch sie verfehlte das Ziel, surrend drang der Pfeil in einen Baum ein und steckte fest. „So ein verdammter Misthund. Jetzt haut er mit der einzigen Waffe ab, welche die Zombies stoppen kann. Das war's dann wohl?" fauchte sie niedergeschlagen.

„Es gibt nur einen Ort, wo er mit dem Zeug hin kann. Mir nach! Vielleicht schnappen wir ihn noch?" Im Nu leerte sich das Camp der Germanen, während die Stämme sich für den entscheidenden Kampf rüsteten, brachen Juppi, Anka und Otilda in Begleitung der magischen Heiler in Richtung Tal der Zombies auf. „Wo treiben sich die Legionäre herum? Eben waren sie noch da!" wollte Juppi wissen. Während er sich sein Schwert umband, schaute er sich suchend um. „Sind bestimmt mit dem Heer ausgerückt. Na hoffentlich haben sie keine Schweinerei im Sinn!" Ankas Vermutung, dass sie vielleicht die Gunst der Stunde nutzten und flohen, um ihre Landsleute zu warnen, konnte niemand von der Hand weisen. „Was auch immer sie jetzt anstellen, wird nicht mehr den Verlauf der Geschichte ändern. Wichtig ist, dass wir diese verdammten Biester vernichten. Die können uns noch mächtig in die Suppe spucken!" Im Laufschritt ging es los bis zur Koppel, wo sich die Pferdeherden befanden. „Die Krieger sind alle zu Fuß im Wald unterwegs. Schnappen wir uns ein paar Gäule und ab durch die Mitte!"

Wolf stürmte voraus und wies ihnen den Weg zum Tal. Wie zuvor stiegen sie auf der kleinen Lichtung ab und flitzten die restliche Strecke bis zum Kessel. „Wolf, such die Wächter!" befahl Juppi. Der Hund pirschte durch das Unterholz, gab aber keinen Warnlaut von sich. „Diesmal scheint das Rudel nicht da zu sein. Warum auch – der Heerführer selbst wird für die Sicherheit seiner Leute sorgen." Juppi schnalzte leise vor sich hin. „Verteilt euch. Da vorn haben wir einen Überblick und können checken, was unten passiert."

Vorsichtig näherten sie sich dem Abgrund. Ein dichter Nebelschleier bedeckte die Schlucht wie ein weißes Leichentuch, aus dem Innern war Grunzlaute und Stöhnen zu vernehmen. „Mist, es ist nichts zu erkennen. Was nun?" Anka und Otilda krochen gemeinsam bis zum äußeren Rand. Vergeblich bemühten sie sich, wenigstens einen Blick zu erhaschen. „Nichts zu machen. Entweder wir klettern runter oder warten, bis sie hoch kommen!" Otilda drehte sich fragend nach Juppi um. „Scheiß Spiel! Noch mal da runter? Wir brechen uns sämtliche Knochen!" stöhnte er, aber weitere Optionen gab es nicht. „Wenn mein herzallerliebster Onkel diesem Achmat verrät, was wir geplant haben, na dann gute Nacht. Der wird toben und unseren Truppen ein schreckliches Ende bereiten. Wie das ausgeht, haben wir ja bereits im Kastell Berlina erlebt." bemerkte sie bissig. Auf dem Grund des Tales tat sich was. Die Geräuschkulisse änderte sich. Das bereits bekannte „How!" erscholl, das Flackern großer Feuer konnten man ab und wann aufleuchten sehen. „Was treiben die da?" Prof. Röder hockte sich neben Juppi auf den Boden und ließ sich das Fernglas reichen. Es roch nach verbranntem Fleisch. „Die große Fütterung hat begonnen. Sie stärken sich nach dem Schlaf und sammeln Kräfte." Juppi wollte sich nicht vorstellen, welche Beute da unten gerade geopfert wurde. Die einzige Frau der Heiler rutschte auf allen Vieren zu ihnen heran. „Ich bin Schwester Erika. Was stinkt hier so komisch?" erkundigte sie sich. „Menschenfleisch – sie fressen sich richtig satt daran, bevor sie in den Kampf ziehen!" wiederholte Juppi. Die Wirkung dieser Aussage konnte er an den Gesichtern ablesen. Otilda räusperte sich. „Lasst mich alleine runter steigen. Wenn ich Gernot finden sollte, verpasse ich ihm einen Pfeil und haue wieder ab. Ich bin flink und kenne die Umgebung", bot sie an. Juppi war strikt dagegen. „Du hast bislang noch keine Erfahrungen im direkten Kampf mit diesen Ungeheuern sammeln können. Sobald du erkannt wirst, reißen sie dich in Stücke und fressen dich bei lebendigem Leibe. Oder du wirst von tausend Männern vergewaltigt, bist du verblutest. Schon vergessen, wie es den Frauen im Kastell erging?" Er bewunderte ihren Mut und ihre Entschlossenheit. Gerade deswegen konnte und wollte er nicht zulassen, dass sie sich bewusst in Gefahr brachte. Das Team des Professors rückte enger zusammen, um sich zu beratschlagen. Es war ein kurzer Moment der Unaufmerksamkeit – und Otilda setzte ihren Kopf durch. Anka schri erschrocken auf. „Bleib hier – verdammt noch mal!" Juppi schnellte herum, jedoch ihre Gestalt versank in der Nebelwand…

Walhalla

In letzter Sekunde gelang es den Piloten, ihre Cyborgs zu erstürmen.

Jahn suchte sich einen Platz in einer Ecke in Falks Kabine. „Ein Glück, dass diesmal die Luken nicht gesperrt waren. Hast du eine plausible Erklärung für alles?" Die Steuereinheiten hatten die manuelle Steuerung lahm gelegt und die Giganten folgten einem imaginären Befehl aus dem Nirgendwo. Keiner der vier Piloten war in der Lage, direkt einzugreifen oder den Kurs zu ändern. „Das nervt echt. Hoffentlich klärt sich das bald auf? Steckt wirklich Josch dahinter oder jemand anders?" brubbelte er weiter und guckte grübelnd aus dem Sichtfenster. Sie erreichten gerade die befestigte Straße der Römer. Rumpelnd scharrten die Metallfüße der Maschinen über das Pflaster. „Wenn man dem Bericht der Besatzung des Panzers glauben schenken kann, war die gesamte Fläche zeitweise völlig überschwemmt. Nun, es ist nichts mehr zu erkennen!" Falk hatte es bereits im Camp aufgegeben, seine Maschine per

Hand lenken zu wollen. „So was hatten wir bislang noch nicht, oder kannst du dich daran erinnern?" fragte er beiläufig, aber sein Mitfahrer war zu sehr mit den eigenen Gedanken beschäftigt. „Jahn – ich habe dich was gefragt!" bedrängte er ihn schließlich. „Was? Nein – hatten wir nicht!" antwortete dieser einsilbig. Ein ungewohntes Geräusch klang aus den Boxen riss ihn aus seiner Lethargie. Eine verzerrte Stimme röhrte auf, mehrere laute Rufe folgten, dann war Schluss. „Was war das denn? Hast ein Hörspiel laufen?" Jahn schüttelte unwillig den Kopf. Falk kontrollierte das Schaltpult. „Keine Ahnung. Das kam von außerhalb. Ich frage bei den Jungs nach!" Eine kurze Rücksprache ergab, dass auch sie damit konfrontiert wurden. „Klang wie eine Störung oder Überlagerung von Funkwellen oder so was Ähnliches. Als wenn die Stimme durch ein Magnetfeld verändert wurde. Ist aber hier fast unmöglich", murmelte er und klopfte mit der Faust auf der Verkleidung des Funkgerätes herum. Er wies auf die Wildnis, die sie einschloss. „Keine Masten oder Stromleitungen, die solchen Effekt hervorrufen können. Nur Bäume und Sträucher. Aber wir haben es alle klar und deutlich vernommen?" rätselte er weiter. Jahn war bereits wieder bei seinem Josch, der da irgendwo auf dem Grund des Flusses fest hing. „Vielleicht ruft er wirklich um Hilfe? Und weil er unter Wasser steht, kommen seine Signale so eigenartig an?" vermutete er schließlich und rekelte sich. „Das werden doch nicht die Stimmen der Götter sein? Saga, diese ominöse Götterbraut vielleicht?" Er verzog das Gesicht zu einem spöttischen Lächeln. Es traf sie wie eine Faust aus heiterem Himmel, ihr Cyborg wankte wie ein Grashalm im Wind. Falk konnte sich gerade noch auf seinem Sitz fest klammern, während Jahn durch die Kabine an die Wand geschleudert wurde und stöhnend liegen blieb. „Verdammte Scheiße, was war das denn? Jahn – rede mit mir!" Falk warf einen Blick nach draußen. Eine Art Windhose zog über sie hinweg, ganze Bäume wurden auf einem Schlag entwurzelt und in den Himmel gerissen. „Ein Taifun – hier? Das ist ein Ding der Unmöglichkeit!" Jahn schleppte sich zum Pult, wie betäubt angelte er nach der Seitenlehne des Pilotensessels und richtete sich schwerfällig auf. „Mir brummt vielleicht der Schädel. Ich sehe richtige Sterne kreisen…", schniefte er und rieb sich ächzend die Stirn. Von ihren Gefährten kamen indessen besorgte Anfragen.

„Es hat nur euch voll erwischt – als wenn dieser Strudel genau wusste, was er machte. Schon merkwürdig!" Uwes Erklärung gab ihnen weitere Rätsel auf. Falk nestelte aus der Box eine Flasche Wasser heraus und reichte sie Jahn. „Trink einen Schluck. Hast du gehört – es hat nur uns getroffen. Vielleicht ist doch mehr dran an diesem Fluch der Götter?" bemerkte er und blickte misstrauisch nach oben. „Kein Wort mehr über irgendeinen Gott! Das reicht mir. Wer auch immer dahinter steckt, hat mir eine schöne Beule verpasst!" klagte Jahn, der seinen malträtierten Schädel in dem kleinen Spiegel an der Luke erkennen konnte. Falk kramte einen Lappen heraus. „Hier, kippe Wasser drauf und kühle die Stelle!" riet er ihm. „Was ist nun? Wollen wir weiter?" kam als Anfrage über Funk. Falk versuchte, die Maschine neu zu starten. „Das liegt wohl nicht in unserer Hand. Ich kann hier nichts ausrichten. Nr. 2 reagiert nicht!" erwiderte er. Wie von selbst erwachte ihr Koloss zum Leben. Der Kommandeur der Cyborg – Einheit wollte sich in seinem Sessel zurücklehnen, als er eine Veränderung wahrnahm, die ihm überhaupt nicht behagte. „Jahn, halte dich gut fest! Da kommt was richtig Großes auf uns zu!" warnte er den Freund noch, als es erneut rumste. Ein anhaltendes Knirschen ging ihnen durch Mark und Bein. Die erregten Stimmen ihrer Kameraden rissen ab. Totenstille umgab sie…

„Was ist los? Wo sind wir?"
Diesmal ging es glimpflicher über die Bühne. „So ein Mist!" Jahn schüttelte sich wie ein nasser Hund, die offene Flasche war ihm aus der Hand gerutscht, ihr Inhalt hatte sich über seinen Bauch ergossen. Er schaute sich ratlos um. „Wo sind die Jungs und ihre Cyborgs?" Falk summten die Ohren. „Woher soll ich das wissen?" Er wirkte ärgerlich. Verstohlen rieb er sich die Ohrmuscheln und schüttelte regelmäßig den Kopf hin und her. Er konnte Jahn zwar hören, es klang allerdings, als hätte dieser Wattebällchen im Mund. Jahn richtete sich aufrecht hin, seine Finger glitten über die Anzeigen des Pultes. Rote Lämpchen blinkten unablässig, ein leises Zirpen zeigte an, dass etwas nicht stimmte. „Die Sensoren spinnen. Oder da draußen ist was, womit sie nicht klar kommen", brummte er und aktivierte die Monitore. „Oh Mann,

wohin sind wir bloß geraten? Die reinste Urlandschaft. Sieht schon recht seltsam aus?" Ungläubig betrachtete er die Bilder, die vor seinen Augen aufflimmerten. Falk war noch immer mit seinen Ohren beschäftigt. „Du kannst sagen was du willst – diesmal hat es uns richtig erwischt!" knurrte Jahn und verzog die Stirn kraus. Die Landschaft um sie herum war karg und nicht vergleichbar mit dem, was sie bislang gewohnt waren. Noch mehr beunruhigte ihn allerdings die Tatsache, dass sich ihre Kameraden samt Technik in Luft aufgelöst hatten. Endlich war Falk wieder aufnahmefähig und widmete sich seinen eigentlichen Aufgaben. Er griff sich das Fernglas und trat hinaus auf die Plattform. „Mal frische Luft schnappen!" vernahm Jahn. Falk suchte systematisch den Horizont ab. In der Ferne entdeckte er dichteres Grün. „Weites Land, sieht wie Steppe aus. Scheint völlig unbewohnt zu sein. Ich schlage vor, wir brechen in nördliche Richtung auf. Da hinten kann ich so was wie Gehölz lokalisieren. Möglicherweise finden wir unterwegs einige Hinweise, wo wir uns befinden?" schlug er vor und kam zurück. Gemächlich setzte sich ihre Maschine in Bewegung. „Die Handsteuerung funktioniert wieder!" stellte er überrascht fest. Durch die offene Luke strömte ein kühler Luftschwall herein und vertrieb den Mief. Falk atmete genüsslich tief durch. „Vielleicht löst sich bald alles in Wohlgefallen auf und wir sind gar nicht so weit von der Heimat entfernt", spekulierte er laut und steuerte das Waldgebiet an. „Ziel wird in zwei Stunden und vierunddreißig Minuten erreicht!" meldete ihm das Navigationssystem, mit schweren, gleichmäßigen Schritten zog der Stahlgigant seine Bahn und hinterließ sichtbare Spuren im jungfräulichen Untergrund. Jahn hockte sich auf die Scheibe des Bodensichtfensters und beobachtete die Vorkommnisse vor ihnen. „Glaubst du, dass wir auf menschliche Siedlungen treffen werden? Ich habe mal eine Zeitmessung vornehmen lassen – wenn das stimmt, was Nr. 2 ermittelt hat, müssten wir gerade um die 7000 Jahre vor der Zeitrechnung sein! Also noch mal 5000 Jahre weiter in der Vergangenheit als bisher!" Seufzend drehte er sich zu seinem Freund. Falk stellte auf Autopilot um und wandte sich ihm zu. „Und was sagt das Programm zum Thema geographische Lage?" Jahn kratzte sich nachdenklich an der Nase. „Das wirst du bestimmt nicht für möglich halten!

Das Territorium vor uns wird einmal die Metropole Berlin beherbergen – so wie wir sie kennen. Mehr ist leider im Moment nicht heraus zu bekommen. Unsere Scanner arbeiten einwandfrei…" Er stutzte. „Das ist hoffentlich kein Witz? Da befindet sich direkt in diesem Wald so was wie eine Siedlung. Hier guck doch, das sind mindestens zehn auffällige Objekte. Ich vermute, Wohnhäuser oder Hütten." Die Aufzeichnungen ließen keinen anderen Schluss zu. Falk rückte neugierig näher heran. „Die sind um ein größeres Gebilde gruppiert. Was könnte das darstellen?" So sehr sie sich bemühten und die Köpfe zerbrachen, sie vermochten diese Frage nicht zu beantworten. Jedenfalls im Moment nicht. Falk ließ eine Karte von der Umgebung erstellen. „Rechter Hand erstreckt sich ein durchgehendes Feuchtgebiet – teilweise sogar Sumpf. Das werden wir meiden. Im Mittelbereich und auf der linken Seite scheint der Boden halbwegs sicher zu sein. Ich habe keinen Bock, zu Fuß weiter zu laufen, wenn unsere Maschine sich irgendwo da drüben festfährt oder sogar für alle Zeiten in der Erde versinkt!" Allmählich näherten sie sich der bewachsenen Fläche. „Das ist kein Wald – das ist ein einziger riesiger Baum!" Wieder suchte Falk das Areal mit dem Fernglas ab. „Kneif mich mal – ach Quatsch, lieber nicht! Das Ding sehen wir uns aus der Nähe an!" entschied er kurzer Hand und übernahm die Steuerung. „Festhalten, jetzt wird es ein wenig holprig!" Sie überquerten ein steiniges Areal, schließlich standen sie vor dem ungewöhnlichen Gewächs. „Halt an, ich steige aus. Muss sowieso mal pinkeln!" bat Jahn und begab sich auf die Plattform. Während er die Sprossen hinab stieg, warf er einen prüfenden Blick auf den Baum. Von unten betrachtet, sah der Gigant wie ein uralter, drohender Geist aus. „Vor uns steht die Mutter aller Eichen! Möchte zu gerne wissen, wie alt das Ding ist?" Er hüfte auf die Erde und nestelte die Hose auf. Der Angriff kam unerwartet und ohne Vorwarnung. Ein wahrer Pfeilhagel ergoss sich über ihn, doch er hatte mehr Glück als Verstand. Ein Geschoß flog haarscharf über seinen Kopf hinweg, die meisten bohrten sich wenige Meter vor ihm in die Erde. Mit offener Hose hopste er hinter die Stelzen des Cyborgs und verbarg sich. „So eine Schweinerei! Nicht mal in Ruhe pissen kann man hier!" fluchte er und überlegte, wie er halbwegs unbeschadet in die Kanzel kam. „Jahn, bist du okay?" Falk beugte sich übers

Geländer der Plattform, um nach dem Freund zu sehen. „Zieh gefälligst die Birne ein. Das sind zwar keine Scharfschützen, aber man weiß ja nie!" Seine Mahnung kam zur rechten Zeit. Falk schnellte wie eine Feder ins Innere der Kanzel, ein Pfeil zersplitterte neben ihn an der Luke. „Teufel noch mal – spinnen die? Wer schießt hier überhaupt auf uns? Bleib du in Deckung, ich sage Bescheid, wenn du hoch kannst!" instruierte er Jahn. Vor ihm auf dem Bildschirm tauchten mehrere rote Punkte auf. „Es sind sieben Personen. Sie verstecken sich hinter den Büschen. Ich werde sie ein wenig erschrecken!" kündigte er an. Mit hämischem Grinsen betätigte er einen Knopf. „Euch werde ich es zeigen!" Ein durchdringender Knall und langes Zischen wurde über die Außenlautsprecher ausgestrahlt. „Sie flitzen wie die Hasen. Kannst hoch kommen!" gab er Entwarnung. Jahn fluchte noch immer, als er die Plattform erreichte. „Jetzt habe ich vor Schreck tatsächlich in die Hose gepinkelt! Das werden mir die Brüder heimzahlen!" Umständlich zog er die nassen Teile aus und hängte sie in den Wind. Nackt, wie Gott ihn erschuf, schlurfte er zu Falk. „Hast du was zum Anziehen für mich?" Der prustete vor sich hin und wies zum Wandschrank in der Ecke. „Wenn ich das den Jungs erzähle…!" Wenn Jahns Blicke töten könnten, wäre es in diesem Moment um ihn geschehen. „Untersteh dich – kein Wort, rate ich dir!" drohte er, doch dann wurde beiden die Komik des Momentes bewusst. Ein herzhaftes Lachen machte sich breit. „Schon okay, ich werde kein Sterbenswörtchen darüber verlieren!" versprach Falk hoch und heilig und schniefte belustigt vor sich hin. Die Scanner filterten unter den Signalen weitere Wärmequellen heraus, die sich innerhalb der Siedlung wild umher bewegten. „Da haben wir wohl in ein Wespennest gestochen. Jetzt gucke dir das Gewimmel an – die werden immer mehr!" Falk beschloss, näher heran zu rücken. „Verschließe die Luke, ich sichere den Aufgang. Ich habe so ein blödes Gefühl, dass das noch richtig spannend werden kann", brummte er und los ging es. Die Leiter, die sonst als Aufstieg genutzt wurde, verschwand im Innern der Maschine. Jahn nutzte die Gelegenheit, den Baumriesen mit dem Glas zu prüfen. Einige Besonderheiten fielen ihm jetzt auf. „Mal abgesehen von seiner phänomenalen Größe, für einen normalen Baum ist der Stamm viel zu zerklüftet. Könnte ein Felsen sein, aus dem lauter kleinere Bäume wachsen? Lass doch mal ein Materialcheck laufen!" bat er. „Da drinnen klettern welche wie Affen herum. Die scheinen echt lebensmüde zu sein!" stellte er nach längerer Beobachtung fest. In luftiger Höhe konnte man ein halbes Dutzend Verrückter sehen, die sich eilends von Ast zu Ast schwangen. „Vielleicht hast du recht und das sind Affen? Ich meine – vor 7000 Jahren könnte ich mir durchaus vorstellen, dass sich welche in unserer Landschaft herumgetrieben haben..." Falk rieb sich verwundert die Augen, als das Ergebnis der Analyse vorlag. „Jahn, das ist kein Gestein, sondern Horn. Organisches Material. Der ganze Block vor uns besteht aus diesem Zeug. Das soll einer verstehen?"

Leises Klacken auf der Panzerung des Cyborg ließen beide hellhörig werden. „Spinnen die Affen – jetzt schmeißen sie mit Steinen nach uns!" Falk zoomte die Burschen heran, die offensichtlich mutiger waren als die Bogenschützen vorhin. Muskulöse Männer, die sich gekonnt mit den Füßen an den Stämmen klammerten, um die Arme frei nutzen zu können, ließen den nächsten Schwall Wurfgeschosse auf sie nieder prasseln. Falk reagierte und lenkte die Maschine einige Schritte aus der Gefahrenzone heraus. „Sie sind fort. Wie vom Erdboden verschluckt. Ich denke, es wird Zeit, uns diese Spinner mal vorzuknöpfen. Beschmeißen uns mit Steine, tzzz!" Grollend ließ er die Maschine anrucken. „Wo treiben sich diese kleinen Monster herum?" Ein Blick auf den Monitor verriet ihm, dass sie sich gut versteckt hielten. Nicht ein roter Punkt war zu sehen. „Das ist ein Unding? Als hätte sie tatsächlich die Erde verschlungen!" Sie umkreisten im sicheren Abstand das Gebilde. Jahn nahm seinen Platz auf der Bodenscheibe ein. „Vor uns liegt ein Trampelpfad, der bestimmt seit ewigen Zeiten genutzt wird. Keine Menschenseele in Sicht." kommentierte er seine Beobachtungen laut. Vor der Siedlung stoppte Falk. Es war wohl mehr der Zufall, der Jahn unter sich auf die Laufwerke ihres Cyborgs blicken ließ. Ihm stockte der Atem. „Da kommt einer hoch geklettert. Direkt unter der Kabine. Er hat es gleich geschafft…!" informierte er noch, als der Fremde sich mit Schwung auf die Plattform hievte. „Was sind das für irre Typen? So etwas habe ich noch nie erlebt!" grunzte Falk, der seine Waffe zog und entsicherte. In den Jahren ihres Umganges mit diesen Kampfmaschinen wäre es ihnen niemals in den Sinn gekommen, dass jemand an den blanken Metallwänden empor klettern könnte. „Sieh nach, was der Dussel treibt? Das gibt es doch nicht!" schimpfte er. Jahn spähte durch das Sichtfenster des Einstieges. „Auf der Plattform ist er jedenfalls nicht mehr!" Über ihren Köpfen verriet ein flüchtiges Scharren, wo sich der ungebetene Gast aufhielt. Ein lang gezogener Jubelschrei irritierte die Männer. Jahn öffnete lautlos die Luke und betrat das Podest. „Pass bloß auf und lass dich nicht von Bord werfen!" unkte Falk. Er bemerkte nur nebenbei, wie ein Schatten die Schräge herab glitt und seinen Gefährten auf der schmalen Platte niederrang. Jahn japste, er wurde mit dem Rücken gegen das Geländer gedrückt. Sein Gesicht lief puderrot an, die Hand mit der Waffe fuchtelte in der Luft herum. Zwei, drei Schüsse lösten sich. „Falk – er ist zu stark! Hilf mir!" vernahm er und wurde sofort aktiv. Er ergriff eine der Bordlampen, eilte hinaus und schlug den Fremden von hinten nieder. Jahn setzte sich röchelnd auf den Boden. „Der hätte mich fast umgebracht!" Die Druckstellen an seinem Hals verfärbten sich. Falk zögerte nicht, er band die Arme des Bewusstlosen auf dem Rücken zusammen und fixierte ihn an einer Metallstütze. Aus der Ferne erhob sich ein tierisches Jaulen. „Heult nur – aber jetzt ist es zu spät!" murrte Jahn, taumelnd stützte er sich auf Falk, der ihn ins Innere bugsierte und neben den Sessel platzierte. „Das sind wahre Teufel! Von jetzt an gibt es kein Pardon mehr!" fauchte er ärgerlich. Während sie die letzten Meter bis zur Siedlung unbehelligt bewältigten, erwachte ihr Angreifer. Er fletschte aufgebracht die Zähne, ohne die geringste Spur von Furcht zu zeigen, frotzelte er sie an und rüttelte an den Fesseln. „Wenn er nicht augenblicklich still wird, mache ich ihn kalt!" Falk hob seine Waffe und zielte auf den Kopf des Wilden. Es schien, als würde dieser instinktiv kapieren, dass es besser für ihn war, sich kooperativ zu verhalten. Er sackte zusammen und rührte sich nicht mehr. „So ist es brav. Und immer schön die Beine ruhig halten, sonst scheppert es!" drohte Falk. Jahn erholte sich zusehends. „Mann, der hat Kraft in den Fingern, das kann ich dir flüstern. Wenn seine Sippe ähnlich geartet ist, können wir uns frisch machen. Mit denen ist nicht gut Kirschen essen!" Er räusperte sich mehrmals. Er fühlte einen Kloß im Hals, der einfach nicht verschwinden wollte. „Trink einen

Schluck. Kippe aber nicht alles wieder aus. Wir müssen erst unseren Wasservorrat erneuern", belehrte Falk ihn, der ihr Gerät in Parkposition lenkte. Vor ihnen breitete sich ein Arrangement aus, das sie aus ihrer Zeit kannten. „Ein Steinkreis – das ist wirklich beeindruckend. Ich lasse sofort die exakten Daten erfassen!" Einige hausähnliche Bauten, vermutlich aus Holz gezimmert, waren weiter hinten parallel im Quadrat angeordnet. Die dazwischen liegenden, langgestreckten Erdhügel, die sich um den gesamten Kreis gruppierten, entlarvte ihr Computer ebenfalls als unterirdische Wohnkomplexe. „Wie hoch ist die geschätzte Anzahl der Bewohner?" fragte Falk. Die Antwort des Computers war ernüchternd. „Cirka 900 bis 1500 Bewohner könnten sich darin aufhalten und leben. Nach allen vorliegenden Daten haben wir es allerdings mit einer Anzahl von nicht einmal 100 Einwohner zu tun!" gab er bekannt. Jahn ging es wieder so gut, dass er aufstehen konnte. „Wenn irgendwann eine Siedlung für über 1000 Mann errichtet wurde, müssen die einmal existiert haben. Wo sind sie geblieben?" Diese Frage beschäftigte nicht nur ihn. „Wollen wir aussteigen und uns umsehen?" Falk hantierte an der Steuerkonsole herum. Jahn warf einen prüfenden Blick auf ihren Gefangenen, der wie ein lebloser Stein seinem Schicksal ergeben ausharrte. „Vorher sollten wir klären, was mit ihm passiert. Wir können ihn nicht ewig hier oben festbinden. Ich bin dafür, ihn laufen zu lassen. Was denkst du?" Falk war überrascht. „Wirklich, du willst ihn laufen lassen? Und wenn er uns erneut angreift? Dann erschießen wir ihn doch." Er verzog hämisch sein Gesicht. „Du weißt, was uns dein Vater immer während unserer Ausbildung lehrte: Traue nie einem Gegner und unterschätze niemals deinen Feind! Ich tue weder das Eine noch das Andere. Soll er doch verrecken!" schnaubte er mürrisch. „Wenn er noch einmal auftaucht, erledige ich das persönlich und knipse sein Lebenslicht aus – versprochen!" besänftigte Jahn ihn. Entschlossen zog er sein Messer und marschierte auf die Plattform. Jetzt erst hatte er Zeit und Muße, den Knaben näher in Augenschein zu nehmen. Sein Körper war von ausgesprochen kräftiger Natur, die Arme wirkten ein wenig länger und kompakter als bei einem Menschen der neuen Zeit. Der wilde Ausdruck in seinen Augen ließ ihn doch Vorsicht walten. „Ich will dir nichts antun. Ich schneide dich jetzt los und du kannst zu deiner Sippe zurück!" erklärte er langsam und wies erst auf die scharfe Klinge, auf den Strick, dann rüber ins Dorf. Als er Taten folgen lassen wollte, fauchte der Fremde ihn erneut an und trat gegen sein Schienbein, dass es schmerzte. „So ein blöder Arsch – das hat echt weh getan!" jammerte Jahn und trat einen Schritt zurück. „Dann schieß ihn einfach über den Haufen und schmeiß ihn runter. Fertig ist die Laube!" knurrte Falk verständnislos und wollte einschreiten. „Bleib da und mische dich nicht ein. Ich kläre das schon!" Jahn rieb sich verstohlen die schmerzende Stelle. „Hast du gehört – wenn du nicht spurst, ergeht es dir schlecht! Noch einmal – ich schneide dich los und du kannst abhauen!" wiederholte er mit Nachdruck und näherte sich so weit, dass er die Fesseln mit dem Messer erreichte. „Bist doch nicht so blöd, wie ich dachte", brummte er und setzte zum Schnitt an. „Ich hoffe für dich, dass du weißt, was du machst? Sobald er seine Arme frei hat, kann er dich packen..." dröhnte es hinter ihm, doch er ließ sich nicht beirren. Ganz langsam bewegte er die Klinge hin und her. Der Fremde verstand und wurde ruhiger. Fast schien es Jahn, als huschte ein dankbares, verstehendes Lächeln über sein Antlitz. „Ist gleich geschafft. Falk, aktiviere die Leiter!" bat er, ohne sich umzudrehen. Das leise Summen unter seinen Füßen zeigte ihm an, dass die Sprossen einrasteten. „Der letzte Schnitt und du bist frei. Jetzt – nun verschwinde!" Jahn steckte das Messer ein und zeigte dem Fremden, wo er nach unten klettern konnte. Der grunzte vor sich hin, nickte und in Bruchteilen von Sekunden ließ er sich am Sicherungsgitter hinab gleiten. Jahn war merklich erleichtert. „Na bitte, geht doch ohne Blutvergießen. Hoffentlich sehen wir uns nicht so bald wieder!" rief er ihm nach, doch es sollte sehr schnell anders kommen. Er beobachtete, wie er auf dem Boden aufkam und in einem der Erdhügel verschwand. „Jetzt wird er uns die gesamte Sippe auf den Hals schicken. Hast du wirklich toll gemacht!" grollte Falk. Als hätten sie seine Worte gehört, quollen immer mehr Leute aus den Wohntrakten und versammelten sich am Steinkreis. „Sage ich doch – die gesamte Sippe!" fluchte Falk nervös und wollte bereits erneut die Leiter einfahren. Jahn lehnte sich über die Brüstung, voller Interesse betrachtete er den Aufmarsch. „Sie tun doch nichts? Sie warten einfach ab, was wir jetzt vorhaben. Weißt du was,

deine Idee ist gar nicht so übel. Wir sollten runter und uns umschauen!"
verkündete er furchtlos. „Mein Vater hat uns aber auch beigebracht, dass man
manchmal seinem Instinkt als Krieger trauen sollte, um eventuelle Konflikte
von vornherein zu entschärfen. Immerhin sind wir hier die Eindringlinge und
nicht umgekehrt!" argumentierte Jahn, um den letzten Widerstand des
Freundes zu brechen. „Ja, kleiner Klugscheißer!" brummelte der und schulterte
seine Sachen. „Ein bisschen flott, wenn ich bitten darf!" trieb er Jahn an, der
nun nicht fix genug aus der Hüfte kam.

„Der da sieht wie ein Häuptling aus. Könnte der Anführer des Stammes sein?"
Jahn entdeckte den Mann zuerst. Eine gebeugte Gestalt, mit einer bizarren
Maske bedeckt und einem Holzstab, der wohl als Stütze fungierte, fiel ihm
sofort auf. Er lahmte auf dem rechten Bein, seine Brust und Arme wiesen
unzählige Narben auf. Das Alter war schwer zu schätzen, aber er wurde mit
Ehrfurcht und Respekt behandelt. „Vielleicht so was wie ein Magier oder
Medizinmann - oder der Anführer, das wäre auch denkbar!" Falk sah sich
argwöhnisch um. Die Hand griffbereit am Halfter, marschierten beide langsam
auf die Wartenden zu. Die innere Anspannung war ihnen anzumerken, mit
jedem Schritt wurde Falk unsicherer. „Sie weichen uns aus und halten
Abstand. Ist doch ein gutes Zeichen", flüsterte Jahn ihm zu, dem mehr als
mulmig zumute war. Er kramte im Gedächtnis alle Kenntnisse aus dem
Geschichtsunterricht ihrer Kindheit zusammen, die sich mit längst
vergangenen Epochen beschäftigten. „Wenn die sieben Jahrtausende vor
Christus so aussahen, woher sollen unsere Leute also bitte sehr wissen, was
die getrieben haben? Im Datenarchiv von Nr. 2 habe ich so gut wie nichts aus
dieser Zeit gefunden. Vielleicht können wir später einmal diese Erkenntnisse
vertiefen? Das war mit den Germanen schon stressig genug, aber jetzt hat uns
irgendwas so richtig in die Kacke geritten!" erklärte Jahn, dem langsam
Bedenken kamen, ob sie im Cyborg nicht doch besser aufgehoben waren. Die
Krieger – es war die Tatsache, dass die meisten Männer so etwas wie primitiv
wirkende Speere oder Bogen und Pfeile mitführten, ließen bei ihm diese
Vermutung aufkommen - fixierten die Ankömmlinge mit regungsloser Mimik.

„Ist echt gruselig, so angestarrt zu werden. Wie in einer Freak-Show! Nur dass wir die Typen sind, die vorgeführt werden!" Jahn fühlte einen kalten Schauer über den Rücken fluten. „Hast du dir mal ihre Waffen genauer angeguckt? Die Spitzen der Speere und Pfeile wurden aus Steinsplittern gefertigt, die dann mit einem Spezialkleber daran befestigt wurden. Ich glaube, den haben die aus Birkenrinde gewonnen und nannte sich auch Birkenpech. Zumindest sieht das Zeug so aus." Der Maskenmann deutete mit der Hand in Richtung Steinkreis und winkte ihnen zu, ihm zu folgen. „Er will, dass wir zu ihm kommen. Na dann mal los!" motivierte Falk sich selbst, mit forschen Schritten liefen sie durch die Gasse, die sich vor ihnen bildete. „Nummer 2 – sämtliche Aktivitäten unserer Begegnungen speichern und nicht vergessen: Du musst uns beim Übersetzen hilfreich zur Seite stehen!" wies er noch einmal über Funk an. Die Bestätigung des Cyborgs kam prompt. Diesmal waren sie mit den mobilen Systemen zur Bild- und Tonübertragung ausgestattet, die sonst im Ernstfall für die Piloten bei Außeneinsätze vorgesehen waren. „Verbindung steht und ist stabil! Daten werden analysiert und gespeichert. Ich versuche, den Sinn ihrer Sprache zu entschlüsseln und effektiv einzusetzen!" bestätigte die Steuereinheit. So fühlten sich die Männer etwas sicherer und begannen, ihren anfänglichen Bammel zu verdrängen. „Bei drohender Gefahr für Gesundheit oder Leben Waffensysteme aktivieren und uns jeglichen Schutz gewähren, damit wir im Notfall flüchten können!" ergänzte Jahn hastig. Falk nickte zufrieden. „Genau so machen wir das. Dann mal rein ins Abenteuer!"

Beim Näherkommen wurden sie auf eine Gruppe aufmerksam, die etwas abseits stand. Ihre Mitglieder hielten größere Fragmente von Tierschädel in den Händen. „Nummer 2 – was sind das für Knochen?" erkundigte sich Jahn. „Das sind die Unterkiefer von Säugetieren – vermutlich Elche oder Schweine, bei denen die Zähne geschärft wurden. Als Schlagwaffen gut geeignet und sicher nicht ganz ungefährlich!" antwortete Nr. 2 nach wenigen Sekunden. Jahn vergewisserte sich, dass sein Revolver in Reichweite am Gürtel hing. „Dann müssten sie allerdings dichter an uns heran kommen. Die Gelegenheit geben wir ihnen nicht", brummte er und beeilte sich. Falk stand mit gerunzelter Stirn vor dem Kreis. Zwei gewaltige Granitblöcke, die von einem flachen Fels bedeckt waren, thronten direkt vor ihnen. „Bis eben war er noch hier. Jetzt ist er spurlos verschwunden. Sieht wie der Eingang ins Innere aus. Verstehe nicht, was uns der Alte zeigen will?" Die Stimme von Nr. 2 meldete sich. „Er erwartet euch. Ihr sollt reinkommen!" verkündete sie. Falk zauderte, doch schließlich nahm er allen Mut zusammen. „Pass bloß auf uns auf!" knurrte er zurück, dann traten die jungen Männer gemeinsam ein.

Grelles Licht blendete sie für einen Moment. Jahn hielt schützend die Hand vors Gesicht und blinzelte durch die Finger. „Wow, das ist mal eine angenehme Überraschung. Ein richtiger Palast?" Falk indessen war völlig verblüfft. Er drehte sich um die eigene Achse, fassungslos versuchte er, die Umrisse zu erkunden, die sich in der Weite als schwache Schatten abzeichneten. „Was für ein Budenzauber soll das denn sein?" Erschaudert schri er auf, als er den Alten direkt neben sich erblickte. „Musst du mir so einen Schreck einjagen", brummelte er verdrießlich und stieß Jahn an, der noch immer in seinen Beobachtungen vertieft war. „Man gewöhnt sich daran, kannst deine Flosse runter nehmen!" befahl er barsch. Jahn reagierte entsprechend sauer. „Du kennst den Spruch: Der Ton macht die Musik! Ich habe nichts verbockt, dass du mich so blöde anmachen musst!" murrte er, folgte aber seinem Rat. Der Alte kicherte vor sich hin. „Es wirkt schon – das Böse ist dabei, es ergreift Besitz von euch!" übersetzte Nr.2 seine Worte. Während er weiterschlurfte, bekamen sich die Burschen richtig in die Haare. „Ich kann dieses Großkotzgetue auf den Tod nicht ausstehen, das habe ich dir bereits mehrfach klar gemacht. Rede gefälligst vernünftig mit mir…" brauste Jahn auf. Ein Wort gab das andere. „Du bist so ein bescheuerter Sack. Am liebsten würde ich dir auf der Stelle so richtig die Fresse polieren!" Jahn steigerte sich immer weiter rein. Dann machte es klick. Der Spruch des Alten kam bei ihm an. „Was brabbelt er vom Bösen, das uns vereinnahmt?" Falk holte gerade tief Luft, um richtig vom Leder zu ziehen. „Lass es gut sein, Großer. Vielleicht hat er recht – ich habe so ein komisches Bauchgefühl. Irgendwas ist hier drin!" Jahn sah sich argwöhnisch um. Falk guckte ihn zwar ziemlich seltsam an, aber die Vernunft zog auch bei ihm ein. „Friede Bruder! Stimmt, mir ergeht es ähnlich. Ich könnte alles um mich herum einfach mal an die Wand knallen –

aber weshalb?" wunderte er sich über seine plötzliche miese Stimmung. „Der Alte, vermute ich, will uns warnen. Wo ist er denn jetzt schon wieder hin? Nummer 2 – gib seine Richtung an!" Sofort nahm er die Konturen des Fremden wahr, der sich bereits ein ganzes Stück entfernt auf seinen Stock stützte. „Es ist gut, dass ihr lernt, die schlechten Einflüsse des Mächtigen zu negieren. Das ist ein schlimmer Ort geworden. Früher, vor unendlich langer Zeit, war das unsere Zuflucht, unser Heim. Wir lebten glücklich und zufrieden – und sicher. Bis in jener verhängnisvollen Nacht, in der er am Himmel erschien und seine Schuppe abwarf. Der Drachen des Krieges, der einst auszog, das Universum zu beherrschen, blockiert damit überall auf der Erde die magischen Kreise der Ahnen. Eine einzige Schuppe des Abgesandten der Bosheit und des Zornes ist so stark und voller böser Energie – sie veränderte unser Leben – sie veränderte uns und machte mein Volk zu dem, was es jetzt ist. Wir mussten den sicheren Hort verlassen und vegetieren seit dem auf der Oberfläche dahin. Wir durften den Kreis der Ahnen nicht verlassen, obwohl wir die Macht über ihn verloren. Ein trauriger Rest eines einst starken Volkes ist übrig geblieben, und der wird im Laufe der nächsten Sonnenwenden für immer von der Bildfläche verschwinden!" Er seufzte und wies auf eine mannshohe, gläserne Kugel, die in einem aus weißen Mamor gefertigten Becken frei in der Luft schwebte. „Folgt mir. Sie zeigt, was die Vergangenheit brachte, was die Gegenwart uns beschert und was die Zukunft mit uns vorhat. Das ist der Spiegel der Zeit – und wir waren damals die Wächter des Tores! Unsere Aufgabe bestand darin, den Fluss der Zeiten zu regulieren und damit den Lauf der Geschichte im Lot zu halten." Er humpelte bis an den Rand der Einfriedung heran, dort verharrte er andächtig. Schließlich nahm er vorsichtig die steinerne Maske ab und legte sie vor sich ab. Sein Gesicht war blass und zerfurcht, voller Runzeln und Falten, in den trüben Augen spiegelte sich das Licht der Kugel wider. „Dieser Ort heißt in unserer Sprache - Walhalla! Das heilige Land der Väter!" übersetzte Nr. 2 seine Erklärung. Falk und Jahn blickten sich verdattert an. „Walhalla – haben wir doch von den Germanen gehört. Der Ort, wohin die Seelen der toten Krieger ziehen – war doch so?" bemerkte Jahn verwirrt. Der Alte nickte versonnen. „Ich weiß, auch das zeigt uns der Spiegel. Die Germanen sind ganz verrückt danach und glauben fest daran, dass sie nach dem Tod hier einziehen. Irgendwann in unendlicher Zeit übernahm ein Nachkomme von uns die Führung eines ihrer Völker. Er war derjenige, der ihnen mit seinen Erzählungen den Mund wässerig machte. Alsbald war Walhalla als der Ort der Götter, an deren Tafeln die Krieger mit den Göttern speisten, die im Kampf fielen, in allen Köpfen. Obwohl keiner von ihnen verstand, worum es eigentlich ging. Inzwischen hat sich der Ruf verselbständig, die Geschichten und Legenden drum herum werden für bare Münzen genommen. Sei es, wie es sei! Wenn ich euch meinen Namen nenne, werdet ihr vielleicht verstehen, wie schlecht es um uns bestellt ist – mich ruft man Odin!" Damit brachte er seine Besucher vollends aus der Fassung. „Odin – der Vater der alten Götter – das seid ihr?" Die beiden Männer tuschelten aufgeregt miteinander. „Von wegen ein Gott in glänzender Rüstung...? Ein alter gebrechlicher Mann, der sich kaum noch auf den Beinen halten kann", vernahm er. Odin ließ den Blick in Richtung Decke schweifen. „Ich bin der Einzige, der noch freien Zugang nach Walhalla hat. Die meisten Wächter sind bereits tot, vor langer Zeit gestorben. Doch der Preis, den ich dafür zahle, ist hoch. Jedes Mal, wenn ich herkomme, verliere ich einen Teil meiner Kraft, meiner Lebensjahre. Doch wenn ich es nicht mache, kommt der Fluss der Zeit durcheinander und das Böse siegt. Also muss ich hier her, ob ich will oder nicht!" Die beiden Burschen hörten mit verdutzten Mienen zu. „Meine Gefährtin Saga ist letzte Nacht von uns gegangen. Sie war es, die euch zu uns holte. Die alte Germanin, die mit euch in diesem Camp redete. Sie war einst die Königin unseres Volkes – und meines Herzens." Er schniefte herzerweichend und wischte sich verstohlen einige Tränen von den Wangen. Jahn stieß Falk den Ellenbogen in die Rippen, dass er erschrocken aufquietschte. „Hast du gehört – Saga war also doch die Alte. Was hat sie mit Josch angestellt – meinem Cyborg?" bohrte der junge Mann weiter. „Und mit den beiden Frauen, die in der Kanzel eingeschlossen wurden?" ergänzte Falk. Odin stockte. „Davon ist mir nichts bekannt, das tut mir leid. Saga war körperlich so geschwächt, als sie bei uns ankam, dass sie kein Wort mehr herausbrachte. Und so ist sie eingeschlafen..." Die Männer waren sichtlich enttäuscht. „So ein

Mist, jetzt werden wir Josch wohl niemals mehr wiedersehen. Wenn man wenigstens erfahren könnte, weshalb Saga ihn entführte?" rätselte Jahn weiter, aber Odin war bereits mit anderen Dingen beschäftigt. „Das Leben muss weitergehen, wenn die verdammte Pflicht uns ruft!" stammelte er und konzentrierte sich auf das Geschehen in der Kugel. „Kommt und seht!" forderte er sie auf. Falk und Jahn traten zu ihm. Wie auf einem großen Monitor flossen die Ereignisse über die Oberfläche der Kugel hinweg. „Wir beobachten die Knechte des Drachens seit ihrer Entstehung auf Erden!" Odin ließ mit einer Bewegung der Hand die Kugel rotieren. „Unser Heimatplanet wurde vor Ewigkeiten ein erstes Opfer des Drachen. Einige meiner Vorfahren entkamen dem Exitus und gelangten nach einer Irrfahrt durch das Universum hier her. Sie errichteten unsere Zuflucht und lebten fortan zurückgezogen. Bis er auch diesen Himmelskörper entdeckte und sich häuslich niederließ. Da war es mit der Ruhe vorbei. Anfangs besaßen wir die Kraft, uns gegen die Angriffe dieser Monster zu verteidigen, die uns regelmäßig bedrängten. Als er allerdings eine Schuppe direkt neben uns platzierte, konnten wir nicht mehr bleiben und wurden schutzlos." Ein Trupp der Zombie-Einheiten tauchte aus dem Nichts auf und bedrängte die Siedler, die sich in Erdhütten verkrochen hatten. „Mit äußerster Kraft gelang es uns, diese Attacke abzuwehren. Aber sie kostete vielen unserer Leute das Leben – und sie wurden gewandelt und dienen bis heute diesem Bastard!" Er klang bitter und verzweifelt.

„Diese Fratzen sind uns nicht unbekannt. Wir haben ihnen mächtig den Arsch versohlt und aus dem Land vertrieben", näselte Jahn. Die Bilder wechselten. Die Schlacht zwischen den Ruinen von Marzahn lief erneut wie ein Film vor ihnen ab. Als die bedrohliche Gestalt des Heerführers Achmat gezeigt wurde, schreckten sie instinktiv zurück. „Er ist der verlängerte Arm des Gebieters. Seine Macht ist schier unermesslich, er allein vermag es, über das Schicksal der Menschheit zu entscheiden." Odin ließ die Bilder verblassen, die Legionen des Varus erschienen, die sich gerade mühevoll durch die Wälder Germaniens schlugen. „Und nun sind die Truppen des Achmat erneut bereit und wollen die Geschichte verändern. Eine Schlacht, die bereits gewonnen wurde, wird noch einmal aus der Vergangenheit hervorgeholt, um sie zu manipulieren – das ist das eigentliche Ziel! Wir, die Wächter des Tores, verfolgen eueren beider Weg seit dieser blutigen Begegnung in Berlin. Unsere ganze Hoffnung setzen wir auf euch und diese Maschinen, die den Drachenknechten ein jähes Ende bereiten können. Deshalb haben wir den Fluss der Zeit verändert und euch in die Epoche des Arminius gebracht!" Nun war es heraus. „Wie? Ihr seid für das Durcheinander verantwortlich? Wir zerbrechen uns den Kopf, was passiert ist. Berlin ist weg, einfach von der Landkarte verschwunden – und alles wegen diesem Quatsch?" schnaubte Falk aufgebracht. „Kein Quatsch sondern blutige Realität! An dieser Stelle wird einmal das neue Tor der Gegenzeit entstehen – mitten im Herzen der Stadt Berlin!" Odin lenkte die Blicke der Männer auf eine Stelle, die sich veränderte. Das Brandenburger Tor der Neuzeit erstrahlte vor ihren Augen. „Erbaut aus den Felsen des Kreises der Ahnen unserer Zeit, wird es in der Stunde der größten Gefahr seine Funktion aufnehmen und seiner Bestimmung gerecht werden. Zeit und Gegenzeit werden sich darin vereinen, um die Bestie endgültig zu erlegen!" Odins Ton wurde um Nuancen schärfer. „Es liegt nicht in der Macht der Götter, diese Monster zu besiegen – sondern einzig und allein in eurer Genialität und euren besonderen Fähigkeiten. Die Menschen der Zukunft haben endlich die Mittel erfunden, diesem Spuk für immer und ewig ein Ende zu setzen. Aber nur, wenn sie klug genug sind, sich selbst zu vertrauen und ihre eigenen Zwistigkeiten begraben. Dann werden sie es schaffen!" Bevor Falk erneut den Mund öffnete, zeigte er ihnen, in welche Richtung die Schlacht des Arminius sich entwickelte, wenn es Achmat gelingen würde, seine Pläne umzusetzen. „Diese erste große Auseinandersetzung der vereinten Stämme der Germanen mit einem Heer der Römer ist richtungweisend für die Entwicklung der Völker eines ganzen Kontinentes, der sich einmal Europa nennt. Wenn der Ablauf der Geschichte verändert wird, wird das System der Sklaverei des römischen Imperiums für alle Zeiten fortdauern. Mit katastrophalen Auswirkungen für die Menschheit. Sämtliche Stämme und Nationen dienen dann einzig und allein dem Senat von Rom – dem Kaiser und Imperator und damit dem Herrscher der Drachenknechte!" Diese Ankündigungen wurden von Darstellungen verzweifelter Aufstände untermalt, die stets mit brutaler Gewalt der Obrigkeiten niedergeschlagen wurden. „Es wird kein Land in diesen Regionen geben, in den die Menschen frei atmen und leben können – das wäre die Folge davon!" schloss er seine eindrucksvollen Ausführungen. Allmählich verstand Falk, was er ihnen damit sagen wollte, welche Auswirkungen auch für sie persönlich damit verbunden waren. Odin schob sich die Maske auf die Hand, mit einem langen Seufzer setzte er sie auf. „Meine Leute dürfen nicht mitbekommen, wie sehr ich mich verändert habe. Es würde ihnen nur Angst machen. So lange sie glauben, dass ich ewig unter ihnen weile, werden sie den Mut haben, weiter zu kämpfen und zu leben." Er hustete stark und sackte erschöpft zusammen. Jahn eilte und bot ihm seinen Arm an. „Ihr werdet gefälligst die Klappe halten. Niemand wird erfahren, wie es um mich steht – verstanden!" blaffte er ihn an, ließ aber die Hilfe zu. Auf dem Rückweg durchschritten sie eine Galerie der besonderen Art. Unzählige Skulpturen und in Stein gehauene Denkmäler säumten den Weg, so weit sie blicken konnten. Odin steuerte zielstrebig auf die Darstellung eines Paares zu. Eine wunderschöne Frau mit wallender Haarpracht und freiem Oberkörper neigte sich anmutig dem Mann an ihrer Seite zu. Im Brustharnisch, mit Schwert und Schild bewaffnet, sah er wie ein richtiger Held aus, der gerade von siegreicher Schlacht zurückkehrte. „Das da sind die Göttin Saga und ich in eigener Person. Zumindest diese Erinnerungen an uns werden die Zeiten überdauern. Sollte jemals wirklich eine Seele der Krieger in Walhalla einziehen – dann wird sie das erblicken!" erklärte er kummervoll. Jahn versuchte, die Anzahl der Skulpturen zu schätzen. „Nummer 2 – wie viele Plastiken stehen hier?" fragte er nach längerem Raten. Die Anzahl erschütterte nicht nur ihn. „Es sind exakt 4012 Denkmäler, die in diesem Raum errichtet wurden!" kam prompt. „Und jeder Einzelne ihrer Originale hat sich nacheinander geopfert. Wenn seine Lebenszeit verlosch, übernahm der Nächste seine Stelle als Wächter und regulierte die Zeit. Einzig Saga und ich wechselten uns gleichzeitig ab und hielten gemeinsam diesen Posten inne. Wir brachten es nicht übers Herz, dass einer von uns alleine so lange Zeit verbringen muss. Geteiltes Leid ist halbes Leid, so sagt man wohl." Odin berührte sanft das Gesicht der Frau. „Ich habe sie geliebt, aus tiefstem Herzen. Aber da ich weiß, dass meine Zeit bald gekommen ist und ich sie wiedersehe, ist der Schmerz zu ertragen", flüsterte er. Falk brachte kaum ein Wort heraus, so erschüttert war er. „Dann stehen hier über zweihunderttausend Jahre Wächterzeit? Mann oh Mann – das ist happig!" rechnete Jahn fix nach. Wie er auf diese ominöse Zahl kam, konnte er nicht wirklich begründen. „Das reicht bei Weitem nicht, mein junger Freund. Der Drache landete in einer Epoche, als der Mensch begann, diese Welt zu erobern. Seit dem wachen wir über das Schicksal der Zivilisation. Aber ich habe aufgehört, die Jahrtausende zu zählen. Wichtig ist nur, dass es euch gelingt, diesen Fluch zu durchbrechen!" Odin schwankte erneut und klammerte sich an Jahns Arm fest. „Bringt mich hoch. Ich muss noch einige Dinge klären, bevor ich das Zeitliche segne."

Der junge Rüpel, der ihn fast zu Tode würgte, kam Jahn am Durchgang entgegen gelaufen. „Vater, was ist mit dir?" soufflierte Nummer 2 das Gespräch, nachdem Odin sich kraftlos zu Boden gleiten ließ. Das blanke Entsetzen war dem jungen Mann ins Gesicht geschrieben. „Was hat er, was habt ihr mit ihm angestellt?" Er richtete sich in drohender Haltung auf. „Balder, mein Sohn – es ist nicht ihr Verschulden. Lass also ab von ihnen und höre mir zu, was ich dir zu sagen habe!" Odin krallte sich an der Schulter seines Sohnes fest und richtete sich auf. „Du weißt, dass Saga von uns ging. Ich werde ihr bald folgen, es ist nur noch eine Frage von wenigen Tagen. Du wirst danach meinen Platz einnehmen und das Volk anführen – als Halbgott, dessen Mutter ein Mensch war. Ich habe es dir nie erzählt, aber jetzt ist der Moment gekommen, dir die ganze Wahrheit zu offenbaren. Saga hat dich wie eine Mutter geliebt, aber sie war nicht deine leibliche Erzeugerin." Er nahm ächzend die Maske ab und ließ sie einfach fallen. Befreit atmete er durch. Sein Volk, welches sich um sie herum scharte, stieß ein erschrockenes Stöhnen aus. Balder guckte ihn ungläubig an. „Vater, was ist mit deinem Gesicht?" stotterte er. Odin winkte nur ab. „Achte nicht auf mein Gesicht. Das ist unwichtig. Du wirst diese beiden Krieger aus der Zukunft begleiten und ihnen helfen, diesen Bastard Achmat zu erlegen. Das ist mein einziger Wunsch und mein letzter Befehl, den ich dir erteile. Deine Schwester Sunna wird so lange das Zepter führen, bis du aus der siegreichen Schlacht zurückkehrst!" keuchte er und wurde immer schwächer. Sunna, eine Jungfrau mit blonden Haaren und stechend blauen Augen, kam eilig herangehuscht. „Vater?" Ihr angstvoller Aufschrei erschütterte Jahns Seele. Sie kniete neben ihrem Vater nieder und herzte ihn. „Was geschieht mit dir? Du siehst krank aus!" schluchzte sie verzagt. Er streichelte ihr bedächtig über den Kopf. „Die Ahnen rufen mich zu sich. Wenn Balder diesen Achmat erledigt hat, müsst ihr diese verfluchte Drachenschuppe verbrennen. Wenn das Heer der Zombies seinen Anführer verliert, gibt es für uns keine Bedrohung mehr. Nur so habt ihr die Möglichkeit, Walhalla zurück zu gewinnen, um wieder ein normales Leben zu führen." Er wandte sich seinem Volk zu. „Ihr alle habt vernommen, was ich erklärte. Ich werde den Rest meiner Lebenszeit in Walhalla verbringen, um zu überprüfen, wie die große Schlacht verläuft. Um gegebenenfalls eingreifen zu können, wenn es misslingt, diesen Mistkerl zu schlagen. Wenn es mich auch meinen letzten Atemzug kostet, im Notfall drehe ich das Rad der Zeit noch einmal mit eigener Hand zurück, wenn dieser Hund Achmat als glorreicher Sieger hervor gehen sollte. Aber ich bin sehr zuversichtlich…" Er wies auf die beiden Piloten und dem Cyborg. „Sie werden beenden, was uns nicht möglich war. Sie werden die Drachenknechte in die Hölle der Verdammnis schicken!" Er hustete erneut. „Ausgerechnet jetzt muss mir das passieren!" krächzte er und schnappte nach Luft. „Balder, mein Junge, komm her!" Er zog den Kopf seines Sohnes zu sich und flüsterte eine ganze Weile mit ihm. Jahn und Falk warteten geduldig. „Scheint ein Wechselbad der Gefühle zu bekommen. Seine Visage verändert dauend die Farbe. Der Ärmste…!" Jahn tat Balder wirklich leid. „Ich werde alles unternehmen, um diese elende Kreatur zu eliminieren! Das schwöre ich im Namen meiner Mutter!" Diesen Spruch stieß der junge Krieger so laut hervor, dass auch Nr. 2 ihn hören konnte und augenblicklich übersetzte. „Da läuft eine verdammt heiße Sache, das kann ich förmlich riechen. Würde mich nicht weiter wundern, wenn dieser Achmat mit drin hängt", orakelte Falk, der für so was schon immer einen 7. Sinn besaß. „Balder – du hast deine Anweisungen. Hör gut zu und lerne von ihnen. Sunna, du begleitest mich zur Pforte, den Rest schaffe ich alleine. Und ihr – vergesst

mich nicht!" röchelte er. Bange Blicke und leise Abschiedsworte begleiteten
Vater und Tochter, die eng umschlungen zum Kreis wankten...

„Musst du noch was einpacken?" Jahn sah Balder in die Augen. Der zuckte mit
den Achseln. „Meinen Speer und den Bogen, mehr brauche ich nicht!" Ein
letzter Blick von ihm streifte noch einmal das ungleiche Paar am Tor. Er nickte
stumm, entschlossen begann er mit dem Aufstieg in eine für ihn fremde Welt.
Falk erreichte bereits die Plattform und öffnete die Luke. „Nun macht schon,
oder wollt ihr Wurzeln schlagen?" rief er ihnen zu. Jahn winkte den Siedlern
aufmunternd zu. „Vielleicht sehen wir uns einmal wieder? Ich wünsche euch
alles Gute!" Damit schwang auch er sich auf die Leiter und folgte den
Gefährten in luftige Höhe. „Jetzt wird es verdammt eng. Balder, du richtest dich
dort neben dem Wandschrank häuslich ein. Jahn, dein Platz ist weiterhin der
Boden am Sichtfenster!" teilte Falk ihnen ihre Bereiche zu. „Nummer 2 –
simultaner Übersetzungsstatus bleibt bestehen. Wir müssen ja mitbekommen,
was der Knabe uns zu sagen hat!" ordnete er weiter an und checkte die
Datenzugänge. „Super! Alles fein säuberlich aufgezeichnet. Den Jungs werden
die Augen ausfallen, wenn sie das zu sehen bekommen." Er war rundum mit
dem Ergebnis zufrieden. „Bin gespannt, was jetzt passiert? Balder, hat dein
Vater noch was zu dir gesagt, was wir zu machen haben?" erkundigte er sich
bei ihrem Gast. Der war gerade dabei, das ungewohnte Umfeld zu entdecken.
„Abwarten! Wir sollen einfach nur abwarten!" reagierte er endlich, als Falk
schon fast aufgeben wollte. Jahn, der seinen Beobachtungsposten bezog, hielt
sich das Fernglas vors Gesicht. „Da hinten, diese Hügel. Was sollen sie
darstellen? Sind das Hünengräber?" Er hatte ein Feld entdeckt, auf welchem
sich unzählige Steinpyramiden auftürmten. Die meisten machten einen
verwitterten Eindruck, aber die letzte Reihe war sauber ausgerichtet und
ordentlich gestapelt. „Das sind die Gräber unserer Leute. In der Mitte, der
neue Haufen, ist für Saga bestimmt. Jetzt verstehe ich auch, weshalb Vater
ihn extra größer bauen lässt. Er möchte mit ihr gemeinsam dort beigesetzt
werden. Er weiß offensichtlich schon länger, dass es mit ihm zu Ende geht."
Balder war noch immer geknickt. „Lebt Vater noch, wenn ich zurückkomme?"

Die Frage konnte niemand beantworten. Entsprechend still wurde es. Falk hämmerte auf der Konsole herum, Jahn suchte den Horizont weiter mit dem Glas ab. „Da braut sich was Heftiges zusammen!" kündigte er an, als es wie bei einem Unwetter über sie hereinbrach...

„Großer Imperator! Die Legionen sind weisungsgemäß in das Territorium der Germanen eingedrungen und okkupieren die Siedlungen der Stammesfürsten. Gleichzeitig wurde mir vom Heerführer Achmat gemeldet, dass er seine Truppen im Jahre 9 vor Christus in Stellung brachte, um in die Varus-Schlacht einzugreifen und den Spieß umzudrehen. Wir operieren parallel in beiden Zeitachsen. In dem Moment, wo das Heer von Arminius endgültig vernichtet wird, verändert sich der Verlauf der bisherigen Entwicklung. Die Fürsten der germanischen Stämme werden lammfromm, weil sie ihre Herkunft vergessen und voller Stolz auf ihren römischen Stammbaum zurück schauen. Das wird vielleicht ein Schauspiel. Darauf freue ich mich besonders. Ich habe eine Karte vorbereiten lassen, um euch über die aktuelle Lage informieren zu können!" Präfekt Lehrmeier nutzte die kurze Gelegenheit in der Pause, die Kaiser Titus einlegte, um sich in seinen Privatgemächern zu erfrischen. Der Imperator hatte bereits mehrere Becher vom kostbaren Wein genossen und war nicht mehr voll aufnahmefähig. „Wie immer du das angestellt hast, Präfekt – ich muss dich loben. Dein merkwürdiger Freund Achmat hat Wort gehalten und dafür gesorgt, dass letztendlich auch die Legionen der aufsässigen Senatoren unter meinem Kommando stehen! Wir haben die größte Streitmacht aufgestellt, die die Welt jemals zu sehen bekam...!" lallte er und prostete ihm aufgekratzt zu. „Wirklich, eine saubere Arbeit!" Er hob theatralisch den Arm. „Kein Wort! Ich will nicht wissen, wie er die Senatoren rumgekriegt hat – wichtig ist, dass sie die Verträge unterschrieben haben – jawohl!" krakelte er weiter. Draußen tobten die Zuschauer in den Rängen und jubelten den Kämpfern zu, die sich heute gegen wilde Tiere zur Wehr setzten. Der Präfekt ließ den Becher neu füllen. Er hatte lange gebraucht, um dem Herrscher die Funktionsweise eines Zeitportales verständlich zu machen. „Und du glaubst wirklich, dass das alles wieder ins Lot kommt? Wenn damals die Germanen diese Schlacht verloren hätten, wo würden wir heute stehen?" brummelte Titus und verlangte nach einen Topf, um zu urinieren. Eine junge Sklavin huschte herein und hielt ihm das Gefäß entgegen. „Oh wie hübsch! Ein Prachtweib. Wie ich die Sache sehe, wird die Pause ein wenig länger dauern!" Während er sich in Position stellte und den Strahl plätschern ließ, streifte er ihr das Kleid von der Schulter. Wohlgeformte Brüste und der weiße Körper einer Venus kamen zum Vorschein. „So was kann ich mir vorstellen – die Titten sind real und zum Greifen nahe. Aber durch die Zeit reisen, davon habe ich noch nie was gehört oder gesehen!" Er tätschelte mit der Linken ihr Kinn und schüttelte ab. Der Präfekt wusste, was folgen würde. „Guck dir diesen Körper an. Nur die Götter selber müssen ihn erschaffen haben. He du, woher kommst du?" Während er begierig auf ihre Brüste starrte, hob er sein Gewand an. „Nun mach schon, oder soll ich dir erst zeigen, wo es lang geht?" herrschte er die junge Frau an. Ohne eine Entgegnung oder ein Zeichen des Widerspruches kniete sich sie vor ihn hin und begann, sein bestes Stück mit dem Mund zu bearbeiten. Präfekt Lehrmeier musste wohl oder übel abwarten. „Privat geht immer noch vor Katastrophe!" schimpfte er tonlos und verzog sich in eine Ecke, von wo aus er ungestört zusah. Seine nächtliche Begegnung mit der Priesterin des Tempels des Drachen kam ihm in den Sinn. „So ist es, wenn man sein Schicksal herausfordert und den Preis dafür zahlen muss. Was für eine Verschwendung", dachte er, während das Stöhnen des Imperators nicht mehr zu überhören war. „Die Kleine versteht offensichtlich ihr Handwerk!" Seine Neugier war geweckt, er konzentrierte sich voll und ganz auf den Körper der Frau, der sich in rhythmischen Bewegungen hin und her schwang. „Ein Bild für die Götter. Sie wird diese Nacht das Lager mit mir teilen!" beschloss er, ein Schrei der Ekstase beendete das Schauspiel. Titus sank erschöpft und plärrend auf seinen Sessel und schlief ein. Sie erhob sich, zog das Kleid hoch und rückte es zurecht. Ohne sich umzublicken, ergriff sie den Topf und wollte den Raum verlassen. Der Präfekt versperrte ihr den Weg. Sie starrte ängstlich vor sich auf den Boden und wagte es nicht, den Blick zu heben. „Wie die Unschuld vom Lande und doch so ausgepufft wie eine Hure. Die beste Kombination für einen geilen Typen! Wo hast du das gelernt?" Er spürte ihr

Zittern, sanft glitten seine Finger den Ausschnitt entlang. „Du weißt, wo mein Schlafgemach ist. Ich erwarte dich dort nach Anbruch der Dunkelheit – hast du verstanden?" Sein drohender Unterton ließ ihr kaum eine andere Wahl. Sie wusste um die Gerüchte, die um ihn rankten und sein offenes Geheimnis, was mit den Frauen danach geschah. Sie nickte bekümmert, mit einem Knicks durfte sie gehen. „Wasche dich ordentlich und spüle dir den Mund aus. Den Pinkeleimer kannst du in dieser Nacht draußen stehen lassen!" rief er ihr spöttisch nach. Draußen war ein leises Wimmern zu vernehmen. Er rieb sich gut aufgelegt die Hände und wandte sich dem schnarchenden Kaiser zu. „Wenn der Gebieter es nicht anders angeordnet hätte, würde ich dir jetzt die Brandzeichen verpassen und dich wandeln lassen. Diese Genugtuung muss ich mir wohl oder übel für einen späteren Zeitpunkt aufheben!" fluchte er verächtlich. Er packte den Betrunkenen und warf ihn sich über die Schulter. „Dann wird Papa dich mal in die Heia bringen!" Die Posten der Prätorianer standen stramm, als er Titus in seinen Gemächern ablieferte. „Legt ihn ins Bett und sichert die Eingänge. Sorgt dafür, dass niemand rein kommt!" lautete seine Anweisung.

Die Stunden bis zum Abend vergingen wie im Fluge und waren ausgefüllt mit letzten Absprachen für das große Finale – dem hundertsten und letzten Tag der Feierlichkeiten im Kolosseum. „Mit der Hinrichtung und öffentlichen Verbrennung von hundert Christen werden wir diesen Römern noch einmal ein Spektakel der Sonderklasse liefern, bevor sie mitbekommen, dass sie selbst zu Statisten meiner Aufführung werden. Jetzt wird sich in Kürze zeigen, ob unsere Bemühungen der letzten Jahre Früchte tragen?" Er blickte gedankenvoll vom Balkon hinab in den wunderschönen Park, der im Innern des Hofes wie ein stiller Ort des Friedens wirkte. „Dieses Mal wird die Wandlung nicht nur das Heer erfassen, sondern alles, was fleucht und kreucht!" Er stützte sich auf das massive Geländer, welches aus feinstem Mamor gefertigt war und streckte wollüstig seinen Körper. Er spürte das Feuer der Drachenköpfe, die auf der Haut zu leuchten begannen. Sein Umhang verrutschte und flatterte auf die Fliesen. „Wenn wir mit diesem Pack fertig sind, wird das römische Reich mit all seinen Kolonien in meiner Hand liegen – und die Germanen werden sich fügen und kuschen! Niemals wird es ein Volk geben, welches sich Deutsch nenne darf!" gestuliere er wild vor sich hin, ohne zu bemerken, dass er seit geraumer Zeit beobachtet wurde. „Man wird die Christen für das verantwortlich machen, was morgen geschehen wird – niemand ahnt oder weiß, dass sie bereits das Branding des Herrn tragen – meines Gebieters!" Er kicherte aufgekratzt vor sich hin. Die verstörten Gesichter der Gefangenen hatte er genau vor Augen, die voller Entsetzen auf ihre Schwestern und Brüder sahen, als er ihnen die Symbole des Herrschers aufbrannte. „Wenn sie aus den Flammen steigen und über die Massen herfallen, wird das die Apokalypse sein, auf die die Menschheit wartet. Die Geschichtsschreiber werden damit die große Religion des Fischers und dessen Kreuz zu Sündenböcken machen, die das Übel verbreitete", frohlockte er euphorisch. Ein Geräusch ließ ihn aufmerken. „Wer ist da?" Er lauschte angestrengt in die Dunkelheit. Die Sklavin, die wie befohlen bei Einruch der Nacht bei ihm erscheinen sollte, stand hinter einem Wandteppich verborgen und wagte es kaum, Luft zu holen. Ihr Herz schlug ihr bis zum Hals. Jeden Moment glaubte sie, dass er es hören würde und biss sich in die Hand, um nicht vor Furcht loszuschreien. Der Präfekt raffte den Umhang vom Boden und bedeckte seinen Oberkörper. „Hallo – wer ist da?" wiederholte er argwöhnisch, da sich niemand meldete, schritt er mit stürmischem Gang in den Palast. „Diese Mauern haben Ohren und Augen. Ich kann spüren, dass ich beobachtet werde. Sollte ich einmal jemand dabei erwischen, haucht er sein Leben aus", brummte er vor sich hin. Er stoppte und drehte sich um. „Nichts und niemand wird mir diesmal in die Quere kommen!" rief er höhnisch aus. Als er um die Ecke bog, atmete die junge Frau erleichtert auf und bekreuzigte sich. „Es stimmt also wirklich – er ist ein Abgesandter der Hölle! Ich habe es mit eigenen Augen gesehen!" stöhnte sie lautlos. In ihrem Kopf purzelten die Gedanken durcheinander. „Ich bin in ernsthafter Gefahr – er wird mich einfach umbringen! Und was meint er mit den Christen, die morgen verbrannt werden? Was sollen die anstellen?" Je mehr Urda, das Markomannen-Mädchen, nachdachte, umso deutlicher wurde ihr bewusst, dass sie untertauchen musste. „Aber wohin soll ich?" Unschlüssig scharrte sie mit dem Fuß und schob den Kopf durch einen Schlitz. „Die Luft ist rein. Nichts wie weg!" Sie pirschte sich in geduckter Haltung an der Wand entlang, bis zum Durchgang, der ins Untergeschoss führte. Hier kannte sie sich hervorragend aus, immerhin diente sie bereits seit einigen Jahren als stille Dienerin im Verborgenen. Die Erinnerungen an ihren Stamm aus dem Volk der Markomannen verblassten bereits, der harte Alltag der Sklaven in einem System von Drill und Menschenverachtung ließ ihr kaum Zeit, darüber zu sinnieren. Jetzt, wo aus dem mageren, hässlichen Entlein ein wunderschöner Schwan wurde, warf mancher der Edelleute aus dem Umfeld des Kaisers ein Auge auf sie. Sogar Titus bemerkte sie einmal durch Zufall beim Abräumen der Tische und wurde auf sie aufmerksam. So kam es, dass sie stets in seiner Nähe sein sollte, um für besondere Aufgaben zur Verfügung zu stehen.

Sie huschte durch die langen Flure, vorbei an den kühlen Kellerräumen, in denen die Vorräte für die Küche und Tafel des Imperators aufbewahrt wurden. Weiter hinten befand sich der Wirtschaftstrakt mit Küche, daneben ein Nische mit eigenem Brunnen zur internen Wasserversorgung. Im Herd brannte noch Feuer. Da niemand in der Küche war, griff sie nach einem Kienspan und entzündete ihn. Mit dieser Fackel ausgerüstet, setzte sie ihre Suche fort. „Da irgendwo muss er doch sein?" Es war schon eine halbe Ewigkeit her, als ihr damaliger Spielgefährte Wehrhart, der ebenfalls bei einer Strafexpedition gefangen genommen wurde und hier Sklavendienste verrichtete, den geheimen Zugang zeigte. „Hierher verirrt sich von denen kaum jemand. Zu dreckig und zu gefährlich!" Damit meinte er den hochnäsigen Adel, der mit Sicherheit nicht mit dem Schmutz und Abfällen unter Tage in Berührung kommen wollte. Er selbst verschwand im letzten Jahr auf Nimmerwiedersehen von der Bildfläche. Die Luft wurde feucht und der Boden glitschig. Urda tastete die Wand ab. „Nichts. Hätte ich doch nur besser aufgepasst!" jammerte sie. Durch die Rohrsysteme, die im gesamten Palast verteilt waren, wurden die Abwässer und Fäkalien direkt in den Schacht geleitet, der sich weiter in Richtung Stadtinneres zog. Der Weg wurde zunehmend schmaler, ihre Lichtquelle drohte zu verlöschen. Ein letztes Mal loderte die Flamme auf, dann glühte der Stumpf nur noch und es wurde abrupt dunkel. Ein Schrei des

Entsetzens entschlüpfte ihrem Mund. „Auch das noch!" Sie pustete behutsam in die Funken und hoffte, sie erneut entfachen zu können. Ein kalter Luftzug beendete ihre ohnehin erfolglosen Bemühungen. Sie wurde panisch, irgendwie musste sie wieder zurück. Stimmen klangen dumpf herüber, in der Ferne flackerten Beleuchtungen auf. „Findet diese Hure und schleift sie an den Haaren herbei!" vernahm sie, entschlossen wechselte sie erneut die Richtung und tastete sich an der Mauer weiter. „Bloß weg von hier!" hämmerte es in ihrem Hirn. Einmal trat sie ins Leere und drohte, in den Kanal zu fallen. Mit letzter Kraft verhinderte sie das Schlimmste. „Oh Gott – hilf mir!" Sie registrierte im Unterbewusstsein, dass ihr mindestens zwei oder drei Leute auf den Fersen waren. „Also hier ist nichts. Wir laufen bis zum nächsten Abschnitt, dann kehren wir um!" Sie hatte nicht die geringste Ahnung, wie weit der nächste Abschnitt noch entfernt lag. Das Licht kam bedrohlich näher. „Moment – das sieht wie eine frische Spur aus. Leuchte mal da hin…!" Ein Gefühl der Ohnmacht erfasste sie. „Jetzt ist alles vorbei!" Ihre Hand fühlte eine Stelle im Mauerwerk, die für einen winzigen Moment nachgab. „Das muss es sein!" Sie probierte noch einmal die gleiche Bewegung, wieder konnte sie spüren, wie sich ein Teil unter der Handfläche wölbte. „Jetzt oder nie!" motivierte sie sich und stieß erst den Kopf hinein, dann schob sie den Körper nach. Fahle Dämmerung umfing sie, es wurde schlagartig warm. Noch war die Gefahr nicht gebannt. Sie konnte die Schritte hören, die ganz dicht an ihrem Ohr vorbei schlurften. „Ich hätte schwören können, dass es ihre Fährte ist. Aber hier endet sie plötzlich – sie wird wohl in den Kanal gestürzt sein. Was wollen wir dem Präfekt melden?" Genau an der Stelle, wo sie sich niederkauerte, berieten die Männer auf der gegenüberliegenden Seite über ihr weiteres Vorgehen. „Er reißt uns die Eier ab, wenn wir mit leeren Händen ankommen. Wenn wir wenigstens einen Leichnam vorzeigen könnten – natürlich ohne Kopf…" schlug schließlich jemand vor. Sie wurden sich schnell handelseinig, als einer der Männer auf eine perverse Idee kam. „Wir ziehen einfach durch die Straße und gabeln uns eine Hure auf. Die präparieren wir, fertig ist unser Vorzeigeobjekt!" Die Stimmen entfernten sich, Urda atmete tief durch und stand auf. Sie guckte sich um, verschwommene Umrisse von Gängen waren erkennbar. „Das müssen diese Katakomben sein, von denen hinter vorgehaltener Hand gesprochen wird. Lieber hier verrecken, als von diesen Häschern zum Präfekten geschleift zu werden!" Ihr Lebenswille kehrte zurück. „Wird schon schief gehen!" Ihre Augen gewöhnten sich allmählich an das diffuse Licht. Vorsichtig setzte sie einen Schritt nach dem anderen, Der Boden unter den Füßen fühlte sich meistens weich wie trockener Sand an, manchmal spürte sie felsigen Untergrund, der durch die dünne Sohle ihrer Sandalen drückte. Sie verlor jegliches Empfinden für die Zeit. Die Gerüche nach Erde und altem Staub wurden stärker. Aber da war noch etwas. Sie hob witternd die Nase. „Was stinkt hier so beißend? Als wenn einer ein Schwein verrotten lässt!" murrte sie, als es einfach unerträglich wurde. Die Konturen eines Haufens zeichneten sich vor ihren Blicken ab. Nicht weit davon brannte ein winziges Feuer in einem Wandloch. „Eine Öllampe – hier? Was hat das zu bedeuten?" Da sie keinerlei Geräusche vernahm, überwandte sie ihre Hemmungen und klaubte die Tonschale aus der schmalen Ritze, in der ein Docht befestigt war, der etwas Licht spendete. „Wo Feuer brennt, halten sich meistens Leute auf", schlussfolgerte sie logisch. Aber die widrigen Umstände ließen ihr kaum eine Wahl. Als sie sich mit der Lampe in der Hand umdrehte, blieb ihr Herz beinahe vor Schreck stehen. „Igitt – was ist denn hier passiert?" Sie hielt sich den Mund und die Nase mit der Hand zu. „Bei allen Göttern – lauter tote Menschen." Sie drängte sich seitlich daran vorbei. Mit einem Blick erhaschte sie einige Überbleibsel, die ihr anzeigten, dass es sich nicht um arme Schlucker handelte, die hier kaltblütig hingemetzelt wurden. „Die goldenen Ketten und Armbänder, dort die teuren Stirnreifen – das sind Senatoren…"; hauchte sie entsetzt. Sie beschleunigte und machte, dass sie weg kam. Nicht weit entfernt erreichte sie eine steile Treppe, die in die Tiefe führte. Sie zauderte, bis ihr eine innere Eingebung befahl, hinab zu steigen. Schließlich erreichte sie einen fast quadratischen Raum, dessen Wände mit fremdartigen Symbolen und Bildern bedeckt waren, wie sie noch nie zu Gesicht bekam. „Wo bin ich jetzt gelandet?" Ihre erste Feststellung – die Mauern leuchteten so hell, dass sie ihre Funzel nicht mehr benötigte. Sie stellte sie achtlos in eine Ecke, mit staunenden Blicken betrachtete sie das scheinbare Chaos an Farben und Formen. An der Stirnwand zeichnete sich nach längerer Betrachtung ein Tor ab, dessen Säulen anscheinend bis in den Himmel ragten. In ihrem Kopf ratterten die Gedanken wild durcheinander. Wie ein gehetztes Tier drehte sie sich umher. Die Darstellung eines Kreises aus massivem Felsgestein unterm nächtlichen Sternenhimmel zu ihrer Rechten nahm sie wahr, als die glitzernden Punkte zu leuchten begannen. „Was ist das alles? Wo bin ich?" Diese Fragen flossen wie von selbst aus ihrem Mund. Am Eingang polterte es, sie hörte Schritte. „Da kommt jemand die Treppe runter. Verstecken – aber wo?" Panische Angst trieb sie hin und her, aber es gab nichts in diesem Bereich, wo sie untertauchen konnte. Ein länglicher Schatten fiel durch das Portal, heftiges Schniefen ließ sie voller Grauen herumfahren. Die Gestalt vor ihr war so entsetzlich anzusehen, dass ihr der letzte Blutstropfen aus dem bleichen Antlitz entwich. Sie lief rückwärts auf das Bild des Tores zu. Ihr wurde schwindelig, sie fühlte nur einen Sog, der sie erfasste, dann wurde es dunkel um sie…

„Das ist so ein Gebilde wie eben im Raum. Was ist mit mir geschehen?" Sie hatte keinerlei Erinnerungen an dem, was gerade abgelaufen war. In der Ferne blitzte ein Lichtstrahl auf. „Dort muss eine Art Gang sein", vermutete sie und machte sich auf den Weg. Sie tasteten sich an den übermannshohen Felsen entlang, bis sie eine Lücke erreichte. Von hier an war der Boden geglättet, so dass sie schneller vorankam. Grelles Tageslicht blendete sie. Sie erreichte einen Teppich aus Moos, direkt neben ihr krabbelten unzählige Ameisen entlang, die zielstrebig auf eine Erhebung unter einem Busch zuhielten. Sie scharrte mit dem Fuß und versuchte so, die Plagegeister zu vertreiben, die inzwischen ihre Beine erreichten. „Bloß nicht stehen bleiben. Diese Biester zwicken ja!" Sie machte einen Sprung über das Gewimmel hinweg und landete direkt auf der Erde unterhalb des Gefälles. Blutgeruch lag schwer in der Luft, ringsumher waren rote Spuren zu sehen, die durch den Regen aufgeschwemmt wurden. „Wie sieht das denn hier aus? Als hätten gerade Metzger gewütet." Überall lagen Kleidungsstücke und Schuhe herum. Nicht weit entfernt glaubte sie, einen Haufen Knochen zu erkennen. „Wie gruselig. Was ist das für ein Trupp?" Stimmengewirr drang zu ihr, als sie den Kopf hob, konnte Urda unzählige Leute ausmachen, die sich an etlichen Feuerstellen aufhielten. Ein derber Griff im Genick packte die junge Frau. „Sieh an, was für ein Früchtchen hat sich denn hierher verirrt?" Bevor sie etwas sagen oder sich wehren konnte, wurde sie wie ein Stück Vieh nach vorn gestoßen und zum nächsten Feuer geschliffen. Lautes Gejohle empfing sie, als sich die Meute nach ihr umdrehte, bemerkte sie ähnliche grässliche Fratzen wie die vor wenigen Minuten, der sie entkommen war. „Der Heerführer ist wirklich sehr spendabel, wenn er uns ein weiteres Hühnchen zukommen lässt. Hat jemand noch Hunger...?" Der Griff lockerte sich, so dass sie jetzt ihren Schinder ansehen konnte. Sein lüsternes Grinsen sagte mehr als tausend Worte. Sie war einer Ohnmacht nahe, das Gefühl, jeden Moment umzukippen überkam sie auf einem Schlag. Sie wankte, um nicht umzufallen, klammerte sie sich an seinem Arm fest. Sie ahnte in diesem Moment, dass ihr letztes Stündlein geschlagen hatte. „Überlasst sie mir, ich werde sie so delikat zubereiten, dass ihr euch sämtliche Finger ablecken werdet!" verkündete er großspurig und war bereits drauf und dran, Taten folgen zu lassen. Der Zombie zückte einen blutbesudelten Dolch und holte zum tödlichen Schlag aus. Großes Geschrei im Lager erhob sich und unterbrach ihn. „Haltet ihn! Er wollte den Heerführer ermorden!" Sämtliche Krieger der Umgebung waren auf der Jagd nach einem einzigen Mann, der wie ein wildes Tier durch das Tal hetzte. Er lief direkt auf sie zu, mit knapper Not entkam er hier den Häschern und eilte zur Höhle. Plötzlich war Urda ganz allein auf sich gestellt, während die immer größer werdende Meute ihr Opfer in eine Ecke trieb, welche von höheren Felsen eingeschlossen war. Damit schnappte die Falle endgültig zu. Ohne sich länger zu besinnen, rannte Urda einfach los. Sie erreichte den Hang, dessen gemäßigte Schräglage es möglich machte, ihn zu erklimmen. Wie eine Katze duckte sie sich, sprang bis zum Buschwerk und hielt sich daran fest. Das Getöse in ihrem Rücken wurden immer lauter. Sie fixierte die nächsten Meter, Schritt für Schritt kletterte sie die kaum bewachsene Anhöhe hinauf. Als sie einmal kurz verschnaufte, wagte sie einen Blick nach unten. Dort tobte der Mob, Gernot der Wilde, dessen Mission misslang, wurde einem

Hünen vorgeführt - Heerführer Achmat. Totenstille trat ein, bevor sie weiter hinauf stieg, bekam sie noch mit, wie dieser ihm mit einer Handbewegung den Kopf abriss und wie einen Ball durch die Luft schleuderte. „Und jetzt bereitet euch vor. Der Kampf beginnt! Wir werden diesen Arminius und sein Germanenpack in Stücke reißen. Auf – meine getreuen Krieger – lasst uns diese Schlacht für den großen Gebieter gewinnen!" dröhnte es herüber. Die Massen begannen, nach allen Seiten auszuschwärmen, um die besten Wege aus dem Kessel zu erkunden. „Ich muss es schaffen! Ich muss...!" feuerte sie sich selbst an, während ihre Kräfte allmählich erlahmten. Wenn sie den Blick nach vorn richtete, konnte sie bereits die Bäume auf dem Gipfel sehen. Ein Krieger der Zombies mit einer zerfetzten Lippe erwies sich als besonders geschickt und hartnäckig. Ihm fiel die frische Spur auf, welche sie hinterlassen hatte. Er stieß einen kehligen Laut aus und begann, den Abhang zu erklimmen. Wie ein Hund schnüffelte er im aufgewühlten Erdreich. Dann war es so weit, er konnte sie sehen. Kaum hatte er sie entdeckt, folgte er ihr mit einem derartigen Tempo, dass der Abstand schnell zu schmelzen begann. „Du wirst mir nicht entkommen!" krächzte er, mit ungeheurer Kraft drückte er sich auf allen Vieren zwischen dem kargen Wurzelwerk und Sträuchern empor. Urda keuchte, immer wieder griff sie vergeblich nach einem Ast. Und kam kein Stück mehr weiter. Total erschöpft rollte sie auf den Rücken und schaute in den endlosen, mit grauen Wolken behangenen Himmel, Regen peitschte auf sie herab und kühlte den erhitzten Körper. Das Schnaufen kam bedrohlich näher, nur noch wenige Armlängen trennten sie vom rasenden Verfolger. „Reg dich nicht. Ich schalte ihn aus!" Wie ein Wunder erschien eine junge Kämpferin aus dem Nichts, spannte den Bogen und durchbohrte den Schädel des Monsters mit einem Pfeil. Dessen ungeachtet kletterte er knurrend auf die Flüchtende zu. Zwei weitere Geschosse durch den Hals nagelten ihn an einen Stumpf fest, so dass er vorerst gestoppt wurde. Trotzdem fauchte er wild vor sich hin und schüttelte sich wie ein Besessener hin und her. Das Holz knirschte und splitterte verdächtig. Otilda zog ihr Langmesser, fixierte seine Richtung an und rutschte auf den Hacken zu ihm hin. „Verfluchte Brut! Nimm das!" Im Vorbeigleiten erwischte sie mit der Klinge den Hals des Kriegers, erst als sein Schädel den Abhang runter rollte, gab er endgültig Ruhe. Ein langgezogenes Jaulen war die Antwort, als er im Kessel bei seinen Kriegsgefährten aufprallte. „Schlaf nicht ein – wir müssen weiter!" Otilda schwang sich zu Urda rüber, Hand in Hand robbten sie ein ganzes Stück der Freiheit entgegen. „Ich bin total fertig. Lass mich liegen, ich kann nicht mehr", hauchte Urda, die sich kaum noch rühren konnte. Aber da kannte sie die junge Kriegerin schlecht. „Reiß dich gefälligst zusammen oder ich knalle dir eine! Sind doch nur noch ein paar Schritte. Oben warten meine Freunde und Gefährten!" Als Urda noch immer keine Anstalten machten, weiter zu klettern, gab sie ihr eine schallende Ohrfeige. „Wenn ich sage, du bewegst deinen verdammten Arsch dort hoch, dann machst du das!" Wie die Sklavin es gewohnt war, raffte sie ihre letzten Kraftreserven zusammen und stemmte sich weiter. „Nur noch ein kleines Stück, dann bin ich da!" krächzte sie erschöpft, als ihr ein Seil entgegenrollte. „Halte dich daran fest, wir ziehen dich hoch!" wurde ihr zugerufen. Ungläubig umklammerte sie den Strick, mit einem Ruck rutschte sie auf dem Bauch bis zum Gipfel empor. Otilda kam fast zur gleichen Zeit mit ihr an. Helfende Hände richteten sie auf, jemand reichte ihr eine Flasche mit Wasser. Sie benetzte ihr Gesicht und trank einen langen Schluck. „Hast Glück, dass wir gerade in diesem Moment vor Ort sind. Was hat eine Frau wie du ausgerechnet in diesem verfluchten Tal verloren? Gehörst du zu den armen Opfern, die gerade hingeschlachtet wurden?" Der Sprecher war ein rothaariger, hoch aufgeschossener Mann, der sie kopfschüttelnd betrachtete. „Nein, sie kam erst viel später an. Ich habe sie aus der Höhle des Kreises kommen sehen. Und Gernot – er hat es nicht geschafft. Dieser Achmat ist einfach nicht zu schlagen…!" berichtete Otilda ihren Leuten, die mit kummervoller Mimik zuhörten. „Das ist ein Schlag mitten in die Fresse!" knirschte Juppi, dem die Tragweite dieser Information sofort bewusst wurde. „Sie werden kommen und wir können es nicht verhindern!" Prof. Röder wischte sich den Regen von der Brille und blinzelte nachdenklich. „Dann weiß ich auch nicht weiter. Wir sollten schleunigst von hier verschwinden!" stöhnte er und gab seinen Leuten ein Zeichen für den Aufbruch. Die Geräuschkulisse im

Kessel änderte sich. Rhythmisches Stöhnen machte sich breit. „Sie beginnen mit dem Aufstieg. Nichts wie weg!"

Die Stunde der Vergeltung

„Sie sind wieder da!"

Ein Hurraschrei erklang aus den Lautsprechern, langsam wurde das Umfeld um sie herum klarer. Falk orientierte sich an den Anzeigen. „Ankunft im Jahr 80 nach Christus. Dann hat wenigstens das geklappt!" meldete er. Das Camp lag direkt vor ihren Füßen. Auf dem Rollfeld konnte man die drei Giganten ausmachen, die dort wie gewohnt geparkt standen. Daneben wölbte sich der Umriss des Panzers. „Ich dachte, wir werden direkt in die Varus-Schlacht geleitet? Wie sollen wir von hier in den Verlauf eingreifen?" wunderte sich Jahn, der dennoch sichtlich erleichtert war. „Ich habe Knast, mir hängt der Magen bis in die Kniekehlen. Hoffentlich haben die Frauen was Vernünftiges zu Futtern gekocht?" Er winkte durch das Bodenfenster den Siedlern zu, die sich versammelten und sie freudig begrüßten. „He ihr da unten. Macht Platz. Ich steuere die Maschine rüber zum Flugfeld. Wir sehen uns gleich. Es gibt viel zu berichten!" verkündete Falk übers Mikrofon. Balder saß wie eine Puppe steif in seiner Ecke und ließ alles über sich ergehen. „Von Josch noch immer keine Spur!" Jahn blickte mit einem Anflug von Trauer auf die Cyborgs, denen sie allmählich näher kamen. „Wollte dein Vater Odin nicht dafür sorgen, dass alles wieder ins Lot kommt? Wenigstens halbwegs", brummelte er und raffte seine Sachen zusammen. Er entsicherte die Luke, mit Schwung stieß sie auf. „Endlich frische Luft!" Er atmete tief durch, gähnend streckte er sich. Ein ungewöhnliches Grollen in weiter Ferne ließ ihn stutzen. Falk lenkte den Cyborg an seinen Platz und ließ ihn austouren. Bevor er sich erhob, checkte er die Monitore. Was ihm dort angezeigt wurde, versetzte nicht nur ihn in Erstaunen. „Waren hier Maulwürfe am Werk? Alles aufgebuddelt. Wie viel Zeit ist eigentlich ins Land gegangen, seit wir fort waren?" wunderte er sich und schob Jahn auf die Plattform, um sich selber von den Veränderungen zu überzeugen. „Guck dir bloß diesen Wahnsinn an – alles voller Gräben, Sperren und Hindernisse. Die Jungs und Mädels waren ja richtig fleißig!"

Die Fläche des Camps glich einem Irrgarten. Entlang des alten Schutzzaunes waren ausrangierte Wracks und Fahrzeuge aufgereiht. Die ehemalige Farm existierte nicht mehr, stattdessen befand sich dort ein gewaltiger Graben, der zusätzlich auf beiden Seiten mit hölzernen, meterhohen Palisaden gesichert war. „Mein lieber Jolly – scheint eine heiße Kiste zu werden", murmelte Jahn verdattert. Falk schnappte sich das Fernglas. „Von wegen heiße Kiste! Das gesamte Camp ist eingezäunt – hier schaue selber. Da drüben werkeln Römer und errichten eine Schanzanlage. Die haben uns komplett eingekesselt." stellte er entsetzt fest. So weit er sehen konnte, zogen sich entlang des Drahtzaunes ein massives Bauwerk aus Holzstämmen und Felsgestein. „Saubere römische Ingenieursleistung und Baukunst – hat ja Ähnlichkeit mit dem Hadrianswall in England. Wie haben die das in so kurzer Zeit bloß geschafft?" wunderte er sich. Peter kam herbeigeeilt und begrüßte die Ankömmlinge. „Da staunt ihr, was? Hat sich einiges getan, seit ihr euch in der Weltgeschichte herumgetrieben habt. Die Geräusche da hinten – das sind römische Legionen, die den gesamten Wald um uns herum fällen. Sie schaffen vermutlich Platz für den Angriff! Wir haben unsererseits Vorkehrungen getroffen, um ihnen zu widerstehen. Hoffentlich reicht das? Immerhin lauern dort wohl ein Dutzend Legionen, die über uns herfallen wollen. Inzwischen hat dieser Kaiser Titus das gesamte Territorium vom Rhein bis zur Spree unterjocht und sämtliche Stämme der Germanen vertrieben. Ein geringer Teil ist hier gelandet, bevor alles dicht war. Die meisten Überlebenden und ihre Familien haben sich zu Fürst Hermann durchgeschlagen und in dessen Dorf versammelt." sprudelte es aus ihm heraus. Mit vielen Worten machte er ihnen die neue Lage klar. „Jetzt gibt es kein Entrinnen mehr. Wir sind vollständig vom Feind umgeben. Und seit letzter Nacht haben sie die restlichen Lücken geschlossen, nicht mal eine mickrige Maus kommt jetzt rein oder raus. Sie wollen uns entweder aushungern oder angreifen. Uns sind sämtliche Fluchtwege abgeschnitten worden", endete seine ausführliche Darstellung. „Dann kommt es, wie Odin ankündigte. Diese Hunde haben alles bedacht und merzen sämtliche Ereignisse aus, welche mit der Zukunft zusammen hängen. Und wir im Camp sind ein Teil davon, das ist sonnenklar. Die Schlacht verläuft auf zwei Zeitebenen gleichzeitig. Ganz schön raffiniert und ausgebufft, diese Brüder!" bemerkte Falk. Die Piloten kletterten geschwind die Leiter hinab. „Ach Peter, ehe ich es vergesse – auch wir haben eine Überraschung mitgebracht!" kündigte Jahn an und rief Balder zu, er solle runter kommen. „Das ist der Sohn von Odin – hast du verstanden?" stellte er den jungen Mann vor und lächelte verschmitzt. Peter kratzte sich verblüfft am Hinterkopf. „Odin – das ist doch dieser Gott der Germanen. Was für ein Zufall...?" „Nix mit Zufall, genau dieser Odin ist sein Vater! Und wir waren in Walhalla – so wahr ich hier stehe! Das schwöre ich!" beteuerte Jahn und hob die Schwurhand. Peter grinste ihn an, aber als er die ernsten Gesichter von beiden bemerkte, wurde er zunehmend unsicher. „Ich verarscht mich doch...?" Falk schnipste mit den Fingern. „Nummer 2 hat alles aufgezeichnet, was wir gesehen und erlebt haben. Jedes einzelne Wort, was gesprochen wurde – bis ins Detail könnt ihr euch das angucken. Ach Peter – wenn ich nicht selber dabei gewesen wäre – ich hätte das für pure Spinnerei gehalten. Aber so sind wir zumindest um eine wichtige Erfahrung reicher – die Legenden und Geschichten der Götter haben manchmal einen realen Ursprung!" Inzwischen hatte sich ihre Ankunft wie ein Lauffeuer verbreitet. Von überall strömten Freunde und Kameraden herbei, aber auch viele unbekannte Gesichter von Germanen umringten sie. Der Fremde erregte sofort die Aufmerksamkeit der Kämpfer. Getuschel machte sich breit. Ein besonders wüst aussehender Krieger trat auf Peter zu. „Ich bin Brandolf vom Stamm der Brukterer. Wir sind erst seit gestern hier und wollen euch danken, dass ihr uns die Möglichkeit gebt, gegen diese verfluchten Römer antreten zu können." Er neigte sein Haupt. Ein Handvoll Männer taten es ihrem Anführer gleich und senkten ebenfalls den Kopf. „Ihr habt gerade den Namen Balder erwähnt. Wieso?" Er richtete diese Frage an die Piloten. Falk wiederholte seine Ausführungen von vorhin. „Darf ich vorstellen: Balder! Der Sohn von Odin. Und wir kommen geradewegs von einem Ort, der sich Walhalla schimpft!" Er rechnete wohl mit allem, aber was dann geschah, versetzte ihn und seine Leute in Erstaunen. Sämtliche Germanen beugten ehrfürchtig das Knie. „Wir wussten, dass du kommen wirst. Die große Veleda hat es vorhergesagt und recht behalten. Sohn des Odin – wir grüßen dich!"

Balder schaute sich verunsichert um, doch dann umspielte ein zaghaftes Lächeln seine Lippen. Seine Entgegnung konnte niemand verstehen, so fremd klangen die Worte. „Nummer 2 – übersetze rasch, was er sagt!" befahl Falk. „Ich bin gekommen, meinen Vater und seine Brüder zu rächen. Odin liegt im Sterben, meine Schwester Sunna führt unser Volk an, bis ich diese Mission erfüllt habe. Ich danke euch für euer Entgegenkommen und eure Hilfe. Vater Odin sprach von einem besonderen Schwert, welches extra für die Vernichtung des Heerführers der Monster-Armee geschmiedet wurde – Excalibur! Er gab mir den Rat, es hier zu suchen!" Inzwischen waren auch die Frauen nebst Norman mit Klein-Felix eingetrudelt, überrascht verfolgten sie den ungewöhnlichen Auftritt des jungen Mannes. Babsi überreichte den greinenden Knaben an Jana. „Mach du mal. Musst ja langsam die Mutterpflichten üben", flüsterte sie ihr feixend zu und drängte sich hemmungslos durch die Menge hindurch. „Ein Glück, dass ihr wieder da seid. Hier geht im Moment alles drunter und drüber. Es kommen immer mehr Menschen bei uns an, wir wissen kaum noch, wo wir alle unterbringen sollen und woher wir genug Nahrung bekommen", klagte sie und umarmte die Männer aufgekratzt. „Außerdem brauchen wir jeden Cyborg, wenn es knallt!" Sie musterte Balder mit einem abschätzenden Blick. „Das ist also ein lebender Gott oder so was Ähnliches? Der sieht doch wie ein ganz normaler Jüngling aus." bemerkte sie sarkastisch und zog sich damit manche böse Bemerkung der Germanen zu. Brandolf gebot Ruhe. „Auch wenn ihr aus einer anderen Zeit stammt – unseren Glauben solltet ihr nicht verletzen. Er ist Balder, der Sohn Odins – und er ist gekommen, um gemeinsam an unserer Seite gegen die Knechte des Drachens zu kämpfen. Nur das allein zählt. Die Götter werden uns helfen, die Feinde zu vernichten!" predigte er. Peter zog Babsi zu sich heran. „Es gibt keinen Grund, die Männer zu provozieren. Halte also gefälligst die Backen und überlege dir vorher, was du plapperst. Ärger und Streit ist das Letzte, was wir unter den gegenwärtigen Bedingungen gebrauchen können!" ermahnte er sie ärgerlich. Erst jetzt bekam Babsi mit, was sie gerade angerichtete. „Sorry, ist mir nur so rausgerutscht. Ich wollte niemals Ärger bereiten", nuschelte sie zurück. „Das erkläre lieber denen dort. Und wie ich

Falk und Jahn verstanden habe, waren sie tatsächlich in einem Ort Namens Walhalla und haben auch den Vater des Burschen gesprochen – einen Odin. Ist zwar ein merkwürdiger Zufall würde ich meinen, aber es ist wie es ist!" tadelte er weiter. Babsi bemühte sich, die Situation zu entschärfen. „Ob Gott oder Nichtgott – wir brauchen jetzt jede Hand, wenn es los geht. Also Balder – willkommen in unserem Camp!" Sie streckte ihm großmütig die Rechte entgegen, um den Gruß zu bekräftigen. Abermals begann ein großes Murren. „Was habe ich jetzt wieder falsch gemacht? Es ist echt zum Haare raufen!" stöhnte sie und schaute Peter kläglich an. „Wenn überhaupt, reicht er dir die Hand - allerdings wohl keinem Weib! Einen Gott berührt man nur, wenn er es wünscht und zulässt!" belehrte sie Brandolf, diesmal schaute er ziemlich finster drein. Babsi rief sich selbst zur Ruhe, sie atmete tief durch und zählte bis Zehn. „Woher wissen wir, dass er ein echter Gott ist?" entschlüpfte ihr. Sie biss sich auf die Zunge, dass es weh tat. „Ich halte ab jetzt die Klappe!" war ihre Entschuldigung, mit roter Birne versteckte sie sich hinter Peters breiter Schulter. Balder selbst verstand die Aufregung nicht. Er hob einen Arm, sofort verstummten sämtliche Debatten, alle starrten ihn an. Bevor er allerdings was sagen konnte, geschah ein Ereignis, welches allen Anwesenden vor Augen führte, wie groß die unmittelbare Gefahr war, die bald auf sie einstürmen sollte. Einer der riesigen Bäume, die seit der Ankunft der Siedlung in dieser Epoche am Zaun entlang standen, kam gefährlich ins Wanken. Langsam und schwerfällig neigte er sich immer weiter in Richtung Camp. Ein lautes Knarzen ertönte, die Fasern im Stamm rissen mit einem hörbaren Knall. „Sie haben ihn gefällt. Achtung – Baum stürzt genau auf die Palisaden!" rief Norman erschrocken aus dem Hintergrund. Es schepperte, ein Bereich der Barrikade, die den Graben zusätzlich sicherte, zersprang in tausend Teile. Von der gegenüberliegenden Seite waren Jubelschreie zu hören. „Diese verfluchten Hunde! Tagelange Schufterei mit einem Schlag vernichtet. Falk – wir müssen schnellstens einen Cyborg dort positionieren! Das ist jetzt unsere schwächste Stelle." ordnete Norman ohne Umschweife an. Uwe, der schwatzend neben seinen Kameraden stand, rannte sofort los. „Das übernehme ich mit Nr. 3. Macht die Bahn frei!" schri er. Es dauerte nur wenige Minuten, und einer der

Kolosse setzte sich behäbig in Bewegung. Den meisten Krieger der Germanen klappten die Unterkiefer runter. Obwohl etliche bereits diese Giganten vom Angesicht her kannten – in Aktion erlebten viele diese zum ersten Mal. Die Erde erbebte unter den Schritten der Maschine. Norman gab Zeichen und winkte Uwe zu einer Erhöhung hin. „Das ist vorläufig deine Stellung. Aktiviere die Scanner und überwache das Gebiet. Mich befällt gerade so ein saublödes Gefühl, als wenn der Angriff bald beginnt!" orakelte er. Seine düstere Ahnung sollte sich schneller als erwartet bewahrheiten...

„Die Cyborgs sind wie die Wachtürme in einer alten Festung. Deshalb ist es besonders wichtig, ihre Einsatzorte so zu planen, dass sie effektiv das gesamte Gelände im Blick haben und sich gegenseitig Deckung und Feuerschutz geben. Aus diesem Grunde werden wir die drei Maschinen an diesen Punkten postieren." Falk zeichnete Kreuze in den Sand, wo sie Aufstellung nehmen sollten. Norman nickte den Vorschlag ab. „Du und deine Leute kennen sich in solchen Dingen bestimmt besser aus. Wir verlassen uns auf euch. Rainer, du bleibst mit dem Panzer in der Nähe der Siedlung. Falls doch Soldaten des Feindes durchbrechen sollten, machst du sie platt. Alles, was eine Waffe tragen kann, wird an die vordere Linie verlegt und kämpft dort solange, bis Entwarnung kommt. Denkt daran – uns bleiben keine Alternativen!" Er überlegte einen Moment. „Die Kinder und Frauen werden vorerst in Hangar I und II untergebracht. Und egal, welchen Gott ihr anbetet, bittet um jeden Beistand, den wir kriegen können", murmelte er abschließend. Brandolf, der von Fürst Herman vor dessen Abreise offiziell zum Anführer der germanischen Einheit ernannt wurde, betrachtete die Skizze auf dem Sandboden eher skeptisch. „Wir haben mehrfach erlebt, wie die Römer vorgehen. Sie besitzen riesige Dinger und rollendes Teufelswerk, mit denen sie jede Mauer und erst recht diese Hindernisse überwinden können. Was sollen eure Türme da schon ausrichten?" zweifelte er an. Seherin Veleda, die an der Sitzung des Führungsstabes teilnahm, legte besänftigend ihre Hand auf seinen Arm. Sie hatte in Absprache mit Fürst Hermann, der in sein Dorf zurückkehrte um von dort aus die Geschicke lenkte, entschieden, hier zu bleiben. „Diese Maschinen sendet uns Odin persönlich. Sie sind das Mittel, dieses böse Kraut der Vergangenheit mit Stumpf und Stiel auszurotten. Du wirst sehen, es wird alles gut gehen." Sie lächelte ihn aufmunternd an. „Du und deine mutigen Krieger werden nicht von meiner Seite weichen, wenn der Tanz beginnt. Sind die Römer uns auch zahlenmäßig weit überlegen, unser starker Wille wird sie zerschmettern", sprach sie siegesgewiss. An Falk und Jahn gewandt, bat sie beide Männer, kurz über ihren Aufenthalt in Walhalla zu berichten. „Nicht nur ich brenne vor Neugier – wer kann von sich schon behaupten, den heiligen Ort der Götter lebend gesehen zu haben? Und dass es so ist, stellt niemand in Frage – ihr habt dafür den besten Beweis erbracht!" Sie deutete auf Balder. Er stand nach wie vor etwas abseits und sah sich geduldig um, allerdings hatte sich sein Äußeres massiv verändert. Er trug ein Wolfsfell auf dem Rücken, Brandolfs Krieger statteten ihn mit einem neuen Schwert nebst Schild aus. Falk übernahm es, die Anwesenden zu informieren. „Odin bezeichnete diesen ungewöhnlichen Ort tief unter der Erdoberfläche selber als Zuflucht, in dem einst sein Volk lebte und Schutz fand. Gleich daneben ragte eine Art Berg in die Höhe. Anfangs dachten wir, das wäre ein Baum, aber dann stellte sich heraus, dass es eine Schuppe war – eine Drachenschuppe! Sie störte wohl das Energiefeld in Walhalla, so dass seine Bewohner an die Oberfläche umziehen mussten. Während Walhalla sicher sehr luxuriös ausgestattet war, verkümmerten seine Leute im Laufe der Jahrtausende. Wir haben nur primitive Einrichtungen und Waffen vorgefunden. Und halb verfallene Hütten sowie Erdhügel, in denen sie hausten." Seine Augen blieben auf Balder haften, der lauschend den Kopf neigte. „Walhalla!" wiederholte er lächelnd. „Was uns nur sehr komisch vorkam – die Sache mit der ominösen Zeitkugel. Das war so ein Ding, was sich drehte und Ereignisse anzeigte…" Jahn platzte fast vor Ungeduld, ohne Rücksicht unterbrach er den Freund. „Odin quatschte immer von einem Fluss der Zeit oder so was. Und dass er noch der Einzige seiner Sippe sei, der ihn beeinflussen kann – stimmt doch, Falk?" Der knurrte nur sauer vor sich hin. „Ach ja – und dass sie schon so lange auf Erden weilen und nicht mehr wissen, wie viele Jahrtausende wirklich seit ihrer Ankunft vergangen sind. Und dass Saga, die Letzte ihrer Art, wohl gerade gestorben war..." beendete er. Falk ergriff die Gelegenheit, nun wieder seine Variante der Geschichte beizutragen. „Vater und Sohn führten ein längeres Gespräch – das haben wir noch mitbekommen. Soweit ich verstand, ging es um diesen Heerführer der Zombies, Achmat - und Balders Mutter. Da muss es vor langer Zeit einen Zwischenfall gegeben haben, der Odin bewog, ihn mit uns zu schicken, um das zu bereinigen." „Odin – mein Vater – großer Mann!" Balder war wohl gerade dabei, sich einige Sprachkenntnisse anzueignen, auf jeden Fall lernte er ziemlich fix. „Achmat war früher ein berühmter Krieger meines Volkes, bis Drache kam. Er verriet den Stamm und raubte...? Und nahm Mutter mit – er ein böser Mann!" artikulierte er umständlich, aber er wurde verstanden. „So lange geht die Geschichte mit den Drachenknechten bereits? Einfach unglaublich!" bedauerte Jahn aufrichtig. „Und nun kommt böser Mann her, um alte Ordnung zu stürzen. Bringt Krieg, Elend und Tod – wie in Walhalla. Balder muss kämpfen...! Für Odin und Mutter!" Veleda seufzte anhaltend. „Wenn ich ehrlich sein soll – diesmal versagt meine Gabe, in die Zukunft zu blicken. Ich weiß wirklich nicht, was sie uns bringt?" bekannte sie bange und folgte der Schar Germanen, die sich um Brandolf gruppierten. Bevor sich die übrige Mannschaft auflöste, um abschließende Vorbereitungen zu treffen, fiel Jahn noch was ein. „Eines haben wir vergessen zu erwähnen – Odin zeigte uns das Brandenburger Tor in Berlin. Als es errichtet wurde, ahnte wohl niemand, dass das Baumaterial, welches dafür verwandt wurde, ausgerechnet aus den Steinen stammte, mit denen der Kult - Kreis geformt wurde, der sich über Walhalla befand. Daher soll es seine ungewöhnlichen Kräfte erhalten haben - es ist wohl dadurch so was wie ein Portal durch die Zeit geworden. Achmat und seine Anhänger wissen das und nutzen es für ihre Zwecke", informierte er nachträglich und begab sich zu Nr. 2. Die Schwestern bereiteten ihre Drohnen für den Einsatz vor und checkten sie ein letztes Mal. Peter, mit Jana und Felix im Schlepp, übernahm die Funkzentrale im Haupthaus. „Hoffentlich geht diesmal alles gut. Was ist, wenn sie uns einfach über den Haufen rennen?" Janas Befürchtungen wollte ihr Schatz nicht hören. „Das wird nie geschehen. Unsere Technik ist ihnen weit überlegen – du wirst sehen – nach dem ersten Beschuss hauen die ab wie feige Hasen!" beruhigte er sie und streichelte versonnen über ihren kleinen Bauch, der schon zu sehen war. „Unser Kind wird in einer Welt ohne diese Biester geboren werden und aufwachsen, dafür sorgen wir schon", versprach er ihr und prüfte die Monitore. Die entscheidende Nachricht kam wenige Minuten später. „Sie greifen an!" Das Rumoren auf der Seite des Feindes steigerte sich zu einem Orkan, der in den Ohren schmerzte. Die letzten Bäume am Zaun fielen und wurden mit Gespannen weggeschleppt. Damit war der Weg für die Legionen frei. Die Cyborgs hatten längst ihre Stellungen bezogen, eine angespannte Stille machte sich im Camp breit. Balder blieb bei Falk und Jahn in Nr. 2, der in vorderster Front wartete. Falk als Kommandeur der Einheit übernahm nun vollständig die Koordinierung der Streitkräfte. Auf den Monitoren der Scanner flammte es knallrot auf. „Tausende und abertausende Krieger rücken vor. Das wird ein Blutbad ohne Gleichen geben, wenn wir sie alle niedermetzeln müssen." Jahn seufzte gedankenvoll und schaute durch das Fernglas. „Und alles wegen diesen Scheißkerlen, welche die Geschichte neu schreiben wollen. Hoffentlich erwischen wir wenigstens diesmal die Drahtzieher und können sie richten!" knurrte er vernehmlich. Balder schaute Falk neugierig über die Schulter. „Sind das die Truppen der Römer?" Er zeigte auf den Bildschirm, der die Infrarot-Aufnahmen wiedergab. Falk nickte nur und hantierte konzentriert auf der Konsole herum. Daneben befand sich das Radar, gleichfalls das wichtigste Gerät zur Ortung der Umgebung. „Was bedeutet dieser größere Fleck, der sich darauf bewegt?" Falk überhörte die Frage ihres Gastes, erst als es ein Warnsignal vom System gab, wurde er stutzig. „Jahn, komm sofort her und schau dir das an!" Beide stierten mit zunehmender Verwirrung auf den immer größer werden Punkt, der ziemlich geschwind näher kam. „Nr. 2 – analysiere das Objekt!" Das Ergebnis war niederschmetternd und erschreckend. „Cyborg im Anmarsch!" meldete Nr. 2 nach Bruchteilen von Sekunden. Falk runzelte die Stirn. „Denkst du was ich denke?" fragte er sorgenvoll an. Jahn schluckte. „Josch? Du meinst, das ist Josch! Aber wer in Gottes Namen...?" Er setzte das Sichtgerät an und suchte den Horizont ab. „Da kommt er!" bemerkte er hektisch. Balder indessen rückte zur Fensterfront vor. „Dann haben die Römer ebenfalls so eine Höllenmaschine?" Er sprach laut aus, was den Piloten durch den Kopf ging. „Das kann nicht sein – nicht Josch!" stöhnte Jahn, der das niemals glauben wollte. „Vielleicht sind unsere Signale bei ihm angekommen, als wir Aufstellung nahmen und hat seine Rückführung aktiviert. Wäre doch möglich?" war seine einzige Hoffnung. Bald darauf befand sich Josch in unmittelbarer Blickweite. „Er ist völlig schwarz. Seine Farbe hat sich geändert. Das hat hoffentlich nichts zu sagen?" brummelte er vor sich hin und schüttelte ungläubig den Kopf. Falk zoomte ein Bild von ihm heran. „Siehst du den Drachenkopf auf seiner Brust. Das sagt doch alles!" Jahns Glaube war bis in die tiefste Seele erschüttert. „Er ist einer von ihnen geworden?" stammelte er und vermochte sich nicht von dem ungeheuren Anblick loszureißen. Falks Bewegungen wurden fahriger, schließlich erfassten sie einen Ausschnitt des Bugfensters der Kanzel. „Die beiden Frauen – sie steuern ihn direkt zu uns. Damit hat sich deine Frage wohl vorerst geklärt. Auch sie dürften dem Verein der Drachenknechte angehören – so ein verdammter Dreck!" fluchte er laut und informierte umgehend ihre Gefährten. Die Nachricht schlug wie eine Bombe ein. „Wir haben schon registriert, dass ein Ungetüm im Anmarsch ist – aber Josch selbst? Ich dachte, einer ihrer Belagerungstürme wird heran geschoben", äußerte Uwe, der sichtlich geschockt war. „Heißt im Klartext, er ist jetzt ein Feind und wir müssen ihn ausschalten?" hakte er nach, um endgültige Gewissheit zu erhalten, wie sie verfahren sollten. Jahn spürte einen heftigen Stich im Herzen, als er Falks Antwort wahrnahm. „Sicher doch – je früher umso besser! Bevor er größeren Schaden bei uns anrichtet, strecken wir ihn nieder. Bereitet die Abwehrsysteme vor, aber wartet gefälligst auf mein Kommando!" Balder stierte unvermindert auf das stählerne Ungetüm. „Es ist sein Geist, der dieses Ding lenkt. Achmat persönlich steckt in diesem Körper aus Eisen. Ich kann es genau fühlen…", flüsterte er und umfasste den Griff seines Schwertes fester. Jahn und Falk guckten sich bestürzt an. „Sag das noch mal. Josch ist jetzt dieser Achmat?" Balders Antlitz nahm einen düsteren Schimmer an. „Nun verstehe ich auch, weshalb Odin darauf dringt, dieses Schwert Excalibur zu finden. Eure Waffen werden ihn nicht töten oder Schaden zufügen. Es muss ihn ein Krieger mit dieser Klinge direkt ins Herz stoßen – nur so wird er für immer von der Bildfläche verschwinden. Dieses Schwert, gefertigt aus dem Staub der Sterne, durchtrennt mit magischen Kräften Steine und Eisen – es war ein erfahrener Schmied der Vorfahren, der es für meinen Vater einst anfertigte. Wer ist Juppi?" Er erwachte wie aus einer Trance und schüttelte sich. Die beiden Piloten trauten ihren Ohren nicht. „Was soll das bedeuten – wir können gegen ihn nichts ausrichten?" brauste Falk in bekannter Manier auf. „Wieso fragst du nach Juppi?" wollte Jahn wissen und winkte energisch ab. Er ließ Falk nicht mehr zu Wort kommen. „Halte endlich mal deine Klappe!" fauchte er ihn an, als dieser erneut losschnaubte. „Vater spricht zu mir – er nannte mir diesen Namen!" erklärte Balder. „Wir kennen diesen Juppi, sehr gut sogar. Aber was es mit diesem Excalibur auf sich haben soll, keine Ahnung? Er ist nicht Ritter Artus, der sich ein gleiches Schwert aus dem Fels zog und König wurde. Da müssen wir wohl mal die Frauen fragen…" Er kam nicht weiter. „Wir starten zu einem Rundflug und betrachten die Schoße aus der Höhe!" ertöte Babsis Stimme über Funk. „Wir schicken euch die Aufnahmen direkt auf die Bildschirme. Und haltet uns diesen Cyborg vom Hals. Nicht dass er uns aus Versehen die Flügel verbiegt", scherzte Judit, damit zogen beide Fluggräte senkrecht in die Höhe und überflogen die Front der Verteidiger. „Hals- und Beinbruch!" rief Jahn ihnen nach, mit einem rasanten Tempo entschwanden sie in der Wolkendecke. Kurze Zeit später konnten sie ihre Silhouetten ausmachen, die außer Reichweite der Bogenschützen über dem römischen Aufmarschgebiet zu kreisen begannen. „So ungefähr stelle ich mir einen Ameisenhaufen vor. Das wimmelt ja förmlich vor Truppen…!" Die Aufzeichnungen bestätigten die bereits bekannten Daten der Ortungsgeräte. „Babsi, haltet euch von Josch fern!" warnte Jahn, der sich noch nicht daran gewöhnen konnte, dass sie es mit einer feindlichen Maschine zu tun hatten. „Machen wir – aber was ist das?" vernahmen sie noch, worauf sie eine gewaltige Explosion blendete. Auf dem Monitor schlug ein heller Blitz ein, eine Maschine kam ins Druseln und stürzte mitten im Feindesland ab. Sie hörten Judits Kreischen und sahen, wie sie mit ihrer Maschine aus dem Beschuss herausflog. „Babsi! Babsi – sag doch was!" wimmerte sie. „Das glaube ich jetzt nicht!" Falk wurde kreidebleich. „Dieses Mistding hat eine

Drohne erwischt. Ich fasse es nicht – feuert aus allen Rohren!" brüllte er ins Mikrofon. Von allen Seiten zischten die Salven der Werfer an ihnen vorbei, Falk selber betätigte den Auslöser. Ein harter Ruck ließ Nr. 2 erbeben, mit brennenden Augen verfolgten die Männer den Flug der Rakete. Es schepperte, heftige Erschütterungen ließen um Cyborg Josch herum das Erdreich aufspritzen. Die dunklen Wolken verzogen sich, doch ihr Gegner stand noch immer unbehelligt auf den Füßen. „Er hat nicht eine einzige Schramme abbekommen!" Falks erwachende Euphorie brach wie ein Kartenhaus in sich zusammen. „Die Götter der Ahnen sind uns nicht wohlgesonnen…!" sprach Balder und setzte sich in seine Ecke. Besorgt verfolgte Falk die Ausweichmanöver von Judit, die sich rasant in die Höhe schraubte. „Mach schon Mädel! Du musst ihm entwischen!" zischelte er, die Knöchel an den Händen passten sich dem Farbton seines Antlitzes an, so schwer stützte er auf die Steuerkonsole auf. „Was für Zeug ist das, mit dem Josch um sich ballert? Das gehört nicht zur Standartausrüstung. Falk, hast du eine Ahnung, was das sein könnte?" Jahns Frage kam bei seinem Kumpel überhaupt nicht an. „Er schleudert die Blitze der Götter!" antwortete stattdessen Balder lakonisch und verblüffte damit erneut seine Mitstreiter. „Was hat er gesagt? Von welchen Blitzen quasselt er?" murrte Falk, seine Gedanken kehrte allmählich zurück. „Davon spricht er!" Aus den Metallkrallen des Cyborgs zuckte eine Flamme hervor, die sich im Zickzack durch die Luft schwang und der Drohne folgte. Das Augenmerk der Piloten richtete sich auf die nachfolgende Szene, ihre Blicken blieben wie gefesselt daran haften. „Sie wird es schaffen!" knirschte Jahn. Judit hatte fast die Wolkendecke erreicht, als auch sie getroffen wurde. Funken sprühten aus dem Hinterleib der Drohne, der Funkkontakt unterbrach abrupt. „Das ist wie ein furchtbarer Albtraum. Oder doch nicht?" stöhnte Falk und sank seufzend in seinen Sitz zurück. Eisiges Schweigen breitete sich aus, für einen kleinen Augenblick stand für alle die Zeit still. „Habt ihr mitbekommen, was gerade passiert ist?" erkundigte sich Jahn bei ihren Kameraden. Sie erhielten von allen Cyborgs umgehend die Bestätigungen. „Was machen wir jetzt? Sollen wir zugucken, wie er uns alle platt macht?" ereiferte sich Ingo, der Nr.4 steuerte. Sogar der sonst ziemlich verschlossene Piet meldete sich diesmal aus seiner Kanzel. Entgegen der sonstigen Art sprach er Falk ganz offiziell mit dem Dienstgrad an. „Also Commander, wir sollten entweder schleunigst von hier verduften – oder lass dir was Sinnvolles einfallen, bevor es endgültig zu spät ist!" bellte er über Funk. Falk bat sich eine kurze Bedenkzeit aus. „Ich bin genauso überrascht wie ihr. Und sollte es wirklich zutreffen, dass Heerführer Achmat in diesem Cyborg steckt, dann kämpfen wir gegen etwas, was nicht erklärbar zu sein scheint. Wir sind doch keine Geisterjäger…!" klagte er. Die nächste Welle von Geschossen, die über sie nieder ging, war ein Hagelschauer aus etlichen Bolzen, die das Gelände im weiten Umfeld wie mit Stacheln eines Igels spickten. „Sie bringen ihre Scorpiones zum Einsatz. Diese Katapulte sind der Horror auf jedem Schlachtfeld. Die Maschinengewehre der Antike mit verheerender Wirkung. Zum Glück richten sie wenigstens bei uns keine Schäden an." Falk kontrollierte fieberhaft die Treffer, die im System registriert wurden. „Schadensmeldung!" forderte er. Während er auf dem Kontrollschirm die aktuellen Daten angezeigt bekam, meldete sich eine unbekannte, metallisch klingende Stimme. „Wir haben zwei Piloten in Gewahrsam genommen. Ihre Flieger sind zerstört. Wenn ihr kooperiert und euch ergebt, lassen wir Gnade vor Recht ergehen. Wir sichern euch und den Truppen der Germanen freies Geleit zu…!" verkündete sie blechern. Jahn und Falk sahen sich hoffnungsvoll an. „Sie leben also noch? Was für eine gute Nachricht." Falk holte tief Luft. „Was soll ich diesem Knallkopf antworten? Er soll sich gefälligst zum Teufel scheren…" Aber so einfach war die Angelegenheit nicht, wie sich sehr schnell herauskristallisierte. „Unsere aktiven Handlungen beginnen in einer Stunde. Bis dahin erwarten wir eine klare Entscheidung!" wurde ihnen noch gemeldet. „Wir müssen uns beraten – wir brauchen mehr Zeit!" brüllte Falk in die Luft, aber es erfolgte keine Reaktion mehr. „Eine Galgenfrist von einer Stunde – was können wir in dieser kurzen Zeit noch zaubern? Nichts!" Missmutig ließ er die flache Hand auf das Pult knallen. Ihr mächtiger Gegner stand unbeweglich an der gleichen Stelle, die wenigen Lichtstrahlen, die vom Bugfenster reflektiert wurden, sahen wie lustige Sternchen aus. „Dieser Mistkerl – wenn ich könnte, würde ich ihm den Hals umdrehen!" schimpfte

Falk. Aber er konnte nicht. Balder saß einfach auf der Wolldecke am Boden und stierte vor sich hin. „Kann der auch mal einen Spruch machen?" polterte Falk weiter. Balder blinzelte und verzog den Mund. „Es liegt allein in Odins Macht, das Spiel des Bösen zu wenden. Vertraut darauf, dass er den Fluss der Zeit neu regeln wird!" antwortete er gelassen und lehnte sich an die kalte Wand...

„Das Volk jubelt, mein Kaiser. Hört doch – heute bricht der hundertste Tag der Spiele an. Ich habe mich persönlich um die wichtigsten Höhepunkte dieses wohl kaum noch zu überbietenden Schauspieles gekümmert." Präfekt Lehrmeier hielt Titus das vergoldete Schwert entgegen und half, seinen Gurt umzubinden. „Für dieses Ereignis muss ich besonders gut aussehen – und was meinst du Präfekt – sehe ich gut aus?" Titus setzte sich den Siegerkranz aufs Haupt. „Diese Arena wird in allen Zeiten das symbolisieren, wofür wir Römer stehen: Macht, Stärke, Reichtum und Ewigkeit!" Mit sich selbst zufrieden, ließ er seine Leibgarde antreten. „Macht den Weg frei, der Imperator wird heute noch einmal zum Volk sprechen und die Früchte seiner Arbeit genießen!" donnerte er, im sicheren Schutz der Prätorianer ließ er sich in der Öffentlichkeit durch die Menge geleiten. „Titus kommt – seht doch! Der Kaiser ist da!" Der weithin vernehmbare Schrei in der überfüllten Magistrale führte zu einem derartigen Gedränge, dem die Garde nur schwer widerstehen konnte. Immer mehr Menschen quollen aus den Eingängen der Häuser, um den Imperator zu huldigen und quetschten die Truppe zusammen, so dass sie kaum Luft bekamen. „Was ist denn hier los? Was treibt sich um diese Stunde noch auf den Strassen herum?" fluchte Titus, der sich in der Enge zunehmend unwohl fühlte. Erhitzte und lachende Gesichter winkten ihm zu, er bemerkte aber auch eiskalte Augen, die ihn bedrohlich anblickten. „Knüppelt sie nieder, wenn sie nicht augenblicklich den Platz frei machen!" Titus Stimme überschlug sich fast, er zückte sein Prunkschwert. Aus einem Seitengang des Kolosseums strömte eine Zenturie Krieger heraus, um den Kaiser aus der Misere zu befreien. „Den Göttern sei Dank. Die Stadtwache schickt Verstärkung!" stöhnte Titus erleichtert und erteilte den Befehl, diesen Zugang zu nutzen. „Präfekt, der Plan wird geändert. Das ist mir zuviel Hektik mit den Massen – wir folgen der Wache! Präfekt?" Er konnte ihn nirgendwo erspähen. Er dachte sich nichts dabei, eingekeilt zwischen seinen Männern erreichte er schließlich die schmale Pforte, die in den unteren Bereich der Arena führte. „Hier entlang, großer Imperator!" wurde ihm zugerufen, düstere Stille nahm ihn auf, als er die meterdicke Mauer durchschritt. Erst als sich die Tür hinter ihm schloss, nahm er wahr, dass er alleine lief. „Wachen, wo seid ihr?" Unter den Füßen knirschte loser Kies, der im gesamten Gang verstreut war. Sein Führer, der mit einer Fackel in der Hand voraneilte, stoppte und wartete geduldig auf ihn. „Seid ohne Furcht, Gebieter. Ich bringe euch sicher in eure Loge. Folgt mir bitte hier entlang. Der Präfekt erwartet euch bereits!" Ein größerer Raum erstreckte sich vor ihnen, der durch einige Feuerkörbe spärlich erhellt wurde. Vertrauensvoll sah sich Titus um. „Das hier ist also das Allerheiligste der Arena. Jener Bereich, in dem sich nur wenige auskennen und wo die Vorbereitungen für das Massenspektakel getroffen werden!" Die vielen Seitengänge, die in sämtliche Richtungen abgingen und im Verborgenen lagen, weckten seine Neugier. „Da würde man sich bestimmt verirren, wenn man sich nicht auskennt, oder?" Sein Lotse brummelte unverständlich vor sich hin und bog in einen Seitenstrang ein. „Wir sind fast am Ziel. Nur noch wenige Schritte, erhabener Kaiser...!" Die Geräuschkulisse verstärkte sich, je weiter sie sich dem Zentrum näherten. „Ein höchst interessante Erfahrung für mich", brummte Titus, der ohne Zaudern den Anweisungen des Fremden folgte. Dieser steuerte direkt auf eine massive Tür zu. „Weiter zu gehen ist mir nicht gestattet. Folgt einfach den Markierungen an den Wänden – sie leiten euch zur Loge!" Titus wurde von dieser Wendung total überrascht, bevor er etwas zu entgegnen vermochte, hielt er bereits die Fackel in den Fäusten, den Fremden verschluckte die Dunkelheit. „Ja aber...?" stotterte er und hielt das Licht über den Kopf. „Verdammt noch mal, was soll der Quatsch!" Sein Fluchen verhallte ungehört. „Wenn ich rausbekomme, wer das war, lasse ich ihn hinrichten!" schimpfte er und zog am Eisenring, der als Knauf fungierte. Knarrend schwang die Tür zur Seite und gab den Eingang frei. „Sicher ist sicher!" knurrte Titus, das Schwert in der Rechten, die Fackel auf Augenhöhe, marschierte er grimmig weiter. Je länger sich die Strecke hinzog, umso wütender wurde er. „Das wird mir der Präfekt büßen. Dieser Lumpenhund. Sich einfach davon zu stehlen und ich muss sehen, wie ich aus diesem Rotz heraus komme!" Eine Gabelung erschien im flackernden Licht, er spürte den Luftzug auf den Wangen. „Na endlich, das scheint es zu sein!" Voller Wucht trat er mit dem Fuß gegen eine Pforte, surrend schob sie sich in die Wand. „Willkommen, mein erhabener Kaiser!" Titus blinzelte, er erblickte nur die Umrisse eines Schattens, der sich im grellen Licht abzeichnete. Die Stimme erkannte er sofort. „Präfekt, wo zur Hölle hast du gesteckt? Wie kommst du dazu, mich so in die Irre zu führen!" polterte er los und überschattete seine Augen. Allmählich gewöhnte er sich an die Helligkeit. „Wo sind wir? Das ist nicht meine Loge!" Es war eine innere Ahnung, die ihn misstrauisch werden ließ. „Was für ein komisches Spiel treibst du, Präfekt?" Er ließ die Fackel fallen und umfasste das Schwert mit beiden Fäusten. Endlich wurde sein Blick klar. Der Mann, der mit gespreizten Beinen und nacktem Oberkörper vor ihm stand, war tatsächlich Präfekt Lehrmeier. „Was ist mit dir geschehen?" Bisher kannte er ihn nur mit seiner Uniform oder geschlossenen Umhängen. Dieser Anblick jagte ihm einen Schauer über den Rücken. „Ihr trägt ähnliche Tattoos wie der Heerführer. Gehört ihr einer Sekte oder einem besonderen Verein an?" wunderte er sich, während er die flammenden Drachenköpfe intensiv inspizierte. „Man könnte fast meinen, dass sie echt sind?" Ihn verblüfften die Strahlen, die über die Haut des Präfekten hinweg flimmerten. „Guter Trick – zeige ihn mir noch mal!" bat er und wollte das Branding auf der Brust berühren. „Untersteh dich – das wäre dein sofortiger Tod!" wurde er gewarnt. Erschrocken hielt er inne. Für einen Moment nahm er eine Bewegung des Drachenkopfes wahr, es wurde schlagartig so heiß, dass ihm der Schweiß von der Stirn perlte. „Verflucht, das geht nicht mit rechten Dingen zu!" Er zog die Hand zurück und rieb sie verstohlen an seiner Tunika. Kettenklirren lenkte ihn ab. Hinter dem Präfekt bewegte sich eine Gestalt. Präfekt Lehrmeier trat zur Seite und winkte Titus heran. „Nun mein großer und mächtiger Kaiser, ich möchte dir jemand vorstellen, der einmal so war wie du. Das hier war ebenfalls ein Kaiser, der nach dem Vorbild der Römer ein Land regierte – er nannte sich

Imperator Klausus! Er war einst der Herrscher der Germanen der Zukunft, weit weg von dieser Zeit – dem Volk der Deutschen!" Er grinte den entsetzt dreinblickenden Titus an. Das kaum zu definierende Wesen stieß einen unmenschlichen Schrei aus. Es stank wie die Pest, die Kleidung hing zerfetzt an seinem geschundenen Körper. An einer Stelle am Bein bemerkte er einen Hautlappen, der lose herumflatterte, er konnte bis auf den blanken Knochen gucken. „Das glaube ich nicht, der muss doch tierische Schmerzen haben", flüsterte er verstört, doch das war ihm nicht anzumerken. Am Schlimmsten sah das Gesicht aus, es hatte mehr Ähnlichkeit mit einem dieser großen Affen, die manchmal in der Arena kämpften, statt eines Menschen. „Nimm dich in Acht, Römer. Er wird dich genau so übertölpeln wie einst mich!" röhrte er schließlich hörbar und rüttelte aufgebracht an den Ketten, mit denen seine Gliedmaßen und der Hals an der Wand angeschmiedet war. Der Präfekt lachte schallend. „Ist das nicht witzig – zwei alte Säcke von Imperatoren treffen aufeinander und tauschen sich darüber aus, wie sie enden werden!" flaxte er und wartete lässig mit verschränkten Armen ab. „Nur zu, ich habe Zeit!" Klausus fletschte bösartig die Zähne. „Ich würde nicht zu dicht rangehen – er hat die letzten fünf Jahre nichts gefressen. Es könnte durchaus sein, dass er dich mit Haut und Haaren verschlingt!" erwähnte der Präfekt beiläufig und schmunzelte heimlich, als er das fassungslose Antlitz des Kaisers registrierte. So nach und nach kapierte Titus, mit welcher Spezies er es tun hatte. „Ich habe Gerüchte von hässlichen Kreaturen gehört, die als Untote zwischen den Welten wandern. Bisher glaubte ich, das wären Horrormärchen der Erzähler und Sänger, um das gemeine Volk zu erschrecken. Ich hätte allerdings nie gedacht, ein solches Geschöpf an meiner Seite zu erleben – Präfekt!" Dieser neigte das Haupt und betrachtete Titus voller Hohn. „Kaiser des mächtigsten Reiches der Römer und dieser Zeit – deine letzte Stunde wäre längst abgelaufen, wenn uns nicht der ehrwürdige Gebieter Einhalt geboten hätte. Doch nun ist der Zeitpunkt gekommen, dich für deine neue Mission vorzubereiten!" Klausus schnaufte und knurrte. „Er wird dich ebenso in Ketten schlagen wie mich. Und dann für alle Zeiten verrotten lassen!" Der Kaiser war in seiner Jugend als hervorragender Kämpfer bekannt gewesen, in der Phase als aktiver Heerführer unter seines Vaters Herrschaft erstritt er viele glorreiche Siege für Rom. „Das wird er nicht wagen! Mein Volk und meine Legionen würden ihm das übel nehmen! Und mich befreien!" sprach er voller Überzeugung. Ein lautes Wiehern des Präfekten war die Antwort. „Das glaubst du wirklich? Du hast nicht die geringste Ahnung, gegen wen du antreten musst. Meine Knechte werden in dieser Nacht die Römer wandeln und selbst zu Knechten machen. Kein Schwein wird sich an einen Kaiser Titus erinnern, kein Römer wird jemals wieder wissen, dass es eure Rasse gab. Das wird mit deinem vielgepriesenen Volk geschehen. Sei also so klug und lege deine Waffe nieder, sie wird dir nichts nützen!" befahl er und bot ihm die blanke Brust als Ziel. „Stich zu, Titus, trau dich nur. Deinen untertänigen und gehorsamen Präfekten gibt es nicht mehr. Vor dir steht dein Nachfolger – Kaiser von Gottes Gnaden und Imperator des vereinten römischen und germanischen Reiches!" höhnte er und lachte erneut. Mit einem Ausruf der Wut und Verzweiflung raste Titus auf ihn zu und rammte ihm die Klinge bis zum Anschlag in den Wanst. „Niemals wirst du mein Nachfolger oder überhaupt ein Kaiser unseres Reiches!" rief er aus. Der Präfekt verzog keine Miene. Er schaute verdrießlich an sich runter. „Bist du nun zufrieden? Blödmann!" schnauzte er zurück, mit einer ruckartigen Drehbewegung des Körpers entriss er ihm die Waffe. Titus Augen wurden immer größer, als die Klinge von selbst aus dem Bauch des Präfekten wanderte und zu Boden fiel. Die Wunde schloss sich, nicht eine Schramme blieb zurück. „Wenn ich das mit dir machen würde, was glaubst du, wie das ausgeht?" grunzte der Präfekt mit sichtlichem Vergnügen und attackierte den Kaiser mit den bloßen Händen. Er packte ihn am Hals und presste seinen Brustkorb an den Körper des Mannes. Sofort erlahmte der Widerstand des Imperators, willenlos ließ er die nachfolgende Prozedur über sich ergehen. „Du Schwein – genau so hast du mich damals zum Narren gehalten und mir dieses elende Branding verpasst. Warum hast du mich nicht gleich umgebracht, du Hurensohn!" Klausus zerrte erbost an den Ketten, die Erinnerungen an diese Stunde der Demütigung puschten ihn auf. „Sohn einer läufigen Hündin, dich wird die Strafe der Götter treffen, dessen bin ich mir sicher!" bellte er kraftlos. Der Präfekt ließ von Titus ab, der puderrot vor Hitze dampfte und zusammensackte. „Dein Branding ist aktiviert – nun musst du nur einmal kurz sterben und schon gehörst du mir!" frohlockte er. Auf der Brust des Kaisers prangte ein goldgelber Drachenkopf, die Haut zuckte, es roch nach verbranntem Fleisch. „Ein richtiges kleines Meisterwerk ist mir gelungen." Mit einem zufriedenen Seitenblick auf Klausus fügte er hinzu: „Du bekommst von mir die Chance, aus deinem elenden Leben zu entfliehen. Steige hinauf in die Arena und zeige den Römern, was sie wert sind. Kämpfe gegen ihren Kaiser und zerfleische ihn vor ihren Augen. Ich gewähre dir dafür die Gunst des ewigen Schlafes!" lockte er ihn mit einem verschlagenen Grinsen. Er rechnete insgeheim, dass Klausus auf sein Angebot eingehen würde und täuschte sich nicht. „Ich soll ihn töten – in aller Öffentlichkeit?" Klausus wurde verdächtig leise, sein unruhiger Blick pendelte zwischen Titus und dem Präfekten. „Welche Garantien habe ich schon, wenn ich mich auf diesen Handel einlasse?" vernahm Präfekt Lehrmeier, verstohlen rieb er sich die Hände. „Mein Wort, das müsste dir doch genügen!" schlug er vor. „Dein Wort sagst du? Das ist nicht den Dreck an meinem Leib wert. Lieber verfaule ich weiter, bevor ich mich darauf einlasse!" Das klang resolut. Der Präfekt spielte eine weitere Trumpfkarte aus. „Gut, wenn du mir nicht traust, dann richte es so ein, dass er dich köpft, während du ihn triffst…!" Die Reaktion von Klausus zeigte ihm, dass er diesmal ins Schwarze traf. Ohne Zögern willigte er ein. „Du wirst mich doch nicht in Ketten kämpfen lassen? Zumindest dem äußeren Anschein nach sollte es fair aussehen…"

Das letzte Geräusch erstarb, als die Kolonne Christen in die Arena getrieben wurde. Peitschenknallen und wüste Schreie der Wärter hallten durch das Rund, es waren exakt hundert armselige Geschundene - Männer, Frauen, Kinder – Alte und Junge - die ihrem sicheren Tod entgegen gingen. In vier langen Reihen waren Kreuze auf Böcken vorbereitet, Reisig und ganze Wagenladungen Holz daneben aufgeschichtet. „Bewegt eure Ärsche, lahmes Gesindel! Oder glaubt ihr wirklich daran, dass euer Gott euch einen Aufschub gewährt?" Einer der Wächter versetzte einer jungen Frau einen heftigen Hieb über den Rücken, sofort trat ein blutiger Striemen hervor. „Du wirst brennen mein Täubchen, bis deine verdammte Seele im Himmelreich deines Gottes ankommt und dort um Vergebung flehen wird!" fluchte er so laut, dass er bis in den letzten Rang zu hören war. Sie zuckte zwar, aber nicht ein Klagelaut kam über ihre Lippen, nicht eine Träne floss ihr über die Wangen. Sie hielt die Hände zum Gebet gefaltet, mit geschlossenen Augen setzte sie einen Schritt nach dem anderen, ohne zu stocken. „Verfluchte Brut – ihr müsst doch Schmerzen empfinden wie Jedermann?" tobte er und hob erneut die Peitsche. Der Alte, der neben der Frau lief, hob seinen Blick und fixierte ihn. „Wir haben mit dieser Welt abgeschlossen – weshalb lässt du uns nicht in Ruhe unseren Weg gehen? Ist es dir so wichtig, uns leiden zu sehen? Vielleicht kommt einmal die Zeit, in der sogar du verstehst, weshalb irdisches Elend uns nicht mehr erreicht, wenn der Herr seine schützende Hand über uns hält!" sprach er sanftmütig und breitete seinen Arm über sie aus. Der Schreihals schaute verblüfft seine Kameraden an, die wohl jedes Wort mitbekommen hatten. „Verfluchtes Pack!" lärmte er erneut, doch diesmal wurde er aus den eigenen Reihen gezügelt. „Er hat recht – lass sie in Ruhe. Sie werden noch genug zu ertragen haben!" wurde er von einem Freund gescholten, der direkt hinter ihm lief. Für einen Moment öffnete die Frau die Augen und musterte überrascht den Sprecher. „Danke", flüsterte sie kaum hörbar und setzte ihren schweren Gang fort. „Bist du geisteskrank – wie kannst du so Eine verschonen wollen? Der ganze Dreck vom heiligen Geist und diese Geschichte von der Auferstehung sind alles Schauermärchen. Genau deswegen werden sie verfolgt und ihrer gerechten Strafe zugeführt", zeterte der Soldat und schlug ihr erneut die Peitsche über den Rücken. Sein Kumpan schüttelte nur missbilligend den Kopf. „Du bist so ein blöder Wichser. Ich warne dich jetzt zum letzten Mal – lass die Kleine in Ruhe!" drohte er und lief demonstrativ ein Stück neben ihn. Der verzog verächtlich den Mund. „Bist wohl selber so ein verkappter Christ…" Er hatte kaum ausgesprochen, als er einen schmerzhaften Hieb auf die Nase bekam. „Noch so eine blöde Bemerkung, und du bist ein Freund gewesen", zischelte es in seinem Ohr. Bestürzt ließ er sich ein Stück zurückfallen und wischte sich unauffällig das Blut aus dem Gesicht. „Das wirst du mir büßen – elende Christensau!" murrte er und ballte die Faust. Der Vorfall blieb weitestgehend unbemerkt, die Zuschauer in den überfüllten Rängen konzentrierten sich auf die Schar der Gladiatoren, die mit lautstarker Ankündigung im Zentrum aufmarschierte. Die besten Kämpfer Roms, die alle bisherigen Kampfspiele erfolgreich überstanden, sollten die Zeit, in der die Verurteilten an die Kreuze geschlagen und aufgerichtet wurden, mit einer Kampfshow überbrücken. „Kaiser Titus selbst hat diese glorreichen Helden für den letzten Höhepunkt ausgewählt. Salve Imperator – mögen sie uns den Kampf liefern, den das Volk von ihnen erwartet!" schallte es über die Arena hinweg. Frenetisches Geschrei war die Antwort, die Kämpfer nahmen in Reihe vor der Loge des Kaisers Aufstellung und entboten ihren letzten Gruß. Niemand der Anwesenden konnte erkennen, dass auf dem Sessel des Imperators ein anderes Geschöpf Platz nahm – Präfekt Lehrmeier. Sein Gesicht blieb im Schatten der Nacht verborgen, nur seine Finger trommelten nervös auf der Brüstung. Mit einem Blick fischte er seine Kontrahenten aus dem Haufen. „Diese Verkleidung steht den beiden Oberhäuptern hervorragend und passt wie die Faust aufs Auge!" Es gab nur zwei Kämpfer in der Schutzkleidung des Thraex, die vom Kopf bis Fuß vermummt waren und deren Helme die Köpfe vollständig verdeckten. Der überwiegende Anteil Gladiatoren bestand aus den restlichen Kämpfern der Hoplomachus und Provocators. Am Rand der Gruppe befanden sich noch ein Secutor, daneben ein Murmillo. „Der Kaiser wünscht den Helden der hundert Tage einen ruhmreichen Sieg. Wer heute die Arena lebend verlässt, bekommt von ihm persönlich das hölzerne Schwert überreicht und erhält damit die Freiheit auf Lebenszeit. Ihm winkt die römische Staatsbürgerschaft und er darf sich fortan Römer nennen. Der Kaiser wünscht außerdem, dass sich die Thraex im ersten Kampf des Abends auf Leben und Tod messen!" verkündete der Sprecher. Bis auf Titus und Klausus, die sich nun Auge in Auge gegenüber standen, räumten alle das Feld. Noch war nur das Stöhnen und Jammern der Menschen zu vernehmen, die inzwischen an den Kreuzen verweilten und ergeben darauf warteten, bis sie an das Holz angeschlagen wurden. Das metallische Klacken der Hämmer und Äxte, mit denen sie die Nägel durch die Arme und Beine der ersten Leidensgefährten trieben und deren Schmerzensschreie übertönten den

Kampflärm der Männer, mit dem sie ihre vermeintlichen Kameraden anfeuerten. Für Bruchteile von Sekunden sah Titus das Antlitz des Präfekten in seiner Loge aufblitzen, der voller Spannung auf ihn nieder guckte. „Du verfluchter Hundesohn! Ich werde mich zu erkennen geben – dann wirst du die Rache meines Volkes zu spüren bekommen!" brüllte er aus Leibeskräften, doch außer einem dumpfen Gurgeln war nichts zu verstehen. Wütend machte er sich daran, den Helm zu öffnen, um ihn herunter zu reißen, aber das gelang ihm nicht. „Glaubst du wirklich, Lehrmeier ist so blöd und lässt zu, dass du ihm sein Spiel versaust?" hörte er seinen Gegner grunzen, damit erfolgte der erste Schlagabtausch. Die flache Klinge seines Widersachers sauste mit voller Wucht auf seinen Helm, dass es nur so schepperte und ihm Hören und Sehen verging. „Hör auf zu heulen und stirb wie ein Mann. Vielleicht ist es dir vergönnt, was mir nie gelang und du kannst deine Rache als ein Ewiger doch noch vollenden!" Die Klinge durchschnitt erneut die Luft, in letzter Sekunde gelang es Titus, sie mit dem Schild abzufangen. „Ich werde mich rächen!" Dieser Gedanke setzte sich mit jedem weiteren Schlag in seinem Hirn fest, fast routiniert wehrte er in Folge die unkontrollierten Attacken von Klausus ab. Der erfahrene Krieger und Soldat erwachte in ihm, seine Gegenparaden erfolgten immer sicherer und genauer. Allmählich zahlte sich seine Taktik aus, es gelang ihm mehrfach, Klausus in ernsthafte Bedrängnis zu bringen. Der Präfekt saß wie gebannt auf dem Sessel und verfolgte mit Argusaugen den ungleichen Kampf. „Einen Drachenknecht zu besiegen, ist unter normalen Umständen ein Ding der Unmöglichkeit. Aber dieser Klausus war und bleibt ein Waschlappen! Hoffentlich schafft der Idiot es wenigstens, Titus den Todesstoß zu versetzen, damit sich die Wandlung erfolgreich vollzieht…" knurrte er unhörbar vor sich hin. Nach dem jetzigen Stand der Dinge wuchsen seine Zweifel. „Nun kleiner Titus, deine Todessehnsucht reicht wohl noch nicht aus, dass du freiwillig deinen Abschied nimmst." Seine Gedankengänge wurden unterbrochen, einer seiner engsten Vertrauten schlich sich heran und flüsterte ihm einige Sätze zu. Der Präfekt setzte sich kerzengerade auf, verärgert strich er sich eine Locke von der Stirn. „Was soll das heißen – es gibt einen festgelegten Ablauf. Diese Hornochsen! Sie sollen sich gedulden –

ich wünsche keine vorzeitigen Alleingänge! Es bleibt, wie ich es befohlen habe. Diese Christen tragen bereits das Zeichen des Gebieters. Sobald die Scheiterhaufen brennen und sie ihr Leben aushauchen, beginnt die Wandlung zu Drachenknechten. Das ist das Zeichen, erst dann sollen unsere Truppen hier einrücken und diesen Misthaufen eliminieren. Schärfe allen noch einmal ein – sie sollen jeden zeichnen und nur töten, nicht fressen oder zerstückeln – damit ihre Wandlung sofort geschieht. Wenn die Römer dann hinausströmen, um ihre Familien zu suchen, wird mir die gesamte Stadt bis zum Morgengrauen gehören...!" machte er klar. Der Melder eilte hinfort, den Einheiten die unmissverständliche Anweisung ihres Oberhauptes zu überbringen. „Dieser Arminius ist doch völlig durchgeknallt. Seit er mit Varus zusammenhockt, machen sie nur noch Blödsinn. Achmat soll ihnen langsam mal die Hammelbeine langziehen!" fluchte er aufgebracht. Die Nachricht, dass beide Heerführer mit ihren vereinten Truppen bereits im Randgebiet von Rom eingefallen waren und ein blutiges Gemetzel verursachten, ließ in ihm eine Stinkwut aufsteigen. „Diese verdammten Schwachköpfe gefährden die gesamte Operation!" Er ging im Kopf noch einmal den Schlachtplan durch. „Es war anders abgesprochen. Sie sollten sich in den Katakomben sammeln und bereit halten. Noch eindeutiger kann man es doch nicht formulieren! Verdammte Brut!" Die jähe Erkenntnis, dass ihm durch das Brandenburger Tor als Zeitportal das ideale Objekt in die Hände fiel, welches sein Heer nicht nur aus dem Kastell Berlina hierher teleportierte, ließ ihn wieder ruhiger werden. „Das ist ein Coup, welchen mir die Geschichte nicht besser hätte erweisen können. Wer würde wohl damit rechnen, dass ein und dieselben Armeen in zwei Epochen gleichzeitig erscheinen und kämpfen können? Niemand!" Ein kleiner Wermutstropfen blieb allerdings – sollte Achmats Heer es nicht schaffen, das Rad der Geschichte zurück zu drehen und den Sieg über die Germanen verscherzen, wusste auch er nicht, wie sich alles entwickeln würde. „Der allmächtige Gebieter würde diesmal kein Verständnis dafür aufbringen", dessen war er sich allerdings mehr als sicher. Aufgewühlt wandte er sich wieder dem Geschehen in der Arena zu. Seine beiden Schützlinge lieferten sich noch immer ein erbittertes Gefecht, sehr zum Wohlgefallen der

Zuschauer, die das mit tosendem Beifall quittierten. „Sieh an, sieh an – das hätte ich ihnen nicht zugetraut. Da steckt ja doch so was wie eine Kämpferseele drin", bewunderte er kurzzeitig, als sich offenbar die Entscheidung abzeichnete. Konsterniert sah er zu, wie einer der Kämpfer seine Waffe fallen ließ, den Schild in den Sand warf und die Arme zur Seite streckte. „Welcher Idiot ergibt sich freiwillig?" ächzte er, während das tödliche Finale des Duells diesen Teil des Spieles beendete. Es knirschte, ein Schädel rollte über den Boden und kam in einer Senke zum Stillstand. Präfekt Lehrmeier überzeugte sich mit einem scheelen Seitenblick, wie das in den Rängen ankam. Verhaltenes Schweigen machte sich breit. Der Sieger indessen entledigte sich seines Schwertes und trat schwankend vor die Loge des Kaisers hin. Erst jetzt konnte er die klaffende Wunde im Brustkorb erkennen, die ihm beigefügt wurde. Bevor er ein Wort verkünden konnte, knickten ihn die Beine ein, der Körper von Titus schlug auf der Erde auf und blieb regungslos liegen. „Zwei Fliegen mit einer Klappe geschlagen. Das nenne ich mal korrekten Vollzug!" brummte der Präfekt zufrieden und lehnte sich entspannt zurück, um das weitere Schauspiel zu genießen. Über die Hälfte der Kreuze waren bereits aufgestellt, eine Gruppe Sklaven beeilte sich, das Holz darunter aufzuschichten. Es blieb noch genügend Zeit, die restlichen Kämpfer ins Getümmel zu schicken. Hinter Lehrmeier nahmen mehrere Posten Aufstellung, auch sie trugen Masken, die ihre wahre Identität verschleierten. Nur ihren markanten Gestank konnte nichts überdecken. Aber der störte das Oberhaupt der Zombies am wenigsten. „Die Truppen stehen bereit, sie warten nur auf euer Zeichen, Gebieter! Heerführer Achmat hat die Alte Garde erweckt. Seine Krieger sind gerade dabei, das Schlachtfeld im Jahre 9 n. Chr. zu übernehmen und die Germanen in die Wälder zu drängen. Es gibt keinen Zweifel mehr – der Sieg wird unser sein!" meldete sein Untergebener. Und hatte noch eine freudige Überraschung parat. „Die Legionen in unserer Epoche haben weisungsgemäß das gesamte Territorium des zukünftigen Deutschlands besetzt und die ansässigen Germanenstämme aufgerieben. Die Dörfer wurden verbrannt, die Ernten vernichtet und das Vieh getötet. Sie werden verhungern und in der Wildnis verrecken – oder müssen sich euch unterwerfen. Bis auf einen Nachfahren von diesem Arminius, einem gewissen Hermann, seines Zeichens der neue Fürst der Cherusker, sind alle Oberhäupter gefallen oder auf der Flucht." Der Berichterstatter legte eine Denkpause ein. „Ich soll euch vom Heerführer Achmat ausrichten, dass er eine von diesen Höllenmaschinen gekapert hat und sie selbst im Kampf gegen die Siedler des Camps führt." Damit endete vorerst seine Meldung. Diesmal, so schien es, lief alles nach Plan...

„In der nächsten Stunde wird sich entscheiden, ob der Plan gelingt und der Heerführer Achmat fällt oder die Geschichte der Germanen wirklich neu geschrieben wird – diesmal als willige Untertanen des römischen Imperiums." Juppi lugte zwischen den Bäumen hinauf zur Anhöhe, wo bereits seit dem Morgengrauen die berühmteste Schlacht tobte, die zur Geburtsstunde des Germaniens der Neuzeit wurde. Wüstes Geschrei, das Klirren und Scharren der Waffen, wenn sie aufeinander trafen, klang wie eine Symphonie des Todes. Dazu das Röcheln und Krächzen der Sterbenden und verletzten Soldaten, die um Gnade flehten, vervollständigten diese düstere Melodie. Anka zupfte an seinem Bein. „Da drüben kommen Reiter. Sind das welche von den Römern...?" Die Antwort bekamen sie prompt geliefert, als eine Horde Germanen sie umzingelte und mit langen Stangen auf sie einprügelte. Ein Reiter, mit einem goldenen Feldzeichen in der Faust, wurde von mehreren Angreifern gleichzeitig attackiert. „Sieht wie eine Legionsstandarte aus – der Reichsadler aus purem Gold. Unten die römischen Ziffern – das dürfte das Zeichen der siebzehnten Legion sein, welches sich die Germanen gerade holen", stellte Juppi sachkundig fest. Er wusste von seinem Studium als Lehrer für Deutsche Geschichte, dass die XVII, XVIII und XIX Legion unter dem Kommando von Varus standen, als sie geschlagen wurden.

„Dass ich das einmal mit eigenen Augen erleben würde, hätte ich mir nie im Leben erträumt", äußerte er euphorisch und vergaß einen Moment die grausame Realität des Krieges. Er stand auf, um besser schauen zu können. „Bist du von allen guten Geistern verlassen. Wenn dich jemand entdeckt, wird es uns schlecht ergehen!" warnte Anka eindringlich. Im Nachbarbusch knackte es verdächtig. Otilda, die sich um die neue Freundin Urda wie eine leibliche Schwester kümmerte, fuhr herum und spannte den Bogen. „Nicht schießen – wir sind es – Marcus und Gaius!" Die beiden Römer kamen mit bleichen Gesichtern und total verdreckten Uniformen herausgekrochen und huschten zur Gruppe rüber. „Nee – das glaube ich jetzt nicht! Wir dachten, ihr habt euch verdünnisiert und seid zu euren Leuten geflohen, um Varus zu warnen?" empfing sie Anka patzig, die genau so verblüfft war wie der Rest der Truppe. Marcus verschnaufte einige Sekunden, krächzend erzählte er, was ihnen widerfahren war. „Das hatten wir tatsächlich vor. Wir wollten zu Varus, um ihn vor dem Hinterhalt zu warnen. Aber dann kam uns der Gedanke, dass er uns niemals trauen und vielleicht sogar hinrichten lassen würde. Kurz darauf war es ohnehin zu spät, von allen Seiten stürmten die Germanen herbei und überrannten alles, was sich ihnen in den Weg stellte. Wir sind ihnen mit knapper Not entkommen." Gaius nickte bestätigend vor sich hin. „Erzähle ihnen noch von diesen komischen Typen mit den Monstergesichtern", fügte er hinzu. „Ach ja – diese Krieger aus dem Kessel sind vorhin angekommen – da unten in der schmalen Schlucht formieren sie sich gerade!" beendete Marcus seine Ausführungen. Juppi bat Anka um das Fernglas. „Teufel noch mal, ihr habt recht. Keine fünfhundert Meter von hier gehen sie in Stellung und warten den besten Moment ab, um einzugreifen. Wir müssen irgendwie an Arminius herankommen, damit er diese Nachricht erhält!" Er blickte sich nachdenklich im Team um. „Otilda, das ist dein Job. Suche den Fürsten und sage ihm, was wir gerade erfahren haben!" bat er sie inständig. Ohne ihre sonstigen Widerworte bereitete die junge Kriegerin den Abmarsch vor. Sie hing sich den Bogen und den Köcher um. „Urda wird mit mir gehen. Falls ich es nicht schaffen sollte, wird sie Arminius informieren!" entschied sie, gemeinsam brachen sie auf und entschwanden im Dickicht. Die zwei Römer indessen suchten Schutz hinter einer dicken Eiche. „So sah es also damals aus, als unsere Brüder niedergemetzelt wurden. Die Germanen sind schlimmer als Wölfe – es ist nicht zu fassen, dass Varus wirklich so dumm war, in ihre Falle zu tappen!" Gaius beobachtete mit gemischten Gefühlen einen Zweikampf ganz in ihrer Nähe. Hier waren die kampferprobten Männer Roms auf sich allein gestellt. Und ohne den gegenseitigen Schutz der Kolonnen, die Schilde wie einen Panzer zu einer festen Formation zu schließen, so dass keine Gegner sie bezwingen konnten, hatten sie kaum eine Chance. Diese Taktik funktionierte nur auf freiem Gelände und nicht in dieser Schlacht mitten in den verregneten Wäldern Germaniens. Das heisere Keuchen der Männer drang zu ihnen, ihr Kampfgefährte wehrte sich verbissen gegen den übermächtigen Germanen. Doch sein Schicksal war schnell besiegelt, als er von der Streitaxt in der Schulter getroffen wurde. Er sank auf die Erde, mit einem weiteren Schlag wurde sein Helm mitsamt Schädel zertrümmert. Voller Grausen wandte sich Gaius ab. „Verdammte Scheiße ist das. Wenn sie uns erwischen, wird es uns genau so ergehen – die sind im Blutrausch und kennen kein Erbarmen!" fluchte er mutlos und lehnte sich an den Stamm an. Juppi war noch immer mit der Beobachtung der Zombies beschäftigt. „Da vorn sehe ich ihren Anführer. Es geht jetzt los!" Marcus rutschte bäuchlings einige Meter vor. „Da unten, das könnte Feldherr Varus sein. Eine Kohorte versucht, ihn zu beschützen. Er sieht nicht gerade wie ein besonders erfolgreicher Kämpfer aus!" zischte er Juppi zu. Ein größerer Haufen germanischer Krieger umzingelte die Einheit, mit purer Gewalt brachen sie die Formation auf und knöpften sich jeden einzelnen Römer in bewährter Form vor. Doch diesmal kamen sie nicht weit. Es geschah, was niemand für möglich hielt – die Krieger von Achmat drangen mit lautem Gebrüll in das Schlachtfeld ein. Wie ein unberechenbarer Wirbelwind verteilten sich die Abteilungen der Zombies und attackierten die Germanen aus dem Hinterhalt heraus. Obwohl alle gewarnt waren, dass ein unbekannter Feind zuschlagen würde – die Folgen waren mehr als fatal. Die erschöpften römischen Einheiten fanden eine kurze Verschnaufpause, die Offiziere nutzen die Gelegenheit, ihre Männer in einer neuen Abwehrfront zu formieren. „Das geht mächtig in die Hose!" stammelte Juppi, der Achmat im Auge behielt. „Der sucht bestimmt Arminius!" mutmaßte er, als dieser zielstrebig auf eine berittene Abteilung zustrebte, die auf einer Anhöhe mitten in einer kleinen Lichtung auftauchte. Der blonde Schopf von Otilda leuchtete zwischen den Bäumen hervor. „Verdammte Scheiße, ausgerechnet jetzt muss das passieren. Das Mädel rennt direkt in ihr Unglück!" Juppi wurde schlecht.

Urda lief neben ihr, auch sie bekam nicht mit, dass sich der Heerführer schon in bedrohlicher Nähe befand. Otilda winkte heftig mit den Armen, um Arminius auf sich aufmerksam zu machen. In Juppis Hirn arbeitete es fieberhaft, er suchte verzweifelt nach einer Möglichkeit, das sich anbahnende Unglück zu vereiteln. Das Desaster nahm bereits seinen Lauf, Achmat erreichte den Hengst des Fürsten, mit einem Faustschlag auf den Schädel des Tieres stürzten Pferd und Reiter zu Boden. Er bemerkte noch, wie Otilda den Bogen spannte und auf Achmat schoss, aber ohne die geringste Wirkung. Gaius stieß ihn an. „Da liegt ein mobiles Feldgeschütz. Wir können damit umgehen!" erklärte er, kurzerhand rutschten sie den Abhang hinab und landeten direkt vor dem Torsionsgeschütz, welches offenbar in den Wirren der kriegerischen Auseinandersetzungen nicht zum Einsatz kam. „Schnell einen Bolzen – dort aus dem Korb!" Marcus half ihm, die Apparatur auszurichten und zu spannen. „Wo bleibt der Bolzen – er ist fast da!" schri Gaius. Juppi und Anka kramten in einem Haufen herum, endlich fanden sie einige Teile, die wie dickere Pfeile aussahen. „Hier!" Gaius legte den hölzernen Bolzen in die Führungsschiene und zielte. Ein heftiges Surren, dann schnellte das Geschoß durch die Luft – und erwischte in letzter Sekunde Achmats Rücken, der schon die Hand zum vernichtenden Schlag gegen Arminius ausholte. Er strauchelte, mit einem Aufschrei der blanken Wut sank der Riese in die Knie. „Das hat gesessen – super gemacht, Männer. Davon wird er nicht sterben, aber sie können abhauen, so lange er mit dem Pfeil beschäftigt ist!" frohlockte Juppi. Tatsächlich gelang es Arminius, sich mit Hilfe der Frauen hoch zu rappeln und die Flucht zu ergreifen. „Dich kriege ich – du wirst mir nicht entkommen, elender Verräter!" tönte es durch den Wald. Von den Männern und Anka unbemerkt, hatten sich zwei Drachenknechte an ihre Stellung heran geschlichen und gingen nun zum Angriff über. Während einer von ihn den überraschten Marcus erwischte und mit einem einzigen Handstreich tötete, gelang es Juppi, den zweiten Angreifer mit dem Schwert abzuwehren. „Gaius – bleib hinter mir! Anka, verstecke dich irgendwo!" Der Römer hielt nur einen Bolzen in den Händen, die Waffen waren ihnen bei der Gefangennahme durch die Germanen abgenommen worden. Fassungslos starrte er auf seinen

Freund, der den letzten Atemzug machte und starb. „Dieser Hund!" heulte er grimmig auf und wollte auf den Knecht einstechen, doch dessen Kumpan kam ihm zu Hilfe. Gaius wich fuchtelnd zurück, er sah einen dicken Knüppel auf der Erde liegen. Als er ihn aufheben wollte, zerbröckelte er in seinen Händen. „Alles verrottet und morsch!" fluchte er und musste einem weiteren Schlag ausweichen. Er fiel rücklings hin, wie ein Verrückter strampelte er mit den Beinen, entsetzt schielte er auf die wuchtige Axt, die sich in die Luft erhob. In seiner Not schleuderte er den Bolzen in Richtung des Feindes und traf. Die Metallspitze blieb wippend im Brustkorb stecken. Dadurch abgelenkt, verfehlte der Hieb ihn um Haaresbreite. Es gelang ihm, sich mit einem Ruck zur Seite zu drehen. Bevor der Knecht erneut seine Waffe nach ihm streckte, hetzte Juppi heran und durchtrennte seinen Hals. Der Kopf rollte von der Schulter und knallte gegen einen Baum. Keuchend hielt er Gaius die Hand entgegen und half ihm beim Aufstehen. „Das war mehr als knapp. Diese Biester sind überall", schnaufte er. Der Römer bemerkte den kopflosen Rumpf des zweiten Knechtes, der genau neben Marcus lag. „So ein verdammter Dreck. Das hat er nicht verdient. Wir wollten uns doch zur Ruhe setzen und Häuser bauen, eine Familie gründen…", stammelte er, mit Tränen in den Augen. Anka kam zu ihnen zurück und nahm ihn tröstend in den Arm. Juppi zuckte hilflos mit den Achseln, er wusste, dass es kaum Sinn machte, etwas zu sagen. „Es tut mir wirklich leid, alter Freund", flüsterte er und schaute sich um. Wohin sie auch blickten, überall waren die Kämpfe im vollen Gange. „Noch halten sich die Germanen, aber es ist nur eine Frage der Zeit, und ihre Front wird brechen…" stellte Juppi ernüchternd fest.

Zuerst glaubte er, einem Irrtum zu unterliegen. Eine hochgewachsene, schlanke Gestalt schimmerte zwischen den Bäumen hindurch und schien auf der Suche nach etwas zu sein. „Gaius, Anka - lasst uns lieber von hier verschwinden! Da kommt noch so ein Monster auf uns zu." Sie kletterten den Hang hinauf, um sich in Sicherheit zu bringen, doch der Fremde blieb ihnen hartnäckig auf den Fersen. „Hat er gerade meinen Namen gerufen?" wunderte sich Juppi noch, als er erneut aufgefordert wurde, stehen zu bleiben. „Den Typen kenne ich nicht. Was will er von mir?" brummelte er vor sich hin, das

Schwert kampfbereit, drehte er sich ihm zu. „Das ist auf keinen Fall einer von ihnen?" stellte er verblüfft fest. Der Fremde machte eher einen friedfertigen Eindruck, zumal er an ihm keine Waffen entdeckte. „Der muss doch völlig durchgeknallt sein – rennt über ein Schlachtfeld und kann sich nicht einmal wehren!" Juppi schüttelte verständnislos den Kopf. „Bisher hatte er wohl mächtiges Schwein, dass ihn diese Viecher nicht erwischt haben. Schon merkwürdig?" sprach er zu Anka, die sich hinhockte. Es folgte, was er befürchtete – ein Zombie kam wie eine Furie auf den Mann zugeschossen. „Mensch nimm die Beine in die Hand und hau ab!" rief er ihm zu, doch zu seiner Verwunderung ging dieses Ereignis anders aus, als erwartet. Der Fremde drehte sich dem Angreifer nicht einmal zu, als er ihn zu packen bekam und den Kopf abriss. „Jetzt schlägt es Dreizehn! Der benötigt offensichtlich keine Waffen!" Juppi fröstelte. „Wieso haben wir ihn bislang nicht bemerkt? Arminius hat nie von solch einem hervorragenden Krieger gesprochen." Inzwischen erreichte der Fremde ihre Anhöhe und musterte sie eindringlich. „Du bist der Krieger Juppi?" fragte er in einem schwer verständlichen Akzent. „Wer will das wissen?" entgegnete Juppi, der ihn genauer betrachtete. Der Fremde lächelte geheimnisvoll und zählte einige Namen auf, die Juppi und Anka hellhörig werden ließen. „Woher kennt er Babsi und Judit – und diesen Falk und Jahn? Er scheint persönlich im Camp gewesen zu sein – oder was denkst du?" Juppi wirkte verunsichert. Anka sah den Mann mit großen Augen an. „Was ist, wenn er uns verarscht und doch einer von ihnen ist?" Sie war mehr als misstrauisch. „Ich soll von deinen Freunden aus der anderen Zeit Grüße ausrichten. Dieser Norman hat mir das hier mit gegeben. Für den Fall, das ihr mir nicht glaubt." Er reichte Juppi ein Bild von seinem Sohn Felix, der strahlend mit seinen Händchen winkte. „Verflixt noch mal, das kann er nur im Camp bekommen haben! Wer sonst würde wohl wissen, dass Felix mein Junge ist?" Ein freudiges Lächeln überzog sein Gesicht. „Wie geht es Felix – und unseren Leuten im Camp?" wollte er wissen und presste das Bild glücklich an sein Herz. „Noch sind alle wohlbehalten und bei guter Gesundheit. Allerdings ist die Lage mehr als schlecht – Kaiser Titus Legionen haben das Lager komplett umzingelt. Uns bleibt nicht viel Zeit, bis sie angreifen. Eure

Freunde haben zwar diese Apparate aus Metall, aber Achmat ist es gelungen eine Maschine zu stehlen. Sie hat schon großes Unheil angerichtet und zwei dieser merkwürdigen fliegenden Kästen vom Himmel geschossen. Er hat die Frauen gefangen genommen – Babsi und Judit…" Anka schri entsetzt auf. „Meine Schwestern wurden abgeschossen? Leben sie noch…?" Erleichtert atmete sie auf, als er nickte. „Uns bleibt keine Stunde mehr, bis die endgültige Entscheidung fällt. Ich bin gekommen, Heerführer Achmat zu töten. Wenn er stirbt, fällt auch seine Schatten-Armee jenseits der Zeit. Da sich hier das Original herumtreibt, muss dieses ausgeschaltet werden. Ich habe noch eine Rechnung mit ihm offen, die damit beglichen wird. Ich bin Balder, der Sohn von Odin!" stellte er sich endlich vor. „Und du kommst bestimmt aus Walhalla!" entglitt es Juppi schnippisch, der dachte, sich verhört zu haben. „Und ich komme aus Walhalla – unsere Zuflucht. Wenn dieser Heerführer vernichtet ist, werden wir zu ihr zurückkehren können", bestätigte Balder, ohne mit den Wimpern zu zucken. Ein Angstschrei aus der Ferne unterbrach ihren Disput. „Das klang nach Otilda. Wo ist Achmat?" So sehr sie auch nach ihm Ausschau hielten, er war wie vom Erdboden verschluckt. „Das kommt von da drüben!" Gaius wies in eine Richtung. Im Eiltempo rannten sie die Strecke bis zu einem steilen Hang. Dort war endgültig Schluss. Arminius und einige Begleiter formierten sich zu einem Halbkreis, in der Mitte der Heerführer der Drachenknechte. „Egal was sie anstellen – er wird sie alle umbringen!" Juppi kannte seinen mörderischen Kampfstil noch allzu gut, immerhin war er in der Schlacht in Berlin knapp dem Tode entronnen, als er auf ihn traf. „Er treibt sie in die Enge und reißt ihnen das Herz heraus. Wir müssen ihnen beistehen – aber wie?" brubbelte er. „Ich bin aus einem einzigen Grund zu dir gekommen – gib mir das Schwert der Alten. Damit kann ich ihn zur Strecke bringen!" Balder hielt ihm die Hand entgegen. „Dein Schwert – Excalibur!" Bevor Juppi was entgegnen konnte, entriss er ihm die Waffe. „Wartet hier!" vernahm er noch, mit großen Sprüngen näherte sich der junge Krieger dem Schauplatz. Die Aktionen des Riesen kamen so blitzartig und gekonnt, dass ihm bereits zwei Kämpfer und die Markomannin Urda zum Opfer fielen, bevor Balder bei ihnen eintraf. Erst ab dann wendete sich das Blatt. „Es hat zwar eine halbe Ewigkeit gedauert, bis ich dich und deine ranzige Sippe aufgespürt habe – aber jetzt bin ich da!" donnerte es dem Heerführer entgegen. Er hatte gerade Otilda im Blick, seine Hand erstarrte in der Luft, als ein kühler Luftzug ihn umwehte. Er hob die Nase an und witterte wie ein Hund. „Dieser Mief kommt mir bekannt vor! Lass mich nachdenken – die Hure des Odin hat so gestunken!" fauchte er und drehte sich langsam dem neuen Gegner zu. „Du hast zwar Ähnlichkeit mit meinem alten Rivalen Odin, aber du bist nicht er?" Er musterte den Ankömmling von oben bis unten, es dauerte eine Weile, bis er begriff, wen er vor sich hatte. Arminius und seine Leute nutzten die Gelegenheit, sich ein Stück abzusetzen. „Wir bleiben in seiner Nähe – falls der Fremde unsere Hilfe benötigt", wies er an. Otilda eilte zu Juppis Team. Sie war den Tränen nahe und warf sich Anka in die Arme. „Dieses brutale Schwein hat sie einfach umgebracht. Die arme Urda…" schluchzte sie unglücklich. Doch für Trauer war es gerade der schlechteste Moment. „Mach du das bitte. Ihr bleibt hier!" sprach Juppi leise mit Anka ab und winkte Gaius unauffällig zu, dass er ihm folgen sollte. „Wir schauen uns dieses Spiel aus der Nähe an. Hoffentlich hat der Bursche den Mund nicht zu voll genommen…" Er blieb skeptisch, immerhin war nicht nur der beträchtliche Größenunterschied augenscheinlich. Achmats Erscheinung war eher wie ein bulliger, gut durchtrainierter Muskelprotz, der es mit jedem aufnahm. Balder hingegen wirkte jetzt im direkten Vergleich fast zierlich, sogar zerbrechlich. Und ein Kopf kleiner als sein kampferprobter Gegner, der ihn hämisch von oben herab betrachtete. „Warte einen Augenblick, ich hole schnell was!" bat Gaius. Geschwind wie ein Wiesel lief er zu seinem toten Freund Marcus. Mit der gewaltigen Streitaxt des Zombies kam er schniefend bei Juppi an. „Noch mal lass ich mich nicht ohne Waffe überraschen!" brummte er und schulterte das schwere Gerät. Juppi spürte dieses mulmige Gefühl im Bauch, welches ihn immer überkam, wenn eine dunkle Ahnung im Anflug war. „Hoffentlich irre ich mich diesmal und es geht diesem verfluchten Hund an den Kragen!" maulte er, gemeinsam liefen sie zu Arminius. Dieser nickte ihnen zur Begrüßung kurz zu. „Ganz schön wagemutig, dieser blonde Kauz. Hast du eine Ahnung, wer das ist und woher er kommt? Er gehört auf keinen Fall einem unserer Stämme an!" „Stimmt", entgegnete

Juppi lakonisch, „er wurde von gewissen Odin gesandt – so hat er es uns zumindest unter die Nase gerieben! Und dieser Name dürfte dir nicht unbekannt sein!" Arminius runzelte die Stirn und fixierte erneut den jungen Mann. „Wenn Odin ihn schickte, kann es der Legende nur sein Sohn sein – Balder!" Juppi guckte verdutzt aus der Wäsche. „Ihr mit eurem Götterquatsch. Obwohl ich in diesem Fall zustimmen muss! Er heißt tatsächlich Balder. Und weißt du vielleicht auch, woher er gerade gekommen ist?" Diesmal wollte Juppi es genauer wissen und wartete gespannt auf die Antwort. „Es gibt nur einen Ort der Götter, der mit unserem Glauben tief verwurzelt ist – Walhalla!" betonte Arminius. Juppi dachte sich seinen Teil und schwieg. Der Fürst bemerkte die Axt auf Gaius Schulter. „Ist wohl eine Nummer zu groß und zu schwer für dich, Römer", frotzelte er beiläufig, doch ein anderes Ereignis lenkte seine Aufmerksamkeit auf sich. Ein greller Pfiff von Achmat zeriss fast ihre Trommelfelle. Ein lang gezogenes Wiehern kündigte die Ankunft eines Pferdes an. Den Männern überkam das blanke Grausen. Eine zusammengesunkene Kreatur mit fliehender Mähne näherte sich auf einem Gaul, der wohl mehrfach eines unnatürlichen Todes gestorben sein musste. Seine Reiterin hatte bereits vor unendlich langer Zeit die besten Jahre hinter sich gelassen, sie sah wie eine gerupfte Vogelscheuche aus, die in einen Sturm geraten war. „Wow, diesen Anblick werde ich nicht so schnell vergessen!" zischte Juppi, angewidert schluckte er und rümpfte die Nase, während sich ein stechender Geruch ausbreitete und sie einhüllte. „Junge, das stinkt ja wie die Pest!" nuschelte er und hechelte flach. Mit Achmat ging eine sichtbare Veränderung vor. Er griente übers gesamte Gesicht. „Nun, das ist sie – die Hure von Odin!" stellte er das erbärmliche Wesen vor. Balder hielt mit beiden Händen das Schwert umklammert, betroffen starrte er auf die Frau, die sich dem Heerführer näherte und vor ihm auf die Knie fiel. „Gebieter – du hast mich gerufen. Hier bin ich!" winselte sie und küsste seine dreckigen Füße, die vor Schlamm und Modder nur so trieften. „Scher dich fort. Es gibt einen Grund, weshalb du hier bist – der steht direkt vor dir!" Mit einer Kopfbewegung wies er auf Balder, der immer noch starr und wie gelähmt stand und jede Bewegung der Frau mit düsteren Augen verfolgte. „Erkennst du ihn nicht? Sieh genau hin

– es ist deine eigene Brut!" Ein unmenschlicher Klagelaut entströmte den Lippen der Kreatur. Es war nur ein flüchtiges Zeichen des Erkennens, welches ihr zerfetztes Antlitz für den Bruchteil einer Sekunde erhellte. „Du hast mir fest versprochen, dass niemand aus meiner Sippe mich jemals so sehen wird!" grunzte sie kummervoll und verbarg ihr Gesicht hinter ihren Armen. Achmats unheilvolles Lachen hallte weit ins Tal, so köstlich amüsierte er sich. „Das war vor tausenden Jahren, als ich dich begehrte und du noch eine Schönheit warst. Guck dich an, du bist nur noch ein Haufen stinkendes Fleisch…! bellte er und hielt sich die Seiten. „Mutter?" Balder erwachte aus seiner Lethargie, unschlüssig atmete er tief durch. „Mutter – wenn ich das schon höre! Dann bist du also wirklich der Sohn dieser Hure? Weiß du, wie viele meiner Knechte über sie gestiegen sind – woher sollte sonst der Gestank kommen…!" Achmats hinterhältige Blicke pendelte zwischen beiden hin und her. „Nun macht schon, begrüßt euch! Immerhin seid ihr eine Familie", lästerte er. Balder machte einen zaghaften Schritt auf seine Mutter zu. Was dann geschah, entsprach dem miesen Charakter des Heerführers. Er packte die Frau am Schopf und zog sie in die Höhe. „Balder, mein Sohn. Verzeih mir, was ich getan habe. Ich war damals dumm und blind vor Liebe…" krächzte sie und streckte hilfesuchend ihre Arme nach ihn aus. Achmats Klinge durchschnitt die Luft, triumphierend hielt er den Kopf in die Höhe. „Das Einzige, was ich ihr wirklich versprochen habe – ihr eines Tages den ewigen Schlaf zu schenken! Hier, nimm ihn als Erinnerung mit!" Voller Wucht schleuderte er Balder den Schädel vor die Füße. Aus anfänglichem Entsetzen wurde Zorn, dieser steigerte sich bei Balder zu einer unermesslichen Wut, die seine Kräfte anwachsen ließen. „Das wirst du bitter bereuen – Auge um Auge, Zahn um Zahn!" zischte er. Damit drang er wie ein Berserker auf den Heerführer ein und attackierte ihn mit dem Schwert, so dass dieser verdutzt ausweichen musste. Entgegen seiner sonstigen Art fand Achmat nicht zu seinem bewährten Kampfstil. Balder hämmerte mit einer Heftigkeit auf den Riesen ein, dass es um sie herum nur so aufspritzte. Juppi stand der Mund offen, auch Arminius und seine Gefährten konnten ihre Blicke kaum abwenden. „Bei allen Göttern – er kämpft wirklich wie der Sohn des Odin!" schnaufte der Fürst voller Ehrfurcht.

„Ich werde dich jetzt töten, Achmat. Die Zeiten deines schmählichen Ruhmes sind vorbei! Ich werde Rache nehmen für all die armen Seelen, die du verdorben und missbrauchst hast! Für meine Mutter und für Odin, meinem Vater", vernahmen die Zuschauer, als der Kampf erst richtig entbrannte. Niemand konnte hinterher genau sagen, wie lange der Schlagabtausch zwischen beiden dauerte. Balder gelang es nach einem kräftezehrenden Duell, dem Heerführer den rechten Arm mitsamt seiner Axt abzuhacken. Das Geheul des angeschlagenen Anführers war wie ein Todessignal. „Und jetzt kommt das große Finale – wir sehen uns in der Unterwelt wieder!" stieß Balder grimmig aus und holte zum entscheidenden Schlag aus. Der Kopf des mächtigen Kriegers schwebte für einen Moment in der Luft, seine Augen glotzten entgeistert auf Balder nieder, mit einem harten Aufprall kullerte er den Abhang hinab. „Es ist vollbracht!" jauchzte Balder und reckte erlöst die Arme in die Höhe. „Vater, der verrufene Bastard hat bezahlt. Hole uns zurück in die Zuflucht – meine Mission ist erfüllt!" Juppi rieb sich verwirrt die Augen, die Frauen kamen angelaufen und mischten sich unter die Männer, die noch immer unter dem Eindruck des Kampfes standen und kaum ein Wort heraus brachten. „Das glaubt mir zu Hause kein Mensch!" stammelte Juppi und legte seinen Arm um Ankas Schulter. „Zum Glück habe ich ja eine Zeugin, die das bestätigen kann!"

Balder drehte sich zu ihnen um. „Vater spricht zu mir. Er liegt im Sterben – ich muss die Geschicke meines Volkes übernehmen. Walhalla ist frei, wir werden endlich unseren Frieden finden. Krieger Juppi – danke für dein Schwert. Ohne diese Waffe wäre es mir nicht gelungen, ihn zur Rechenschaft zu ziehen. Wenn du es erlaubst, werde ich es an einem Platz deponieren, wo es eines Tages wieder die Geschicke einer Nation lenken wird!" Er sah Juppi fragend an. „Du sprichst von Artus und den Rittern der Tafelrunde? Aber das wird erst in einigen hundert Jahren geschehen!" Juppi fiel es nicht leicht, eine Entscheidung zu treffen. „Es war mir ein treuer Weggefährte und hat mich und meine Freunde in manch gefährlicher Situation aus der Patsche geholfen", dachte er laut. „Du kannst es natürlich behalten – ich respektiere deinen Wunsch. Aber Excalibur hat eine Bestimmung. Und du kennst sie!" Sein

Körper begann, zu verblassen. „In Gottes Namen – behalte es, wenn ich der Geschichte damit einen Gefallen erweise!" verkündete er. „Klug gesprochen, Krieger Juppi. Die Stämme der Germanen werden sich eines Tages unter dem blauen Banner einer großen Nation vereinen. Excalibur wird ihnen den Weg bereiten…!" Sein Körper wurde durchsichtig und löste sich vor ihren Augen auf. „Der verschwindet, wie er kam – einfach mal so? Mensch, in was für ein Durcheinander sind wir bloß geraten", zeterte Juppi. „Wo ist Achmat geblieben?" Anka deutete auf den Flecken Erde, auf dem bis eben der Heerführer lag. „Balders Mutter ist auch nicht mehr da. Es sieht fast so aus, als wenn Odin sein Versprechen wahr macht und die Zeit neu reguliert." Juppi guckte sich um. „Die Drachenknechte sind spurlos verschwunden. Hoffentlich ist diese Zombiescheiße damit endlich vorbei!" stöhnte er, das Gefühl, welches sich ihm bemächtigte, kannte er nicht. „Was ist los mit mir? Anka, mir ist so komisch zumute", flüsterte er, als sich die Erde unter seinen Füßen zu drehen begann…

„Lasst sie brennen!" tobte die entfesselte Meute. Mit hasserfüllten Gesichtern wurden die Christen beschimpft, ihre geschundenen Köper der Lächerlichkeit preisgegeben. Die letzten Scheiterhaufen wurden gerade aufgeschichtet, alle Kreuze standen nun senkrecht, bereit für das letzte Spektakel der Eröffnungsfeier der großen Arena. „Wo bleibt denn euer allmächtiger Gott? Er kümmert sich einen Fliegenschiss um seine Schutzbefohlenen – dieser Sohn Jesus lässt euch in der Hölle verrecken!" keifte eine Frauenstimme lauthals und bekam dafür Zustimmung und sogar tosenden Beifall aus den benachbarten Rängen. Präfekt Lehrmeier betrat mit schlechter Laune die Loge des Kaisers. Die Zeremonie der Übergabe der Holzschwerter an die letzten überlebenden Gladiatoren zog sich in die Länge und hatte ihn gelangweilt, aber noch musste er gute Miene zum bösen Spiel machen. „Ihr werdet sie bestimmt nicht mehr gebrauchen können – eure Lebensversicherungen in die große Freiheit!" dachte er, während die fünf letzten Kämpfer die Arena verließen. „Warum ist mein Knecht Titus noch nicht hier? Er müsste längst gewandelt sein?" herrschte er die Wache an und schickte die Männer los, ihn zu suchen. „Ich hoffe, dass ihn niemand in seiner Kluft erkannt hat, während er getötet wurde. Alles muss man alleine machen, auf niemanden ist Verlass!" tobte er und fläzte sich in den Sessel des Imperators. Eher zufällig blieb sein Blick am Kreuz des Alten hängen. Sein ergrautes Haupt war auf die Brust gesunken, die mit Eisennägel fixierten Beine hielten dem Gewicht des eigenen Körpers nicht mehr stand, wie ein nasser Sack hing er in einer unnatürlichen Haltung. „Das ist doch dieser Johanan. Der Vorsteher der Gemeinde", brubbelte er verdrossen. Die Mahnung des Mannes fiel ihm wieder ein, bevor er ihm das Branding des Gebieters in die Haut einbrannte. „Gott ist ein großzügiger Herrscher, der alle Wesen seines Himmelreiches liebt und gerecht behandelt. Aber er ist genauso ein wütender Rächer, der Schmach und Unrecht niemals dulden wird. Du wirst deine gerechte Strafe schneller bekommen, als dir lieb sein wird…! Wenn du den Befehl erteilst, die Feuer zu entzünden, trifft dich das Schwert der Vergeltung", flüsterte er nachdenklich vor sich hin. Er hatte nicht ein einziges Wort vergessen. Er streichelte mit der flachen Hand über die glatte, kühle Marmorbrüstung. „Verzeih mir, mein Gebieter – dass ich für einen kurzen Moment an deiner Macht zweifelte", beruhigte er sich selber. Auf dem Treppengang polterte es. „Knecht Titus ist angekommen – darf ich eintreten?" Sofort besserte sich seine miese Stimmung. „Komm rein Titus. Dein Volk will dich sehen!" rief er ihm zu. Äußerlich war dem Kaiser die Veränderungen kaum anzumerken. Die schwere Verletzung auf der Brust, die ihn ins Reich der Toten beförderte, war verheilt. „Lass dich genauer ansehen, mein kleiner Kaiser. Nicht mal eine Narbe ist zu erkennen – du solltest mir mehr als dankbar sein, wie es gerade läuft!" Selbstgefällig berührte er die Stelle, die Klausus mit seinem Schwert getroffen hatte. „Ich muss dich offiziell loben – du hast deinen Job super ausgeführt und mir ein riesiges Problem vom Hals geschaffen - Klausus." Seine Dankbarkeit war sogar echt. Titus verharrte in ergebener Stellung und ließ die Lobhudelei geduldig über sich ergehen. „Das freut mich, Ehrwürdiger. Doch nun sagt mir, was ich für euch erledigen kann?" fragte er schließlich. „Du erinnerst dich – die Eröffnung des Kolosseums mit den hundert Tage währenden Feierlichkeiten? Heute ist demnach der letzte Tag, das Finale! Gib also den Befehl, die Kreuze zu entzünden, damit diese Christen nicht umsonst auf ihr Heiland hoffen und endlich dorthin ziehen, wo sie ihr Prophet und Erlöser erwartet." Titus verneigte sich untertänigst. „Wie ihr befehlt, Erhabener!" Der Präfekt rieb sich die Hände. „Gut gemacht, Lehrmeier. Sollte an diesem ominösen Fluch doch was dran sein – er erteilt den Befehl, die Scheiterhaufen zu entzünden! Da bin ich voll aus dem Schneider." Er war mehr als glücklich mit dieser Entwicklung. Er trat an die Brüstung und hob den Arm. „Bürger von Rom – ein Wort des Kaiser zum Abschluss der Festlichkeiten. Ich bitte um Ruhe!" gebot er. Es dauerte eine Weile, bis auch das letzte Gemurmel erstarb. Titus stellte sich neben ihn. Wie gewohnt, ließ er einen Blick über die wogende Menge gleiten. Er zauderte, erst nach einem Räuspern gelang es ihm, einige Sätze zu formulieren. „Ja also – die Feier neigt sich dem Ende zu. Genießt noch einmal den heutigen Abend – es wird bestimmt verdammt heiß, wenn diese Christen als Rauch gen Himmel ziehen. Nun, die Fackelträger sollen kommen!" Damit durfte er sich auf einer Bank in der Ecke niedersetzen. Sämtliche Lichter wurden gelöscht, um die Wirkung des bevorstehenden Auftrittes zu erhöhen. In Doppelreihen und Gleichschritt marschierten die Träger in die Arena ein. Die hundert brennenden Fackeln in ihren Händen beleuchteten die Fläche der Kampfstätte und verwandelten sie in eine gespenstisch anmutende Bühne des Grauens. Die meisten Verurteilten an den Kreuzen waren bereits so geschwächt, dass sie kaum etwas von den Aktivitäten mitbekamen. Nur wenige waren noch bei vollem Verstand, sie beteten leise vor sich hin und erflehten den Beistand ihres Gottes. Die Männer verteilten sich über die Arena, schließlich stand neben jedem Scheiterhaufen eine Fackel. Die Zuschauer hielten den Atem an. „Titus, erteile den Befehl, die Haufen zu entzünden!" ordnete der Präfekt an. Dieser gehorchte und kehrte zur Brüstung zurück. „Fackelträger – auf mein Kommando – legt Feuer!" hallte es durch die Runde, fast gleichzeitig züngelten in den Holzstößen die ersten Flammen empor, Rauch stieg himmelwärts und nebelte die Kreuze ein. Der Präfekt kauerte sich zusammen, misstrauisch guckte er sich um. „Und ist was?" Sein Blick ging automatisch zum Kreuz des Alten. „Nun, du Vorsteher deiner Gemeinde – ich komme aus einer Zeit, wo die Christen eine mächtige Gemeinschaft sind. Aber bis dahin ist es ein langer Weg – und wer weiß, was sich mit der heutigen Nacht noch alles verändert? Die Zeiten der Wunder sind längst vorbei!" Beruhigt ließ er sich einen Kelch Wein servieren. Ein fernes Grollen war zu vernehmen, der Wind frischte auf und ließ die Flammen fast senkrecht aufsteigen. „Gut so, dann geht es schneller!" Er prostete Johanan zu, der inzwischen von einem Flammenmeer umgeben war. „Bis gleich – als mein Knecht, der mir treu ergeben sein wird!" Die ersten Regentropfen fielen zischend in die Brandherde, binnen weniger Sekunden öffnete der Himmel seine Schleusen und es goss wie aus Eimern. Mit einem Schlag wurde es stockdunkel. „So eine verdammte Scheiße! Bringt Licht, sofort!" entfuhr es Lehrmeier, dem schwante, was gerade geschah. Panik machte sich breit, er konnte zwar nicht sehen, was sich in den Rängen für Szenen abspielten, aber der Lärm, der beständig anwuchs, sprach für sich. „Verteilt sofort überall Fackeln und sorgt dafür, dass die Leute nicht durchdrehen!" Da ihm niemand antwortete, drehte er sich aufgebracht zu den Posten um. „Ihr verdammten Idioten – wo treibt ihr euch wieder herum? Wachen, sofort zu mir!" schnaubte er. Im Rauschen des Regenschauers, der immer kräftiger auf die Erde niederprasselte, mischten sich ungewohnte Klänge. Einmal zuckte ein Blitz quer über das Kolosseum, der gesamte Bau erzitterte, als er mit einem gewaltigen Donner daneben einschlug. Präfekt Lehrmeier erbleichte und schleuderte den Kelch gegen die Wand. „Gebieter sieh auf uns herab! Was geschieht hier gerade?" Ein schwaches Röcheln drang zu ihm. „Die Prophezeiung erfüllt sich gerade. Du wirst für deine Schandtaten bezahlen, Fremder aus der anderen Zeit. Nichts und niemand wird dich vor deinem Verderben erretten können", hauchte Johanan und richtete sich mit übermenschlicher Kraft auf. Das Blut der Wunden vermischte sich mit Wasser und floss als roter Bach über den Sand. „Gott allein weiß, was du vorhattest – und er allein hat dir mächtig in die Suppe gespuckt!" Ein stockendes Lachen war alles, was das Oberhaupt der Drachenknechte hörte. „Verfluchter Bastard, das wirst du mir heimzahlen!" Mit dem Schwert in der Faust eilte er die zig Stufen der Treppen hinab, bis er endlich den Nebeneingang erreichte. Der Lärm in den Gängen und Fluren war unerträglich. Einmal konnte er hören, wie jemand sämtliche Knochen im Leibe brachen, als er fiel und von den Massen einfach platt getreten wurde wurde. „Wo stecken meine Krieger?" Doch nirgendwo war auch nur die Spur eines Soldaten zu erkennen. Er stemmte sich gegen die schmale Pforte und öffnete sie. Feuchtigkeit schlug ihm entgegen, Regenschauer peitschten sein Gesicht, knöchelhoch stand inzwischen das Wasser in der Arena und flutete zwischen seinen Füßen ins Innere des Gebäudetraktes. „Verfluchter Christ Johanan, wo bist du?" Er bemühte sich, trotz Finsternis die Richtung zu finden. Nach längerem Hin und Her erkannte er schließlich die Umrisse des Alten. „Du wirst deine Mission antreten, so einfach kannst du mir nicht entkommen – das garantiere ich dir! Du wirst einer meiner Knechte…!" Er holte aus und rammte dem Sterbenden die Spitze seines Schwertes zwischen die Rippen. „Nimm das von mir – und wandle dich! Das Branding des Allmächtigen wird dich schon auf den rechten Weg bringen!" fauchte er zornig und stach immer wieder wie im Rausch auf ihn ein. Endlich bemerkte er, dass er schon längst keinen Mucks mehr von sich gab. „Im Namen des Allmächtigen – nun erwache und komm zu mir!" rief er euphorisch aus, doch nichts passierte. „Ist das alles – mehr geschieht nicht?" Er sah sich vorsichtig um, er traute dem Frieden in keiner Weise. „Wo Achmat nur bleibt? Er müsste doch schon längst mit einem Teil des Heeres hier eintreffen. Und diese beiden Knallköpfe Varus und Arminius – veranstalten im Vorfeld so einen Wirbel, doch wenn es darauf ankommt, sind sie unfähig…!" Von der benachbarten Hinrichtungsstätte drang ein Keuchen an sein Ohr. „Oh, es sieht ganz so aus, als wenn es doch gleich los geht!" hoffte er und bereitete sich auf den Augenblick seines lang ersehnten Triumphes vor. „Diener des Herrn, tretet zu mir heran!" rief er in den Regen hinein. In seinen kühnsten Vorstellungen sah er bereits die hundert neuen Knechte von den Kreuzen herabsteigen, die nun ihr blutiges Werk in der ewigen Stadt vollenden würden. „Ich stehe hier und warte!" meldete er sich erneut. Ein irres Lachen erreichte ihn. „Der Erlöser hat sie alle zu sich genommen und gewährt ihnen die Gunst des süßen Schlafes, Präfekt. Schert euch zum Teufel, der wird in der Hölle auf euch warten!" stöhnte eine Frauenstimme und verstummte endgültig. Die Wolkendecke riss auf, der Mond kam zum Vorschein und sandte seine silbernen Strahlen auf eine Stätte des Grauens. Hier und da stiegen noch vereinzelte Rauchschwaden auf, von den meisten Scheiterhaufen waren nur noch kärgliche Reste übrig. Präfekt Lehrmeier schritt an einigen Kreuzen vorbei, die bis zur Unkenntlichkeit verbrannten und verkohlten Körper daran standen wie ein mahnendes Mal vor ihm. „Verfluchte Scheiße – das ging voll in die Hose", registrierte er endlich. Über die Folgen dieser misslungenen Aktion wollte er nicht nachdenken. „Das wird nicht nur mich den Kopf kosten!" Ohne sich länger zu besinnen, rannte er in die Nacht hinein. „Ich muss das Tor der Zeit erreichen und auf Nimmerwiedersehen irgendwohin verschwinden!" Er kannte die Strecke in die Katakomben so genau, dass er das Portal auch ohne Licht finden würde. Er zwängte sich durch die Pforte hindurch, ohne sich umzuschauen, marschierte er geradewegs zu einem der geheimen Zugänge, die sich im Außenbereich der Arena befanden. Stickiger Dampf schlug ihm entgegen, als er eintreten wollte, wuchs eine glutrote Flamme aus dem Boden in die Höhe und hüllte ihn wie einen Mantel ein. Kein Mensch war in der Nähe, der seine angstvollen Schreie vernahm…

„Hier passiert gerade so was wie ein Wunder", stammelte Peter und hämmerte wie besessen auf dem Bildschirm herum. Jana, die mit Felix im Arm an der Tür kauerte, sah ihn verblüfft an. „Die Legionen – sie sind einfach von der Bildfläche verschwunden. Entweder sind die Sensoren kaputt – oder ein Wunder?" seufzte er, doch es änderte sich nichts. „Merkwürdig, sehr merkwürdig", brummte er und schaute prüfend zum Fenster hinaus. Überall herrschte nach wie vor das Chaos einer Belagerung. Die aufgewühlte Erde der Gräben schimmerte braungelblich im Licht, im Bereich der ehemaligen Farm konnte er die Silhouetten der Cyborgs ausmachen, die ihre Abschnitte bewachten. „Schatz, du bleibst bitte hier und kontrollierst die Scanner. Ich sehe mich draußen um. Falls was Ungewöhnliches geschieht, funkst du mich an, okay?" verabschiedete er sich flüchtig und stürmte ins Freie. Seine Schritte lenkten ihn zum Platz, wo die Wagenburg der Germanen stand. „Nanu, haben die sich alle vom Acker gemacht?" Er stutzte, weder die Pferde der Reiter noch die alten Karren waren zu sehen. „Jetzt wird der Hund in der Pfanne verrückt!

Sieht tatsächlich so aus, als wenn sie sich verkrümelt haben! Wie haben die das geschafft, sich unbemerkt davon zu schleichen?" wunderte er sich und schlich sich weiter zum hinteren Graben, in dem einige Männer der Siedlung lagerten und Wache hielten. „Na Jungs, alles noch frisch?" begrüßte er die Truppe und rutschte auf dem Hosenboden den Hang hinab. „Zum Glück ist alles ruhig – aber die Stunde ist fast vorüber, die wir als Frist bekommen haben. Wird wohl gleich losgehen...?" Die sorgenvollen Blicke der Kameraden sprachen für sich. Peter nickte versonnen. „Ja, uns bleiben keine zehn Minuten mehr. Habt ihr mitbekommen, wo die Germanen hin sind? Wurden sie nach vorne verlegt? Und ihre Wagen nebst Gespanne sind auch fort..." Die Reaktion verwunderte ihn noch mehr. „Schon vergessen, wir sind von allen Seiten umzingelt – da kann niemand einfach so abhauen!" wurde er erinnert. „Vielleicht hat der junge Kommandeur sie tatsächlich in die vorderste Linie gesteckt? Immerhin sind das erfahrene Krieger, die mit ihren Schwertern umzugehen wissen." erklärte einer aus ihren Reihen. Peter war zwar nicht beruhigt, aber immerhin keimte in ihm die Hoffnung auf, dass es eine plausible Erklärung dafür geben würde. „Okay, ich schleiche mich zu Falks Cyborg. Vielleicht weiß er mehr. Hätte doch was sagen können – das ist mehr als unfair, uns in solche einer prekären Lage im Dunkeln tapsen zu lassen!" schimpfte er und brach auf. Es ging an einigen alten, ausgedienten Wracks vorbei, die als Barrieren dienen sollten, wenn die Römer ins Lager einfielen. „Wie in den alten Straßenkämpfen in der Geschichte der Menschheit – Barrikaden werden errichtet, damit der Feind nicht durchstoßen kann. Aber hier...?" Er gelangte in den Sicherungsbereich von Nr. 2 und wurde von den Sensoren erfasst. „Was treibt dich hier her? Komm hoch!" forderte ihn Falk auf. Sprosse für Sprosse hangelte er sich an Leiter des Cyborgs empor, bis er die Plattform an der Kabine erreichte. Von dort bekam er einen hervorragenden Blick über das gesamte Gelände. Ihr einstiger Kampfgefährte Josch stand etliche hundert Meter entfernt im Feindesland und rührte sich nicht. „Was gibt es?" Falk guckte durch die offene Luke zu ihm rüber. „Ist euch nichts aufgefallen?" tastete sich Peter vorsichtig heran und suchte den Horizont ab. „Kann ich mir das Fernglas ausleihen?" bat er. Noch einmal schweiften seine

Blicke über das Gebiet der Römer hinweg. „Was sagen eure Infrarotscanner –
in der Zentrale sieht es so aus, als wenn es keine Legionen mehr gibt?
Deshalb bin ich hier", erklärte er und gab das Glas an Jahn zurück. Die Jungs
lachten kurz verbittert auf. „Klar, weg. Das wird gleich mächtig scheppern…!"
grollte Jahn, während Falk hastig an der Konsole hantierte. „Jahn, er hat recht
– ich sehe keine Wärmepunkte mehr. Das ist echt ein Ding!" ereiferte er sich
und stolzierte selbst auf die Plattform, um das zu überprüfen. „Bis vor wenigen
Minuten hat es hier vor Legionen gewimmelt. Jetzt sind sie mit Mann und
Maus verschwunden?" Er konnte das nicht glauben. „Balder – er hat Achmat
geschlagen – das wäre eine Erklärung. Und sein Vater Odin hat den Fluss der
Zeit neu geordnet und alles wieder ins richtige Lot gebracht!" sprach Jahn laut,
während er kopfschüttelnd zu Josch guckte. „Dann müsste er wieder voll
funktionsfähig sein…?" Falk besprach sich mit den Piloten seiner Einheit. „Die
Legionen der Römer haben sich nach Stand der Dinge in Luft aufgelöst. Uwe,
du begleitest uns mit Nr. 3 – wir rücken aus und sondieren die Lage. Männer,
ihr behaltet Josch im Auge!" Die beiden Cyborgs setzen sich in Bewegung und
räumten einen Durchgang von den Palisaden frei, um das Camp verlassen zu
können. Nacheinander stampften sie auf die leergefegte Fläche. „Schon
erstaunlich, mit welcher Gründlichkeit diese Römer das Gelände beräumt
haben. Man merkt sofort, dass da ein ausgeklügeltes System dahinter steckt",
stellte Falk anerkennend fest, während er die Maschine zwischen einigen
Senken steuerte. „Kein Wunder, sie galten über Jahrhunderte als die am
besten ausgerüstete und organisierte Armee. So viele Schlachten, wie sie
schlugen und die unzähligen Siege, die sie errangen, dürften wohl einmalig in
der Geschichte der Menschheit sein. Ich bin echt gespannt, wie es mit Josch
aussieht?" Jahn drückte sich die Nase an der Sichtscheibe platt, je näher sie
kamen, umso unruhiger wurde er. Die Scanner liefen auf Hochleistung. „Keine
Seele mehr hier. Ich lasse Josch checken!" Falk orientierte sich an den
Hinweisen des Navigators und wählte nur Wege, die dieser als sicher frei gab.
„Wozu diese unnötigen Umwege? Kannst doch direkt durchmarschieren."
wunderte sich Jahn, als sie wieder eine Schleife liefen. „Ich traue den Römern
zu, dass sie extra Fallgruben für die Cyborgs angelegt haben – für den Fall,

dass wir sie angreifen würden!" erklärte Falk seinem Freund und wies auf eine abgedeckte Grube. „Diese ist fast zehn Meter tief. Sie würde also dicke ausreichen, einen von uns außer Gefecht zu setzen!" Endlich war es so weit, nur noch ein knappes Dutzend Schritte trennten sie von Josch. „Wir haben es ja fast geschafft. In ein paar Minuten sind wir hoffentlich klüger…", murmelte Falk. Er nahm Kontakt zu Nr. 3 auf. „Uwe, du sicherst unsere Flanke. Und – sollten sich die geringsten Anzeichen einer kriegerischen Aktivität abzeichnen, feuerst du ohne Erbarmen – verstanden!" wies er an. Jahn sah mit zusammen gekniffenen Augen auf seinen alten Gefährten, der wie ein kalter Berg aus Eisen vor ihnen in die Höhe ragte. „Bitte Josch – mache keine Dummheiten", betete er lautlos und faltete dabei sogar die Hände. Falk bemerkte es zwar, aber er äußerte sich nicht. „Nach den Aufzeichnungen sind keinerlei Aktivitäten zu erkennen." bestätigte er nach einer Weile des Wartens. Jahn zog sich eine Jacke über. „Was hast du vor?" Falk blinzelte über das Pult hinweg und schüttelte den Kopf. „Bist du bescheuert! Du willst da rüber? Wir können ihm in keiner Weise trauen!" machte er seinem Gefährten klar, aber der hatte einen Dickkopf, wenn es um seinen Cyborg ging. „Scheiß auf die Daten. Ich kenne Josch lange genug. Und wenn er wirklich von Achmat verlassen wurde – und so sieht es ja wohl aus – dann wird er mich akzeptieren, so wie früher!" beharrte er und kletterte die Leiter runter. Da halfen kein Bitten und erst recht kein Flehen von Falk. „So ein verfluchter Dickschädel! Uwe – Jahn außer Kontrolle. Er will rüber zu Josch", warnte er Nr. 3 vor. Jahn erreichte inzwischen den Aufgang zur Kabine von Josch. Er drehte sich um und winkte Falk zu. „Ach Mensch Großer – hoffentlich ist das keine Schnapsidee…!" sprach dieser kummervoll und bereitete alles für den akuten Notfall vor. Jahn legte seine flache Hand auf das Metall und lauschte in sich gekehrt. „Josch, alter Kumpel – ich bin wieder da!" Falk beugte sich zum Fenster. „Was treibt der Knabe dort? Will er Hellseher werden oder was?" Mürrisch schaltete er das Mikrofon ein. „Schläfst du gerade ein oder würde sich der gnädige Herr mal langsam in die Kabine begeben!" Jahn ließ sich nicht aus der Ruhe bringen, mit klopfendem Herzen stieg er die vertraute Trittleiter empor, auf der Plattform verharrte er, so als wäre er sich unsicher, ob er die Luke öffnen sollte. „Mann, das haben wir alles schon mal flotter erlebt! Wenn bisher nichts geschehen ist, dürfte alles im grünen Bereich liegen. Bei mir ist nichts zu sehen", schallte es zu ihm rüber. Er musste sich zwingen, die Automatik des Zuganges zu aktivieren. Sein Bauchgefühl suggerierte ihm, dass irgendwas nicht stimmte. Vorsichtig zog er die Luke auf. Die Bordfenster waren schwarz, kein einziger Lichtstrahl fiel herein. „Hallo, jemand hier?" Es roch nach Feuchtigkeit und faulem Schlamm. Einzig das karge Tageslicht, welches durch die Pforte fiel, wies ihm den Weg. „Oh Gott, wie das hier aussieht! Das dauert Wochen, alles wieder auf Vordermann zu bringen", stöhnte er entgeistert und setzte den ersten Schritt hinein. Unter seinen Füßen plätscherte es. „Josch, kannst du mich hören?" fragte er in den Raum hinein und lauschte mit geneigtem Kopf. Beim nächsten Schritt kamen die Konturen des Steuerpultes in Sicht. Er erspähte eine menschliche, knochige Hand, die auf der Konsole ruhte. „Hallo?" Da er keine Antwort bekam, tastete er sich Zentimeterweise vor. Auf dem Sessel des Piloten saß jemand, das konnte er nun genau erkennen. Ein leises Summen setzte ein, auf dem Pult huschten hektisch einige bunte Lichter hin und her und erhellten die gespenstische Szenerie. „Jahn, alles okay bei dir?" vernahm er Uwes besorgte Stimme und kehrte zur Plattform um. Seine Sinne waren aufs Äußerste geschärft, er atmete tief durch. „Bisher gibt es viele Gründe zum Klagen! Da drinnen sieht es wie in einem Saustall aus…" schimpfte er, als er die Frau in der Tür wahrnahm. „Da ist doch jemand!" kam es tonlos aus seinem Mund, er zog seine Waffe und richtete sie auf die Fremde. Sie hielt die Augen geschlossen, die rechte Hand an der Wand, tapste sie wie blind ins Freie. „Falk, wer ist das? Eine von den Schwestern, die damals mit Josch verschwunden sind?" fragte Uwe nach, der jede Bewegung von ihr genaustes kontrollierte. Die Kleidung, die sie trug, stammte aus einer anderen Epoche. „Die Klamotten sind weder römischer Herkunft noch anderswo. Sieht komisch aus, oder was sagt ihr?" stellte Jahn fest. „Frage sie, wer sie ist?" schlug Falk vor. Jahn setzte zum Sprechen an, aber als sie die Augen öffnete und ihn anblickte, verschlug es ihm regelrecht die Sprache. „So ein Spinner, was hat er denn jetzt schon wieder für ein Problem?" schimpfte Falk los, während Uwe immer unruhiger wurde. „Falk, da ist was oberfaul. Sieht aus, als wenn er hypnotisiert wird. Ich gebe einen Warnschuss ab!" entschied Uwe und feuerte eine Salve in die Luft. Er registrierte, wie Jahn wankte und sich nur mit Mühe aufrecht hielt. „Das gibt es doch nicht!" Ohne sich weiter mit seinem Vorgesetzten zu verständigen, gab er die Koordinaten für einen direkten Beschuss ein und ließ erneut schießen. „Voll in die Fresse!" strahlte er, doch das Ding fiel nicht um, im Gegenteil. Ein wüster Brüller ließ alle im Umfeld erschrocken aufhorchen. Dafür landete Jahn bewegungslos auf dem Plateau und drohte, zwischen die Geländerstangen zu rutschen. „Ein Zombie oder eine Hexe – das ist eines von diesen verflixten Biestern. Scheiße, ich wusste gleich, dass es keine gute Idee war, da rüber zu gehen!" grollte Falk und visierte gleichfalls die Frau an. Diese war gerade dabei, Jahns Schicksal zu besiegeln und den jungen Piloten von der Plattform zu heben. Mit einer Kraft, die ihr wohl niemand zutraute, raffte sie ihn auf und hielt ihn schützend wie ein lebender Schutzschild vor sich. „Schießt auf mich und er wird mit mir sterben", rauschte es in den Lautsprechern. Ein verzerrtes, boshaftes Lachen folgte, die beiden Freunde konnten nur hilflos zusehen, wie sie sich mit Jahn rückwärts zur Kabine bewegte. „Lass ihn gefälligst los, wenn dir dein Leben lieb ist!" drohte Falk, aber außer Gelächter geschah nichts. Hilfe kam von einer Seite, die sie so nicht erwarteten. Ein Ruck ging durch den Körper des Cyborgs. Der Metallarm von Josch hob sich geräuschvoll in die Höhe und packte blitzschnell zu. Ein strampelndes Bündel blieb eingeklemmt in der Luft hängen. „Josch – bist du das wirklich? Du musst Jahn sofort in Sicherheit bringen!" Falk wurde knallrot vor Freude. Befreit ließ er sich in den Sessel plumpsen. Der zweite Arm von Josch schnellte bis zur Plattform und nahm behutsam Jahn in die mächtigen Greifzange. „Holt ihn ab. Ich setzte ihn runter." Falk war überglücklich, die bekannte Stimme zu vernehmen. „Altes Haus, wir haben dich mächtig vermisst!" jubelte er und steuerte seine Maschinen dichter heran. Die Übernahme des Körpers erfolgte ohne Schwierigkeiten. „Habe ihn. Alles bestens – Jahn wird sich bestimmt freuen, wenn er das hört..." bedanke er sich überschwänglich und ließ den Gefährten auf die eigene Plattform bugsieren. Während er Jahn ins Innere schleppte, bemerkte er, dass Josch sich mit schnellen Schritten entfernte. „Eh Kumpel, was ist los mit dir? Bleib doch hier – wir wollen dich zurück haben!" rief er ihm nach. „Das ist nicht möglich – ich würde den Untergang der Menschheit mit in eure Zeit tragen. Heerführer Achmat hat euch ein Kuckucksei ins Nest gelegt, die Büchse der Pandora in ihrer schlimmsten Form. Diese Zecke ist wie eine tickende Bombe, die einen tödlichen Virus in sich trägt. Schlimmer als die Pest würde er unter euch grassieren und jegliche Erinnerung an den Homo sapiens auslöschen. Ich gehe zurück ins Wasser und sorge dafür, dass diese Kreatur für alle Ewigkeiten hinter Schloss und Riegel bleibt!" Damit entschwand der Riese, nur einmal noch sah Falk ihn auf einer Anhöhe, den Arm weiterhin in die Senkrechte gestreckt...

„Wir haben sie aufgespürt. Es geht ihnen halbwegs gut, ihr Zustand ist stabil." Die Meldung vom Fund der beiden Pilotinnen löste eine unbeschreibliche Begeisterung im Camp aus. Die Scanner der Cyborgs hatten sie auf dem Rückweg in einer gut versteckten Höhle erfasst. Peter kam aufgeregt aus der Zentrale gerannt, tanzte wie wild mit Jana im Kreis und hob sie in die Luft. „Hast du super gemacht Schatz, hoffentlich haben sie bald alles überstanden!" krähte er und setzte sie vorsichtig wieder ab. „Babybauch – ich weiß...!" Er strahlte sie an und küsste sie. Ina schnäuzte sich und wischte verstohlen die Freudentränen fort. „Jetzt fehlt nur noch Anka, dann wären wir wieder glücklich vereint!" schluchzte sie. Ihre beiden Schwestern schliefen bereits tief und fest, so erschöpft waren sie nach diesem mörderischen Abenteuer. Babsi hatte sich bei dem Absturz einen Arm gebrochen, Judits Beine waren mit Brandblasen übersät. „Danke noch mal für deine Hilfe. Ein Glück, dass du als erfahrene Krankenschwester sofort wusstest, was zu tun ist. Ich allein wäre total überfordert gewesen." Ina umarmte Jana voller Dankbarkeit. „Alles gut so – habe ich gerne getan. Dafür sind doch Freunde da!" wehrte Jana verlegen ab, doch Ina war kaum zu bremsen. „Es ist wirklich toll, solche Freunde zu haben!" Bei dieser Gelegenheit bekam Peter ebenfalls einen Schmatzer auf die Wange gedrückt. „Ooch, gegen solche Liebkosungen habe ich nichts einzuwenden", feixte er und bekam dafür einen Rippenstoß von seiner Liebsten. „Das ist eine

Ausnahme, mein Freund. Ansonsten bin ich für diese Art der Belohnung zuständig!" machte sie ihm lächelnd klar. Die Besatzungen der Cyborgs hatten ihre Wartungsarbeiten in den Maschinen beendet und mischten sich unter die Siedler. Jahn setzte sich an der Seite auf eine alte Plane und stierte vor sich hin. Es ging ihm zwar körperlich wieder besser, aber er verspürte keine Lust, mitzufeiern. „Jahn ist ziemlich geknickt. Er trauert um seinen besten Kumpel. Josch und er waren praktisch ein Herz und eine Seele. Mir persönlich tut es auch verdammt leid, dass Josch sich auf und davon machte. Aber die Umstände..." Falk reinigte seine ölverschmierten Hände mit Sand. Rainer und seine Brüder kamen angeschlendert. Auch sie waren bis zur letzten Minute mit ihrem Panzer im Gelände unterwegs und hatten mitgeholfen, einen Teil der Palisaden nieder zu reißen. „Wieder freier Blick nach allen Richtungen. Der Wald allerdings wird Jahrzehnte brauchen, bis er sich erholt. Diese Penner haben alles ratzekahl niedergemacht!" Er sah sich fragend um. „Haben wir was verpasst? Herrscht ja Volksfeststimmung!" Peter übernahm es, ihnen die gute Nachricht zu überbringen. „Dann war ein mächtiger Schwarm Schutzengel unterwegs, wenn nicht mehr passiert ist. So wie das ausschaute, als die Drohnen abschmierten – aber hallo!" Rainer hakte sich bei Ina ein und schunkelte eine Runde mit. Die kleine Jessie kam mit rotem Gesicht angesaust und zupfte Peter am Arm. „Onkel Peter, Onkel Peter – hör doch mal! Da drüben sind diese komischen Blitze!" Doch im allgemeinen Trubel bekam keiner mit, was das Kind ihnen sagen wollte. Sie guckte sich um und entdeckte Jahn. So schnell sie ihre Beine trugen, flitzte sie um die Menge herum. Sie hockte sich vor ihn hin und schaute ihm so lange in die Augen, bis er auf sie aufmerksam wurde. „Du bist einer von den Männern, die mit den Eisendingern herum kutschieren?" eröffnete sie ihre Konservation. Jahn runzelte die Stirn. „Cyborgs, so nennt man die Eisendinger!" brummelte er mürrisch. „Und meiner ist weg!" fügte er hinzu. Jessie stampfte ungeduldig mit dem Fuß. „Das ist doch egal – da hinten bei den Steinen sind lauter Blitze. Mir hört ja keiner zu", beklagte sich das Mädchen. Jahn folgte ihrem Fingerzeig. „Du meinst den Steinkreis? Da sind Blitze?" Die Kleine nickte heftig und tänzelte auf der Stelle. „Wirklich – richtige Blitze?" vergewisserte sich Jahn.

„Denkst du, ich bin blöd! Klar – richtige Blitze – sie springen wie Bälle umher!" behauptete Jessie weiterhin fest. Jahn erhob sich. „Das will ich sehen!" Die Kleine schnappte seine Hand und zottelte ihn mit sich. Sie mussten eine längere Strecke zurück legen, bevor die Kultstätte in ihr Blickfeld kam. Eine Tatsache beunruhigte Jahn sofort, als sie sich ihm näherten. „Da drüben – sind das nicht die Wölfe von Babsi? Was suchen die ausgerechnet hier?" Er entsicherte vorsichtshalber seine Waffe und hielt sie griffbereit. „Diesen Biestern kann man nicht trauen. Bleib schön an meiner Seite, hast du verstanden!" instruierte er sie. Jessie blieb mit einem Ruck stehen. „Da, jetzt sind sie wieder zu sehen!" Mehrere längliche Einschläge erhellten das Innere des Steinkreises. Jahn blieb ebenfalls konsterniert stehen. „Ich habe inzwischen gelernt, dass diese Dinger so was wie Portale sind – Eingänge, durch die man in eine andere Zeit gelangt", erklärte er dem Kind. Jessie schniefte lauf. „Und wohin kommt man dann, wenn man in einer anderen Zeit ankommt?" fragte sie naseweis und feixte vor sich hin. Zwei helle Blitze leuchteten auf – als hätten die Wölfe darauf gewartet, schossen sie in den Kreis hinein. „Hast du das gesehen – sie sind verschwunden! Einfach so!" kreischte sie und wollte flugs hinterher. Jahn musste die Kleine am Schlafittchen festhalten und zur Ordnung rufen, so aufgeregt war sie. „Du kannst da nicht rein! Nachher trifft dich so ein Blitz und wir finden dich nicht wieder!" belehrte er sie. Er überlegte, ob es nicht besser wäre, die Gefährten zu informieren. „Weißt du was – du bekommst einen wichtigen Job. Lauf zurück und hole Onkel Norman und die anderen Kumpels her. Wirst du das hinbekommen?" Jessie zog einen Flunsch. „Das habe ich gerade versucht – hast du doch gesehen. Auf mich hört niemand!" maulte sie. Kurz entschlossen handelte Jahn und feuerte einige Schüsse in die Luft. Und erreichte damit, was er wollte. „Hast recht, mein Hase. Siehst du, da kommen sie schon!" Es schaute wie ein Strom aus, der sich über die noch nutzbaren Wege zu ihnen schlängelte. „Was ballerst du hier herum? Ich hoffe, du hast einen guten Grund dafür!" tadelte Falk ihn sofort, während sie umringt wurden. Jessie quietsche erschrocken auf, einige Schatten wandelten zwischen den Felsen des Kreises umher. „Es ist schon wieder geschehen – da sind Leute!" Diesmal bekam sie die Aufmerksamkeit, die sie bislang vermisste. Peter drehte sich um und fixierte den Kultkreis. „Hol mich doch der Teufel! Das sind doch...?" Er stürmte los, ohne ein weiteres Wort zu verlieren. Jahn fuchtelte mit seinem Revolver in der Luft herum. „Bleib stehen – die Wölfe haben sich gerade darin in Luft aufgelöst!" schri er ihm nach, aber Peter war nicht zu halten. „Kommt gefälligst her und helft mir. Juppi und Anka sind wieder zurück!" hörte er. Ein weiterer Einschlag kündigte sich an, eine Folge von Blitzen erzeugte regelrechte Lichtkaskaden. Es wurde so grell, dass die Menschenmenge geblendet wurde. Lautes Bellen erschallte, ein großer Hund sprang auf den Rasen und schüttelte sich wie nach einem unfreiwilligen Bad. Peter rückte in Begleitung von Falk und Rainer so weit vor, dass sie in das Innere des Kreises gucken konnten. „Es sieht so aus, als wenn es vorbei ist. Seid vorsichtig und behaltet die Steine im Auge", flüsterte Peter, ganz langsam setzten sie sich in Bewegung. Ein Stöhnen ließ sie aufhorchen. „Worauf wartet ihr noch – dass es donnert, oder was?" empfing Peter sie, der sich über einen regungslosen Körper beugte. „Das hier ist Anka, da drüben liegt Juppi. Wer die anderen Gestalten sind – keine Ahnung? Schafft sie sofort hier raus!" Peter packte persönlich mit an und half, die Leblosen ein Stück ins Freie zu bugsieren. Der Hund empfing sie mit heftigen Jaulen und Knurren, als er sogar Anstalten machte, sie zu attackieren, richtete Jahn die Waffe auf ihn. Jana kam nach vorn. „Nicht schießen – das ist doch dieser Hund der Ritter. Erinnert ihr euch nicht? Wie hieß er doch gleich – Wolf!" Als sie den Namen ausrief, ging ein sichtbarer Wandel mit dem Vierbeiner vor sich. Schwanzwedelnd lief Wolf auf die Frau zu und leckte ihre Hand. „Sage ich doch – der verschwundene Hund. Dann sind das dort bestimmt die Leute aus dem Krankenhaus in Marzahn, die ebenfalls nicht gefunden wurden. Da war doch das gesamte Personal weg. Kein Wunder, bei dem Durcheinander." Sie hockte sich hin und kraulte zärtlich Wolfs Haupt. Peter zählte die Ankömmlinge durch. „Mit unseren beiden sind das siebzehn Personen. Könnte also durchaus stimmen. Merkwürdige Klamotten tragen sie am Leib. Na hoffentlich klärt sich alles bald auf?" Diesmal konnten sie den Abtransport ungehindert vornehmen, Wolf blieb treu an Janas Seite und ließ sich von ihr führen.

Eine schwarze Gewitterfront verdunkelte den Himmel. „Alle sofort in die Häuser. Bringt sie rüber in den Saal. Wir werden sie dort aufpäppeln", entschied Peter und dirigierte die Meute ins Haus 1. Bevor sie das Objekt erreichten, prasselten bereits die ersten Regentropfen nieder. Triefend schleppten sie die Ohnmächtigen in den Saal und legten sie entlang der Wände ab. Ein heftiger Sturm fegte über das Land, binnen weniger Minuten war nichts mehr zu erkennen...

„Hunger, Mann – ich habe Knast!" waren Juppis erste Worte, als er die Augen aufschlug und blinzelte. Er blickte sich ungläubig um. „Träume ich...?" stammelte er und richtete sich schwerfällig auf. Als er neben sich Anka entdeckte, atmete er erlöst auf. „Juppi – kannst du mich sehen?" Jana hielt ihm ihre Finger vors Gesicht und prüfte seine Reflexe. „Mensch Jana – wo kommst du denn her...?" Allmählich bekam er mit, wo er sich befand. „Das Camp – wir sind im Camp?" ächzte er und lehnte sich an der Wand an. Ina kam mit einem Becher Wasser angerauscht. „Hier nimm einen Schluck, dann geht es dir besser!" Gierig trank Juppi alles leer. „Ihr könnt euch nicht vorstellen, was wir mitgemacht haben..." murmelte er erschöpft und suchte Ankas Hand. „Ist alles okay mit ihr?" fragte er besorgt. „Wo sind die Anderen? Otilda, Gaius? Wir waren bis eben auf dem Schlachtfeld und wurden gerade von einer römischen Kohorte in die Zange genommen...?" Sein Blick erfasste die Körper der magischen Heiler. „Sie sind auch hier? Wie geht das denn?" Seine Verwunderung nahm zu, als Wolf auf ihn zustürmte und ihn stürmisch ableckte. „Du alter Racker darfst natürlich nicht fehlen. Danke noch mal für deine Hilfe da draußen. Ohne dich hätte mich der Typ voll erwischt." Mit einem Klaps auf den Hals des Hundes bedanke er sich. Die Frauen regten sich emsig und schleppten einige Eimer mit Wasser, Seife und Handtücher herbei. „Du siehst furchtbar aus. Alles voller Blut und Dreck. Wasche dir wenigstens das Gesicht und die Hände." Jana half, sein verschmutztes Oberteil auszuziehen. „Sieht nach einem römischen Brustpanzer aus. Hast wohl die Seiten gewechselt?" bemerkte sie spitzfindig und reinigte behutsam eine blutende Wunde auf seiner Schulter. Juppi hielt den Atem an und verzog schmerzvoll das Gesicht. „Sage ich doch, dieser Römer hätte mich beinahe erwischt", knirschte er und biss die Zähne zusammen. „Zum Glück kam Wolf und hat ihm das Genick gebrochen. Kann gut verstehen, dass die Ritter so vernarrt in ihn waren. Der ist wirklich der beste Kamerad, den man sich wünschen kann..." zischte er. „Klassische Fleischwunde. Ich werde sie desinfizieren und nähen. Dann wird das schon wieder!" erklärte Jana nach eingehender Begutachtung. „Vielleicht sollte ich mir das lieber anschauen? Für den Fall, dass der Schnitt tiefer geht", erklang eine heisere Stimme aus dem Hintergrund. „Auch schon wach! Darf ich vorstellen – Prof. Röder – seines Zeichen Chefarzt der Klinik in Berlin Marzahn. Willkommen im neuen Leben, Professor!" stellte Juppi ihn der Allgemeinheit vor. Der Arzt brauchte einen Moment, um auf die Beine zu kommen. „Mensch, brummt mir der Schädel. Wo befinden wir uns eigentlich – was ist passiert? Wo sind die Germanen, die Römer?" Juppi räusperte sich, um ihn aufzuklären, als sein alter Gefährte Norman wie eine Furie hereinstürmte. „Also stimmen die Gerüchte doch! Ihr seid wieder zurück. Ich habe mir schon große Sorgen um euch gemacht – und Felix erst!" Er hielt ein krakelendes Etwas in seinen klobigen Händen und reichte es an den strahlenden Vater weiter. „Siehst du, mein Kleiner, da ist dein Papa!" Der Knabe umarmte Juppi ohne Scheu und wieherte vor Freude. „Bist du groß geworden – wie lange waren wir denn weg?" bewunderte er seinen Sohn. „Siehst doch, drei Tage länger und der Junge wäre fast ein Mann!" witzelte Norman und nahm Juppi das Kind ab. „Hast was abbekommen? Ist ja wie damals, als wir gegen Klausus und seinen Misthaufen kämpften – nur dass wir ein bisschen taffer waren und so was locker wegsteckten. Tja, wir werden alle nicht jünger!" schwadronierte er, ohne den langjährigen Gefährten aus den Augen zu lassen. Juppi ließ es sich nicht nehmen, den Professor über den Stand aufzuklären. „Wenn mich nicht alles täuscht, befinden wir uns diesmal im Jahre 80 n. Chr. und im Camp unserer Freundinnen, den Töchtern des alten Prof. Reimann. Der Standort des Lagers in unserer Zeit liegt ursprünglich in der Nähe vom ehemaligen Fürstenwalde, welches vor Jahren von einem Erdbeben zerstört wurde. Die nette Dame da drüben ist Ina, eine der vier Geschwister. Die holde Maid, die neben mir schlummert, ihre Schwester Anka. Peter, Normen…" So stellte er ihm nacheinander die Anwesenden im Raum vor. „Na wenigstens ein kleiner Lichtblick – wenn meine Leute mitbekommen, dass wir uns ein bisschen in der Zeit bewegt haben und mit einem Sprung siebzig Jahre hinter uns ließen, ist das schon ein großer Fortschritt. Dann scheint unsere Zeitmaschine endlich zu funktionieren", legte er Juppi seine Gedanken dar. „Verehrter Herr Professor, ich glaube nicht, dass es die Zeitmaschine war, die euch hierher brachte. Ich bin der festen Überzeugung, dass dieses Phänomen eher das Ergebnis unseres Besuches in Walhalla ist. Und mit einer uralten Technologie zu tun hat, die von Wesen jenseits unserer Vorstellung erschaffen wurde, um die Zeit zu regulieren. Aber das ist eine lange und ziemlich verworrene Geschichte, die ich gerne etwas später erzähle." Falks Einwand rief ein Stirnrunzeln bei Prof. Röder hervor, doch den beschäftigten im Moment andere Dinge. Er begutachtete fachmännisch die Arbeit von Jana. „Sieht sehr sauber und ordentlich aus. Kannst froh sein, so eine nette und kompetente Kollegin an deiner Seite zu haben!" lobte er. „Ich bin nur eine Krankenschwester, keine Kollegin", entgegnete Jana schüchtern. „Macht ja nix – dann eben eine kompetente und nette Krankenschwester, wie sie im Buche steht!" scherzte er und wandte sich seiner Mannschaft zu, die noch immer im Koma lag. „Wenn sie es ohne Komplikationen überstanden haben, müssten sie bald aufwachen." Er maß bei allen den Puls und prüfte den Blutdruck. „Ich kann nichts Auffälliges feststellen. Warten wir ab, was in den nächsten Minuten passiert?" Mit einem freundlichen Kopfnicken nahm er von Ina das Getränk entgegen. „Ich muss erst mal aus den Klamotten raus aus und mich säubern. Ich stinke penetrant nach Scheiße", murrte er und riss sich die Sachen vom Leib. „Bin gleich zurück!" Er angelte nach einem Handtuch und der Seife und marschierte pfeifend raus in den Regen. „Komischer Kauz. Aber wo er recht hat, hat er recht – das Zeug stinkt widerlich!" Norman raffte mit spitzen Fingern die Kleidung zusammen und warf sie ihm nach. „Die Seife kann man auch dafür verwenden!" rief er und schloss hinter sich die Tür. „Der hat echt eine Macke – bei dem Sturm rammelt er draußen herum. Da kann ich mir was Besseres vorstellen." Die Prognose des Professors ging in Erfüllung, nach wenigen Minuten kamen seine Mitstreiter zu sich. Stimmengewirr erfüllte den Saal, alle redeten plötzlich durcheinander. „Ina sei bitte so lieb und reiche ihnen auch was zu Trinken. Die werden alle einen trockenen Hals haben. Und wie ich sehe, wacht Anka endlich auf", freute sich Juppi. Ina stellte mit zitterigen Händen das Tablett auf einem Tisch ab und stürzte sich auf ihre Schwester. „Anka, he mein Sonnenschein – da bist du ja!" Mit Freudentränen in den Augen umarmten sie sich. Als hätten sie sich abgesprochen, zog es das komplette Team des Professors ins Freie. „Junge, die sind hart im Nehmen. Sieht fast so aus, als wäre das so was wie Normalität für sie?" bewunderte Juppi den munteren Haufen, der die Gunst der Stunde nutzte, um im Regen zu duschen. Prof. Röder kam nackt herein getapst, nur das Handtuch um die Lenden. „Habt ihr eventuell was zum Anziehen für mich? Die alte Kutte ist nicht mehr zeitgemäß und auch kaum sauber zu bekommen – da hilft auch keine Seife!" bemerkte er mit einem Zwinkern. Ina organisierte auf die Schnelle einige Koffer herbei. „Die Sachen von unserem Vater. Wir haben sie nach seinem Tod aufgehoben. Sucht euch was heraus – hoffentlich passen sie?" Ihre Zweifel waren Angesicht der Körpergröße des Mannes angebracht. Er probierte mehrere Hemden aus, war aber mit dem Ergebnis unzufrieden. In seiner Not griff er sich den alten Bademantel, der ganz unten in einer Kiste lag. „Passt, wackelt und hat Luft. Dann soll es nicht anders sein", seufzte er resigniert und behielt das Teil an. „Ich werde mich mal bei unseren Siedlern umhorchen. Ich denke, da wird sich manch brauchbares Stück in deiner Größe finden lassen", bot Peter an und machte sich auf die Socken. Doch er kam nicht weit. Durch die Regenwand eilte ein Mann herbei und rannte ihn fast um. „Bist du blind!" fauchte Peter Adam an, der wie eine geisterhafte Erscheinung vor ihm stand. „Es gibt einige böse Probleme!" rief der ihm zu, zusammen liefen sie zum Haus zurück. „Schon wieder da – wo sind die Klamotten, die du holen wolltest?" empfing Ina sie. Adam winkte missmutig ab. „Das ist unwichtig. Wir haben gerade einen Funkspruch empfangen – Josch hat sich gemeldet!" platzte er heraus. Sofort trat Ruhe ein. Falk, der sich vom Trubel auf einem Stuhl ausruhte, sprang auf. „Was wollte er?" Adam zuckte mit den Achseln. „Das könnt ihr ihn selber fragen. Er wartet draußen…"

Das ließen sich die Piloten des Cyborg – Einheit nicht zweimal sagen. „Wo? Wo steht er?" wollte Falk noch wissen. Adam wies in Richtung ehemalige Farm. Bevor jemand was entgegnen konnte, waren die Männer bereits auf und davon. Als ging es um sein Leben, flitzte Jahn vorneweg. Verflogen war seine Trübsal, keuchend wischte er sich immer wieder die Augen frei. Wie eine dunkle Felsformation schob sich der Gigant in ihr Blickfeld. Patschnass hielten sie vor Josch an. „Hast du es dir doch anders überlegt und bleibst hier?" Jahns bangen Gesichtsausdruck konnte Falk bei dem Mistwetter nur erahnen. Die Antwort von Josch trieb ihnen einen Schreck durch die Glieder. „Es ist mir entwischt – ich habe keine Ahnung, wie die Kreatur das anstellte? Ihr seid in ernsthafter Gefahr, deshalb bin ich hier – um euch zu beschützen!" vernahmen sie. Für Jahn ging in diesem Moment der innigste Wunsch in Erfüllung. Er registrierte nur, dass Josch bleiben würde. Sein „Hurra!" klang ein wenig daneben, Falk schüttelte nur grimmig den Kopf. „Hast du nicht zugehört, warum er hier ist? Das Biest ist ihm entschlüpft. Er macht es nicht freiwillig, sondern weil wir uns in einer Notlage befinden!" herrschte er seinen Freund an. Auch wenn Falk keinerlei Vorstellungen besaß, wie diese Notlage aussah, er musste Jahn einfach aus seiner Traumwelt reißen. „Nun mal langsam – habe ich doch kapiert! Oder hältst du mich für so bescheuert? Und trotzdem ist es eine gute Nachricht für mich!" konterte er mit einem flüchtigen Lächeln. „Josch, darf ich die Kabine betreten?"
Das vertraute Geräusch der Luke, die sich öffnete, wies ihm den Weg. „Alle Mann auf Gefechtsstation!" lautete Falks Befehl, der selbst noch einmal zum Saal lief, um die Gefährten zu warnen. „Sucht schon mal die gesamte Gegend ab. Wenn ihr das Miststück findet, macht es platt!" rief er Jahn nach, der sich bereits in schwindelnder Höhe befand. Die Piloten verteilten sich auf ihre Cyborgs und aktivierten sie. „Nr.3 bereit. Wie sieht es bei euch aus, Jungs?" meldete sich Uwe, die Bestätigung von den beiden anderen Kampfmaschinen kam umgehend. „Möchte wissen, wo Falk bleibt? Der müsste längst wieder hier sein", klang es aus den Lautsprechern. „Ich bekomme bei Josch zwar einen nassen Arsch, aber wir sind auch startklar. Er war so gnädig und hat wenigstens die Heizung eingeschaltet. Ich funke die Zentrale an, ob die

wissen, wo Falk sich herumtreibt?" bot Jahn an. Nach wenigen Sekunden meldete er sich zurück. „Hier läuft was schief. Falk ist bisher nicht im Saal aufgetaucht? Das stimmt was nicht!" vernahmen die Männer. „Die Kreatur ist ganz in der Nähe – das kann ich spüren!" Josch's Ankündigung löste ein hektisches Treiben aus. „Ihr verteilt euch im Lager und sichert das gesamte Territorium. Sollte ihr das Biest ordern, gebt sofort bescheid. Ich suche mit Josch den Bereich der Siedlung ab, vielleicht können wir heraus bekommen, was da abläuft? Das passt überhaupt nicht zu Falk...?" wies Jahn seine Mitstreiter an. „Erinnert ihr euch an den Tag, als wir in diese Zeitebene versetzt wurden? Eine ähnliche Erscheinung kündigt sich gerade erneut an – ein gewaltiger Wirbelsturm nähert sich unserem Gebiet." verkündete Josch, als ein Windhose rauschend die Wolkendecke auseinander wirbelte, mattes Dämmerlicht machte sich breit. Über die Metallhaut der Cyborgs flimmerten winzige Funken hinweg, die gesamte Kommunikation brach zusammen...

Jahn erwachte, die Arme waren wie taub, in den Fingern verspürte er keinerlei Gefühl. „Josch, was ist passiert?" krächzte er und richtete sich mühsam auf. Die Steuerkonsole vor ihm war dunkel, nicht ein einziges Signallämpchen brannte. Als er die Beine auf den Boden setzte, spürte er eine erhebliche Neigung. „Sind wir umgekippt?" Routiniert checkte er die Energiestände. „Alle Akkus voll und trotzdem kein Saft? Josch, melde dich!" Er bekam keine Antwort. „Dann muss ich die Luke öffnen und nachsehen, wie es draußen aussieht!" stammelte er und schlitterte bis zum Einstieg. Sichtlich erleichtert registrierte er, dass wenigstens die manuelle Bedienung weiterhin funktionierte. Er versuchte, den Hebel zu greifen, aber irgendwie wollten die Hände nicht. „Mist, verdammter Mist! Was soll das schon wieder?" fluchte er lauthals und presste mit dem Knie die rechte Hand an die Wandung, um sie zu massieren. Allmählich wurde sie warm, die Fingerspitzen begannen zu kribbeln. „Wird doch langsam!" Endlich konnte er wenigstens eine Hand bewegen. Diesmal gelang es ihm, den Hebel zu umfassen, mit einem Ruck zog er ihn nach unten. Die Mechanik rastete ein. Mit der Schulter stieß er die Luke auf. Grelles Sonnenlicht blendete ihn, automatisch schnellten die Arme in

346

Richtung Augen - und verharrten unkontrolliert in der Luft. Wie eine Marionette an ihren Fäden, stolperte er auf die Plattform. Hier bekam er mit, weshalb der Fußboden so schief war. Josch stand mit einem Fuß in einer Grube, die randvoll mit trüben Wasser gefüllt war. Das andere Bein hatte sich oberhalb im Erdreich verhakt. „Na hoffentlich kommen wir da wieder heil raus?" In der Nähe befanden sich die Maschinen seiner Freunde, von dort kam allerdings kein Lebenszeichen. Nach und nach konnte er die Arme wieder bewegen. Er bemühte sich, die Gedanken zu ordnen, eine Reihenfolge für seine nächsten Aktivitäten zu planen. „Ich muss irgendwie da runter – gucken, wie es den Jungs geht? Was ist mit den Siedlern…?" Ein Beben ging durch den Cyborg, Jahn klammerte sich erschrocken am Geländer fest, um nicht von Bord zu fallen. „Alle Stationen wieder im normalen Bereich! Ich erwarte deine Anweisungen!" Josch war zum Leben erwacht. Gleichzeitig kamen die Meldungen der übrigen Einheiten an. „Hallo Jahn, ist alles gut bei dir?" dröhnte Uwes Stimme. Jahn hätte vor Freude am liebsten einen Luftsprung gemacht. „Lieber nicht, nachher falle ich wirklich noch runter!" dämpfte er sich selber und schlurfte zum Pult. „Bei mir ist alles im grünen Bereich. Habt ihr mitbekommen, was sich ereignet hat?" wollte er wissen. Verschiedene Vermutungen schwirrten umher. Josch gab ihnen die entscheidende Auskunft. „Nach meinen Berechnungen befinden wir uns wieder in unserer Zeit. Das Camp ist demnach an seinem ursprünglichen Ort zurückgekehrt." Er stockte. „Was denn noch, Josch? Das ist doch eine tolle Nachricht!" fragte Jahn nach, der vor Ungeduld ganz hibbelig wurde. „Dann ist es auch hier!" war die schockierende Antwort. Mit einem Schlag kehrten die Erinnerungen bei Jahn zurück. „Wo ist Falk? He Großer, bist du auf Nr. 2?" funkte er Falks Maschine direkt an, allerdings ohne Ergebnis. Ein leises Summen im Hintergrund zeigte an, dass Josch die Scanner bereits auf volle Leistung laufen ließ. „Wir müssen unbedingt verhindern, dass es das Lager verlässt. Sucht dieses fremde Ding!" lautete der Befehl von ihm, ohne dass sein Pilot eingreifen konnte, nahm er Schwung, um sich aus der misslichen Lage zu befreien. „Setzt dich hin und halte dich gut fest. Es kann ungemütlich werden!" warnte er Jahn, der sofort in Deckung ging. Der Balanceakt währte nur einen kurzen Moment, nach einer gefährlichen Schieflage richtete sich der Riese ächzend auf. „Geschafft. Wir können los!" Er lenkte seine Schritte zur Siedlung, während die andern Maschinen wie geplant ihre Stellungen innerhalb des Camps einnahmen. „Es darf uns nicht entwischen – das würde das Ende der Menschheit bedeuten!" schärfte Josch allen noch einmal ein und steigerte das Tempo. Die nächste Überraschung bahnte sich an. „Männer, habt ihr das eben auch gehört?" Piet, der Pilot von Nr. 5, meldete sich aufgeregt. „Was soll denn sein?" entgegnete Jahn. „Wartet, ich stelle es durch!" Es knackte verdächtig im Lautsprecher, plötzlich erklang rockige Musik, ein Radiosprecher meldete sich. „Es wird wieder ein schöner Sommertag in Berlin. Ich begrüße meine werten Zuhörer und Zuhörerinnen und wünsche ihnen einige wunderbare Stunden am Wasser oder zu Hause…!" Ein verzücktes Lächeln erhellte Jahns Antlitz. „Josch, mach lauter!" bat er. Mit dröhnenden Außenlautsprechern näherten sie sich der Siedlung. „Da hinten liegt jemand!" Josch unterbrach die Übertragung, auf dem Monitor flimmerten die Bilder der Suchkamera auf. „Falk?" rief Jahn erschrocken aus, ungläubig guckte er auf die regungslose Gestalt am Wegesrand. „Kein einziges Lebenszeichen. Der Mann ist tot!" gab Josch bekannt. Mit aschfahlem Gesicht ließ Jahn ihn stoppen und kletterte zur Erde. „Bei allen Göttern – lasst es nicht Falk sein", flehte er inbrünstig, mit beiden Händen tastete er den Körper ab und drehte ihn sachte auf den Rücken. Erschüttert plumpste er neben ihn auf den Boden. „Männer. Wir haben ihn gefunden. Falk ist tot!" Es war wie ein grollender Donnerschlag, der ihn betäubte. Er bemerkte nicht einmal, wie er von seinen Gefährten und den Siedlern umringt wurde. Fassungslos saß er nur da, die Augen starr auf Falk gerichtet. „Ich korrigiere meine bisherigen Angaben. Neue Berechnungen ergeben, dass wir nicht in unserer regulären Zeit gelandet sind, sondern fünf Jahre später. Die Musik kommt von einer automatischen Sendestation und läuft rund um die Uhr. Ich habe einen der Satteliten angezapft – so sieht es in Wirklichkeit aus. Hier, eine direkte Übertragung aus Berlin!" Auf der Außenwand von Josch lief ein Film ab. Menschenleere Straßen reihten sich aneinander, die Parks und Gartenanlagen im Zentrum wirkten verwildert und wucherten teilweise schon zu. Fahrzeuge aller Art und Transportmittel standen kreuz und quer und verstopften die Fahrbahnen. Etliche Stellen an den teilweise verwitterten Häuserwänden waren schwarz vor Ruß, die ausgebrannten Transporter waren gut zu erkennen. Eine Nahaufnahme erfasste einen voll besetzten Bus. „Das glaube ich nicht! Nur noch Skelette – was in Gottes Namen ist geschehen?" Blankes Entsetzen machte sich breit. Juppi kam mit Felix im Arm, auch er war kreidebleich. „Zeige uns den Regierungssitz mit dem Reichstag und das Brandenburger Tor", bat er niedergeschlagen. Augenblicklich änderten sich die Aufnahmen, die Glasfronten des alten Regierungspalastes und die Kuppel des Reichstages rutschten ins Bild. Die Flügeltüren standen offen und pendelten im Wind, die Scheiben waren teilweise demoliert, auch hier war keine Menschenseele zu sehen. „Schiet, so ein verdammter Mist. Sie können doch nicht wirklich alle…?" Seine Stimme klang brüchig, die jähe Erkenntnis, dass der Tod wohl kaum eine Ausnahme gestattete, riss ihm endgültig den Boden unter den Füßen weg. „Was soll bloß aus uns werden?" Er drückte verzweifelt seinen Sohn an sich. „Auf dem gesamten Gelände steht schweres Gerät vom Militär herum. Sie wollten wohl eine Barrikade um den Sitz ziehen…?" kommentierte jemand die Ansammlung der verlassenen Panzerfahrzeuge und Lastkraftwagen, die in dichter Kolonne wie eine Wagenburg aufgereiht waren. Peter, der Janas Hand fest hielt, wies auf etliche Einschüsse und Löcher im Mauerwerk des Reichstagsgebäudes. „Hier hat ein schwerer Kampf gewütet, das ist eindeutig. Nur fatal, dass es keinen Sieger gab." Anka und Ina, die nach ihren Schwestern gesehen hatten, kamen aus dem Haus. Wie angewurzelt blieben sie stehen. Anka erfasste sofort die prekäre Lage. „Soll alles umsonst gewesen sein? Da sind wir tausende Jahre durch die Geschichte gesaust, um am Ende doch mit leeren Händen da zu stehen?" Ihr schossen die Tränen in die Augen. „Ihr wolltet das Brandenburger Tor sehen – hier ist es!" dröhnte Josch. Das alte, ehrwürdige Stadtzeichen von Berlin stand wie eh und je an seinem angestammten Platz. „Irgendwas stimmt mit dem Ding nicht – aber was?" grübelte Prof. Rösler laut. Allmählich brandete die Diskussion nach dem ersten Schock erneut auf. „Dieser Feuerkranz, der gehört normalerweise nicht zum Erscheinungsbild des Tores. Oder sehe ich das falsch?" bestätigte Juppi und überreichte Felix an Jana, mit nachdenklicher Miene trat er näher an Josch heran. „Kannst du den Mittelteil größer zoomen? Anka und ich sind durch diese Durchgänge des Tores in das Jahr 9 n. Chr. befördert worden. Nur stand es im römischen Kastell Berlina und wir landeten direkt im Gebiet, in dem Arminius seine Truppen postierte, um die Legionen von Varus zu schlagen." Er verzog vor Anstrengung die Stirn. Jahn erhob sich vom Boden und trat neben ihn. „Was ist, wenn einem Teil der Bewohner durch das Portal die Flucht gelang, bevor hier alles Leben vernichtet wurde? Wenn sie jetzt in der Vergangenheit leben?" warf er als Gedanken ein. In Juppis Antlitz arbeitete es. „Dann bestände wenigstens eine geringe Chance, die Unseren wieder zu finden", seufzte er. Der Professor ging in seinen Überlegungen einen Schritt weiter. „Uns ist es gelungen, mit einfachsten Mitteln eine Technologie zu errichten, mit der wir zumindest einen kurzen Sprung durch die Zeit durchführen konnten. Im Notfall loten wir die gegenwärtigen Möglichkeiten aus und bauen sie hier nach. Die Pläne haben wir im Kopf. Aber vorher sollten wir überprüfen, wohin das Tor führt?" war sein konkreter Vorschlag, der wenigstens einen Schimmer Hoffnung verbreitete.

In der nächsten Stunde wurde ein Team zusammen gestellt, welches unter der Leitung von Juppi und Prof. Rösler die Stadt erkunden und das Portal prüfen sollten. „Inas Drohne ist das einzige flugfähige Gerät, welches uns geblieben ist. Mehr als fünf Leute passen da allerdings nicht rein – inklusive Gepäck und Pilot – der ich sein werde!" bremste Anka die vielen Anträge der Freiwilligen, die sich für diese Mission meldeten. Juppi traf die letzte Entscheidung vor dem Abflug. „Dann werden Norman und Jahn mitfliegen. Im Lager gibt es genügend Arbeiten, um es halbwegs auf Vordermann zu bringen. Da ich davon ausgehe, dass es uns in der nächsten Zeit als Basis dienen wird, wäre es super, die Spuren des Kampfes zu beseitigen. Peter – du hast genügend Erfahrung im Umgang mit euren Leuten. Du und Ina lenken die Geschicke hier, bis Babsi und Judit wieder fit sind. Wir werden in zwei oder drei Tagen zurück sein. Drückt uns die Daumen, dass wir fündig werden…!" Minuten später war alles für den Abflug bereit. Juppi warf einen letzten Blick durch das Bugfenster der Drohne auf Felix, der seine Händchen nach ihm ausstreckte. „Hoffentlich finde

ich deine Mama wieder. Es würde mir das Herz brechen…" murmelte er und gab das Zeichen für den Start.
Ende Buch 2.

Ein G. Voigt Roman

DI RÜ   H   AHN N

Deutsche SF- Literatur

ISBN: 9783837011975

Die Folgen des vom Menschen verursachten Treibhauseffektes sind katastrophal und schlagen in einen ewigen Winter um…

Die menschliche "Elite" - ein Team Wissenschaftler- erlebt in der Stadt Noah-City den Untergang der Welt.
Voller Grauen müssen sie mit ansehen, wie die Natur erbarmungslos die auslöscht, die sich ihr gegenüber roh und genauso erbarmungslos zeigten.
Ihre einzige Chance, das Inferno zu überstehen - ein Kälteschlaf, der Jahrhunderte überdauert.

Hat der Mensch der neuen Zeit aus den Fehlern seiner Vorfahren gelernt?

Bobak, Häuptling der Sonnenanbeter und sein Gefährte Goli, der Säbelzahntiger, werden die treuen Wegbegleiter in eine ungewisse Zukunft, in eine Welt voller Abenteuer…

Ein G. Voigt Roman

Band 2

D G HL HT   BL U N EN L

Deutsche SF- Literatur

ISBN: 9783741256332

New-Noah-City, die neue Stadt der Ahnen, wächst und gedeiht.

Unbekannte Wesen beginnen, die Hochburgen der verbliebenen menschlichen Zivilisationen zu zerstören! Eine unheimliche und unbesiegbare Macht ist aufgebrochen, eine blutige Herrschaft auf der Erde zu errichten.

Wird es Savus, einem Legaten des Rates der Dreizehn der Azuros - der Blauen Engel - gelingen, seine Mitstreiter von ihrem grausamen Feldzug abzuhalten oder behält das verschlagene und machtbesessene geistige Oberhaupt, der Hüter des Vaters Teronus, die Oberhand?

Das Orakel der Menja der Pikos, dem Stamm der Sonnenanbeter, und die Weisheit des Ol -Teen, dem Auserwählten - gelingt es ihnen, die Menschheit von der unheimlichen Bedrohung zu befreien?

Wer sind die Schöpfer der Blauen Engel und woher kommen sie?

Eine Frage, welche die Wissenschaftler der Alt-Vorzeit erneut zwingt, sich mit den Unzulänglichkeiten der eigenen Tätigkeiten und den daraus entstehenden, weitreichenden Verantwortungen zu beschäftigen...

Erleben Sie ein neues spannendes Abenteuer mit dem Team von Dr. Jim Harper und Häuptling Bobak auf der Suche nach der schmerzhaften Wahrheit.

Spannend erzählt und voller Abenteuer...

Ein G. Voigt - Roman

Band 3

D CL N   AN OI N

Deutsche SF Literatur

ISBN: 9783741289163

AYMAN, einst als Computer zur Ausbildung der Elite der US Armee erschaffen, macht sich in der Einsamkeit des ewigen Winters selbständig. Nach seinen Ideen formt er ein neues Römisches Reich mit Cleopatra an seiner Seite. Seine getreuen Untertanen, die Herren der Zwölf Burgen, Androiden mit menschlichen Gehirnen, vernichten mit ihren Arons, riesige mutierte Ameisen, die Reste der Menschheit, die nach der großen Katastrophe ein neues Leben aufbauen. Jeni, ein Krieger der Pikos, gerät in Gefangenschaft und wird einer der Herren der Burgen! Er mordet sein Volk, seine Familie, seine Freunde. Gemeinsam mit den Amazonen und den Blauen Engel versuchen Dr. Harper, Administrator von New Noah City und Bobak, Häuptling der Pikos, verzweifelt einen Ausweg zu finden.
Welches mystisch düstere Geheimnis verbirgt sich in AREA 51, der alten Militärbasis der Altvorzeit?
Gelingt es ihnen, in Torso 12 den Rest Menschlichkeit zu erwecken oder versinkt die neue Welt in Chaos und Tod?

Ein G. Voigt – Roman

Sebak

GOTT   PH   ON N

Deutsche SF & Fantasy

ISBN: 9783744801133

Auf der langjährigen Suche nach meinem verschollenen Freund Max stoße ich, Prof. Arne Lukas, Archäologe und Ägyptologe, im Jahre 1986 in einer anderen Zeitepoche auf eine Kreatur, welche in den Hieroglyphen und Reliefs der Alten Ägypter als Gott des Nils betitelt wird, Sebak! Vor mehr als 10 000 Jahren erschuf Sebak, einst ein begnadeter Wissenschaftler und Gelehrter seines Volkes, den Kreis der unsterblichen Götter. Er strebt nach der absoluten Macht im Reiche Pharaonien und sucht einen Weg in unserer heutigen Zeit. Die Bruderschaft des Sebaks und ihre Hohenpriester dienen ihm ergeben und schrecken vor nichts zurück, weder Raub, Folter noch Mord! Und mein Freund Max wurde einer von ihnen? Wenn es Gott Sebak, seinem Bruder Seth und dessen Verbündeten gelingt, die Türme der Götter neu zu aktivieren, droht der Menschheit eine Gefahr ungeahnten Ausmaßes! Nur eine Macht kann das Ungeheuer zur Strecke bringen: Die geheime Waffe der Ahnen!
Wurde Max zum Verräter seiner Ideale, um sein Leben zu retten? Welche Chancen bleiben Pharao Remos II. und seinem Volk in Kel-di-Nore, der Weißen Stadt, um erfolgreich gegen Sebak und seinen blutigen Monstern zu kämpfen? Welche Rolle hat Sphinx mir bei dieser Geschichte zugedacht - ein Wesen, so alt und weise wie die Zeit selber? Das größte Abenteuer meines Lebens begann mit der Expedition in die berühmte Knick-Pyramide bei Dahschur und veränderte alles!

Ein G. Voigt – Roman

Sebak II

K I   S HINX

ISBN: 9783744890953

Die Götter Sebak II. und Seth führen erneut Krieg, diesmal gegen den gerade ernannten Pharao Juan I. - sie nutzen dabei die ungeheure Macht der Türme der Götter! Sie haben damit Zugang in alle Epochen der Menschheit. Prof. Arne Lukas und seine beiden Gefährten brechen auf, um seine Tochter und weitere Mädchen zu suchen, die für ein geheimes Ritual entführt wurden. Was sie nicht ahnen - es geht um mehr als eine bloße Abrechnung mit dem Geschlecht der Göttern! Der ungewöhnlichste Fund dieser Expedition - ein uraltes Schiff! An Bord: Die Originale der Götter! Sphinx, der weise Seher und Zeitenwandler, muss sich entscheiden, für welche Seite sein unbesiegbares Heer kämpfen wird...?

Ein G. Voigt – Roman

Sebak III

E LÖ   VON ATL NTI

ISBN: 9783746026138

Mich, Prof. Arne Lukas, Archäologe, verschlägt es gemeinsam mit meinem Freund Imhotep und Judit, eine Journalistin, durch die Zeit-Falle nach Atlantis, um meine Tochter Shyla zu suchen. Sie und ihre Schwestern, die Priesterinnen des Gottes Thot, wurden durch die Herrin der Pyramide entführt. Zysyn, die letzte Mutter der Mutanten hat das Schiff der Originale fest in ihrer Hand und regiert mit einem erbarmungslosen System der Unterdrückung. Sie erschafft ein neues Heer Mutanten und die Zyklopen, um die Götter zu kontrollieren und ihre Macht zu brechen. Gott Sebak II. kämpft seit mehr als dreitausend Jahren gegen die Sekte der Ewigen. Auch er muss sich Zysyn fügen, um das Leben seines Sohnes Babu zu retten. Unerwartet taucht ein Gegner auf, den nichts und niemand bezwingen kann, Mirakel, eine Kampfmaschine, welche nicht nur die Götter bedroht. Welches zwielichtige Spiel treibt Max, mein alter Freund? Ich kenne nun die wahre Ursache für den Untergang von Atlantis!

Demnächst im Angebot: Die Geburt der Crystal - Götter